黄檗文化与海上丝绸之路研究丛书

主编：廖深基

木庵性瑫禅师诗文集

释木庵性瑫◎著

吴章燕 王晚霞◎编著

宗教文化出版社

图书在版编目（CIP）数据

木庵性瑫禅师诗文集 / 吴章燕，王晚霞编著 .
北京：宗教文化出版社，2025. 2. -- ISBN 978-7
-5188-1610-1

Ⅰ. I214.02

中国国家版本馆 CIP 数据核字第 202445AF68 号

木庵性瑫禅师诗文集

释木庵性瑫 著

吴章燕 王晚霞 编著

出版发行： 宗教文化出版社
地　　址： 北京市西城区后海北沿 44 号（100009）
电　　话： 64095215（发行部） 64095340（编辑部）
责任编辑： 孟金霞（158504349@qq.com）
版式设计： 贺　兵
印　　刷： 河北信瑞彩印刷有限公司

版本记录： 787 毫米 ×1092 毫米　16 开　32.5 印张　300 千字
2025 年 2 月第 1 版　2025 年 2 月第 1 次印刷
书　　号： ISBN 978-7-5188-1610-1
定　　价： 188.00 元

本书受到以下项目资助

福建省哲学社会科学基金项目

黄檗禅僧即非如一文献编纂与研究（项目批准号 FJ2023B008）

福建技术师范学院黄檗文化研究中心科研开放基金重点项目

黄檗东渡高僧木庵性瑫文献整理与研究（项目编号 HBZD202101）

福建技术师范学院黄檗文化研究中心科研开放基金一般项目

黄檗高僧木庵性瑫禅师散文研究（项目编号 HBYB2024010）

木庵法门三杰与黄檗宗的日本化（项目编号 HBYB2024004）

福建技术师范学院黄檗文化与海上丝绸之路研究院出版资助

黄檗文化与海上丝绸之路研究丛书
编委会名单

目 录

总 序

以临济宗黄檗派为根源的黄檗文化孕育于悠久深厚的中华优秀传统文化和独具特色的闽地宗教传统，其形成、发展过程历经千年。黄檗文化是中晚唐以来禅宗文化的重要组成部分。其典型代表黄檗希运师承六祖惠能、南岳怀让、马祖道一、百丈怀海，之后发扬光大，最终开创了中国禅宗绵延不绝的最大宗派之一——临济宗。唐代以后，禅宗临济派深刻影响了宋代文人文化、理学文化，特别是直接启发了南宋陆九渊到明代王阳明的心学。黄檗文化与整个宋明中华文化的发展息息相关，它以佛教文化为载体，同时涵盖了思想、文学、语言、建筑、雕塑、印刷、音乐、医学、茶道、饮食、绘画、书法、篆刻等诸多领域，深深嵌入日本江户时代的社会生活，并拓展到更多地区。[①]

黄檗文化发展于海洋文化系统中，深受海上丝绸之路共生文化的影响，其中华文化精神内核逐渐与海上丝路沿线多种文明相结合，形成了独具特色的宗教文化和华侨文化。明清时期中外文化交流的标志性事件之一是黄檗禅僧东渡日本，传播宋明以来的中华优秀传统文化。东渡的每位禅师各有各的长处，隐元禅师的德、木庵禅师的道、即非禅师的禅、高泉禅师的诗、悦山禅师的书法和逸山禅师的画均备受推崇。21世纪以来，黄檗文化继续发挥其桥梁和纽带作用，成为推进中日两国之间、中国与东南亚国家地区之间新的海上丝绸之路建设、人类命运共同体建设的新载体。

2017年福建技术师范学院相继成立了“黄檗文化研究中心”“黄檗文化与海上丝绸之路研究院”，通过整合校内外多种研究力量，开展学术交流研究、文化科普等途径持续传承和弘扬黄檗文化。现在，福建技术师范学院逐渐成为新时代黄檗文化研究的前沿阵地和学术重镇。本丛书的出版旨在

① 廖深基等著:《黄檗文化研究》，九州出版社，2020年，第1页。

传承和弘扬黄檗文化，增强中华文化自信，推进中日友好合作交流和夯实共建人类命运共同体的人文基础。

廖深基
福建技术师范学院校长
2023年10月13日

前 言

黄檗文化是中国传统佛教文化的一个发展样态。黄檗鼻祖黄檗希运师承六祖惠能、南岳怀让、马祖道一、百丈怀海，之后发扬光大，最终开创了中国禅宗绵延不绝的最大宗派之一——临济宗。唐代以后，禅宗临济派深刻影响了宋代文化，元明时形成以福清黄檗山万福寺为中心的禅宗文化，明清之际，多位黄檗僧人东渡日本，黄檗文化也随之东传。

一、中日交流与黄檗文化

佛教在奈良和平安时代是日本的官方宗教，社会影响力巨大，镰仓时代和室町时代后，随着中国儒学的传入、禅林的腐败，在儒佛激烈的斗争中，佛教渐渐显出没落的态势，儒教逐步兴隆起来，江户时代初期的思想界是一段儒佛交织并互相走向对立面的过程。隐元禅师及其弟子们相继东渡后，将一股清新先进的思想文化作为新能量注入行将衰颓的日本佛教，为众生带来光明和希望，人们迅速转投膜拜黄檗高僧，声势浩大远超所期，其巨大影响力曾一度遭到日本本土佛教派别忌惮。东渡的每位禅师各有长处，隐元禅师的德、木庵禅师的道、即非禅师的禅、高泉禅师的诗、悦山禅师的书法和逸山禅师的画等备受推崇。

经过一众弟子及教宗内外多年经营，黄檗文化不仅推动了日本佛教的革新，也广泛而深刻地影响了日本社会，推进日本文化发展到新阶段，与此同时，黄檗文化也发展出自己的新形态。黄檗文化首先是在中华优秀传统文化基础上发展出的中国文化，也是东传后与日本社会文化相结合发展出的日本文化，是融汇中日文化精华、民间友好交往结出的文化硕果，是具有国际性影响的文化形态。

黄檗宗派促进了中日民间往来沟通。中日两国一衣带水，在长期文化交流中，相互学习、彼此促进，共同创造了辉煌灿烂的东方文明。黄檗文化正是两国深厚的文化根基和频繁的友好交流的结晶，是中日两国文化交流互鉴的典范。中国唐代，鉴真和尚六次东渡和日本派出遣唐使进入长安。日本室町时代，京都和镰仓实行五山制度，以五山禅僧为主要创作者的汉文学与文化在日本流行起来，五山文化具有浓郁的中国文化色彩，由于室町时代对禅僧开放海禁，通过两国佛教界的互通往来，禅僧成为日本接受、创作和传播中国文化的主体。江户时代前期，黄檗禅僧东渡日本，传播宋明以来的中华优秀文化成果，推动了近世日本社会的进步。中日邦交正常化以来，黄檗文化继续发挥其桥梁和纽带作用，成为推进中日、中国与东南亚国家地区之间新的思想介质、中日民间交流访问的重要内容、思想学术领域研究的共同对象和两国的友好象征。日本临济黄檗宗协会为代表的佛教界，先后数十次派出友好访问团，往来中国福清黄檗山万福寺拜谒祖庭，寻访古迹旧地，开展多层次、全方位的文化交流活动。

休戚与共，黄檗思想展示了中日佛教文化共同发展。没有中国黄檗文化，不可能有日本的黄檗文化。中国黄檗文化是黄檗僧人最基本、最核心的思想支柱，隐元禅师及即非、木庵诸弟子，在赴日前已形成了基本思想框架，当时的国际政局变换催发了他们的思想提升。没有日本黄檗僧人的进一步发展，也不会有黄檗文化的今天。隐元禅师在日本的弟子龙溪性潜、独昭性源、独本性源为黄檗派在日本的发展做出了重要贡献。

二、黄檗文化生命体与黄檗学

黄檗文化是一个历经千年生生不息的文化生命体，目前正迎来一个新发展阶段。

东亚视角下黄檗文化发展的中心转移说。学术发展中心转移说在东亚学界近年来受到关注，谢晓东提出在东亚视角下，“朱子学的中心出现了多次转移。”[①]在东亚文化环流的历史背景下，先进文化在东亚的传播其实都体现了一种同源异境的镜像特点[②]，黄檗文化的发展也是如此。

黄檗文化的发展历经三个阶段。早期的黄檗文化继承中国唐代优秀传统文化的基础上发展而来，之后形成以福建福清万福寺为中心的佛教新文化，此为黄檗文化发展的第一阶段。之后，在明末清初隐元禅师及其弟子

① 谢晓东：《朱子学的中心转移说——基于东亚视角的考察》，《学术研究》，2023年第6期。

② 王晚霞、陆露：《〈爱莲说〉在东亚：同源异境与文化环流中的文学镜像》，《湖南第一师范学院学报》，2021年第5期。

东渡以后，黄檗文化的发展中心转移到了日本，相继形成以隐元禅师、木庵禅师的京都黄檗山万福寺、即非禅师广寿山福聚寺等为中心的日本佛教新文化，此即黄檗文化发展的第二阶段。现在，随着中国实力崛起，发展黄檗文化的重任再次转移到中国，在接续传承黄檗文化的基础上，正面临发展黄檗文化的新境界。

当今的黄檗文化不只超越了中国，更超越了日本，影响力遍及全世界。深入研究黄檗宗的人间化价值、黄檗学的学术价值、黄檗文化的思想史和文化史价值，是吸收和借鉴古今中外优秀文明的正确做法，更是创新文明要素的具体路径。以中国黄檗文化为主体，同时与其他文明互相借鉴交流，在中国黄檗文化连续性发展的基础上，接续已有的明清黄檗文化和日本黄檗文化，进一步开拓出黄檗文化发展的新天地，在中国黄檗传统文化的自我更新中创造出世界黄檗新文化。

三、黄檗禅师木庵性瑫

木庵性瑫（1611–1684），俗姓吴，名性瑫，福建泉州人，1626年出家，时十六岁，一生受教多师，先后师从碧芝岩樵云大师、修雅法师、雪关禅师、永和尚、密云老和尚、箬庵和尚、三宜和尚、石雨和尚、费隐通容和尚、隐元隆琦和尚。1650年，木庵四十岁，隐元禅师正式授法木庵，自此，木庵成为了隐元禅师的法统继承人。1654年隐元禅师渡日后，邀木庵赴日，1655年木庵渡日。1664年，木庵接替隐元为日本京都黄檗山万福禅寺住持，成为日本黄檗宗的第二代祖师。直至1680年退隐，十七年间，黄檗宗蓬勃兴盛，影响力遍及日本。

木庵在诗、文、书、画、禅法方面各有成就，留下了大量作品，其弟子门人：智定、定珠、定琛、定和、立峰、道机、道珠、道和、道智、道新、道仟、道高、道止、道慈、道林、道聪、元光、道琏、元俊、定然、道稔、道安、性明、道明、道海、道清、道忥、道宗、道融、道琛、道泰、道泓、道寂、道光、道立、道范、道和、道空、道秀、道刚、道源、道胖、道巍、道悟、道广、道南、道逸、道子、道东、道用、道昭、道廓、道岩、道辉、道慈、道无、道濬、道钧、道付、道华等，在不同时间、地点编辑刊刻了木庵的别集，包括：《木庵禅师警语》《木庵禅师东来语录》《东来辑》《木庵和尚武州瑞圣禅寺语录》《黄檗木庵和尚叙录》，《木庵禅师语录》一卷本及《木庵禅师语录》十四卷本，《黄檗木庵禅师语录》十二卷本，

《木庵禅师语录》十八卷本，《黄檗木庵和尚全录》，《紫云止草》《象山惠明禅寺木庵禅师语录》《木庵禅师住长崎福济寺语录》《木庵禅师福济寺又录》《木庵禅师草录》《木庵禅师又录》等。

日本平久保章（1909–1994）在上述别集基础上整合编成刻本《新纂校订木庵全集》（思文阁出版1992年）及木庵禅师年谱共计八册。此本内容翔实、全面，是木庵文献中最为东亚学者重视的刊本。时过境迁再看此本，其不足亦尤为明显。

一者，此本刊刻、保存于日本，中国境内罕见，虽可见其电子版，但对于检索海外文献不熟练者来说，要获取其电子版也要费些周折，而且因为国内没有，直接的结果即木庵在国内的影响受到极大阻碍。二者，此本为刻本、繁体影印，对于一般学者来说，要顺利流畅阅读理解，绝非易事。三者，因木庵足迹广布，别集众多，同一个别集往往多次刊刻，同一篇目往往出现在不同人编刻的多个别集中，这样一来，同一个篇目的文章出现内容相似、篇幅不同、字句不同的现象尤为普遍。平久保章是一位谨慎的学者，其处理办法是，将这些相似而不同的篇、章、段落、句子，使用剪刀加糨糊的方式整理在一处，先后接续排列。因此，翻检此本会发现，一篇文章结束以后，紧跟着又是一篇与此相似的文章，有时题目、内容完全一样——这种情况很少，多数时候题目、内容的字、句、篇幅均不相同，这种情况几乎出现在所有卷次之中。这样做的好处很明显，使得同一个主题的文章不再分散各处，较为整齐，最大的遗憾是因其高频出现的篇目重复，导致文字冗余累赘，让读者费时费力，极大的降低了阅读积极性，最终让不能获得较佳的文献成为开展木庵研究的一大障碍。重新编纂一本适合当代人阅读的木庵全集，已成为学界共识。“鉴于木庵在中日文化交流史上的重要地位，以及国内学术界木庵研究的相对滞后，颇有必要在平久保章本的基础上对《木庵全集》进行一次更为深入、规范的点校整理，以促进学术研究的深入”[①]，很好地说出了学林对新版木庵文献的期盼。

本书以平久保章本为底本，选录木庵禅师重要的诗文作品，精审校勘，编作四卷：诗偈颂歌、书问赞启、序跋记谕、佛事法语，依照现行古籍整

---

① 李福标、李妍：《〈木庵全集〉平久保章编印本平议》，《绍兴文理学院学报（人文社会科学）》，2021年第11期。

理规范予以点校，将同一篇目不同版本中比较重要的字词差异以脚注校记。笔者才疏学浅，错漏难免，敬请指正。

吴章燕　王晚霞

2023年9月10日

凡 例

1. 将标题中的说明性文字置于脚注，长序类则置于标题下方。

2. 调整了部分篇目的标题，为部分无标题篇目增加了标题。

3. 依当代阅读习惯，将承前省略的标题、作者，补充完整。

4. 底本史料由多人、多时编辑而成，类别重出且混乱。现依据诗文体裁分四卷：诗偈颂歌、书问赞启、序跋记谕、法语机缘。附录三卷：黄檗二代赐紫木庵和尚年谱、木庵和尚行实、黄檗第二代紫云老和尚末后事实。

5. 底本中个别模糊难辨字，以“□”代之。异体字、罕见字均改为通行简体字。一些常见错别字据文意径改，如“卄”“廿”，“曽”“鲁”，“己”“已”“巳”，“大”“太”，“未”“末”，“人”“入”等。

6. 删去底本中重复的篇目。如完全一致保留其一则删去其余，如《初祖》：“长江波浪险，少室雪霜寒。不度三三载，争开五叶丹。”与《达磨大师》中的第四首内容完全一致，则仅保留前者。如两者相似而不同，则选取篇幅更长者。如篇幅相同而字词不同，则选其一并在脚注中注明差异，其他疑惑处亦出校记于脚注中。如篇幅相同而标题长短不同，选取较长者，如，“示寂空禅人”与“示寂禅人”，选前者；如标题差别较大，则选其一并出校记，如“荐快信法师”与“挽快信法师”，选前者，脚注中说明后者。

卷一　诗偈颂歌

次张二水相国清居精舍韵

海纳山容宰相怀，谈禅促膝坐云斋。
虚空敲出惊人句，笔走龙蛇浪拍涯。

次传给谏檀越晚过弥陀庵韵

秋庭皓月映华台[1]，光辉四壁邈尘埃。
檀郎此际留高韵，犹胜当年解带回。

紫云十四奇·八吉祥

桑树白莲

唐泉州开元寺黄长者梦中见一僧，乞地对云桑树产莲，即许言讫见。僧腾空而去，翌晨，桑果产莲。

瑞现枯桑菡萏花，枝头朵朵玉无瑕。
香穿长者辽天鼻，露布禅林百二家。

紫云盖地

时圣僧以袈裟飞空，影似紫云覆地，长者乃建寺与之名莲花，唐改开元。

云垂紫气盖莲宫，密荫三千世界中。
大地众生知觉悟，江南佛国独为雄。

甘露戒坛

天下三戒坛，开元其一也，澄照律师造。

甘露门开势泼天，全身宝戒舍那前。
坛场层级虽华彩，当甚衲僧草履穿。

① 本句一作“皓月秋庭映玉台”。

凡草不生

唐盛之时，地皆生芝草。

平白地中净点尘，幽闲劫外不知[①]春。
灵芝产处非为瑞，况许[②]蔓蔓野草蓁。

石炉生烟

唐盛之时，庭中石狮子香炉日日生香烟，炉至今在焉。

浑仑石鼎口生烟，馥郁氤氲匝地天。
殊胜之中殊胜现，流芳千古岂徒然。

石柱牡丹

天王殿东石柱，自然牡丹花六七朵，至今尚在。

石础花开象牡丹，无情似启有情看。
南泉点破同春梦，智者岂无解返观。

应梦罗汉

杭州净慈火焚，罗汉五百来借开元居住，遂有罗汉阁焉。

无明一发最为难，没地容身入建关。
五百瞎驴穷伎俩，相随作梦借牛栏。

白鸽听经

有僧诵法华，每日鸽来，听诵完则飞去，即戒环禅师后身也。

堂前听法智如鹙，领会翻身作比丘。
却把虚空经注遍，三千狮子一毛头。

六殊胜

东西石塔

东西二石塔高二十余丈，唐梵僧奉维卫如来舍利于塔顶，时常放光。文偁禅师造也。

团圞没缝凌霄外，宝顶光吞日月晖。
八角层层空里走，风云每吐示全机。

① “知”一作“逢”。
② “许”一作“有”。

古龙眼井

山门前二古井，深无限，其水甘洌非常，井中红鲤鱼二尺余，无数人不能捉也。

虾蟆井底月浑吞，碧浸寒光绝点痕。
绠短强来深处汲，蟠龙应笑不知源。

袒膊真身

戴云山隐静，开元中出家，有灵异，人所不测，出入虎常随身，如丰干辈流。

霜雪祁寒袒半肩，胸藏风月韵无边。
戴云虎豹常驯伏，浪得虚声遍大千。

文殊墨迹

文殊化身阁中，注唯识，一日有人欲往五台，土地途中谓其人曰："开元阁中，文殊也。"师知是土地泄机，乃置土地于门外。

赤脚匆忙下五台，手抄注脚紫云来。
时人不识真狮子，屈累土神门外哀。

御赐佛像

唐赐浮海石佛二尊，今尚在殿中额上。

石头泛海事非常，螺髻山青放宝光。
烁破大唐天子眼，亲题御墨泼天香。

支院高僧

自唐宋共八十余员善知识。

八十余人总白拈，说黄道黑贩私盐。
奈何末法多狐种，口吐莲花又被嫌。

龙峰岩十二景次鲁庵刘居士韵

曲径松阴

羊肠百转势通霄，访隐临幽岂待招。
宝盖千重松影密，更高亦上不辞遥。

平坛旭早

空坛远豁映扶桑，三脚金乌出渺茫。

云敛海山光彻旦，涵虚一洗露天裳。

方屏塞向

嵬崔壁立迥幽森，仰斗摩云欲接天。
适意此中尘不惹，优游永岁胜羲轩。

坦席迎熏

片具平夷翠覆浓，圣凡共赏乐偕同。
香飘时见天花落，匝地南熏一笛风。

讲易玄崖

无私化物圣经篇，谈注芳崖有二贤。
铁舌风雷声未断，遗踪万古刻金坚。

斗室眠云

不嫌斗小卧霜晴，淡淡幽闲伴洞灵。
忽尔从龙寰海上，为霖遍界入华青。

海天山月

山长海阔碧连天，月上岩峦耀满川。
野衲心虚先得见，眼空世界独高迁。

积翠留馨

得意山香不在花，文章虎豹萃春芽。
风含锦翠非凡草，秀丽萦旋处士家。

渔火浮星

无数渔灯竞钓鳞，惊人浪里放钩纶。
得鱼沽酒大家乐，彻夜星辉泛水滨。

瀑泉飞练

倾湫喷玉万峰前，白练飘飘落九天。
巨壑还他兴大用，波涛化雨润三千。

湖光咫尺

山点湖光练影长，荷开风过水生香。
回观澄碧清涟上，疑是濂溪周子乡。

山骨玲珑

稜层瘦骨插青天，石腹空灵迸酿泉。
敏手难图山水乐，黄金能易卧云贤。

次天康郑居士见访韵

其一

鸟道玄虚没雨晴，昭昭祖意太分明。
成家作活无难易，终日闻声不是声。

其二

非心非佛眼生花，即佛即心未作家。
直得爱憎关棙破，大方阔步好生涯。

用前韵赠许居士

雪片飞空尚未晴，懒沽村酒待渊明。
木楂羹奉全无味，笑得石人不断声。

敛石二咏

一线天①

迸开两道壁千寻，一线天长带雨阴。
崖罅斜生花欲坠，香风无限袭人襟。

五音石②

巨灵劈破万重山，手迹于今挂壁间。
往往登临多错认，频敲声作五音看。

双乳峰

双垂碧乳暗浮香，雨洗云蒸色相苍。
若止儿啼天际外，俨然流露不收藏。

狮子岩二咏

团瓢亭

突出云梯结小瓢，危危蹭蹬一峰峣。

---

① 题一作“敛石一线天”。
② 题后注“亦曰五指石”。又一题后注“又云五指石”。

窗开八面青霄外，万古风高作准标。

辽天居[①]

石竹峰西古佛踪，楼台幻出碧云中。
数声清磬三更月，豁破乾坤一梦笼。

倒影溪

一带香溪彻镜清，斜阳返照众峰倾。
森森影现难遮掩，不碍鱼龙水底行。

喝水岩别身子兄

喝水岩前花雨纷，重重绿雾锁松门。
拨开线路穿云去，踏碎溪山万点春。

咏梅

雪中独露一枝新，瘦影飘潇绝点尘。
敛笑岩头清昼永，从教蜂蝶往来频。

门拥斜晖

阒寂柴扉竟日闲，夕阳返照半函山。
红霞碧落连孤鹜，一段幽奇欲画难。

同诸友夜过鹿苑院[②]

忽忆鹿园趣转多，相携秉烛过山阿。
蛙鸣夜色知何处，回首新钩挂薜[③]萝。

送友住山

悠悠林下镢头边，随分生涯得自便。
松食荷衣忘岁月，白云深处不朝天。

临山卫绝粮

茅庐澹泊客囊空，买尽衣单不计穷。
采得黄齑煨白水，不知身在寂寥中。

---

① 题后注“即本师手构”。又一题后注无“即”字。

② 题一作“夜同诸侣过鹿苑院”。

③ “薜”一作“绿”。

绝食（有引）

皇明改元，义兵四起，乃别金粟，过江至绍兴，临山卫，水陆阻隔，因住三余月。衣单散尽，独处一室。窃念圣朝崩陷，自惭释子，虚沾水土之恩，欲绝食自尽。一友劝云："衲僧惟修道行道，忠在其中，此天运之数耳，奈何也？"予唯唯，作此太息。

国家倾覆荡然空，散卖衣单不为穷。
只采黄齑煨白水，岂知身在寂寥中。

春日

烟淡淡，竹笼笼，轻摇碧影引东风。
桃唇柳眼开春象，溢目文章赋不穷。

山居十首·和中峰和尚韵

云林深处墅僧家，毳衲饱餐万壑霞。
竟日不知浮世态，长年只见落天花。
一池秋水一池月，五亩篱笆五亩茶。
这种生涯无限趣，如何分我复分他。

入水入泥事已多，争如放浪隐岩阿。
山锄斸断千生梦，瓦钵烹乾万劫波。
暮桂迎风零玉屑，秋萝映日染丹莎。
鬔头磊落无规矩，一任人呼佛与魔。

溢目家山耸翠屏，就中缚屋乐闲情。
梅花冷晒半钩月，榾柮生烧折脚铛。
松径时时栖鹤影，竹窗夜夜到溪声。
几回欲卖山中趣，惟恐无人买得成。

疏拙只缘老碧岑，犹怜苔滑路崎嵚。
三间茅屋云来往，十里松关月照临。
秋尽猿岩千树落，春回鸟道百花深。
普通年外分皮髓，未必曾知有此心。

道出平常绝爱憎，灰心穷谷一无能。
几回定里三更月，只自经行七尺藤。
露湿玄猿吟古树，花霏白鹤伴孤僧。
洒然一笑乾坤动，忘却当年继祖灯。

寥寥山色映晴扉，孤坐闲吟底事稀。
北岛深春娇鸟语，东檐薄暮懒云归。
潺湲涧水鸣幽韵，艳艳山桃发妙机。
一句明明常耿晓[①]，谁能于此透玄微。

烟霞深隐分相当，拭涕无工岂是忙。
黄独连根煨粪火，青藤带叶系绳床。
山云出岫如拖练，涧月窥窗似点霜。
万境幽闲空寂历，头头成现绝囊藏。

茫茫何事苦追攀，拟觅安心心不安。
惺梦奚须除枕簟，明机岂在入禅坛。
重岩树色逢春秀，曲径苔痕带露寒。
触目圆全谁欠少，都缘不觉落迷端。

生缘寄迹在空林，数见山花便见心。
千尺雨崖春寂寂，一条雪涧冷沉沉。
鸟声嘲巧无生曲，泉眼潺湲太古琴。
迷悟两途浑劈破，灼[②]然大地尽黄金。

棱层瘦影对青山，那肯混流到世间。
病愈林中双脚健，情消物外一身闲。
苍苔翠厚埋尘迹，绿树阴浓掩石关。
不蓄沩山青铁镜，惟留溪碧照枯颜。

---

① 本句一作“一句分明今古具”。
② “灼”一作“烁”。

山居闲咏[①]六首

其一

天开片地茂林中，一榻虚闲一老翁。
放旷万缘俱阒寂，优游永岁乐何同。
暗香扑鼻花衔鸟，翠浪冲云竹打风。
如意指挥魔胆落，方来龙象尽开蒙。

其二

林端隐隐日临中，暖映清闲自得翁。
一个蒲团常日坐，三间茅屋与云同。
溪声饶舌宣禅偈，草色成文偃德风。
底事明明非少欠，多知多解转昏蒙。

其三

山南山北与山中，寂坐闲吟逸世翁。
笑傲乾坤惟我独，眼明日月更谁同。
参差梅竹长生画，细拂松涛一笛风。
杖策敲空闲意绪，拈来觌面启童蒙。

其四

筑就禅房绿树中，栽松种竹自由翁。
布衫不制七斤重，律行惟严古哲同。
只许支公能傲物，更怜济老有英风。
逢场作戏初无我，举古拈今特发蒙。

其五

翠云每日出山中，与鹤绕围无事翁。
禅室从来尘不到，香台岂是俗能同。
此中坐卧花频雨，物外逍遥骨露风。
日用偶谐无别事，偏怜宇宙逐憨蒙。

① 题一作“紫云咏兴”。

其六

从教日涌海门中，独自虚怀廓主翁。
不掩柴扉清昼永，消融幻梦碧空同。
云根移石成三径，竹外烹茶见古风。
上代圣贤如电拂，难将底意话狂蒙。

次泉郡太守黄公赠觉非师祖半岭岩结夏韵

山塘菡萏正芬芳，夏制安禅分外凉。
万顷松风清霭气，千株萝月湛寒光。
岩前花发香难掩，岭半云闲趣更长。
雪发野僧无个事，萧然坐对一枝香。

次铨部素庵林公四月八负土，忽雁百余从北绕冢南去韵

高林赛土未霜钟，何事天边雁又从。
自是斗牛光远映，奚疑金甲侍崇封。
千山指日彰文物，万壑流泉濯剑龙。
白眼不须频洒泪，仙翁已入王关中。

赠洲生刘居士剃发入山

愤然遁迹足高奇，削发为僧转更稀。
秦苑荣华齐蝶梦，汉宫壮丽等沙泥。
倚松结得三间屋，就涧开成半亩池。
涤尽烦襟无事外，一双白眼看云飞。

游喝水岩

侧立桥间万景幽，石门架出紫霄丘。
空崖日暖花斜发，古涧苔阴水逆流。
雾罩峰腰添象迹，帆悬海上起鳌头。
谩云晏祖今迁去，霹雳雷轰尚未休。

月台夜坐（有引）

山中凉夜，月色微濛，松竹苍翠，崖石巉岩，拟一跏趺，犹少坐处。乃喟然曰：“清磬疏幽，风月恬淡，丁此时可无片坐论怀乎？”同游云：“斯何难哉！”翌日，便运土搬石，筑成其台。即夜挑山泉烹雷鸣，对月共酌。于

是分韵，以志一时之兴。或云：“古人无剪爪之工，学道者可飘逸若是耶？”余曰：“不然。烟岛云林，风柯月渚，咸提妙旨；雀躁鸦鸣，瀑飞崖落，并可传心。知此不外乎道，则何往而不自得矣。”

盘台新筑傍崖丘，蹑履登临不胜幽。
花动微风宗炳社，空悬明月庾公楼。
烹茶竹外云归岫，晏坐岩前松化虬。
若问西来端的意，翠兰花发暗香浮。

绿竹漪漪[①]覆小台，一钩新月共徘徊。
孤光透露凝虚碧，皓气澄清绝点埃。
茶熟炉中看鹤舞，果残崖下见猿回。
野僧快乐长如此，佛法从教冷似灰。

过钓台怀子陵先生[②]

为寻剑客过严滩，极目沧江白浪寒。
七里陇中渔父隐，一竿台上海天宽。
冰怀卓荦凌千古，苦节圆成馥四寰。
不识先生何处是，碧云散尽露青山。

和永觉禅师秋日避兵往双漈韵

杖笠相随入碧山，不知行过几溪湾。
深村白屋无人住，狭路苍荆更孰删。
雾暗千峰浮雨里，风悲万木落云间。
如何似得清平日，林下萧然事事闲。

独步空林挈毳裳，回看树色间青黄。
山亭冷淡藤萝密，茅舍孤寒墅草荒。
忽见旌旗遮古道，且寻僻坞过邻乡。
虽然争战非吾事，触目焉能不惨伤。

① “漪漪”一作“猗猗”。
② 题后注“即崇祯乙亥秋”。

寓双漈寺有感

竟日悠闲半掩扉，寒鸦咶噪绕林飞。
樵儿旋斫青柴去，牧子随驱白犊归。
山寺春深聊寄迹，池荷秋老可成衣。
邦家反覆浑如梦，只阅传灯彻夜辉。

院中幸免兵灾赋以志喜

遍览晴川半是荒，禅林暗喜得仍常。
斋余象鼎香清袅，定起猊台鸟乱翔。
花雨缤纷垂宝殿，水光荡漾写龙章。
半千衲子无消散，昼夜交参绕法王。

重阳有感

残叶飘飘带露寒，苍黄物景不堪观。
四山雾合连天黑，大野烽腾映石丹。
戎马悲鸣愁客听，枪旗闪动转心酸。
西风九日凄凉甚，拟一登高路上难。

观黄檗山龙潭

午后风晴澹翠微，溪山徙倚赏幽奇。
嵯峨雨径苔痕滑，崄峻藤崖日影迟。
万丈寒潭藏碧落，一条瀑布散琼枝。
引他无限奇男子，来往纷纷着眼窥。

春日也懒法兄见访赋以志喜

碧谷冲虚自廓寥，松门半启草萧萧。
莺啼乔木声声巧，花笑新春色色娇。
万境空闲神颖秀，千机顿息体丰饶。
不因远驾相过此，底事何由共拍谣。

次韵残梅

操霜古干撇生芽，劲挺神清万倍赊。
雪后圆成空劫子，风前扑落旧年花。
横斜水际闲红日，疏散崖间接紫霞。

素质幸无樵斧劈，长留傲骨在山家。

秋同慧、白二法兄游龙潭[①]

秋清奇晤在寒岑，把臂寻幽入更深。
行到穷崖无鸟道，返闻古洞有龙吟。
霏霏瀑落半山雨，霭霭烟生四壁阴。
恍似石梁桥畔景，徘徊各自畅披襟。

次韵送禅人同本师往双径

仙霞岭外草萋萋，法御追随愧莫齐。
万壑花开如送策，千林鸟语似留题。
眉横海宇添新句，袖卷春风带落霓。
双径高僧三百个，君须收作一囊提。

同诸子游古莆龟山

闲携诸子探灵踪，数里透迤到水穷。
台上真身元不坏，云边梵刹半成空。
晚林野鹤归巢白，晓色山花吸露红。
法地虽然今寂莫，竹松犹可引清风。

雨后观瀑

雨师永夜梦中残，晓起云收见远山。
瀑布千条垂碧落，江风万顷绕松关。
稻花忽忽兼荷馥，鸟语簧簧带水潺。
植杖门前非懒散，只缘无事一身闲。

赠日本蕴谦师弟

六六峰州迥大唐，一枝特秀海门东。
骊珠探取苍龙窟，明月相随碧水宫。
青鸟衔花天外寂，黄梅消息杖头通。
不妨浪溅袈裟湿，振起吾家佛祖风。

春同诸禅侣游敛石龙潭

飘然屐翠过林东，涧曲阴斜趣不穷。

---

① 一有注："即敛石因过访以赋之。"

古树花緋青壁上，寒崖影浸碧潭空。
龙藏未雨怜峰好，道映垂阳有鸟通。
镌碣苔埋休更读，相携煮茗酌春风。

次李守备登北山见访韵

岳顶崔嵬插汉霄，烟林月渚绕丹峣。
未来尽怖山高峻，曾到方知路不遥。
花鸟无心分彼此，松风永夜自歌谣。
正愁幻住知音少，幸值庞翁特挂瓢。

同慧兄游石竹[①]

闻道灵[②]踪不计幽，相将陟蹈最高楼。
松桥砌涧从云锁，鹤影横空任客游。
话到深更清磬寂，诗成白月曲溪流。
此中自有真机在，何必区区梦里求。

秋到狮子岩

丹崖迥出碧霄颠，蹑屐跻攀一径悬。
道者悠然闲世外，禅关阒寂寄云边。
峰峦叠叠千层出，溪涧蓝蓝万曲旋。
溢目风光无限好，谩将点缀落言诠。

寒露登九日山同际兄赋

淡放芙蓉点素秋，寒风大御晚登游。
希碑共读苔埋字，秦室谁怜灶委丘。
世事浮云多变幻，山川胜概独闲幽。
从来此道含天地，圣远于今付水流。

惠明寺偶成书与雨子助参

桃源邑绕碧溪流，古寺栖迟事事周。
夹道高支霜柏怪，闲庭深处野花幽。
纷纷琐末风尘客，济济规清佛祖俦。

① 一有注：“凡求梦者皆有灵应。”
② “灵”一作“仙”。

石磬数声通鸟谷，谁怜世险兢沉浮。

乙未灯节有感

星桥岁岁烜天红，此夜前年似不同。
十室柴门堆落叶，千村客路冷春风。
频来月下心无事，偶在梅边意又忼。
暗喜佛灯光转焰，除非知有莫能通。

同侍者良悟野望咏兴

日暖风和一屐轻，苔钱踏破遣闲情。
沧桑世事何堪述，解脱禅关且共行。
把勺溪边春昼永，放桃陌上道心生。
碧岩开士由来别，不与浮云梦里平。

暮雨次韵

夕阳乍敛碧天低，野岸桥流水满溪。
客到门前花欲睡，云横谷口鸟犹迷。
炊烟微动饶春色，麦浪轻翻媚陇西。
侧眼危崖看瀑落，虽然得句不陈鸡。

赋得从今一日不离山

从今一日不离山，浩笑长歌物外闲。
翠寞栖迟尘不惹，层楼幽独孰能攀。
风回十里松涛月，雾卷千岩虎变斑。
世事鸿毛何足问，争如箕踞白云间。

苦雨

溪边茅屋两三间，永昼霖漓出户难。
脱浣缁衣无眼处，栽来野菜竟伤残。
复蒹运否蜂纷乱，况又人饥岁靡安。
洗去重重山骨露，何时赤日现云端。

喜三非法弟过访以诗见遗次韵

丛青古柏拂风凉，复得知音写玉章。
半榻霞光寒日色，一楼风彩塞天荒。

心空谩说莲花净，道恰还同海岸香。
竹杖高悬三丈壁，安然共坐紫云场。

送西堂中柱兄[①]往三山住圣泉寺

踏着上头关，英风起檗峦。
锋铓虽不露，鳞角已全斑。
夺得骊珠冲汉去，光辉从此耀三山。
红炉焰里放全身，不避钳锤恶辣频。
弹子千钧今已得，全彰机用震乾坤。

送西堂虚白兄[②]住山

虎须常惯捋，英特少人俦。择木栖云侣，施机越众流。
溪山铛里煮，风月杖头收。时节相逢处，轰轰振祖猷。

秋日寄友[③]

光阴驹过隙，瞬息九春秋。隔面虽千里，回看只一筹。
树凋风体露，桂馥谷传幽。特写紫芝曲，迢迢寄古叟。

次文震林居士韵

生缘今已老，方识住山难。煮茗泉须汲，栽田草要删。
花开心地馥，月朗性天闲。悟得个中旨，大千独步还。

紫云珠林室闭关[④]

其一

柴扉竟日掩，拙性懒交陪。世味淡如水，禅心死若灰。
焚香中夜坐，待月五更回。古殿疏钟响，微微风送来。

其二

禁足紫云东，长年若哑聋。虽然此性拙，颇似[⑤]古人同。

---

① “中柱兄”另作“中柱法兄”。
② “虚白兄”另作“虚白法弟”。
③ “友”另题作“友人”。
④ 题另作“丙子珠林室闭关”，后又题“丙子春”。
⑤ “颇似”另作“实与”。

面壁共肝胆[①]，毗耶一化工[②]。沙弥不济事，问我属何宗？

其三

荆门傍紫阁，昼夜却封关。春草覆庭绿，柯风入座寒。
绳床三只脚，松米半盈箪。可以消闲日，澹然世界宽。

登鼓山

策杖独登眺，松云绕径新。石门吞海气，鼓岭插江滨。
风送崖花馥，鸟蹄山谷春。寒泉涌涧碧，别是一天津。

次欧居士过访韵

古刹住来久，闲中得意深。风柯传道偈，雪涧鉴英心。
鹭宿松生玉，莺飞柳落金。现成惊众句，奚必更搜寻。

佛日林法弟仲春到山述怀喜至

阆苑千花瑞，香迎法驾来。山呼风唱和，竹引凤徘徊。
恍若饥逢膳，还如渴得梅。一团云际会，玄叙意兼该。

仲春登福清寺

福清真古地，大士显名山。幻化云中室，祇林世外关。
人来花鸟悦，客去茶炉闲。磬响传空谷，安禅曲水湾。

示喝禅侍者四十初度

不惑初临旦，法林庆妙年。华光齐海日，慧命等金仙。
鹤有千龄瑞，松多万岁坚。真人无位次，寿量越禅天。

贺梅岭法侄建东林落成

缵继师之道，须还俊肖儿。横拈茅建刹，卓立意无涯。
永岁奇花供，终身梵行资。胸开寰宇阔，弘范自相宜。

示柏子禅人

志气无迂拙，真参不惮劳。胸怀霜雪洁，履践柏松操。
念固如金铁，心刚若宝刀。今生能斩截，瞬息出头高。

---

① “共肝胆”另作“观风化”。
② “毗耶一化工”另作“杜门标法空”。

赠惟一侄造开山圣像供养双鹤亭

师祖慈颜雄，圆机树荫隆。孝心多瑞感，供像有灵通。
千载山传纪，高名世仰风。芳流兰桂秀，悠久福无穷。

铁柱上座结茅妙高之中峰，扁曰大潜，偈以赠之

紫山与檗岫，两处甚劳勤。因果无差错，身心罔乱纭。
密开三昧眼，剿绝万魔军。结草依深秀，大潜道遍闻。

示松信士

有才并有用，两备必成贤。况复胸襟阔，兼犹节义全。
发言含古道，立行屏虚缘。言行无亏匿，是真大福田。

示独芝知客

瑞草非凡卉，风淳产异灵。嘉传希世宝，美贵挺龙庭。
八极佳宾仰，千秋至士铭。心源能洞彻，远播道弥馨。

荐觉心道净居士

灵光常独露，洁净脱根尘。朗耀如圆镜，潇然若大宾。
心空生死尽，念系境缘寅。但领此中意，去来没两人。

荐德英道信

本具身清净，根尘迥不萦。浑无生灭相，那有去来程。
虽出娑婆界，岂离极乐城。顿空心地印，脱体莲华擎。

挽鉴照院天山居士

诸缘惟性晓，万法本来空。富贵同槐梦，荣名过纲风。
超然无滞碍，撇尔自灵通。海印真三昧，圆全鉴照功。

冬日同首座慧兄、西堂玄兄游卧云庵分韵[①]

山中无个事，散步入云间。树色凋霜醉，溪声漱石寒。
逍遥樵子径，阒寂野禅关。煮茗团高论，迥然天地宽。

酌茗待月[②]

此夜山风静，茶铛细煮天。无灯迟皓月，有句辱枯禅。

① 题一作“庚寅冬同慧玄二兄卧云庵分韵”。

② 题一作“狮岩待月同慧即法昆仲刻韵”。

野水畔渔火，江村弄管弦。寒蟾初照处，玉镜挂峰巅。

腊月越望送戒子密声上人梓里省亲[①]

美子能行孝，还乡特慰亲。梅花香衬杖，腊雪冷侵身。
鸟道青山外，瓢踪绿渭滨。到家原不涉，觌面草堂人。

贺慧法兄中秋初度

身混形外活，法向无为生。况又六根净，安分百界名。
波澜翻壑静，桂月夺风清。以此扬君寿，吾知益未能。

代书答洞生旧友

道人无定趾，一别几经秋。扶杖千峰去，瞻风万里游。
不知泥水重，只恐雪毛浮。忽尔音书至，花飞满院幽。

欧、王二居士过访以诗相赠依韵[②]

庵居将二载，始见两公来。袖出唐朝语，胸藏汉国才。
谭[③]禅多契理，处世不沾[④]埃。再进竿头步，无言向[⑤]似雷。

辽天居同慧兄坐话怀黄檗老人

有悚分襟久，方兹过碧岩。叙怀深契款，论事惬同参。
丈室辽天外，孤峰迥岭南。老人曾寄迹，壁立一禅关。

癸巳除夕赋得山中无历日限韵[⑥]

年华都不记，淡里自生甘。万事今宵息，千机明日探。
人闲松火际，竹爆檗山南。懒学烹牛犊，禅灯映碧潭。

甲午元旦即事似颖[⑦]川藤左卫门居士[⑧]

一团新淑气，绰绰满寰中。帝朔临初日，王春播正风。
太平人浩笑，佳节礼相通。掌握回天地，端然属主翁。

---

① 题一作“岁杪送密戒子省亲”。
② 题一作“欧王二居士过访各以诗见赠依韵答之”。
③ “谭”一作“谈”。
④ “沾”一作“浑”。
⑤ “向”一作“响”。
⑥ 题一有注：“同独往子。”
⑦ “颖”：疑为“颍”。
⑧ 题一作“甲午元旦即事”。

喜洪克姚居士同诸侣过访

柴门闲掩半，不见美人行。此日群英至，多年好友情。
寒温犹未尽，吟咏却难成。忽忽松涛起，因之意自明。

喜铁山子至[①]

自从分袂后，十载绝音书。此日共清话，多年结梦除。
寒岩藏木拙，破杓灌园蔬。正谓山孤寂，何期过草庐。

清源洞独眺[②]

卓尔峰头立，指挥万重山。沧溟浮掌上，碧落挂眉间。
着物身为缚，无心境自闲。历然清磬外，幻梦不相关。

山居

其一

小院云深处，柴扉半掩扃。不知凡圣号，任唤马牛名。
雨块山浮翠，风条谷传声[③]。悠然此独坐，兀尔自忘情。

其二

空山[④]幽更寂，竟日绝嚣尘。作佛既为妄，登仙岂是真。
花飞千嶂锦，鸟弄一林春。自得生涯趣，如何说向人。

其三

闲行西涧上，侧望岭头遥。鸟过奇花落，云垂怪石饶。
采薇稀得见，逐鹿甚轻骄。堪惜当兹世，犹无共饮瓢。

其四

密意镬头边，闲闲不记年。云深藏野迹，屋小护松烟。
懒架石巩箭，宁谈婆子禅。有来相借问，渊默自无言。

---

① 题一作“彻微道友至”。
② 题后注“乙未孟夏”。
③ “谷传声”一作“石奏笙”。
④ “空山”一作“山空”。

其五

独喜山之节，沧州一望穷。波间红日浴，天际[①]白云封。
云水遥相访，猿猴悟苦空。清机人不识，花雨入帘栊。

咏月

偶坐花栏际，天开一片秋。孤光含水静，素影带山幽。
却阻人迟睡，频招僧远游。莫观标指上，得意在楼头。

寒露九日山访际兄

门流溪水碧，草色露沾黄。古佛无尘气，青山有异光。
注经人已隐，遗迹名还香。更羡真栖处，松云一径长。

秋晚访淡法兄[②]

极目千峰外，洞然共一家。寒潭清晓月[③]，曲径媚秋花[④]。
未学屠龙艺，先知避世哗。临桥筇半倚，宛似驾仙槎。

季秋至紫宵岩访淡兄

荔阴深一径，更到水穷之。声度云边磬，香飘涧下蕲。
叙怀通古道，谈法痛今时。我得未闻事，块然动所悲。

甲午秋晚同诸子宿东关大士庵

山庵虽斗小，却有大千宽。户纳百川水，窗开万壑峦。
溪声幽客梦，露气淑花寒。此乃化城境，毋将宝所看。

重阳前一日至桃源惠[⑤]明寺值雨

重九前朝至，风阴山色寒。庭黄花吐锦，涧白雨添澜。
慧眼开清镜，禅扉掩静峦。分明少室旨，桂子香漫漫。

霜降后游山回有感

访旧临霜后，归来菊正黄。城头砧捣急，桥外雁行长。

---

① “天际”一作“天外”。

② 题后注“紫霄岩”，题一作“秋晓览胜”。

③ “寒潭清晓月”一作“寒潭通每月”。

④ “曲径媚秋花”一作“曲径杂空花”。

⑤ “惠”一作“慧”。

路险欺人履，心平晤[①]友良。斯时天运否，举世[②]半庸狂。

雨后山行

四霁山如洗，蓝蓝刺眼新。踏花峰顶去，看水崖头呻。
境在心为塞，情空鸟亦亲。偶然松下过，苔石烂于春。

春日同慧生侍者象山采松花咏兴

鸟道丛青霭，风扶上翠岑。因忻常老事，复入济公林。
有树花成米，无枝叶指针。儿曹频采摘，香度满荷襟。

慈云耆宿见访喜以赠之

禅房凭几处，每忆贵山幽。未往探奇迹，何当降宝輶。
谦光辉海宇，盛德润林丘。对坐叙今昔，浑同老赵州。

象山八景

琦象翠屏

无钩性自驯，积翠一身春。璎珞苍松古，花牙碧涧新。
朝昏依刹影，富贵以云璘。俯伏回屏势，飘然绝点尘。

大鹏拱峙

迥迥如天柱，摩霄万古雄。招提承霁月，胜地得光风。
不下苍龙窟，独卫古佛宫。明公难物色，格外一灵踪。

闲庭古柏

前朝谁种植，今日荫山门。以此为标准，因之作凤园。
捎天犹伞盖，入径恍云屯。挺立闲庭上，枝枝劫外蕃。

象腋香泉

涌出象山腋，津香滚不穷。过山通竹笕，到海作涛风。
浸月孤松下，供僧碧嶂中。天工非所凿，意与曹溪同。

隔溪夜漏

溪东一里许，岸筑小烟城。永夜敷莲漏，六时点磬鸣。
定中僧未起，枕上梦难成。惟有白云静，无心着色声。

---

① “晤”一作“带”。
② “举世”一作“所遇”。

径外溪声

出径千余武，香溪贯海天。夜深声洗月，风动水流烟。
闻性非千耳，涤心岂假渊。岸头频倚仗，每听舌翻莲。

万岁擎天

崔嵬横鸟道，滴翠不知春。永昼支天汉，频年柄斗辰。
群峰绕帝足，众壑捧莲身。不碍云来往，嵬[①]然气象新。

天马临门

神驹谁赶出，矫首接天高。草长毛争卓，云垂身半韬。
英风天外落，间气阃中豪。未动金鞭影，临门快似飚。

紫云谩咏限韵五七言律

鹫岭俨然在，禅房草色深。诸天城外迴，万象镜中临。
惺梦风疏磬，助歌竹引禽[②]。牡丹生石础，瑞印昔贤心。

精舍悠闲竹径深，柴扉半启水云临。
登楼目富千家锦，俯野声闻几树禽。
自是法身非色相，无劳秋月喻禅心。
明明此道该今昔，世事沤花总懒寻。

紫云有感

莲苑当年事，于今暗动情。不闻挥法韵，惟见斗雄声。
古路红尘起，祖庭白草生。有心深欲振，道愧岭南能。

留三非法弟过夏

五月天多热，复兼制夏期。山行深不便，杖息甚相宜。
苦茗烹云脚，清灯对榻时。谩言风味少，道契几人知。

登太姥山石龙庵

悠然直跨上头巅，一喝千峰尽倒悬。
卓尔迥超[③]寰宇外，等闲惊起石龙眠。

---

① “嵬”一作“屼”。
② “竹引禽”一作“塔噪禽”。
③ “迥超”，另作“寥然”。

虽[①]披骿骺无遮盖，独露全机绝正偏。
寄语水云达道者，谩言鼻孔太辽天。

秋日鼓山喜晤南询禅友[②]

芙蓉澹放漾轻秋，石鼓峰前晤故俦。
两眼睁开光烁烁，一身觌露意悠悠。
畸孤何只松操雪，英特犹然虎食牛。
风骨清标潇[③]洒绝，还君逸翮出常流。

赠良守师闭关

资福山中老牯牛，峥嵘头角出群俦。
天关把住无羁锁，地轴并吞得自由。
鼻孔咤沙全意气，眼睛突露太风流。
飘然不踏溪边草，踞断毗卢最上头。

次西堂中柱法兄漫兴韵

竟日闲闲六不收，从教山翠欲浮流。
此心本净无何喜，诸相元空绝所愁。
偃卧竹床拳当枕，经行雪径鹤为俦[④]。
是凡是圣浑如电，笑杀天龙竖指头。

除夕示众

劫外年华没去来，不萌枝上亘长开。
欲知觌面底今事，且看虚庭喷古梅。
大用大机风廓[⑤]露，三玄三要意俱该。
何须特地烹牛犊，纳角输皮语似雷。

寿海上常熙耆宿

生平朴素行门深，德重于山众所钦[⑥]。

---

① “虽”，另作“离”。
② 题另作“秋日鼓山喜晤南询兄”。
③ “潇”，另作“萧”。
④ “鹤为俦”，另作“孰堪俦”。
⑤ “廓”，另作“靡”。
⑥ “众所钦”，另作“益自箴”。

道范威严无背向，戒珠皎洁合规箴[①]。
高秋[②]海月添筹室，带露芙蕖[③]拥毳衾。
愿与赵州并寿量，为纲为纪[④]振丛林。

寄身子师

莲峰别去转三秋，彼此林峦得自休。
我向庵中闲白书，君于野外放青牛。
机呈郁郁千般草，目纵旋旋万顷丘。
猿鸟不来消息尽，迥然独露古徽猷。

次常普上人韵[⑤]

真诚履道气如王，挺立乾坤眼界空。
险峻机锋休搏[⑥]量，现成公案不须穷。
饥餐渴饮心无异，寂坐闲眠体自同[⑦]。
拨转[⑧]上头关棙子，阿谁不是古黄龙。

山中偶成

出得丛林住得山，莫教佛法等闲看。
一毫错处狐身现，万别空时道体胖。
种石蒸云聊过日，裁荷补衲且遮寒。
口生白醭千重厚，终不为人说易难。

放生

物命形殊性不殊，只缘妄觉落差途。
今朝换面镬汤里，便是生前食肉夫。
须急放，莫迟疑，冤冤相报无了期。
若能领略个中意，方称如来同体悲。

---

① “合规箴”，另作“尽歌吟”。
② “秋”，另作“悬”。
③ “带露芙蕖”，另作“湛寂松云”。
④ “为纲为纪”，另作“为祥为瑞”。
⑤ 题目另作“示普上人”。
⑥ “搏”，另作“度”。
⑦ “体自同”，另作“意自融”。
⑧ “拨转”，另作“踏着”。

除夕次韵

旧时行李不须删，得意元无可擿还。
短烛吹残高稳卧，浮华变灭岂相关。
文章秀丽闲家具，法眼洞明壮道颜。
如许葛藤收去也，休教此际落人间。

元旦次韵

云根冻解绿浮柯，满目清辉瑞气多。
古木龙吟新正令，灵符虎踞绝妖傩。
山容拓汉题文秀，柳眼窥莺织锦过。
珍重皇风含普扇，无羁玄畅碧岩阿。

挽也懒禅师

祖道寥寥几欲沉，撑持幸有奋深心。
法桥忽析[①]洪波渺，智日无明大地阴。
嗟矣唇亡寒齿颊，悲哉世渴失津淋。
如何不念苍生苦，独戏龙宫绝往寻。

解制别檗山诸兄弟

三冬结社檗山岑，草偃风行振圣林。
彼此拈提三要印，伊吾操弄没弦琴。
一场法会虽丰美，满面尘生已愧深。
打散白云天外去，雄峰独坐孰能禁？

挽文若林老居士

素喜仁风格外清，恂恂卫护法王城。
忽闻跨鹤腾云去，几竖寒毛特地惊。
已识尘缘皆幻梦，尤知物我尽虚名。
虽然去住无羁锁，道与宁忘惨惔情？

次黄檗本师病起志喜韵

老人示疾起岩丘，慈济蘧庐谅未周。

---

① “析”，另作“折”。

地载抟云风骨古，天教广舌法泉流。
三玄祖令重新变，四野狐机尽息休。
耿洁心光含月晓，一池水碧照寒秋。

辽天居即景赠慧兄

得隐高山不偶然，高山惟许隐高贤。
红尘理遣诸空外，白日神游上帝先。
竹圃锄云常戴月，松崖放鹤几辽天。
瓒师独善能忘宠？若较枝筹让半千。

偶成寄蕴谦师弟

山堂独坐觉无聊，翻忆连枝万里遥。
水国弥漫何以晤，冰肠郁结可能消？
闲舒碧眼窥鸿鸟，细把乌藤步石桥。
岂是吾心曾未瞥？只缘法爱义昭昭。

题介石图寿鲁庵刘老居士

卓立南山映碧秋，棱棱一片有谁俦？
狼烟不点千年静，硬①气能凝万劫优。
质润②养成擎汉柱，筹灵突出渡人舟。
当时陆老亲提掇，此日重拈意更悠。

九日同本师和尚诸侣登宝峰扫祖塔

宝峰崛起最崔嵬，中有浮图万象围。
玉骨一团千古白，毫光弥满只今辉。
重岩春去花犹笑，斜径秋深草更菲。
九日扶筇同洒扫，真风独露几知微。

次慧法兄月夜见怀韵

万事无关意虑澄，披书恍似对良朋。
阳春唱和知吾拙，妙法敷扬让智能。
只许白云来榻畔，难教明月下峰层。

① “硬”，另作“浩”。
② “质润”，另作“劲质”。

惊人之句惟频寄，未识高才肯不曾。

看菊

其一

禅扃净扫绝茅荒，黄白花开满径香。
大抵色空非折破，还他秀丽谩添妆。
生成傲气霜难压，晚节贞英贵莫方。
为爱此中风骨正，故携杖子过山堂。

其二

久种东篱花已成，金银玛瑙缀芳茎。
山翁得意恣吟颂，木女无心拍掌评。
翻忆爱莲周子赋，岂嫌隐逸陶公酲。
谁知别具操霜骨，不使风狂惹落英。

咏雪

其一

叵耐空王意太奢，琼瑶飘洒渺无涯。
云山一色琉璃界，瓦屋翻成碧玉家。
万壑缤纷迷鸟道，千林错落放梅花。
无端站觅安心法，直至于今被活埋。

其二

天筛六出和云奢，缥缈江山不见涯。
满野飘花浑潋滟，孤峰不白独清华。
纵然霰漫弥空巧，只恐晴晖照处差。
分付水云休着眼，争如饱饫赵州茶。

咏黄白紫菊

昔日衔杯醉已休，东篱还有满园秋。
星罗碧玉恣华耀，云布紫金眇价酬。
郁拂晚风仪凤舞，青森翠蔚集鹓游。
天生一具操霜骨，别展灵英迥出头。

咏白莲华

云蒸绿渭似炉汤，质托淤泥独自凉。
日炙金鸯荷展盖，风吹玉蕊岸承香。
弗将水漂清如练，捧出波心洁若霜。
看取此中都不染，何须制漏遣心王。

草庵访量静主

生涯随分乐天真，一个茅茨一个人。
镢下翻开荆棘地，屋头任放碧梅春。
黄齑白煮饶风骨，紫芋生煨活法身。
懒瓒当年承底事，知君独得自无邻。

挽碧居师乃堂为尼西归

迥脱尘劳不自羁，碧岩与子淡相期。
清修行逾霜中月，重法身同足下泥。
宛有末山风雅调，宁无马妇骨高奇。
娑婆事毕西归去，净妙莲开七宝池。

春日写兴①

笑傲象林亦偶然，由来自喜得生缘。
龙蛇阵里机全俏，虎豹群中眼独圆。
一尘风清天地上，满怀月朗是非前。
溪行树树桃花放，怪却灵云悟未玄。

纪春次韵

冻解寒岩谷外灵，岭梅香气暗相冥。
初开道眼情无惑，老逐名花梦未醒。
日照高林山色翠，烟迷曲岸柳条青。
谁人解唱紫芝曲，竹里烹茶枕石听。

① 题后注“师时开堂象山”。

甲午夏赠谦弟初度

芥子一尘身，含藏诸法界。大千劫火焚，彼质恒无坏。
苍松耐雪寒，野鹤凌云快。眉放百峰青，毛吞万壑濭。
融化贪嗔痴，圆成慧定戒。三学既澄莹，智仁自卓迈。
此乃曼殊机，如珠非内外。以之祝大年，亘古而开泰。

示相空上人

诸相原非相，是法亦非法。法相两俱空，海口莫能说。
纵然能宣说，犹猿探水月。一念自知归，当下便超越。
相空索吾言，颖君为汝述。如或意未明，切勿生退屈。
从古圣人凡夫做，岂有天生释迦佛。

丙申中秋同诸子月棹[①]

古镜悬河汉，银浆浸魄流。孤光尘不惹，素影迥遮周。
万里成团玉，千山一片秋。悠然诸品静，乘兴棹轻舟。
欸乃宣禅偈，茶声话祖猷。笙歌湖面出，人在碧天游。
此夜清辉彻，寒山自点头。可怜马父子，各认其端由。
若遇衲僧在，乌藤劈脊搂。

丁酉灯节有感

明山丁此夜，弗禁御街游。灯月腾河汉，笙歌震市楼。
只今难忍见，想古复悲愁。遥看诸海国，抑似小皇州。
元夕虽寒淡，岁晨颇华猷。乾坤原一致，人境不相侔。
唯有烟霞客，随缘任遍周。

春晴登眺

病多思没计，萧散唯登临。远近皆从兴，高低起自心。
风晴花色丽，日暖鸟声淫。更上孤峰顶，回看万壑深。
眼空寰海小，手握碧天寻。未到人经到，焉知到者襟。

示平墅居士

道本人人具，亘今复亘古。觌体绝疏亲，气岸充寰宇。

---

① 另题无“丙申”字。

闻之不得闻，睹之莫能睹。磊落谩安排，坦荡同居住。
无去亦无来，弥隐却弥露。欲识渠面目，石羊生麟子。

春江夜泛

日落黄昏径，花飞色自空。共游泛小艇，相对话清风。
断屿鸥声寂，半山灯火红。辉开千壑眼，照破万波滠[①]。
历遍江心景，归来世不同。

覆船庵

生死未曾度，缘何覆却船。清波无路透，碧落有霞穿。
佛是耕牛粪，心元利马钱。揭开脑后盖，橹棹一齐捐。

示放禅禅人

识得偷心处，诸余自降伏。此心即佛心，只向外边度。
所以外边度，不能脱所缚。是非莫管他，直下超无学。

赠龙溪禅德

普门开士隐，远寄双鱼符。字字圆通句，行行结网珠。
复兼能重法，况又不混竽。解弄辽天鹘，何妨捋虎须。

次余君丹居士宿崇福寺[②]韵

闻宿云房处，榻幽法界宽。山光含月白，鹤影带松寒。
祸福知无定，禅机悟靡难。莲花清净法，谁解此中看。

次道光居士韵

春光来忽忽，满野发花频。道眼齐今古，人情迭旧新。
求荣终见辱，近火必然身。举世无真实，不如学隐沦。

游本师和尚卧游亭次即法弟韵[③]

草结最高处，浩然气异流。禅余亭上卧，眼惺梦中游。
无影树长茂，觉花香不秋。闲闲身出表，谁不慕[④]瀛洲。

---

① “滠”另作“灄”。
② 另无“宿崇福寺”。
③ 题另作“卧游亭次即法弟韵”。
④ “谁不慕”另作“大似古”。

守贞禅人亲余三载品气温纯乃为改号铁崖兹有梓里之行即作此示之[1]

三载紫山岑，参询颇实心。备尝甘苦辣，了没懒昏沉。

捏碎虚空骨，掀翻法海深。再来吃痛棒，方可稳披襟。

太上皇送法器三件以偈表谢（并引）

太上法皇皇帝至尊至贵，弘德弘仁，兼之究佛心宗欢扬化道，可谓不忘灵山付嘱，现菩萨身也，是岁丙午季春九日御赐宝器三品，山野德凉何以当此荣庆，专裁偈语进谢。

阐法扶桑国，于今十一春。未谒龙颜瑞，先沾雨露珍。

林泉增秀丽，祖印益光新。德泽丘山重，伽陀谢至人。

即法弟五十初度（并引）

予庚子春五十初度，即法弟以诗见赠，未及次韵。兹逢即弟大衍兼新开福聚，乃步原韵奉贺。

欲歌仁者寿，不属于埙篪。玉邑生甘露，补山横道枝。

福深东巨海，心净古莲池。大衍腾霞彩，文明凰凤儿。

示潮音知客

高山流水操，世上少知音。月白海潮涨，风寒木女吟。

胜朋禅对坐，佳客雅相寻。独露顶门眼，以兹待接深。

示太虚知客

尊贤犹乐谊，自有远来宾。提挈存纲纪，送迎济筏津。

淡中滋味美，慢少德光新。加意追前辈，风高振[2]欠申。

示佐野云峰居士

仁人无害义，步步自超情。见善思齐善，闻清喜共清。

心恬诸虑少，道彻万缘轻。可作如来使，法云遍界倾。

示榎本全空信士

形端影自正，悟彻道宁彰。任运逍遥去，随缘放旷良。

头头全密室，处处本禅堂。德润身多庆，心融大过量。

---

① 题一作“贞禅人亲师三载品气温纯请为改号铁崖兹有梓里之行作此示之”。

② “振”一作“没”。

稻叶丹后守居士见访

素闻多盛德，今见果如然。富贵无尘态，忠诚希世贤。
山僧愧不及，法海赖扶传。种粟便生粟，参禅必悟禅。

赠语石居士初度

重阳十一日，贵胤武东时。满地黄金嫩，弥天霞彩垂。
仁风堪范表，义岸诲非为。石亦知良直，侧头听语仪。

赠贤崇寺九鼎禅德

两宗同一派，原不有分河。古朴知贤者，端然脱俗窠。
人天忻两得，云水见无多。既尔情非系，曹溪浚法波。

建长寺兰溪禅师古迹

日国又唐山，分身两处看。眼空傲世界，口海涨波澜。
镰上成嘉会，镜中露丑颜。休嫌多点检，尽把家私摊。

寿福寺千光国师古迹

大法有人弘，空山亦道场。弹玄非齿舌，静坐一炉香。
合国钦师德，九重被福祥。虽然今已隐，原不离扶桑。

松林院了元善人乞偈荐松平伊豆守居士

石山龙首伏，凿出洞中春。伊豆恩波及，了元怀抱真。
以藏无缝塔，而报在生仁。我道为仁者，仁明即觉尊。

赠滨松大田备中守居士

正心有正信，非比小根人。为国必忠敬，牧民以克仁。
风清声价重，道雅乐天真。既得金汤固，自成世外宾。

示碧门禅人

修行非他事，参禅无自欺。沙盆明法眼，屎橛破情疑。
定水常然湛，真人豁出痴。工夫如迫紧，不怕悟来迟。

示月津禅人

参禅须立实，迫切不容宽。要见心华吐，直须意念端。
犹如敲石火，还似走冰干。才有迟疑处，颠迁不自安。

示实传知客

腊月登山来，春风归里去。登山作典客，归里为家主。
主客亦非他，去来元是你。不负丛林心，堪传大法玺。

荐甲斐庄德峰居士

光明充宇宙，性净花中莲。为政仁闻远，恕忠象帝先。
悟时凡即圣，背处觉成颠。于此猛提取，优游天外天。

赠洞院师退隐

我闻休隐逸，不任住持劳。智者心无着，仁人物外敖。
苟非真老炼，那以得闲操。快活乐难及，壮哉没敌豪。

赠高大诵信士

在家财子足，世所多难能。况复禅心着，更于福海澄。
年高深戒得，道贵洁霜冰。如此便宜事，惊人不敢胜。

示羽州几志正成信士

有善必知义，义存心则忠。既然忠义在，自与达仁同。
报本捐金帛，酬恩重祖风。至诚深敏悟，度脱众无穷。

示达机禅人随乃师之武江

在此二三年，药汤赖汝煎。临机颇达理，行事有方圆。
回首离吾远，瞻云觉客边。路长应自省，莫待冷秋烟。

赠黑川丹波守居士

为国心无颇，治民爱不偏。崎山皆被泽，唐士尽称贤。
犹能游法苑，复以叩吾禅。乐道成名节，宦林实罕然。

赠端山居士

居尘心不染，正肃自端然。体洁严持律，志精猛坐禅。
忠诚为物则，率直秉仁贤。世出世间法，惟君独占先。

赠永井右近大夫居士

心为万法主，富贵必前修。积善有余庆，布仁得瑞猷。
欺祛龙虎伏，暴动鬼神愁。道眼能明白，恢恢杰世流。

示顺正道者为假山（并引）

道者善为假山。一日过予丈室，指庭壁之东云："此处可为一山，以供道眼。"予曰："真山真水，乐亦无穷，何必假乎？"正云："假中有真。"予曰："试点缀看。"时永井右近大夫居士，助工移石种树，不日而成，清奇难状，乃赋诗示之。

道者无余事，佳山假胜游。依稀庐岳瀑，仿佛银河流。
潇洒伯牙操，玲珑支遁俦。使君忻见助，精巧夺天幽。

铃鹿示彻明侍者

道人山水趣，杖过势州关。翠窦千层出，铃溪百浙湾。
岩巉石磊落，树古干披攀。认此以为境，白云岭外还。

乾德寺赠越传禅德

虚舟撑到岸，乾德主相延。曲径人膜拜，闲庭石欲颠。
茶香叙道话，蟪噪代弹禅。黄檗山中事，来兹尚宛然。

宿道补善人馆题吐月峰

户外一峰秀，峰头浮小月。清光君子朋，素魄山翁列。
夜定坐禅时，心虚无法说。人人尽仰瞻，宾主两相悦。

富士山

金乌初出海，直照碧峰巅。八面玲珑势，群山俯伏前。
一拳拳粉碎，一跃跃翻迁。莫怪风颠子，将为小雪丸。

赠土屋但马守居士

客秋忻一晤，宽厚且宽容。迟重堪国柱，雅量似人龙。
布德群灵赖，荐贤四海宗。不忘亲付嘱，世代永昌隆。

赠法云监院

心亲法亦亲，屡陟檗嶙峋。供献纯陀味，香焚海岸薪。
未拈宾主句，已见水云仁。栗棘金刚圈，透吞猛烈人。

中秋赠柏岩侄初度

溪山秋素碧，岩桂正方开。法社英奇在，林泉瑞气陪。
松苍清鹤骨，竹秀拂云台。福聚千斤钵，提携还俊才。

松隐老人七十五初度

师颜苍玉润，符彩凛如神。智用高无敌，风规拔众伦。
柏庭千古翠，海屋万年春。交接人天际，恭同庆瑞辰。

人日

人临春未至，预信到寒梅。日白生华泰，云晴净点埃。
煮羹明两眼，题赋吐高才。林下忻丰稔，民安道亦恢。

宿青龙寺

最喜青龙寺，门深竹径幽。野花呈法眼，山鸟语玄猷。
地胜因人杰，心空入圣流。杖藜留一宿，自是夙缘稠。

松下坐

金乌趁玉兔，静里不知忙。涧曲羲之草，松青临济房。
心闲秋水月，业白晓天霜。百鸟衔花绕，缤纷坐榻香。

开池

禅庭空阔地，乐水便开池。结石游鱼殿，栽花宿凤枝。
胸清同[1]镜月，笔秀共山嵋[2]。好友来相访，藉他答偈诗[3]。

示驹井居士

雨霁山房静，忻逢大驾临。泉石旋苍翠，峰峦转绿阴。
茶香叙赵话，意厚畅禅襟。不用机锋峻，洒然契古今。

闲咏

冻雪销镕尽，春风暖柳眉。牯牛头角健，狸奴闲气奇。
渴来烹赵茗，兴到拽蒿枝。云水时参问，无言任发疑。

又

薰风凉殿阁，竟日晏居诸。池上观鱼乐，花前听鸟嘘。
怡然忘所以，兀历却呆于。放旷常如此，懒参狗子无。

---

① “胸清同”一作“水清含”。
② “笔秀共山嵋”一作“山秀恍峨嵋”。
③ “藉他答偈诗”一作“闲吟没字诗”。

又

飒飒金风动，黄花三径披。陶令何处饮，野衲却忘知。
不问卢陵米，惟吟拾得诗。良宵心月吐，印破千江湄。

又

山深尘迹少，叶落[①]露空枝。煮茗烧炉火[②]，御寒制纸帷。
三冬门外雪，群鹿玉中怡。大好西来意，诸人知不知。

示见性院道人

片念心清净，是名佛出世。本来没染污，不觉故违戾。
看取沤生灭，犹如云掩蔽。能知万法幻，一性自圆契。

示古辙禅人归省

为人丁卓卓，二雪居吾屋。行细以遵规，学勤而守约。
兹春念二亲，即日离幽谷。前面路崎岖，短筇谩放却。

忍清禅尼求荐妣

正体无踪迹，堂堂没却身。六根元不具，一性自恒真。
生死如沤泡，去来似夏春。当阳明底意，任运刹尘尘。

舍利示净心善士[③]

十斛摩尼宝，皆依定慧成。修持非劫数，顿悟契无生。
五彩金刚固，千祥法眼明。至诚勤礼供，入圣超凡情。

赠吼弟后堂公移单舍利殿

殿耸凌云气，登临是杰夫。玲珑千里目，崒嵂一浮屠。
坐令升平乐，居然万福殊。有人斯有享，何必预图模。

挽化林禅侄

功名随国改，脱白以披缁。洁炼思担荷，专修合梵规。
昆仑生铁铸，水牯步行骑。启手分明极，夙愆何足泥。

挽云谷老禅德

七十古来稀，年高德彻微。清修湛定水，素履佩真机。

---

① “叶落”一作“木落”。
② “炉火”一作“松叶”。
③ 题一作“送舍利示净心善士”。

荆棘翻身去，栴檀列座帏。为僧能若是，岂慊祖灯辉。

示送观音大士画像善人

月映千江碧，澄清绝点尘。犹如大士体，复似法王身。
处处全机露，头头妙用真。凉风秋色老，大显圆通津。

瞑子过石桥图

只为心多窍，眼开似翳瞢。琵琶头上弄，崄度石梁虹。
束窍心专一，瞎盲自廓通。去险就平正，超然宰大功。

永井右近大夫至山赋赠①

仁人堪典则，中矩有仪威。遐迩民蒙化，居诸德合徽。
林峦光瑞彩，刹宇庆云飞。别驾相过处，深谈到夕晖。

示智生禅人

汝师虽皓白，道骨尚含英。提起百斤担，宁存一谓情。
义高气贯日，禅老自精灵。弟子能尊重，法崇倍价声。

示某善人

为人要笃实，守分莫虚华。志行无邪伪，言辞须雅嘉。
处身应节俭，对客休钦夸。三宝深尊敬，长生福慧花。

荐永井信斋老居士

老来身愈健，撒手如云电。快便莫追风，纵横难可见。
虽然残壳漏，究竟非迁变。此位最尊贵，浑无生死现。

示牧野佐渡守夫人

心仁无道障，意净发玄机。不系繁华事，超然解脱衣。
慈和生万德，柔顺长千机。世出世间法，融通理自微。

示雪溪禅者

溪山雪一片，皎洁净无尘。朗朗心光耀，渺渺法界新。
普贤身独露，十圣行莹纯。未到恁田地，更须进步行。

荐智月信女

灵明无得失，那有去来踪。一念心缘境，诸根识互锋。

① 题一作“永井居士至山赋赠”。

回光而返照，顿悟以归宗。体净元非染，优游分外悰。

九日应吼弟请用南源公韵

新殿临重九，海天霁晓光。华筵开对菊，初日暖消霜。
树赤多秋意，园金绽晚香。玄吟该万象，谁见古汾阳。

信斋老居士以冬日牡丹花见遗赋谢

发白年年白，花红岁岁红。天生尊贵种，华萃茂奇丰。
冬来恣艳冶，秋去更香风。自是忘[①]霜露，悠然媚众丛。

冬至前送青木求马助居士回江府

阳回春自至，一线密添长。石笋生麟角，梅花斗雪香。
归心繁瑞梦，勒辔快骝翔。意气如江海，怡然经国常。

立春

山中尚积雪，天上送春来。彩燕风云暖，泥龙草木开。
梅肥香戴月，瀑泮水彭雷。万物生和气，瑞光映法台。

除夕

东来风已暖，腊历此宵除。千指围华座，两堂乐岁余。
休拈宾主句，罢阅葛藤书。剔起千灯焰，光辉耀祖庐。

元旦

凤历新颁始，年华首祚开。乾坤春昼永，海岳韶风回。
鹭集承恩泽，山呼贺寿台。道人繄法祝，万国庆朝来。

人日雨（三首）

其一

深山人日雨，恰似天花坠。屐齿懒登眺，香烟闲拭鼻。
蒙头衲被围，阒寂祖师意。是法非思惟，安然便为瑞。

其二

石林冷气消，七日清和睟。煮熟杂香羹，吟来无一字。
寒山助笔机，拾得呵儿戏。竟日雨霏霏，龙王频献瑞。

---

① “忘”一作“凌”。

其三

雨落浑泥土，阶前苔积翠。池蛙尚未鸣，柳眼相争出。
镜垢易揩磨，识情无药治。祖师禅不参，何日超尘勚。

初山湛法弟瞻省松堂老人

山藤常在手，坦步一身轻。盐酱未曾少，机锋转愈精。
无心真见道，有礼乃谦诚。瞻省来千里，寒温世外情。

送青木民部少辅居士

春风拂柳眼，韶暖壮行程。万法知为幻，千般事了明。
马蹄花蹈碎，岭外云飞轻。莫怨无灵佑，超然路坦平。

示马场三郎左卫门居士

我闻端正士，廉洁自清莹。骏快驹千里，朴忠义一生。
复能藩法苑，兼以固金城。如此真高举，超然杰一馨。

得龟（并引）

戊申[①]五月七日，有神龟大五寸许，日午入于殿中，仰首高觑有喜跃之貌，直岁抱以献予[②]，且谓此瑞气之兆，和尚放于池上必获嘉庆。予[③]云：“希瑞之物且留在此，从其游息[④]。”乃成偈以志。

天申端午节，灵物入中堂。气应千年瑞，兆开万福祥。
草鞋谩盖覆，玉沼任游藏。四海归玄化，祖风大振昌。

示高木信士过访

多年不晤见，一见十分欣。风骨春苍柏，道容气霭氛。
怀清咸雅致，话质愈殷勤。所贵相知旧，白新何足云。

示大冈忠高居士

黄梅时雨霁，访道入山深。见性能忠节，正诚广德音。
野花开法眼，水月印禅心。看取此中意，洞然世外襟。

---

① “戊申”一作“己酉”。

② “予”一作“师”。

③ “予”一作“师”。

④ “息”一作“适”。

中秋

此夜清光有，野翁茶当酒。三杯梦眼开，一副诗肠秀。
描写玉玲珑，迥然心沥剖。寒山竖指头，不觉怜人丑。

示味卜善童

虽然年纪少，却有大人操。迎送无亏礼，主宾甚雅和。
杯茶香透骨，花雨锦交罗。向善身全庆，诚明在你曹。

赠泉法侄构法苑成[①]

初开新法苑，霭霭彩霞翔。座拥千峰翠，门临万壑光。
繁阴佳木秀，茂发幽兰芳。昼锦谩为比，华然古道场。

示义山禅人

高高山顶上，独立绝跻攀。竟日尘嚣少，长年花草闲。
泼翠青霄外，芳幽玉树环。单提无义味，浮世不相关。

示芝岩禅人回牛卧山[②]

黄花秋郁郁，露气冷侵衣。旅宿宜应早，孤行莫逞威。
无明草不发，智慧花长馡。寂静身常乐，病根何所依。

荐祖方禅德

树凋叶落处，体露金风时。个事无藏覆，全身没绊羁。
心融诸法界，念净古莲池。一段真三昧，超然得所宜。

示宗范禅人

稳坐蒲团上，堆堆屼似山。身心俱寂静，意气自高闲。
莫管是非事，要明生死关。话头忽嚼破，万象笑开颜。

洞达侍者更号晓岩

雪岩钦祖号，子今表晓岩。虽然名有异，而实理无三。
雪晓孤峰露，岩高万象参。随流不失性，恰合古司南。

示梅岭禅人

违顺成憎爱，有无落断常。抑人人亦抑，扬我我何扬。

---

① 题一作“赠泉法侄构法苑院戒”。

② 题后注：“时值病。”

但得心平等，自然法久长。犹梅开岭上，孤俊愈清香。

示道演、道说二善士（有引）

大将军赐建大雄宝殿，委青木甲斐守监督，然守以其事付道演、道说二善士效力，二士则兢兢勤勤。忽系月而工甫竣，皆贤良之妙用以致然也，即述偈以示。

有能并有用，匪比世慵常。竭力争前任，忠心不覆藏。
兼之勤且敏，复以猛而横。系月成绀宇，庄严尽赞扬。

示匠首秋筱茂左卫门（并引）

大将军赐建大雄宝殿并天王斋堂，自丁未腊月望起工，至戊申十月望落成。诸殿壮丽，见者叹服，敏作皆匠首聪俊剪裁而然也，即述偈以示。

一段无根树，良工善剪裁。挥斤成栋柱，中墨架宫台。
迥出青霄外，崔嵬古檗隈。自非心手敏，那得播奇材。

大殿落成志喜

智者轻珍宝，道人重化风。跨航游海外，飞锡过江东。
御殿无双地，太和第一峰。持标斯得遇，建立显真宗。

又

初地山开此，丛林历主宾。布金民仰德，弘法世归仁。
自是祇园盛，从兹岩谷春。芳名流万古，化道愈光新。

又

山开无杂树，景雅尽檀林。洁净真龙象，光辉耀古今。
禅丛成大木，法乳饫贤心。耐布黄金地，繁兴福海深。

又

京师多刹古，此地独初新。梵宇非卑宋，檀心量过人。
千秋垂鼎盛，万古壮风真。雅会祇园景，流芳振法津。

又

蓬莱虽境胜，争及此山佳。木众凌云气，石徒感法怀。
诸天花错落，庶子意无涯。似得曹溪路，真登黄檗阶。

大殿落成示铁牛上座

时缘不可苟，百事皆前因。竭力身无倦，存诚志愈真。

丰饶千古刹，鼎盛万年春。叵耐心同协，陡然殿阁新。

别山监寺为建梵刹，往还江户者数烦玉颇勤，兹幸聿成作此以示

丛林居有德，日日风规新。鼻孔能端正，范模历果因。
清廉用大椀，鄙利华贤仁。梵刹兹庄盛，须还竭力人。

示蓝田侍者

父母未生前，霜清月一天。孤云闲物外，片石韫蓝田。
润泽无瑕玷，温晖有异璇。时时能藻鉴，心地自如然。

赠牧野佐渡守居士满京任

爱民如赤子，布政以忠慈。草木承甘泽，昆虫赖美颐。
风高清四海，德重厚鸿基。卫法并金石，令人仰去思。

立春

协风新六至，震发叱泥牛。草曲金钩动，农祥正午浮。
江山争秀丽，景物簇生由。最喜空青霁，高添寿域筹。

春王九日登法苑

妙高开法苑，珠树一千寻。蔚荫人天喜，清辉海国琛。
融和吹淑气，潇洒入晴林。紫映昙华瑞，流芳郁古今。

挽敌贤师侄

紫云一晤子，气骨非凡常。所望为华栋，何期入蝶乡。
如灵真有觉，应悟法无相。但得心虚豁，超然解脱场。

正王登舍利殿

舍利光辉大，金胜紫色新。吉祥今古重，瑞彩圣贤宾。
殿耸开春象，山幽产凤麟。风云时际会，法盛日振振。

示东白禅人

金鸡啼树上，气白海门东。却似道人悟，犹如天眼红。
迷云都豁散，暗雾尽开蒙。铁壁千寻迥，一时俱透通。

示德耀禅者

参禅无杂乱，寂静自明机。万法融真智，千宗合德辉。
腾身尘世外，脱幻道情微。正好松堂里，扶筇莫远违。

示庆峰禅人[①]

东风吹暖气，峰顶庆云垂。宴坐金仙子，盘桓野鹿儿。
天花香骤雨，涧水湛清澌。此乐无多得，惟人达所宜。

宿大津江岩禅德青龙寺

信宿古青龙，山茶花正红。春光晴更暖，竹影翠犹笼。
径曲无尘迹，僧闲有道风。头陀空眼热，不觉话西东。

骨岩禅德请宿水口邸舍

有年兼有德，老实且谦诚。饯道伊蒲净，虚怀雪月清。
黄昏人马闹，杂踏客灯明。俨然天竺会，罗绕一稽倾。

挽牧野吉峰居士

夙世缘非偶，真诚护法心。尘中无杂染，分外有高襟。
行洁符天德，胸清契道林。西归何太早，转令叹沉吟。

过桑名渡松平越中守居士送舟以偈赠之

海天空阔碧，浪静水光融。棹举龙蛇动，舟行鸥鸟同。
君忻方外客，天助一篷风。到岸缘非偶，夙承护法崇。

又

晓渡桑名上，如游法海中。舟行破石浪，帆正顺天风。
宝岸回头近，澄源随棹通。江遥无阻碍，赖有把梢翁。

应江尻主人斋

江尻两度来，两度受君斋。香国饭同等，天糜供与齐。
船高因水涨，海阔由山低。棘托麻扶直，心良福莫涯。

瑞林寺咏富士山示超宗侍者

浮云吹散尽，富士现晴空。四畔流银酱，全身缀羽笼。
出头无见顶，大座独披风。鹫鹙群朝俯，春秋只自雄。

宿麟祥山

春晴云气淡，客路一身轻。遇晚投麟宿，逢茶忆赵情。

---

① 题一作“示庆峰侍者”。

相知非一世，雅契已三生。道合来千里，此心不尽倾。

海福寺

楼台松挟出，窗启静朝晖。煮茗烟生屋，看花香满衣。
琪琚清世外，水镜透玄微。不与人间共，洒然独自怡。

又

园林春草秀，海福别乾坤。麦浪连天绿，松云匝地温。
无亏禅定行，洁净德玄门。祖意轩然契，心光没等伦。

示关大藏公子

大藏廓周沙，本非文与字。心为万法王，胸贯百家理。
只在一毫端，顿超千圣义。如开般若花，格外真狮子。

己酉中元荐合山僧俗一切觉灵

顽心看不破，累劫受余殃。只是多情识，故违自性光。
斯时若返照，选刻证圆常。直入无生国，优游极乐乡。

次径山老和尚韵示铁牛知藏

灵渊常湛寂，何必问当来。只眼杖头露，虚空笑满腮。

又

道眼明如日，超然格外光。古今无变易，地久与天长。

示义速禅人

去来无二路，宇宙没双人。识破庭前柏，陡然两眼新。

示宗拙禅者

戒为大道基，清净始相宜。放逸心无犯，顿超十地慈。

示常牧禅者

水牯牛成现，不须溪边牧。常能背上眠，万古长悠乐。

观瀑

抱膝坐岩头，水流观自在。声中心不竞[①]，物外无拘碍。

① “竞”一作“兢”。

题留云亭（并引）

端山居士戊申夏卜庵檗山，东有小阜，其间一石，居士为小池，石藏于中，上筑亭子，师为匾曰“留云”，仍作联以赠，有“云留高隐士，石蘸小清池”之句。盖取“大云之下有贤隐，石奇水清道人风”之义也。兹再续二句，又取临济“人境俱不夺，照用不同时”之旨，使会归本得，无忘道而涉境云尔。偈曰：

云留高隐士，石蘸小清池。人境俱不夺，全机付与谁。

远浦归帆

潋滟烟光里，片帆挂夕晖。遥看风浪急，仿佛岸人归。

渔村落照

水光红彩出，小艇闹渔翁。一网都捞尽，归村夕照红。

洞庭秋色

湖光天一色，濯魄镜圆明。渔笛芦花外，为谁彻夜清。

示云谷等与山人

石涧寒泉咽，松风拂几凉。墨磨旧破砚，拟写游山章。
展看阿罗汉，俨然神气昂。谁识奇才敏，变幻在心光。
此心如彩笔，能画万法相。画得心心法，是名真画郎。

示永寿善士[①]

天下大奇才，援毫似龙活。不有乌丝栏，如椽书亦拙。
吾门打葛藤，露布真规则。须托丝栏君，传写利无极。
汝今既惠吾，成就胞犀角。偶然一挥来，酬君施心德。
君能豁眼开，知法诚难测。施心若长存，犹胜古左伯。

荐麟祥院春日太夫人

有福元修福，心慈福没涯。儿孙荣玉叶，后裔茂金枝。
化母盛仁德，遗风称召诗。更能开法眼，照破本来眉。
百年梅月白，一世雨珠肥。善行如无息，道业愈高宜。
一念回光处，莲花衬足移。

---

① 题一作“示永寿善士送笔”。

荐彻明浩侍者

敦厚朴无如，天生德有许。言直行无伪，学勤过旋抒。
恭孝兼亦[①]悌，良善且施与。轻财快自清，温谅非骄拒。
恬淡不妄求，出入中规矩。敬师如敬王，爱众谦和侣。
上下皆欣悦，长幼合次序。禅参未悟明，匪敢以诳语。
念念欲修进，孜孜忘溽暑。伤[②]哉可怜生，年少而遽去。
道业不圆成，何以为本据。吾今特指示，切莫更犹豫。
三界如牢狱，无一真实义。惟见性明心，能超报化所。
免受死生形，顿脱病老苦。心性休他寻，即汝一念处。
一念是心宗，承当心即汝。汝即佛祖同，洞然弗隔阻。
悟了一心宗，空空无六趣。在在度众生，优游雨法雨。
尘刹极乐邦，应用常具足。

俊石信士求荐妙仆信女

因缘以会遇，情念而相亲。缘熟为夫妇，缘尽各自行。
切莫更恋着，恋着丧天真。但能悟幻化，直超彼岸津。
步步莲花捧，优游遍刹尘。

惟一禅侄刺血书杂华诸经卷数甚蕃，图报二亲，偈以赠

五蕴等浮云，真人无面目。常在赤肉团，出入难拘束。
达者能知恩，怀穿父母壳。只将穿底壳，刺出壳中血。
图报本来源，书经不计轴。一字一法身，一卷一金玉。
以此功德山，回向多眷属。同发菩提芽，洞明般若曲。
直泛华藏海，游戏无生国。大哉孝行崇，优昙香郁郁。

青木端山居士构不二庵

居尘不惹尘，出世不离世。真俗两浑融，语默皆般若。
涧边矮草庵，亭下小池子。山月拂松风，野鸟宣禅偈。
蜗角穿芦篱，络纬吟窗几。显发维摩机，咸提祖师意。
日用既心空，如如合本据。了无文字相，是名谈不二。

---

① “兼亦”一作“亦兼”。
② “伤”一作“优”。

虚棂禅德过访

深秋风冷淡，桂魄意分明。喜值远方友，高论无限情。
双眸蟾月炯，稀岁雪松荣。洁净通人爱，心虚德满盈。

九日同诸子登妙高峰

逶迤登崩岃，诸子咏斜阳。鸟谷声相答，岩花静自香。
风狂吹落帽，岐乱却亡羊。未到妙高顶，德云何处望。

竹林看菊偶成

师资相睦美，茶话竹林间。不比陶公乐，宁同周子闲。
惟怜香晚节，迥出玉团颜。自是操霜骨，孤风显一斑。

示禅人

参禅意虑澄，杂乱自消荡。扎破大疑团，迸开漫黑网。
红炉点雪飞，漆桶生光晃。活捉老空王，倒擒魔类党。

又

身心如片石，不动若孤峰。壁立空尘表，悠然现玉容。
囫囵长镇静，盘礴邈迷封。通达无疑碍，大千悉仰宗。

又

丹心悬日月，慧照耀真空。四海皆良友，千邦尽雅风。
花开春昼锦，竹秀风云丛。意正无邪倒，道高趣靡穷。

示悟禅人

迢迢到檗山，瞻礼祖师颜。种草当家子，生机弄虎斑。
东洋横跨过，南海复趍还。不辱专来使，令人喜莫删。

示牧休禅人

承顺心无曲，蓬莱岛上游。不顾鲸波险，特探海国幽。
檗林通一信，衲子喜高流。未到太和岙，梅先香陇头。

次乳峰三非法弟寄怀韵

金石友相好，其心必了然。既分居僻地，何达宇南天。
欲寄云中雁，恐迷海上烟。是知难可达，所以放闲眠。

次虚白法弟寄怀韵

卧云时一别，蹢躅出峰西。海外尝瞻忆，崖头独咏题。
知余无笔力，让子贯虹霓。每每闲为梦，相如赋小溪。

示禅岩知客

空生岩上坐，竟日不参禅。般若无言说，天花匝地妍。
既然非定相，那复存虚玄。日用常如是，是真解脱仙。

示冲禅人

人生无所贵，所贵惟忠良。盛德禄悠远，谦光吉逾长。
善为天地纪，仁作圣贤纲。君既能全得，美名千古芳。

赠徐招夸居士

我闻多令德，仁行重于山。菩萨先传梦[①]，龙神密共班。
善根亲夙植，道气孰能攀。博厚荣官禄，名香播海寰。

庚戌立春日　五首[②]

烧痕鸟出绿，梅柳度初春。法苑祥云紫，华林瑞景新。
心传千圣眼，颐指万机真。六合胸襟大，须还个里人。

又

初春临法苑，万象气和融。黄道生嘉运，青云拂惠风。
禅心无外物，律行自忘功。冻解觉花发，精光触处通。

又

蒹葭初发动，瑞气太和昌。鸟舌千般巧，云端万彩祥。
上林花雪晓，御苑日精长。有问春来意，阶前绿草芳。

又

春光昭觉苑，木女结新丫。鹅羽生黄嫩，鸭头发绿葩。
心空天眼活，驴瞎祖机奢。泰运充鸿业，乾坤统一家。

赠静休居士六十一初度（并引）

静休居士忠良纯确，至于禅门抑亦留心。兹值华甲六十一，乡人悉以

① 该句后注“梦菩萨借屋”。

② 底本实为四首。

上贺，其令弟特请山野述偈以赠之，盖因山野为其方外交也，即说偈曰：

万善忠良种，灵山会里人。六旬华再甲，百八岁重春。
盛化民归德，淳慈国仰仁。瑞光堪照世，侃侃法中津。

示孤峰禅人

一念心清净，全身戒定香。高高峰顶立，密密自参禅。
忽悟空王旨，便登古佛场。随缘无挂碍，何处不风光。

示诸戒子

浑融万法性，妙德意无殊。体净圆心月，胸清洁戒珠。
祥光照遍界，紫气映千夫。严静金刚宝，希奇大乘徒。

示性仁智岩居士

须弥山作笔，抹写太虚空。悬挂毗卢顶，庄严法海中。
豁开千圣眼，揭露大雄风。如此真功德，昌隆永不穷。

示毛利居士入山瞻礼

志诚心一片，忠孝两俱全。林石生光彩，人天叹善贤。
法园优钵郁，德树玉花鲜。奕叶千枝秀，禄高寿永绵。

悼梅川戒子

生来多俊秀，性静早离尘。有志耽禅观，无心与世邻。
戒珠秋露湛，定水晓潭溱。只此真元命，回机道眼新。

梅岳铁文上座初度

七月初生日，莲华扑水香。污泥浑不惹，渌荷永清凉。
因果同时现，根源绝覆藏。丰标圆净洁，法喻灿心光。

瑞岩寺洞水大德见访，赋偈以赠

檗岫初秋陟，瑞岩拥紫霞。云中生石笋，火里迸莲华。
洁净心如水，清论意莫涯。一机千圣顶，种草出当家。

古溪禅德五十初度

古朴心无杂，贞诚不混时。石林风彩耀，天命华光弥。
室净无红垢，庭芳有紫芝。寿筵秋气朗，道骨挺琼猊。

樋口庄为悦山上座建慈福院成，述偈以赠

檀心无住相，密运福增崇。智地灵苗秀，性天慧月融。
千祥如雾集，万善若河通。掌握宝山宝，现成用不穷。

示德岩信士

至德惟心悟，行深般若澄。忠良钦众望，节义契群英。
扣道来慈福，开襟见宝城。俊哉一杰士，拔萃转峥嵘。

示柏堂侍者

青青松柏子，长大作华梁。既绝风烟苦，何愁鸟雀伤。
点尘飞不到，千古转幽凉。及第心空者，端居选佛场。

示虚舟禅人

夜静水寒处，风清月白时。舟虚藏壑里，眼碧看云飞。
不与红尘竞，凭从春草菲。赵州关打破，直透万重围。

春王至慈福院

辛亥正三日，携筇慈福来。山眉千尺展，水镜万团开。
座上天香霭，庭前瑞草莓。仿游兜率里，适意宝楼台。

示碧潭禅侄

百草霜花洁，洒然东海关。禅心秋月碧，慧眼澄潭闲。
透露祖师意，洞开无位颜。特来松隐里，嵩祝万人欢。

送雪径禅德退隐

生涯应有别，厌闹入深居。竹杖春风暖，蒲团夜月舒。
禅心凝白雪，道骨绝瑕璪。饮啄随缘外，悠然得自如。

泉法侄四十初度

大任从天降，吾家有马驹。踏人啼泼刺，应世才盘珠。
树展丹图画，山开玉钵盂。生辰盈不惑，列献共欢娱。

因雪示诸禅人

虚堂闲宴坐，花雨劈空来。瓦屋成银殿，云山化玉台。
法身清不过，轮迹焰陈埋。遍界普贤境，谁能正眼开。

腊八法林院茗话

四山牵薄雾，霞漫泼云林。院寂庭堆玉，星明佛悟心。
禅房尘气邈，客座诗情深。相对多麟凤，声扬狮子音。

癸丑元旦

金鸡鸣午夜，唤醒大千人。鼓角城头动，云霞空际陈。
山呼开泰祚，韶乐奏阳春。林下升平乐，岂忘圣泽辰。

乙未秋登凌云阁应高木居士斋赋以赠之①

香斋闲宴处，道雅世稀齐。海阔烟波渺，楼高燕雀低。
帘栊清且洁，园沼翠还迷。欲叩禅那事，秋红花隔溪。

秋送吼公侍老人之摄州

雨洗千山净，青莲捧足新。泥尘笻不惹，秋气景非真。
盟法君深卫，知心侣应亲。京师道价重，万古九峰邻。

送演公侍老人之摄州

九日离崎水，飘然往摄游。虚心随法履，劲志渡兰舟。
不觉芙蓉冷，无惊海国秋。谦诚多意气，自是楚圆俦。

中秋后赠末次居士

东来观紫气，始遇雅风新。德润多香骨，道存自王身。
绿园飘桂子，碧沼媚秋苹。不负灵山约，真为白社人。

游凤文山②

秋凉多逸兴，杯渡竹门深。地净留松翠，梅奇钓薜森。
挥毫登小阁，谈法坐高岑。凤隐非凡鸟，悠然廓祖心。

冬至

推移晷运处，迭谢分阴阳。剥极灰回暖，道消线自长。
西园鞭笋活，东岭梅花香。杖子生涯别，不随节令行。

重游水月居

隐迹重临处，参差松竹幽。斜阳渔父曲，古岸渡人舟。

---

① 题一作“秋登凌云阁”。

② 题一作“凤文山”。

法泻长江水，心圆片月秋。谁知真墅趣，不得尽观游。

为西堂独言禅师择塔地述意

鲸波万里渺，为法乃航东。识破花同梦，飘然杖化龙。
青山徒有骨，白塔密无风。地择潭之北，活埋映落红。

重游江月居值雨

虚明漾树里，爱此复相将。草屋烟花萃，江天雨线长。
主人贤且敏，野客直而良。云际虽笼免，园深有异香。

春日游立山别馆

一脉横东谷，嵬然倚碧天。门开沧海阔，殿耸紫云连。
谭法龙吹水，清机竹扫烟。粼粼苔齿石，默点杖头玄。

游本师卧游亭即法弟重整作诗以志次韵奉赠①

新亭松径曲，偃息迥尝流。山海开图画，云霞入梦游。
德风清万古，道韵播千秋。济物心无住，东南不二洲。

紫云亭夜坐

花鸟黄昏后，山楼万籁中。风清天性朗，月白道心空。
瓦灶茶翻浪，香台烟带幪。了无闲妄想，触目尽光风。

赏白菊花次即法弟韵

骨瘦秋来秀，谁能染玉丛。清香留晚节，素品夺春红。
淡笑傲霜月，离披隐圃空。圆成培养力，彻见主人公。

赋得暗传春信到梅花

雪消回暖律，不觉一枝新。玉叶浮秋月，冰魂播早春。
香寒多得意，影瘦愈丰神。分付孤山隐，莫教惹客尘。

丁酉除夕次即法弟韵

年华曾不历，闻道兹除日。截断葛藤多，还归新岁一。
禾山打鼓来，贤老烹牛毕。一任诸英灵，输皮入丈室。

戊戌元旦

春风来泼泼，岁晓梅花天。墅老歌新日，禅林乐泰年。

① 题一作“卧游亭”。

得意千灯耀，华光一杖肩。圣恩何以答，不老松根泉。

同即法弟并诸子春王东明山观梅

笑傲东山顶，幽然处士风。岁寒心不变，霜雪志仍雄。
世外无尘迹，宾从有竹松。群芳推独品，歌咏韵无穷。

寒食前一日监院然公请看垂丝樱桃

其一[①]

禁烟风不冷，白映绿芬芳。此树犹清秀，千枝喷锦章。
祖机全显露，法相密敷扬。岂待无花后，方知色是空。

其二

山塘清倒影，千细柳条垂。雨打花翻蝶，风来树拂丝。
悠然纬地巧，绵密经天奇。化母工虽妙，生涯落一机。

山居

其一

王露新秋夜，蛩啼向竹青。禅翁初出定，桂月晒风莛。

其二

幕风秋自冷，飒飒带香疏。山谷因闻性，从兹不觅渠。

清明扫落发师塔

子规啼不住，血溅野花红。未敢忘师训，庭虚扫柏松。

五峰献翠

魏巍蹭碧汉，亹亹出云端。雨泼空流翠，玲珑拥四寰。

赋得弄花香满衣

枝头香滴滴，流露少人知。瞿昙能卖弄，也是节生枝。

示道川道人

佛法水中月，清辉没点尘。腾今并耀古，觌露本天真。

示某居士

即此尘劳事，无非般若场。返转本来面，优昙遍界香。

---

① 底本无“其一”，此为编者加，本书后面同此处理。

示宗仙禅人

真人露面门，识得不为尊。能倒刹竿子，是名大报恩。

示官奇织部

直指西来意，梅花笑早春。枝枝香带雪，觌露本来人。

江月居四景

云涛崖

棹到险崖处，恍然云起时。涛声生舌相，泼月咏新诗。

卧鳞径

屈曲石头路，如鳞卧水湄。脚跟若不稳，滑杀丈夫儿。

招贤井

剪减松来月，凿开石放泉。湛洁投明眼，觑驴绝盖缠。

月到台

山风何处发，吹散白云天。夜夜嫦娥到，台头伴坐禅。

江月居次本师和尚韵

其一

水天秋色净，何处发声尘。只见一江月，不知吹笛人。

其二

寒江涵止水，玉镜洞无尘。夜深松径下，坐石一闲人。

戊戌本师和尚六十七诞日晨起有怀

金钟敲午夜，南祝老人星。瞻影犹如面，扪心未罄情。

一度霜花落，几回鹤梦惊。师年六十七，各自一方行。

赠林法弟五十初度

半百殊深造，钜明出世才。风云虽未臻，虎豹已参陪。

眸辉千涧月，骨秀一枝梅。不独禅中最，又兼儒作裁。

铨部芮公周居士以诗篚催回次韵奉谢

野鹤栖无定，南山与北岑。何当佳羽惠，远渥至情深。

况复沧桑世，不忘慧月林。浮杯竟未得，抑亦负檀心。

登无凡山

陟彼凌霄顶，山灵似旧知。逍遥身脱惫，放浪道相宜。
故凿无凡字，以留万古规。不因方外乐，那得此中奇。

示惠林居士

早岁雄心大，而今付水流。逃禅知世梦，识法出人头。
了没纷哗态，别开青白眸。恕他如恕己，吾道亘徽猷。

己亥江月居度夏

其一

禅心同野鹤，去住类孤云。夏热临江渚，夜凉喜月熏。
风尘皆不到，车马绝纷纭。似得安居意，无生可护云。

其二

蜡人无用设，休更坐炉边。植杖窥江月，依松听晚蝉。
眼开空世界，身倦抛书眠。不会曹溪旨，泥牛上碧天。

其三

日酷原非火，月凉不假风。护生须是杀，制律枉劳功。
情在境犹在，心空法亦空。了知无一物，可谓得山翁。

次即法弟再过江月居夜坐韵

赢得身无累，深林花笑迎。扁舟随放旷，薜衲已忘情。
离幻皆弘悟，混尘必辱名。同风忻再话，月上一江明。

晓起观鹤

松际石岩岩，高栖多白鹤。朝来挂瑞图，时玩添幽独。
雪月映禅襟，风光弥海屋。愧无勒祖机，点醒斯群属。

途中祈晴

溪深水正盈，四野麦登成。复兼柴米少，况又客途行。
唯祈天眼照，勿使雨珠倾。顷尔迷云敛，恩归好德情。

谢晴（并序）

余己亥春左臂患风寒，同数众过肥前武雄沐温泉。及二七欲旋值雨连宵，疑天龙款留之意，遂拈数语，密告韦驮。忽见晓烟渐渐消散，是日起程直抵到寺，已一鼓。水陆共一百七十里。呜呼，非天龙荷护之力能得如駃驶之疾乎，复用前韵作此恭答。

云丝大壑盈，归路去难成。片语诚祀祝，诸天信奉行。
风师旋自止，雨伯便消倾。赛谢浑无物，瓣香表道情。

紫云亭晓望

草亭云带紫，气贯万洲东。晓霁开心眼，诗清起竹风。
推窗山叠翠，破梦日初红。几许英灵者，隔江觅祖翁。

仲春独振林信士打磨茶为供

庭际花深处，湛然密室新。茗香咸法乳，气瑞邈凡尘。
雅致由来别，清机分外真。非明通变理，那得此中神。

观音大士诞日

头头开正眼，遍界是观音。鸟语圆通使，山光实相心。
迥然浑一致，标的便乖襟。透漏真消息，普门入理深。

赠虎溪郑居士舟中六十初度

琼楼山五岛，恍接泛杯游。性善多华庆，年高厚德猷。
五车曾读尽，二妙且精修。耳顺苍松古，坚操不混流。

庚子季春同诸侣过一粟园赠毓楚何信士

半跨三千丈，逍遥一粟中。天开华藏界，地涌妙高峰。
错落细风景，幽闲见道容。绕围狮子侣，端受众香供。

上巳应春德寺心传禅德请值雨

高丝飘海宇，带水过山堂。岂为多游兴，兼之尽雅良。
春庭珠玉积，云径晓风香。潇洒闲情处，形骸已顿忘。

祝径山费老和尚六十八初度

金毛狮子种，返掷吼如雷。野干屏踪迹，象麟绕法台。
曾遭恶辣爪，莫报大恩涯。怀抱难忘处，华封祝斗台。

庚子夏黑川居士送冰诗以赠之

云亭开岭半，暑炎未全无。片雪从天降，时霖泽物苏。
清凉销热恼，冻冷熄红炉。少惠多风义，犹胜万斛珠。

谏早别谦弟

晓月霜天静，分筇谏早东。行装兹暂别，道义却悠同。
六载无劳倦，平生亦感蒙。只缘觐法范，直到普门中。

舟过艺州

瞻觐冬来日，帆飘片叶轻。海空天一色，潮涨岸俱平。
瞪目敲新句，推窗见远城。笑看弹指顷，已过山千层。

赠二木居士

一滴曹溪水，泛帆到海东。中流投皓月，下载振清风。
倾盖心如昨，高论意不穷。因知多夙契，披沥谢英忠。

人日立春

春来冰自泮，和气肃寒威。日丽江山静，风调草木馡。
竹筇闲放旷，椽笔乱撩挥。旦七天清朗，大成化育机。

立春日西来亭即景

西来亭上坐，和畅大王风。室小容双膝，窗虚纳太空。
山川春乍转，禽鸟舌饶雄。目瞩园林外，晴光遍界红。

舟行

小艇沿堤走，溪清可鉴眉。无心淡定水，乱想滚沙泥。
流急篙旋逆，舟行岸不移。横斜与直截，全在把梢时。

箕山寺

逍遥箕谷里，触目多奇踪。笑觉成真隐，声光盖代丰。
溪流三昧水，道振一灵峰。法器深藏处，毫辉万古钟。

晓望有感

晓霁烟光敛，溪山净点尘。大江流水去，吾道有谁亲。
倚杖悲时否，临风忆古频。茫茫寰海里，何处觅同仁。

春晴小集竹林精舍拈韵得微字

拂拂韶风暖，窗开对翠微。无情春放眼，白日物生机。
述古空为恨，论今恐见非。不如高啜茗，一任浮云飞。

应顶寺[①]

携笻临应顶，四瞩尽奇踪。僧语青霄上，钟敲绿雨中。
龙蛇混聚会，花鸟现圆通。万境俱空寂，幽深世不同。

乐水堂

乐水堂虚静，南薰竟日清。宴跌神气爽，谈法尘风生。
仁者心无竞，尘笼自顿轻。优游闲永岁，物景不相凌。

伊势寺观樱桃

山晴春晓暖，蓬藁共探奇。寺静尘俱化，花开悟有谁。
虽然珠玉喷，宁耐晚风吹。眼醒方为上，恋留心被移。

监寺拙公邀赏牡丹

华滋临赏适，艳艳不玷身。媚秀非妆态，丰翘独茀春。
应无能夺帅，岂有敢争伦。富贵天教得，馨香气象新。

赠妻木彦右卫门居士

驿路三千里，迢遥不为难。殷勤深奉令，猛省更操端。
庶子怀高德，贯宾被厚看。复能探法苑，每扣祖师关。

妙光寺示如云善士

韶和生野兴，放步一遥游。杖出山来接，桥过水不流。
耽荣凡海渺，离爱道人幽。到此妙光寺，岂非夙世俦。

春林寺示古溪禅人

道义相孚处，方堪话此宗。情消归正觉，慧焰发真空。
出石溪流雨，增春梅赶风。国师三百载，面目尚嵬隆。

高雄山

初日上高雄，梅花一径香。山争天众绕，岩怪野狐藏。
识法人无讪，知心自息狂。仙灵何处是，万树松苍苍。

桧芳庵示宗矩善士

竹户半边开，茅庐十笏栽。偏能藏法界，更不惹纤埃。

① “寺”一作“山”。

桧翠风烟淡，庭闲花草莓。本来人独露，疏快许谁陪。

智悦禅人远来请法书以示之

深山一老成，为法不为名。毁誉从人判，是非只自精。
云峰腾意气，木石发光荣。即昉宗风振，千秋孰与平。

送青木缝殿助[①]

茂岁多清致，兼之切学禅。中宵常独坐，竟日自幽然。
竹瘦能操节，松高不碍天。祖师无令色，直指语如弦。

赠张道延医士

何年来此地，大布秘玄风。药研仙鸡犬，瓢蘘筏海漴。
清新诗句捷，冷炎世情空。祖意能参诘，宁输昔吕公。

九日同本师暨诸侣登太和

九日临重节，扶筇陟翠微。松声弹古曲，山色发幽机。
不仿茱萸饮，饱餐赵茗归。凉风增逸兴，黄叶洒金飞。

至天王寺观圣德太子化迹[②]

我闻南岳老，诸佛尽横吞。潜密来兹土，繁兴建化门。
白拈技路活，圣德虚名存。千古成奇特，声光两国尊。

示制笔人

欲写山川丽，须凭青镂公。崖边狐最好，月里兔为雄。
援转文翻凤，连颠墨化龙。英才彰锦绣，海上赏奇风。

宝严院示本清禅人

大隐居廛井，圆通妙入理。恒闻杂市声，发达千机智。
尘念顿消镕，玄风乐莫比。超然出世间，可契宝严义。

过大德寺真珠庵礼[③]一休禅师遗像

我闻龙宝地，别有真珠庵。休老安禅处，裔枝守法覃。
道风饶刹宇，德水注东南。俯揖浮图影，俨然欲共谈。

---

① 题一作“送兴石居士”。
② 题后注“古传南岳思大师再世”。
③ “礼”一作“瞻”。

咏假山

寻常多不器，随意遣闲情。点缀一峰秀，笕来曲涧清。
树密藏山鸟，云收露石稜。逢人相借问[①]，笑指小蓬瀛。[②]

法鼎叔到崎[③]

杖屦南分后，年华过八秋。忽闻琼棹至，转令石林幽。
禽鸟环同乐，山花笑展眸。遐逖途虽阻，道眼却相犹。
更喜华封日，正添五十筹。歉无可为祝，聊写几周由。
彭祖世稀共，愿齐老赵州。兰桂庭芬馥，清风万古悠。

本师六十九初度舟中顶祝

慈光久不觐，心心未自安。忽然专使至，即刻渡江干。
水阔船行缓，华封瞻祝难。办[④]香爇象鼎，顶戴对南山。
虽云千里隔，面谈咫尺间。空生岩中坐，慈尊已共班。
海日升云晓，千峰开笑颜。以此祝师寿，长生万古颁。

秋日送大村因幡守往江户

大村山水秀，人物亦英豪。牧化民归德，恩沾众仰旄。
田苗清且实，林木茂而芼。克己心尊道，恂诚性自慆。
秋风金乍动，驿路应珍操。

壬寅予[⑤]诞日，天龙寺溪潭心诸子为祝，斋后泛艇登千光岩远眺偶成

禅心无系着，斋后泛斜阳。松崖千尺怪，川流数里长。
相携登彼岸，逶迤陟千冈。极目京师处，烟家锦绣张。
杖底群峰秀，座前万壑光。东山而小鲁，古圣岂虚扬。
一轴长生画，历然宇宙央。乘彼天风暖，复转溪边行。
无知儿子戏，石击水翻浪。鱼龙竞欲夺，误作珠投藏。
犹似韩獹类，执块而猖狂。归来茅屋下，静坐一枝香。

---

① “逢人相借问”一作“客来相对玩”。
② “笑指小蓬瀛”一作“谓似小蓬瀛”。
③ 题一作“赠法鼎叔五十初度”。
④ “办”：原作“辧”，疑为“瓣”。
⑤ “予”一作“师”。

境物无所得，卓卓自宁彰。

泉法侄省觐老人水陆无虞志喜并赠

信意遥瞻觐，飘飘只叶轻。抱法风忘险，尊贤浪靡惊。
元无纤异想，特有片真诚。鱼龙齐载运，海马共忻擎。
宛驾青霄上，纵观玉镜平。只缘庄色敬，倏越万波程。
到岸般舟快，逢人兔角生。况且机浑活，犹能义服争。
不辱专来使，才奇众景名。茂年兼志笃，敏质拔常情。
大似马驹子，介然气干砼。

弢法侄省觐老人志喜

未挂古帆时，祖翁已觐之。波澜虽远涉，蛙步不曾移。
家信既传达，道情亦恰宜。温恭终有得，喜见起风规。

登爱宕山赋谢胜地院主人

岚轻花淡放，诸子兴翩翩。涧水高雄出，山桥小旅前。
行行人鸟外，曲曲径梯天。最上白云寺，下窥沧海田。
瑞迹弘悲济，道交应众缘。虚空为宕府，壁立一峰巅。
春风吹不去，应待野云眠。偶来承盛款，夙世契同玄。
汝吾既罔昧，何必竖空拳。

忆居山五首

我爱山中静，竟年无俗情。烹茶因汲水，戴月入岩扃。

我爱山中静，松花食有余。优游尘世外，乐道意何殊。

我爱山中静，是非两不拘。荣名同泡沫，宇宙一蘧庐。

我爱山中静，苍苔古道迷。柴扉人少到，石壁带云题。

我爱山中静，石床恣打眠。胸中憎爱尽，奚用更参禅。

咏牡丹花示

天然富贵种，瑞胤百花王。艳笑珠帘外，凌风发异香。

示瑞文徒孙

读书与写字，只是个名闻。若要超生死，须透麻三斤。
了了凡情断，不涉于功勋。可以披衣坐，乃为真瑞文。

万寿院落成咏兴

云翠松冈里，结庐坦一丘。长年春不老，千古意俱周。
木直门庭秀，风清竹树幽。居然闲世外，道契悉英俦。

即空西堂请茶

久历雪霜寒，犹如瞌睡虎。胸中有纪纲，眼底空秦鲁。
本色万行宗，心源千圣祖。而今意了然，他日无能伍。

晚过智积院（并引）

泊如僧正大法师素与黄檗有好，余爱其才。一日，京师贺永井拾遗离任，顺途相看，值渠病少愈，忻迎留茶，仍遗我诗，因用来韵以赠之。

斜曛过智积，佛法满堂前。待客烹春雀，食鳞觅月泉。
有无句倚树，大小藏含禅。锁梦关空事，君知病患痊。

示雪门维那

千斤槌在手，正肃振纲维。眼目能端的，规模自合宜。
云门胡饼话，临济蒿枝思。一击虚空碎，是真狮子儿。

丙辰重阳后五日赠智积院泊如僧正

文殊真智积，舌覆大三千。法水周沙界，眼空邈世烟。
锦鳞才泼浪，鹞子便冲天。得意黄花秀，尘挥槛外巅。

至大潜庵偶成示铁柱禅徒

大潜间世外，萧散此山中。坐有连云石，门无过俗翁。
幽禽常近荣，涧户不关风。苦菜胜粱肉，是非等幻笼。

贺毛利甲斐守居士得麟儿作此为喜

气融万象春，风暖百花新。侯府祥云现，林园桃李振。
香传丹桂子，瑞胤石麒麟。储位嗣鸿业，千秋耀玉纶。

龙兴院成特步随喜次堂头慧和尚韵

院成规制美，气壮却堪观。水秀龙蟠稳，山光塔影端。
心圆悬古镜，福大得新檀。尘拂谈无倦，悠然竟日安。

狮岩徒孙专使到檗山今辞回瑞圣偈以示

迢迢千里外，一信特传来。相见殷勤切，启封叙意该。

始知使不辱，有似安公才。爪牙虽未展，龙象叹奇哉。
虎须弗用捋，险句若奔雷。机锋殊亚杰，气岸亦恢诙。
他日成弘器，九洲莫敢陪。

贺昙瑞禅师出关

闭门造车，出门合辙。大道砥平，玄风凛冽。
可以升堂，可以演说。正脉流芳，真宗卓杰。
此时此际有当机，阔续少林春不绝。

赠国瑞寺开山

初山福德大，国瑞作开山。古佛再来世，真风重振颁。
凤阳光彩耀，法地瑞长环。四海朝宗派，千秋仰化颜。

法林喝禅上座五十初度偈以寿之

平生心质直，道行甚真实。慊少古人风，精操上祖律。
缘投国母供，长养法林室。五十高秋临，紫云耐辅弼。

立春日

柳眼迎春丽，云霞海曙明。颁行新凤历，打醒晓牛耕。
青帝临垣紫，金鸡叫树晴。蒲团相对坐，谈法若雷鸣。

示宜默禅人

当阳机独露，默默亦非真。捏碎虚空骨，掀翻无位人。
消镕多[①]劫虑，直证本元辰。可续杨岐脉，方称物外宾。

示竹禅者

青青凌碧汉，彻底自心空。潇散闲窗外，幽凉曲径中。
疏斜扬祖意，挺直振宗风。参透此君旨，香严气岸同。

九月廿九日霜降梅开喜咏 有引

冬至后，南方地暖，常见梅开。若过江浙，须孟春末[②]方有之。此处气候与江浙同。今甘露庭向南一枝，九月念九霜降日，花开甚秀，而又多萼。

① “多”一作“夙”。

② 一无“末”字。

忆古所云："草木知荣，必预[①]瑞兆。"予因奇之[②]，作此以志[③]。庚戌岁[④]。

缘何春信早，九月梅花开。淡笑南枝上，清香北石台。

无心灵瑞降，得意吉祥陪[⑤]。疑有回天力，风前独占魁。

嘱惟心上座

廓开脑后眼，皎洁照乾坤。此法密传授，任从启化门。

次远祖无准老和尚陈园即事韵二绝

圃外溪深接远源，春晴独步出松门。

宁将竹节为茶盏，莫把枫瓢作酒樽。

雨后春池棹竹舟，宛游蓬岛百花洲。

千山远近高低出，有底似龙有似牛。

示喝云禅人

青天万里点云无，喝破虚空意气殊。

识得毗卢心月印，法身突出走盘珠。

赠独照法弟受付[⑥]嘱

识得当年拄杖子，杖头今日挂琼枝。

瑶光绽烂千祥集，好与宗门作榜规。

示赵璧禅人

连城赵璧未为珍，百草锋[⑦]头祖意新。

觑破此中关棙子，佛魔病痛顿消泯。

赠一乘院法亲王

一会灵山记得无，而今却喜遇蓬壶[⑧]。

同风共话真如道，益见天然千里驹。

---

① "预"一作"有"。

② "之"一无。

③ "以志"一作"志喜"。

④ 一无"庚戌岁"。

⑤ 一无"淡笑南枝上，清香北石台。无心灵瑞降，得意吉祥陪"。

⑥ 一无"付"字。

⑦ "锋"一作"颠"。

⑧ "而今却喜遇蓬壶"一作"而今喜遇檗峰岖"。

赠青莲院法亲王

高车[①]相访檗林秋，恍似曹溪会里俦。
未竖拳头兴照用，已知天上石麟游。

赠南源法弟得法[②]住华藏院

华藏台中法界宽，包罗无尽刹尘寰。
从兹把住全机用，大阐宗风莫挡拦。

赠独吼法弟得法[③]住汉松院

灵松直耸汉霄中，千古贞祥[④]迥不同。
此日高攀枝第一，云兴雾起以从龙[⑤]。

祖师殿落成[⑥]

桂子花飞带露清，西来祖殿正新成。
只缘布地金如叶，特使画梁香染名。
奕世嘉猷浑吉庆，流芳瑞气显光荣[⑦]。
法身不露常当[⑧]座，应供四天利有情。

次韵赠柏法侄

白云宝海泼天涛，砥柱中流柏作篙。
三汲狞龙降伏了，其余是甚臭鳞鳌。

诞日述意[⑨]

寿量恒常不减增，高山流水奏无生。
韶光霭映三千界，谢子遥来特庆荣。

山形杖子势凌云，诸佛众生一口吞。

---

① “车”一作“笻”。
② 一无“得法”二字。
③ 一无“得法”二字。
④ “祥”一作“标”。
⑤ “以从龙”一作“似飞龙”。
⑥ 题后注“净水信士舍”。
⑦ 一无“只缘布地金如叶，特使画梁香染名。奕世嘉猷浑吉庆，流芳瑞气显光荣”。
⑧ “当”一作“端”。
⑨ 题一作“癸丑春六十三初度述意”。

体与空王同寿相，从教风月满乾坤。

老大齿牙俱落尽，舌根犹在覆三千。
人人献祝须弥寿，锦上添花色[1]愈妍。

紫云山八景（并引）

天开胜地，景出灵山。点缀因人，错综遇意。故曰：白尘指挥天花落，秃笔描摸春锦成。是以立其八题，公然请于一咏。

旭日献珠

夜残晓霁大明天，辊出红轮镜漾[2]圆。
晃[3]耀心珠呈觌面，迷云照破界三千。

群雁忘机

何处飞来白雁群，终朝饮啄绕山门。
机忘你我无惊畏，似感[4]道人化育[5]恩。

桃花点悟

灵云昔见豁心空，古往今来底事同。
不是[6]而今无彻悟，春春[7]眼里绽[8]花红。

鸦鸣启晓

海角云霞与水齐，天风吹送老鸦啼。
翻身梦破花初晓，日出东方月落西。

富士遥观

散步岑头一纵观，士峰耸出白云端。
四时顶戴琼花[9]笠，拟济忙忙客作寒。

---

① “色”一作“秀”。
② “漾”一作“样”。
③ “晃”一作“愰”。
④ “感”一作“识”。
⑤ “化育”一作“戒杀”。
⑥ “不是”一作“因甚”。
⑦ “春春”一作“只缘”。
⑧ “绽”一作“眼”。
⑨ “花”一作“华”。

螺髻俱瞻

髻卷青螺九仞山，遥瞻顶上倚松关。
眼空四壁真风露，海岳归宗也等闲。

千家烟景

千家锦绣紫山前，华屋鞍鄰叆叇烟。
快逸春秋无个事，天堂佛国一般仙。

绿野连天

遮莫园林接远天，春风忽忽万花妍。
横看一色无关锁，不尽乾坤捧法筵。

春过本多氏府

天高云[①]霁邈烟云，拶入维摩不二门。
无位真人忘洗靥，高谈阔论尽惊群。

又

不二门中布锦霞，清池水鸭景华奢。
大如释梵神仙府，正法谈来似作家。

题大观亭赠瑞云[②]居士

四望烟家锦绣堆，重重华藏玉楼台。
大观却似蓬莱岛，了没尘笼彻九垓。

赠石云法侄

久历风霜彻骨凉，而今大法竟承当。
摩耶山上琼花吐，一朵单提遍界香。

送雪堂禅侄孙

万里沧江[③]甚可骇，连天白浪若银台。
深忻到岸无纤险，大似浮杯罗汉来。

送玉冈禅侄孙

孤帆破浪入东洲，似有神龙护汝俦。

---

① “云”一作“雪”。
② “云”一作“林”。
③ “沧江”一作“鲸波”。

到岸身无涓滴水，宛如蓬岛小仙游。

千手眼

伟矣大悲千手眼，神光彻照没边涯。
纵横与夺全机用，妙智无方豁翳霾。

示铁舟法孙

一段谦光人尽爱，浑身盛德世咸褒。
复兼法眼同圆镜，堪振吾宗化道高。

赠隐逸

金乌飞玉兔走，年去年来空白首。世上人多不自知，沉名滞利淹痴酒。
惟君识正因，摆脱尘劳臼。放下担千斤，高提无事手。
闲闲物外饮清风，逸逸山中为牧叟。胸怀没点埃，更有谁能偶。

赞颂（并引）

至人应物，大器无方。不可以声搜，岂堪以色索。故经云："若以色见我，以音声求我，是人行邪道，不能见如来。"既不以色见声求，则非计较之所及也。[①]乃知一源绝迹，欲返者迷。万法无根，欲穷者错。是以先德风彩，古圣光明，一一含融，了无所睹。时时峭拔，竟不可扳[②]。终不系系两头，亦非[③]椿定一处。用此以祝吾师之寿，似添太仓之一粒。更将以明吾师之道，若窥全豹之点斑。然则如之何其可也。敛念普观无量劫，回机觌体一毫端[④]。寿耶道耶，谁能分疏。所以句中无意，意在句中。若要知微，请看赞颂。

吾师尊特出人头，教诲禅源掌握收。
德满洪钧春雨露，道符太古树凉床[⑤]。
若非济祖重来此，便是运翁再现游。
竞秀千枝芳奕叶，嘉声两国室盈筹。
须弥作寿焉能比，日月为灯奚足酬[⑥]。

---

① 一无"既不以色见声求，则非计较之所及也"。
② "扳"一作"拔"。
③ "非"一作"不"。
④ 一无"然则如之何其可也。敛念普观无量劫，回机觌体一毫端"。
⑤ "树凉床"一作"洽神州"。
⑥ "奚足酬"一作"曷足猷"。

八十年高希世宝，圆常体妙碧①天秋。
觉华迥越僧祇劫，慧镜恒明破暗幽。
岂知瑞应金仙老②，匪涉生缘历证修。
昭昭法眼辉今古，盖天盖地莫伦③俦。
草木昆虫咸受泽，森罗万象悉归投。

国主赐墨画罗汉镇山（并引）

延宝癸丑年仲吕月十日，黄檗万福寺当山第二代某山野④以开山东渡所带王振鹏墨水罗汉并末后偈陈于⑤国主，主喜而受之。越⑥无射月，命小笠原山城守居士将罗汉赐黄檗，永镇山门，以光祖庭。此乃护法之至，功德渊深，不可涯量。山野即焚香顶戴。谨述颂以志。

叵有国檀那，至尊并至贵。深发广大心，万行为祥瑞。
泽及于苍生，德惬于天地。金石建丛林，膏粳⑦恒给施。
禅门赖卫持，祖道永无堕。九洲知向正，四海归明治。
宇内乐升平，魔外俱逃避。五百阿罗汉，降迹同游戏。
令镇新檗林，千秋振法利。以此修勋业，菩萨共悲智。
国泰长悠久，世荣誉勒志⑧。野衲颂斯言，仰答丘山惠。

次慧门法兄寄怀韵

犀牛扇子赋诗浓，句义霞飞紫彩容。
雅古吟来声振玉，清奇笔下秀争峰。
有怀夜后闲烹月，无计帆归只枕松。
安得当年岩石上，趺蒲对话少林宗。

甲辰中秋禅堂玩月次老人韵

碧汉云开洁似霜，道人只眼倍清光。

---

① “碧”一作“朗”。
② 一无“觉华迥越僧祇劫，慧镜恒明破暗幽”，“岂知瑞应金仙老”一作“还如应迹金仙老”。
③ “伦”一作“能”。
④ 本句一作“延宝癸丑仲吕月十日，黄檗山万福寺第二代某”。
⑤ 一无“陈”字。“于”一作“上”。
⑥ “越”一作“至”。
⑦ “粳”一作“腴”。
⑧ 一无“国泰长悠久，世荣誉勒志”。

风师初夜消山籁，桂子中宵落草堂。
一色银铺千世界，大圆镜照万区方。
森罗显焕琼楼现，刹境无边尽荫凉。

秋到白云庵

幽栖何必最深山，但得心安住便安。
郁郁黄花金世界，猗猗绿竹玉琅玕。
蒲团坐熟明心镜，瓦钵茶香醒梦阑。
一片白云堪自悦，长年乐道是真观。

赠法侄月潭禅师

多年不惮侍巾瓶，嚼烂虚空钉橛钉。
气粹和光如水月，心虚纳友若云星。
百千妙义超然得，无量玄机豁尔惺。
尘拂亲承开祖手，吾家又喜有宁馨。

癸丑秋过访耶山法弟林和尚并赠华诞

耶山宝刹壮千秋，特访同风意转幽。
翠泼猊冈松献寿，慈开法眼室添筹。
平分半座昙花会，快叙多年化道由。
燥辣钳锤应独让，蹈人无数马师俦。

过端山居士不老峰

国有贤良积善家，犹如铁树放昙花。
齿高逸隐全名节，德备流芳举世嘉。
万迭峰峦春不老，一天风月乐无涯。
宠荣钟鼎元虚梦，慧镜朗然格外华。

送能势日向守居士

修身治国在居仁，一达心仁事事振。
竟日违憎贤圣合，片时悯爱庶民亲。
京师仰里如恩主，闾里归投若大宾。
德政功高申炯戒，禅林又耐雨施频。

永井伊贺守登山作此以赠

空山寂历淡清禅，德旆登临曜石泉。
展季刚廉安足比，桑门贞洁合推先。
四海具瞻承政泽，五畿洽比颂仁贤。
况兼不负灵山嘱，振起宗风满大千。

赠牧野佐渡守居士隐居

昔日京师曾牧民，五畿仰德胜双亲。
慈心化治无偏颇，刚政开张有智仁。
辅国如韩怀大义，扶宗似陆抱良真。
圆全名节归休隐，自此流芳四海珍。

赠梅岭法侄受拂

少林一脉若悬丝，绍续须还彻骨儿。
璞玉浑金光灿烂，敲风抹月邈支离。
履践极处机圆活，擒纵精时自出奇。
从此可称韬略备，应缘莫不尽高宜。

题三宝院假山

云晴珠树绿蓊丛，水石清奇智者风。
慧眼初开花错落，法雷长震瀑沧濛。
三宝门庭千古秀，醍醐灵脉万川通。
扁舟泛泛春池上，大似洞庭趣不穷。

登醍醐山赠月堂禅徒

醍醐上刹有知音，此日携筇绕石林。
为爱玲珑灵境胜，却忘岁崱翠云深。
人行山顶空沙界，僧定岩阿泊世心。
自是个中茅舍别，翻令不觉喜相寻。

尔潜魏居士见访

萍水相逢国外亲，别来廿载晤兹辰。
忻容何只披云月，道骨犹然削玉人。
檗岫林泉光灿灿，禅门龙象喜振振。

多年契阔无堪待，一盏清茶接上宾。

甲寅年四月廿二日紫云院竖梁[1]

簇簇芙蓉净点埃，绕围瑞彩拥云台。
玉梁高竖千祥集，紫雾盘垂万福来。
无尽灯传交互照，优昙花现亘荣开。
此中禅晏还嘉泰，密祐国兴产圣才。

秋重临瑞圣寺喜晤端山居士

金风忽忽一天秋，瑞圣重临转更幽。
凤鹤争鸣惬旧遇，竹松竞秀挺新筹。
声光景耀霞云丽，法水香清江海流。
夙昔缘深皆辏辐，相逢尽是敏王侯。

登城即景赠稻叶美浓守大居士

三回四度陟檀衙，感佩金汤鼎力加。
俨尔九霄天世界，尤然六合古仙家。
文经武纬全韬略，锦腹珠肠甚俊华。
惭愧未能伸妙手，一弹古曲契燕牙。

本多一峰居士见访

万里长空杲日晖，翩翩大驾访禅帏。
乌鸣殿角传嘉瑞，鼎发香光映德徽。
一念无生通大道，诸缘顿息显灵威。
叙怀促膝超尘表，宛尔毗耶不二机。

除夕

千五百指个闲僧，屼坐紫山度岁灯。
上座晚参开要旨，满堂珍重列玄朋。
金声玉振相酬酢，电卷星飞各俊能。
吾道东行绵远焕，团圞法布若云兴。

乙卯元旦

午夜钟敲觉晓天，升堂祝圣集云禅。

---

① 题后注“丙辰日”。

王风气和金枝秀，慧日光圆玉烛妍。
四海含新诸物阜，千邦仰正万家颛。
山僧无以酬恩泽，特煮松根不老泉。

元旦假开维摩室应铁牛长老茶

维摩室里假开临，夕照南窗绕竹阴。
陌上梅花斜揖客，门边童子睡忘心。
尘话春皇闲物外，香焚海岸悟机深。
吞天气宇金毛兕，翻掷须还俊特襟。

应寂西堂茶

为爱高霄岁日晴，复忻道雅意冲盛。
东岩斋了西岩茗，上座躬虔下座诚。
和气阳光开五荚，瑞云玄化被群英。
绵联赞继繁兴祖，天马追风杰出宁。

天诞应潮音首座茶

正王九日紫宫开，五朵红云捧玉台。
法喜盘桓烹赵茗，禅余点缀见岑才。
天机锦绣含春象，山偈清新压岁梅。
贵在衲僧眼目正，纵饶布鼓谩登雷。

立春示祥岳居士

九霄云静日轮孤，黄道春回大地苏。
乐业安生民庆泰，施仁沛政国祯殊。
石人口吻笙歌永，木女心花日夜敷。
物阜时新弥海宇，尽归王化一灵枢。

乙卯元宵

紫云山耸似鳌峰，灯月交辉耀九穹。
醉里笙歌非我共，茶中诗偈许人同。
鼓吹彻夜均天乐，星树开花拂惠风。
达磨眼睛浑漏泄，挨肩尽是饱参翁。

应祥岳居士斋

歉无定力脚跟轻，带水拖泥应供行。
不是檀郎心爱道，那牵山野杖趋庭。
机缘契处谈忘倦，意地开时悟自精。
鸟语山光禅偈秀，书来满纸若珠倾。

乙卯春弘福寺述兴

春晴泛棹临弘福，径外清新一带流。
法化当兴应此地，宗风丕振满东洲。
云龙际会机枢合，草木知荣气象幽。
半折山藤权作主，天垂宝盖百千秋。

龙泽院瑞霖居士到山

拂拂薰风满帝畿，旋征顺驿访禅扉。
德光美布云山秀，气正和舒草木菲。
竟昼高谈含不二，披襟雅信入玄微。
知君忠孝兼怀道，剀佩灵峰付嘱时。

为慈眼传长老六十寿

兰馨菊秀挺新秋，尔我苍苍半白浮。
檗岫云林闲日月，金山风韵动王侯。
肝肠铁石浑雄壮，眼目骊珠炳莫俦。
处世年来逢耳顺，昙花正好喷芳幽。

小野居士请泛琵琶湖①

信心不苟有良筹，相接琵琶泛扁舟。
水底藏天空幻影，湖中鼓曲欸声啾。
抛纶掷钓华船子，呈桡舞棹岩龛俦。
自古风骚皆我辈，何妨举向慕禅流。

乙卯春福严文长老省觐至喜

陟拨藤条到几遭，人情道行两崇高。

① 题后注“时江户回”。

叙怀雅缓深疏快，慰问从容密奖褒。
百果盆堆山斗拱，千华戏彩瑞云翱。
法门有赖为标准，随处梯航须把牢。

太上法皇八十大诞恭奏偈章表方外诚祝

上皇夙善位中来，年岁阅多足智才。
笃敬三尊全觉德，功含古圣邈风埃。
孤云霞侣同潇洒，瑞像绀宫特创开。
树荫苍灵菩萨帝，寿长穆穆泽无涯。

三平瑞像

三平瑞像甲寅之秋，黄檗开山进奉，太上法皇甚然愜敬，特命于东山建殿供养。山僧谨颂赞曰：

三平山耸白云天，瑞木凌空气霭然。
龙虎交参尘俗邈，龟蛇缭绕玉光妍。
匠雕圣像多灵应，心佩洪名自慧玄。
太上营宫瞻礼敬，真诚敏悟寿绵绵。

乙卯舍利寺中秋夜

高秋雨霁桂花妍，独露清光耀海天。
圆照千江浮玉镜，皓临万象媚婵娟。
修行供养成多事，吸彩餐精未足玄。
合浦珠莹生蚌腹，犹如舍利璨铿然。

赠独振禅弟新构宝善庵

宝善新开碧涧边，栖迟道骨自悠然。
青松翠竹长为友，正眼恒明乐永年。

赠道成善人新构寿泉庵

檗峰构室别云天，延寿松根不老泉。
竟日清幽无个事，优游乐道弗知年。

辛亥正王三日至慈福院

夜来瑞雪满山丘，恍似新妆万玉楼。
处处慈门门大启，福人居住福人游。

雪中煮茶次韵

木女急烹蝌眼茶，清香聊献法王家。
忻忻同庆千山雪，大有年登雨瑞花。

过洞云寺

僧居幽僻便为家，一座禅堂映晓霞。
坐卧经行堪办道，从教天雨四时华。

观流亭

台榭茶香作胜游，主人夙信善稀俦。
三春目富千花瑞，一带胸清万古流。

赠关梅岩居士六十一寿

花甲已周再复一，重重瑞彩映堂前。
无涯吉相谁能比，有德风高适遍传。

周子现世，庞翁化缘。不着闲物于胸次，备修片念于戒禅。
泽深如大海，清洁似林泉。从今仁寿域，更增六十年。
共与赵州老，泰壮而并坚。

指岩居士到山

仁者心笃实，无思亦无邪。胸襟沧海阔，道雅丽春葩。
数次相对话，度量大方家。宛似斐休纯正质，复如陆亘气雄奢。
法门赖藩堑，轨范转弘嘉。忻此山中会，林泉胜事多。

赠青木居士

有材兼有用，非比众慵常。丈夫真气概，谋道不谋梁[①]。
昔日斐休佩国印，当时希运匿僧房。机锋忽投契，法眼便宁彰。
自此禅交莫逆，洒然格外相将。千秋一杰，万古流芳。
山野忻君雅渥，耳提面语难忘。

送碧天禅人[②]

天禅别十载，再到此山中。道义若山重，心源妙莫穷。

---

① “梁”：疑为“粱”。
② 题后注云“更号铁堂”。

即心即佛扬尘土，非佛非心贮网风。于是两头话，直须委太空。

识得空王机用处，电光石火烁天红。

赠善人刻经

清净莲花表性空，一尘不染玉玲珑。三根普等无生灭，妙法周圆迥异同。

演说书持者，庄严福慧隆。况复特镂版，印施以流通。

如斯大功行，善种德难穷。必得如来亲记莂，顿超二乘振宗风。

谢送刹竿

放倒门前刹竿，饮光亲付阿难。而今特地竖起，可谓形正影端。

放倒竖起，事无两般。放犹刮翳，只眼豁光烁斗寒。竖若标指，令人咸见月团团。

大好祖师意，谁解仔细看。

赠仁寿庵德岩善士

榉开八月，精舍初成。罗汉应供，诸天奏笙。寿高身世乐，仁厚誉芳荣。

复以善根之力，而增智慧之明。心无褊狭，道自隆盈。既幸茅庐没漏，居然犹胜老彭。

赠一乘院法亲王

自古传心法，多是王子孙。惜乎去圣远，未见大乘根。

秋仲辆临万，福泉石转更。光焞促膝对，谈气概英惇。

是知贵胤襟度，天纵逸翮之尊。权现领袖于觉苑，恢恢纲纪振宗门。

壬子秋赠别峰居士过檗山

秋露冷，秋声凉。白云牵石白，黄菊喷庭黄。去路轻如叶，千里入关乡。

不顾危峻，疲倦都忘。赤心片片，独抱忠良。年高觐远主，磊落涉山长。

偶过檗岫，话到斜阳。古朴真诚实，浑身是德光。

忠居士

俊敏真奇伟，才高智略深。超然出垢外，卓绝契贤襟。保国非贪利，牧民且沛霖。

忠诚奉主，刚正治心，可谓君子之修德，直使小人之畏钦。

复以援儒归佛，兼又知言制箴，若此崇达，实堪鼎任。

荐文海徒孙

脱却皮囊去，要须有本据。

灵明不昧兮，廓尔澄圆；湛寂恒常兮，浑无窥觑。

此乃慧命之真源，亦而本分之良御。领略悟斯宗，尘尘潇洒处。

赠太上请藏经镇正明山门兼示住持宗禅人

五台万菩萨，分演如来教。异草及珍禽，莫不宣圣诰。

遍满于娑婆，令人知醒觉。天宫海藏中，神洲赤县奥。

但存经典处，皆为塔庙部。有孚能仁言，凡心自革扫。

消除亿劫颠倒想，位阶大乘妙玄奥。兹闻正明寺，上皇书额号。

一受灵鹫之莂，便与吉祥同道。请龙藏以镇山门，使禅寂而行佛道。

悲智于是兴，妙德超然造。光并日月以扬辉，泽咸雨露而弥膏。

阿僧祇岁阐厥功，通身是口说难到。律行清净绝瑕玷，林泉霞彩灿真宝。

绵密荫儿孙，千古法轮浩。冀此特流芳，苍生俱庆好。福田秀无穷，人天归洁澡。

挽立花好雪老居士

生平心质直，义气复超特。辅国身争先，施民礼并德。

及其脚废疾，乃以自闲匿。怀抱而居仁，精修于古式。

三宝正归依，亲近善知识。暮叩打三千，朝参敲八百。

孜孜兀似山，堆堆竖铁脊。看破没藏踪，了然疑虑息。

大法既荷担，便入无生国。端坐益昭彰，时人莫能测。

庞翁老辈流，我笔书难极。

宁谧亭杂咏

筑得高台碧落齐，深阴洞壑白云低。

闲挑明月静中煮，活捉清风坐畔栖。

客少华严多一卷，日长潭曲几回跻。

老来无事成灵瑞，石壁苔痕带墨题。

又

精舍数椽荷沼西，优游永昼阁藤藜。

倦来手里书为枕，兴到枝头叶纵题。
地蹭石人元法将，云包木女是山妻。
范雎解印全名节，好向炉边话隐栖。

即事

悠悠世态甚浑屯，输与寒岩独负暄。
岸谷胸中新气宇，溪山几上别乾坤。
水流明月不随去，兔遇鸽鹰却被吞。
寄语公侯休计着，荣华那有几生存。

咏兴

人倪连地胜，鸟道埒天虚。盘礴溪山侣，含融风月庐。
煮茶燃楚竹，遮眼检寒书。有问禅中趣，鸣鸠过绿畬。

丁巳腊梅花初开喜端山居士至偶成

乍放寒英媚早春，丰姿璞玉倍清新。
杖藜颐倚抬眸觑，不似前年淡瘦人。

春日集宁谧亭茶话[①]

二三弟与兄，春日笑忻迎。石罅抽新笋，沙壶煮旧英。
玄谈古圣事，耻听今时行。朱紫鱼花艳，终非芹草清。

次连珠吟韵（并引）

予丁巳秋构宁谧亭，工甫竣，春日集同门于亭上茶话，泉法侄赋连珠吟三章为赠。盖宁谧者，乃宴静之义也。因喜其有“可中宁谧胜深山”之句，即用来韵，亦说三偈，以广其动静一如之妙也。

倒卓须弥当等闲，大千捏聚一毛间。
直教浩浩群生类，宁谧身心见宝山。

宁谧身心见宝山，浑融幻法万千般。
天宽地阔真三昧，自利利他海宇间。

自利利他海宇间，横施纵用没忙闲。
如如不动人天际，度尽无余劫外还。

---

① 题后注“戊午”。

戊午元旦

青帝临垣景物新，文明启祚运和臻。
百千海国咸开泰，万亿湖天转阜振。
浩荡淳风飘瑞彩，氤氲淑气度江春。
鸣鸾佩玉香烟里，虎豹阶前祝舜仁。

正王五日喜华藏汉松法苑诸和尚光临

美客光临壮祖风，人天交接两和融。
排空宝盖春林秀，虎伏龙降法会中。

警世

栖迟孤顶上，木石以为俦。弃智还无累，耽名使有愁。
门朝山水秀，径绕竹松幽。溟滓人间世，几知霜到头。

戊午春同诸子赏牡丹花偶成

天生富贵百丛王，艳媚春风匝地香。
一自猫儿花下睡，至今祖意露堂皇。

悦山首座五十初度

子白东航栖此地，人疑南岳再来身。
光明把住生涯足，天命年登日正春。

雨宝院亮雄上人见访

雨华雨宝一般奇，万顷秋光香稻垂。
禅室幽深从坐卧，了无闲梦到瑶池。

次铁山西堂寄怀之韵

忆得旧桃源，振振桃放萼。我时携杖探，英气拥春谷。
爱尔品无娇，娉婷媚古木。取来象园中，符彩灿朝旭。
既熟果馨香，遥闻诸海国。开法之剑津，凤麟大快跃。
全提似马师，真吼如曹六。久已渴其思，每企渡东壑。
欲使为灵瑞，舒光同化育。诚然念在兹，地轴不难缩。

鲸波万里长，可以杯浮托。

紫云院六景（并引）

甲寅秋，院甫竣，有顺正老德者，来院之南，运土石，栽花木，以为假山，不日完工，宛尔天成，因而点出六景，用配六根清净。然而即景与根融归不二玄门，仍吟六绝以疏闲襟耳。

十二峰

十二峰峦翠拂空，犹然古檗境形同。
云间罗列千层出，秀丽盘回绕大雄。

飞来松

天教生在祝融峰，此日飞来秀碧嵩。
劫石消磨尘点尽，惟夫不变独吟风。

连枝桥

共气连枝弟与兄，津梁两岸坦然平。
令人来往无危险，直使还家罢问程。

三心池

过去未来并现在，三心追觅竟无踪。
天开碧沼禾刀势，返照当人见本容。

寒拾崖

两个石头长对立，耽耽大似老寒拾。
重崖瀑落如悬卷，恍尔相将看不及。

三圣石

石即圣兮圣即石，徘徊品字云中立。
披星带月以何为，望援尘沙归宝邑。

雨霁登亭远眺[①]

午后携筇雨霁时，登临亭上赏幽奇。
千山相逐云中走，万象齐临脚下骑。
鸟掠岩花投净几，猿擎仙果献禅帷。

---

① 题后注“庚申夏”。

修心未到忘心处，却被精灵得觑亏。

南都稿

南都访胜，沟口丰前守居士见招，赋偈以赠。

久闻南景胜，杖策特追探。喜遇荆公在，犹然斐老谈。
山柽春日古，野鹿烟家憨。政治民归德，如沾雨露甘。

春日山

春日春晴特陟投，山光胜概甚苍幽。
虬松鳞甲千年在，殿宇祥云万古留。
远荫恩崇该帝阙，芳传德泽遍灵丘。
麈林禽鹿无拘束，自是神威善利周。

兴福寺有感

刹竿青云外，僧房花木幽。巍雄成圣武，盛振让高俦。
上古真风秀，而今野鹿稠。兴衰皆运度，何必系春秋。

兴福寺西金堂随喜花源磬恭次老和尚韵并示

西国流传古到今，龙擎圆象示人心。
忘机究竟元无体，分别敲来十二音。
顿悟花源空法界，了明性海透荆林。
于中返看知端的，寒拾相将拍手吟。

东大寺大佛[①]

古佛无心铁作皮，从教云绕与风吹。
当年一自放光后，盖覆而今更有谁。

二月堂

二月堂高欲接天，圆通感应事难宣。
神威焕赫龙呵护，舞马光腾不敢然。

大士灵聪闻气轩，木身劫烧绝纤然。
圆全面目同金石，饶利有情遍大千。

---

① 题后注“铁铸底”。

法华寺示尊信法尼

三学之中戒最先，清澄极处只生天。
若要超然无滞趣，直须参透祖师禅。

西大寺随喜兴正菩萨古迹

兴正真身气宇奇，开山西大白云垂。
虽然古地今墟寂，苍怪松虬尚玉姿。

访招提寺鉴真律师古迹

八百年来定里身，招提始祖别天津。
清澄律范今何处，舍利灿然五彩新。

法隆寺随喜舍利示弥勒院

忽忽春风御行筇，提将诸子过隆场。
巍峨古刹撑云外，阒寂律庐筑树央。
圣德当年开法祖，清规此日愈风光。
瞻依设利空心垢，顿发珠玑莫可量。

北室示真让律师

法隆古寺杰南州，北室犹来隐律俦。
梵行内莹尘不惹，兼能向上诘宗由。

过放光寺示天真禅人

古迹山光净点尘，我来随喜转清新。
谁怜石础如星布，扶起刹竿振法津。

南都访胜兼宿德岩居士家

南州胜迹尽俱探，又到郡山访德岩。
意气投时含水月，清光互映彻寒潭。

过木津渡[①]

晚渡扁舟过木津，羡君力棹用心真。
复兼华屋承茶话，大似灵山社里人。

---

① 题后注“稻田孙右卫门整舟相接，复至家吃茶，偶成以赠”。

三月初四至瑞景寺[①]

曲径幽新瑞景光，清奇柏树绕禅房。
牡丹艳滟机锋别，觌面相呈法化昌。

示不白信士

诸檀道雅信根深，瑞景相陪叙祖心。
不是夙缘真植善，安能出格以参寻。

示似水信士

氤氲瑞气绕松山，道者高闲构草关。
自是檀心崇祖法，新开禅室别人间。

赠瑞景寺主人

不因重法意超情，杖子何缘到瑞嵘。
地净风花禅瑞别，真堪栖隐乐余生。

题翠云庵示不白信士

翠云庵前万树光，坐对丛丛柏子昌。
自是西来达摩眼，六根净善日敷扬。

似水禅士家藏舍利作此以示

心如净水映云山，碧月高悬影现中。
设利铿锵圆象洁，光辉五彩逞真风。

示善士[②]

信心乃是最贤基，复更精诚不变移。
超越凡情无执着，真机顿悟证圆知。

题三秀亭示湛心善士

三山挺秀日长春，翠拥闲亭景物新。
少憩于中禅骨爽，清池心印自天真。

丙辰仲吕月天龙寺虎林禅德过访以诗见赠次韵酬之

天雨缤纷阿练拏，石林秀爽净烟霞。

① 题后注“示久德”。
② 题后注“道寿令郎元实信士”。

心空境寂虚闲里，喜遇旧知御紫花。

又

天龙一别十余年，此日登山貌粹然。
佛法无多君识破，何妨共振遍三千。

挽月堂法孙

翻转钵盂归去来，森罗万象尽惊骇。
不留一法人间上，洒落通身净点埃。

次唐山开元寺冲如耆旧寄怀韵以答之

自从分袂廿余春，烂煮折铛五合陈。
只作痴顽无似汉，不知别有化风新。

又

蓬莱远辱附慈音，雪唱难酬郁悉深。
不独浑金涛子质，复兼博古又通今。

付实传上座偈

几度登山几度归，珊瑚鞭折丧全机。
眉横海月山横眼，阔步高提任力为。

示雪庭禅人

齐腰雪冷立庭前，为觅安心蓦廓然。
彻见心源如电拂，灵龟带翼上青天。

示梅园禅人

即心是佛彻心源，昔日大梅已密传。
一遇庞翁百杂碎，丛林流布话头圆。

赠细川丹后守得公子

夙善崇高奕世振，德昌天降玉麒麟。
祥光炜烨山河壮，显焕门庭格外新。

赠愚白禅德

赤肉团中无位人，草鞋跟底尽珠珍。
金声玉振天然别，岂肯庸常混世尘。

挽朝日山安国寺翠峰法侄

多年火种隐深云，完备爪牙势敌群。
此日悬崖撒手去，凄凄安国掩斜曛。

龙溪法弟七周

阴阳不属古灵苗，劫外春风足快饶。
种性无生无有灭，荣昌法界迥枯凋。

寿初山湛法弟五十初度

五旬华甲化风崇，菊绽秋光万壑融。
权把珊瑚枝上月，高添筹屋永昌隆。

胡饼颂[①]

向上关头下一锥，眼亲手快令开疑。
大将细抹虽超特，冷地看来未足奇。

示春泉上人

繁兴大涌法泉甘，普润尘沙妙体覃。
只许惊群狮子子，机前觑破便荷担。

荐知白玄了童

爷娘望子绍家私，子却无心撒手归。
会得灵光常不灭，再来托质展玄机。

别峰院构成示一着侍者

数株松下屋三间，草构新成门不关。
拾柮烹雷宾共啜，私盐短贩谩追攀。

又

山居活计只随缘，脱粟黄齑乐永年。
知足衲僧无个事，寒来向火困来眠。

赠青木端山老居士七十诞

道眼空圆迥出群，齿牙落尽舌犹存。

---

① 题后注“示禅人”。

须弥寿量浑无匹，千圣众生一口吞。

铁文首座建别峰院落成

不用妙高顶上觅，新开院子檗山嵋。
薰风拂拂灵松舞，便是别峰相见时。

圣光寺龙堂法孙来觐以偈遗赠即用原韵示之

无事无为物外人，圣光把住日新新。
铁蛇钻透金刚眼，下载清风大地春。

法弟即和尚七年讳辰偈以奠之

埙篪唱和甚和谐，七易霜华各一涯。
铁打草鞋追莫及，只将山茗表同怀。

示月耕知藏

气岸孤昂鲠骨夫，瞻风拨草以忘躯。
虚空粉碎平沉处，戴月扶耕意自殊。

示桂堂知藏

迢迢来叩檗山禅，顾我也无法可传。
藏里摩尼拈得出，光明洞彻耀三天。

瑞圣铁牛首座五十初度

碧玉麒麟颇俊哉，峥嵘头角甚恢谐。
金风乍动登天命，溢目昙花绽寿台。

梦隐法孙特来省觐即书此偈以示

固事撑持须铁汉，身心鲠正有绳龟。
应机发用全牙爪，与夺纵横始出奇。

付喝禅侍者偈（并引）

喝禅和侍者，自甲午冬，山僧于象山惠明寺开堂，禅乃亲近。及至山僧乙未秋东渡，禅巾瓶相随。至今丁巳，计二十四载，未曾一日间离。观其实行，洁操孜孜，亦未尝少怠。诘其本分事，实有契处。日用尚自精勤，勉励极是切磋，密密行履人皆知。所以山僧知其见处高尚精淳，虽未及古人之机用，而守律向上之一着奉重，不越西来大义也。由是山僧即以拂子一枝、偈一首，以表法信。偈曰：

本分操持不混常，全机透彻便超方。
而今赠汝金刚剑，闪电横挥振法场。

示某甲禅人回乡

脚跟有据不差违，凛凛金刚出就机。
芒鞋蛙步未抬举，便是还乡奏凯时。

潮音首座五十初度开堂偈以贺之

炙脂帽子脱多年，创就开山尽美贤。
五十知天知见正，何妨展拓振三玄。

示知幻徒孙（并引）

知幻徒孙自谓透云门关老僧，即举翠岩夏末示众之语，并保福、长庆、云门答话，以诘其端，复颂示之。

眉毛八彩气撩空，作贼心虚觌面通。
不是关生提正令，几乎丧却弄潮风。

示和田信浓大掾

天下有名能铸钟，红炉烈焰铁销镕。
钳锤不费成弘器，百万人天赞美丰。

赠友仙针医（并引）

友仙善士，针医如神，为人良羡，莫不钦服。今得大官之名，非素养德，岂能际遇之若是哉！即述一偈以赠。

天下高名能打针，一锤打落百魔瘖。
从兹道博官犹大，四海五湖播美音。

题归一亭[①]

万法归一一何归，芳亭廖耸插天巍。
含藏性德恒沙数，竟日虚闲花雨飞。

又

杰出云亭气岸昌，无边法界尽归藏。
海天空阔乾坤大，永岁优游日月长。

---

① 题后注“毛利甲斐守”。

挽泰云禅与老禅德[1]

老德身无半点埃，云光匝匝起灵台。
神清气泰明真智，自是超然正眼开。

示智海禅者

一钵千家去复还，供师修行在深山。
烧炉扫叶无劳倦，撇尔心开透祖关。

示副寺廓山上座

心光清净绝痴憨，因果分明乃正参。
异日登堂能演法，尘沙仰慕大司南。

法苑和尚请斋作诗见赠因步韵复谢

心广体胖太雅风，胸怀道气若春融。
才高酬唱浑金玉，大振雷音宇宙中。

示即空座元

一机拨转万机宽，发用施为魔胆寒。
截断千差闲坦坦，超方眼目自倪端。

示兰洲西堂

千斤担子重难肩，发愤毕诚力进前。
蓦尔汗衫俱脱却，纵横与夺势浑圆。

示证宗后堂

列祖爪牙把捉难，拟心凑泊隔千山。
当人只贵超尘表，直体掀翻向上关。

示月耕堂主

堂中有主众和平，进止威仪不自轻。
影正形端无两立，人天向仰播嘉名。

示天休知浴

一身净也通身净，妙触宣明脱体莹。

---

① 题后注“潮音首座乃祖”。

内外湛然浑洁白，诸尘当处证无生。

示万玄禅人[①]

一法玄时万法玄，电光石火闪青天。
才方眨眼全机丧，未免鼻敲落半边。

示桂堂知藏

如来藏里摩尼珠，不是等闲可捉摸。
信脚踏翻天地阔，光辉从此耀江湖。

赠铁眼法子建宝藏院落成

宝藏重重蓦打开，堆山积岳尽瑶台。
恒沙海众含瞻仰，利泽恩光遍九垓。

挽真政律师[②]

律行孤圆洁若霜，复兼禅定作宗纲。
构成法起翻身去，堪叹浮生失筏梁。

示祖秀禅人

祖师关棙万千重，打透重重若奋龙。
为雨为霖山岳秀，江河阔大尽朝宗。

登灵瑞山随喜一休禅师胜迹

妙胜山光翠欲流，层峦叠嶂万重幽。
若咨浦一今何在，杜宇花开火刺眸。

又

浦老开天一再兴，二尊并振耀山灵。
今虽化去年三百，道迹犹然历石铭。

示晦文禅徒

文而不晦是虚文，晦隐韬光出众群。
类不齐兮混不得，至尊至贵妙难分。

① 题后注“即铁舟法孙”。
② 题后注“重兴法起寺”。

示觉潭法孙

潭里有鱼分外嘉，翻身破浪截千差。
风云变化龙生角，大用弥纶没挡遮。

示凤山法孙

彩凤丹霄现瑞仪，非凡鸟比共栖迟。
文明富贵谁知识，自有超方气格奇。

示智达法孙

一机达处未为良，智眼开时气若王。
百万乾坤掌上叶，纵横拈弄展宗纲。

示碧湖法孙

骊珠拈出不寻常，四海五湖尽放光。
鉴地窥天机用别，为人眼目美无疆。

示月林禅人专使

天空海阔月轮孤，四壁林峦映宝珠。
谢子远来无可待，只将此物答劳劬。

示珍洲知藏

华藏重重拨不开，连辉接影万瑶台。
全身拶入浑无碍，便是遍参小善财。

送铁崖西堂住景岩院

薰风拂拂自南来，院构景岩枕檗台。
殊胜人居含地杰，山灵愰耀古今魁。

示天宁堂主

滴水兴波万丈高，超方作略一毫毛。
胸中有主空湖海，野祟山精自撺逃。

示南宗禅人

此间无法与人言，且去南方问上贤。
摸着眼横鼻直处，宗雷震地向三千。

示天休知客

山容海纳没疏亲，气宇和融历主宾。
绍振丛林千古范，胜他雪窦弄奇新。

示一着侍者

晓夕殷勤身畔立，和光雅重又同尘。
提纲挈领能豪逸，等埒金銮解勘人。

荐徒监院别山上座

多年监院积功高，无颇无偏密自操。
脱落皮肤诸累息，顿开法眼出尘劳。

挽赐紫竺印和尚

印泥印水印虚空，印印由来没异同。
此日印消浑洒落，无生国里振宗风。

挽洞源禅人

洞彻法源正眼开，机轮活泼了疑猜。
翻身直出阎浮界，任运腾腾甚快哉。

荐高大诵居士

大诵无声语似雷，也能喝我揭全机。
虽然撇去十三载，面目而今尚坦巍。

示道应禅尼

心身如幻属空花，一性灵明绝点瑕。
去住无羁元解脱，于兹坐断自非差。

荐道通以圆禅人

大道通圆体绝遮，光辉炯炯廓周沙。
犹如月印千江水，任运全彰混不差。

示春光院妙实夫人

清净本然实相光，尘劳迥脱体堂皇。
若能证取无羁滞，妙德圆明遍界彰。

上意赐瑞圣寺地志喜赠铁牛长老

圣地由来圣者居，放光现瑞气凌虚。
浑金璞玉都归就，优渥千秋意自殊。

贺翠岩法侄付嘱

山有宗兮源有水，收归秘宝盈藏府。
不妨拈起须弥槌，敲打虚空轰烈鼓。

示瑞紫山圣光寺龙堂法孙

个事承当岂等闲，须还拔透赵州关。
乾坤在握江山静，剑气光凌汉斗寒。

示监院廓山上座

吾来海外已多年，喜汝忘躯助法筵。
似得杨岐行正令，金刚圈跳遍三千。

付如意与梅岩关居士偈

位登菩萨已多年，正眼顶门慧镜圆。
此日琼华拈以赠，香风任拂遍禅天。

贺广寿法云法侄禅师出世

逢人则出出为人，就里金锤事斩新。
把虎头兮收虎尾，于今喜见令重侁。

赠铁堂嗣法子回千年寺

捏碎虚空犹捏聚，全机与夺势英灵。
建宗立旨圆融处，不动干戈致太平。

赠北岩贤徒孙回本光寺

去去来来没两人，随缘得妙自通神。
深深海底深行履，蹈断千差意转新。

赠超宗法孙

寻源朔脉到山中，足见贞诚慰祖翁。
佛法身心成一片，呵谁不是虎丘隆。

赠狮岩法孙

爆地断兮卒地折，迸开脑后三斤铁。
风云际会因缘至，竖拂拈槌龙象悦。

悼湛然上座

宗门难得老成人，撇尔掩踪世失麟。
幸有铁舟横水上，堪为法海启关津。

荐悟樨院自闻道人三十三年讳辰

三十三年脱垢衣，法身珍御许谁知。
闻樨契悟无生忍，便是超然出世时。

秋过慈德院偶成二首

其一

烟光淡碧一天晴，万顷云垂秋稻成。
慈德院中禅意别，孤襟独坐野花蘅。

其二

一杖秋风四壁清，竹笆篱外碧溪澄。
山茶丛菊真机秀，未叙寒温话已行。

秋过白云庵随喜新构观音亭

松虬山顶结新亭，扶策白云径外行。
野色秋高无阻隔，千峰拱绕翠峥嵘。

又

白云庵主久高名，老衲闲来探构亭。
鸟语圆通人不识，玄机只许石头听。

示喝云禅人

喝散白云千万里，清澄未是躲跟期。
虚空粉碎平沉地，始得披衣稳坐时。

送大休法侄孙之尾张州

透彻当风一着机，七横八纵破重围。
任从猛虎狞龙至，网子幔天尽网归。

又

大休大歇大菩提，浑不得兮类不齐。
手眼全彰活泼泼，临时应用自端倪。

挽天真门徒子

廿年来往檗山中，戒行禅那事两通。
莫只飘然归去也，应须再出振宗风。

示大机上座（并引）

大机上座多年操履向上，眼目深有见处，故乃付以拂子并大衣源流，复示一偈以表来源云。偈曰：

佛祖门庭泼大宽，羡君猛利透牢关。
琼华此日亲相赠，一任拈提播海寰。

示雷音典座

沩山典座出群英，踢倒甑瓶龙象惊。
铁骨撑持圆胜智，从兹继祖震雷声。

示龙谷禅徒

空谷传声较弗差，龙潜谷里作生涯。
翻身直入沧溟上，为雨为霖霰万家。

贺慧林禅师住黄檗万福寺

法帜高撑万福中，先师正脉转崇隆。
生擒活捉天然别，卓荦权衡气宇雄。

宗福院落成

小院新开檗苑中，千花献瑞绽宗风。
相承百代皆弘振，龙子凤孙永绍隆。

示铁禅后堂

纵横万里一条铁，三际贯通真俊杰。
五叶优昙插汝头，香风无限从君揭。

示喝山堂主

一喝轰天动地雷，山河万朵掌中归。
恢恢大用当锋疾，任运腾腾展化机。

示廓山监院

看破威音一着子，当机透脱绝罗笼。
全超报化空尘表，接物利生气势雄。

示月庭维那

祖月圆明耀大千，胸怀虚豁邈尘烟。
无余无欠门庭大，摄化乾坤格外玄。

示天休维那

天然气概万缘休，法眼洞明越众俦。
泼大生涯全具足，流通正脉出人头。

示愚门副寺

佛语心为宗，无门为法门。
一机能拨转，瑞彩耀乾坤。

示石鼎知藏

石作肝肠绝谓情，千差坐断布嘉声。
从兹正脉传悠久，万古风高盖代荣。

示铁狮知藏

铁作爪牙猛狻猊，悬崖翻掷较些些。
生机一路天魔怖，活捉任从向上提。

示灵石居士

灵光独耀脱根尘，体露巍巍触处真。
本自圆成非造作，既知端的便超伦。

赠铁宗法侄孙

万法归宗绝所知，须还铁汉廓风规。
单提向上毗卢印，印破拍盲眼豁痴。

赠云峰法侄孙

高高峰顶云为伴，别立生涯展杰豪。
热沸铛中捞得月，不妨拈弄破尘劳。

示铁岩堂主

毗卢心印本无亏，只要当锋不自欺。
把柄既然刚在手，何妨高揭与人知。

示泰岭法孙

搀旗夺鼓不寻常，应是英灵鼻孔昂。
一着当锋全敏捷，直教魔外避无方。

示龙山法孙

翻掷金毛牙爪雄，惊群敌胜凛如风。
应机别有超方作，擒纵自然出格隆。

示大心法孙

心宗广大无门限，拶入须还过量人。
向上提持真种草，光前耀后万机新。

示觉照法孙

法眼开时众体通，全彰照用势巍雄。
临机与夺寒魔胆，千圣都来立下风。

示高源法孙

水出高原彻骨寒，终归大海作波澜。
鱼龙奋跃知来脉，破浪翻身上碧端。

示玉堂法孙

百草头边脱体彰，琼楼玉殿显风光。
横拈倒用无拘束，阔绰圆融播大方。

示观月法孙

就路还家罢问程，离标见月眼圆明。
普观一念超尘表，大用现前利有情。

示大纲法孙

大人大用不寻常，大纪大方复大纲。
罩古囊今皆正矩，超凡越圣气昂藏。

示觉渊法孙

渊默无言犹是诳，极圆三觉妙难量。
利生接物超宗目，展拓全机气势昂。

示关洲法孙①

大地山河铁一条，牢关坚密莫能摇。
金鳞破浪冲天浊，未免浑身尾着烧。

示慈峰居士

突出青霄秀一峰，慈光日月以并共。
虚融刹海无纤滞，榻上维摩等化踪。

付梅谷上座

二十余年松隐里，今朝假手紫云主。
吹手凛凛以亲传，一任拈提扬本据。

挽立花氏法云院孤轮贞照夫人

本有灵光一古今，善根纯厚悟机深。
乘兹智力超尘劫，百宝莲华托化妊。

贺高泉法侄住佛日寺

胜敌须还狮子儿，搀旗夺鼓不饶伊。
恢恢天网当空挂，活捉清风细剥皮。

赠浙中梅居士

闽天浙水本同风，海外相期意气浓。
叵耐盐梅调鼎手，法轮拨转振吾宗。

贺铁眼徒子（并引）

嗣法徒子铁眼建瑞龙寺乐成，讲《楞伽宝经》，四众听者万余指，因喜之以偈为贺。

梵宫建就耸青霄，匝地祥光万国饶。
圣智敷宣无量义，人人契悟月当标。

---

① 题后注“名元铁”。

荐廓誉永赞大姊

七十四年念佛心，临终直往寂光林。

诸般祥瑞甚希有，天乐来迎观世音。

赠天瑞法侄

正眼洞开现瑞光，天然妙用自全彰。

机弘径入初山室，接得琼花满袖香。

智积院泊如僧正见访以诗相赠次韵谢之

退隐石林近帝寰，今朝喜对俊丰颜。

高谈阔论超尘表，诗句清新气象闲。

天岩侍者构寿泉庵落成以偈贺之

妙高峰下构精庐，此际圆成移锡居。

二六时中深践履，道风异日播寰区。

晦翁禅侄住正明寺偈以为贺

宝剑倚天凛若霜，寒威电拂碧空长。

光明把住瞿昙手，正是安宁法界场。

龙峰提宗禅德十三年讳敬占四句挽于灵前

人天眼目两圆明，不与拍盲禅辈争。

十二三年虽撇去，风标逸翮转华荣。

付千丈上座

千丈上座历丛席多年，居山亦颇久，而操守之实不无老作也。今既老，其志未衰。老僧见其如此之确，故以偈一首、拂一枝与之表信。

久历丛林志气高，操持密行亦雄豪。

今朝与汝无文印，一任拈提展略韬。

云岩法子在明法作座元职满特回山省觐偈以赠之

难兄难弟两昌荣，共建法幢气骨京。

攫雾拏云伸好手，大机大用得人惊。

送赠林和尚之武陵

法门任重事非轻，叵耐奇能硬骨京。

道感德王躬迓驾，憧憧夫马控云行。

庚申九月初四，祖母苏氏本招道婆三十五年讳辰，诵金刚经占偈以荐

怀抱恩深莫可酬，惟凭法力助追修。
金刚实相能亲证，廓尔超凡入圣流。

五岛佐渡守居士新入国占偈以贺

敏俊浑身是德仁，为霖甘泽海山新。
胸襟开阔齐贤圣，合国归恩仰至津。

挽真让律师

去冬檗岫苦提撕，此日犹闻脱幻衣。
独露法身光遍界，令人不觉叹玄微。

华藏源法弟和尚重兴国寿寺占偈奉贺

古刹重兴胜概新，山灵有赖万年春。
宗风大扇投贤圣，显焕门庭四海宾。

示东澜徒孙

南来拂拂半筇风，涨起波澜泼海东。
好是夙生缘法熟，待为福济主人翁。

示东岸徒孙

源远流长两岸清，铁舟水上载金鲸。
他时他日成龙甲，化雨兴霖润物荣。

泰岳高侍者斋因雪以示

四山白雪似琼台，草舍梅花覆地开。
道眼清灵明物外，此时富贵乐无涯。

良寂嗣法徒六十初度偈以为贺

二月千花尽向荣，年登耳顺道风宏。
胸襟过量乾坤阔，正好云雷大振行。

示锅岛纪伊守金粟居士

大根大器不寻常，大法荷担大过量。
自古超然无尽辈，还须退步让当阳。

示慧默律师

向上关头无锁钥，恒沙妙义浑具足。
纵横与夺在心源，不用外求劳碌碌。

送永泰侍者回庆瑞寺接达空禅侄住持

黄檗侍司志不疲，果然领得拂蒿枝。
今归庆瑞深行李，堪作当家种草儿。

挽本清禅人

清净本然湛寂身，离名绝相自天真。
平生戒德冰霜洁，任运去来没比伦。

示元格逸山徒孙

气貌如山不动摇，胸襟逸格道风饶。
冰壶洁白无尘垢，堪振祖庭绍古标。

荐合会亲族

自恣胜会启中元，万品同临任雪冤。
仰仗十方贤圣众，圆明神力指真源。

自恣日荐慈严

历劫凡笼未破除，今朝凭忏解前虚。
若能开豁顶门眼，刹海逍遥意自如。

示铁航禅人

法海汪洋渺没边，应须精进力撑坚。
铁航到岸归家坐，任运施机接大贤。

示别堂禅人

多载檗峰随老僧，未曾懒散志腾腾。
身心清洁人皆喜，法眼开时称智能。

示古海徒孙省师

秋扬拂拂送瓢踪，归去省师孝意浓。
顾我也无物可与，溪桥险处莫离筇。

赠达空塔主

高秋色霁荡香风，策杖登山道意融。
古塔舒光开月印，万松转翠拂长空。

阿形宗珍居士去发自闲无营世累，因美之作此以示

闲淡身心月处空，清澄志意水虚融。
平生自在无纤系，便是逍遥物外翁。

荐洪音知藏徒孙

发大乘心刻大经，功深行广有才能。
无生国里今虽去，必面毗卢绍祖灯。

荐长寿院瑄禅尼

多年履践上头关，蓦透玄机岂等闲。
此日涅槃城里去，脚跟原不离灵山。

大机范公法徒讣音至，乃知于去腊十六日顺世，即设供说偈以悼之

劳神苦志廿多秋，得一把茅便放休。
踢脱有无关棙子，大千沙界任优游。

贺香国法侄住持龙兴院

院构龙兴万象朝，春光嘉瑞道风饶。
从兹法印天人辅，轨范流芳今古标。

嗣法子天宁顺世以偈悼之

平生志气势超群，未遇时缘不胜慬。
身世沤花都看破，何妨携杖入深云。

北岩法孙受师铁堂付嘱偈以示之

解得金铃捉得狮，千差万别一齐摧。
纵横阔步毗卢顶，祖印高提正合宜。

送香山法侄住初山

汝已多年受法味，而今欲去住初山。
山中无相真三昧，可以随缘振祖关。

如拙法孙受嘱偈以贺之

宝剑磨成藏匣中，拈来在手用无穷。
纵横与夺临时变，直得天魔立下风。

悼狮岩法孙

幼穉卓立不浑尘，行李非常品格恂。
正好兴隆骤撒手，法门衰落转伤神。

为难波氏正见善士祈安偈以示之

心元清净本来空，病幻无根树杪风。
达得无根无实性，顿消诸患体灵通。

贺佛国大殿落成

天王山顶峻风标，千仞幻成宝刹饶。
虎骤龙骧丛席大，法流万古紫泥招。

挽超然师侄

道行文才两可嘉，复兼履践一无差。
开山老祖殷勤奉，此日撇然令众嗟。

示超宗法孙

觑破当阳一着时，光明炜煜透须弥。
今朝祖印亲提举，可与禅林作榜规。

春至瑞龙寺①

韶光和霭气融浓，拄杖倒携入瑞龙。
古佛眉间舒玉彩，茅堂阃外雨花秾。
人人博涉怀荆璧，个个贞操并雪松。
挺秀门庭多俊杰，应传圆妙显纲宗。

到南岳悦山长老作诗喜志次韵以示

南岳门庭焕，主人厚德容。胸清梅带雪，韵古竹和松。
量雅仍温让，行深悉仰恭。偶来观胜概，俨尔一灵峰。

---

① 本篇前题“舍利寺稿”。

南岳山八景（有引）

南岳舍利寺湮没千余年。甲寅秋，诸檀以地献老僧，乃于乙卯冬建殿宇，丙辰十月结制安禅，即委悦山首座住持。兹己未春，应大觉之请，顺途入南岳，见其山门、禅堂、云厨俱已创置，皆首座道力而成。老僧喜其能事，即就寺之前后左右，次第点缀八景，以志胜概云。

舍利重光

寺已废千余年，今重兴。

荒蓁此地已千年，圣德道踪尚俨然。
撇尔刹竿重竖起，铿锵设利转光圆。

千年古松

寺之左右。

宝刹当年劫烧空，只存古树几青松。
千秋围绕伽蓝地，鳞甲于今尽是龙。

东溪玉带

从东流绕寺前。

东来一带碧流清，环绕山门注海瀛。
疑是坡公神化力，长留在此镇禅闳。

对山拱翠

山门对案。

门风俊俏泼天高，叠翠峰峦拱秀峨。
大似天人同匝绕，愀愀辐凑以交罗。

阃外文笔

天王寺塔对总门。

错落云霞雁塔巍，缤纷华雨劈空飞。
娉婷仿尔天垂笔，直指西来第一机。

群鸦晓朝

每早群鸦来寺之前后，如相参意。

参差松竹郁森森，苹茂阴凉古佛心。
乌雀因兹开慧性，终朝竟集以追寻。

平田宿鹭

山门前一望平田永昼白鹭无数栖啄。

一瞬苍茫万顷田，斜冲白鹭翥翩翩。
春风影里齐飞宿，宛似银瓶几百千。

怀中莲池

在山门前。

门前一片闲田地，镬作莲池镜样清。
水洁莲香无物比，悠然调御逝多城。

示大纲禅人

纲宗莫大欲提持，须似虚空不挂丝。
信口说来全活脱，梵音嘹哓尽称奇。

桂官院

森森松竹拂云青，圣德当年法化京。
刹古于今尘绝点，僧严千载戒光莹。
桂亭静肃春风暖，贝室幽然定水清。
昔日我来随喜处，毫辉舍利灿圆澄。

有马山清凉院留一宿偈以谢之

马山盘礴路梯天，一宿清凉意了然。
不识基公真面目，只缘身在此壶泉。

谢一汤扫部主人

久已望登有马山，未能撩倒入云关。
今朝谢子豆棚引，万丈瓜藤到此间。

咏温泉①

芙蓉八面敞天开，一岛中间尽玉台。
上善人居基祖创，温泉瑞现药师来。
松涛吼月寒双耳，鼓瀑穿云出上台。
此处古称常喜地，登临无不脱凡胎。

---

① 题后注“即有马山”。

极乐寺善阿上人以念佛为本分问老僧即说偈示之

是心念佛不离心，念到无心弗外寻。
体悟弥陀元自性，灼然越古复超今。

念佛寺诸檀请老僧斋说偈以示

念佛是谁谁念佛，还源返本非心物。
牡丹花吐即金台，百亿弥陀身突屼。

延宝己未三月初十[①]

延宝己未三月初十，大觉山端山首座请为佛安座，并开眼，乃拈笔云。

大觉真空，方广妙有。以妙有为华座，则行布而无碍；以真空为法眼，则圆融而等周。此是如来之大光明藏，亦诸仁之一实三昧。既然如是，又要注脚作么？不见道：有意气时添意气，不风流处亦风流。乃点。

大觉山十景（并引）

端山上座既削发承当个事，乃于摄津州河边郡多田庄末吉村，择大觉山为终老之地，仍请老僧为开山。于延宝己未之春，过大觉，结七日期，以承开山之业。禅余之暇，乃就山之左右，点出十景，以美山之幽胜，而荣灵雅之踪。然此略缀其大概耳。若欲尽其怪奇妙处，则芙蕖叠出，溪涧重复，园林无限，松石清苍，其趣靡穷幽致而莫极者也。然则十景偈语，不可作境话会，又不可作佛法商量，惟许其意契心达，庶可谓无边刹海，不离于当念也。

华盖腾瑞[②]

寺之主山。

云中华盖佛头青，紫彩腾光辅众星。
一任烟霞朝夕绕，冲虚瑞应万机灵。

插耳招贤

在寺左插耳山。

长年辅弼绝风尘，不比偷铃掩耳人。

① 题前注“方广寺稿”。

② 十景诗标题后分别简注其所在地，现置于标题后，正文前。

自远方来贤胜友，永为伴侣乐天真。

松冈佛臂

在寺右畔。

寒松影里一高冈，如臂恒伸佛手长。
拟摄苍灵归宝所，故于永昼显风光。

古涧清操

在方丈右。

古涧寒泉映太清，穿云远远若琴鸣。
长年不借操冰指，昼夜冷然发妙声。

翠屏列秀

天马之左。

摩霄拱斗现云端，碧列屏风槛外摊。
却似画图空里挂，不加彩色百花攒。

玉磬垂天

翠屏之左。

团圞耸出万峰巅，秀气含春众壑前。
宛若天垂青玉磬，令人敲打礼金仙。

案富大舟

寺之案山。

藏舟于壑泽藏山，目富峥嵘翠色环。
一段真风供几上，何劳别处觅倪端。

五岳凌霄

寺之案外。

地擎五岳不知高，镇静乾坤处士韬。
无限奇踪人罔识，凌霄簇簇显英豪。

天马嘶风

翠屏之上。

天然气宇异骅骝，伯乐千金谩买求。
佛祖玄风全体露，功忘汗血独昂头。

天池白练

寺门之前。

水声蹈断到天池，白练一条澄碧漪。
彻底谬泓难盖覆，清风明月永相随。

贺端山长老削发并开大觉山

裂开幻网踞僧堂，赤手指挥破莽荒。
百草颠头彰玉殿，孤云世外引林獐。
平生洒落如庞老，素志魁梧若傅郎。
构得曹溪源远脉，纵横挑剔祖灯光。

辛酉秋过庆瑞寺永泰侄新住持请斋赋赠

汝祖重开庆瑞山，栽成柏树满禅关。
刚然挺秀撑天汉，代代相承荫宇寰。

过青木甲斐守居士府第赋赠

幽深茅屋洒天花，朴素山林宰相家。
积善纯良应莫匹，风高行洁美无哗。

辛酉秋重至方广寺值雨志喜（二首）

其一

道雅多生拔不开，冲风冒雨入山来。
峰罗殿阁云中舞，接影连辉法性该。

其二

深秋杖陟兴翩翩，大觉溪山别一天。
夜雨添澜千涧响，代吾说法示诸禅。

题梦住轩[①]

梦住乱流处，天然世不同。日行山色里，夜卧水声中。
睡去疑风雨，醒来见瀑淙。石崖多古怪，境寂道心空。

梦住轩中秋咏兴

两山耸出白云头，淅沥水流月不流。

---

① 题后注“有悬崖瀑布”。

四壁光吞孤象皎，广寒宫里自无俦。

过式庐山（并引）

传公法侄以式庐山请佛日和尚为开山祖，诚有大节，作此以赠。

十八高贤谒远公，声传千古更无同。
此山得式堪仪表，蓦地成名起化风。
永昼天花云外落，四时猿果钵中充。
兼之德重为开祖，奕叶流芳遍海东。

中秋后至南岳悦山长老作偈志喜

秋临南岳岛，月桂满庭开。心法香传布，禅机意遍该。
风高千圣仰，道重万英回。山水因人胜，声光弥九垓。

访国寿寺南源和尚

国寿名传久，重兴让杰才。法灯千古耀，道树万年恢。
履满阶前地，芳流海外台。杨岐真正脉，喜见声轰雷。

过瑞龙寺

乘秋过瑞龙，殿阁碧天冲。玉磬声初振，木樨香正秾。
心源无隐尔，地杰有奇踪。物物开灵窍，安禅尽可共。

赠慧林堂头法弟开戒

兴隆戒范发悲心，广援晚参登圣林。
祖祖道同光炜耀，须还英特绍重任。

赠有马左卫门佐居士隐逸

齿德无亏盖世稀，功成名遂愈光辉。
知时知节归休隐，一段风高千古徽。

送瑞峰徒孙住放光寺

达磨洞中达磨居，栴檀林里栴檀庐。
身心无杂心光耀，端坐应供乐有余。

送晖山侄孙归里省师

以戒律身证法身，省师至孝仰天人。
更能彻悟驴三脚，再到紫云吃痛筠。

示禅松禅人

木马嘶风地轴摇，一机转处万缘消。
泥牛撞入金毛窟，鼻孔昂天分外辽。

开山先老和尚九十岁愍忌

吾师一去绝消息，屈指算来今九十。
末代儿孙受荫多，恩深河海报无日。

应道杲信士斋偈示

玉砌瑶阶虽美华，争如茅屋野人家。
清修一念供杯茗，犹胜蟠桃十倍奢。

荐觉树院达了宗荣禅尼

八十四年老道躯，清心洁行一无污。
涅槃国里撇然去，性德庄严意自殊。

荐元明妙光禅尼

信心修行已多年，无位真人体现前。
坐断涅槃归去也，全身清净托金莲。

示玉江居士

一契无生万法融，千机合辙自亨通。
从兹作活成家去，稳坐披衣振祖风。

示玉江居士全家至山剃发

五十年来脱俗尘，浑家剃发乐天真。
应须体会庞居士，始是超然第一人。

联

大雄宝殿[①]

一茎草现紫金容，赴感流慈，道被三千世界，
万德功圆净妙智，随机化物，恩加百亿人天。

---

① 题后注“本山新殿落成”。

法堂[①]

大用现前时，云龙际会生头角。

全机展拓处，凡圣都来立下风。

禅悦堂

禅行无亏，堪应人天供。

清规有惮，谩参龙象筵。

祖师堂

少室流芳，奕叶千枝竞秀。

慧灯续焰，祖庭万古腾辉。

伽蓝堂

屏翰伽蓝，令德声扬四海。

权衡法护，大功瑞焕无疆。

钟楼

性相三千，相相发挥宗正眼。

钟声百八，声声唤惺梦迷人。

方丈

崖谷胸中新气宇，溪山几上别乾坤。

妙高亭

境妙咸华藏，亭高纳大千。

木老和尚寿塔

寂照圆真际，常光迥太初。

悦泽[②]

盘礴溪山侣，含融风月庐。

法林院

天华错落饶禅室，山海归宗绕法林。

---

① 题后注“本山”。

② 题后注“在紫云院中门”。

紫云山瑞圣寺佛殿

瑞圣启鸿基，祇林特秀百千劫。
紫云光胜地，化运弥隆亿万春。

禅堂

拶入红炉，炼出擎天骨。
高提祖印，还须过量人。

斋堂

不明黄叶止啼，草鞋虚费行脚。
勘破金牛作舞，饭袋翻成智囊。

山门

门开长见江山静，地胜不嫌车马喧。

天王殿

突山一峰秀，绕围众壑深。

方丈

道契圣贤临，机投云水合。

万寿院

苍冈千古翠，美木万年春。

紫云院

庆云捧象瑞，紫盖自天垂。

留云亭①

云留高隐士，石蘸小清池。

南岳舍利尊胜寺佛殿

舍利重光，海宇齐瞻开慧眼。
岳山挺秀，天龙等护振宗风。

慧明寺佛殿②

孤云世外闲，妙德功圆祥刹海。

---

① 题后注“在不二庵”。

② 题后注“良寂法子请，在信浓州”。

百草巅头俊，金容慈现福檀林。

禅堂

高竖脊梁，直使红炉迸雪。

大疑胸蕴，拶教白牯翻身。

万德山广济寺佛殿

万德慈风，普扇尘沙而咸归觉宇。

千光智体，弘挥法雨而广利檀台。

禅堂

脊梁硬竖，顿除梦想之懵懂。

公案单提，直使虚空以殒消。

斋堂

道行无违，万镒黄金消亦易。

清规不昧，千钟玉粲费何难。

方丈

冷焰霜锋挥碧落，风蹄电足趁天驹。

开山

茎草未拈禅席备，一山才启祖风周。

大好山佛殿

一茎草，现金容，道被三千界。

大好山，通祖意，恩加百万天。

长兴山禅堂

柏树懒参，活埋狮子吼。

须弥捏碎，独露铁牛机。

万寿山圣福寺

绀刹风雄，福地千秋临紫气。

禅规模大，寿山万古耀祥光。

献珠寺佛殿

明法鸿基，繁兴祖印传千古。

献珠胜地，大振宗风化万方。

瑞龙寺佛殿

宝殿新隆，千秋吉庆，天龙重重添瑞彩。
云山丕秀，万古祥光，海众匝匝仰风规。

药师堂①

古佛慈心，苦海无边令解脱。
夜叉护法，神机遍现救沉疴。

佛日山大光寺佛殿②

菩萨弘慈，九洲四海悉安康。
金毛现瑞，百怪千妖自隐藏。

大觉山方广寺佛殿

茎草遍现金容，觌体超方常广妙。
圣智包含法界，随机启觉大风光。

熊野山小松寺禅堂

捏碎虚空，还他真铁汉。
高提祖印，须是过量人。

药师堂

药师慈帆，广度无边业海；
夜将护法，遍救有障沉疴。

鹫头山佛殿

智行虚空悉含融，恒沙盛化大。
慈心江海能纳下，百谷皆归尊。

禅堂

大用现前，铁壁银山粉碎。
真机觌露，电光石火犹迟。

---

① 题后注“富田雪轩求”。
② 题后注“本尊文殊大士”。

广慈山

草木丛林，无非圆通境界。
山川秀丽，总是广慈法身。

南阳山

百草颠头咸提祖印，千花丛里悉放宝光。

南岳山舍利寺钟铭（并引）

摄津州城南一里许，胜山之右，古有舍利寺焉，乃本朝用明天皇年间，生野长者所建也。因其子前身沙弥为念禅法师侍者，同发愿来日国弘教。念以毗婆尸佛舍利三颗寄之，沙弥拜受，遂遽尔而寂。既而念来本国，降诞皇家，号圣德太子，德不忘夙慧，说法度人甚众[①]。时生野产一儿而患哑，生携之见于[②]圣德。德具宿通[③]，知是沙弥，乃亟呼之，伸手云："昔寄汝舍利，可以还我也。"哑子[④]遂吐出舍利三颗，奉与圣德[⑤]。德即以一颗安天王寺，一颗安法隆，一颗与生野长者，今舍利寺是也。然而[⑥]年代寖远，寺亦荒废，计有[⑦]千二百余载矣。不知予何缘[⑧]，继席黄檗，感此方善信，以寺基投送为末寺，则于甲寅春受之。兹乙卯秋建佛殿，工既竣，冲旅斋天野一笑居士喜舍大铜钟以镇山门，为丰前州雪峰[⑨]松白信士、慧光[⑩]元照信女，用[⑪]资冥福，并及幽趣，其功德利益，抑亦广矣。由是山僧瑫谨述厥铭，以记胜因云：

一火铸成大法器，丛林礼乐不思议。
声声唤醒遍幽冥，个个回光明道谛。
远近赏音两耳聪，晨昏扣击诸[⑫]魔避。

---

① 一无"甚众"二字。
② "见于"一作"谒"。
③ 一无"具宿通"。
④ "哑子"一作"其子"。
⑤ 一无"奉与圣德"。
⑥ "然而"一作"以"。
⑦ 一无"有"字。
⑧ "不知予何缘"一作"予不知何缘"。
⑨ 一无"丰前州雪峰"。
⑩ 一无"慧光"。
⑪ "用"一作"均"。
⑫ "诸"一作"群"。

功高德胜五须弥，万古昌隆无以比。

寿塔自铭[1]

吾塔吾自铭，匪预世文才。无须金锁子，凡流漫[2]度猜。
藏身身不藏，行脚谒当来。珊瑚枝撑月，琼花石上栽。
二百余年外，道法愈恢谐。此山斯塔在，千古清尘埃。

见志

抬眸忽尔见灯花，照破面门意太赊。
掇[3]转乾坤归掌握，横[4]吞佛祖遍河沙。
迥然独露超今古，卓荦[5]堂皇绝垢瑕。
大地靡周端正眼，不堪夸处却堪夸。

自诫

本色衲僧处处[6]闲，是非名利不相关。
他人过失休闲[7]管，自己行持[8]要立端。
见义高朋方作侣，无良小辈曷为班[9]。
莫教流落风尘里，荏苒人间出世难。

学道之人莫等闲，光阴仿佛暂时间。
衲衣下事须亲判，幻世虚花不可攀。
佛口蛇心应远避，铜头铁额乃同班。
盖天盖地人难测，阔步大方绝间关。

撑持佛祖个门庭，时节到来自现成。
苟就施为非至德，沛然洞了始超情。

① 题后注“辛亥岁中和月十三日吉时铭”。
② “漫”一作“谩”。
③ “掇”一作“拨”。
④ “横”一作“雄”。
⑤ “卓荦”，另作“卓尔”。
⑥ “处处”，另作“物外”。
⑦ “休闲”，另作“应休”。
⑧ “行持”，另作“操持”。
⑨ “无良小辈曷为班”，另作“无良鄙辈谩为班”。

惊群出类金毛吼，夸会呈能墅干鸣。
但得胸中无一物，何愁万壑不风生。

自家痒处自家知，休向人前弄口皮。
末劫人心多侮慢，浮华世界尽伤慈[①]。
丝来线去劳神识，德薄业深溺水泥。
细想寒毛通卓竖，快加鞭策莫迟迟。

示刘[②]居士出家

出家本是丈夫儿，挂起稜层铁面皮。
转地旋天施大用[③]，驱风使鬼示[④]全机。
蜗牛小利何堪述，宠吏荣名未足奇。
只贵超情无圣量[⑤]，掀翻佛祖旧风规。

离俗禀师要至诚，出言须与行相应。
最初一步无亏欠，撇尔明宗[⑥]了死生。
石笋纯刚风不折，梅花冻彻蕊偏馨。
倘图快活偷闲过，错落今生空染名。

示以文道侄[⑦]

出家举措要超方，截断是非短与长。
佛法还从勤苦学，尘劳迥脱岂寻常。
灵云几度枝抽叶，鸡足终身垢敝裳。
不到高流行李处，争知扑鼻落花香。

挽若我耆宿

拂拂鸣条四壁风，石幢摧折冷秋空。
萧疏古寺沉标格，幻梦浮生失智笼。

---

① “尽伤慈”，另作“少仁慈”。
② “刘”，另作“留”。
③ “转地旋天施大用”，另作“按剑杀人不眨眼”。
④ “示”一作“展”。
⑤ “圣量”，另作“渗漏”。
⑥ “撇尔明宗”，另作“直下圆明”。
⑦ 题另作“示文禅人”。

井上梧桐朝洒露，庭前丹桂夜鸣蛩。
欲知顶后神光相，万里烟霞锁落红。

福济闲咏

寺逼廛居不惹尘，胸开万境自天真。
水光澹碧生烟雨，山色青蓝亘晓春。
有相身中无相佛，绝闻社里胜闻人。
此心本是恒沙主，受用还须独迈伦。

春日喜即非法弟至赋以为志

偶坐紫山极海隈，忻逢大壑苇东来。
道声合奏埙篪调，法眼洞明云月开。
万里风蹄推到岸，千株桃靥笑盈腮。
少林春色重重露，正脉流通有在哉。

乙未年腊月佛成道后四日林居士请斋是日天雨瑞雪赋以赠之

庞翁对话快多缘，六出高飘衬法筵。
大地却成银世界，万峰尽是雨花天。
寒松顶上翘瘫鹤，野径篱边锁冷泉。
漏泄普贤消息处，大开梦眼见机圆。

次启伦杨居士见赠韵

大道泼天不远人，腾今耀古圣相邻。
纵观草木华台座，踢踏峰峦净法身。
勘破子瞻门外绕，方知普化杖头贫。
果然死尽偷心处，瞬目扬眉总宝津。

丁酉春构紫云亭成偶作①

劚断云根结草亭，闲来潇洒乐余情。
三千世界同尘点，百万人天会主盟。
法化随缘胸远豁，道传不苟眼高明②。

① 一无“成”字。
② “传”一作“扬”。

从教紫气深[1]缭绕，捉定空王未放行[2]。

示若一禅侄

识得一兮万事毕，光风霁月无伦匹。
逍遥刹海乐腾腾，笑卧云山闲得得。
三顿蒿枝彻底源，七筋衫子漏消息。
出群自有别生机，岂把葫芦依样式。

示弘永禅侄

得处从缘无退夫，不存轨则永绵密。
纵横大用势倾湫，活泼真机轰霹雳。
舞剑惺惺未唧嗰，擎权落落非刚直。
咬人狮子自惊群，一踯悬崖天外出。

示昙瑞禅侄

优昙瑞现世无同，得意亡言见大功。
此种岂应天外有，闻香端在眼中空。
不萌枝上啼春鸟，无影树头演祖风。
奕叶流芳今到古，一回拈出一回丰。

用紫云亭前韵示慧林[3]居士出家

一径斜通小隐亭，幽栖岂属世中情。
由来虎豹庵前犬，自古公侯梦里盟。
迩见慧林[4]知道趣，故将幻法启心明。
出家本是丈夫事，将相未能掉臂行。

春日女池放生[5]

兰桡晓渡女池深，悯念羽鳞久溺沉。
放出一条生活路，免教逐日发惊心。
满盂水净腥膻气，半偈法开苦厄林。

---

① “深”，另作“环”。
② “捉定空王未放行”，另作“披拂清风独步行”。
③ 另无“慧”字。
④ “慧林”，另作“林君”。
⑤ 题后注：“池去长崎四十余里”，“同即和尚并谦弟。”

既已圆闻多宝号，逍遥野外绝追寻。

次茂文林居士韵

现成公案不须裁，自性灵明绝点埃。
火宅尘劳忙不了，昙花法眼也难开。
六根转动云遮日，一念知归地震雷。
儒释同源应有据，超然脚下踏莲台。

师于崇祯丁丑冬

师于崇祯丁丑冬，在真寂堂中，拥襟坐至三更尽时，起身经行抬头，见灯花爆落，豁然有省，作此为纪。

奇哉奇哉甚奇哉，一朵灯花午夜开。
觌露明明无背面，腾今耀古绝安排。

过旧住有感

着脚当年在此中，搬砖弄瓦太劳功。
而今放下闲叉手，八面无私振古风。

太顺耆宿乞示念佛

一句弥陀念不休，何如息念了无求。
莲花国土当时现，体露常光遍界周。

示司寇超纶欧居士

虎豹文章展圣纶，浩然气宇塞乾坤。
更须伸出调羹手，拨转如来正法轮。

乞次二文学过访

了知浊世道难言，饱饭长伸两脚眠。
秋去春来浑不管，逢人懒更竖空拳。

行住坐卧

闲行纵步乐天真，杖子随身探四邻。
踏破苔花千万片，脚跟原不惹纤尘。

结个茅芦傍翠岑，云笼雾锁自幽深。
等闲入个真三昧，百鸟衔花何处寻。

镢头倒挂古松间，兀坐磐陀物外闲。
佛法胸中无一字，萧然日里看青山。

憨憨稳卧白柴床，一觉不知霜夜长。
倏尔翻身开两眼，了无寐语到诸方。

送西堂懒法兄应请

马驹突出自孤巍，凛凛霜蹄孰敢窥。
踢杀驴儿千万个，从兹宇宙仰洪机。

僧问腊月三十日

僧问腊月三十日到来，阎罗打算饭钱，作么生酬，师以偈答之。

了知佛法无多子，万两黄金也合消。
不但阎君齐拱手，人天无处可摸描。

挽石林居士

了知生死隙中驹，翻转面门廓太虚。
一点灵光常不昧，莲花国里现全躯。

送首座无得法兄住山[①]

多年养就摩霄翅，今日文明全体备。
卓立千峰最上头，焕然风彩光天地。

次本师和尚示碓房行者韵

底事分明须铁汉，一团猛利不停功。
忽然糠米俱翻却，始见全身在上风。

赠卧云庵自足师

卧云深处足高藏，一镢生涯岁月长。
不露胸中元字脚，怕然脱体是文章。

溪南寺

溪南溪北万千峰，簇簇撑天气象雄。
不识烟岚真的意，芙蓉带露点秋风。

① 一无“法”字。

赠本智师

石门寥廓海天宽，拟涉施为总不闲。
争似幽栖山谷里，了无一物可跻攀。

刘洲生居士重兴鹿苑院有感

一片空王古殿基，无端湮没许多时。
于今插草重楼现，底事须还出格儿。

答等岩静主

吹毛握起劈空挥，杀尽魔军始见奇。
独脱无依横物外，阿谁不是古杨岐。

答懋介蔡居士赋东坡山色无非清净身韵

叠叠云峦翠霭中，路头尽处见全容。
溪声山色非他物，满目纵横露法王。

寄友人

隔阔多年海外游，归来独立少人俦。
清霜月下凭栏望，又忆南泉水牯牛。

示文学超经王居士

经天纬地不寻常，选佛选官在己躬。
撇尔两途俱豁达，惊群出格莫能量。

示茂才超维王信童

网维须是丈夫儿，岂比常流弄俏机。
会得头头皆正矩，一操直取状元归。

因病入敛石，忽觉诸病顿愈，赋以志喜，寄狮岩慧法兄

素爱深山作隐人，乍跨云谷转清神。
通身病骨俱苏惺，大座当轩绝点尘。

诸法皆由心所生，心忘法灭自冰清。
忽然顿入真三昧，脱体风光没谓情。

示行童

直指无依个本源，分明只在镢头边。

烟城不必重须历，回首知非体自圆。

示雪机侍者化米

云峰化炭供红炉，又募米来充积厨。
领略渠侬这样子，何消更做别工夫。

冬至

律管灰飞消息在，真风透漏意无差。
群阴剥极阳初复，几树寒梅尽放花。

西堂即非弟为乃师修塔，阻雨院中，赋以赠之

古塔囫囵无缝罅，灵锹未举已圆成。
义动天龙花雨落，千山冻锁缓归程。

赠即非法弟住山

千指丛中迥不群，铛儿掇得隐深云。
超然物外烹萝月，凡圣都来一口吞。

赠高居士

柳岸莺啼敛晓烟，布帆风满起江天。
宁从三寸齐鲸水，佛法终无一字宣。

喜雨[①]

野老皱眉苦雨无，灵苗种处几成枯。
慈心三昧通沧海，一棒盆倾大地苏。

紫帽访井公傅居士不遇，赋以寄之

九日闻君杖入山，特来紫帽访高颜。
樵童播道溪心去，恼杀岩前水一湾。

魁星岩

古佛崖头匠巧开，风吹日炙锁青苔。
文星景况多寥落，惟有桃陵墨未灰。

---

① 题后注：“时大旱，师领众祈三日雨至”“师领众祈两日而有应，作此志喜。”

崆峒[1]

未到崆峒信已通，云根谷口冒长风。
山因静隐嘉声振，自此遗传万古雄。

溪声[2]

两岸烟光锁碧秋，山城静拥水东流。
冷然迸石声长咽，似演华严舌未收。

钟声

夜寂三更月到窗，梅花影里一声钟。
翻然打破绳床梦，遍觅阎浮不见踪。

松声

象山院际午风凉，何处寒涛入韵长。
回首苍松相倚拂，如龙活泼欲飞翔。

鸡声

一天萧索雪花寒，着利贪名不自安。
三唱金鸡残夜色，茫茫策马过前峦。

化斋粮偈

象峰古刹异人间，衲子龙骧气岸闲。
动地雨花浑不管，逢人只要觅斋餐。

有个古锥驻象山，口吞佛祖等闲闲。
肚皮空大无能供，独让维摩足饱餐。

闻莺

阒寂禅房花草深，闲闲兀坐壁千寻。
黄莺巧弄宫商曲，漏泄风前一片心。

中峰寺耸碧云深，鹿径苔封客未寻。
莺声何处乱啼巧，唤醒柴床梦里心。

---

① 题后注：“铁山西堂住静之处。”

② 题后注：“次秦伯起先生四声之韵。”

夏过兴福寺[①]

天开晓气息蒸云，蹑履瞻依叩竹门。
丈室老人无法说，龙狮参罢百花芬。

乙未中秋夜坐二首

银蟾出海曜中天，素魄孤光一镜悬。
万壑千岩全体露，昭昭祖意向谁传。

赵州茶盏口吞天，一个蟾蜍影倒悬。
举起和光都博却，清辉彻夜可能传。

次丹山禅人原韵示之

一片孤帆过马台，扶桑国里语如雷。
谁知大地沙门眼，终日谈玄口不开。

示良悟侍者

相从两载象林间，百事周旋绝懒颜。
而今别我诸方去，要见雄峰扭鼻斑。

示古闲禅侄归闽

子有重纶故国风，而今归去意憧憧。
紫云百二个闲汉，谩学渠渠耳作聋。

示正容禅人

镢头边事意非轻，直下荷担道已成。
嚼月眠云随分度，休论圣谓与凡情。

示喝泉禅人

寂莫江边不耐看，而今归去碧云间。
忽然蹋着千岩月，一喝川流水倒环。

示玄彻禅人

透彻当阳一着机，玄风凛凛盖寰维。
更须揭露顶门眼，始是惊群出格儿。

① 题另作“夏过兴福寺礼黄檗老人”，题后注“礼觐老和尚”。

示端卢禅人送茶

贤卿远送赵州茶，正值残铛煮瀑花。
个里清香无限趣，分明端的在东家。

示智丈禅人

祖师一印揭当阳，三脚驴儿倒弄行。
歧路穷时寰海阔，铁蹄踏碎野狐场。

示玄证禅人

万法归一为举扬，吹毛凛凛倚天长。
直须剑下翻身去，不用重论盖代功。

示若权禅人

大丈夫儿眼有光，直机活泼不寻常。
佛魔打杀无存处，凛凛英风遍界彰。

示元智禅人

元来赵老舌头长，半吐寒光射斗傍。
狗子性无明指注，别寻歧路却亡羊。

示宗矩居士

在家不用别修行，但把尘劳放教轻。
提起庭前柏树子，忽然觑破证无生。

示兴野居士

石上藤花覆地阴，风和无鸟不栖吟。
昭昭法眼毛星现，何必迢遥别问寻。

赠黑川与兵卫居士

本是莲花社里人，而今权现丈夫真。
好出盐梅调鼎手，高提祖印作关津。

赠甲斐庄喜右卫门居士

有为君子国家珍，一片丹心护法林。
出牧万民沾雨露，昙花时现得人钦。

示长安院太夫人

大道本来非女男，威音古佛是同参。
天生吉相浑尊贵，一滞情根落二三。

示甲斐庄传八郎

要透祖师向上关，胸开六合盖河山。
风蹄电足机锋疾，活泼纵横意自闲。

示甲斐庄三郎右卫门

从上真机妙不传，智如鹙子也难宣。
除非脑盖一翻揭，肯信毛吞界大千。

示甲斐庄四郎右卫门

我祖西来直指人，木樨花发自天真。
一从山谷闻香去，直至而今意转新。

示土屋市烝

临济家风越众流，生擒活捉没遮周。
棒头绝谓彰玄要，返踯还他狮子俦。

示森半七郎

禅宗旨奥离言诠，只要当人悟本源。
白棒花开三要印，亲承自会掣风颠。

赠幻寄默子禅德过访

桂魄微生八月秋，风前一句少人酬。
果然幻寄来相访，夺却山藤径外游。

春日赠碧云禅德

红尘堆里隐茅庵，竹户深扃胜碧岩。
橘树拥庭春放绿，昭昭祖意不须参。

赠惟仁禅侄

从古圣贤贵眼明，眼明惟智与仁诚。
具斯二种乾坤大，发用施机任纵横。

读本师和尚慎谨二绝依题貂之

慎行

最初一步省安危，万国周游任所为。
稍有纤毫看不透，葛藤绊杀好男儿。

谨言

言非展事总徒然，得本圆融末自玄。
三寸舌根安国剑，直须剖出未生前。

次彻禅人看藏韵示之

富士山

通身雪玉削昆仑，格外文明独个尊。
四海人窥风下立，那知顶上有乾坤。

挽西堂独言禅师

不昧圆机一着先，涅槃坐断迥超然。
悲风冷冷摇山谷，为惜空留钵未传。

挽长安院太夫人西归

织成古锦不玷瑕，桂柏金枝喷玉花。
七十余年能事毕，投身乐国不须嗟。

丙申元旦

韶光泰运复重推，黄道文新气象回。
百草头边条正令，生涯无限掌中开。

甲子打翻不用推，一团和气共春回。
扶桑海国金轮涌，野草岩花正眼开。

七兵卫乞偈荐慈

化毋行藏绝去来，机梭活泼莫能该。
只此娘生真面目，不须东卜与西猜。

偶颂

须发鬖松事若何，倒垂御雪度年华。

崖头貌古无人识，独倚仗藜看落霞。

示长福院夫人

二月尽头梅子青，池塘柳线绣春晴。
深谈实相黄莺语，报道兰房着眼听。

清川居士乞偈荐严

二十五年父隐踪，今朝与子特敷扬。
水晶帘外春风起，满架蔷薇一院香。

仁居士乞偈荐严

从本亲爷在己躬，非生非灭露堂皇。
相随起坐浑无隔，只要眉棱略返光。

指月堂

男儿脚下有黄金，只为茫茫错路寻。
聊且与君通线道，云中塔耸出千岑。

次宗彻禅人看藏韵示之[1]

本自天然本大雄，何劳拨草又瞻风。
自家宝藏恒沙义，不在瞿昙嘴舌中。

送石峰禅德往普门

花飞略彴暗吹香，水上山行去路长。
跨入普门元不动，无宾主句可商量。

送心传禅德归里

旧处烟村久已离，只图见性隐深嵋。
而今归去行装别，不二机锋说向谁。

赠玉宇许居士华诞

烂熳春花锦绣堆，香风匝匝起庭闱。
试将图画添筹屋，一轴长生翠愈奇。

看梅

离披铁骨傲寒霜，花发庭前拥毳香。

---

① 题另作“次彻禅人看藏韵示之”。

冷笑春风多意气，谁知出处不寻常。

游观音屿

观音处处现全身，何必普陀远扣津。
一棹撑开波底月，水晶宫殿匝花新。

示福济院主

无舌能言未是能，行拳没手足堪矜。
个中玄旨由来别，一路生机胆气凌。

示良言禅人并次原韵

月上东方日落西，两轮并耀去还来。
须知闭户家中坐，莫怨无光照竹斋。

游双松寺

茅室江边隔市尘，双松接汉鹤栖身。
闲云来往浑无碍，路出中峰万境新。

几度双松作胜游，千峰户外列珍馐。
笔尖头上花开处，欲写真风竟未由。

扁舟载月吹

避暑长江藉夕风，扁舟泛泛月明中。
无腔笛吹声悲切，谁向波心悟苦空。

送碧云禅德赴梅岳寺

六月尽头七月秋，沧江澄碧棹兰舟。
白苹风送登梅岳，半偈心持谩放休。

示慧琢禅人

冷焰霜威剑气豪，文殊持逼慧风高。
为伊驴汉开疑网，善法堂中展略韬。

示黑川外记

水绿山青露法身，无时不示本来人。
略回光相猛提取，祖月团圆分外新。

唯玄禅人请荐令祖母

此方缘尽现他方，随处逍遥即道场。
但得心空无挂碍，莲花国里自闻香。

示水野监物

大唐国里无禅师，只要当人直下知。
会得众生原是佛，琼楼宝阁不为寻。

示道正禅人

玉露垂珠草木秋，碧天皓月大江流。
当时只有南泉老，物外逍遥得自由。

赠逸然监院寿

海天垂阔目难穷，万里清秋剪桂风。
锦上重添花愈翠，长将为寿赛椿松。

赠无上弟寿

彻夜雷东起卧龙，弥朝化雨洗苍松。
天教翠丽添嵩祝，愈见惊群一古风。

唯玄禅人乞荐严

八十斤刀佩在腰，精忠报国不相饶。
虽然毕世未闻道，宝沼莲花名已标。

示田中宗安

心为宗，法为镜，明明历历真如性。
雪山六载属安排，看破方能亲取证。[①]

示祖顺禅人

显示祖机绝语言，思维一路亦非玄。
直教扑落虚空碎，始是到家最后鞭。

唯亮禅者归礼西堂言公塔求示

白云影里塔棱层，妙密藏身见未能。

---

① 句后注“起句六字”。

动地雨花徒自叹，知恩一念乐腾腾。

赠皓台寺月舟禅德

洞水逆流到此方，千年外事不寻常。
人人奉重如金璧，争似皓台月映长。

示休生居士法名道安

毗卢心土众生心，直下知归坐法林。
向外求安多歧路，崖洲万里枉追寻。

示道静道人

超生脱死不由他，一念回光即到家。
礼佛诵经非障碍，会归万行较无差。

示比延登山请法

迢迢为法谒山高，无法与人会也么？
拄杖头边开正眼，洞明福济此心婆。

示医者

大地普观是药材，当机信手便拈来。
回生起死临时用，无限苍灵脱病胎。

示君舟余居士

本来万法绝差殊，学到无心若讷愚。
佛祖机关亲按透，了然不蹈古人途。

金屋居士尝参“吾道一以贯之”之言，故书此示之

一贯之言绝隐微，曾郎已丧目前机。
可怜后代无灵性，犹向钉椿尾上挥。

次了达禅人韵示之

本来个事黑漫漫，透脱禅关意自端。
文字语言全妙义，也须彻骨一番寒。

示禅物禅人回山

一物浑无可与人，承言滞句转迷津。
空手而来空手反，灯笼露柱笑相亲。

次禅廓禅人韵示之[1]

放下身心万虑休，超然物外自徽猷。
而今别我归家去，踏破芒鞋露指头。

示素拈禅人

千里迢迢到紫山，只缘未破祖师关。
我今示汝安心法，莫认红尘作故寰。

示尼妙周

末山打发大闲禅，缓缓言弹不竖拳。
叵耐神锋机俏后，直教落胆自知玄。

与化鱼说偈

带甲披鳞水族中，都缘累劫昧心宗。
而今脱去身无系，一念归原万法空。

示道礽善人[2]

参禅之诀无他说，只要真心切上切。
蓦地迸开脑后门，圆明正眼非生灭。

示性坤道人

秦国夫人贵且尊，不恋世宝入禅园。
赵州转藏无毫隐，犹被掀翻作半论。

藤右卫门礼忏请拈香说偈荐严

生来死去等沤花，撒手悬崖见作家。
马自回兮牛自没，腾腾任运迥周遮。

平墅居士

平墅居士以蟪蛄二字丐师书匾并题偈，拟为静尸而作警策，盖取庄子小年不知大年之义也。

乾坤育物本无偏，争奈众生处处缘。
不识天真随境转，蟪蛄化作碧秋蝉。

---

① 一无“禅”字。
② 一无“道”字。

示牧清居士

秋江浅碧芦华清，水面沙鸥狎鹭行。
祖意洞然无隐尔，尘缘顿息道心生。

示万拙禅人

拨草瞻风图见性，未明心性又还家。
芒鞋踢破千峰外，脚底无教梩着沙。

示慈云饭头

木勺拈来作二时，深心供众绝劳辞。
而今归去茅茨里，饭是米为更要知。

示唯玄禅人还里

家舍途中常不离，脚跟未动已还乡。
江村处处黄花晓，尽是水云古道场。

示玄恕禅人

现成一句播当阳，体露金风遍界彰。
几处芙蓉秋色老，谩将为境作商量。

赠画师日生居士

一个本来真面目，不加彩色已圆成。
如何却被描摸出，狼藉神洲尽识名。

示大冢权兵卫居士

三十一年事不知，灼然当面被人欺。
本来面目能窥破，高插优昙花一枝。

挽默子耆宿

西江汲水过神洲，担破肩皮不放休。
桶子而今连底脱，依然赤洒乐优游。

示知随慧文

当年雪窦作知随，名播诸方莫敢欺。
活捉犹如虎带角，虚空惊得胆魂飞。

示知随善了

了知佛法无多子，是则名为真善了。
玩水观山念未灰，蹉跎岁月何时晓。

示禅人

金毛狮子解翻身，自有险崖句斩新。
猛利爪牙霜剑气，闻风千里也惊人。

参禅人，须猛烈，金刚宝剑当头截。
一念思惟涉见闻，魔军百万相巾悦。

参禅人，要志诚，银山铁壁劄教倾。
脚跟不稳生烦惰，万劫无能得发明。

参禅人，须决志，不明生死非儿戏。
趁出追风天马驹，方能扭捏瞿昙鼻。

参禅人，志匪坚，顽皮翻老不能穿。
还如重负千斤担，直抵到家始放闲。

参禅人，不起疑，水浸石头总是痴。
未到一回寒彻骨，花开觉树以何期。

参禅人，心不切，悠悠泛泛成生灭。
直须秉起太阿锋，逼得虚空惊吐舌。

参禅人，无偏颇，返转面皮气浩浩。
打透赵州关棙子，并吞六国魔戈倒。

参禅人，莫外求，搬柴运水乐优游。
廓然觑破非他物，片雪红炉灌铁牛。

和径山老和尚开示语

无位真人无面目，看来直下元非物。
巍巍沙界独为尊，六六依然三十六。

久屋尼预办后事求偈举火书此示之

不萌枝上觉花春，万古千秋绝垢尘。
未识香风流露处，也须火内再翻身。

舍利[①]

如来瑞现在阎浮，末后光明不解收。
弥布全躯真设利，遥分五彩映神洲。
堵波金色亲颁贶，檗苑宗风振愈悠。
从此腾辉千万古，祯祥霭霭壮皇猷。

赠独照后堂公

人杰地灵理合然，道高虎伏在忘缘。
无心晏坐空花落，斫树建堂巢鸟迁。
草木知荣添意气，龙天感护起风颠。
双行敲唱成弘范，只许当人眼目圆。

赠立花忠岩居士

独露本来面目真，圆成更不假他人。
一心契证离诸幻，万法空来没点尘。
畴昔机关浑瞥脱，廓然智眼转光新。
斯能受用弥今古，无物堪为以比伦。

示某禅人遗细字法华经

大乘经王遇最难，盲龟值木海中干。
今生能遇兼能写，夙植善根解善看。
非是灵山弘法使，何由末世振宗坛。
转华心悟迷华转，豁达胸襟越众冠。

示诸禅人

法法心光向上提，本来无悟亦无迷。
只缘一念违真际，故致多生带水泥。
识得从前人是佛，便知直下物非他。

① 题后注“太上法皇送供松隐老人”。

十方世界华王座，解脱优游乐莫过。

立志参禅莫计功，孜孜要见主人翁。
身心放下忘疲倦，意识须教尽顿空。
高竖脊梁加猛省，密提公案更深穷。
疑团扑破生涯大，花[1]草拈来振祖风。

出生入死绪多端，只为情尘放下难。
识得爷娘身是梦，方知火宅界无安。
惟开劫外宗正眼，独净心中自返观。
万行因华圆果海，超然极乐莫能班。

道无方所在心明，直透心源是禅精。
了没浇浮兼鄙漏，混然厚重复真诚。
曹溪一句千花秀，临济三玄万古英。
彼既丈夫我亦尔，襟怀过量得人惊。

示慧极禅人[2]

果满功圆选佛场，惊群敌胜乃轩昂。
红炉炼出金刚眼，祖印还须大过量。
看取鳌山成道日，解拈鳖鼻弄当阳。
摇山振海寻常事，大用现前气若王。

荐元秀信女

无边法界一心中，清净灵明出世雄。
念了娑婆皆极乐，情消业海即真空。
生来死去三更梦，子列夫随五两风。
超然看破无拘系，足踏莲花上品红。

挽大唐黄檗山诸法昆季[3]

名身世相属虚无，贤达自能脱所拘。

① “花”，另作“茎”。
② 一作“示极禅人”。题后注“时正解制”。
③ 一作“挽黄檗山诸法昆季”。

个个悟知非实义，人人契会有玄珠。
杖头突出超方眼，脚下踢翻梦幻途。
此日周由添意气，惟灵同鉴一香蒲。

素圆信女求荐妹

有物先天会也无，非男非女体如如。
光明寂照周沙界，德相凝圆塞太虚。
刹刹尘尘元净土，头头法法自心珠。
生情爱执沉迷网，了念知非意自殊。

示别山监院

庶事无私以道谋，万人丛里自相优。
杨岐声价高千古，正法芳传不计秋。
阔略胸襟贤德大，恒存道念行门周。
若能契悟亲承去，可起吾家继世悠。

示和副寺

分明出内自家珍，一念无差万福臻。
贵卖生姜成法范，推还银气警知因。
高贤掌上收今古，至圣胸中没我人。
近喜能谙全底意，丛林规则日惟新。

荐航耆旧

正气衲僧具正诚，丛林履践自超情。
通身放下通身洁，遍界灵苗遍界馨。
一段风光元不灭，本来面目了无生。
回看只在空王殿，无影枝头道果成。

朝仓卓石信士画涅槃圣像一轴奉供山中偈以示之

世尊为众出娑婆，元始要终事不差。
启手摩胸咸直指，捎天举足付当家。
半春现瑞双林树，五竺闻风众眼花。
一轴描来真敏手，堂中展挂福无涯。

送寂禅人住庵

本来个事人人具，白牯狸奴同质数。
眼里无花玉鉴明，空中觅迹乌龟鲁。
栖迟鸟谷幻身闲，宴寂云林尘梦腐。
放旷随缘曼衍游，石头莫认庵前虎。

赠谦弟五十六初度

熏风南面拂云来，宝沼青莲正盛开。
清净法身元离垢，金刚实相本非隤。
心空福越禅天际，性静寿超劫石灰。
囝地一声寰海震，昆仑骑象舞三台。

示智端禅者血书圆觉经[①]

大千经卷一尘收，既在尘中莫外求。
圆觉真空非造作，片心不昧即徽猷。
引针插血身还累，援笔操书纸卒俯。
欲报劬劳惟敏悟，荷担大法始超俦。

西村信士求荐慈严

了则尘劳顿脱空，家山咫尺乐无穷。
应知父母生前处，不离身心孝念中。
起坐相随恩义密，寅昏奉事语声通。
二亲共一玄圆体，步步莲花衬足红。

送齐云禅侄省师[②]

发足参禅贵在真，捞开道眼更逢人。
巾瓶松隐无难色，名利杳忘惟法亲。
上石日移花影密，来池云破月光新。
怀师归思长霄梦，棹买金风过碧津。

① 一作“示智禅者血书圆觉经”。

② 一作“送齐禅侄省师”。

合山兰盆荐诸觉灵

本来自性若金刚，劫火洞然不坏伤。
只为贪痴心固执，因兹失利梦迷忙。
其能向此自恣日，返照忏摩三昧光。
飒飒寒林千万类，一齐顿觉悉超方。

荐空印老居士[①]

光风宝月印天心，辅国忠诚罔自钦[②]。
利泽黎民承雨露，居诸克己政规箴。
中流砥柱狂澜息，叔世干城护法深。
直指之宗惟者是，灵机一贯古通今。

示了雪信士

秋初炎气似笼蒸，为答天恩上武城。
道有金汤流远大，法无人阐亦稀明。
琵琶风细连天碧，香稻云垂匝地平。
此去杖头如拨着，挑回吾道亘长荣。

冈崎水野右卫门大夫[③]问“本来无一物”公案，以偈示之

净法界身没染污，是名一物本来无。
拈槌竖拂扬家丑，伏虎降龙显道殊。
长者烹茶香透屋，山童灌地勺倾珠。
尘埃不惹机关少，明镜非台过量夫。

宿箱根

箱根岭半笼烟光，积善之家极乐乡。
最喜道人留信宿，珍崇法范供清香。
天池白浪山头涌，富士银涛空里翔。
一句单提开祖眼，机关转处莫能量。

---

① 一作“挽空印老居士”。
② “罔自钦”一作“世共钦”。
③ “大夫”一作“大夫居士”。

病起偶成（有引）

师乙巳秋至武江，谢继席之事，绍太请结七日期。期毕，而身作疾，及愈，赋此志喜。

我病何如摩诘病，时人不识谓非祥。
谁知一度沉疴发，正是翻然道骨香。
看破世情闲妄想，悟明尘幻证真常。
逡巡底意无能会，喜有虚空解举扬。

示桂昌院法云夫人

元来自性不曾藏，非假他恩力其彰。
众善奉行身永泰，诸尘莫惹福悠长。
宝池德水同沧海，玉殿琼楼扑桂香。
这里回机能有据，顿超十地法云场。

荐酒井空印老居士

夙植善根岂偶然，一逢方外便归禅。
知他是圣是凡也，信自非心非佛焉。
柱国忠良全表率，退身谦让见朝贤。
金池固护吾家宝，何意骑鱼上碧天。

示滨松杦浦善人

高霄大启九阊门，花雨弥漫匝地纷。
至信善人心愈敬，特来接我意何温。
纯陀满积堆山岳，海岸烟腾出岫云。
若问真参明底事，娑婆教体在音闻。

访初山湛法弟

一枝秀出檗山东，时至正堪振祖风。
岳鹫点头环绕护，人天交接两忻容。
当机与夺垂雷电，落草盘桓定象龙。
此日相看无别话，高提莫让老汾翁。

师乙巳十月念二日江户回山，老和尚作诗为喜，敬次韵

途中迎送尽花香，霭气氤氲映太阳。

不是师恩天广大，那能法道日增光。
绵绵祖印三千界，混混源流万古长。
自喜主翁慈力佑，还家室内密商量。

奉祝松隐老人七四初度

雪顶庞眉佛祖心，初生此日降东林。
青藜杖点九洲梦，黄檗门开两国钦。
量等虚空容万象，福齐巨海纳千浔。
优游自在松为友，啸傲乾坤古到今。

示无心维那

大唐国里翻筋斗，蓦过海东乐有余。
实落安禅无外事，洒然识法护衣珠。
丛林叵耐提纲扭，槌拂全凭赤手扶。
昔日克宾高远意，谁知气岸越超殊。

悼晓堂法侄

卓卓丁丁大自惺，如愚若讷不嚣争。
人间乌兔从教走，祖祢门风密力撑。
定慧心明诸妄息，虚空体证一身轻。
世缘尽处翻筋斗，没脚铁牛也着行。

赠黑川丹波守居士

十方刹海目前观，一念无私万事端。
有德有仁纯进禄，正心正意必兴官。
复兼法护超尘世，况又忠良为国干。
幸喜宿缘同此会，好将妙手挽狂澜。

示法真善士

具大善根有夙因，深深信入自相亲。
须知法藏元无二，应识心宗只一真。
能画能雕黏意表，契机契理出凡尘。
为君席帽都拈却，直作灵山会里人。

示平野信士

不与君逢五稔余，武江晤见喜何如。
人生只贵知交故，世外惟凭识道夫。
法未说时驴井觑，禅方谈处鸟花呼。
若能端的其中事，达磨孔丘共一隅。

林信士请荐亲

是身似幻等沤花，三际空空迥绝遮。
性镜洞明恒亘古，心光莹彻净纤瑕。
无羁妙体珠盘走，浩渺渊源法海奢。
于此休疑能顿证，何妨出没遍尘沙。

示友石善士

祖师独露一玄机，平等门庭没是非。
着手心头便判取，超情物外透重围。
三千世界擎华藏，百亿弥卢捧紫微。
元是当人家里事，何劳更假别思惟。

示松平大膳大夫居士

万德庄严只一心，心坚点铁亦成金。
话头牢把无移易，个里洞然顿悟深。
离相离名圆净智，即凡即圣是知音。
自他双利通真际，便入普贤大愿林。

六月二十日落发师并佛父同晨忌讳，乃营斋述偈追荐[①]

透得那咤第一机，酬恩报德始相宜。
既然智眼空明洞，照破凡笼岂自欺。
生死涅槃山鸟迹，菩提烦恼石人眉。
真常独露乾坤大，极乐家邦只在兹。

森内记居士请荐先考作州太守

现宰官身能事毕，翻然撒手以归源。

① 一作“荐宗亲善士”。

最初一着常圆湛，百劫千生未少昏。
竖义兴仁全据本，为民治国悉蒙恩。
忠心片片昭今古，正眼迸开亚顶门。

中元合山荐灵

和合一心生至重，怀恩抱义发深悲。
诚修忏法明真智，仰报爷娘养育慈。
聊献溪苹陈薄供，虔将井露洗多疵。
伽陀梵演龙天喜，曩劫劬劳业海摧。

慧法兄讣至有感，赋偈奉挽

岩头促膝十余年，耳语论怀世外妍。
忽夜风传音信至，于时闷塞眼难眠。
法幢折地魔军盛，狮子藏身野干前。
笋箨林存犹叵耐，门庭续振喜绵延。

妙宇尼请荐了教信士[①]

湛寂凝然净妙身，弥纶宇宙绝纤尘。
方外乾坤常独露，域中日月亘长新。
了无修证元成现，示有去来不变真。
罪福本空如体会，山河大地自家珍。

别山监院请荐亲

实际无边净点尘，超声越色本来人。
磨盘八角空中走，面目周圆劫外春。
月涧霜枝常指注，风柯鸟韵每敷陈。
娑婆极乐元非两，一念浑融处处真。

荐法春禅尼

正眼灵明耀古今，廓周沙界谩追寻。
非遮非盖超凡海，统地统天越圣林。
清净元无尘点染，风光本有体圆禁。
胞胎不假离生灭，直下知归悟处深。

---

① 另题作“荐某居士”，内容前六句同，后两句作“富贵荣华皆蝶梦，顿空色相自超伦”。

元正五日次韵

指绕三千被圣恩，庆云盘礴盖山门。
懿宣慈惠成和气，密运神功赞化元。
老壮天生真眼目，英雄骨格等乾坤。
圆通境界全身现，涌出片言万法存。

元宵立春

东君行令暗推移，自是笙歌芋节时。
铁树开花红似锦，泥牛吼月响如颐。
千家灯火缥霞彩，万井香风度鼓吹。
漏泄普贤真境界，毗卢握手共喜怡。

舍利（有引）

丁未正月十九日[①]，天龙寺古溪禅人送文佛舍利三颗、宝塔一座，时天气清朗，春光洞白[②]，予喜无量[③]，即时[④]安座，说偈以志万古嘉猷云尔[⑤]。

舍利坚贞即佛身，光明金色彩华新。
吾今顶戴多生福，即此安藏万古珍。
饶益黎元同证果，洞超含识共归真。
人间天上咸瞻仰，化普无穷花在春[⑥]。

生岛信士请荐先考

谷神不动镇长灵，向顺音和祖意清。
直下明宗真本据，了无知见自超情。
万机顿赴归心海，千圣同躔出化城。
当处湛然当处乐，娑婆安养任趋生。

---

① 一无“日”。
② “洞白”一作“和暖”。
③ “无量”一作“无涯”。
④ 一无“时”。
⑤ 一无“万古嘉猷云尔”。
⑥ “化普无穷花在春”一作“化利无穷祖道振”。

示碧峰禅人

学业心心要见功，勤于问辩[①]更谦衷。
文身透处句身达，义路明时理路通。
草木拈来成妙用，云霞指点尽玄风。
苟然逐队随群去，错过崖柴苦口翁。

送慧极维那住山[②]

撑持法网事非常，损己利他妙行彰。
坐断我人天地阔，胸存道义祖灯光。
机缘契处堪传受，眼目圆时任举扬。
此去山中深闭舌，风云际会自昂藏。

赠无量寿院春行大德过访

高野林峦甚秀奇，丛骧云骤雅相宜。
个中更有贤开士，向上犹多梵行帅。
不打我山高大鼓，和融时辈共遵规。
谦光德朴人争颂，无量风清拂月枝。

示土屋忠次郎居士

韶光晴暖太和春，草卉花翡处处新。
慧剑寒挥魔胆落，灵机俊发性天真。
以忠以义邦家宝，为正为公柱国臣。
此日相看无可赠，惟凭禅偈启当仁。

荐妙允信女

道本无为只一真，金刚体固绝疏亲。
非男非女由来净，离相离名迥出尘。
千圣依兹成解脱，群灵昧此入沉沦。
撇然一念知归处，步步莲花捧足新。

---

① “辩”一作“辨”。
② 一作“送极维那住山”。

原田寿生信士挥金造八幡大菩萨行宫落成安座拈香

菩萨神威护国深，犹兼为法保丛林。
栴檀拈出图微供，惟鉴山清一片心。
坐镇三门千古耀，芳流万代四方钦。
伏祈内外诸轇轕，荡竭无余永弗侵。

荐妙镜信女①

心月孤圆彻镜清，全彰妙体邈尘情。
本来洁净无生灭，廓尔洞虚自朗莹。
了则超凡归圣域，昧之滞魄以沉冥。
一机转处千机透，任运优游太只宁。

荐相远信士

真人无相独灵然，迥脱安排统地天。
贵胤堂堂钟间气，英风浩浩洞缠绵。
金流朴散而常在，体竭形消不变迁。
委悉个中玄妙义，通身手眼等金仙。

赠戒光寺天圭大德

道不贵华惟贵实，实存自与道相亲。
弥天气宇安须让，四海风流凿谩陈。
戒洁冰霜非可喻，行高碧落岂能伦。
喜看瑞彩临禅室，一度逢谭一度新。

大森半七郎请荐慈养寿院

寿等虚空亘劫春，非生非灭贵通身。
但能一念无情执，自得全机触处真。
衣下明珠元未失，胸中宝镜旧清新。
回光领略娘生面，便是莲花国里人。

荐高大诵信士

平生兀兀只参禅，鼻孔昂藏失半边。

① 题目另作“荐妙镜道人”。

分付家私无所累，优游物外一身闲。
飘然撒手离尘世，洒落骑驴上碧天。
六趣空华同幻梦，更须彻髓悟根源。

示洞达侍者回乡[①]

我无密语与甘言，动便轰雷喝震天。
待汝转身难吐气，悬崖撒手解翻颠。
而今归去龙峰顶，他日播扬德峤禅。
相送出门何以嘱，逢人莫错竖空拳。

合山兰盆荐诸觉灵

乍入秋声海岳凉，凄凄何处是归乡。
情昏却昧来时路，眼正洞然放宝光。
四野寒林皆玉府，十虚烟景尽华堂。
回心发露自恣日，直造觉皇解脱场。

赠北条安房守居士

出格英华大丈夫，惟仁与智树勋模。
用去千机皆合辙，令行万品悉从符。
为霖为雨山河秀，利国利民道运殊。
盛德荣名成大节，金汤正好力提扶。

喝禅侍者初度[②]

金刚独露耀真光，未出母胎寿已彰。
既处人间无变异，虽游海外亦如常。
黄花富贵操寒节，紫气坚贞卷晚香。
不识不知顺帝则，皇天辅德乐悠长。

九日次韵

白发垂丝不老仙，宣明玉偈涌心田。
登高犹未抬蛙步，到顶恍如上九天。
紫气云开悬慧日，祥光霭映乐风颠。

---

① 一作“示达侍者回乡”。

② 一作“喝禅侍者四十初度”。

何须赤实佩长寿，万德元来统大千。

荐铃木道的信士

本源真性脱根尘，独耀常光遍界新。
绝谓离情非隐覆，辉今烨古迥超伦。
生来似海沤花发，死去如空鸟迹陈。
洞破去来生死寂，坦然长乐太和春。

荐性岩信女

一段真风廓四维，绵绵密密浩难思。
本源自性非增减，妙体灵虚没见知。
悟则圣凡同闪电，迷而心境竟差池。
但能省觉无羁滞，便是逍遥出世时。

荐常照院

本有妙明耀后先，廓周沙界亘煌然。
无成无坏空诸阴，离相离名迥不迁。
摄彩收光情脱略，破憎荡爱性还源。
刹那灭却多生业，弹指迸开上品莲。

荐妙德夫人[①]

一句弥陀唤一声，声声唤出本来人。
方知净土是心净，始觉神光非识神。
大地山河全体妙，森罗水鸟总天真。
娑婆安养元无二，直证莲邦万德身。

关梅岩居士请题舍利

圣智圆明本自心，纯真一念骨成金。
铿锵火炼应难坏，洁润尘坌莫可侵。
色采澄莹超劫石，神光晃耀越珠琛。
须知坚固金刚子，长镇乾坤古到今。

挽提宗长老

生平澡浴净无瑕，不混寻常算海沙。

---

① 一作“荐妙德道人”。

具择正宗真法眼，掀翻过慢败焦芽。
金鎞刮翳惊群队，玉骨擎天脱幻华。
自此流芳千古范，世缘尽处便升遐。

荐华屋令县居士

顶有圆光耀古今，照天照地谩追寻。
不增不减超英杰，没迹没踪透石金。
发用忠仁堪敌国，生机敏俊可明心。
挺然踢脱承当去，千圣到来活被擒。

过不二庵赠端山居士

不二庵居向上台，谁人敢入此门来。
无牙老虎吞牛气，大吼狻猊震蛰雷。
水阔山遥千古秀，天长地久万机该。
我也怕他奇特处，贞诚不作小儿骸。

悦山维那四十初度

列圣场中意豁然，一声槌下荐机先。
直饶铁额轰雷喝，总被阇黎线索穿。
此日生辰堪华表，他时出世作昆筌。
山僧拈起须弥笔，写与寿图挂大千。

荐本多净有居士

智者了心离幻因，超然物外绝纤尘。
六根清净无遮障，五蕴皆空只一真。
水鸟园林常演法，风柯月渚每通津。
回看即此元莲域，觌面弥陀古佛身。

荐甲斐庄德峰居士

真诚法护世无多，见善思齐气岸高。
既未宗风同鼎直，虽游槐国岂违曹。
空诸所有应明悟，坐断尘凡即妙操。
久钦德厚能端的，直入毗卢性海敖。

大雄宝殿落成志喜（并引）

自甲辰秋开山老人以寺事委嘱于予，仅法堂、东西方丈并禅堂略备聿新。至丁未夏，上意令建大雄宝殿并天王斋堂[①]，乃于戊申初冬告成，而钟楼亦并日竣工。然而华观壮丽，一时焕新[②]，真国朝光明藏也。由是口占以志希胜之事。

灵山委嘱与王臣，鼎盛伽蓝亦夙因。
不费纤毫心气力，圆成莫大刹幢新。
重重楼阁摩霄汉，炜炜雁堂盖法身。
喜得金汤轻插草，功垂永劫并尧仁。

崇檀美荫事非常，刍草幽柔转更香。
布地黄金轻似叶，砌阶白石净如霜。
雷音时震千秋盛，德泽遗风万古扬。
炜烨庄严新殿宇，瞿昙把住福无疆。

格外奇材跨海来，为梁为栋耸山隈。
层楼玉灿凌云表，绀殿金辉接斗台。
瑞现优昙香涤垢，指挥如意净无壓[③]。
光流林石千灯耀，自是藩篱正眼开。

正信王臣不等闲，珍崇法化重如山。
场开万福蓬莱岛，道叩孤云鹫岭关。
说妙谈玄三寸短，拈槌竖拂迴跻攀。
大根大器当机疾，着手心头解石顽。

茎草才标宝刹成，不须费力外经营。
崔嵬迴出尘沙际，荫覆区中龙象英。
万德功高圆妙智，一心行广廓凡情。
樵夫笠漏登王位，况布黄金福岂评。

---

① “令建”一作“赐金石其”。
② “焕新”一作“荣焕”。
③ “壓”一作“埃”。

荐雪心信士

几度山中叩祖机，心雄老壮入禅围。
语言流水浑无滞，句义飘风不自非。
世态繁华旋磨蚁，灵台湛寂透玄微。
如能识此真常体，万法宗源掌握归。

荐锅岛义峰居士

本自圆成脱体彰，无来无去露堂堂。
面门出入非踪迹，世上优游大吉祥。
不识真风成若聚，洞明法眼是过量。
直前领略机浑活，衬足莲华扑鼻香。

赠道岳静休居士①

大根大器不寻常，动静如如镇岳央。
息念休机神气正，觉花开处道风香。
圆成圣果无穷乐，洞破凡笼永吉昌。
为楫为舟游法海，谁人敢谓非真王。

送牧野佐渡守居士之武州②

秉彝德泽满京师，复爱谈禅不倦疲。
般若花开应此日，福田种熟正当时。
重荷法苑金汤固，大播仁风格外奇。
千里嘉声民舞颂，天心合处道心宜。

寄祝紫云净伯六旬初度

温陵佛国古风雄，紫气腾辉贯日东。
花甲筹添逢耳顺，法身体露塞苍穹。
榔开却忆云间塔，露冷谁怀海外翁。
聊藉清源泉半勺，舒眸奉祝别峰中。

---

① 一无“道岳”。
② 一作“送牧野居士”。

示海北友雪山人

画水画山画自心，画人画面巧搜寻。
高低妍丑非他物，疏密横斜总道林。
笔到清奇方敏手，天成古意足佳珍。
更能描出虚空骨，愈见神风俊不禁。

赠南源师弟（并引）[①]

藏身北斗，正面南宸，乃贤哲之规绳，亦圣人之定位。由是獦獠居之，大行化道；善财参之，深证圆通。虽行证之非同，而南源其揆一。故知南以向正，源以朝宗。离源无以指南，离南无以朝宗。宗正既彰南源，斯普只可自意，得难与俗人言。

天高西北万峰嵚，地下东南众壑深。
注壑明源能化海，丛峰瑞木自成林。
源从南浦骊珠灿，木荫东山凤鸟吟。
最爱南源宗正眼，朗然耀古复腾今。

立春

泰运天旋暖渐开，泥牛起舞吼风雷。
晴光玉筋檐垂滴，绿嫩金钩草自回。
雪泮农家多活计，春临道眼足生涯。
清机布致幽林里，朵朵梅花笑满腮。

立春后一日雪

昨日春回雪未消，凌晨六出又飘瑶。
诗人适趣银堆砌，处士清高玉泼撩。
万壑千岩狐迹绝，五湖四海客逍遥。
如今随例安心者，谁肯庭前立半腰。

元旦

启节风晴舜日新，杖藜活卓净纤尘。
云兴法说千祥集，瓶泻才英万福臻。

① 题目另作“赠南源师弟改号”。

景物和光开正眼，人天合彩献奇珍。
放鸠怀抱恩山重，仰祝圣明愧不振。

谦弟到山赋以志喜[①]

目尽春云忽忽来，相逢语笑似莲开。
当年一句无宾主，此日全机契意怀。
万福堂前增瑞气，五云影里降仙台。
倾仓倒廪珠千斛，不卖山中喜溢腮。

次本师老和尚韵[②]

千祥甘露法门开，万行庄严华藏台。
总是狮王真戒范，胜诸仙众古蓬莱。
春风和暖饶筹屋，韶日辉红耀斗台。
法乳弘施瓶泻水，大江不尽滚将来。

题假山（并引）

老和尚作富士山于丈室后庭，又开池于山之麓，盖取“仁者乐山，智者乐水”之义也。予既继法席，不敢忘始。偶有京师顺正道者，善为假山，是春忻然移石点缀。予嘱之云：“此富士山乃老和尚所为者，须存之矣。你能敏作，可以五老峰列其傍，崖头抽寒瀑以表华日，道同益更妙矣。”正乃唯唯，不数日而成。壁立俨然，玲珑奇伟，清人心目，见者莫不称异。即赋诗记之，时乙巳春也。

其一

玉琢崔嵬富士峰，吾师撮放翠云重。
一崖壁直撑天汉，五老春光拥道踪。
瀑吼风雷归巨海，山嵘宇宙仰高宗。
清池片石提玄旨，岂是寻常作戏侬。

其二

好山好水野人家，仁智机圆趣靡涯。
濯魄清奇心印显，岩崖峻峭祖庭奢。

① 一作“谦弟到山赋志”。
② 题后注“师时千众受戒并华诞”。

空生坐断千秋梦，帝释称扬一雨花。
叠石为山山不二，即真即假较无差。

赠小笠原右近将监居士

贤明敏悟本来机，不昧生缘道眼辉。
笃厚风清凉海宇，精诚符彩拥禅扉。
天忻胜事慈心普，草插名山宝刹巍。
特地祇林千古秀，法轮长转并鸟飞。

谢戒光寺主人送花

日暖山光净点尘，林间簇簇出云新。
遗来古锦千枝秀，艳吐心花五叶春。
鹫岭当年行底事，檗峰此日不瞒人。
等闲放在窗棂外，无隐纤毫助发真。

咏瑞芝

曾闻芝草发庭前，应是仁风感地天。
媚露祯祥呈吉相，兆开瑞庆挺灵妍。
铿锵紫气金枝秀，润泽精光珀叶鲜。
万物知荣端有准，将来美景定机先。

示滨松梅屋善人

行尽关东四十州，远江正信出常流。
香花接道烟光紫，老幼迎风礼意悠。
碧海波澄天一色，滨松夕照影咸秋。
山僧无法堪为说，井里烟家半石楼。

富士山

纵观无有最高巅，大者不过小子拳。
独此一峰堪瞩目，突撑东海欲连天。
有时雾敛开鬟鬓，顷刻风生接地烟。
半吐半吞空里走，岿岿凛若白头仙。

观富士山偶成

十日行程从此过，云中突露似迎曹。

苍苍吉相连天汉，屼屼祥光映海河。
万派旋流归脚底，千山环绕出头高。
王维敏手应难画，时世名公笔谩操。

过绍太寺赠铁牛上座

箱根岭峻马行艰，带水拖泥过绍兰。
钟鼓分明贤主在，廊庑清净道人闲。
禅安深处天花雨，法说当堂龙象环。
海印发光腾瑞彩，三千鹙鹭笑开颜。

寓天泽寺赠洞院禅德

院静风微石径阴，道人居处雨花深。
玄关气映袈裟紫，禅室光生华壁金。
朴实行门虚纳下，敏明材业远来钦。
小楼对坐相忘处，不觉夕阳钟磬音。

过永寿山三谷善人整舟渡浅草溪偶成示之

彼岸欲登隔一溪，小舟泛泛过梅西。
平沙浅草栖鸥鹭，古树无云见寺溪。
放缆桥边忻雨霁，抬舆径窄碍花低。
主人意厚忘烦倦，将谓吾宗有诲提。

过永寿山赠本堂主[①]

尘缘不涉守清规，绿竹猗猗得意时。
定静功忘身永寿，心空及第福无涯。
数声晓磬闻秋月，几点沙鸥落荻池。
独露本来真正眼，何曾曲隐一毫丝。

登江府城即事

轮王尊贵坐重城，诸国趋朝无白丁。
匡壮山河承德泽，该罗海岳有仁明。
金汤可赖长悠久，法苑咸蒙永茂荣。
祖意西来非别旨，希回慧日醒群情。

---

① 一作“过永寿山赠独本堂主公”。

咏富士山赠有马左卫门佐居士

长空澄碧杳风阴，崛起群峰峻莫禁。
鹤翅难过孤顶上，云飞不碍最高嵚。
轩昂大座乾坤小，壁立巍嶷世界钦。
富贵无骄何与比，非增非减玉奇珍。

立春日松堂老和尚光临喜作

太平兆祚放鸠晨，上苑欣逢甲入春。
大块精华临舜日，万邦和气乐尧仁。
红拖海曙云霞出，淡放岩梅雪月新。
唯有狮王堪国瑞，风流洒落覆天人。

小笠原右近将监居士至山赋赠

大福德人大有为，不忘鹫岭古风规。
山开广寿延高士，河润苍生似赤儿。
助化邦家刚复正，流芳海宇善兼慈。
驾临檗岫辉泉石，玉转珠回太伟奇。

端午

午时午日浴兰汤，信诞雀鸣五色彰。
蒲剑悬檐祛赤舌，艾旗插户迓祯祥。
峰头竞渡龙舟快，江面吊魂角黍香。
分付海山闲逸客，谩将得失错商量。

中秋

浮云散尽一天清，皎洁银河华彩莹。
露浥微风凉脱体，光吞众象契无生。
良宵美景千家乐，得意投机万虑澄。
此夜林泉无限趣，寒山道底太分明。

重阳次韵

谩说蟠龙现在田，禅心格外乐天然。
锦肠秀丽重岩菊，舌相清新出水莲。
吮笔兴来书数百，应机句到括三千。

都忘昔日题东阁，只占群贤一着先。

送铁岩知藏回梵住山[1]

霜风扑面石林寒，去路迢迢不计艰。
没义话头如嚼蜡，有为世道似奔欢。
冲开两处情无着，透出重围心自安。
宝藏光明浑海月，此中坐卧是真观。

岁除

年华阅尽岁寒除，大道未曾有减疏。
市井烟尘忙冗闹，山林野衲乐闲徐。
更阑钟动穷神去，晓霁春来福运舒。
无祟不须驱伥子，任教送腊驻骖车。

元旦

天开岁月日咸新，万福光临万象春。
雪嶂冰消泉眼活，梅庭树老玉花振。
放鸠好德流千古，觅孟高怀喜四邻。
惟我山林弘法志，祝延国祚等金轮。

五彩云霞紫气颁，晴光叆叇映禅关。
九天玉笔题椒颂，万国金珰覆圣颜。
帝道弥坚新至治，祖风丕振荫昆顽。
一团和美无为乐，纯粹清英杰海寰。

元宵立春次韵

雪消华月剔正王，春象珠星舞一场[2]。
玉烛泰和天不夜，灯联万福室长光。
金枝挺秀祥云起，海印交罗瑞气昌。
牛斗别从河上出，人文景被惠风翔。

东林次韵

道者幽居趣自然，白云占断快神仙。

① 一作“送绝信知藏回梵住山”。
② 前两句一作“九霄雪霁值正王，无限星桥作戏场”。

千寻涧落声归海，万仞峰高翠接天。
彳亍松间参野鹤，闲吟几上列山川。
机忘世外无荣辱，桃李芬芳不计年。

过东林

茅庵隐隐倚东林，绿雾春风曲径深。
略彴为桥疏短策，方池种藕乐闲襟。
雪山草座高声价，沧海珠怀倍玉琛。
旷阔芳庭梅柳密，盘姗勃崒笑相寻。

惟一侄四七初度

心恒气猛破凡尘，探遍蓬莱国外春。
双鹤声光风韵远，杂华霞彩瑞莹纯。
踏翻性海骊珠灿，洞豁义天慧月新。
四七生涯含太古，溪山图画献芳辰。

看樱桃花有感（并引）

闰二月十二晚，南源弟与二三同气邀予过松堂看山樱桃。夜值风雨忽作，初疑之零落迨尽，及晨晴过，应见于枝头灿熳，喜其茂盛，即成八句以述大兴。①

初惊夜雨恐伤神，晓觉②从生妙愈真。
百宝香风吹不住，千华云锦灿重新。
扑窗片片如呈主，拂地枝枝似揖宾。
和雨虽然飞小半，谁知散作万家春。

雨中咏假山

江上移来数朵青，图开画轴邈尘情。
棱层石角穿云路，琐翠烟花带雨霙。
叠涧盘陀环磊落，接堤略彴半圆横。
祖师心印无文字，只此谁人意了明。

① 一作："予时因事无寥，闰二月十二晚，南源弟与二三同气邀予明午松堂看山樱桃。是夜风雨忽作，疑之零落迨尽，及晨晴过，看见于枝头灿熳如常，喜其茂盛，即成八句以述大兴。"

② "觉"一作"见"。

示客

景物风晴弄翠香，林泉溢目发祯祥。
定回徙杖逢佳客，膝促论怀到夕阳。
槛外天华飘雨细，帘前燕子话春长。
分明不昧娘生眼，却许入门勘法王。

竹林闲坐

板[①]屋三间肃更幽，此君玉立翠光柔。
万夫挺秀敲风月，高节凌空挹斗牛。
击破香严知见翳，助成多福话头悠。
闲来扫榻焚香坐，返忆七贤昔日游。

甘露堂秋夜

桂子风飘满座香，萧萧疏影照胡床。
松声带露衣生冷，月色和云地补霜。
移榻翻经开梦眼，放蒲静坐豁心光。
寒山拾得休饶舌，物外南泉未过量。

祝老和尚七六初度

大地阳回草木春，云拖五彩庆生辰。
老人星现祥光耀，紫气乌翔正道振。
法眼毛头千日月，江川掌上一微尘。
雪山纯洁醍醐味，越古超今迥匹伦。

挽小笠原右近将监居士

飒飒霜风匝地寒，根身器界梦中看。
川流小德何堪述，敦化盛仁足大观。
惠泽波弘宁后土，金汤眼正辅禅坛。
名言志诔芳千古，养国高登绝挡拦。

腊八

雪覆孤峰鸟道茫，梅开寒谷暗浮香。

① “板”一作“版”。

衲僧活计全周足，处士生涯分外良。
五夜星辉山色冷，一天云静石林霜。
此时打失瞿昙眼，直至而今遍举扬。

元正登舍利殿次老人韵

日暖融融景物殊，登临膜拜忆唐虞。
光辉设利谁能匹，道大诸方没等隅。
足下祥云弥海宇，胸中气岸盖风胡。
聊将一勺溪毛献，也胜掬来万顷湖。

舍利殿喜遇南泉二公复次前韵

万松影里甚奇殊，顶戴殿堂喜有虞。
二俊丰标超格外，独余疏快乐山隅。
心光妙印华藏海，慧眼玄同赤水珠。
更幸惠风回舜日，正堪底事播江湖。

老人过甘露堂以诗赠余乃步次

天公忻会法王游，朗彻华曦映圣丘。
玉立山高陪客兴，云翔鹤唳舞岩头。
犹如听法情忘倦，复似追风意欲周。
采得蘩苹聊作供，深铭怡悦壮嘉猷。

寄独立关主

太和伫企古山藤，共论没弦世外能。
马祖西江供一吸，云门北斗看当承。
清幽兴发松风曲，洁白光同海月朋。
此际不来空抑郁，何时为我补传灯。

赠南源弟构华藏院竣工

华藏初开别一天，千山缭绕子孙贤。
联灯继祖重重耀，出世利生个个妍。
昼永花飞香错落，松高鸟噪韵悠然。
积仁洁行功成满，瑞气氤氲显法源。

寿默公耆宿

海屋筹添八十年，蓬莱岛上启华延。
素忻戒体无瑕玷，复喜禅襟彻义天。
一衲乾坤风韵大，双眸日月隋珠圆。
只将师物为师寿，瑞气弥纶界大千。

贺佛日林法弟六十初度

宝掌千年事颇荣，而今亦愿与同庚。
法雷长震回时梦，道韵恒芳胜古英。
淡煮凤团聊片祝，浓焚龙脑庆初生。
更忻耳顺菊花绽，展拓三玄意气京。

送永井右近大夫居士进江府

八月秋风逐马飞，心悬日月奉端闱。
路遥不觉身为贵，义大惟怀咫尺威。
野店盘餐滋味淡，关城骤到喜光辉。
门盈杖履多豪俊，共论施仁日不违。

中秋后应竹庵信士斋

君心向善气融和，数百烟家亦不多。
自是胸清秋月皎，抑非华放利名窠。
茶中三味真佳品，客到一杯胜美醪。
礼义兼全禅义合，精诚契会出头高。

贺东宁王居士六十初度

大专盘物任风流，兰菊馨香韵更幽。
菊秀操霜无落节，兰芬向日有清柔。
身全令德长荣贵，心不违仁益寿筹。
以此伽陀海一滴，为君耳顺璨华猷。

贺南源弟三十八初度

玉城八月绽芙蕖，移向蓬莱岛上敷。
文质彬彬秋色秀，金枝簇簇晓光姝。
一茎草现新华藏，五朵云开古寿图。

紫气氤氲成大荫，吉祥弥播满江湖。

赠酒井右京居士到山

心光洞廓万机周，晓日登临桂子秋。
笃信忠良真国宝，志诚孝悌乐玄猷。
山林转翠无尘气，水石争荣更润幽。
密喜季梁生格力，他年得用祖庭休。

次老和尚拈香韵

心如常也德如常，悠久昙华璨瑞祥。
日照绀宫金碧丽，功圆松隐道风香。
千秋鼎盛宗灯耀，万福山开祖室彰。
垂荫大檀恩泽厚，从兹奕叶亘联芳。

天王殿落成

十圣轩然露一班，四王护国镇禅关。
千灯继曜无双地，万福初开第一山。
殿角祥云新气象，庭前霞彩紫金环。
门通帝阙游麟凤，泼大风光任往还。

斋堂落成

奇梁异栋就云斋，列食众香意气谐。
碗钵鸣声非律行，我人争位是狼豺。
金牛作舞催归饭，普化跃翻不历阶。
参学如明参学眼，珍珠盛燕未为乖。

钟楼落成

危峨耸出白云端，星绕檐楹午夜寒。
月下僧来敲百八，山前客舍梦初残。
一身潇洒轻如叶，万虑澄融净似霙。
报道欲穷江海眼，直须更上阁中[①]看。

卫法心诚世所稀，为龟为鉴揭玄微。

① “阁中”一作“一层”。

楼台华构摩云斗，钟磬声敲彻帝畿。
四海五湖知觉悟，十方万类启情围。
恒沙妙德都成就，孰等功能莫大威。

惟一侄请茶，予爱之而赠以诗[①]

山亭亭也水悠悠，可涤可居适自由。
两国华严瞻拜写，一亭禅宴乐优游。
斋僧钵盛溪苹馔，洁己胸开海岳秋。
笑坐蒲团香积外，松间鹤舞共绸缪。

季冬华藏院喜遇

闲陟芳林华藏中，松间鹤舞羽翻风。
千峰户外善财立，万壑阶前性海同。
玉几无尘清磬响，花栏有树彩霞红。
主人共入毗卢境，不觉斜辉淑气融。

赠青木端山居士监督建刹落成

护法须还力量人，灵山大法付王臣。
心诚不倦冲风雨，意切浑忘受土尘。
茎草标时成梵刹，金花雨处露天真。
香风匝地弥今古，陡觉林泉越样新。

戊申除夕示众

三百六朝此夕道，然松续焰闹啾啾。
迎年炊黍生涯足，分岁烹牛活计周。
谁觉密移新白发，那知难挽旧乌头。
丈夫气概须英特，一喝还教水逆流。

己酉元旦

华光首祚运丰年，驾御六龙下九天。
万国讴歌扬舜韶，兆民乐业启尧筵。
乾坤秀气无增减，日月恩辉两皎然。
珍重圣明文德备，和风坦荡匝山川。

---

① 一作“惟一侄请茶，予爱之而赠以偈”。

正王三日次老和尚拈香韵[①]

华开三日紫光新，景丽江山媚至人。
出窟狮王金色耀，扶筇象子玉容仁。
氤氲海岸祥云暖，嘹哓蒲牢瑞气春。
济济恭迎登圣殿，仰瞻万德一真身。

正王春日登华藏院

东陆登临景色新，梅花冻解惠风淳。
山开华藏腾灵瑞，院镇高峰产圣伦。
匝匝祥光千古秀，重重紫气万年春。
南询参遍玄门启，弹指归源显胜身。

赠福济谦弟六十初度

廿载蓬莱坞上居，仙家快活福无逾。
熏风四雨芬陀郁，华甲六周寿域殊。
喜庆诞弧猿勒果，忻添筹室蝉吹竽。
浑身是德胖莹净，道相恢恢不尽图。

道瑞送法被

妙密金针拔不开，织成古锦送将来。
惊群狮子身才露，异类精灵自窜埋。
展处大千俱覆遍，收时万象尽罗该。
功圆胜行庄严甚，永日何妨镇法台。

别诸弟侄往武陵过琵琶湖

二月尽头三月初，春风暖送过琵湖。
山形杖子暂相别，磨衲云袍只自殊。
异草奇花堪写兴，名山秀水可怡娱。
随缘放旷山翁事，意气多时拔万夫。

① 一作“正王三日次韵”。

重过乾德寺赠越传公

迢迢尘拂路空长，一度相期倍眼[①]光。
阅世人多方见义，知君德厚不违良。
蓬莱岛秀春媚翠，禅室花深昼永香。
我祖西来传一印，须还逸翮越时常。

水野右卫门大夫居士延城中午斋赋偈以赠

有大因缘岂偶然，这回相见胜当年。
不拈往古闲家具，只话如今实落禅。
庞老西江既吸尽，马驹神足谩骖前。
欣欣端坐受供养，笑破虚空嘴半边。

宿丸子老松亭

烟寒雨骤马蹄泥，晚宿松亭午夜奇。
月吐峰头清藻镜，风回涧户吼春霆。
没弦曲调溪声大，妙句诗篇花色肥。
不是多生缘有腆，那能重叠此相期。

喜见富士山

晴明绝点一轮红，独露孤峰海宇东。
白浪滔天云外涌，银台接汉日中隆。
长年镇静无藏隐，永古虽披不碍空。
却任达观来往者，瞻奇仰异叹高风。

己酉春至新开牛卧山[②]

路到溪桥石径分，千花竞瑞绕松门。
山开一岙通霄汉，瀑落三川带碧昆。
牛卧高冈春草足，机投大护祖风尊。
祥光紫霭无穷意，弘振吾宗万古存。

---

① “倍眼”一作“眼倍”。
② 题一作“己酉春至新开长兴山”。

山田久弥荐慈并女子

顿空五蕴了无拘，豁达三身意自殊。
非女非男平等性，无生无灭一明珠。
只缘染爱成沦溺，不得超凡入圣途。
片念回光真忏悔，当时足下莲华敷。

林权大夫施大雄殿大扁以偈示之

一着当头瑞彩彰，巍巍功业岂寻常。
抬眸仰鉴分明极，指额高悬不覆藏。
至善人能行好事，正诚世尽叹贤良。
心开夙慧多增福，显发如来大宝场。

己酉初夏应关梅岩居士斋[①]

日暖风晴正午天，扁舟泛泛出重烟。
水关启处园林秀，石岸登时花木妍。
空阔海门开法眼，幽深侯府快神仙。
固知有福能修福，不是寻常当等闲。

己酉登城即事

两入重城宫室深，俨如天竺古祇林。
金堂正坐诸侯俯，玉阃高开万户临。
令德威风寒凛凛，淳仁气海浩森森。
王公夙植灵山上，彻底无违护法心。

立花左近将监居士至山成偈以赠

敏俊青年世上稀，忠良厚重志魁巍。
亲咨檗岫三玄旨，复叩少林历祖机。
气壮风高如虎猛，色臧分外若龙威。
宗门喜有大夫亘，为甲为矛破孽非。

妙高亭次韵（有引）

予江府回，再建伽蓝、祖师二殿。然祖师殿基旧有蒲牢草楼，即移于

① 题一无“己酉”。

甘露之东，改为妙高亭。亭既成，南源弟赋诗见赠，弟侄亦赓其韵。适观诸作，似与石门、中峰体格大有发人心意，故予亦用其韵而述本怀。

禅余阅教遣闲天，小构数椽青嶂前。
宝树连辉无热阁，华林接影活琼毡。
门开弥勒重楼现，月吐毗卢一印悬。
胜乐妙高真法界，包罗无尽刹三千。

妙高亭（有引）

五六株松树下，构小茅亭，以奉大士。高有二丈余，四顾山海寥寥，眼中乃匾曰妙高，盖取华严胜妙境界之义也。[①]

亭小窗高妙更玄，檐吞巨海尚宽然。
谬虚四顾云山窄，洞阔九垓景物妍。
法界重重盘玉足，琼楼叠叠奉金仙。
善财到此无门入，弹指声中体现前。

送铁文侍者住梅岳山福岩[②]寺

数载巾瓶不惮劳，几番敲磕见深操。
坦夷气量浑良善，绵密行持愈雅高。
弃却诸方禅五味，来参临济棒三遭。
发明黄檗无多子，任去福岩[③]播略韬。

荐某善男女等灵

体妙灵光遍界周，堂堂揭露没踪由。
非生非死根尘净，无去无来烦恼休。
一念超然成解脱，六情执着结愆尤。
若能直下顿空去，洒落优游般若舟。

荐玉树院清月夫人

一灵真性本莹然，似净琉璃含宝月。
洞彻清光遍大千，湛虚寂照周毫发。
无来无去独圆明，不灭不生常亘揭。

---

① “二丈”一作“三丈”。“廖廖”一作“空廖”。“眼中乃匾曰”一作“眼底匾曰”。

② “岩”一作“严”。

③ “岩”一作“严”。

直下承当体自如，逍遥法界俱超越。

冬至

万壑千岩浮冻雪[1]，禅人鼻孔辽天泼。骑牛殿里坐蒲团，直到阴消未肯歇。认得龟，失却鳖，眼耳昏曚无辨别。一条红线掌中牵，笑得米团不敢说。打翻筋斗脱汗衫，赤条条地逞妖孽。也解奴呼老释迦，又能婢视弥勒拙。阿呵呵，真解脱，劝汝诸人紧着鞭。有个入头方喜悦，到此还如不动尊。十方坐断非生灭，大机大用自现前，着着棒头明日月。

祖俊禅人求荐父

法身清净，劫外全彰。灵妙至体，廓尔恒常。生也如沤如泡，死也似露似霜。

洒洒落落，无覆无藏。情不附物，是真过量。一机透处千机透，片念空时万境空。

送德海禅人回广寿

奉使松堂祝祖华，告归无以赠君家。

黄檗枝头生蜜果，拈来当作赵州茶。

只此物，别无他，三千世界悉包罗。

等闲嚼碎全滋味，成就慧身一刹那。

师问

师问众云："本来个事作么生会？"知客潮音云："饭是米做。"师云："饭是甚么味？"众无答。师乃自答云："日用常湛然。"又云："炊香别甑只平常。"复示二偈：

白饭元来是米做，弥纶今古没差移。

浑仑粒粒皆相似，吃着清凉饱不饥。

别甑炊香饭，湛然滋味长。

人人日用事，何必更论量。

示寿生信士开放生池

开池放水养鱼鳞，为惜生灵同我身。

---

① "浮"一作"凝"。

圣号鱼闻天上去，慈心弥播寿长春。

示六融戒子燃指供佛

晓夕忘疲要发明，烧身臂指表精诚。
更须捞出摩醯眼，一性圆融度有情。

荐元寂善士

不着世间诸色相，了然洒落没千差。
返照无生真法忍，尘劳迥脱坐莲花。

荐元生善人

一点灵光无变易，恒常耿耿耀三千。
吾今指汝条玄路，日落西山不离天。

荐嗽石信士

本自通身无影象，更于何处觅行踪。
去来脱体浑圆净，看破方知万法空。

岁旦偶成

二五年来空掷钓，一双鬓白屡生春。
幸余瓦钵乾坤大，半贮尧风岁华新。

赠眉弟教授初度

弥勒化身五十春，现为教授戒光新。
庄严开导三千指，赛过波离上古人。

挽未发禅师

操霜历雪透玄微，一尘春风劫外挥。
放缆海天归去也，儿孙望断白云飞。

示惟又禅人

戒是律身第一宗，无持有受亦徒空。
如能正顺无违犯，万行庄严古佛同。

示止玄禅者

参禅要紧无因循，戒行精严始切真。
壮健光阴无放过，心花开发万机新。

示金屋妙清信尼

居家尽日是尘劳，不觉不知业识多。
要急预修求出离，方超苦海万丈波。

示祖丘禅人

衲僧巴鼻不寻常，息念休机格外昂。
踏着从前关棙子，横拈倒用自超方。

示恁的禅人

端的本来真面目，骑声盖色脱跻攀。
优游脚迹无能觅，洒落通身物外闲。

慧玕、慧空二禅人请荐亲

大包无外及中间，廓尔明机透祖关。
一具黄金光灿烂，弥纶今古塞尘寰。

示性净道人

弥陀与汝大因缘，念念声中忽现前。
唤出本来真面目，上生上品坐金莲。

示宗意善士

人身难得法难逢，若弗回机失正宗。
看破百年荣辱事，到头多是一场空。

示岩佐善士

西来祖意甚分明，千嶂雪消花自生。
淡放几枝春最好，大都似梦谩攀擎。

荐金屋道贯信士

十载参禅悟本空，去年今日此山中。
分明体妙无私句，春暖莺啼花正红。

示周初禅人

入众多年口不开，非如星月绕檐阶。
真参实究无文字，犹胜三支盖代才。

示某医士

草木纵横总药材，等闲信手一拈来。
回生起死如龙活，惟许君家大作裁。

示碧门禅人

晓日捞开碧海门，孤圆朗耀满乾坤。
昭昭法眼无藏覆，洞豁天真万古存。

示某禅人

英风俊迈大鹏儿，不比弱鸠抱小枝。
负翼直冲天汉外，腾身盖覆五须弥。

赠溪翁禅德①

花开杜宇满林蹊，紫气氤氲绕杖藜。
试问山中日用事，恒无思虑卧霞西。

湛然禅人到山礼拜师问恁么来恁么物然便出，因占一偈示之

恁么来兮恁么物，翻身便出袈裟拂。
高声一唤不回头，万象森罗惊掯掯。

示志英信士剃发

剃除须发祛烦恼，内外身心光杲杲。
妙法百千从此生，尘劳迥脱如如道。

示执中禅人

参禅极处露全机，万指丛中活璇玑。
一念无为空海岳，超今越古畅玄微。

荐妙空信女

身如泡沫势非坚，幻出人间了夙缘。
识得惟心清净本，顿空火宅化红莲。

示久意善士

地久天长古意真，心空万善吉祥臻。

① 一无“翁”字。

本来面目浑无欠，应用头头自契神。

荐元善道人

妙相圆明镜月容，随缘赴感不留踪。
尘情剔脱莲花吐，清净身光破梦笼。

赠化林禅侄

俊俏衲僧不泛常，诸根绝待骨毛香。
浩然气溢三千界，自是一番颖脱囊。

示鹤搏禅人

千山千水隔多年，雪里梅花冷更妍。
果到阳春寒彻骨，香风扑鼻岂徒然。

荐性真道人

七十余年自在身，临行撒手谕时辰。
惺惺念佛心无辍，定作莲花会里人。

示可淳禅者

迢迢涉水又登山，孝行承师底事难。
但得纯真无二念，大千沙界总禅关。

示惟瞻禅者血书金刚经报亲

刺血书经欲报恩，犹如漏网盛风云。
苟能体悟心无住，始度爷娘出苦沦。

示道温善士

一真法界没尘劳，不涉染污道骨高。
于此知归全体妙，优游自在世无多。

荐真性信女

大千同一真如性，正体湛然含月镜。
了了常知绝染污，出生入死那伽定。

一条拄杖两人扶示慧极知浴

粼𡿨黑漆活如龙，大地并吞气岸雄。
临济亲承黄檗运，轰轰烈烈振宗风。

挽独空静主

山中腊老愈精修，朴实无违古道猷。
幻世空花非久住，竿头进步出常流。

示关林禅人

入林不动一茎草，叶叶枝枝明祖道。
剔脱脚跟没点尘，超方眼正金毛吼。

与独立关主

赵州关桭铁牛机，蚊子无牙痛彻锥。
咬得入头滋味湛[1]，洞然父母未生时。

从教海底起尘烟，二六时中不离禅[2]。
最喜腊高宁卓卓，控翻临济旧三玄。

示某善人

奉使来山传一信，麻缠纸裹固封皮。
拆开句句皆珠玉，试问善人知不知。

示寿峰善士

大千沙界一蘧庐，犹似浮云拂太虚。
惟有本来真面目，灵光独耀最莹殊。

荐月岩居士

云拖白练束山腰，般若智光湛寂寥。
固是爷爷清净体，元非生灭赤条条。

赠谦弟寿

银山铁壁入无门，密贮虚空不露痕。
括古弥今真寿相，非成非坏镇长存。

示元章禅者

有志参禅心要切，孜孜兀兀无休歇。

---

① “湛”一作“淡”。
② “不离禅”一作“只坐禅”。

驀然打破太虚空，大用大机活泼泼。

赠惟一侄再住双鹤亭

青山绿水一条肠，热恼顿空心自凉。
双鹤亭高缘未息，再担经卷上焚香。

咏莲花

暑气蒸人极海天，清凉喜得一池莲。
花开佛面分泥水，洁白风尘点不前。

送慧极知藏省亲

孝念烈如火烈红，云蒸焰里思心雄。
汗流背水忘身倦，益见真风起祖风。

示光云禅人

金风飒飒动寒林，体露巍然古到今。
云破祥光天地燮，德山临济一胸襟。

中元合山礼忏偈引

一钵和罗饭圣贤，追超父母化金莲。
自恣仗佛忏摩力，应尽人人孝行虔。

赠石云禅侄

巍然石壁立空中，占断溪山拔地隆。
一朝云雾扶天外，三片江郎在下风。

赠月潭禅侄

秋潭静夜一轮霜，万象森罗影现央。
四壁清光天性朗，洞今焯古迥寻常。

赠月泉禅侄

月在天中影水中，清幽濯魄玉玲珑。
掬来在手大圆镜，妙印心空万法空。

示芝岩禅人

秋入寒岩万木苍，紫芝秀气月中香。
莫把禅关空锁翠，莓苔冷坐错商量。

示义空禅人

话头无义若能参，当下心空见指南。
如井觑驴功匪涉，如驴觑井滞廉纤。

龟山途中喜雨二首

两月云红地似炉，人心热恼井泉枯。
甘霖龟化从天降，道运泰来万物苏。

久闭天门雨不施，烟尘马路辣灰飞。
迅雷一劈顶门裂，海岳倾盆净入微。

桑名渡次老和尚韵

印佩西来过海东，桑名渡口一帆风。
心明月皎人天喜，橹棹未施到岸中。

示江尻主人

江尻桥边震海潮，西来祖意十分饶。
君能伶俐亲承略，不费杖头重指标。

示吉原道本善人

富士川中渡小舟，善人相接海天秋。
我宗本自无言说，不堕悄然始格流。

箱根极乐庵

一个闲僧一古佛，毫光相现两眉春。
茫茫来往人无数，错过岭头化外宾。

示箱根主人

烟云叆叇束天腰，岭半松杉古意饶。
杖笠东来为直指，山根断处接溪桥。

赠绍太寺云谷禅德

繁兴大用不寻常，出没谷中遍界彰。
自有从龙之气势，现成岂假别商量。

示养寿院

寿量本来没坏成，须弥坚固岂能平。

若知底意超尘浊，去住无羁了死生。

示清云院

碧落无云洞太清，寂寥宽廓不羁情。
本来面目知端的，上品莲花任化生。

次泉法侄韵

山水重重谒圣容，将行大道过江东。
遥看玉桂一枝嫩，弥布天香众喜逢。

示性哲庵主

光明寂照遍河沙，非女非男非自他。
本有庄严无取舍，亲承觌面较些些。

示性云庵主

信根坚固等金刚，能坏诸邪归正宗。
宗正直超生死海，休须拟议问西东。

示利石善人

途中接我甚殷勤，顾我也无物与君。
看取东山行水上，自然福慧两俱尊。

示友仙打针医士

三脚驴儿弄啼行，深针痛札是何因。
针槌打着真元脉，庆快通身不老春。

示友雪禅人

觐瞻千里涉溪山，道义行深来复还。
吾无实法堪叮嘱，途路善为好自看。

示某善人

贤随贤唱有家规，上古风标曾不违。
兼善心勤修净业，题名莲国复何疑。

示惟明禅人

明头合也暗头合，正见正知全豁达。
得妙随流应众缘，纵横自在无瓜葛。

示黑田信浓守居士

以贯之机句下收，万物一马信庄周。
浑融法界通三际，体露无私契祖猷。

示无得静主

无智无得是真得，大似空中钉鸟迹。
石火电光弄险机，能纵能夺方超格。

赠湛水禅德

定水湛然净法身，堂堂不昧本来人。
道场宴坐海天阔，受用现成弗纪春。

秋登空印老居士旧隐小楼偶成

乔松林外小楼台，登眺夕阳万境开。
远近溪山呈祖意，令人顿觉脱凡胎。

题青木甲斐守居士得月亭[①]

细细楼台近水边，荷池清浅冷稽天。
月明初夜应先得，一点禅心照大千。

赠水野监物居士

一会灵山似俨然，当堂诘问祖师禅。
几回征探机英锐，脑后不妨吃瘦拳。

圆觉寺无学禅师古迹

大宋年来三百余，山开圆觉道隆殊。
而今石砌苍苔滑，大法何曾有缺迂。

净智寺大休禅师古迹

一径苔泥净智场，真身黑漆晒朝阳[②]。
砂盆虽破多寥落，法眼花开未覆藏。

礼长谷寺大士（有引）

长谷寺观音大士高二丈六尺，沉于海底不知多少年代。每夜放光，渔

① 题一作“题端山居士得月亭”。
② “朝阳”一作“斜阳”。

人怪之，以网捞起，通身皆生螺髻。时宗将军奉于长谷，予乙巳秋闻其胜事，即怀香瞻礼偶成二偈。

深藏海底没人知，夜放光明尽怪疑。
铁网捞来真圣像，奉存长谷世希奇。

圣人随处现风光，泥塑木雕也举扬。
成坏了无人不识，水中浸杀事寻常。

示坂岛善人

圣贤出世事非他，只要人人心不差。
诸恶止时诸善长，花开般若福无涯。

示某禅人

学道先须要悟明，悟明心性即超情。
云山海月浑无异，始是优游出世僧。

示元龙善人

道念真时妄念灰，眼花息处心花开。
道真妄息纯无杂，方得如如契本来。

海眼亭

新开山径绕松弯，静坐高亭竟日闲。
大地沙门一只眼，海天空阔没遮栏。

赠广寿法云监寺

全身竭力为丛林，不减杨岐老祖心。
四海闻风多喜悦，寿山担子有人任。

铁文侍者求荐兄

鼻孔大头向下垂，无人不道搭唇皮。
现成公案非雕琢，正眼洞开底自知。

示松信士

松也至诚护法门，无偏无颇复何论。
情超物外心如镜，一段风光千古存。

结制日示空圆上人

炉钳大启铁通红，炼得狮儿颇俊雄。
更喜道婆添炭堑，功圆果满自超宗。

示马场三郎左卫门居士

本无迷悟本无修，方便门中指入头。
一念不生全体现，须弥推倒出常流。

挽彻明侍者[①]

性净圆明彻地天，妄缘顿离气超然。
廓开正眼无拘滞，任运优游得自便。

示元慈信尼[②]

灵光独耀脱根尘，体露真常无位人。
无染无污从本净，逍遥自在去来宾。

示筱原善人[③]

相逢尽谓自天真，问着十双九未亲。
一緉芒鞋三只耳，爽根踢断指尖新。

登鹤亭不遇惟一侄示素永新戒

孤亭耸出翠云中，两度登临榻座空。
不识鹤飞何处戏，且忻永子答青松。

示养安院

我宗无法与人参，权借森罗作指南。
个里亲承真面目，娑婆安养一优昙。

示碧梅禅人插瓶花

放怀无事野山家，遣与簪瓶折涧花。
供向堂中多妙趣，人来笑指好端倪。

---

① 题一作“荐彻明侍者”。
② 题一作“示元慈庵主”。
③ 题一作“示原禅人”。

示光礼落发

离俗出家何所为，欲超尘累透玄微。
直须提起金刚剑，截断千差是与非。

示实传禅人①

从来无法与人宣，你又如何有可传。
觑透通身无影象②，当机不用竖空拳。

赠大泽兵部太辅居士

春风心吐晓山花，独露本来面目奢。
识取此中全了悟，三千世界活生涯。

示宗察禅人

自察自宗贵达空，超诸方便自心通。
此心本妙无成坏，契证全机振祖风。

示智玄禅者

玄玄玄处亦非玄，净智眼开越象先。
未得无心还有漏，应须返照力③加鞭。

示不染沙弥

染不得兮污不得，圆明清净身光悦。
纤毫放逸出尘难，大似猿猴捞水月。

示文海禅者④

出家念念贵真诚，离过防非莫自轻。
直要明心弘大法，方为格外一禅精。

送松山禅人住正明寺

花草春风媚碧山，杖藜拨陟白云关。
此去正明成活计，得安闲处且安闲。

---

① 题一作“示实传上座”。
② “象”一作“像”。
③ “力”一作“更”。
④ 一无“文”字。

示性荣禅尼

年老精勤志切真，清修正念欲超尘。
苟能洞豁顶门眼，便是本来独露人。

示素融禅人

一念无生万念融，头头合辙自亨通。
便能作活成家去，稳坐披衣契祖风。

示慧空侍者

空手而来空手归，身轻似叶亦奇哉。
当风不会当风句，且向诸方问一回。

示碧峰禅人①

坐立如峰不倒欹，形端影正道相宜。
僧中妙行能无缺，法眼顿开弹指时。

示梅岩禅人

禅心开朗露全机，洞彻三千万重围。
任运无拘常自在，还源返本透玄微。

送湛法弟省觐万福回初山

万福堂前戏彩来，道光炜映檗山台。
云龙风虎双随舞，归去宝林振法台。

示素圆信女

清净法身没染污，无生无灭自寥虚。
只缘背觉尘劳里，万劫竛竮滞溺途。

示惟远禅人

道不远人在己躬，困眠渴饮乐何穷。
灵机泼大非今古，直面亲承契祖翁。

示超宗禅人②

一喝雷轰契本宗，瞎驴从此起家风。

---

① 题一作“示碧峰侍者”。
② 一作“示超宗侍者”。

更加海底深深处，趁出昆仑挂日红。

示梵瑞禅人送松树

祝融峰顶万年松，好手移来献祖翁。
风韵无边齐入阃，闲庭翠茂泼长空。

示月堂禅人

千山万水不辞劳，踏断草鞋意气多。
蓦地通天能有据，方知弗负到烟萝。

示智烈禅人

猛烈身心不自卑，禅机洞豁更由谁。
赵州关棙冲开后，放旷随缘落便宜。

示某禅人

随师往复省师翁，道路善为一念中。
忘却溪山千里远，深心重法猛如风。

示独心禅人

庵内不知庵外事，自心独契本来机。
鸟啼花笑真如意，万法归宗只一微。

示某禅人省父

春晴风暖万山青，草木花开处处馨。
一杖双鞋随去住，爷爷相见不胜情。

示铁[①]心侍者省亲

薙染参禅是正因，诚心孝顺律为珍。
如能奉重无违犯[②]，便是超方第一人。

示德风禅人省亲

善矣孝心似老莱，堂前彩舞实奇哉。
能兼志道深行履，世出世间福无涯。

---

① “铁”一作“古”。
② “犯”一作“缺”。

示素昭禅人送锡杖

毗卢法界没纤尘，宝杖竖横示本身。
洞彻灵虚非取舍，奉持珍重在当人。

无心维那初度

三月香风万国春，此中突出一真人。
莺声柳色多吟赋，大展瑞图庆诞辰。

住吉屋请荐考妣

金刚正体一毫端，大用大机魔胆寒。
触着浑身成慧焰，顿超三界等闲闲。

四相本空空亦空，空空空是主人翁。
若能了得空空处，面目分明佛祖同。

示一要禅者

回乡瞻省孝行高，一念殷勤道骨豪。
着脚休耽于旧地，自然超出闹尘劳。

次即法弟韵

狞龙爪下起风雷，活泼惊天动地来。
显发娘生真面目，昆仑作舞笑颜开。

示惟心禅人

惟心法界不由他，一念回机体自奢。
接物利生全大用，不妨到处以为家。

示超格禅人

一言迴脱俊奇材，身里出门正眼开。
独拔当时超格外，腾腾任运去还来。

示汤山惟善禅人

不思善也不思恶，正恁么时自湛然。
绿水青山清净体，何劳竟日浴温泉。

示某禅人

久依佛日以参禅，争似养庵更自便。

门外湖清开水镜，昭昭祖意乐天然。

示了元善人

远远瞻风到檗山，浑忘劳倦涉重关。
目前大道能开发，出圣入凡当等闲。

示碧湫禅人

澄清碧海一轮秋，皎洁光辉万古幽。
汝若心开明底意，何妨稳坐出常流。

示湛然知客

天生出格石麒麟，断不深埋在世尘。
自有英风钟间气，为祥为瑞以超伦。

示本瑞禅人

不生一念体如如，参透须弥即丈夫。
到此方能闲稳坐，千魔万孽亦无拘。

赠了翁禅德

云敛山空翠色新，全彰法眼最天真。
长年独露炽然说，领略而今有几人。

示画士

能书能绘亦清奇，不假丹青何处施。
描得虚空无空缺，许君透脱祖师机。

示玄量医士

敏悟于心妙入神，便知命脉病来因。
灵丹一粒才拈出，直得清凉脱体新。

示义方善士

丈夫谁肯让当仁，见义勇为方切真。
提起吹毛寒凛烈，直教幻破一番新。

示津田善人

有年有德令人忻，此日相逢倍更亲。
赠君一句无多子，法眼棒头日月新。

示大森半七郎居士

寿命稀逢满百年，区区为道自通玄。
苟能当念全明会，月白风清莫大贤。

次古潭禅人来韵以示

未降母胎已独尊，一茎草上万乾坤。
掀翻海岳无知己，直下承当真报恩。

示雷洲禅人

禅人语默气如雷，刺血书经福莫涯。
蓦地心明生睹史，撞开弥勒万楼台。

示本猷禅人

最初狼藉得人憎，末后扫除一没能。
只此没能真本分，不妨随处乐腾腾。

示潮音知藏之武江

如来藏里一明珠，掌握收归意自殊。
照耀江湖长不夜，洞然迥出圣凡途。

示寂空禅人

忽忽秋风雨后凉，芒鞋紧峭欲还乡。
穿云杖子山形瘦，助力随身去路长。

题武夷石（并引）

平石直岁送石一块，状似吾闽武夷山，峰峦叠出，溪涧回曲，予爱之，作此以示。

谁掇武夷万仞嵘，长流溪涧入[①]无声。
仙风秀丽稜[②]云翠，石角清奇掌上灵。

示古辙禅人

鸟道虚玄没迹踪，已灵不重透罗笼。
承天统地浑无碍，得旨洞然眼界空。

---

① “入”一作“听”。
② “稜”一作“凌”。

示秀云禅者

山青水秀接长天，云淡风轻万境妍。
觌露本来真法眼，无劳向外更寻玄。

示光龙院

在家修行无他言，一念不生感地天。
返看本来真面目，洞明底事自超然。

赠牧野佐渡守居士

善人天地以为纲，善必鸿休福寿长。
海隅苍生蒙沛泽，名山尤被愈风光。

荐崇岩院

正体澄圆没等齐，无来无去亦无迷。
尘劳透脱通身露，刹海大千任意栖。

太虚知客请荐亲

灵光皎洁亘恒明，洞廓大千迥谓情。
但得如如无所系，逍遥一路涅槃城。

示波禅人

一轮皎洁挂峰巅，照彻三千及大千。
影落寒江波静处，摩尼性朗太昭然。

荐智清信女

本有光明照地天，十虚洞彻邈尘烟。
无来无去无生灭，回首知非心月圆。

喝禅侍者请荐非有上人

师恩广大若虚空，契性明心合主翁。
只此报恩无剩法，超诸幻品振真风。

荐性耆信女

不属晦明古到今，六门应用谩追寻。
庄严万德无亏欠，只在灵源鉴觉心。

偶成示诸禅人（十七首）

参禅参到路头穷，一到路穷入试场。
题目分明无费力，心空及第状元郎。

确志参禅念不移，直须万里一条铁。
忽然拶得顶门开，只眼摩醯光烁烁。

千山盘曲岭头长，踢破芒鞋脚指伤。
血溅梵天红滴滴，方知备老气如王。

惟心现量境为缘，钩锁连环痴爱牵。
但得情尘都坐断，百千妙义自完全。

红叶不题随水去，山空境寂自清幽。
无心无法那伽定，触处放光圣智周。

白鼠推移岁月迁，银台不变亘常然。
玲珑八面难藏掩，无迹无踪裹大千。

霜风扑面竖寒毛，无位真人耐岁操。
不落机关玄妙路，斩新日月透笼罗。

明镜当台妍丑分，上他机境未超伦。
直从台镜都推破，始是无为过量人。

看破红尘一梦场，眼开日月自清光。
晚风叶落千山露，朵朵梅花带雪香。

一念不生万虑空，千差坐断密无风。
冷灰豆爆机圆活，倒捋虎须手眼雄。

汝既无心我亦休，当年栖子悟来由。
清风拂月霜轮净，一片孤光万里秋。

下载清风活计周，通身庆快莫能俦。

个中若是英灵汉，一拨当机便转头。

四壁风寒万壑霜，梅花眼白对斜阳。
任他世上千家闹，了道禅翁不逐忙。

学道如操逆水舟，撑撑不住不随流。
忽然撑到滩头上，登岸归家始放休。

翠竹青青操雪节，黄花郁郁独闲幽。
出群须是英灵汉，不到超然不肯休。

参禅之人心无杂[①]，庭前柏树要开豁。
明明祖意悟从兹，振起宗风非孟八。

参禅之人无他为[②]，精诚直要悟方休。
若只念头生惰懒，驴年未得豁开眸。

示祖猷禅者

金乌飞兮玉兔走[③]，丽空杲杲无藏覆。
衲僧伶俐知端倪，大振祖猷狮子吼。

示念佛人

老来修行无他述，念念心心惟念佛。
不忘日日念将去，临命终时生极乐。

示伊势道杲善士

观身不净是真观，向外求心未的端。
直下脚跟摸索着，方知穿凿不相干。

示本明禅人

无位真人没覆藏，寸丝不挂露堂堂。
若能据本明宗旨，八万毛端尽放光。

① 一作“参禅人，心无杂”。
② 一作“参禅人，无他为”。
③ 一作“金乌飞，玉兔走”。

示道成信士

甘露堂开特地新，檀金不吝善心淳。
恭安舍利多饶益，福慧增崇亿万春。

示惟印禅人归业师

汝师年老道心孤，要汝回家作典模。
收拾春风归去也，当堂亲手付衣盂。

示古彻禅人血书经

报恩刺血写经章，是则孝心功莫量。
两个爷娘承孝力，寿山福海并天长。

示石河道弘信士

青出于蓝蓝出青，从来此理本明明。
耳门虽塞心非塞，心眼开时听自清。

示义英禅人

提起金刚王宝剑，挥空无迹迥超情。
更须剔脱玄奇路，大用现前自在擎。

示若是禅人

习学为闻绝学邻，古人此语最珠珍。
瞎驴别具顶门眼，世出世间没比伦。

示性珠信女[①]

一性灵然没染污，圆明皎洁似骊珠。
照天照地祥光露，越古超今大丈夫。

示祥云信士

大千弥布法云光，寂尔腾腾逞瑞祥。
若是英灵超格汉，时闻便自不寻常。

示周叉禅人

光明寂照周沙界，普地弥天绝覆藏。

---

① “信女”一作“道人”。

万象森罗常历历，当人不昧气如王。

示超格知客回山

特立衲僧合范仪，海潮不失去来时。
滴水滴冻无违义，可见丛林有白眉。

示铁柱禅人

拖泥带水入山来，道义风高颇俊哉。
铸就纯刚真铁柱，条条质直正堪裁。

荐道圆信士

妙体圆明镜月清，非生非灭亘长灵。
一机拨转超凡圣，刹刹尘尘皆宝城。

示灵应禅人

二月尽头三月初，桃花溪上赤如朱。
等闲触瞎灵云眼，跳出娘生天马驹。

示牧野数马居士

忠心不倚佩仁风，四海皆为昆玉中。
更究本来元底事，忽然洞露自巍雄。

示慧入禅人

智慧花开大地春，菩提果熟自清新。
为祥为瑞堪成种，普入无边刹刹尘。

示碧泉禅人

古涧寒泉濯魄清，澄然无底自莹明。
为霖为雨成甘泽，遍界灵苗遍界生。

示妙普信女

幻化空身即法身，清光绝染透风尘。
能为万物之宗主，普入玄门乐本真。

题盆石

块石形如富士山，移来盘上甚奇观。
两条碧涧长年雪，日炙风吹不烂残。

示梅岩禅人省瞻

江州江水绿悠悠，不惮劳遥返檗丘。
一片丹襟全道节，将来为瑞更超侪。

示东升禅人

金盆涌出海门东，环绕须弥第一峰。
照彻三千尘世界，圆明何处有迷封。

赠新禅院主人

古刹千年赛日东，纲提律部立宗风。
南薰夜籁炽然说，此中有耳听如聋。

荐卓石信士

净法界身没去来，随缘不变一灵台。
生凡育圣无增减，洞彻根源迥等偕。

示碧渊禅人

灵渊无底碧玲珑，邃远幽深渺莫穷。
固是本源真性海，等闲踏着振宗风。

示三能禅人

海眼空圆法界宽，通身透漏彻倪端。
能将此物开玄印，管取天魔胆落寒。

代简与青木兴石居士

山花竞秀满林春，百匝千重祖意真。
大似维摩谈不二，洞然流露愈精神。

代简与近藤语石居士

初山初振大伽蓝，从教龙象以交参。
苟非夙世真正汉，那得布金似米泔。

示智净禅人

智照无私净法身，弥纶劫外本天真。
罗笼不住机圆活，才有纤毫隔万津。

示智光禅人

身是智囊心是光，施机发用不寻常。
胸开日月迷云散，大地山河古道场。

荐独航耆旧

无常迅速绝攀栏，撒手三春一瞬间。
正眼开来真作梦，沤生沤灭不相关。

示慧光禅人

智慧花开千古秀，光辉照彻万山河。
孤明皎皎难藏掩，也要当人眼着高。

示祖清禅人

眉毛剔起剑锋寒，如与万人敌一般。
打破赵州关棙子，全身独露等闲闲。

示古仙禅人

人人本具古金仙，绽烂毫光塞大千。
脱体堂皇难盖覆，弥纶今古威音前。

化瓦

通天有窍要增修，只在吾檀一点头。
倏忽圆成无漏果，庄严万福播千秋。

荐快信法师[①]

法戏六三一梦游，僧中快活度春秋。
人人有个生缘处，不离步行骑水牛。

示碧流禅者

奋大机枢出众流，谩将骨气混常俦。
应须挺特操霜志，直透毗卢向上头。

示碧涧禅人

古涧寒泉彻底清，洞然湛寂自渊灵。

① 题一作“挽快信法师”。

等闲踏着源头处，为雨为霖四海倾。

贺大龙禅人新住绍太寺

月色和云映素秋，麟祥古刹雅风幽。
慧光彻照当台镜，万象森罗一并收。

示周郁禅人

黯黯青青万叠峰，奇花异草媚春风。
心闻馥郁浑周遍，为瑞为祥杰众雄。

示全理禅人

全彰妙理离言诠，不落圣凡途辙边。
返照眉棱明底事，寒光凛凛廓三千。

示周坚上人

戒是律身第一机，更加定慧透离微。
能全三[1]义无亏缺，拔萃超宗格外奇。

示知空律师

微细尸罗制一心，一心清净转凡襟。
即空即色知无住，甘露门开化雨霖。

送月泉静主住山

竟日居山不见山，双忘人境自闲闲。
纵然百鸟衔花献，也要抖擞再一翻。

贺初山湛法弟四十初度

木末金灯挂刹新，筹添不惑瑞振振。
山川秀丽开图画，齐庆光风法运臻。

示岩桂信士

岩桂馨香满目秋，风清透露泼天幽。
可怜山谷从兹悟，直至而今作话头。

示圆道人

一花五叶永流芳，正脉盛隆万古昌。

---

① “三”一作“此”。

拨动真机开只眼，圆成无垢法中王。

示三宝院祖周禅人

天然与你住三宝，要你繁兴振祖风。
意正心端无背向，人天捧足绕华宫。

荐瑞石信士

年余八十性忠良，看破红尘一梦场。
撒手西归闲坦坦，为舟为楫石肝肠①。

荐保科氏夫人②

假缘四大以为身，朴散金销独一真。
觑破真人无面目，顿超三界出凡尘。

示松山义舟信士

一念不生全体现，无心无法更无知。
湛然当处圆真智，妙触家风付与谁。

题盆石（并引）

石状并峙宛如双剑，山腰一带犹似白云，奇怪天巧，世亦稀见。兹来索题，因说是偈。

石头小小有奇容，恍似匡庐双剑峰。
一带白云山半绕，万年不改玉玲珑。

荐晓堂法侄禅师

忍法无生示有生，去来梦里独惺惺。
而今欲见真风露，花拥山堂媚晓晴。

荐宗意信士

心为万法大宗师，意了诸缘豁出痴。
一座灵台常独露，超然脱洒丈夫儿。

示了义典座

木杓华开现祖机，沩山了了透玄微。

---

① 一作“无明窟化石肝肠”。

② 题一作“荐保科氏”。

净瓶跃倒翻身去，汝若英灵便过伊。

示达机禅人还故里

孝行周时道行周，禅心达处万机收。
家山只在脚跟下，蛙步未抬到故丘。

示铁禅禅人

去年远到檗山中，觅甚椀来住社丛。
试问赵州无字话，如何端的过关东。

示武间德岩信士

立身正处影方端，德润道高自晏安。
犹似幽岩尘不到，馨香富贵一枝兰。

示饭头

雪峰作饭廿余年，参得德山没米禅。
汝若能为此样子，通身手眼掣风颠。

示等璠山人

得心应手笔头雄，大抹横挥快似风。
满幅丹青全露布，轩然活泼孰能同。

示诚倬禅人

年年烦到檗山中，慰问谆谆倬朴容。
素履真诚能古致，机枢顿发透罗笼。

寄送何毓楚信士隐居

年尊德润世稀逢，况又禅心迥脱空。
海底昆仑坚稳密，飞尘不点乐何同。

示净音信女[①]

净音虽是女中流，火宅掀翻跨白牛。
刺血书经身不顾，霞光绽烂世难俦。

荐性荣信尼

一性湛然秖自灵，非真非妄亦非情。

---

① “信女”一作“道人”。

心光独耀根尘脱，迸出莲花万劫荣。

荐宗树居士

扶云瘦柏自天生，劫火洞然亦只宁。
大地山河都盖覆，从兹领略便超情。

挽逸然监院公

是身寿命等浮沤，脱体全抛一不留。
丹凤直冲霄汉外，磨盘八角任优游。

荐本瑞禅人

大丈夫儿气骨雄，超然不与圣凡同。
本光瑞现辉今古，迥脱罗笼触处通。

示羽州清亲信士

仁人念佛不离心，念寂便逢观世音。
把手同游华藏海，是真极乐莫能禁。

示洞达侍者请法

师资道义莫能忘，涉水登山请举扬。
口似扁担无可说，乌藤在手点斜阳。

赠青木端山居士

出萃拔群射斗光，擎天气岸独轩昂。
千寻壁立孤风峻，一任英才共仰望。

送即法弟回崎山

戏彩堂前振祖猷，人情佛法两绸缪。
杖头拨转归家国，海月云山一并收。

示檀从禅德

玉桂飘香山径幽，同人相访檗林丘。
真风一段无藏覆，话向君家落二筹。

送高泉法侄

花开上苑正逢春，得意杖藜气象新。
此去武江途十日，纵横机用振关津。

山居杂兴

构就山庐逸兴深，松声鸟语助歌吟。
翻思寒拾堪为友，指月呵风契祖心。

又

住得山深更入深，人龙人凤任追寻。
新开云径成华屋，玉树依依振法林。

又

松高白日涧风寒，山屋栖迟法界宽。
流水知音人世少，山禽频对乞盘餐。

又

海外多年德润身[①]，万松影里乐振振。
一[②]茎菜叶溪流出，惹得水云拨瘦藤。

信斋老居士送千叶莲，一茎开三朵，因偈以赠

一枝三朵并头开，三要三玄意俱该。
千叶花敷千佛现，行因带果化莲台。

赠泉法侄构法苑院（二首）

栖迟一壑自天然，法苑开成摄大千。
直使儿孙行脚下，声光道价赛人贤。

云根斫断碧阿深，种竹栽松作法林。
即日为凉成大荫，高标挺出万枝森。

题石

一片孤云色相苍，清奇妙趣出豫湘。
拾来放在案头上，也胜天台古石梁。

岁旦

泰运阳回万国春，日华五彩瑞光新。

---

① “德润身”一作“一老身”。
② “一”一作“半”。

山河冻解风尘净，祖印文彰大用振。

题石帆禅师笔迹

数百年来抹兔毫，揭开满轴似秋涛。
至人珍物神呵护，墨水津津气尚臊。

咏宇治茶[①]

富沙玉露带春香[②]，一啜令人热恼凉。
何似宇溪烘雀舌，清甘犹胜松萝郎[③]。

春风绿圃暖抽芽，信手摘来煮瀑花。
赛过松萝香透屋，神清气爽胜[④]烟霞。

赠北条安房守居士

关关山鸟搦花回，播道银台见访来。
拽杖逢迎林石晃，吾宗犹喜得风雷。

示富士谷信士

四时雪玉碧连巅，富士谷中有大贤。
净法界身尘不惹，巍巍迥出白云边。

平等院

风吹荷破沼中摊，古柏苍虬拥佛颜。
平等法轮常日转，一条溪水绿潺潺。

题江州琵琶湖

湖开玉水似琵琶，不用续弦煮凤胶。
一曲无生弹万古，几多错听遏云敲。

赠愚溪禅德

水净千溪带碧流，冷然昼夜说无休。
百千三昧通沧海，岂比枯禅寂默俦。

---

① 题一作“咏茶”。
② “香”一作“光”。
③ “郎”一作“香”。
④ “胜”一作“邈”。

示藤枝青岛善人

四山薄雾雨花深，飒踏马蹄过远岑。
两度藤枝应主供，拟题无句倩峰林。

晚过祥光寺示素悦禅人

花鸟黄昏竹径迷，翩翩乘兴过沙溪。
祥光古寺真幽僻，正好安禅向上提。

示灵谷禅人

有文有行质彬彬，藻鉴盛明慧眼新。
岸谷灵虚无壅塞，胸开日月海天春。

送春岳禅人住本成寺

惠风和暖拂香台，送子出云去一回。
净梵住持千古轨，人人仰德美无涯。

示贤渚禅人

日转西兮月转东，云行树杪鸟行空。
无文祖印非雕篆，烂搭面门绝滞封。

示碧岫禅者

白云潜岫本无心，却被无心趁出林。
此去幡州逞瑞彩，何妨他日再参寻。

示源鉴信士

灵台本寂体宁彰，不动湛然没覆藏。
犹若虚空无挂碍，归源得旨自清凉。

示禅人

五月端阳雨霁时，芳庵归去步迟迟。
等闲踏着自家底，便是金毛狮子儿。

又

溢目风光花草香，檗山来往几经霜。
脚跟不动归家去，月照闲庭心自凉。

提宗师小祥

灵光独耀脱根尘，慧行双明气宇新。
体净浑无生死相，去来自在作通津。

赠天然禅德再住三宝院

三宝门庭意气崇，一回相见一开通。
清规再整重居宴，老大作家振古风。

送竺峰禅人住法幢

法幢建立事非常，竭力撑持道骨香。
虎骤龙骧环定室，须还过量老昂藏。

示炉雪禅德六十九岁眉白如雪

猛焰光中不变机，红炉迸出雪花飞。
更须捞到无功处，始见宗门有白眉。

示藤崎忠右卫门

廓然非佛亦非心，寒暑推移何处侵。
任意乐游魔祟逐，驴年会道出荆林。

立花好雪居士请题径山费祖墨迹后

红炉焰上雪花飞，脱体清凉道眼辉。
大地山河成一片，漻虚触处洞玄微。

示村上伊入信士[①]

曹溪六祖是樵夫，一念知非入圣徒。
汝若了然心似月，直游法海等毗卢。

又

雨霁山光展翠眉，青春万古画图奇。
法身清净无尘点，占断白云得便宜。

示秋鹿内匠居士[②]

灵山一会百千秋，此日相逢信夙由。

---

① 题一作“示村上信士”。

② 一无“内匠”二字。

公案重新翻旧款，观音买饼是馒头。

又

直中曲也曲中直，曲直分明在本人。
一念回机空百劫，无今无古乐天真。

示古郡智峰居士

瑞林林里石麒麟，头角峥嵘不触尘[①]。
意气天然含圣德，归崇法化越群伦。

又

心源似水湛然清，搅不浑兮彻底澄。
饮者不从口里入，为霖为雨润枯荣。

应三岛主人斋

碗子开心口向天，山芹香供味新鲜。
岂无福业酬斋主，富士峰高玉扫烟。

荐慈荫性云禅尼

灵源湛寂越常流，出没无踪任遍周。
识得其源非变易，莲华藏海一毛收。

示信州善士[②]

圆明慧日照无方，洞破浮云净似霜。
任运逍遥皆宝所，堪传祖印永联芳。

示众

小鸟枝头叫一声，禅心月吐甚圆明。
指尖不用重标指，回首风光触处莹。

学道之人意虑澄，纷飞识马自冰清。
胸中憎爱既消尽，在近[③]超凡到[④]宝城。

---

① “不触尘”一作“迥出尘”。
② 题一作“示信州某善士”。
③ “在近”一作“直下”。
④ “到”一作“坐”。

竹篱草屋野禅家，无法堪传任雨花。
懒扫芳庭惟独坐，客来只请一杯茶。

尘劳不用别参禅，爱竭情枯便是仙。
渴饮赵州茶一碗，清凉肺腑快无边。

参禅更没别工夫，放下身心意自殊[①]。
无位真人擒捉了，大千沙界总蘧庐。

竹户风吹声戛戛，篱花鸟掠影飘飘。
圆通时现春光里，眨眼依然隔壤霄。

禅无一法与人参，唤取甑瓶作指南。
伶俐不须重点破，堂前踢倒坐沩岩。

云门胡饼赵州茶，信手拈来勘作家。
铁口霜牙能嚼碎，通身庆快卧烟霞。

祖是人家小乳儿，严持戒律一无欺。
汝能恬湛虚融泊，也胜沉空寂默师。

石径苔生活似油，回回到此有何求。
棒头搊着通身快，匝地春风冷汗流。

渔舟载月邈烟波，樵子担柴出薜萝。
宁作渔樵贤隐逸，谩将心法付蹉跎。

示案山禅德

案山高也主山低，宾主历然没径蹊。
坐断泼天千尺浪，清平世界活生涯。

示樋口庄左卫门

一心信善夙灵根，香积新开奉至尊。
海涌潮音添意气，天花飘散满庭芬。

---

① “意自殊”一作“自快殊”。

示千丈禅人

二六时中念不生，浑无一法可当情。
虚融内外明如镜，淡泊身心洁似琝。
打彻威音前底事，掀翻狐穴里灵精。
全机透脱罗笼绝，独步毗卢顶上行。

潮音西堂造山僧法像五尺许，拟供广济，因成一偈以示

法相犹来是智光，大为佛事露堂堂。
海心孝敬丁兰辈，道义追怀优填王。
槛外天花深错落，阶前麟凤闹呈祥。
从兹千古成嘉范，昼夜香灯代代昌。

示池田善士

恒常圣体本倪端，清净身心自晏安。
万障千魔消息尽，六根百病不相干。
洞开法眼空缘虑，顿了凡情入圣坛。
万行庄严圆果海，超然快乐莫能班。

示碧天知藏

阒寂山房迥海天，无心于事自灵然。
胸怀廓落圆真智，意地参差切着鞭。
直到忘情而契本，方为彻悟以超缠。
神游华藏闲欢适，乃可单传教外禅。

偈示

五蕴顿空一物无，逍遥任运没亲疏。
凡胎不假圆真体，妄念撇消入圣途。
寂寂本光平等智，灵灵妙净大明珠。
从兹领略休疑滞，上品莲花衬足敷。

示觉照禅人

参禅只贵悟端由，眼目正时大用周。
海岳掀翻无寸土，人天叫赞豁双眸。
羽鳞养就能超举，巴鼻开通自越俦。

假使一毫情未尽，应须觉照动生区。

示铁眼禅人[1]

万法从心为本源，心源固正石能穿。
贞诚一念通今古，笃信无私感地天。
海藏掀翻弹指顷，金文绽烂霅时圆。
鸿勋莫大龙神护，德业流辉永不捐。

送石云公住正兴寺

历遍丛林匿众中，契证心源迥不同。
滴水冰生昆玉洁，红炉雪点铁山通。
是非邈绝浑身快，去住自由间气融。
择木栖迟时节至，云龙际会振雷风。

伽蓝落成[2]

八月空林净似霜，伽蓝甫竣木樨香。
檀金不吝龙天喜，令德弥彰海宇扬。
此日光辉神聿降，千秋吉庆福难量。
谁知荣华皆前种，善在心田自致祥。

中秋

云收万里海天空，野老笙歌弄舜风。
桂影清光无壁落，冰壶濯魄一蟾宫。
九重华彩心灯耀，彻夜银河道眼融。
更上层楼高处望，寥寥洞廓意无穷。

示潮音上座建万德山广济禅寺偈

大法由来付国王，须还正信作金汤。
芳传四海民归德，福永千秋世际昌。
盛振宗风开障雾，弘提祖印破顽狂。
确乎不拔英灵汉，吾道任从控力行。

① 题后注“眼刻藏经因以示之”。
② 题后注“吉川舍建偈以谢之”。

送太虚知藏住庵

久匿稠林木众班，经霜历雪未他攀。
兢兢扭拉娘生鼻，战战追捞柏子关。
洁行居仁惟自佩，明宗践德不轻删。
牯牛得过窗棂外，且去茅庵一放闲。

庚戌立春

四野雪晴天地春，森罗万象解翻身。
江城梅柳争鲜丽，海屿云霞绰紫新。
道泰时康风草偃，国清才贵质文彬。
鞭牛和乐迎嘉运，无限桑麻景物伸。

除夕示众

几点寒梅媚早春，霜风陡改惠风淳。
千岩木女簪花秀，万壑草童舞带新。
呈露本来真面目，掀翻岁暮旧闲神。
大家好唱村田乐，共贺升平过量人。

庚戌元旦

泰启年华瑞彩光，今朝首祚最祯祥。
五湖四海新文治，百福千花迪吉康。
盛德衣冠人物济，淳仁礼乐化风长。
林泉宴坐承恩泽，法雨弥天祝禹汤。

惟一侄五十辰

不佩金鱼佩紫荷，浮名屏扫入禅那。
胸清水月舒江汉，律皎骊珠璨网罗。
写遍杂华成胜行，恰逢天命契三摩。
肠枯抖擞无堪赠，聊把椿松第一柯。

天诞日贺独振禅弟薙染

红云一朵度新芳，虎豹关开五彩光。
旭日蓬莱朝帝阙，融风广乐奏瑶堂。
天高静肃烟尘邈，海阔空寥紫气妆。

桃实三千呈庆寿，忻君脱俗受圆方。

师六十诞诸法兄弟侄为祝成此以谢

祥云紫耀拥芳庭，岁岁春风弟祝兄。
祝到驴年休不得，只缘慧命亘充盈。
明珠入梦祖灯灿，秀草出生圣域荣。
顾我虽非罗汉种，毗卢顶上亦曾行。

赠引请阇黎

特赞毗尼不自疲，浑身是德廓风规。
宏标戒月全纲领，开导心光万指师。
胜会灵山希有事，吉祥檗岫利无私。
苟非洁行通宗者，那得圆成妙正知。

赠活禅戒子

已作宝华台上主，却来者里学毗尼。
三尺吹毛光灿烂，一条脊骨硬堆危。
风神道韵知多少，雅操襟怀分外弥。
眼不随邪真正见，戒珠朗耀洞坤维。

示悠然禅人戒期内为知浴（有引）

庚戌春开戒内外千五百余人，悠然禅人发心作香汤以浴，昼夜忘疲，真菩萨大行，予喜之，作此以赠。

定水湛然彻底清，净光弥满妙澄莹。
真人遍浴无尘垢，戒体空明万德祯。
只此福田功不朽，没边种智果圆成。
乘兹正信来毗赞，心地门开菩萨行。

赠戒光寺大德

处处莺花处处春，堂前绽烂锦铺新。
开张道眼千祥集，标准戒珠万善臻。
体挂紫袍王敬重，心敷妙法众钦仁。
从兹阔绰门庭峻，胜事希奇分外真。

挽净师伯

坐对芳庭花草深，忽披讣牍泪沾襟。
百年寿命□归化，一失人身邈枉寻。
知有狸奴俱解脱，信无古佛亦沦沉。
未能躬奠灵台上，特写伽陀表寸心。

六月四日喜铁帚禅德至赋赠

崎山一别十余秋，此日重逢喜莫侔。
六月红炉添片雪，双眉宝剑后无俦。
机投切处离言说，意合深时脱略谋。
眼里须弥千百亿，明知底事出人头。

华藏南源师弟四十初度

天才敏秀石麟儿，五色云霞紫彩奇。
骨气俊豪贤令德，胸襟雅量妙英姿。
阆风桃熟三千岁，海屋筹盈一万枝。
不惑芳年禅体备，寿筵华藏喜相期。

法林院落成

曲径新开百许寻，云房构就少尘侵。
天华错落饶禅榻，山水归宗绕法林。
坐破蒲团明底事，从教野鸟献奇珍。
胸中潇洒是非外，德誉清馨贯古今。

过泉涌寺

殊遇皇恩谢殿前，随途过此夙生缘。
金牙炜烨光吞日，戒德精莹地涌泉。
古寺重新开帝网，东山盛振别神仙。
悠然瑞现昙华郁，龙象同居世外天。

中秋

高霄朗静邈云飞，万里山河映紫微。
匝地连天银世界，经星纬斗玉毫辉。
冰壶一洗无尘垢，桂魄重轮发藻玑。

如此良宵何岁有，谁能转忆老岑机。

挽大宗法弟禅师

识见高操气象饶，等闲坐断泼天潮。
临危不变心无畏，独脱翩然意廓寥。
拄杖化龙天外去，祥云捧足路通霄。
至人出没机难测，任性逢缘自适调。

悦山维那构慈福院落成

山院新成趣不穷，心慈福自日崇隆。
道根永固祥云密，德水深潜智力雄。
玉叶金枝长秀茂，仁文寿岳亘春风。
藩蘩兰桂祖庭郁，簇簇联芳万古充。

过宝善庵偶成赠慧极后堂

为爱山庵分外幽，数携杖子独闲游。
主忻谈吐心疏快，客至盘桓道意周。
蟹眼烟浓开倦府，菜根味淡胜珍羞。
淡中有趣谁人识，惟许蒲团老比丘。

示禅人

身心内外两虚闲，日用清澄绝间关。
意静尘消诸念息，情忘境寂万缘删。
见闻好丑无拘系，起坐安然脱病顽。
以此工夫能妙密，顿明父母未生颜。

示梦隐禅人

大千沙界小蘧庐，总是梦场作戏徒。
四皓避秦成逸上，首阳采蕨剩廉夫。
道人省觉生涯别，幻世不关活计殊。
自古及今亮座主，西山一入绝名模。

辛亥立春

石笋抽条拂晓春，翻忻辛诞又逢辛。
殊祥岳渎金光秀，宠渥禅扉紫气新。

梅柳云饶添寿考，缁衣德正重龙神。
天教天福须弥大，长见升平舜业振。

辛亥元旦

五凤楼中玉漏鸣，夜阑乍息岁华赓。
金炉烟霭朝宸御，玉烛羲和拥帝城。
七折松枝堪献寿，半条苇索好祛精。
林泉一句无多子，只把重光祝圣明。

送天真知客归庵

朴实柔和众所知，丛林叵耐瞎驴儿。
等闲蓦鼻拽来用，果尔存心不自欺。
明月清风禅永夜，戒珠梵行守多时。
而今别我归庵去，无数青山笑展眉。

和老和尚正王驾至甘露堂大韵

一段融风景物周，华光瑞彩拥高游。
耆年玉润擎山秀，诗句清新滚水流。
喜气双眸春赋福，慈和四海室盈筹。
愿如宝掌长生日，广被苍灵振祖猷。

挽无心监院

丈夫自有志冲天，确住丛林十五年。
为众心勤兼慷慨，逢人礼密复盘旋。
焰口开坛周法界，经文教世普心源。
临时正念生安养，必定无疑托玉莲。

示知浴碧门禅人

崎峰与子最初逢，几度深锥几度聋。
日月双轮呈佛面，溪山两处供禅翁。
心如碧玉光无染，行若春花锦斗红。
启浴室中灵鼠怪，嘉声从此播真风。

初夏至福清寺应梅谷侄斋赋赠

拂拂薰风御竹舆，福清古地探新庐。

天花满座呈嘉瑞，野老中庭奏异竽。
四顾峰峦龙象聚，当轩缁素凤麟俱。
数声清磬飘霞外，别是人间一宇区。

瑞法侄禅师

鲸波险涉以亲师，多载巾瓶念在兹。
不避炉钳千煅炼，服膺记莂大纲维。
岩前石虎当风啸，海底泥牛戴月窥。
蓦地昙花春信至，开敷烂熳一枝枝。

云法侄禅师

久已知公气骨妍，孤风逸翮翅摩天。
算沙顿觉非家宝，请法殷勤只自鞭。
透漏摩醯三只眼，收归广寿一空拳。
骊珠在握应珍重，时节到来自现前。

东岩禅人重阳后请于万松院

重阳节后菊如金，晚照秋冈过御林。
正统塔门开玉锁，祥光瑞气拥云襟。
兰芬桂馥连枝秀，源远流长奕叶深。
一盏清茶千古意，万松影里老风吟。

挽法光院独妙耆德

多载留心不自疲，禅林老大有风规。
胸开镜月如磨洗，行净秋山似莫移。
正念分明知去处，临行定省脱支离。
平生操履真灵验，岂比慵常启手时。

梅谷禅侄新兴福清寺

韶日花开锦绣红，鼎新古寺紫云中。
千祥积集千灾散，万福照临万岁丰。
一柱一梁擎祖印，三门三径太光风。
奇珍山水环围绕，乐享春秋运不穷。

赠后堂独吼弟构院并华诞

岁崩妙峰翠接天，崇深华宇构其前。
联灯炜烨光无尽，令德声轰播大千。
劲劲椿松参汉斗，森森兰桂绕金仙。
江山如此荣今古，振起和风孰不贤。

铁眼知藏建宝藏院落成赋偈以贺

教海汪洋阐至玄，流通应是最高贤。
新开宝藏龙神喜，久镇丛林瑞气阗。
没限灵篇成瞬息，从兹法雨润三千。
不因志趣知幽秘，那得名飞四海宣。

送桂岩法侄居山

本色住山孰与嘉，脚跟在处便为家。
刀耕火种真三昧，松食荷衣乐莫涯。
口讷如愚风骨俏，机藏以密道光奢。
古来老宿深怀抱，终不人前撒土沙。

正王初六日法苑茶

六日登临狮子窟，窟中狮子爪牙雄。
捉来万象堆堆饤，细切森罗满满盅。
饱饫毛端香一一，光生法苑气融融。
大家手面非常辈，动必方圆惬古风。

赠青莲院法亲王

三百年来法浸微，门庭落落映斜晖。
而今喜见亲王子，竟岁清修扩圣机。
祖范风光都挽转，跛驴网锁耐开围。
论怀櫱岫金龙奋，振耀山林分外希。

九日赏菊次韵

百卉都来不耐霜，金团晚节喷香强。
星罗独占东园耀，云布丛生上苑光。
桂子兰孙同逸乐，诗人禅士共吟忙。

重阳九日茱萸会，忻忭绕围福寿堂。

赠海福寺本公佛殿落成

宝殿嵬峨忽幻成，风幡微动奏商韺。
森罗显焕齐稽首，列宿并临共庆荣。
耿耿宗门玄钥启，昭昭祖意法缘京。
顾知道业真操处，不负当人硬骨贞。

柏岩法侄至赋此为喜

相别数春此日来，忻然芍药一花开。
乡情恰若道情厚，雅量犹如海量恢。
檗苑芳丛存伟器，寿山正脉见弘才。
云龙际会飞天上，沛雨滂沱遍九垓。

祝松堂老和尚八十二大诞[①]

阳复蒹葭发暖烟，华临八二赛瞿仙。
化工密运增筹屋，日月重新照海天。
眼灿骊珠光不夜，身含法界福无边。
殷勤三炷伸三祝，祖法恢恢播大千。

雪后晚过汉松院

定起寒光四壁清，梅花雪色两交莹。
携笻徙倚看云驶，蹑屐蹩姗访法盟。
笔走三千珠玉界，诗腾百万海山情。
也知汉斗松高操，不倦玄谈到月明。

立春次韵

密移嘉运肇兴祥，百卉金钩嫩转苍。
梦笔花开腾彩凤，卿云气霭绕空王。
堆山积岳民皆阜，匝地弥天春莫量。
老大神机多峭丽，收来掌握万风光。

癸丑立春述意

腊去春光向日来，脚长细入碧山隈。

① 题后注“八十一预祝”。

寰中五彩临青帝，象外圆轮灿斗台。
冥运渊深都漏泄，化门高广尽弘开。
旋旋上国花堆锦，阔大禅机靡不该。

立春次韵

此日春传凤历间，融风气淑普天山。
胸藏六合才荣世，舌吐千章义拔关。
海藏清奇应莫对，华林特秀出群班。
相逢若问东君意，处处寒梅展玉颜。

赠梅岭禅侄①

寿山久炼岁年深，如竹如松傲雪岑。
高节凌空敲晓月，老鳞带甲磨风阴。
眉棱插剑霜寒气，衣底藏珠秀满襟。
此日祖翁身伴立，嘉声愈显播丛林。

癸丑春次见性寺禅德见遗原韵

祖师心印不囊藏，异草奇花尽道场。
一滴曹源千顷浪，五家宗脉遍扶桑。
珠回玉转机锋俏，德播声驰法范香。
愧我未能如上古，勖君控笔发清光。

癸丑四月首七哭开山本师老和尚

嘱累已来廿四霜，云龙海象沐慈粮。
玄提不倦风雷舌，妙策全施电火光。
赤爱恩鸿该宇宙，贞诚气浩洞阴阳。
法幢忽折应无荫，涕泪倾河莫比量。

挽独立书记

满腹诗书早岁成，秀才已进旧皇明。
自从世变知无益，独立玄虚离有争。
扑落尘襟心镜晓，掀开衲线慧珠莹。
君能写偈飘然去，何似圣凡不滞情。

---

① 题后注“时作老和尚侍者”。

悼凤翔山太虚上座

丛林望重尽推贤，本色住山亦有年。
木石身心如睡虎，冰霜戒德若秋莲。
通红块铁人难凑，浑朴盈怀世莫牵。
末法祖庭梁栋折，令予嘘叹仰青天。

赠初山湛法弟开山凤阳国瑞寺

此去凤阳展法旗，山开万仞瑞云垂。
呵风喝月春雷吼，锻圣镕凡古佛慈。
永岁祯祥多吉庆，庶民乐业悉丰祎。
固知菩萨兴弘化，饶益邦家事广弥。

沟口居士至山赋赠

晓霁山光不胜晴，车旌济济入禅庭。
言谈脱俗胸襟秀，举止威仪气骨莹。
刚正莅官真国柱，清廉教治固金城。
宛然子产同声价，辄喜林泉遇大英。

赠久世居士

夙受灵山嘱不忘，权衡法护岂寻常。
风云气蕴高无敌，日月心悬俊远扬。
善植灵根天地纪，正由大道国家祥。
更能禅宴长为乐，世出世间最杰良。

赠松平别峰居士隐逸

年高德备益康灵，况又双全节义馨。
白眼清光闲物外，红尘琐细付沧溟。
居诸隐逸空余累，老壮逍遥乐万龄。
复以贞诚圆道行，贤良妙造孰能胜。

赠松平骏河守居士

巨人作用不寻常，要使面前路扩充。
遐迩宾朋承雅泽，往来野老被津梁。
森严德政浑金璞，阔达仁廉洁桂霜。

复以不忘灵鹫嘱，清标凛凛式如璋。

赠雨宫居士

由来德性夙熏成，造次凡流岂敢平。
道谊浑身声价重，仁风四海宠恩荣。
谦光护照昙云苑，雅量含容浊劫生。
一念回机齐六度，现前妙证果圆明。

赠永井居士

习成天性自如然，节度威仪礼不偏。
化辑黎民归德政，恩沾草芥仰仁贤。
春秋鼎盛毋违谊，言行风高得远宣。
昔日裴休今再遇，顾知宿结大因缘。

兰盆荐偈

普天之下总宗亲，各各性灵共本因。
执爱循憎生异类，寻声着色结根尘。
仗凭忏力超祇劫，洗涤习情入一真。
庆幸自恣殊胜会，还须返照悟当人。

游喝水岩①

侧立桥间万景幽，石门架出紫霄丘。
空崖日暖花斜发，古涧苔阴水逆流。
雾罩峰腰添象迹，帆悬海上起鳌头。
谩云晏祖今迁去，霹雳雷轰尚未休。

赠端山居士退隐

逸隐闲庐世颇多，争如正信道风高。
天然一副冰霜骨，壁立千寻铁石曹。
底事荷担深激切，金汤法护益坚牢。
流芳国内咸钦服，不让维摩老古臊。

示山田德石善士

远远扶筇到檗林，殷勤请法益虚心。

① 题后注“同身子道兄”。

身轻似叶浑无倦，礼厚如山只自任。
老朴真诚功业大，谦光笃信福田森。
非惟本主超莲域，抑亦知君盛德深。

甲寅秋过南岳山舍利寺，偈以志喜

古刹荒墟千载许，惟余紫柏接青天。
龙神呵护亏尘迹，舍利光辉净玉莲。
阔大海门呈道眼，盘桓山水得风颠。
云林自此腾嘉瑞，日日繁兴胜事宣。

赠曾我伊豫守居士隐居

笃信本来面目真，功成果满福光臻。
一心清净离诸幻，万法了然没点尘。
畴昔机关浑撇脱，于今底事自明新。
兹能廓悟无留滞，正是超凡隐逸人。

赠曾我喜居士继代

山河大地目前观，胸处无私事事端。
以德以仁皆进禄，无心无意必兴官。
复能法堑超尘表，况又忠怀作国干。
幸值夙缘同际会，好将妙手挽狂澜。

题醉笑庵

高贵门深策杖临，斯时堪结法王亲。
仁中有垢心非谅，笑里无刀性率真。
榭阁窗虚天世界，蜗牛岛小刹微尘。
应知大醉原为道，岂是秦池浪饮人。

仲春过独广老居士隐居

二十余年道契真，一番相见一番亲。
金汤爱渥恩深重，刍草蒙沾德盛臻。
黄檗功成全借力，太和法振赖扶伸。
虽然隐逸休官日，千古如君有几人。

示松平信浓守居士

山河大地掌中观，一念公时万行端。
播德施仁咸玉殿，诚心正意御金銮。
复能法护超尘表，更以忠良为国干。
此是金刚王宝剑，居诸机用海天宽。

示酒井氏

清净本然绝点埃，百千功德体周该。
多情妄伪魔侵惑，一念正刚崇撺埋。
坦坦胸中无挂碍，闲闲物外息疑猜。
返观万法皆如梦，累劫精邪悉自摧。

森伯耆守居士相访

福大禄高不偶然，多因积德在生前。
心无褊狭民归化，意不清廉寿匪坚。
布政施仁长住世，谨言慎行自符天。
更能禅苑为真护，正眼洞开圣果圆。

应观瀑亭带刀茂士茶偈示

空亭耸出鸟飞天，小瀑沧冷树杪悬。
放雀开笼恩有济，谈心瞬目道宏传。
忻逢大士初生日，应供衲僧卒赴缘。
漂漂海面舟千叶，仿佛圆通浪里宣。

悼柏岩法侄

山榉花发荡金风，子又骑驴上碧空。
正望凛然弘法范，何期掩忽舍灵躬。
寿山衣钵长遗世，养室禅扃寂照虹。
可怜砥柱中流折，却使后昆失智笼。

示大机堂主

志行高操自不群，霜参雪究彻源根。
龙吟古木犹成识，眼豁髑髅尚有痕。
圣念空时渗漏净，凡情系处慧光昏。

了无动静机圆活，大振宗风廓祖门。

示丹崖知客

当人明镜本来圆，二六时中总现前。
一着风光弥遍界，全机鉴觉彻三天。
困眠渴饮非他事，揖让迎宾在己虔。
雅量襟怀能阔大，五湖四海悉归贤。

谦弟三周偈以挽之

三载西归一梦中，灵根体寂迥罗笼。
紫山建就翻然去，大定圆明泊尔通。
世相百年何足谓，法身永劫净虚融。
而恒处处开丛席，万行庄严岂宰功。

乙卯岁三月二十五日开山堂竖梁志喜

法梁架起碧霄中，上下四维仰正风。
紫盖天垂光刹海，庆云地涌映华宫。
嵬峨捧出千秋固，壮丽高开万古雄。
从此流辉长拱照，龙孙凤子道崇隆。

七月初九万寿院竖梁

一脉开通接妙高，万松秀荫让真操。
欂栌节棁兼天涌，鳞瓦虚亭翼地翱。
镇静千秋成轨躅，弥纶八表净风涛。
时承紫泽恩光浩，骈与山灵劫石牢。

七月十三开山堂落成，恭请老和尚法像安座喜赋

天钟英特气魁梧，海国开山法化殊。
焯烁华堂凌汉峙，焜煌宝相凛跏趺。
千秋景仰宗门秀，亿载联芳正脉儒。
我辈虚承恩荫厚，夙兴浃日拜难图。

乙卯秋建舍利寺佛殿上梁

宝地重光事转奇，麟英凤杰悉投归。
今朝碧落青龙奋，即日丛林玉象围。

法化千秋传正脉，宗风万古振玄微。
五湖四海澄清晏，国泰民荣道眼辉。

挽独妙耆德

六十七年乐道颜，尘缘不涉迥攀拦。
庄严妙行弘高范，洞彻清机靡间关。
卓卓胸中无点染，灵灵物外了痴顽。
翻然脱却娘生袄，顿入那伽当等闲。

挽阿部丰后守老居士

菩萨权现宰官身，齿德并高节义振。
性净玄圆弥法界，心光妙鉴彻微尘。
智能柱国刚如铁，善爱施民暖似春。
视死犹归无不可，名芳千世美荣纯。

荐春荣、妙繁二灵

般若心光烁大千，灵明妙用彻先天。
非增非减非清净，无圣无凡无正偏。
郁郁黄花常显露，青青翠竹亘敷宣。
当风体略个中意，触处爷娘面目全。

荐意安、秋月、寿庆三位

性月澄清一洗秋，无安心处万缘休。
求玄觅妙空生果，绝相离名碗脱丘。
但得意根消落尽，顿开法眼出常流。
圆成不坏金刚寿，庆快通身适自由。

荐春岩玄雪居士

金刚正体露堂堂，迫塞虚空为举扬。
莫大威灵难叵测，坚牢实相本宁彰。
心枢拨转千机透，法眼豁开万古光。
随处道场随处乐，超凡入圣气如王。

荐俊峰居士

全提一句迥无私，百草颠头活祖师。

赤体明明难盖覆，真风历历不迁移。
非凡非圣空三际，大用大机使六时。
坐断去来生死窟，浩然气岸莫能羁。

荐休往居士

四大假成悉是空，法身无相透罗笼。
纶今括古非生灭，统地承天没始终。
体露真常弥刹海，灵光独耀自家风。
皮肤脱落消诸妄，鉴觉如如佛祖同。

荐五峰宗印居士

灵明湛寂主人翁，非去非来非塞通。
万象森罗全海印，无边法界古玄风。
只缘晦昧真宗表，以是虚流浊世中。
若透未生前一着，霅时顿入宝莲宫。

荐高岩院但春居士[①]

雨雪初晴暖便回，春花似锦晓林开。
只知富贵朝荣艳，岂觉馨香暮落衰。
以此返观操志行，直须顿悟脱尘埃。
无生国里天然乐，万朵琼楼万玉台。

荐法林真悦居士

百卉忻忻尽向荣，岩前石虎抱云行。
金刚实相浑披露，般若真空当念明。
烦恼根株应自划，菩提圣果撇然成。
大心顿发荷担去，弹指之间造宝城。

荐德峰居士

自古浮华举世多，惟君积德益宽和。
遗芳崎水恩波渺，政泽商民气岸豪。
一片丹心应不朽，孤风道骨莫能过。
因兹妙蕴堪升化，悠荫儿孙永弗磨。

① 题后注“时值雪”。

荐道安泰岳居士

数载禅门作胜因，胸怀穷究本来人。
居常慈善兼忠悌，复又清廉不背仁。
耿耿修身深洁行，孜孜为道远蓬尘。
虽然迹化同沤泡，法眼开时体转新。

荐鉴照院良应居士

气宇刚廉日月莹，为民轨训雅风清。
施仁布德咸知仰，履道冥真自廓亨。
一法契时千法契，全机明处万机明。
犹来生死浑闲梦，了没疑猜正觉成。

荐常有信士

慧性真空没等尊，当人本具镇长存。
虽然四大相违背，良以一灵未少昏。
水月菩提离垢染，心光宝镜绝尘痕。
洞明个事超今古，刹刹逍遥解脱门。

荐喜石道庆信士

薤露凡身不久长，荣华富贵等春霜。
智人识破心无系，达者知非意自良。
觉鉴圆明超日月，灵襟洞豁贯阴阳。
若能直下承当去，火内莲花遍界香。

荐林贞信士[①]

千山雪覆碧连天，冻杀石人锁冷泉。
大地都来银世界，虚空尽是母罗绵。
灵光不涉寒和暑，慧眼元明固复坚。
觌面知归全体现，管教步步涌金莲。

荐远山善士

水远山高古到今，天长地久道人心。

---

① 题后注“偶雪”。

此心本具无纤缺，亘古圆成莫别寻。
赤肉团中常坦坐，一毛头上独披襟。
了身如梦元非实，当下逍遥般若林。

荐华光院秀荣道人

父子恩深爱亦深，正看大似梦中金。
醒来究竟元非实，觑破依然快不禁。
净法界身无出没，真心地印好参寻。
机关转处成三昧，直下超凡入圣林。

荐华云性荣庵主

千圣顶𩕳一着机，迥超尘表自玄微。
罗笼不得浑今古，显赫当阳杳是非。
句下精明成解脱，言前荐取透重围。
金台捧足随心念，极乐家邦任运归。

荐妙贞道人

般若灵光净妙明，廓周沙界体圆成。
绝尘绝迹空诸相，无古无今离六情。
独露真风常不灭，本来面目未曾生。
豁开正眼非延促，百宝莲台蓦地迎。

荐专称院荣春道人

迥出罗笼独露身，明明遍界邈烟尘。
六根不动无迷悟，一念才生有喜嗔。
以此升沉千百劫，由兹苦恼万斯辰。
若能顿息知端的，捧足莲华蓦地新。

荐龙智院珠光元明道人

灵珠清净不玷尘，晃耀周沙脱体新。
高贵迥超三乘品，至尊独胜众凡人。
心光觉照圆真智，识念消融证法身。
领取自家元底事，莲邦菩萨笑相亲。

荐贞春道人

灵根本具绝枯荣，罔涉春秋四序生。
气合乾坤无壅塞，光含日月有余英。
迷来染着成渗漏，悟去超然脱谓情。
看破尘缘身是幻，金台随佛手亲迎。

荐永室寿盛道人

一段真风太只宁，泼天匝地没亏盈。
本来具足常圆净，廓尔虚寥格外清。
无欠无余弥刹海，非修非证邈尘情。
回光返照超三界，弹指直登解脱城。

荐圆镜院曜月道人

圆澄性月亘常明，本有灵光劫外莹。
匪假证修无少欠，湛然独露没亏盈。
人间玩涉同槐梦，意地消融脱幻情。
即此娑婆元净土，回头便陟宝莲城。

荐祥云慈祯道人

本有云台覆大千，虚空展挂密绵绵。
为龙为雨神难测，匝地弥天气浩然。
烦恼情生成黑业，菩提性净化青莲。
若能体悟无纤滞，顿证南方离垢仙。

荐祖春居士

法法心光觌面提，空今空古露端倪。
灵台洞寂清如镜，正眼恒圆洁若圭。
片念无明凡性起，一机才转圣心齐。
丈夫猛锐开真觉，火内红莲迸出泥。

荐养寿院道广道人

历劫灵源彻底清，百川会纳永澄莹。
载舟载楫弘慈广，为雨为霖润济京。
本自天然无岸际，真常慧命迥胎生。

于兹撇尔明端的，安养莲华座上行。

荐清珠院[1]

心珠湛寂全超迈，圆照清光弥法界。
洞古洞今镇瑞祥，非成非坏潜空海。
天然自性体元尊，本具灵根机浩大。
富贵荣华没比伦，直须顿悟无疑碍。

荐某信士

有物先天不可摸，清澄慧海邈凡愚。
灵光寂照周沙界，德相浑圆满大虚。
刹刹尘尘皆宝所，头头法法自心珠。
于兹觉悟消情网，任运优游没绊拘。

荐伊豆州太守乾德全梁大居士[2]

妙圆宝鉴本来心，柱国忠诚四海钦。
德泽黎民春雨普，居诸克己布仁深。
虽然脱去尘寰事，自己托生圣域林。
更问君今栖甚处，万花丛里独披襟。

荐性澄道人

身心四大等沤花，毕世修持迥绝遮。
心镜洞明清似水，性天莹洁净无瑕。
圆常妙义珠盘走，湛彻渊源慧月奢。
顿证空空无一物，任从化育遍尘沙。

荐清珠院元圭道人

真常妙体不离心，清净灵明耀古今。
念了娑婆皆极乐，机忘草木尽珠琛。
生来死去同沤泡，裕后光前即觉林。
三昧百千都具足，莲台化现伴威音。

---

① 题后注“毛利甲斐守令堂”。

② 题后注“了元请”。

荐性哲玄云道人[①]

八十余年住世间，清修净洁甚倪端。
根尘脱尔无纤系，慧镜精明入正观。
子继宗纲堪筏渡，娘归圣域自心安。
八功德水酥酡供，化现莲花法界宽。

荐妙理道婆[②]

八十余春世所希，况兼正念复知微。
陡然脱却来时袄，阒尔安闲了幻机。
有子披缁明法眼，一身洁行入禅扉。
以兹胜妙堪冥助，华藏为家独步归。

示作茶

春风和暖吐芳芽，信手摘来散万家。
雅致清香陪客礼，何曾有异赵州茶。

示作头

古人只恐行门亏，带月披星去复归。
日夜不知身有苦，尽心竭力几忘机。

妙玄句子理无私，行解双全契祖规。
据本明宗须铁汉，功圆果满显灵奇。

示云岭禅人

岭上白云片片飞，等闲拖出大生机。
从龙变化为霖雨，润泽灵苗劫外葳。

示了源禅人

曹溪溪里水滔滔，了彻源头始不差。
万派千山归一致，不妨大海作波涛。

示月窗禅人

昨夜三更月到窗，光辉皎皎照长松。

---

① 题后注“寂西堂乃堂”。
② 题后注“白翁乃堂”。

分明一段西来意，正眼开时振祖风。

示诸戒子

戒为出世大根基，严净无亏入正知。
以此金刚王宝剑，碎降魔外在当时。

万行庄严戒最先，根基永固绝尘烟。
心光清净无纤犯，世出世间第一仙。

寂灭身心戒定香，毗尼具足妙难量。
明兹是则真持律，离此非名大梵王。

智积院泊如僧正到山以偈见赠次韵

大千旅泊梦中身，没影没踪独露人。
江国春风吹不动，如何到此乐天真。

示太白禅德

耽耽丈室枕松隈，也有人来叩法台。
重赏火锹三百顿，青山蹦跳笑颜开。

示德云禅人

德云只在妙高中，相见别峰智眼通。
向此超然无少滞，惊天动地振宗风。

示独云禅人

千里逍遥陟檗林，因吾礼汝敬贤心。
客司请吃杯茶去，佛法人情君自琛。

惟密禅人孝念养母得全性命，不被水灾所漂，偈以美之

一洲尽被海淹流，惟汝无伤似泛鸥。
天道有知怜孝行，圆全性命乐春秋。

示见堂禅人

见见之时非正见，见离于见见玄微。
超然物外大圆鉴，揭露堂堂第一机。

次龙溪法弟辞众偈韵（有引）

观龙溪和尚此偈，非平日高蕴英特之气，岂能如是吐露也？即次其韵

以可之。

怀抱恩深义莫消，翻思昔吃痛藤条。
临危不变真英特，喝退连天万顷潮。

示碧嶂禅人

山形杖子冒霜风，万福林来祝祖翁。
大展炊巾三拜了，未开书信已先通。

示智玄禅人

汝在山庵竟日忙，事师不倦行难量。
闲时兀坐禅襟廓，顿悟无生道骨香。

示祖庭禅者

上祖门庭大泼天，苟能神悟即金仙。
更知别有超师作，活捉清风打铁鞭。

示本然禅人

清净本然没点尘，山河大地法王身。
海坛马子不相离，步步骑行上碧峋。

示智晦禅人

几度登山不惮劳，灼然智月杖头挑。
山河洞照无遗晦，气岸峥嵘格外高。

化佛偈

普请作家齐出手，晬然大放玉毫光。
选时瑞现黄金相，德被人天万劫昌。

示独醒禅人[①]

阇黎化募檗山来，林石生光映法台。
果满功圆成就日，古今道范福无涯。

示碧云禅人

云也不辞海岳遥，迢迢独往檗山峣。
灵根挺特诚高峻，可起祖庭格外标。

---

① 题后注“化佛”。

示造佛师

碧落囫囵一块木，试雕个佛似山僧。
未提斧凿圆成去，管取高名四海腾。

示智海禅人

无量妙义深如海，齿舌唠唠难注解。
若不一番汗背流，争知心法微尘大。

法云法侄到檗山祝寿

破浪披霜上檗峰，昙华会里祝松翁。
人情道义咸双备，动地惊天孰与同。

喜快圆律师至山赋此以赠

忆别山中五六秋，而今会晤貌苍幽。
钵盂应供千家饭，老鼠色衣真道流。

示元孝智英禅者

家私抛却来参禅，我道参禅非等闲。
大地平沉无寸土，更须透过老僧拳。

送融峰禅德

野外风晴气霭冲，忻逢古朴访山翁。
杯茶聊作主宾礼，雪泛磁瓯意味融。

慧明禅座以偈见赠次韵送之

杯浮远渡碧江边，特到山中慰老禅。
顾我从来无一法，与君携去示人天。

即和尚大祥忌

带翼麒麟飞去后，马驹踢踏今无有。
刚然舍利尚晶莹，洞照人天功不朽。

示智镜禅尼

身是智囊心是镜，纤尘不惹恒清净。
灵光照彻万山河，无异如来妙觉性。

示自德禅尼

幻世沤花不足恋，心光寂照是灵源。
如能洞晓空三际，八面玲珑正觉圆。

示津田居士

云霁风高万物新，敏明才子笑相亲。
棒头点出千华瑞，祖意昭然付伟人。

示岛津图书居士

今古圣凡大道同，明明不隐在尘中。
如能觑破无亏欠，了了超然盖代功。

示常休信士

一法空时万法休，居诸脱洒越常流。
海天阔大生涯别，任运逍遥水牯牛。

示妙鉴信女

玉露沾衣不觉凉，访寻子道似飞翔。
一回见面开心眼，归去浑身是法香。

寿吼法弟五十初度

红叶萧森紫气新，浑如图画衬生辰。
知天三百春秋日，万德归宗一法身。

独虚禅人改号千丈偈示之

千丈舍那华藏海，浑融万德塞虚空。
跛驴二乘无能见，惟许超然衲子通。

挽眉法弟

霜风扑面竖寒毛，此际此时见老操。
半偈书成丢笔去，令人转仰道玄高。

示白崖禅人

虾蟆井底月囫吞，皎洁骊珠没点痕。
会得个中消息处，千生梦断自超伦。

付慈岳上座

圆囵皎洁自家珍，越古超今格外真。
此日和盘归掌握，任君发用振关津。

赠东林庵竖梁

帝座巍巍耸碧空，庵开峰下正居中。
法云法裔应绵密，绍续流芳千古雄。

贺别传法侄

佛日千斤重担子，一肩荷负丈夫儿。
清风明月乾坤大，得意横行自在时。

秋到紫金山慈眼寺示越传长老

历尽桑麻到紫山，俨然天竺一禅关。
新开地胜因人杰，千载流芳岂等闲。

又

夙昔缘覃到此中，群机赴感密丛丛。
苟非捏碎虚空手，那得巍巍振祖风。

贺广超禅师继席黄檗

八闽檗岫大禅林，历祖相传古到今。
源远流长宗正脉，提持喜得老知音。

示诸戒子

远远骑驴瑞圣来，严持正戒若莲开。
身心清净无违犯，顿上毗卢华藏台。

又

戒珠皎洁绝纤埃，帝网交光映宝台。
羯磨三番三聚净，豁开心地即如来。

示友仙善士

自性灵明等太空，无生无灭体浑融。
妄缘离处元清净，一任逍遥莲域中。

长福寺示慈云禅人

寺枕山隈邈俗俦，杖藜午宿涧潺流。
林深僻静堪禅晏，满目黄花分外幽。

赠活禅老禅德

年来道俊避尘嚣，退隐茅庐乐趣漻。
一任天花云外落，禅袍不乱香风飘。

示梦隐法孙

住山多载梦中闲，何似招提与众班。
落草盘桓西祖意，直教个个透重关。

送齐云禅侄回乡

多载精勤侍老人，而今归去正逢春。
千峰锦秀千花笑，赞送行装道骨新。

送梵听禅人往崎省师

山中供侍祖翁帏，此日归崎去省师。
天风顺送波涛静，海眼光圆格外奇。

与晓岩上座

平生学问水倾盆，注入长江溢海门。
可作金龙为雨化，休同雀鷃骣沙墩。

示本具禅人

本来具足宝华台，不假春风烂熳开。
无影树头香拂拂，微尘刹海尽周该。

示龙湫禅人

堆堆屼屼坐如山，拟化鳞龙岂等闲。
三级禹门能跳透，倾湫倒岳势无难。

恭建黄檗本师老和尚开山堂（偈引）

茎草拈来竖祖堂，须还敏手俊奇郎。
当仁不让争前山，法战恢恢盖代昌。

示月支禅人

多年修行戒根清，若月支霄海印澄。
本色于心闲静寂，真纯正体乐无生。

月潭法侄四十初度

十月初一君四十，千山泼黛寿图开。
天长地久光明藏，法运流芳遍九垓。

昙瑞法侄

大地为关犹窄小，毛端坐卧甚宽殊。
万缘消息虚空舞，雪点红炉过量夫。

示云关徒孙

一心净洁邈尘埃，剃染南询慕善财。
蓦地胸怀机透彻，翻成狮子吼如雷。

贺独照和尚六十寿

耳顺千华瑞彩荣，天然寿轴祝无生。
香风缭绕猊台上，兆应宗雷化道行。

挽虚白禅师

雪曲高弹正好听，狮弦撇断令人惊。
禅床折脚虽然在，争奈孤他四海僧。

悼三非禅师

聪敏胸怀博古今，复兼识达本来心。
衣盂高阁飘然去，末代赖谁振圣林。

挽默公师伯

八十五年老伯翁，精严律行复宗通。
而今撒手应无恨，喜有骏驹振化风。

挽西意禅侄孙

是身寿命若浮云，生死犹来镜上痕。
识得藕丝牵大象，唐山日国一乾坤。

挽常乐庵道格静主

人生世上若浮云，唯有圆常性亘存。
只此亘存真寂性，堪为洲渚止流沦。

荐海印禅人

登山蹴水为参禅，彻骨贫穷自晏然。
打透重关无业系，昆仑骑象上青天。

荐石峰禅人

大限到来似不情，石人无脚也须行。
返观往事三更梦，弹指莲花上品生。

荐海信士

如来藏里摩尼珠，刹海三千遍照殊。
只此光明元本有，善能会取乐如如。

荐云关母

一性灵然绝染污，圆明寂照似真珠。
无生无灭光沙界，直下知归意自殊。

乙未秋送本师往摄州途中偶成

秋云霭霭点青山，满道攀辕拭眼潸。
法乳恩深难忍别，人情景好莫能删。
悬知故国风光冷，信入扶桑霁月班。
无数金鳌都网尽，不孤万里渡江湾。

乙未冬读本师和尚续稿有感

溪山不负道人游，落落登临景物幽。
蹋碎云霞心一片，吟成风月句无俦。
梦中却忆南天胜，域外犹怜祖印秋。
到此岂容藜杖缩，浑身陆地棹慈舟。

游翠亭

目极南天渺没涯，芳亭消遣且清奇。
尖新笋角泥生笔，古怪石头地伏狮。

铛内茶香思昔谂，林间鹤唳想前支。
橘含绿雨呈心印，不是饱参人不知。

无上弟值长崎以诗见赠次韵志喜

浮杯远涉海山中，为法身忘溅浪风。
想到天南心未逸，闻来陇外耳清聋。
冲烟野渡鸥飞白，出谷山城日映红。
兆应孤翔传尘钵，忻忻倒屣以相逢。

春日幻寄主人招看垂丝樱桃花

幻寄庵人道意真，每逢美景见招频。
禅襟不负多浓兴，竹杖闲携独自臻。
粉淡枝垂零碎锦，清奇蓦细画晴春。
谁能返看花开落，毕竟香归一梦尘。

月夜舟游

夜静湖开一镜明，遨游小艇碧波澄。
骚人曲唱千山月，渔火光腾大壑陵。
肴酒浑无茶可醉，禅机颇有棹堪征。
时人不识西来意，将谓忘规洒落僧。

游西川馆

草屋低微近小溪，穿田曲径晓烟迷。
人多朴古依山静，花自长春吐锦霓。
马子扶犁农事拙，禅章挂壁雅风倪。
虽然鲁训书稀读，各展生涯亦有稽。

读西堂独言禅师遗稿有感

槩岭盘桓一两期，胸中玉润少人知。
溪西度夏翻遗稿，济北传芳有此儿。
诗句梅花飘白雪，禅心秋月照清池。
虽然已自藏身去，难掩光风格外奇。

秋送无上弟往摄州

桂轮朗耀荡清秋，万里溪山一策游。

驿路风尘无念勚，烟村物景自生幽。
身为世外孤云侣，德播丛林侠众俦。
此去琼花簪顶上，飞传香信满南洲。

丁酉元旦升座祝圣后偶成

春回宇宙启文明，万品承恩自此生。
海涌金轮山斗拱，宸辉玉灼岁华盈。
堪怜旧国衣冠尽，返降兹邦礼乐清。
法演山城缘有待，流芳五叶又重荣。

次张居士韵

禅扃闭掩少繁华，此日相过喜莫涯。
秀丽文章咸晋代，清奇诗句压仙家。
衣间得宝三天乐，镜里寻头万劫差。
顾我林峦无用客，何当佳羽惠来赊。

次翁居士韵

海外瞻云作故怀，崖梅带雪向南开。
逡巡无酒延陶赋，唯剩孤根倚华台。
不为人天深见怪，都缘龙象逼将来。
维摩对榻忘言说，犹胜雷轰喝水洄。

太史确庵张老居士远送诗篚招回次韵奉谢[①]

三秋既别故园林，万里难忘一片心。
不负灵山叮嘱旨，洪荷兰室坐禅岑。
香云有在仙踪胜，尘影长存花雨深。
世外重玄千古少，维摩榻上让知音。

铨部碧湖杨居士送诗篚催归次韵奉谢

法壍存心固万重，辱招域外水淙淙。
珠玑洒落辉林石，鲠气雄豪伏虎龙。
不着丝纶经世美，惟留玉带法门供。
犹能觑破沧桑态，白眼科头傲柏松。

---

① 题一作“太史确庵张老居士远送诗篚招回次韵”。

西堂知弟有怀见寄次韵

自从渡口一蓬分，冷淡三秋离旧群。
篱下看花香拭鼻，庭前种竹笋敲云。
挥毫慰问难为免，寄纸省瞻太变文。
近得天伦消息好，醍醐饱饫醒人醺。

水月居雨霁即景

一间茅屋碧江头，数树寒松带雨秋。
啄食鸦鸣催旧侣，还家渔曲泛轻舟。
山光淑雾文生豹，海眼无烟月上楼。
八字眉开天地外，个中谁是我同流。

晚景

两岸青山迴碧天，布帆海外带归烟。
坟书满架翻初遍，赵茗三杯省熟眠。
得意禅机花乱雨，无文道偈鸟闲传。
斜阳返照霞云紫，瑞气图开万壑前。

用紫云亭前韵赠尔受林居士[①]

闲呼郢匠筑山亭，永日优游世外情。
山锁一溪云借榻，水流万派月同盟。
了然上士皆深悟，造次凡流岂易明。
半启柴扉通鸟道，西来直指与人行。

用紫云亭前韵送慧林居士[②]

相期道话紫山亭，今日分襟似忍情。
子去家山逢故友，吾留此地得新盟。
移花蝶至春风暖，掬水月临雪谷明。
个里生缘深博[③]会，布帆无碍往来行。

---

① 题一作“用紫云亭前韵赠受翁林居士”。

② 题另作“惠林居士别师于紫云亭，诗以送之”。

③ “博”一作“领”。

戊戌立春日咏梅[①]

大和未至信先通，此日春临便[②]不同。
映水冰姿和月白，横崖铁骨傲霞红。
清香独占千花首，瘦魄犹邻万玉丛。
品弄诗人多韵致，江南江北共襟风。

金粟园夜坐[③]

其一

梦眼豁开对素秋，金园夜静碧梧幽。
禅机独露稀人会，只许心空物外俦。

其二

大圆觉海一轮秋，独挂峰头彻夜幽。
回看康僧桥外色，光吞万象许谁俦。

乙未秋到长崎省觐黄檗本师和尚并访蕴谦禅弟（有引）

余与谦弟同披缁于明温陵开元寺，国变之后，不期谦弟应请长崎，余往檗山，分袂七祀，而寤寐之间，未尝不相记怀。今秋得航海相访，盖怪一时天巧，故述此章以志云尔。

唐山[④]分袂七周春，每得鸿音意切亲。
山水虽然无改换，争如一见一番新。
航海东来信夙因，山川秀丽落花新。
不缘远隐霞光里，怎得飘遥渡曲滨。

乙未除夕

腊尽年华此夕残，家风休展与人看。
浓煎瀑雪供云水，共对瓶梅冷笑颜。

次碧云禅德雪中吟韵

纷纷鹭羽劈空来，潋滟银花缀树开。

---

① 题一有注：“秋到太和山有前谶之兆。”
② “便”一作“更”。
③ 一有注：“即康僧求舍利之处。”
④ “唐山”一作“故园”。

得意山家多富贵，红炉冷处更添柴。

茅亭闲咏

四壁峰高青簇簇，圜围茅屋在中间。
野僧无事闲清枕，地老天荒总不关。

赠颍川居士华诞[①]

祖风荡荡振江天，喜遇筹添不惑年。
古月流辉同佛面，华光瑞映满前川。

游水月居[②]

密藏祇树颇幽居，水月清辉映草庐。
一系孤舟何所似，洞庭风景不曾殊。

游江月居

涯边草屋尽渔家，独此超凡绕白花。
水映虬松涛海月，清光摇曳动龙蛇。

福济四景

具瞻草亭

数椽草构碧峰巅，极目沧江万里天。
龙象徘徊多间气，夜深犹忆旧明川。

下方钟声

湖平碧月弄清辉，下刹数声到翠微。
两道眉开心眼活，千山雪和白云飞。

江干渔火

夜夜飘来何处舟，波心明灭放灯球。
星辉水面花千点，不获金鳞钓不休。

烟雨归帆

烟波影里雨倾湫，俏俊金龟得便休。
锦棹篷蓬天已暮，横斜古岸竞头收。

---

① 题一作“赠颍川信士四十初度”。
② 题一作“水月居”。

送惟一禅侄归檗山

相逢格外法中亲，此日言归意转新。
故国峰峦开喜色，免教身作异山人。

游松林庵

茅房小小两三间，白日幽晴境自闲。
四面峰青高插汉，团圞犹似墅禅关。

冬过兴福寺有怀黄檗老人

丈室无尘静掩扉，鸟啼树底答禅机。
翻然缔忆风千里，未忍扶藜踏雪归。

水月居六景①

龙鼻径

水际山形卧玉龙，长垂鼻孔插波中。
偶然凿径千余武，恍履青云上碧空。

钓鳌亭

临流崖上秀孤松，结个茅亭看钓翁。
巨浸连钓鳌十二，却教陆地化飞龙。

晚棹渔歌

烟浮水面夕阳低，来往纷纷棹不齐。
渔父草蓑穿倒转，唱歌扶橹过峰西。

长江月色

江心独耀一轮明，万里无云眼豁青。
此际渔舟吹玉笛，谁知隔岸有人听。

隔岸钟声

千山月白洞无痕，北岸敲钟定里闻。
非是声来非耳到，只缘闻性亘长存。

① 此处应为“七景”——编者。

山城烟雨

东望依依数万家，静朝时节碧烟奢。
忽然变幻浑无定，细雨斜飞散落花。

鼍亭闲坐

乍筑鼍亭映碧流，闲吟孤坐得真幽。
天然一轴长生画，水面烟开起白鸥。

辩才清玩

风行水面动龙蛇，逆水撑舟意转赊。
古岸淡烟笼野寺，落花满地似云霞。

智丈禅人请游船遇风即事次韵示之[①]

山中幽寂喜登船，八面风生御懒禅。
不犯清波游兴尽，兰桡款款趁鸥还。

丁酉重阳紫云亭漫咏[②]

其一

云开山半一茅亭，九日登高分外灵。
万境空闲新气象，芙蓉澹笑拥秋庭。

其二

扶桑日出海门东，放旷山亭万虑空。
霞雾[③]云飞腾紫气，重阳晓际衬花红。

其三

千山环绕紫亭幽，竟日窗开向碧流。
不羡宠荣吹落帽，昙花香里乐优游。

其四

大千沙界一藜筇[④]，拔着龙狮鼻孔长。
紫雾堆中人坦荡，赵茶当作茱萸汤。

---

① 题一作“丈禅人请泛舟次韵示之”。
② 题一作“重阳紫云亭谩咏”。
③ “霞雾”一作“霞吐”。
④ “藜筇”一作“孤筇”。

其五

云外华开千嶂锦，天然图画一江山。
登临何必最高处，百草头边总祖关。

登无凡山（有引）

余丙申冬，于福济寺将结制之日，忽疾作，几乎气殒。及愈，十日外方得开炉。丁酉正，王与诸子同临寺后山岗①，徐②行渐至山顶③，旋观海宇宽阔④，渺然无涯⑤，身心与之⑥俱空。是年竟绝痛患。私谓此山秀峻，脱人凡疾⑦。戊戌春，再携诸子登眺，翻忆前岁消遣之趣，即标名曰无凡山⑧，仍题诗以志之。曰：

突出虚空万仞高，盘迂鸟道出松萝。
凡情顿脱开天眼，到顶方知寰海么。

小溪卧咏次本师韵⑨

梦惺万机顿休，了无一物可求。溪光湛碧如镜，悠然迥出浊流。

无心可得便休，何劳向外驰求。水底泥牛哮吼，倒吞万派湍流。

野花映水红白，冷香暗和溪流。兀坐憨眠石上，不知是马是牛。

草绿树阴堤畔，影落古涧寒流。倚杖观鱼戏水，又忘一带沧洲。

碧瘦山形杖子，时时随我优游。看云岭上闲曳，探水涧底忙流。

禅道一笔钩休，虚名奚足希求。祖师唤来洗脚，此外谁我同流。

阴浓树下宴坐，眼开诸梦俱休。鸟来竹外幽语，水向石边冷流。

---

① 一无“岗”字。
② 一无“徐”字。
③ “山顶”一作“其顶”。
④ 一无“海宇宽阔”。
⑤ “渺然无涯”一作“山海寥廓”。
⑥ 一无“与之”。
⑦ 一无“私谓此山秀峻，脱人凡疾”句。
⑧ 一无“山”字。
⑨ 题一作“小溪即黄檗景”。

夏长午风拂拂，移磴半枕山丘。鼻齁响似雷奔，却惊瀑水逆流。

捏聚乾坤一块，琼楼变现荒丘。只此自由自在，毛孔横吞众流。

文佛不号瞿昙，夫子岂名孔丘。得意忘言归去，谁辨格外高流。

具瞻亭闲咏

偶到崎山游戏，王化风正颇宜。放下闲亭一枕，觉后红炉雪飞。

脚底山城锦翠，优游到此晏然。一具擎天铁骨，收下临济三玄。

侧眼遥看槛外，千山倒卓沧江。百亿日月闲度，心空谁学老庞。

小亭高筑峰腰，一望大千不遥。刹海毛头变现，拟议犹隔泥霄。

微蒙烟雨江际，孤坐闲吟无穷。要知秀丽文彩，怪甲龙生古松。

倦来煮茗遣昏，不与赵州较论。茶盏陡然扑破，方知生佛同门。

树下茅亭虽小，能藏世界无穷。懒用山藤指注，笑看碧落霞红。

觑体全机一句，不与圣凡共途。昧落总是狐怪，超然始自如如。

游神岛遇雨

好雨骚人失兴，清茶老衲犹欢。但得茅蓬无漏，随处道场可安。

江天风雨漫漫，泊岸客船未还。柴头品字煨火，突露清襟一班。

乙未夏东渡舟中赋

海门空阔水无边，一片孤帆万里天。

未遇金鳞垂直钓，又冲白浪越重渊。

翻思鼻祖身忘倦，深远求人志太坚。

独愧难能齐古圣，惟怀此道任前缘。

仲春同即非法弟泛舟放生

迟迟日暖晓风清，一棹烟光悯有情。

纵去鱼鳞归水国，任教羽族转山城。

谁知好德偏怜杀，那识兴慈故养生。

况是本来同一性，何妨赎命解冤憎。

晚过江月居同诸禅侣赋

晚过江居入竹关，山横碧水月弯弯。
海门空阔从鳞跃，柏树丛阴任鹤还。
偶尔兴来诗百首，忻逢胆赤友同班。
机锋相搨如流电，迥出青霄谩仰攀。

次衍弟寄怀韵

荷风剪剪正初秋，构就茅庐独自游。
忽见舟函清夙梦，益知韵致不常流。
大材发意文多丽，小巫傍观自缩头。
翻忆桂芳荔熟日，何时共握到南洲。

无凡山勒石（有引）

福济寺后二里余，有山隆出云外，四顾海岳并列下风，盖崎岙之祖脉也。有超凡越尘之格，能令病魔消殒。予于丁酉春游之已经灵验，故勒石而纪焉，时戊戌腊月望日也。

闲中散步爱山幽，跨得奇峰最上头。
刹海三千擎掌果，人寰无数泛虚舟。
顿开病眼身无累，远豁烟霞境独优。
遂以无凡磨石勒，从教风雨洗千秋。

拟登无凡山值雨（并引）

戊戌之腊望后三日，无凡山勒石工竣，与诸子欲同玩，其胜事晓际，云阴将雨，犹豫未决，即移茶炉于紫云亭。少焉雨至，团圞晏坐亭上，共酌赵州茶。快叙道话，俨然灵山一会，真幽莫状，乃作章以志野兴。

云垂四壁势如倾，欲到无凡未敢行。
却徙茶铛亭下煮，遥看曙色海东生。
少焉疏雨休游兴，旋尔高弹畅道情。
不异灵山当日事，一团和气雅风清。

圣寿山同即法弟诸侣坐月分韵

夜闲共坐寿山岑，海月高悬似圣心。
照彻三千尘世界，光吞百万众丛林。

人天交接同禅悦，物我浑融一古今。
此景此时无以比，超宗异目畅披襟。

偶会清霄坐碧岑，云开万里见吾心。
圆同圣眼明无际，魄落寒潭得在今。
敏悟休观天外指，蒙迷未免自沉吟。
经归藏也禅归海，始见超方不碍襟。

己亥岁江月居过夏，甲斐庄居士送冰赋赠

波云缭绕满山丘，赤炎交蒸汗背流。
何处冰团清似玉，凉人心腑气如秋。
空林结夏咸慈护，白蜡为身验净修。
洁已犹藏三伏雪，一朝揭出最稀猷。

予己亥岁江月居过夏，六月廿一日甲斐庄喜右卫门居士送雪，忻然赋以赠之

郁郁蒸云万壑丘，笼山锁谷不飞流。
解衣大扇因风静，启牖纳阴疑早秋。
瑞雪陡从天府降，寒光映射野人幽。
顾知德泽情无限，一片清凉洒热浮。

庚子五十初度偶成

东来六雪碧江头，百五春光此日周。
法眼流通应未易，因缘会遇岂能求。
独超物外生涯别，任运寰中活计悠。
负命瞎驴承底事，一齐喝彩乐优游。

送赠衍弟回普门寺

东州倦住想南州，拟乘风云故国游。
已负行装来岛外，依然道义挂眉头。
奚囊掇转重归院，箬笠提将更买舟。
益见冲襟初不减，非同齑瓮一淹俦。

示瑕侍者

纵意犹如溺水深，随波不返转漂沉。

古人战战垂慈训，于我兢兢自律心。
苟且操持倾圣国，真诚履践杰凡林。
圆明只眼超方外，花鸟缤飞何处寻。

与诸子重游无凡山次铁崖禅人韵

屴崱峰巅迥碧秋，牵人野兴喜登游。
扪萝岛外情无倦，煮茗松坡趣更幽。
涧道千条通帝阙，江山万里贯神洲。
杖藜倒卓频来此，莫谓偷闲老比丘。

次赉翁张司马韵[①]

须弥为笔泼空题，墨水图开翰苑西。
气蕴风云腾格外，胸藏日月被幽栖。
逡巡未得烧猪供，密虑何缘解局迷。
佳句忽来催野兴，放吟江国夕阳低。

武雄途中

飒踏趋云入武雄，纡回涧曲野花红。
沿途虽只梵音响，易地皆然汉国风。
瘦石巍峨僧卓立，苍松古怪鹤翔空。
山川翠丽人清秀，似与蓬莱境一同。

武雄沐温泉

天开怪丽万寻峰，滚滚灵渊迸罅中。
不独为涛归巨海，兼能与世洗寒风。
连城赵璧应难买，茶陇泌泉似可同。
一滴源头如构得，无边魔病撇然空。

赚谦弟五十初度

五十年华此日周，熏风拂拂度松幽。
衲衣下事全无欠，云杖因缘少可俦。
德并山秾苍玉润，眉横剑气白光浮。
须弥托向毛锥上，与祝娘生寿曷俦。

---

① 题一作“次张司马韵并赠”。

无上弟以诗寄怀次韵答之

道屧相分绿马湄，高看鹰影两秋奇。
书怀懒斫南山竹，抱拙唯参北济规。
五叶花芳今古重，后昆法弊纪纲危。
地炉茶熟披桐月，此际难禁动远思。

下关待风到回日寺偶成

提携诸子过江东，棹泊下关待好风。
寺破金容窥晓月，僧微慧日冷青松。
随缘放旷心无愠，适意逍遥道自隆。
法化从兹能有验，天公岂不助扬篷。

庚子冬到普门省觐老人并昆仲赋此志喜

几载遥思岛上岑，何期此日到狮林。
师资庆晤虚空舞，主伴交参露柱吟。
夙梦顿销同镜洗，尘谈喜极共云深。
谁知法运成嘉会，和气团圞契古今。

次林法弟喜晤韵

远负山藤半是尘，何当会遇旧同仁。
悬知不骂生孤逸，乃敢高攀与德邻。
炉首枢标风活泼，怀中锦绣句清新。
少林五叶花重放，灿烂馨香满地春。

题如常轩

随分生涯事现成，荷衣松食德[1]风清。
胸怀洞豁天心月，世态浮华梦里名。
有法与人非正法，忘情合道始超情。
湛然不动山长在，云去云来亦只宁。

寄挽南山亘法叔和尚

密运慈光映日晖，混融接物尽投机。

① “德”一作“古”。

等闲掷杖千峰去，转令后昆大道违。
北济源深流派远，南山法寂拂风微。
独忻隆绍多英俊，益使少林花更馡。

利物机恢莫可量，慈风澹荡播诸方。
大扬济道正堪范，忽断狮弦令感伤。
万壑千岩虚指月，三山一众泪沾裳。
无由瞻礼江川隔，惟仰洪慈鉴办[①]香。

挽法兄时学禅师

讣语遥传域外州，无生国里撇然游。
青山色失花为泪，碧涧声悲石结愁。
泡幻尘笼无以启，铿锵曲调竟斯休。
如何潦倒翻身去，罔念今时祖印秋。

次维那吼弟喜晤韵

高竖锦帆霁雪时，飘然海外独瞻师。
普门大启多知己，此日忽来自不期。
幸见当仁捋虎手，且忻奋勇向天池。
一声槌下三军振，突出枪头让上枝。

次湛弟喜晤韵

久已曾闻萃拔俦，三千刹海一毛收。
梅开得意诗频涌，月出无心水和流。
虎豹丛骧横故国，龙狮阔步戏神洲。
比来觐访忻何极，惟爱端人辅祖猷。

次衍弟喜晤韵

谁知狮凤正吾俦，义重如山故访游。
拈叶止啼非拙手，吃禾胀马是怀州。
风云已待苍龙早，雪月惟期古柏秋。
叵耐赤心悬片片，法雷共震出人头。

① “办”，原作“辧”，疑为“瓣”。

腊八偶成

雪洒长空彻骨寒，梅花半吐白云端。
瞿昙失眼遭星换，演若迷头被镜瞒。
德相凡夫全具足，菩提至圣不相干。
升堂竖拂无他事，直要禅流破妄关。

庚子除夕即事

暮起西来岛角风，寒威凛冽落霜红。
六年雪唱稀知遇，此夕怀开见大雄。
和气一团充汉表，祥光万丈映禅丛。
虽无爆竹惊山鬼，也有白牛露地中。

只看驱傩遣疫风，谁思腊去减颜红。
杨岐笑里干戈险，端老知非气岸雄。
穷子闭门愁索债，闲僧打鼓闹云丛。
年华迭谢皆归化，稍有支吾便不中。

入暮寒柯叶拍风，霞穿碧落映江红。
烧钱大姐归心急，沽酒张公醉意雄。
举世忙同旋磨蚁，阿谁眼醒晦岩丛。
从教岁月催人老，我只万年一念中。

辛丑元旦即事

故国江山既覆云，来兹尤忆旧乾坤。
迎新送旧空中果，说有谭无镜上痕。
岁首临春风景裕，禅林共气纪纲尊。
横吹铁笛宣肇祚，宇宙精华万物蕃。

次衍弟元旦韵①

华朝膜拜法王尊，虎骤龙骧拥满门。
日月维新寰海丽，椒诗谩与水云论。
世情空处超尘表，道眼明时撇翳痕。

① 题一作“元旦”。

佛法有无藤倚树，两头据断乐含元。

人日立春次韵

蓂开七叶度江春，市鼓忻喧报人人。
华胜清辉穰岁熟，风融紫气衬文新。
天关运转身随老，智钥灵虚自契神。
坐享唐虞时世界，林间乐道了无尘。

闻总持寺

闻总持寺昔被张天煨烬，而千手大悲火中不坏。元正三日，同林吼弟、辉瑕诸子恭诣，随喜占偈。

我闻大士有灵威，火不能烧镇翠微。
手眼通身开幻网，声名遍刹示圆机。
相携此地来随喜，顿入三摩不觉归。
竹外风和啼鸟碎，广长舌相为谁挥。

春日送赠西堂知弟往武江专谢

日暖风和二月天，亲承入武谢檀缘。
一心为法无难色，扶起宗风亘远绵。
大丈夫，气浩然，平高就下发机圆。
巨公鼻孔都穿却，胜事从兹万国传。

登太和山顶

金汤正信不寻常，赐地为开选佛场。
三百年来钟间气，从今日始见重光。
盘旋野鹤呈嘉瑞，曲覆松虬识吉祥。
到顶忽惊能拔峻，群嶷脚下仰联芳。

林法弟住佛日寺仲夏过访赋赠

小舆①踏踏度深云，行尽烟畴到竹门。
殿阁凌虚氛气远，峰峦叠翠瑞光温。
雄谈别有风雷舌，本色居无刀斧痕。
更喜西来犹不寂，沙盆扶起有同昆。

---

① “小舆”一作“藤舆”。

次林月樵居士寄怀韵

浩漾鲸波万里长，高霄桂子落天香。
因思法护重金石，又慨秋寒入鬓霜。
羽翰遥遗谈世外，云涛飘逸脱尘旁。
堪嗟吾道凌夷甚，何日挽回正法光。

山径步月

夜静风晴霜满天，银铺大块自忘眠。
寒松影动龙虬活，蟾桂山光玉镜悬。
无着天亲增逸兴，雄峰王老战机缘。
闲行径外休标指，一笑三生梦了然。

临川寺读梦窗国师遗训有感

国师永日坐溪边，钓得金鳞满大千。
尚自区区犹未息，而于琐琐示遗篇。
婆心片片稀珍佩，祖意深深不值钱。
尔企高流长猛省，将来为瑞畅宗传。

东福寺随喜圣一国师遗迹

三百余年定里身，俨然犹活坐云榛。
禅参径岭传衣钵，法说扶桑惬主宾。
芳号崇钟天子谥，危楼俊杰帝师新。
休云久绝狮弦调，晓夕松涛尚吼呻。

登醍醐山

古木丛青曲径斜，泉声咽石奏胡笳。
峰头寺老无尘点，树底枝新有异花。
任是锦衣公子贵，争如放浪野禅家。
洒然短策多幽兴，卓出千山看紫霞。

赠眉弟结茅①

久历丛林德不孤，乱云深处结茅居。

---

① 题一作“赠友人结茅”。

松花随分三铛煮，海月从教万壑舒。
永夜柴扉劳虎守，长年禅榻邈尘污。
筛油费酱兹无累，雪后高操见柏殊。

中秋

苍龙捧出一轮秋，玉洁高悬千嶂头。
正眼舒开寰海阔，清光潋滟岳林幽。
团圞鼓笛恣敲打，合彩天华富满眸。
看笑寒山成话欛，将心披沥太周由。

次泉法侄中秋夜咏韵

颢穹星斗绽珠螺，列绕素娥出翠萝。
爽籁无云天玉琢，清秋圆象镜霜磨。
光融四海浑同色，影现千江不逐波。
先圣频频开碓嘴，时人罔措奈伊何。

清水寺礼大悲

耽耽梵刹枕山阿，凤翠竹松挂薜萝。
手眼齐彰参汉籁，潮音历落拂风柯。
九重宫阙闲中度，百万人烟梦里过。
智愿门庭天泼大，从教混杂龙蛇多。

清水寺次韵

懒泛烟波下玉钩，偏忻饱我仿金牛。
情符道义斯能醉，意外谦光引胜游。
闻性数声青石磬，旷怀满座碧天秋。
瀑涯饶舌圆通法，举眼林峦尽点头。

何毓楚信士上檗山见访喜赋

百重烟水路崎嵚，向道不知涉远岑。
益见胸中无少累，飘遥野外特参寻。
红尘扫荡真风露，白业精勤意味深。
幽鸟一声开寂寞，松间倚杖话禅心。

壬寅冬夜同吼公湛公泉侄集演公寮[1]

雪老冰枯冷谷隈，群阴剥极一阳来。
蒹葭律动春旋暖，宫苑线长道运开。
五虎攒羊看出路，三玄对话见英才。
火炉边畔无宾主，彻夜赵茶饫酌回。

泉法侄以诗见赠次韵答之

慊吾密行未纯真，喜子眼明历主宾。
词色恬和堪表率，风声温美播江滨。
复兼蕴籍沉圭角，况又恢弘励志神。
蓦地风云时际会，倾湫倒岳五湖春。

癸卯天诞携吼弟辉瑕恬诸子登御室山礼大士

玉皇华诞九天晴，足下风扶上翠嵘。
古殿空悬心镜朗，六窗虚白慧灯明。
苔深石滑无人径，云起山光豁道情。
欲办[2]圆通真面目，钟敲林外一声声。

岳顶灵踪古殿阴，翩翩蹑履共参寻。
昊天玉诞祥云绕，御室僧居花木深。
野鸟归巢声角角，溪桥蘸水影沉沉。
慈容满月知何处，鳞甲松虬遍碧岑。

余[3]五十三初度诸弟以斋为祝成此谢之

自怜浪迹五三春，鹤发累垂海外身。
忖德何当香乳供，搜怀莫谢雅风真。
莺声谷口催诗兴，柏树庭前献寿珍。
百亿须弥筵上馔，纵横大用有天伦。

---

① 题后注“偶拈三玄五虎以问诸公”。
② “办”：原为“辧”，或为“辨”。
③ “余”一作“师”。

重过天龙寺

志合浑忘杖屦踪，入门遇打送阳钟。
溪声泻出风雷舌，花雨缤纷雪月容。
石磉苍苔行道寂，藕池碧水映霞浓。
来游此地缘何事，为觅金毛不惮重。

春林寺观垂丝海棠示古溪禅人

养就寒枝映紫霞，冻云敛尽吐春葩。
隋珠互串千条线，帝网交罗没点瑕。
离披宝盖天然巧，密布文星格外奢。
历历西来端的意，何须别处觅生涯。

癸卯上巳后一日游西芳寺示古渊禅人[①]

溪环门外小桥通，古寺数间绿树中。
向上关头人莫测，指东遗迹境苍浓。
松虬鳞甲欺霜雪，石窦灵虚骂雨风。
梦祖至今机未泯，深春杜宇点苔红。

登江州天台山

屈曲松杉路岁迂，峰峦簇簇入天衢。
长江暂作石梁涧，中殿权方华顶庐。
可惜应真踪迹邈，绝闻止观妙玄殊。
奈何法箭斯弛甚，异草奇花空自敷。

远观山色碧云连，到顶方知别有天。
传教降灵声价重，明神护戒瑞光绵。
三千古院成狐窟，八百真风变鹤涎。
苟悟古今皆幻法，更须参透祖师禅。

江州[②]

江湖胜概有幽风，一览了然在眼中。

① 题一作“癸卯上巳后一日游西芳寺”。
② 题后注“三井寺看龙钟石山寺看石山”。

石造奇山藏野寺，钟酬勇士出龙宫。
悟迷谁觉心无住，成坏那知法本空。
游遍扶桑千世界，毛端载戢不夸雄。

高野山随喜弘法大师道场

摩云越鸟陟山崧，簇簇芙蕖绕紫宫。
二万僧林承大荫，六千刹宇列高棋。
清修妙行闻湖海，寂照圆心破幻笼。
自是大师功业厚，出兴时世气王雄。

示竹庵善士[①]

龙团贵重少知音，往往宫人以缕金。
一啜王侯开醉眼，才倾宾友脱尘襟。
蔡谟制作全春象，陆羽论经压墨林。
比有竹君能取法，清香不减富沙琛。

即法弟省觐老人喜晤

昔在崎山唱和同，埙篪共调快春风。
别来九夏犹尝梦，忽晤兹秋豁素衷。
罗列千峰齐献瑞，合欢两彩并辉红。
俨然嘉会祇林里，法战当机悦主翁。

秋同即法弟到普门，途中值雨既至而溪弟见，喜赋诗次韵以答

昔年职慊老云门，激唱非如珠走盆。
再入狮林惊胆颤，何当甘露赞予尊。
杨岐栗棘君无滞，临济蒿枝谁彻根。
海岳天垂秋雨净，浑忘眉湿会同源。

秋过佛日见喜次韵[②]

凉飔扶策上云堂，考伐鼓钟集百祥。
法演机投山点石，眼明咳唾自成章。
疾风度刃君何快，夺食驱耕我莫长。

---

① 题后注“能制茶”。
② 题后注“时即和尚同访”。

相照同心昆玉在，犹如碧落耀三光。

颖[1]川藤左卫门信士至喜赋

迢迢千里特相看，彻见檀心不等闲。
德朴春光扬古意，神忻花色笑开颜。
忠诚数载交知遇，雅量于今匪退阑。
顾我也无桃可报，叮咛松月好为班。

咏菊赠惟彻侄

品弄阴威甚美休，馨香晚节傲高秋。
蓊丛揉玉堪为友，紫气清甘孰与酬。
不逐春风争巧丽，偏追隐逸共忻游。
应怜万籁逢霜醉，独尔贞芳占苑头。

祝本师七十初度（并引）

须弥峻极，沧海江洋。移此为祝师龄，犹一毫置于太虚。所谓灵光独耀，迥脱根尘。赞仰无门，景庆莫及。设或渊默，何以申表。敬述偈言，聊献少分云尔。

全身突出吼如狮，俏俊威风格外奇。
鼻孔饮干四大海，眉毛触碎五须弥。
三千界馥优昙现，百万花开古檗枝。
此日稀龄新气象，东行大道正斯时。

太和开山赋此志喜

英风浩浩让吾师，大用繁兴格外奇。
万树松中开丈室，千秋海内足生涯。
檀波溉渥优昙茂，法日昭回祖道弥。
龙象交参同选佛，升平圣世助无为。

随本师进新黄檗

劈破天荒壮大观，只将黄檗古名安。
应知道至难忘旧，更识心真辄自端。
法乳流芳齐少室，皇风浩荡扇林峦。

---

① “颖”疑为“颖”。

笻随高步云擎足，百里花飞匝地漫。

次双鹤亭韵

既得无羁去住心，何妨随处卜亭吟。
片言玉重堪垂世，化鹤机前密奏音。
直指犹须施白棒，真檀谁不布黄金。
道人受用现成事，岂比劳劳向外寻。

疏快襟怀合祖心，山亭筑就日闲吟。
句新意况成图画，道感仙禽听法音。
抖擞衣间无价宝，横行脚下尽黄金。
超然一榻仝维老，不是参玄谩访寻。

次登高韵

水接秋空一片明，登临老壮似飞行。
雁云澄霁牵人兴，樵径崎斜倩杖平。
饮菊寿长真可笑，题糕字少甚羁情。
谁知绝唱宫商外，句落[①]险崖尽拍惊。

黄金满地露华明，节入重阳列雁行。
桑苎煎茶名浪播，响山仿鬓气难平。
争如衲老忘知见，洒尔心空离幻情。
自是不歌歌便得，等闲落笔海天惊。

次竹林精舍韵

精舍幻成万玉中，清奇山水供禅翁。
恍如兜率天无二，犹似莲花国一同。
好竹好松堪作友，蹇驴蹇马谩追风。
心空彻底浑无有，直截示人自感蒙。

次中秋新禅堂玩月韵

道眼圆明月让光，撑天巨木驾华堂。
云排宝盖添雄彩，露浥珠玑绽瑞彰。

① “落”一作“里”。

供养修行真本色，弃官选佛藉斯场。
马师父子虽堪范，何似侬家一会香。

次禅堂上梁韵

披风抹月久藏山，一旦移来岂等闲。
质直堪为梁柱用，材奇不费斧斤艰。
全成大器雄千古，显发真宗露一班。
万福庄严真盖代，龙骧虎骤任追攀。

癸卯冬同诸法弟并两序造老人寿藏赋偈志喜（有引）

多宝现瑞，七佛降灵，皆以七级表七觉支，五层表五分法身。后之若师若弟，以德报德者，莫不叠石结室，剪木为龛，以备师之归根之所。由是与诸弟恭效古式，造浮图于万松冈。非敢谓图报师德，特以表法乳少分之恩耳。兹当盍尖敬赋偈志喜，诸昆仲亦忻然唱和。于是书呈本师老和尚，作长生图轴，以垂太和万古风雅云尔[①]。

苍龙脊上负青天，一脉长存永不迁。
没缝浮图超劫浊，堂皇宝相等金坚。
松朋竹友连枝秀，桂子兰孙奕叶绵。
后代从兹承荫覆，流芳祖道遍三千。

癸卯冬余[②]与诸弟以西域木雕老人法像工竣，即法弟赋诗志喜，乃依韵次之

天然贵胤本非来，法像幻成假异材。
道合乾坤无住坏，眼明日月亘长开。
威严衲子如黄老，慈愍生灵似赤孩。
愿力弘深垂相好，直教大地出凡胎。

次松隐堂韵

笋味尧夫谓郑公，争如卜筑隐松中。
千株花熟为梅饭，一树荫凉振济风。
雪岳神清金玉润，秋林气爽道光隆。

---

① 一无“尔”字。
② “余”一作“师”。

有时倚杖寒涛里，尤胜当年面壁翁。

道人踢脱去来踪，隐逸何妨入万松。
亮老休机尘世外，空生宴坐雨花浓。
四时得意龙孙绕，永岁优游鹤侣从。
一榻一堂谩道小，却含华藏界重重。

赠逸然监院六十初度

一年一度一生辰，华甲旋流相逐频。
逐逐兹秋成六十，未曾转换旧时人。
肤虽受皱头添雪，面目依然没点尘。
笑卧云山闲不彻，花开花落任传春。
茅屋三间幽且寂，无关世事乐天真。
时烹一碗赵州茗，活泼西来意更亲。

次慧门法兄寄怀韵

犀牛扇子赋诗浓，句义霞飞紫彩容。
雅古吟来声振玉，清奇笔下秀争峰。
有怀夜后闲烹月，无计帆归只枕松。
安得当年岩石上，趺蒲对话少林宗。

赠林惠林居士

病得鹤癯眼倍花，唯留余喘在山家。
君来一物无相待，数点梅花放碧涯。

远浦归帆

薄暮银浆漾远流，天风相逐渡归舟。
不施橹棹人登岸，一曲阳春唱未休。

登香山岩谒弘法大师像

纳雾吞云口未关，让师占断万重山。
声名千古香江国，谁识苍松展旧颜。

观农

竹篱茅屋江村外，田地耕空水得源。
理种休行闲礼乐，何争锄下不称尊。

仲春游菩提寺

寺绕山光瑞气钟，登临顶上俯群峰。
杖藜一指齐稽首，不负南天大道东。

寂历菩提迴谓情，寒松老偃盖英灵。
当年抱义由来见，二月梅花尚未零。

观垂丝海棠

图画春光细入真，倒垂玉缕迴江滨。
金鳞未钓成何事，只恐怪惊世上人。

紫云亭十咏（并引）

乙未秋，拟同诸子整归棹，缘黄檗老人去住未定，暂泊福济。其丈室西向，夏热鲜凉，遂于丙申春移杖稻佐山之水月居七有余月，朝夕坐松阴，披月色，听渔曲，放浪形表，快亦至矣。但行人以舟楫跋涉，未见稳便，即与寺主丐寺后圃地数武小筑，名曰紫云。盖予最初披缁温陵开元紫云，而黄檗亦有紫云庵，以难忘故旧而取义也。兹居四白，时缘罔遇，感慨而咏，以疏孤襟，或为见道述志，则吾岂敢。

素爱山居近水边，山青水秀自悠然。
茅庵虽只蒲团许，容得三千与大千。

富贵沤花世莫知，谁人了了悟无为。
看来惟有茅居好，月色和云永夜期。

无心无法法圆通，着利荣名总是空。
扫叶供炉闲岁月，茶香云外有谁同。

有悟有迷尽寐言，擎权竖拂钝机缘。
四时得意现成事，异草奇花不计年。

鸟自啼兮花自笑，无言默坐草亭闲。
水云揖问西来意，无数渔舟绿水湾。

亭前亭后竹猗猗，君子风高只在兹。

满目诗书文彩露，拟心欲读又差池。

茅亭小筑傍空林，路滑梅花寡探寻。
瘦骨清香微冷笑，一枝欲寄孰知音。

永日推窗看远山，南来四白紫云间。
因行济道桴鲸水，未见若人扣祖关。

底事无缘化道艰，逡巡遐逖接人难。
茅茨老我头添雪，一度心思一度寒。

几堆白石倚楼台，坐看天花动地来。
无说无闻真说法，钝根不省乱疑猜。

题江月居

华林深处隐茅斋，竹户藤延对水开。
江上月明千顷玉，清奇诗句寡能裁。

赠独立禅德二月十九日初度

普陀弗异此江斋，突出大悲千眼开。
小白花香春满地，天然图画不须裁。

过时津

马路迂斜绕碧山，奇崖怪石绝跻攀。
途中不离家中事，回首时津海国宽。

过肥前岭

山重重又水重重，岭半人家晒麦黄。
古木挂猿花落涧，烟轻云淡泼天香。

己亥春谒圣一国师广福寺旧隐有感

我闻此地国师开，特谒高踪不尽哀。
往古门庭今冷落，阿谁扶起旧华台。

圆应寺

一径松阴锁晓烟，枝低拂地碍人肩。
泉声无舌宣禅偈，圆应机锋太历然。

赠天甫禅德

双径流芳来此土，一灯续熖海东边。
虽然林野国师去，尚有余光照大千。

阻雨

前村霭霭野鸡声，瓦甑炊香不胜清。
无那天花情谩切，倾盆缱绻缓归程。

灵源浴罢水无声，各备行装事稍清。
晓色千山风雨急，杖藜没兴更休程。

养国寺

古寺巍然距海洲，何年花植映清流。
一枝一叶皆安养，到者尘劳念悉休。

观垂丝海棠

花发千枝映日开，风光满树似琼台。
山家富贵门堆锦，簇簇和云孰敢裁。

庭前养得碍人枝，井井条风碧落垂。
宝盖天然酬价少，融融吟赋不知休。

蒲树瑶光格外赊，垂丝密布拥袈裟。
天教古锦含春象，无奈东君泄异葩。

二月春肥弄柳条，花开灿烂喷珠瑶。
交罗帝网空中挂，错落重重供法饶。

送碧云禅德

别去春花五度开，而今喜见远方来。
浑无一物堪相待，赵老杯茶醉子回。

庚子秋疏快阁落成即法弟见访咏此志喜

万峰捧阁出青天，喜御登临恍竺仙。
促膝论怀方半日，浮生又过几千年。

中秋赋得此夜一轮满清光何处无

八月月圆胥月半，清光彻夜银河满。
人人仰望见无亏，谁识吾心同烜焕。

桂轮独耀一天秋，濯魄长江影遍周。
四海卧龙眠不得，骤忻竞捧出云头。

重阳紫云亭闲咏

九日黄花映眼新，云亭闲乐道人身。
海天空阔画图里，收摄大千只一尘。

野岸留别即法弟

共调埙篪畅海天，临风话别意悬悬。
虽携杖策穿云去，左右回看尽普贤。

宿神崎福寿寺

西风趁马暮山阴，借宿神崎古寺深。
鸟语钟声疏雨里，圆通时现寡知音。

至开善寺次老和尚韵示月窗禅德

一尘御风入善林，抬眸洞见拙翁襟。
山环古刹提玄旨，月落前溪印祖心。

次清拙禅师韵示宗洞禅人

三脚神龟火里立，光辉腾焰身无湿。
天生间气塞乾坤，千手大悲携不及。

赠小笠原右近大夫忠真居士①

入境便知治政严，禅门释子亦蒙沾。
只缘受记灵山上，世代云龙起宇瞻。

至上关

风师不负我心诚，一叶到关似羽轻。
两岸青山连汉碧，巍峨犹护法王城。

---

① 题一作“赠小笠原忠真居士”。

见性寺示祖方禅人

见性寺幽杂市家，廛居大隐胜烟霞。
青山两岸松千本[①]，直指西来意不差。

示铁牛禅人

余乙未秋至碕，是时慧觉求挂搭。丙申冬结制，乃安为侍者。见其行仪志气颇堪雕琢，拟望为大乘法器，不意绍太寺檀越请作住持，而乃师亦推逼甚急，故给假而归。临行索号，念其亲近已久，即为号铁牛，名定机，盖取祖师心印状如铁牛机之义，并颂以示之。

祖师心印脱绳模，状似铁牛亦太迂。
头角忽生文彩露，腾今耀古振寰区。

至普门

浪棹沧溟涉间关，登山疑是旧家山。
普门风景殊空阔，满地花开待破颜。

题包山陆治画花

巧抹春风笔意奇，长开艳冶百千枝。
从教带得研光帽，万舞山香无落时。

春同本师和尚并诸弟宿太和村

草屋林间数十家，不闻鸡犬吠烟霞。
大唐国里来兹地，底事希奇格外奢。

春日重过佛日寺赠端山居士[②]

捧头点破万峰春，一度登临一度新。
瑞苑光腾尘世外，三千刹海悉归仁。

高开法地摩耶麓，宛似当年祇树林。
老衲安禅龙奋伏，溪山犹震海潮音。

云淡烟轻佛日辉，何须棒喝发蒙机。

---

① “本”一作“树”。

② 题一作“春日重过佛日寺”。

春林尽作金毛吼，锦绣重重绕翠微。

二木居士邀游箕面瀑

山开箕面迴云窝，白练天垂万仞峨。
永昼风雷声震谷，时从龙起作滂沱。

登摩耶山顶

摩耶顶上碧崔嵬，二木支天格外葳。
俯视群峰环拱翠，高低咸显祖师机。

送知藏本公回乡

信脚踏翻华藏海，三千里外霎时还。
到家罢问途中事，云月溪山总一般。

兴圣寺遇雨

寺净香清古佛心，禅房花草自幽深。
杖头懒拨乱云雨，玉尘闲摇出径阴。

题微笑轩示古潭禅人[①]

拈花岭峻对茅庵，看笑瞿昙不再参。
庵内不知庵外事，何劳逐日作司南。

又

小小茅房小小厅，小门小径少人行。
忽然觑破拈花旨，迦叶头陀舌吐惊。[②]

西芳寺示铁心禅人[③]

西芳境好法王家，独树斜横过小溪。
向上关头亲打透，此峰不与众山齐。

又

吒沙溪西鸡齐啼，落拓屋北鹿独宿。
眼开了没悟迷人，脱体宁彰活卓卓。

---

① 题一无“古”字。后注“轩对拈花岭”。
② 一作“迦叶头陀也吃惊”。
③ 题后注“寺有向上关”。

曹源池[1]

一着源头出处高，流长遍地浪滔滔。
国师旋转归胸海，个个儿孙浴法波。

法轮寺

法轮寺枕半峰中，屋角溪声舌相雄。
句句真言诸孽殒，金刚门下欲谁降。

二尊院示素昭禅者[2]

山色翠秾日永春，二尊并化援沉沦。
了无疲倦云间站，不审知恩有几人。

示水月庵悠然禅人

水月交辉心镜朗，竹松映翠道人苍。
玉瓯泛雪赵茶熟，对话西来意气长。

法光院值雨一宿

法光院主客情浓，花雨为添锦几重。
入夜千峰云伴宿，无生未唱曲声长。

过直指庵次照公韵

春深春晓上高林，为爱幽栖短策临。
山曲清奇堪直指，四时花鸟乐晴阴。

溪行

沿流不止事如何，数里溪行共笑歌。
踏断水声全体露，海天空阔雨花多。

御室山

径外溪声提妙旨，庭前鸟语说圆通。
诸仁到此能知识，不负大悲手眼雄。

人日山行

人逢七日海天晴，万物咸新宇宙清。

---

① 题后注“窗国师手辟”。
② 题后注“院奉释迦弥陀二像”。

和气一团多逸兴，登山岂似世中情。

槙尾寺

略彴横过碧涧湾，招提阒寂苾刍闲。
严身自律虽为最，更要冲开向上关。

题观流亭

清奇水石一溪幽，草屋花间日看流。
两岸青山支汉斗，天然图画小皇州。

题兰花送惟彻侄

怪石为家谷作乡，清心洁己自幽香。
楚天越地人人爱，和美弟兄不混常。

癸卯春送湛弟之武江

池塘柳眼媚春枝，正是行人得意时。
躐躐马蹄驱掣电，武江显著大英奇。

逸休庵看花示道夏善士

花发樱桃逸圃春，诗人腆兴句清新。
看花须具看花眼，莫待风吹落地尘。

憎消爱尽万缘休，木石身心隐逸流。
道眼孤明无我我，大千沙界一灵丘。

水帘亭示瑞雪信士

山光映水水藏山，侧看帘垂绿水间。
昼永山亭无个事，精神倍爽契玄关。

深山山里结茅居，物境虚闲花草敷。
发白少颜风骨润，五台云外古文殊。

次即法弟省觐韵

人天交接两忻忻，重看堂前戏彩勤。
乐事如山书莫尽，谁云无语语堆云。

过佛日寺赠林法弟

两镜并明映瑞峰，灵光互照耀重重。

玄融万象全宾主，法尔如然亘古通。

赠吼弟四十初度

杨岐昔日辅慈明，天下藂林赞大成。
不惑之年君已得，东家种草自馨荣。

赠泉法侄三十一初度

恬淡无为大有为，冲开金锁俊狮儿。
年来卅一爪牙备，正好单提在此时。

赠弢法侄三十初度

乔松风骨自生成，质直撑霄戴月精。
大器早全堪世宝，正当而立出群英。

山行示元[①]祥禅者

千株松下一闲行，空阔云山不滞情。
满目菩提无外法，深红浅白总心经。

丙辰春王过福清寺值雨

竹扫苔阶邈俗尘，梅花含笑雨珠频。
蚕烹釜内餐禅客，蟹熟炉中吃道人。
雾敛峰峦登几席，晚晴渔艇宿江滨。
仰观远近秋毫外，法界重重入眼新。

赠桂昌院法云道人五十初度

五十年来寄世间，荣华富贵莫能班。
心光皎洁含秋月，意地端庄并玉山。
竟日清修消梦幻，终生密炼破凡关。
单提公案千斤重，不悟真机不放闲。

示大原长胜居士

体自圆明没覆藏，灵然卓尔放常光。
面门出入无踪迹，世上优游大吉祥。
识得真风成胜乐，洞开法眼是过量。

① 一无“元”字。

直前领略机浑活，万福庄严道业昌。

示证宗副寺

忽忽午风匝地凉，蔷薇花发药栏香。
心宗弥露分明极，法眼洞圆不隐藏。
本有生缘非外假，浑无住相是常光。
当机证取自家宝，佛手伸时驴脚扬。

寿云松寺实传法子五十诞

五月天申圣节期，桡龙艾虎活生涯。
九洲四海千祥降，八极三光万福垂。
鹤舞庭前添瑞彩，云腾槛外绽禅规。
熏风匝匝来南闻，大庆芳辰法振弥。

示谷笑仙居士

动若云行静似谷，餐霞吸露有仙风。
仰天一笑声清远，坐石忘怀色是空。
神情无累超尘表，意气高闲脱幻笼。
更若关头跨向上，金刚眼正万机通。

寿法鼎叔六十五初度

千岩万壑拂金风，正值昙华现世中。
菊吐芳庭秋气爽，云垂绿苑瑞芝红。
居诸行洁身明练，日用怀忘境肃融。
草屋宴安胜画栋，胸藏日月寿无穷。

示自含禅弟

艳艳尘劳带露花，讵能悠久放香葩。
朝看枝上方堪赏，暮委风中实可嗟。
随分知安荣乐大，居常自足富丰华。
玉生洁润人皆美，千古流芳蔑以加。

贺南岳宗长老开堂

历尽江山到海东，冷灰豆爆一轮红。
腾今照古骊珠燠，鉴地辉天海印融。

石火电光施大用，星飞斗换破顽空。
临机放出驱耕手，千圣望崖立下风。

舍利寺回黄檗夜泛偶成

村家两岸树笼烟，放缆清流月满船。
坐话禅和篷下茗，往还渔火水中燃。
心澄浪静含圆镜，风霁星稀别一天。
八万四千文句偈，未曾动笔已成篇。

大机后堂茶

敲冰煮茗野禅家，道者风流意气嘉。
不用簪花并簇锦，须同白练与明沙。
泥多佛大生涯阔，水涨船高活计奢。
展拓机轮当宇宙，阿谁不仰若丹霞。

紫云院探梅

紫云匝地日初晴，院寂门深踏雪行。
为爱先春幽处士，特探故苑傲霜英。
岩头冷笑半开眼，栏外新装不胜情。
不是一回寒彻骨，怎能独得占魁名。

丁巳元旦

须弥顶上击金钟，宝杖开封拄碧空。
眼突青霄双日月，毛吞巨海万光风。
昆仑骑象雷音震，石虎生儿气宇雄。
列国来朝臣庶阜，忻忻恭祝祚无穷。

堂主铁岩上座归山

久住丛林梵行清，几回檗岭话生平。
忻多意气提玄印，喜得心空契妙明。
此日归筇成活计，异时唱导振嘉声。
而今戒镜风光美，渴饮饥餐事事荣。

舍利寺悦山首座登山谢法志喜

古地重开不偶然，高翔逸翮越群贤。

机锋俊敏掀天轴，手眼光新彻海燕。
履践纤无渗漏处，拈提岂落巧穿边。
沙盆扶起宗通达，慰我山中曜石泉。

万寿院一明源侍者四十二初度

笃实行闩不自矜，相随多载在丛林。
龙蛇队里无阿党，节义场中有大襟。
背负宗幢同日月，肩担法令一身心。
千红万紫开图轴，庆祝昙云孝法琛。

慈眼寺越传首座登山谢法志喜

藏牙缩爪已多年，此日风雷际会天。
四海闻声咸赞仰，千秋载谱永芳传。
宗门阔大紫金秀，法运流长黄檗妍。
珍重登临堪轨范，孝仪腆厚倍周圆。

寿兴福寺澄一监院公七十初度

腊高齿长古犹稀，况是而今劫末时。
行洁律严堪轨范，形端影正合绳规。
凉生殿阁熏风袅，噪闹帘幞紫燕翅。
尘尾胡床虽未据，从心德博愈天奇。

示洪音禅人

大人用处不寻常，向上单提气若王。
智行敏明机俏俊，慈能拔萃势昂藏。
一音演唱人天仰，千古传流圣世昌。
轨躅恒如无退怠，盘珠圆转自超方。

华藏和尚请斋作诗见赠步韵复谢

天亲无着夙同风，把手欢呼藏苑中。
百二烟城俱历遍，三千刹海悉浑融。
诗成云母草书黑，句得心王笑颊红。
喜会新春团列鼎，大弘法道应华丰。

汉松和尚人日以斋见邀仍赋诗见赠步韵复谢

屡爱毕诚一片心，为人剪彩步趍临。
毫端拈出诗千字，折筋挑来僧满林。
日丽江山咸阜育，风和草木并徽音。
悬知佛事惟香饭，大法阐扬孰不钦。

春晚登灵瑞山随喜偶成①

云晴海霁谒灵踪，数里逶迤到瑞峰。
寂历心闲同古木，逍遥气壮若狞龙。
休师笔势群猿舞，末裔珍藏万纸封。
策杖登临随喜处，欢呼揖拜老虬松。

示岛津主膳居士（并引）

岛津主膳居士入山，问："一归何处？"师答云："前是三门，中佛殿，后法堂。"士不会，复示以偈。

远远登山道意真，禅参归一一何臻。
三门佛殿无违隐，一座法堂觌露陈。
只此明明成现事，不劳卓卓话重伸。
君今盛德能承领，便是忠良了彻人。

山门竖梁

重楼杰阁敞虚空，须是郢人巧幻功。
锦栋华梁含彩秀，象牙星斗势飞雄。
崔嵬鸟外非凡宇，屹崒云间埒梵宫。
不得奇材坚好木，争能特立以兴隆。

奉奠东福门院②

七十余年福寿崇，皇宫不住祖莲宫。
天生贵胤非常质，气禀灵英造化功。
阒尔尸居松性劲，俨焉山立竹心空。
民怀德渥同慈育，撇掩孤芳尽叹忡。

---

① 题后注"一休禅师开山"。

② 题后注"太皇后"。

赠稻叶美浓守檀翁京师回第

奉使京师乘暑来，心忠胆赤气恢恢。
嘉猷交会天人际，雅量弘为文武才。
德雨恩沾诸草木，仁风韵合列星台。
诚尸皇母归茔后，不以功高载揖回。

寿慧林和尚七十诞

海岳清漻一洒秋，黄花满地室添筹。
须弥寿量谩推算，日月慧轮没比俦。
尘动风寒龙虎伏，舌摇句峻圣贤投。
从心纵用无违矩，轨范古今振祖猷。

大山门落成志喜

吁嗟去圣日遥遐，法鼓而今喜复挝。
祖席繁兴天广大，门庭显焕日精华。
千秋美播曹溪范，万古芳传临济家。
丕振宗风功盖代，源长流远绍隆奢。

雪子徒孙住山月庵

秋清月色海山遐，静里诸天鼓自挝。
寂灭身心闲万境，顿开肉眼没空华。
拾枯煮茗延禅客，种菊傍篱乐道家。
际会风云时节至，滂沱法雨五湖奢。

赠清斯法侄继席

尺一牢缄到海东，开函仿佛对君同。
胸襟博厚灵机密，气宇高明慧眼通。
兔角杖头挑日月，龟毛拂子缚虚空。
袈裟葙里三千界，祖令新条在尔躬。

实传后堂登山志喜

霜风扑面透衣寒，省觐迢迢上檗山。
雅重千祥光贯日，谦恭六爻吉盈颜。
尘襟脱落机洪峻，慧眼无瑕气浩闲。

临济世家宗正脉，从兹叵耐振要关。

播磨城主直矩公祈嗣请上堂偈以赠之

积善之家必有庆，诚祈感应降麟祥。
山河可赖传洪业，国器犹堪播大方。
盖代长雄无敌手，周才出格有奇光。
风云气蕴全英特，掌握乾坤万古昌。

己未春日咏兴

春来岩谷静朝晖，万物咸新壮帝畿。
日月照临开粹茂，乾坤化育足生机。
寒回柳眼云霞暖，瘦转梅花木石肥。
惭愧未能圆道业，祝君只赋句无私。

己未元旦铁眼上座五十初度偈以寿之

元正启祚海山春，岁月天增万象新。
玉佩擎牙朝圣德，金阶迸英祝能仁。
五湖四渎欢呼日，百福千祥庆喜辰。
扑落娘胎添华彩，于今知命愈丰神。

铁心徒回山（有引）

铁心徒在崎水建圣福寺成，特来省觐，即说偈以美之。

地因人杰转娉婷，鼎构华宫拱帝青。
山境无凡天瑞降，禅规称圣道风馨。
霜柯月渚传心印，烟岛林花灿祖庭。
谢子遥来何以待，铁钉饭鲠勿嫌屏。

示云岩堂主

丛林久住复居山，此日重来弗自瞒。
宁耐岁寒穷彻骨，不将名利晒傍观。
草衣木食身坚壮，火种刀耕气浩宽。
密尔深操圆胜行，于今托出万人欢。

贺高泉法侄禅师进院

百劫以前数此山，神人护守翠云环。

今朝得主开丛席，千古流芳振祖关。
白拄杖头行正令，红莲舌上涌波澜。
憧憧辐辏诸龙象，法会兴隆壮大观。

赠别峰法侄孙

本分操持净点埃，无求于世自深埋。
恒沙性德全圆备，具足心源自偶谐。
妙用神通非至瑞，虚凝寂湛是真才。
忻君底事洞然得，特地声光若震雷。

月耕西堂七月初二设茶述偈以示

发足超方志不群，机缘契处便珍惇。
长年履践无渗漏，竟日销镕脱懂昏。
撇尔山河俱拽转，迥然佛祖一齐吞。
顶王三昧毛端现，万德光中播法恩。

秋喜本多弹正祥岳居士到山

气霁天高万壑秋，征旗缥缈陟林丘。
龙蟠凤逸英姿伟，兰发玉晖秀美幽。
且解深深谈不二，复能洁洁行弥周。
年来契阔承光覆，无限怀开话靡休。

虚舟侍者改号千岳兼起法名道止偈以示之

千峰仰止出高霄，万派同归振海潮。
阔大波涛冲汉碧，嵬雄气势泼天寥。
祖风浩扇无遮盖，心印圆常不假雕。
于此辨明堪种草，宝华座上展纲标。

鼓楼落成志喜[①]

正诚雅士布黄金，特建楼台镇檗林。
法鼓晨昏舒礼乐，水云遐迩聆雷音。
圆通理入天人耳，显发机开宇宙心。
万行庄严无比拟，功高德备古今钦。

① 题后注“京上信梦善士喜舍”。

冬至因雪偶成

葭灰发焰一阳回，雪满山河净点埃。
无位真人皮骨裂，破沙盆子眼睛开。
普贤白象披璎珞，卿相金鱼拜玉台。
南面垂衣天子贵，争知方外富如来。

稀龄述意①

脱白桑园方十七，瞬眸又是古稀天。
夙生缘熟来传法，投老幽栖乐永年。
檗峤千秋麟凤盛，云阿万载桂松妍。
金枝玉叶连辉秀，结果成林集大贤。

福济慈岳上座闭关

超然物外豁疑猜，把住牢关不放开。
藉藉声名驯虎豹，皇皇气宇振风雷。
千花欲献天无路，万境虚闲圣莫陔。
卅载高峰操履处，于今复喜子徘徊。

爱宕山福寿院上人

正眼妙圆没隐藏，凝然卓荦放常光。
面门出入无羁系，世外优游显瑞祥。
鸟语华栏尘境寂，云开宕谷雨花香。
觌机廓露能承领，福寿庄严法道昌。

示寿山侍者（并引）

潮音首座开绿树院落成，嘱其徒寿山住持，偈以为喜。

登云桥外筑精庐，海子开基寿子居。
静极怀空心镜晓，尘消垢尽眼珠舒。
齐圆六度融今古，纵用三玄夺毁誉。
绿树阴秾深处坐，是非不到碧阶除。

① 题后注“延宝庚申二月三日”。

春岩徒孙特承祝寿以偈示之

韶光和霭紫云中，远策登山祝祖翁。
海岳千重无惮倦，身心一片更谦衷。
天花错落添筹屋，香果高堆满卧宫。
喜子真诚能眼正，何妨异日振规风。

严有院殿赠正一位大相国公大檀越完七以偈奉奠

天生良善德风温，菩萨化权一国尊。
海月山河俱镇静，尘沙草木尽沾恩。
复兼不昧鹫峰嘱，且又崇隆兰若门。
乘此功能归上界，仁明藉藉满乾坤。

庚申中秋连辉堂对月写兴

寂历空林气象澄，沼莲叶盛露珠莹。
光吞云外虾蟆走，笛吹岩房蟋蟀鸣。
坐对孤轮天籁息，心含圆镜诗魔生。
花栏影动微风至，疑是寒山来作盟。

潮音座元造登云桥落成以偈谢之

山径幽修本坦夷，乱流不觉成溪碕。
石梁架起如硎砥，客道依然若宝墀。
度马度驴功不宰，大心大德行忘疲。
桥头踏着登云路，平步哩啰快莫涯。

逸然监院公十三年讳辰偈以挽之

最初请法入东来，叵耐宗枝今遍开。
不是功高深仰重，那能道布悉周该。
龙神必佑超尘宇，佛祖的携上宝台。
十二三年虽已往，俨然犹在古天台。

赠南源和尚五十初度

翻掷狻猊海宇秋，风光晃耀越常流。
华林世界藏牙爪，檗苑丛中揭祖猷。
广博智才堪表率，魁宏机略夺英俦。

香飘丹桂庆知命，兆应大开法遍周。

明法极法嗣开堂入山省觐偈以为喜

道化加州主一方，加州匝地尽祯祥。
国君护法生三吉，庶子回心获五香。
杖策倒携秋月满，檗林乍入桂花昌。
真风骨露人咸仰，慰我紫云气若王。

玉冈侄孙四十初度偈以赠之

鹧鸪啼处百花开，柳放鹅黄时降胎。
未步能骑青水牯，初生便坐白银台。
明天日月升平乐，檗苑麟狮称大才。
历雪操霜登不惑，头头成现灿星台。

雪堂侄孙三十初度偈以赠之

岩桂芳馨九月天，娘胎扑落菊花鲜。
才生便有食牛气，而立仍加策马鞭。
海上浮杯齐燕远，月中标指等山贤。
晚成大器赵州老，竖说横弹理事全。

后水尾院圆净政仁法皇别御谨上偈香烛奉奠

世主妙严高贵身，乾坤镇静道风淳。
九洲沐化恩光大，四海为家政治新。
况又圆明开法眼，复兼胜净泽慈仁。
权衡展拓宗门手，任运去来没比伦。

铁舟法孙登山省觐喜至偈以示之

远怀逸老道情高，策杖登临不惮劳。
一段谦光人尽爱，浑身盛德孰能褒。
复兼法眼同圆镜，且又机锋等吹毛。
吾道东行宽世界，任从绍续振纲韬。

辛酉元旦祝圣喜降瑞雪因成一偈

天门初启唱金鸡，万岳千岩布玉圭。
兆应太平新景象，圣恩弥满泽苍黎。

烟村喜庆年丰佑，草木知荣瑞气倪。
户外堆铺银世界，尧风法雨两昌齐。

赠京师户田越前守回江府

数载京师牧化新，功高德政尽归仁。
黔黎景望同时雨，野老歌谣极海滨。
端卓刚廉犹壁立，清和懿美甚文彬。
法门素耐金汤固，厚重声光莫比伦。

示元坚永寿信女

净法界身体湛然，光明寂照遍三千。
大圆所作元无病，平等妙观本自玄。
一念不生诸佛现，六根才动众魔缠。
兹凭忏力心开悟，福相安和夙障蠲。

贺堂头慧和尚建院落成

飞锡特来行化风，开山建院万松东。
石牛生得法身主，烈士名成奏大功。
凤子龙孙齐合彩，风花雪月乐无穷。
华光明鉴黄金国，健作资高榜样丰。

秋过摩耶山高泉法侄以诗志喜次韵谢之

兜率护明未入胎，摩耶先降小如来。
石头路滑无尘迹，殿阁幽闲有法台。
谷口逍遥山鸟语，庭间馥郁桂兰开。
清新诗句难酬和，只饱赵州茶数杯。

壬戌元旦

玉历新颁此日初，椒诗松颂大椽书。
衲僧门下无文字，富士山头有鲤鱼。
梅柳江春新气宇，云霞海曙绽华居。
梵檀三祝升平世，道阜民康乐自如。

示片仓三之助政长茂士

清净本然智胜身，由来玉洁没纤尘。

灵光寿命元无病，幻化根源岂有因。
五蕴空时四大壮，诸缘消处两眸新。
心慈妄绝超凡类，领略当阳万德臻。

堂头湛法弟和尚继住黄檗志喜一偈贺赠

法运繁兴岂作为，山灵有待至人司。
前缘数定无毫错，此日来应自恰宜。
域外乾坤收掌握，寰中龙象服钳锤。
须还出格大机用，正令新条振祖规。

稻叶丹后守居士为京尹一偈为贺

忆昔长兴晤面时，深忻严毅有威仪。
果然今擢为京尹，必也重迁蹑舜夔。
政泽仁风归四海，敏明德量耀中曦。
黎甿仰慕同春沛，复尔禅园赖法篱。

悼瑞龙寺铁眼嗣法子

衰哉吾道莫能兴，眼子丧兮令众惊。
海藏功圆骤撇脱，法幢吹折望何擎。
庄严愿力无知识，广被夫贫有至诚。
浊秽都忘惟是德，行深顿入涅槃城。

庆峰侍者

庆峰侍者亲老僧多年，今改号泰岳，盖取太山高峻之义也，即说偈以示之。

泰岳高兮埒太山，摩霄插汉挹天颜。
长年镇静常清净，永昼光鲜邈间关。
不碍云霞深错落，任教花鸟自缤环。
西来祖意分明极，何必峨嵋去复还。

智积院泊如僧正大法师隐逸以偈庆贺并赠

德备才高当世稀，双全福寿甚恢巍。
功成名遂栖尘外，理极事圆入翠微。
穷石宴居含白贲，洧盘涤洁愈藏辉。

游心浩浩真标致，千古令人慕富机。

高泉法侄五十初度

出世宗师万百千，争如佛国愈高贤。
殿开山顶如灵鹫，法说云间若梵天。
寿等乾坤牢承大，道并日月转光圆。
娘生面目逢知命，恰似再来古圣宣。

荐清珠院元圭瑞光夫人

真寂性空意廓然，含融法界体周圆。
本来面目无增减，旷古神珠罔变迁。
念起时迷烦恼海，情消日证涅槃仙。
当阳领略开心眼，炯炯灵光耀大千。

荐本明智显上人[①]

圆常皎净本来空，显露无遮智镜中。
寂尔凝然浑不坏，玄澄活脱迥罗笼。
拈来百草成灵药，放下万缘契祖风。
顿悟胸怀开法眼，逍遥上品沼莲红。

荐清誉净春居士

娘生面目本昂藏，体等虚空大瑞祥。
无去无来真净觉，非前非后妙圆常。
一机转处千机透，片念空时万念忘。
觌睹弥陀亲演法，园林水鸟亘敷扬。

荐宝寿院境誉智清禅尼

灵机性寂本如然，若净琉璃贮宝月。
皎洁清辉朗太虚，湛莹洞照周尘渤。
无遮无覆独昭圆，非灭非生常焕揭。
当下知归自坦闲，腾腾任运登莲阙。

荐东光寺舜谷顺尧禅德

静若谷神动若云，看来动静两无根。

① 题后注“能医碧峰侍者请”。

心光通达超尘梦，识暗含冤失本源。
结业于怀终自苦，忘情当处便为尊。
返观世界沤生灭，任运逍遥解脱门。

荐自空了圆信士

自性空圆朗太清，无冤无怨亦无争。
只缘念浊成人我，故结业愆系识情。
入死出生相报杀，为妖作祟互欺倾。
若能忏悔休拘着，便趣如来解脱城。

荐柏侍者

四大假成梦里身，沤生沤灭属埃尘。
回光返照明真体，任运去来没两人。
直下承当归圣域，撇然领略透关津。
乘兹正智无羁滞，在在琼楼作胜宾。

荐元明梅月禅尼

梅梢月现甚分明，一段清光劫外莹。
非证非修无欠少，纶今纶古没亏盈。
世间玩涉犹如梦，意地消融湛若泓。
数载操持刚气骨，一朝撒手陟莲城。

荐海元院性和慈云禅尼[①]

性海澄莹法界周，空圆透彻万缘休。
顿超玄妙慈光普，迥脱相名正眼优。
于此根尘消落尽，和融德用越常流。
洞然本具金刚体，直入莲华社里游。

荐本多能登守藤原忠义老居士

妙净慧身邈去来，无生国里独徘徊。
清风明月弥今昔，碧沼红莲拥玉台。
一片精忠犹晓日，满怀胜义若云雷。
超然正信无渗漏，动地惊天气宇魁。

---

① 题后注“月峰公乃堂”。

荐佛性院了无老居士

本有光明遍界彰，虚灵廓尔露真常。
孤危峭峻超今古，混会含融亘瑞祥。
无是无非无得失，自由自在自安康。
瞥然了悟开迷眼，任运腾腾蹈大方。

荐小刑部灵神

天生正直大神聪，洁行居仁万事公。
降吉消灾无委曲，立纲统纪播淳风。
不兴祸福为民媚，岂更怪奇惑世懵。
廓然空寂知无住，拨转灵机即大雄。

挽久世大和守老居士

心源善现宰官身，节义高操美誉振。
政泽犹如春雨普，德光并与日轮新。
多年柱国全忠正，洁行施仁益至真。
撇尔骑鱼天上去，芳名千古播江滨。

荐法云院孤轮贞照夫人

一段风光遍界周，未曾掩没本踪由。
常恒处处毫端现，圆亘昭昭六不收。
洞廓古今元解脱，浑融凡圣乐优游。
于兹豁达无疑滞，托质金台只瞬眸。

荐大仙玄寿信士

全提个事意无私，百草头边活祖师。
觌面现成难盖覆，真风浩荡不迁移。
即凡即圣空三际，大用大机廓四维。
坐断千差来去路，超伦气海莫能羁。

荐春光院妙实大姊

本有光明一着机，迥超物外妙玄微。
罗笼不得空今古，显焕当阳绝是非。
句下悟时成解脱，言前荐处透重围。

莲台捧足随心现，极乐腾腾任运归。

荐清珠院元圭夫人

法性身光净点尘，灵明寂照具慈仁。
庄严妙行空诸相，透彻玄机只一真。
了则顿登华藏界，信而解脱圣王伦。
迥无疑滞珠盘走，活泼优游劫外春。

荐冲信院元室信女

十世古今当念周，无边刹海一毫头。
既非生死去来相，宁有高低男女流。
月渚风柯皆般若，园林水鸟总慈舟。
如能返照知端的，觌面弥陀把手游。

荐道龙节潭居士

老而益壮念孜孜，湛寂虚闲契道宜。
节比临潭秋月皎，龙因出洞庆云随。
心田洁净灵苗秀，性海波澄慧眼慈。
但尽凡情无圣解，浑融法界见超师。

已未季秋喜近卫殿熙翁大居士至山作此奉赠

山光淡放清秋色，菊绽黄金风偃抑，知音到此多人识。须辨的，东坡元只名苏轼。

落笔文章符圣德，潘阆骑驴身半侧，何似灵运屐齿埴。潇洒客，都来输与近卫辟。

惟一禅任六十诞偈为寿之

万松冈上白云齐，下视海寰世界低。血写华严似紫泥。妙端倪，年登耳顺嘿提撕。

精诚道业瑞中圭，月映冰壶净点坚。碔砆休拟比玻璃。英奇兮，逍遥竹径短筇携。

七十一自庆示众

自预缁流，以至参游。冲开关棙，骑归牯牛。
鼻绳在手，任放任收。磊落潇洒，无喜无忧。

笑卧溪山云月，不与凡圣同俦。灵妙且非佛祖，超然岂羡王侯。
偶到东海，廿有余秋。五坐丛林，七演法由。
名无翼而飞百粤，道非迹而遍万州。胸怀一今古，寿相等山丘。
声价如粪土，荣华若厕筹。身心清净，了没愆尤。
懿行淳朴，迥出常流。快活神仙莫比，风光日月齐侔。
生死靡及，法化俱周。知足尚足，可休便休。
紫云深隐，永昼闲幽。匪余匪欠，奚恋奚求。
涅誉夜电之拂，爱恶泡沫之浮。版屋不异玉殿，纸袄犹胜貂裘。
平生自庆，几世操修。得此真乐，更复何愁。

福济慈岳嗣法徒子五十初度偈以为贺[①]

有祖以来不自欺，子今天命力操持。当年壁观一风规，应更知，岩中晏坐绝思惟，空里雨花拨不亏。慧剑霜寒胆气弥，珠玑活泼人称奇。正经儿，岸谷胸襟较弗差。

荐雪子鹤徒孙

多载勤修学识高，痛哉早逝似徒劳。
假能乘愿翻筋斗，大法依然属汝曹。
属汝曹，得真操，弘振祖风意气豪。
搅不浑兮扑不碎，纶今括古圆陀陀。

和尚法像安座偈语[②]

金刚正体眼圆明，在处津梁没谓情。
统摄尘沙三昧力，弥纶今古祖灯盛。
供养精勤恩荫大，枝枝叶叶子孙荣。

悦山首座书华严大经请偈题卷尾

重重法界义幽玄，口海波涛长子宣。
万行齐彰于当念，千机顿赴邈偏权。
圆融刹土毗卢境，行布心华世主诠。
百廿烟城参既遍，须弥为笔难描传。

---

① 题后注“时在关中”。
② 题后注“丙辰秋七月二十二日”。

福济慈岳法徒三周出关以偈赠之

牢关打透转身时，海岳宽舒豁两眉。
兔角杖头挑日月，龟毛麈尾缚须弥。
拈来炼就大阿剑，挂起崚层铁面皮。
万别千差俱截断，振扬佛祖古风规。

病中堂头湛和尚以偈见赠即依韵酬谢

诸病无因幻化生，幻生幻灭只如然。
元来幻化惟同泡，或悟心风亦未玄。
空寂床中放四大，萝卜粥外且随缘。
瓮里未曾走却鳖，古今一致长生筵。

谢法子诸檀（并引）

自壬戌仲冬大病，至癸亥初夏始渐愈。潮音、铁文、岳心诸檀等，最后来省，见其颇瘥，日日设供庆喜，作偈上贺。予惭德薄，不当如是，乃述此以谢兼示。

予疾或同维老疾，幻生幻灭元非实。
曷劳日日设嘉馔，净整人人共坦食。
顾我德轻蔑以当，忻君义重恐其失。
应知更有超方作，打杀云门与狗吃。

汉松吼和尚六十初度偈以为寿

四时顺节快于仙，花甲初登耳顺年。
献供海山排瑞锦，归投龙象满华筵。
通身德业浑般盛，无价道风益凛然。
逸翮高翔真俊俏，阐扬大法势惊天。

玄瑞禅士山中结制告回偈以示之

两腊山中共习禅，因知变艺以参玄。
能拈茎草全生杀，直示当人本智圆。
一线梅华春令转，千岩石骨玉锵铿。
携囊归去咸忻仰，未动脚跟信已传。

赠瑞仙院法印大医国先生

杏林秀出一枝新，万古千今不老春。
有大神医卢至士，无私橘饮董真人。
随心诊候知难易，信手观摩识郁伸。
日域堪称为第一，谦恭和雅德訚訚。

方广兰洲首座省觐以偈志喜

夏末秋初热似炉，穿云冒日以忘躯。
一团道骨岩盘石，满腹德光海蚌珠。
短策逶迤山径曲，轻篷缥缈夕林迂。
悬知慰我多情至，喜得吾家有马驹。

天岩禅侄建紫金堂落成以诗贺之

山不在高不在深，好人住处成名嵚。
况兼幻出华堂宇，复有天然古柏林。
土灶通红煨紫芋，柴门永启看幽禽。
卷舒虚谷霞云瑞，彩照祥光匝地金。

挽酒井修理大夫居士

圆常不变邈纤尘，只此本然净法身。
亘古恒今浑独露，弥天括地永长新。
迥超修证非生灭，示有去来了夙因。
富贵犹如中夜梦，于兹透脱愈天真。

挽松平别峰老居士

八十余年应世间，清修德业自倪端。
平生洒落心无系，永日虚融意不关。
色相空时诸妄化，凡情脱处万机闲。
今朝向去同槐梦，顿入莲城面圣颜。

悼大觉端山正长老

一生鲠正石肝肠，自琢自磨不混常。
履践犹如冰雪洁，居诸复似铁山刚。
承当个事心真实，匪顺人情势益昂。

哭杀苍天今已矣，流通法脉更谁望。

荐道洁雪山禅人

丛林履践既忘机，蓦尔红炉片雪飞。
铁壁银山刚气骨，电光石火闪寒辉。
根尘脱落全清洁，器界顿空邈是非。
直下承当无少滞，悄然不堕透重围。

荐大信院本誉忠义居士

心忠义节古今希，须是居诸仁不违。
大器大根具大信，真诚真正得真机。
凝然气宇超尘表，洒落襟怀发璇玑。
一念回光全体现，无边华藏任游归。

悦山首座作偈来觐依韵志喜（并引）

首座公华诞前来觐，作偈并设供为老僧庆壮，因喜其孝敬之至，乃依韵以寿。

碧落澄漻不记年，恒常耀后又光前。
筹添海屋空王寿，偈阐嵩华慧命绵。
德合须弥充宇宙，法周沙界利人天。
尔吾并列寒泉馥，不愧桑门奉紫仙。

石麟法侄受衣回江户以偈送之

随师黄檗山中来，衣钵亲承掌握抬。
时节因缘成熟日，只将絜矩接贤才。

圆通法侄应献珠寺请偈以为送

此去献珠作住持，方来诘叩应须知。
相逢拈出当阳句，勘辨龙蛇莫放伊。

悼白翁嗣法子（并引）

七月十六，获白翁嗣法子七月初三顺世讣音，谓火后白骨节节皆是舍利，可见其操守之真也，即说偈以悼之。

平生操履若刚锤，出语颠狂似夏雷。
也有人嫌亦有爱，沉疴撇去见高奇。

挽法光院翠岩法侄

操持多载廓天真，湛寂灵渊净垢尘。
此日虽然离器界，何妨再出作关津。

示铁船禅人

笃实襟怀净点埃，了无委曲行门恢。
直心便是菩提道，智眼精明显大才。

荐桂山侍者

灵光独耀体圆融，不假修持等太空。
既以知归虽脱去，何妨再世振宗风。

挽开元湛然轩观华耆德八十七岁西归

八十余春齿德高，招提为众不辞劳。
功深行满归西去，喜得金台最上敖。

荐松平下总守女子天真院

荣华寿命等浮云，生死去来镜里痕。
看破是身同泡沫，大千沙界一乾坤。

秋过竺土山大仙寺成偈示石公禅人

秋清晓日照高林，短策相探上竺岑。
寺里有仙金紫耀，世尘弗染静参寻。

壬戌秋偶过常休寺示石鼎嗣法徒

山坡小小破茅堂，冷淡幽栖野径荒。
守志随缘惟托钵，时来豆爆自馨香。

赠寂门禅侄住万松院

拂拂霜风彻骨寒，飘然杖笈入松关。
焚香礼塔无劳倦，重法尊师不等闲。

宽文癸丑重阳前四日过广智胜幢寺赠栎隐禅侄

圆通手眼千峰现，广智慈光万壑辉。
偶到其中聊借坐，天华错落满禅扉。

示义潭居士

幻出无根万法空，当阳不昧主人翁。
于兹返本回光处，便得超然振祖风。

示碧峰仟侍者①

方才闭掩坐禅关，又出禅关省恙颜。
道义圆全无欠少，纲宗一任布尘寰。

示泰岳高侍者

多少年来侍几前，耳提面语契机先。
急中与汝磨盘子，一任抬扛接众贤。

示千岳止侍者

去来檗岭有因缘，此日巾瓶蓦廓然。
万象森罗归掌握，不妨一印定宗玄。

示铁航上座②

烈焰炉中煅出胥，堪为圣瑞作慈篷。
从教万斛来装载，渡尽无余过海东。

示广州上座

万重波中捞得月，返常合道气超伦。
今将柮斧密分付，斫尽青山没露痕。

示玉江居士

无宾主句响如雷，一喝千江玉浪驰。
从兹捞得波心月，也解指标示众窥。

示义潭居士

月映寒潭妙义含，心空皎洁万缘劖。
浩然赢得间闲地，曷异维摩老口缄。

三月念八

三月念八，因江州素圆、素闲诸弟子等特来设斋，起病成四句自庆云。

① 本首与下首题后皆注“时在病中”。
② 题后注“癸亥正月”。

死中得活万无一，此日活来再出时。
老骨崚层闲世上，随缘饮啄亦稀奇。

鹫头越传首座公于癸亥四月初七西往，偈以挽之

平生操守行门深，正眼圆明一古今。
此日骑驴天上去，看来大似雪岩钦。

悼瑞文皎侍者

妙湛朗然廓太虚，复兼戒德净无污。
圆成胜行超诸数，必处寂光意自殊。

福岩文公长老癸亥七月初九日五十初度，偈以寿之

知命之时春百五，道行恰值买臣年。
宗风大振从兹始，宝掌同庚四海传。

挽廓然道兴居士

湛寂灵渊彻镜清，了无浑浊自澄莹。
平生履践皆真实，直趣莲邦脱世情。

送觉潭法孙之梓里

此去肥前千里余，逢山便住谩深居。
有人诘问西来意，花自秀兮柳自舒。

赠骨岩禅翁

老炼多年不苟为，硬如山骨露云时。
乌藤半折频携倚，恰若空生看紫嵋。

荐三谷净性道印善士

从来信行不违仁，守分安生乐本真。
最喜禅门修胜慧，虽然撒手自超伦。

仙台中大夫

仙台中大夫羽林次将、奥州太守肯山居士，以立雪二字命泰龙徒孙作偈，一日呈老僧，老僧看过，即用来韵示之。

少室庭前坚立雪，未宁心地愧当人。
觅心不得与安竟，觌体堂堂没却身。

曾知小少有聪明，喜得于今转老诚。
悟彻之时同未悟，髑髅眼瞎祖风京。

知幻法孙受瑞圣之嘱偈以赠之

承当大法事非轻，趁得泥牛月夜鸣。
刹海三千都照彻，堪为种草话无生。

净德院殿灵岳崇心大童子偈以奉奠

天生福大位犹尊，争奈因缘报未惇。
启手无伤虽撒去，何曾昧却本来元。
众生不杀复能施，寿命延长富贵弥。
返看灵源无变易，再来托质振纲维。

题蟠龙窟赠义潭居士

窟里龙蟠似隐潜，神机妙用势无边。
一朝奋迅为霖雨，泽遍三千与大千。

悼晓岩上座（并引）

晓岩上座见识文学，久历丛席，甚有深造。惜乎质不称文，所以大事未就，撒手而去，诚可太息也。岩以吾为父，吾不得以为子，即说偈以悼之云。

识见高明学问深，惜乎质弱不堪任。
骤然向去令人叹，后辈无由听大音。

示祖春徒孙

笃信精勤怠惰无，时时定慧耀心珠。
益堪祖道为纲纪，恰似春花绽画图。

示祖溪徒孙

真诚朴实行门深，业就功圆一古今。
月印清溪舒祖眼，窥天鉴地得人钦。

示龙江徒孙

长江水涨碧连天，奋起飞龙出玉渊。
利见大人胸宇阔，兴云化雨布三千。

送梅岭法侄还法王山

秋色澄清秀插天，山藤登陟法山巅。
法王法眼皆宗正，法运繁兴万万年。

示智觉禅侄

智眼从来邈障遮，犹如日月耀尘沙。
浑圆照用全宾主，一句当机万国嘉。

示泰宁侍者

发足超方要志诚，断然弗苟弄虚名。
千差万别俱消息，圣解凡情一洗清。

示万光徒孙

精诚正信道根源，古德从来共禀尊。
汝若依之无所悖，开通智眼振宗门。

示古篆禅人

出家修行戒为先，如护眼睛绝垢缠。
寂静身心诸妄息，不参禅也是参禅。

示雷峰禅孙

参禅人，心要真，心真不怕不超尘。
娘生鼻孔元成现，蓦地知归无比伦。

示月丘禅孙

参禅者，无取舍，清净六根元般若。
当户月圆只一轮，千江普印难遮把。

示龙关禅孙

参禅客，须出格，意气高闲竖铁脊。
拶教沙盆口吐花，馨香匝地弥今昔。

示廓潭禅孙

身心廓豁若澄潭，本自圆明不用参。
彻底无痕波浪静，碧天月映冽寒甘。

示贞鉴禅尼

无事于心净点尘，了知万法总非真。
时时鉴照空诸相，便是本来达道人。

赞颂先觉五则[①]

斐相国问黄檗："运容仪可观，高僧何在？"众僧无对。

倾心对众诘高僧，朗唤一声便战兢。
会得古今无少间，恭迎供养法亲承。

庞翁倒地，女欲扶起。

见爷倒地子来扶，理必当然岂别图？
不识儿心亲切处，横看侧问转为疏。

杨大年见慈明问："如何是圆上座为人句？"

作家相见事非常，一搦一抬各显长。
若不来风亲鉴破，被他扭拉也难当。

张无尽见兜率悦问曰："闻公善文章。"悦大笑云云。

官人多是爱便宜，就里藏锋不令知。
久炼黄金无变色，任从钳打转精奇。

李驸马都尉临终时，膈胃燥热。尼道坚见云："众生见劫尽，大火所烧时。都尉切宜照管主人公。"尉曰："大师与我煎一服药来。"坚无语。尉曰："这师姑药也不会煎得。"

探头太过祸殃臻，煎药铫中难转身。
叵耐主翁端的别，临行启手乐天真。

端山长老真

七十六年硬似铁，参禅修行无休歇。
忽然顿入真三昧，撒手归空证寂灭。

---

① 题后注"古内造酒祐善士请"。

自赞

紫云院诸子请

古松支汉表，老态却成龙。欲死坚犹活，且留壮振风。

祥光拥紫气，祖祢重辉鸿。不得操霜骨，那能秀愈雄。

堪为檗岫长标范，二代流芳永绍隆。

廓山上座请

风霜历尽，鼻孔饮干四大海。人境双忘，眼底空廓微尘界。

拈条山藤，打扫狐怪。衣紫帝皇钦，法流临济派。

泰岳上座请

连辉堂老汉，闲坐没规箴。眼底空寰宇，胸中一古今。

安和乐竟日，赤律自忘心。分付岳禅子，休于格外寻。

义潭居士请

这个老人，何物堪配。虚空为身，禅悦当铠。真俗浑融，人我双碎。坦坦荡荡，自自在在。作四海之慈航，启众生之法爱。向上一机，投针锟芥。

富士山

崔嵬气势雄，突出海天东。

雪顶如银白，咸称富士翁。

红牡丹

丰姿淡淡抹胭红，带露媚春笑晓风。

富贵华神尊百卉，天生独品茀芳丛。

白牡丹

百卉丛中第一王，璨然洁净白如霜。

月明帘外浑同色，一度风来一度香。

又

芳园霜气冷，玉叶剑挥空。质素多幽韵，洒然世外风。

又

幽岩尘不惹，根固历风清。富贵天然胤，流芳劫外荣。

水仙菊同

菊花与水仙，清洁邈风烟。节劲霜难委，岁寒愈更妍。

枯木竹石

枯木依岩石，逢春罔变心。拂云天外秀，离俗有清阴。

画竹

岁寒心不改，霜雪独青青。闲淡无尘俗，挺然有径庭。

又

青青节直自坚然，彻底心空不变迁。
铁额铜头来问佛，何妨拈起老根鞭。

锅岛加贺守星岩元晃居士赞①

德泽民怀道意该，禅园游戏喝轰雷。
虚空粉碎无留碍，自是光风盖宇恢。

稻叶美浓太守泰应老居士隐逸偈以为赠（并引）

居士匾所居曰潮信，自号曰泰应，盖取其地天交泰，潮音信应之谓也。以其交泰故，而位育得宜；以其信应故，而进退合节。故曰：诚畅乎天地，颛通乎神明。由是德生于理，理生于智，德智相应，乃称圣人。然而居士辅国政治三十余年，盛世太平，主盟咸欢，上下和悦，皆交泰信应而获致也。用是观之，乃知居士既归林下，而不悖乎辅国之怀，即子产于郑，夷吾于齐，实无间然矣。山僧素蒙法护，祖道之兴，一如法范。今老矣，非居士竭力爱渥，岂能闲谧而潜于岩石之下乎？敬占一偈，以表道交之微云耳。

柱国卅年片赤心，太平坐致九州钦。
恩加市井无为乐，政被军民有大襟。
仁爱一身浑是德，刚廉终日不违箴。
复兼法护同休相，隐逸功成保重深。

宝州孙送藏经远松堂（并引）

嗣法徒铁眼公于松堂借《大藏经》翻刻，工竣而撤去。幸然宝州子继之完成，兹印送还，厥功非浅鲜矣，乃述一偈以赠之。

---

① 题后注“嗣子纪伊守请”。

如来金口放毫光，只为众生苦举扬。
叵耐弘心真铁汉，流通至法片刚肠。
忘疲冒雨冲风去，克念披星带月行。
大藏刻成虽坐撇，幸然宝子继鸿纲。

癸亥冬至日志喜

初添一线海寰春，君子道长小道泯。
大地平沉魔境遁，虚空消殒法身纯。
随缘放旷余生乐，任性逍遥岁月新。
最喜这回翻泰壮，犹堪聊作主中宾。

秋应长松院斋偈

高秋山色萃，夕照入长松。径静无尘迹，门深有雅风。
香台幽世外，贝叶衍心空。腆厚酥陀供，钩章赛靡穷。

酒井韧负指岩居士入国偈以贺之

一人政泽万人愫，国自昌隆福自弥。
草木沾恩蒙德润，凛然坐致太平时。

白云轩道朴老居士岁登九十有三，特来黄檗谒老僧，偈以赠之

有子出家传祖印，况兼齿德君双盛。
更加净念念无忘，上品莲台生是定。

为道望得石居士进圹

平素留心在法门，自云得力彻源根。
虽然撒手无纤系，切莫依稀便躲跟。
正眼点开须看取，妙高峰下别乾坤。以拄杖敲篱三下，遂送入。

甲子立春

六十年华甲作初，新颁历卷播春图。
尧风湛荡山河壮，舜日长辉帝道愉。
满撒琼花千世界，乍开梅眼万丛珠。
家家富贵升平乐，争及茅庵无事夫。

舍利寺请藏经偈赠

自祖山门有藏经，慧灯转焰永长明。

光开暗室迷云破，福被苍生业海清。
庆喜多闻亲结集，玄奘久历独翻成。
颇能特请功非浅，万载流传道大亨。

甲子元旦

三阳开泰韶风回，玉拥寒岩处处梅。
青帝光临增寿祚，正王驾降启文才。
桃枝拂祓终成妄，木偶令如总是灰。
恭祝无为春亿万，遐昌树荫法轮恢。

谢照空上人相看

凉风拂拂菊花新，有勚趋衣到紫峋。
愧我老年多德薄，无纤佛法与君珍。

赠印光法侄来任松堂

迢迢越海陟山来，独任松堂大俊哉。
晓夕无疲宏祖业，宗风长扇莫能陪。

普明桂岩法侄开堂偈以贺之

久住山茅眼目高，开旗展阵见英操。
九州四海皆钦服，喜得吾军有六韬。

示觉翁法侄孙住正德寺

黄檗门庭大泼天，儿孙捞入尽英贤。
妙明眼目褫魔外，独许真机发快便。

为岩桂居士去发作快逸偈以示之

八万四千烦恼毛，从兹削去一金刀。
顶门光耀红尘净，便是超然俊杰豪。

龙兴院信岩道崇居士行乐影赞

尘劳坐断入禅关，正眼洞开当等闲。
佛日机缘相契处，琼花赠与插云鬟。

示宝洲禅人

密证潜修岁月长，自家珍宝露堂堂。
老僧付与龟毛拂，任运施为祖道光。

题南岳磨砖

让祖真慈作用微，砖磨石上使知非。
从兹了悟无成坏，便具超方格外机。

题南泉斩猫

狸奴白牯一般顽，斩却头来绝斗端。
顶戴草鞋宗眼正，还他胜敌过人慢。

题归宗锄蛇

大用现前无轨则，一锄两段机超格。
算沙自是个粗行，却怪他人真草贼。

甲寅春福济慈岳徒至

嫩发柳眉三月中，细莺掷锦百花红。
谁知道[①]义春光丽，只觉胸怀[②]旭日融。
海阔山遥忘泛[③]履，身轻法重复瞻风。
故园消息谈来快，多载心悬梦顿空。

贺铁文长老开堂

悟易守难行更难，今行自是久操端。
龙蛇混杂应明辨，棒喝交驰莫昧谩。
放去收来无掩[④]互，宾从主验有关栏[⑤]。
生机一路临时活，千圣闻风胆亦寒。

示兰洲后堂

身心放下白[⑥]澄莹，特上檗峰结社盟。
短榻[⑦]安蒲趺不倦，黄齑[⑧]充腹乐余生。

---

① “道”一作“孝”。
② “只”一作“那”。“胸”一作“道”。
③ “泛”一作“倦”。
④ “掩”一作“会”。
⑤ “栏”一作“拦”。
⑥ “白”一作“洁”。
⑦ “短榻”一作“纸帐”。
⑧ “黄齑”一作“山齑”。

竹篦背触[①]休他叩，佛性有无在己明。
捏碎虚空风骨露，百千妙义掌中擎。

示即空堂主

色即是空空即色，色空空色两浑融。
骊龙颔下珠敲碎，彩凤骨中髓搦穷。
本有生缘寰宇阔，天然驴脚海山通。
纵横阔步无羁滞，始得惊群振祖风。

示天宁知客

好友交参有变通，擎茶出作主人翁。
身心怡悦忘疲倦，逆顺因缘尽顿空。
阔论禅机添意气，闲拈胡饼显家风。
胸中活脱生涯大，自远方来悉契宗。

挽福济谦禅弟

夜度新秋谷口风，商音[②]骤至转忡忡[③]。
初登彼岸开堂日，久借连枝翼法功。
底事深知心有契，灵机独会理无穷[④]。
创成福济飘然去，喜托莲华[⑤]净国中。

祝本师七九华诞

道骨崚层苍玉润，春秋百六佛同班。
胸开化日辉双国，舌吐风雷振九寰[⑥]。
福海洪深涵法海[⑦]，寿山高峻出南山[⑧]。
名虽欲隐声弥著，价重乾坤悉仰攀。

---

① “触”一作“错”。
② “商音”一作“讣音”。
③ “忡忡”一作“愁忡”。
④ “穷”一作“蒙”。
⑤ “莲华”一作“莲花”。
⑥ “寰”一作“关”。
⑦ 此句一作“福海深含东海海”。
⑧ 此句一作“寿山高出南山山”。

示瑞禅侄

迢迢千里来相访，为法忘疲愈见亲。
有偈投机休再勘，无心合道益光新。
流通正脉元非苟，履践纲宗应切真。
直得因缘时节至，弥天瑞彩作关津。

示潮音西堂

个事撑持不等闲，直须壁立绝跻攀。
电光石火当机疾，夺食驱耕觌面间。
迅辨来风邪复倒，纵横应用易无难。
长时严密虚圆湛，便是吾宗佛祖关。

赠县法侄建瑞光院供其本师即非和尚[①]

含藏法界瑞光堂，建立圆成孝行彰。
草木连辉[②]生翠润，鬼神阴翊[③]叹奇祥。
眼明舍利万珠[④]贯，德备心灯千日煌[⑤]。
永镇山中为国宝，令人瞻仰福悠长。

太上法皇御制佛舍利赞赐松堂老人钦和御韵[⑥]

舌震风雷动海山，紫宸宠锡檗林间。
龙姿凤质生霞彩，玉笔金文灿豹斑。
此日流辉并宋世，千秋颂祝[⑦]注天颜。
三朝御制同尊重，永镇梵宫[⑧]岂等闲。

奉和老和尚受舍利偈韵[⑨]

夙世缘深在日东，蓬莱岛上振宗风。

---

① 题一作“县法侄建瑞光院供其本师舍利工竣作此以赠”。
② “连辉”一作“头低”。
③ “阴翊”一作“手合”。
④ “万珠”一作“千花”。
⑤ “千日煌”一作“万日煌”。
⑥ 题一作“法皇制佛舍利偈赐松堂老人次大韵”。
⑦ “颂祝”一作“讽祝”。
⑧ “梵宫”一作“山门”。
⑨ 题一作“次老和尚受舍利偈韵”。

法皇锡偈兼金骨，源将檀[①]山并梵宫。
两国声光千镜朗，浑身道德百花红。
庞眉雪顶嘉猷大，自是吾师气岸雄。

次王友人寄怀韵[②]

忆昔南山又北山，君游教海我禅关。
门庭各立虽然异，法社同归不忍删。
忽记鳌江开棹日，孤携藜杖望云颜。
自从十五年相别，千里犹如对话间。

和乳峰三非法弟寄怀韵

万石冈间小钓矶，渔翁戴月弄潮归。
风清一笛愁孤客，句好长联到短扉。
逸致[③]天才声价重，惊人笔彩意玄微。
何时共与芳庵乐，间向水边摘紫菲。

除夕值雪

春来旧历此宵除，六出花飞拥马车。
打鼓小参云水集，烹牛分岁主宾娱。
丛林不用钧天乐，香积惟修郑圃蔬。
曲唱无生非徵羽，调高肯[④]比齐人竽。

赠大眉法弟五十五为羯磨[⑤]

霭霭华光映海寰，俨然不异古灵山。
浑身沽露真风骨，万指绕围苍柏颜。
秉法[⑥]人天齐合彩，提纲贤圣共云班。
登坛果似文殊老，直令迷津[⑦]得筏还。

---

① “檀”一作“捐”。
② 题一无“王”字。
③ “逸致”一作“绣气”。
④ “肯”一作“岂”。
⑤ 题一作“赠大眉法弟五十五初度为羯磨”。
⑥ “秉法”一作“羯磨”。
⑦ “津”一作“源”。

天德寺愚隐禅德相访偈以赠之

云淡烟轻霁海天，门开八字路通玄。
止啼黄叶休频用，畅快乌藤付大禅。
铁额铜头忻际会，风蹄电足展机缘。
遥临檗岫无相待，点盏赵茶当醴泉。

赐紫衣偶成

弘法神洲十六春，惭惶难得似前人。
恩沾雨露丘山重，德被林泉[1]日月新。
丹诏天垂金玉振，椹衣御降水云珍。
披丹[2]无以酬明圣，惟阐单传答舜仁。

赠法侄柏禅师[3]

瓢囊泛海夙生缘，契会师资岂偶然。
广寿堂中头角露，蓬莱岛上信衣传。
非因彻骨梅操雪，那得寒光剑倚天。
向去[4]高提无敌手，嘉声从此[5]播三千。

送翠峰法侄居山

只恐居山居不深，居深那管使君寻。
松花数树清香供[6]，云竹千竿调素琴。
随分栖迟胎养圣，因缘骤[7]辏土成金。
沙盆提起真风露，法眼流辉举世钦。

法弟即非和尚末后火化

法弟即非和尚末后火化，收舍利无算，合国知者莫不忻仰，因述偈以赞。

---

① “林泉”一作“宗门”。
② “披丹”一作“道荒”。
③ 题一作“柏法侄禅师”。
④ “向去”一作“直以”。
⑤ “从此”一作“抑亦”。
⑥ “清香供”一作“资香饭”。
⑦ “骤”一作“辐”。

出世廿年谁不知，而今愈觉露风规。
一霄烈焰消残处，五色圆珠灿烂时。
烁破百年生死梦，点开末运万千疑。
只缘戒定坚贞力，应作堂堂命世师。

即法弟和尚末后火化

即法弟和尚末后火化，舍利无量，崎人并合国知者，莫不忻仰，因述偈以赞。

出世廿年世莫知，而今始显真风规。
圆珠五彩浑金璧，净体无痕皓月池。
截断狂澜千卷弄，重辉末运万憨痴。
定慧等持三昧力，光明炯炯大宗师。

赠谦弟退休[①]

放下诸缘事事休[②]，内无所着外无求。
辽天鼻孔应难触，点地脚跟得自由。
兴到豪[③]吟忘世界，闲[④]来纵笔走龙虬。
老中益壮元非老，四海清风一线收。

示慈岳徒继福济[⑤]

但凡去住总前缘，受用现成岂偶然。
有宝衣间原[⑥]旧宝，无钱海外得官钱。
清修契合圣贤侣，爱着疏离福德天。
以此为龟为鉴也，汪洋祖道化三千。

竹岩道节居士施佛殿大匾以偈示之

如椽大笔擘空挥，点画分明泄妙机。
挂向法王宫殿上，流芳圣世古今稀。

① “退休”一作“隐逸”。
② “事事休”一作“逸圃幽”。
③ “豪”一作“狂”。
④ “闲”一作“颠”。
⑤ 题一作“示慈岳禅徒继接福济寺”。
⑥ “原”一作“元”。

不缘正信檀无吝，那得胜因布四围。
自此庄严千百载，出人头地愈光辉。

赠青木兴石居士致仕[①]

蝇名蜗利识[②]非真，止借一枝聊托身。
渴饮曹溪无垢水，饥煨象岭带蓬榛。
长年不见繁哗态，竟日虚闲独契神。
适意逍遥尘世外，从教梅柳度江春。

拄杖

现成标格，条条劲挺。赤体无依，孤硬卓正。
超铁牛机，权佛祖柄。扫野狐踪，碎千圣顶。
竖抹横拈，全彰照用。

拂子

达磨眼睛，衲僧巴鼻。历的离披，当阳廓露。
迥脱周由，浑无回互。使鬼旋风，人天罔措。
透出威音，弥纶今古。盖色骑声，独尊寰宇。

钵盂

囫囵漆黑，内外一如。纯刚铸就，匪欠匪余。
雄吞霄壤，善伏龙鱼。应量方外，颖脱亲疏。

蒲团

肃尔团圞，非背非面。承地统天，浑然露现。
受人天拜，占空王殿。东抛西掷，随机应便。

行脚歌

吾年念五出闽游，历遍烟城数十洲[③]。
拄杖横肩挑日月，草鞋踏破万峰头。
气凌佛祖夸英特，眼盖乾坤截众流。
磕着冤家施毒手，鼻头捩转始知羞。

---

① “致仕”一作“隐逸”。
② “识”一作“总”。
③ “洲”一作“州”。

狂念歇，豁开[①]眸，万象之中迥独俦。
通身洒落露风骨，兀尔条条绝证修。
呵呵呵，没来由，看笑诸方老秃牛。
拈槌竖拂浑压贱，悬羊卖狗忒心偷。
勘破了，得自由，清风匝地卧林丘。
一钵一瓢随分过，物外逍遥意更幽。
运腾腾，任遍周，鬈松须发度春秋。
相逢若问西来意，拈起山藤臂[②]脊搂。

瞌睡歌

知是般事即便休，何妨任运梦中游。万里溪山恣放旷，一天风月作良俦。
生涯随分无拘着，那管人间乐与愁。佛祖现成犹不做，岂留名字挂心头。
有时适意吟今古，有时枕石当熏修。有时瞪目看花鸟，有时孤坐寂悠悠。
管甚无位真人，说甚孔氏春秋。我且不识是凡是圣，渠岂能辩[③]是马是牛。
粗衣乱着遮腥垢，一念万年冷湫湫。从他云水，如凤如鸠。余只无好，何爱何仇。

蒲团七个，笑杀长庆。清茶一瓯，勘破赵州。争如息机罢钓，多少自在自由。

也不羡他荣华富贵，也不羡他宝阁琼楼。也不羡他位镇河岳，也不羡他眷属绸缪。

幸自千足万足，何须南北驰求。阳春一曲，未许人酬。心忘情以灵妙，胸虚豁而含幽。

道无相，绝支离。才系念，属差池。拟将心比洞庭月，正如眉上更栽眉。
青青水面芙蕖[④]涌，拂拂香风扑鼻时。该今括古空王旨，明明历历迥离披。

黧奴白牯悉然晓，三世如来总不知。自喜半生些子事，失便宜是得便宜。

---

① “开”一作“双”。
② “臂”一作“劈”。
③ “辩”一作“辨”。
④ “蕖”，另作“蓉”。

薰风袅袅，桐影依依。要睡就睡，任适吾之。从教江海[①]成田地，懒捉虚空细剥皮。

龙峰会歌

巍巍荡荡大宗师，任性逍遥少得知。道契团圞谭不倦，好山叠耸看忘疲。
既人境，两相宜，一段真风振四维。活弄棒头龙虎伏，铁牛没肚也生儿。
鲁司寇，剔双眉，金汤坚密念无私。凛然弗负灵山嘱，是处丛林特卫持。
爱黄檗，老古锥，法眼圆明格外奇。万别千差融一致，恢张正脉绍杨岐。
龙峰顶上，弥露丰规。碧居禅德，孝敬瞻依。图描以揭西来意，传与扶桑共乐之。
一水善人并哲子，珍重家藏胜珠琪。高明硕德欣题咏，永播乾坤万古悲。

贪嗔痴歌

贪嗔痴，最无知，佛种由他断丧之。一念才生三个现，牵他不了陷犁泥。
识得他，任从[②]伊，放去收来自合宜。精粗爱恶浑融尽，优游处处共兴慈。
元是一家好孥子，分疆立界致相非。今已翻成观自在，千差违顺总圆机。
不必庸狂驱遣逐，低头返看是阿谁。

紫云山来迎寺石偈（并引）

此石不知出于何所，后宇多法皇见雅之，贻赐元应寺开山传信和尚，以表法爱，盖信乃法皇之戒师也。年代既久，其寺废圻，将石移在紫云之来迎寺。兹住持谒山僧，并请偈以志，即述四句而遗之焉。

块石天生状九山，复兼八海带其间。
珍奇怪异难诠注，摄一毫头悦圣颜。

胜尾寺阏伽器偈（并引）

丁巳之腊，小池院并诸上人仝来黄檗，谓大士灵感，王臣共重，其显化瑞迹，历载释书，不能枚举矣。惟百济国后妃祷应遥赛阏伽器一事可据，然而不幸遭绿林之所焚毁也。越四百年，宽文庚子秋，吾先老人随喜胜境，将宣德风、临窑宝供于大士座前，而合山忻忭，犹青毡之再赵。兹特丐山野题偈，以志永光山门。由是援颖略书其概，仍占一偈为赠云：

---

① “江海”一作“沧海”。

② “从”一作“泛”。

昔日曾登应顶山，圆通瑞应许多般。
吾师奉供宣天宝，法偈留存守律关。
般若金光并日月，栴檀像圣重宸寰。
灵踪炜炜难藏掩，千古王臣仰胜观。

摄津州河边郡多田庄末吉村大觉山方广寺钟铭（并引）

盖闻肇始之基，必有道者而成其洪业也，端山上座其人矣。何以而然之？盖有可说焉。端之为道心勤，为法心真。即真与勤，则法眼开豁，不待言而人信矣。既其眼开，乃担荷个事。今老矣，即剃染，择大觉山建方广寺，为终老之处，仍请老僧开山，是其知道重法也。寺既竣，则铸钟以镇山门，使晨昏叩击，声播冥阳，以发悟其痴暗，而趣解脱场者也。斯利非浅鲜，可不铭而记之乎？于是老僧乃援笔为之铭曰：

发达幽趣，惟赖洪音。音闻遍普，顿悟痴心。
机通圆净，豁脱苦吟。出离浊海，坐菩提林。
无穷法利，罩古笼今。

白泉禅寺钟铭（并引）

尝夫建立刹幢，必设钟鼓，使朝暮击叩，以昭山门之法范，而彰礼乐之大备也。兹武藏州丰岛郡江户乡大都城东北隅龙渊山白泉寺者，按其所原，旧在远江田中城，而其开山乃雪外宗秀禅师也。至第四世通山彻和尚，遂改移之江户乡，即此寺是也。然旧有蒲牢，洪音峻极，不幸于万治戊戌岁遭舞马而破碎，于是山门无雷震之久矣。今当山住持天恩长泽长老，切思山门阙失钟声，则礼乐不兴，抑无以警发其痴秘而利幽趣者也。由是捐长物，铸大鲸。圆音既竣，但少厥铭，特托池田氏权太郎善士来请老僧为其作之。老僧曰："唯此胜事也。"即援毫为之铭焉。铭曰：

春秋迭谢，山海遥长。星飞斗换，云移风扬。
生灵迷昧，变幻无常。或堕幽趣，或产官商。
处处执着，背解脱场。苦楚万状，无一清凉。
蒲牢忽叩，酸停痛忘。愚者转慧，祸者转庆。
超凡入圣，离暗发光。如斯善利，德莫能量。

隐居斋引

静里乾坤大，淡中日月长。人天凭送供，花鸟任芬芳。

端坐神常护，经行地发光。无心无系着，顿化万金刚。

己亥秋同即法弟诸禅侣

己亥秋同即法弟诸禅侣往梵住山观瀑并宿灵源院，世传观音现迹示绝信禅人。

菩萨悲心非等闲，高提月斧破重关。
为怜苦厄阎浮众，示迹灵湫溅瀑潸。
一滴一尊清净相，长流长演妙音观。
携将诸侣来瞻访，无限法云绕梵山。

大士声名臭屎橛，潮音洞里洗难清。
今朝犹向灵源瀑，竟岁牵招苦众生。
湫潭水澈从云浣，古木枝低碍马行。
野兴忘归聊一宿，淙淙彻夜说莲经。

寄赠西堂林法弟

西堂职在普门做，壁立须弥山一朵。
有纪有纲德匪孤，为祥为瑞人瞻奥。
英风凛凛虎盘嵎，俊气昂昂狮踞座。
不器之模既铸成，临时展拓无伦匹。

秋日送耀哲刘善士重往普门

四载才回又见招，不辞驿马路迢遥。
苟无念法咸山重，曷有虚心脱幻嚣。
举世人多闲妄想，返源若个悟玄要。
野桥休管金风冷，直入普门古道饶。

送若一禅人还双径

七棒由来对十三，烟城百二谩追参。
无违心绪归双径，蕴藉机关上九潭。
客作遐邦非久乐，平居故国自清甘。
死蛇当路休槌杀，直与盛将没底篮。

玄硕信士求荐严

父子恩深信夙缘，谁知认叶作金钱。

身如岸树非长久，意若风尘速改迁。
系念频趋生死海，恣贪自溺轮回渊。
未充其力成颠倒，了则心空及第还。

佛诞

老胡四八降王宫，能说能行气象雄。
打杀云门非触忤，抛喂狗子更超宗[①]。
当时可惜留遗毒，此日炽然成恶风。
中毒伤风千古有，更无翻款出罗笼。

示金屋道贯善士

参禅只要直心肠，正信相资谩度量。
诸缘放下无魔累，一念消融脱体彰。
但得心空尘不惹，何劳行苦妄求祥。
庭前柏树如参透，始见宗门牙爪长。

峰禅人求荐师

万万千千雪到头，灵台一点不曾修。
黄龙默老非他比，白业精操恰己谋。
既离语言文字脚，岂同幻梦利名流。
追思远荐堪规法，聊把虚空画铁牛。
蓦鼻能穿倒骑去，横行遍界是嘉游。

挽甲斐庄喜右卫门居士

薰风夜撼竹门开，报道高踪已隐埋。
六载交知成一梦，万民抱德泪纷埃。
林泉既失仁云护，草木谁施雨露来。
幸早嘉声传海宇，无疑蜕脱产莲台。

冬至同本师和尚过佛日寺应二木居士请

追随访胜过前村，小小蓝舆代运奔。
雪作天花平路凹，松为铁苕扫烟痕。
瑞光影现溪山秀，佛日场开景物温。

① “更超宗”一作“报恩祟”。

请法心诚申荐拔，世间仁孝两俱存。

径山费师翁讣音至①

地老天荒我不干，胜幢忽折祖庭寒。
人天景慕空追忆，龙象凄凉失所观。
满地狐涎谁更扫，丛林轨范日阑残。
幸留②舍利辉千古，益见宗门有汉官。

示大泽兵部丹羽玉峰二居士

万事心公内必忠，惊天动地大豪雄。
虽然未入祖师室，早已骤归莲社宫。
百念消融真见道，千机顿息转光风。
尘劳既洗无余蕴，便是超群解脱翁。

在恬侍者荐亲

劬劳罔极只双亲，德重恩深何处陈？
日供千金终有尽，时投百味助沉沦。
欲资孝行超三界，须达真空绝点尘。
一念回机莲域现，僧祇不历露全身。

示关伹马守

本来一着没新奇，横遍竖穷贵自知。
泽政施仁端在我，修身立行更由谁。
心开不坐凡区宇，眼正繁兴圣域基。
三际浑融无滞碍，云山海月恣遨怡。

示松平若州守③

居诸日用足机权，自是忠良意罔偏。
行净扩充心地藏，仁明不悖祖师禅。
积善于身多得庆，新民以政尽归贤。
复能亹亹怀谦让，法护真诚太洒然。

---

① 题一作“径山费祖翁讣音至”。
② “幸留”一作“幸然”。
③ 题一作“示松平别峰居士”。

喜昙侄至

美汝道心孝且诚，千山千水侍师行。
巾瓶杖侧浑无倦，重法胸中不自轻。
满面春风花澹笑，长年古意竹贞清。
险崖之句休拈出，自有雪峰换眼睛。

甲辰灯节次韵

文明启祚祖灯新，合国欢呼乐泰仁。
美景时临天不夜，韶光气霭地咸春。
金枝秀茂开宫苑，玉烛腾辉彻海滨。
世出世间希有事，须还过量圣中人。

送赠西堂溪法弟赴江州正明寺

佳人二八煞[①]丰标，蓦地时来气岸调。
有意移花兼蝶至，无心买石得云饶。
胸藏玉润终尊贵，句活机轮自俊超。
牢着脚跟雷电起，为霖为雨涨江潮。

示宗本禅人

我祖一机不涉诠，由来古圣莫能传。
悬崖返掷真英俊，撇地承当迥悄然。
万念消融忘岁月，两眉光彩耀山川。
掀翻数句无留迹，出壳凤雏翅泼天。

荐金屋道贯善士

洞寂灵明劫外春，廓周沙界绝纤尘。
辉天鉴地超诸相，入圣融凡没比伦。
平日所参参底事，终年欲悟悟斯真。
如能了了无羁系，便是莲华国里人。

示小滨左卫门居士

繁华世态一无真，百岁如驹过隙频。

① “煞”一作“杀”。

富贵浮云终变幻，情怀美色总虚尘。
释尊不坐金轮殿，庞老丢抛玉帛珍。
道眼顿开三界外，超今迈古孰能伦。

示古雪戒子

参禅人，无委曲，万缘放舍清如玉。
单提一句麻三斤，打破疑团方始歇。
随分水边养圣胎，逍遥林下烹泉月。
蓦然更[1]透险崖机，返掷狮儿活泼泼。

道成求荐业师可敬先生

心是医王医幻法，了明幻法即真医。
葫芦击碎乾坤大，药斗掀翻世界夷。
活泼去来无脚迹，顿空生死出尘羁。
情消当念全安养，始得功圆果满时。

荐冲明善士

妙性灵明绝死生，超诸有海浪波泓。
只缘背觉耽尘累，故自违真失宝城。
以此羚獬千百劫，不能快乐半时荣。
从兹了悟同槐梦，上品莲台直接迎。

赠惟一侄血书华严经

杂华特写答双亲，自是贞诚有血人。
骨肉分还难再折，指尖刺遍又重新。
门玄行布开桃李，义妙圆融历果因。
天耳遥闻忻大行，恩深毕报勿疑频。

示禅人

参禅人，志要高，志高出气自英豪。
孤孤迥迥撑天地，屼屼堆堆秉慧刀。
万虑存时非净行，千差断处是真操。
工夫纯熟心花吐，笑破赵州作活曹。

---

① "更"一作"拶"。

参禅人，志要真，志真不与僻邪亲。
单提一句无佛性，直使识心净点尘。
看来看去忘疲倦，正念正诚自耸神[①]。
一札入头浑庆快，山长海阔尽家珍。

参禅人，要志大，志大易超尘世外。
戒洁冰清神鬼钦，禅思寂静人天爱。
不生一念自安闲，才涉诸缘多障碍。
提起沙盆急急看，忽然磕碎无能赛。

沐佛

四月初八日，老胡降地轴。一声狮子吼，万古野狐灭。
自有知恩人，高提破木勺。请渠入镬汤，岁岁蓦头沐。

挽妙光道人

薰风吹竹浪，花径生微凉。放下汗衫子，摧开火宅场。
一心无念系，五浊现莲香。七二年来事，于今理自彰。

荐直心玄正居士

玄机湛若水，体净洞圆明。本自无成坏，何妨示死生。
三千功德海，八万法源城。显现毫端上，超然迥谓情。

示本多光正御史[②]

神心如廓悟，直下脱根尘。产业治生处，施为惬至仁。
从来无取舍，岂更有疏亲。不叩灵山旨，宁知大道尊。

示土岐赖泰御吏[③]

善积名高显，德章身自尊。苟非心垢尽，那得道圆真。
雪泮崖抽笋，梅开柳度春。信能成胜行，不尔总虚论。

示医士

庭前柏树子，显发祖师机。着眼全迷旨，回心顿入微。
等闲拈茎草，能以济寒痱。得此真灵妙，高名播世徽。

① “耸神”一作“爽神”。
② 题一作“示本多光正居士”。
③ 题一作“示土岐赖泰居士”。

示佐甲传兵卫

远瞩青天外，大千一撮尘。横身当宇宙，齐物邈疏亲。
马喻犹难悉，羊亡谩憾频。万缘消息尽，法法自归仁。

示碧潭禅者

潭空秋月皎，水止碧沉沉。瞪目窥无底，穷源入转深。
不干犹不湿，非古亦非今。是法难思量，唯人方寸心。

送堂主本公回江户[①]

几度秋芦白，入山扣老人[②]。交参同露柱，怡悦邈风尘。
挈领堂中主，和光世外宾。莺声开柳眼，忍别[③]过江滨。

次韵示宗舜禅人

一着威音前，本无颠倒颠。乾坤如粟粒，何处立中边。
此是西来旨，亦名宗正源。了明常不昧，洒落自天然。

过归休轩赠兰室禅德

大千无寸土，何处是归休。木女空中唱，石人井底酬。
能言非假舌，合道自忘流。漏逗多遭哂，太虚不掉头。

示古灵禅人

自高人必下，至学不矜奇。劈破面门处，蓦穷伎俩时。
德山焚疏钞[④]，临济拂蒿枝。竭尽胸憎爱，恢恢[⑤]万古师。

示岛田久太郎居士[⑥]

本来真面目，步步不相离。物色同根本，自他一贯之。
宽仁多福寿，敏悟成忠慈。毋悖灵山嘱，心花开在兹。

---

① 题一作“送堂主本公”。
② “老人”一作“法真”。
③ “忍别”一作“别我”。
④ “疏”一作“注”。
⑤ “恢恢”一作“能为”。
⑥ 题一作“示岛田居士”。

月舟禅人请荐乃师[1]

灵根非色相，廓落迥纤尘。浩净含虚碧，皎然彻镜新。
海阔无涯岸，山空露法身。回光而返照，洞见本来真。
以此报师德，是名出世因。或其情未撇，又背古梁津。
汝师盛德者，复兼文行人。虽离于凡宅，必游常寂春。
能明斯大义，脱体自超伦。

志明禅人病中求示

心如风过树，身似镜中尘。四大元无主，六根岂是真。
返观病起处，痛苦竟何因。明达俱非实，交煎不碍身。
红炉镕片雪，两眼顿清新。

已亥春过一粟园赠毓楚何信士六十初度

本来一只眼，鉴地复窥天。藏光金粟里，劫火不能燃。
闻君逢耳顺，拈出赠君年。洒落无羁系，优游得自便。
儿孙围满座，歌舞华堂前。

赠葆仁何信士七十初度

闻君多盛德，斋戒冰霜洁。名利罔干怀，忠良惟自节。
从心道已高，齿长仁风杰。生遇岁朝春，千红花笑悦。
以此祝华封，万古香无竭。

挽法兄无得禅师

智眼空湖海，利生不择伦。胸藏今古道，行履圣贤仁。
云水堪归附，劫波赖指津。掉头而弗顾，撒手以翻身。
幻世从兹隔，朋情莫可伸。杯茗勤献荐，聊表连枝亲。

示东海信士

笃信乾坤阔，志诚可立身。三年扶法道，终日乐天真。
夙世因缘大，多生善业振。狮林云密播，华座瑞光新。
既已归家矣，犹当深自珍。苟无怀庆幸，错过本来人。

① 题一作“月舟禅人请”。

庚子冬，宗矩善士特造长崎，恭接到家，缱绻至诚，是知道义相孚，书此为赠

怀道心无惧，冲风涉远津。恭诚独请法，罔念路艰辛。
益见其深信，不亏于正因。家中留一宿，格外供盛珍。
野衲端然受，甘贽愈铺陈。苟问何以报，呵呵笑转新。
周由复者也，岂是我同仁。

赠青木甲斐守[①]

心真行亦真，有以合端人。用去全刚毅，收来彰智臣。
为法同为己，般若转光新。爱禅如爱命，灵机卒愈神。
是非通不涉，荣辱自无因。坐致太平世，镕销浊恶民。
天地与万物，同根一体亲。陆亘曾拈出，南泉不让仁。
一株花似梦，迸出玉麒麟。知公深猛省，故举铄中尘。

性印善士送木头至求示

楼阁空中架，须凭格外材。栋梁既已备，郢用成丛台。
凡圣同居住，高登佛祖阶。庇民并福国，八表叹优哉。
景象升平日，老幼乐和谐。大似优昙现，犹如红藕开。
清净尘不惹，馨香遍九垓。如斯功业厚，何妨频施来。
古檀金与笠，轮王身出胎。种粟便生粟，果因岂没埋。
达人能信人，德相自无涯。

髻辉侍者求荐亲

二月十九日，风和灵草异。大士降生时，汝父却胥逝。
逝似长川流，生如大海注。流亦不曾流，注亦未曾注。
妙明清净身，寥廓绝方所。洞无生死根，岂滞于流注。
直下意了然，生死浑一致。沙界任横行，莲邦恣游戏。
以此荐尊慈，是名真孝义。

寄寿赞公范居士七十初度

虚空能烂海能干，仁寿坚长欲算难。

---

① 题一作“赠青木居士”。

最喜天南七十叟，生涯随分道心安。
有儿孝行修净业，图报劬劳不选官。
复以庄严诸佛土，万人逢见万人欢。
忻君晚景风光大，自悟蕴空入正观。
莲花台上标名字，任意逍遥没挡拦。
莫谓山僧饶舌汉，滔滔浪说许倪端。

牧野织部正特访山中赋示[①]

数岁知君真护法，未曾会晤望怀深。
兹秋一见忻何极，道话繁繁不尽襟。
泉石光辉分外润，松云翠茂倍青阴。
禅家气味无多子，赵茶一盏聊传心。
莫笑轰雷谈不二，维摩榻上撒珠珍。

寄慧法兄禅师五十初度

万福峰巅月正秋，初生五十喜添筹。
二株嫩桂怀师德，一瓣栴檀祝法猷。
小弟才疏无可献，移松种向碧岩头。
愿使青青齐劫石，长荫人天翠更幽。
雅韵拂云声化普，清风拥座胜瀛洲。

偶言

大人用处不寻常，一句无私遍界香。
看笑狂猿捞水月，东西驰逐乱商量。

春寒冻杀牛

牛儿冻杀在春寒，头角峥嵘不自谩。
大地掀翻无寸土，风清月白海天宽。

次铁崖禅人钵盂偈韵示之

不假水泥已现成，团圞廓露太分明。
吞天纳地无遮盖，应供十方自在擎。

---

① 题一作“牧野居士特访山中赋示”。

示峰禅人

挺立孤峰万仞高，争如具眼一毫毛。
朝敲暮打三千度，蓦脱角驮意气多。

贺即法弟开堂

带角龙飞现在天，为霖为雨[1]界三千。
直教万卉均沾去，畅快风高盖代贤。

次韵示玄智禅者

未出门时透祖关，超然剑气挂眉间。
草鞋途上拖泥水，犹隔千山与万山。

示玄策禅人

一条策杖瘦于山，探水挑云扣祖关。
底事不从千圣觅，回头犹见翠峰峦。

示自宣禅人

空手而来空手归，云山宽廓目前机。
其如不会通玄旨，莫谓曾参老紫微。

次贤岩禅德韵示之

当风一着万机圆，直下知非是正缘。
苟向溪声山色悟，何如门外之绕禅。

示禅人

橹棹未施舟到岸，空悬明月印沧江。
三千刹海庵摩勒，一芥全收不费工。

悼石峰禅德（有引）

石峰禅德，卓踪诚实，言行颇嘉。黄檗老人住兴福时，每遇上堂，必主伴交参。及山野结制，亦倾心以随龙象。可见其胸中无物而为窒碍。呜呼！今已矣，再获如禅德者，不亦难乎？由是述二偈，以表道义相孚云尔。

正喜禅林一老诚，盘桓此道不胜情。
而今赤脚去何处？一片秋轮万里明。

---

① “为霖为雨”一作“云从布雨”。

畸孤道行傲烟霞，岂混常流算海沙。
顶上神光人不见，空余秋色满庭花。

偶成

万事梦场已顿休，闲吟独坐碧江头。
分付红尘名利客，不劳逐日苦追求。

示锅岛宗英善人

山恒走，水不流，肉团无主死柴头。
如能洞彻根源底，坐断尘劳第一俦。

晓起观瀑

百尺崖头湫倒倾，日光影射水光生。
毫辉灿烂圆通现，照省含灵幻梦情。

送独立禅德闭关

眉毛剔起剑锋寒，如与万人敌一般。
拼[①]得半条真性命，何愁不透赵州关。

沐浴

法身非染亦非污，争奈幻躯痛处殊。
定水湛然常灌沐，三千病患一时苏。

送黑川与兵卫居士（有引）

予到崎四载，诚荷法卫之深。每于公事之余，必来紫山，以本来个事而相诘问。虽未洞透关棙，则其好道之心，未尝废忘矣。崎中牧民，日转施仁，兼于省刑，亦少忿怒，非夙植善根，决弗能也。兹为朝觐来别，述此以赠。

智勇兼明大有为，万民颂德抱仁施。
复能问道荷禅苑，不负灵山付嘱时。
霜花拥道马蹄寒，弼国治民不为艰。
况以仁风声价重，光辉彻照祖师关。

---

① “拼”一作“拌”。

清净道德

出家清，无拘束，水月菩提浑戏局。
不挂寸丝未足奇，眼空湖海全韬略。
出家净，越时流，水边林下任优游。
声香大国南柯梦，绰绰嶷然六不收。
出家道，非今古，洞豁恒为万物主。
正体圆明三界尊，无修无证本来具。
出家德，万机息，放身命处无踪迹。
龙驯虎伏两忘情，大用现前人莫测。

阅紫云开士传有感（并引）

己亥秋，阅紫云开士传，自唐至明，计八十员宗匠，见其彻法源底，有出拔之机，行业精纯，而启豁志意，是以有感。遂成二偈，以为自箴。

行解相应八十师，紫云道价耀当时。
而今客土培来厚，安得如前发瑞芝。[①]

惭愧未能至古人，滥荷法印累名身。
弥天罪过当何处，但学头陀以自新。

送甲斐庄居士岁觐（有引）

夫端士正心，在国则为擎天之柱，在道则是卫法之藩。山野见甲斐庄居士其人也，何以为然？荒年则给米以活生民，爱道则倾心而忘你我，非贤能明德，决无其事矣。兹岁觐来别，书此以赠。

洁政爱民如赤子，荒年等济使全生。
心忠识远无偏颇，又独飘然卫法城。

佛涅槃[②]

正体湛然没去来，双林现足可怜哉。
强生枝节扬家丑，赚得儿孙一窖埋。
泥牛吼处天关转，木马嘶时地轴摇。

① 此句后注“古有凡草不生，地产灵芝”。
② 一作“佛涅槃日”。

将断命根犹放毒，遗殃万古莫能消。

挽无上弟

十二三年侍古锥，丛林推重有纲维。
掉头一去无消息，只见莺啼抱绿枝。

贪嗔痴颂

历劫沉沦缘蔽欲，披毛带角苦难堪。
如何甘受百刑楚，不了空花一念贪。
我慢钦高为过患，些些触逆便生嗔。
法财百万都倾耗，碌碌无由出世尘。
执著悭牢性转痴，无明暗覆断真机。
如能猛省操刚正，花发优昙掌握归。

昙侄捐钵资荐亲，述二偈以尽孝思

罔极恩深埒海寰，圆明[1]正眼破情关。
千生父母当时度，忏礼皇梁[2]多一番。

钵资括罄报劬劳，一念乍生亲度毕。
舍爱事师孝两全，人天咸见覃端的。

铁牛禅人领命到崎请予[3]上洛，偈以示之

谢子远来无可待，乌藤三十当人情。
个中百宝全俱足，切莫轻嫌太少生。

示土岐缝殿助御史

海坛马子大如驴，觑破分明真丈夫。
为国治民全籍[4]此，忠良惠泽不差殊。

示笕新兵卫御史

如井觑驴眼界空，忽然悟处更英雄。
发仁施义机关正，大地苍生尽仰宗。

---

① “圆明”一作“恒明”。
② “皇梁”一作“梁皇”。
③ “予”一作“师”。
④ “籍”字疑为“藉”。

赠林法弟住佛日寺

百炼精金一火成，红炉迸出大光明。
从兹纵用全宽廓，佛祖门中见杰英。

挽熙公法弟

老大丛林中至宝，堆山积海道行深。
今朝放旷骑驴去，涧壑潺湲泪不禁。

示医士

草木丛青是药材，纵横妙用不须猜。
佛魔病痛俱消殒，顿使名传遍九垓。

师偶兴画竹一枝遗二木[①]居士，以代说法之意，居士述偈见酬，复用原韵赠之

为爱此君抱节高，一枝闲扫任呵呵。
果然有个风颠子，心目清凉喷墨波。

示道莹善士

本来面目甚分明，两道眉毛眼上横。
正体堂堂非取舍，惟人自肯便超情。

寄牧野织部正

忽忽春风几度来，梅花频寄雪中开。
苟非盛德吹嘘切，千里何由达五台。

送林熟也信士之江府

有才必有见知俦，莫学巧言令色流。
此日高临江府地，泊然大用显风猷。

次赵州和尚木鱼颂韵

鳞甲完全罢计功，腹心开剖荡然空。
从他敲打禅和子，终不为伊较异同。

---

① “二木”一作“端山”。

示川崎知高善士

揭露当人脑后腮，文经武纬自全谈。
魔军百万惊消殒，海岳晏清快莫涯。

示铁机禅人[①]

多年拳踢不轻饶，痛处加鞭待自招。
此日翻身头带角，全机任展大风标。

礼大佛

生铁铸成古佛容，巍巍迥出碧霄中。
莫嫌不为苍生说，虽口未开谈愈雄。

赠眉弟四十七初度

不触白云一着机，鸦颜鹤戴月明时。
玉麟生子铁牛养，舜若同年谩算期。

示性福优婆夷

信为道源功德母，出生诸法只从心。
无边宝藏现成事，应用终非向外寻。

示何信童

努力精勤莫等闲，功高业遂有何难。
时光寸惜无虚度，撮土为金顷刻间。

示道彻善士之江户

富士崔嵬插碧天，春深白雪尚凝然。
当风廓露西来意，才有丝毫隔万千。

挽狮岩照法弟

千丈岩栖绝比伦，忽然厌世便翻身。
锄头空手携将去，荒却山前万顷春。

荐梅雪行者

业海茫茫甚可哀，只缘玷染浊尘埃。

① 题一作“示铁机然上座”。

若能返照心无系，脱却髑髅坐宝台。

示念佛善人

参禅念佛不离心，忽悟自心休外寻。
刹刹尘尘元净土，花开鸟语尽观音。
念佛之人心要切，心心念念无休歇。
忽然念到念忘时，迸出莲花香满舌。

次慧林法弟见遗五十三初度韵并赠新号

尘世优游五十三，浪拈黄叶作司南。
千金宝剑挥空赠，大用须还老慧昙。

示道义善人

祖意西来化有缘，轰轰动地并惊天。
胸藏日月光沙界，见义勇为方与言。

题高野灯笼堂

至人间世不寻常，秀气灵钟谩较量。
脚下儿孙千万个，灯灯续焰满山光。

示古渊禅者

男儿脚下有黄金，瓦砾休将当至珍。
大用繁兴无轨则，英风凛凛震丛林。

示素鉴禅者

参禅参到没参时，未破疑团急更追。
直得胸中明底意，方堪稳坐乐无为。

示素良禅者

无字公案未明时，切要忘疲痛下锥。
看去看来心意断，逢缘触境露风规。

示素莲禅者

心佛众生共一家，面皮翻转岂由他。
迥然异数生头角，动地惊天气岸奢。

示本猷禅人

大丈夫儿肯自瞒，鸟衔花献不为欢。
直须掣断金毛索，跳出虚空背上翻。

示本参禅人

一个话头瓦击门，英灵自有气超群。
直教击碎门和瓦，大地山河一口吞。

示虎林禅德

义海滔滔水泻瓶，波澜阔略玉玲玲。
我王库内无如是，虎豹文章雨打萍。
向上单提大径庭，盆倾雨点震雷霆。
若能剑刃翻身去，丧却当锋旧性灵。

示素馨禅者

要明父母未生前，放下身心莫乱穿。
二六时中孜切切，桶箍爆断自超然。

示素钦禅者

本来面目甚分明，八字眉毛眼上横。
曩劫未曾纤打失，茎茎剑气迥天撑。

示寿晃禅者

若不识心达本源，徒称剃染作沙门。
神情愤发超方外，直要生擒老布裈。

示支玄善人

清净圆明体自如，无生无灭妙玄枢。
苟能直下承当去，任运逍遥乐有余。

自证禅人呈偈依韵示之

大千沙界一慈船，生佛同源不记年。
蓦尔回头便到岸，何须汲汲望云边。

示某居士

通心君子越凡流，常悟识情浪里舟。

秉起金刚王宝剑，挥开万虑乐优游。

示别传戒子

戒德圆明镜水清，只缘染污致虚生。
而今禀授无渗漏，直向毗卢顶上行。

示宜简戒子

金刚戒体没纤尘，一段风光劫外新。
错认三翻羯磨法，依然昧却自天真。

赠牧野吉峰居士隐居

年来无累一闲身，隐逸草堂不惹尘。
美禄深辞非肆志，都缘道骨自清真。

一明禅侄以亲老，不忍他往，特跨山越海恳留山僧，见其孝行可尚，作偈以示

跨山越海不辞艰，陈乞留亲养老颜。
更以修斋勤化度，如斯孝行少同班。

示道可知浴

真诚作浴福无俦，定水湛然洗牯牛。
妙触宣明尘垢净，百千大钞一齐酬。

赠后堂照公住山

十载丛林扣法王，当机吐出电光长。
而今把住嵯峨顶，终不逐群错举扬。

次韵赠眉弟住静

世事繁华日月忙，争如茅屋倚云傍。
渴来独饮曹溪水，毛孔骈香卒放光。

落发偈[①]

八万四千烦恼株，一刀截断了无余。
翻然顶净成圆象[②]，天上人间得自如。

① 题一作“落发示徒”。
② “象”一作“像”。

示古镜道人

一法空时万法空，腾今耀古自清风。
浑身赫骼无羁系，游戏刹尘处处通。

示道钦道人

西来祖印净无文，赤手单提迥至尊。
只贵当人根器大，回光一照便超伦。

云谷山人画观音大士见遗一偈示之

虚空为纸须弥笔，大士描来浑似活。
更有一尊无相像，如能画得始超越。

示齐云禅人

妙高峰顶白云齐，到顶方知世界低。
鸟道虚玄无影象[1]，横行阔步不曾迷。

示兰室禅德

法空为座忍为衣，妙密现成不假机。
展开蔀裹三千界，究竟何曾挂寸丝。

和气清麻吕居士五代行乐图赞（并引）

窃闻和气氏，乃垂仁之远裔矣。爰得扁鹊灵妙，遂遇女帝宠恩，召为大医院之官。秉衷良直，奉神纠谬，罔顾憎忌，挺弼国祚，由是世代享其爵禄。苟非典型德正，曷致是哉？兹玄孙雪公图五世同轴行乐，请予为题。因喜其高义，乃述偈以赠。

拈来草本药头灵，犹胜锦囊八术经。
世代需于天子禄，道风玄达岂浮荣。

示钟实禅人

放下身心万境闲，浮云世态不相关。
蓦然拶出虚空骨，不用安心心自安。

示省初戒子

参禅持戒欲何为，直要心空及第归。

---

① “影象”一作“影像”。

寸铁不提全大用，等闲打透万重围。

示惟闻戒子

戒是律身入道基，不生一念自相宜。
毗卢佛土众生土，直下豁然真狻儿。

示义天禅德

闻道长门景物幽，山明水秀紫烟浮。
本来面目无藏覆，不用相逢竖指头。

示妙空道人

汝在庵中学坐禅，禅非坐卧亦非传。
唯人妙悟心空去，稳座披衣自了然。

示性公道人

年老参禅急着鞭，单提父母未生前。
一朝蓦地开关棙，道眼圆明耀大千。

示李云芳医士

葫芦里面有灵方，两国驰名仙趣长。
更能参取祖师意，愈见男儿气概昂。

送提宗大德

历尽禅门数十秋，机缘纯朴播林丘。
而今罢弄双牙爪，独坐中峰月一钩。

送活禅禅德

客岁檗山相见时，寒温揖让有风规。
机关活泼如云雨①，不是②沿台盘乞儿。

蓝岫禅德过访

青出于蓝媚晓春，烟轻风暖露华新。
迢迢访我深叙旧，岂是寻香逐臭人。

---

① “云雨”一作“雷电”。
② “不是”一作“不似”。

示昙瑞禅侄

不杂用心二六时，古人行处少人知。
大根大器能珍重，扑落虚空自坦怡。

示惟学禅者

学道应须莫失时，年强力壮正相宜。
一朝脱却汗衫子，便是超群出世儿。

心传禅德过访

处处莺啼处处花，遥来相访道情多。
门无铁限春风暖，拶入方知意气高。

示道林善人

八字眉毛眼上横，亘今亘古太分明。
堂堂本具丈夫相，妙净圆常非死生。

送湛法弟赴远州金指山

高操叵耐岁寒心，蓦地翻身俊不禁。
既已爪牙全体备，何妨虎豹尽生擒。
远山久已少人行，此日登临要利生。
莫学大梅深处住，直教有性眼开明。

示惟印禅者

印破虚空片月秋，清光彻映碧潭幽。
修行供养成途辙，独许南泉格外流。

七夕

一年一度见牵牛，乌鹊桥边泪未休。
举眼今时都是巧，又从乞巧转添愁。

示友松善士

谷子天机妙过人，君能该博更玄真。
山僧元命无踪迹，也被滔滔漏泄频。

赠越传知藏公[①]

年来壮志愈风骚，为法江山不惮劳。
自是声香闻一国，德云弥布九天高。

示惟亮饭头

雪峰做饭廿余年，了没惮劳太洒然。
三个球儿闲蹦跳，君能契取乃同玄。

示惟远禅者

看破本来空，根尘悉自融。
若然心不了，触处滞衰风。

示元春善士

心精艺亦精，点画自分明。
活脱龙鳞势，风云笔下腾。

东渡扶桑诸祖

唐义空禅师[②]

唐马祖下第三世义空禅师，师事盐官，齐安国师室中推为上首，皇太后橘氏具书币礼请，师至则创檀林寺以居焉。赞曰：

盐官推首众，大日最初师。振起禅宗铎，声闻两国奇。萼公前轫请，橘后仰弘规。不独机锋俊，而兼道范慈。光风千古在，未没碎遗碑。

宋兰溪道隆禅师

临济下第十七世，嗣双塔无明性。西蜀人，嗣法于双塔无明性禅师，宽元四年东渡，平元帅请为建长开山祖，次迁建仁寿寺。凡住此国三十三年，至弘安元年而寂，追谥大觉禅师。赞曰：

听举窗棂牛过，天关地轴冲破。东来救度迷情，不顾谗谪之祸。有眼王臣，重返弘道。末后一机，六群休噪。舍利烟中五色辉，括古该今光浩浩。

宋兀庵普宁禅师

临济下第十七世，嗣径山无准范。

---

① 题一作“送越传知藏”。

② 题后注“盐官禅师会下作首座”。

西蜀人，嗣法于径山无准范禅师，文应元年东渡，平副帅时宗请住建长。居六年，归唐。晚住温州江心寺。至元十三年十一月廿四日寂。赞曰：

竹篦劈头，打破漆桶。开法象山，道风盛壮。复化扶桑，平帅契畅。违境憾谗，勇退辞众。益见宗眼灵明，超出众流之上。

宋无学祖元禅师

临济下第十七世，嗣径山无准范。庆元府人，嗣法于无准范禅师。弘安二年，副元帅平时宗具疏币，请师住建长寺。五年冬，圆觉寺成，命师为开山祖。凡住此国八年，至弘安九年而寂，寿六十一，谥佛光禅师。赞曰：

牵动辘轳机活泼，从前公案转光新。

铁舟驾海来东国，无限苍灵得胜因。

宋大休正念禅师

临济下第十八世，嗣径山石溪月。永嘉郡人，得法于石溪月。文永六年，入此国。副元帅请住禅兴，次移建长寿福圆觉。凡居此国二十一年。至正应二年而寂，谥佛源禅师。赞曰：

心休念亦休，遍界是嘉游。既出石溪户，仍跨沧海舟。

应机瓶水泻，醒梦金刚头。始见缘非偶，光明龟谷收。

宋西磵子昙禅师

临济下第十八世，嗣天童石帆衍。台州人，得法于石帆衍和尚。文永之间东渡，经数祀归唐。正安元年，与宁一山[①]同舟重渡。平副帅请居圆觉，次移建长。德治元年入寂，谥大通禅师。赞曰：

出处台山道价高，沧溟两渡气雄豪。

祖风继振规弘大，万古流芳不可磨。

宋一山一宁禅师

临济下第十八世，嗣育王顽极弥。台州人，嗣法于顽极弥和尚。正安元年东渡，副元帅平贞时迎主巨福，次迁圆觉。净智二年夏建治，太上皇诏住京之南禅。凡住十九年，至文保元年而寂。上皇哀悼，赠国师之号。赞曰：

一法我无与，忽然契本据。浮屠元肆横，复化扶桑处。还遭贬豆州，或赞其风誉。副帅心重诚，延为巨福主。苟非弘道坚，直是无踪驻。

---

① “宁一山”疑为“一宁一山”。

宋镜堂觉圆禅师

临济下第十八世，嗣天童环溪一。西蜀人，嗣法于环溪一禅师，一嗣无准范和尚。弘安二年，偕无学元公东来，时年三十六。住相州之长胜、禅兴、净智、圆觉、建长五刹。后迁京之建仁，凡住二十八年。至德治元年而寂。敕赐大圆禅师之号。赞曰：

环溪滴水响淙淙，万派融归大碧江。五刹堂中狮子吼，七年海内野孤降。灵光照耀该天地，无法宣传竖祖幢。任运去来浑洒落，孤悬一月丽云腔。

元清拙正澄禅师

临济下第十八世，嗣净慈愚极慧。福州连江刘氏子。嗣法于净慈愚极慧禅师。嘉历元年东渡，住建长、净智、圆觉、建仁、南禅诸名刹。凡居十四年，至历应二年而寂。谥大鉴禅师。赞曰：

有无句里作生涯，忽撞一堆好烂柴。顿见佛心机用处，大方阔步迥张乖。忻然受请，直抵东淮。弘扬七会，人天两佳。偶把铁鞭空外去，风蹄电足迅难偕。

元竺仙梵仙禅师

临济下第十九世，嗣保宁古林茂。嗣法于古林茂禅师。正中二年东渡，住建长。赞曰：

契心保宁，机捷雷霆。犹江印月，若蓝出青。延来日国，众拱如星。南堂偈赠，法苑香馨。

元灵山道隐禅师

临济下十九世，嗣雪岩钦。嗣法于雪岩钦和尚。元应元年东渡，住建长。正中二年三月二日入寂。赞曰：

雪岩堂粤事亲承，赴住建长大振兴。

叵耐流通真正脉，至今合国慕规绳。

元明极楚俊禅师

临济下第二十世，嗣径山虎岩伏。庆元府人，嗣法于虎岩伏和尚。元德元年东渡，诏住建长，次移南禅建仁。凡居九年而寂，寿七十五。有《七会录》行世。赞曰：

精操履践，毋自瞒欺。金陵出世，声雷遍驰。独念大法，下衰斯时。日东景仰，礼以国师。年尊德大，奋勇来兹。四海望风归正化，祖庭恢廓赖扶持。

元东明慧日禅师

曹洞下第十七世，嗣天童直翁举。明州人。嗣法于直翁举和尚。延庆二年，日国驰书，礼请平氏演公，迎主禅兴。次移圆觉、建长、寿福。凡住三十二年，至历应庚辰年而寂，寿六十九。赞曰：

两棒揭全机，劫前悟入微。眼开洞水活，道合夜明辉。

续接直翁笋，播传弘智枝。扶檀书礼请，大振禅兴规。

元东陵永玙禅师

曹洞下第十五世，嗣云外岫。元曹洞宗东陵永玙禅师，嗣法于云外岫和尚，住南禅天龙。赞曰：

雷声既远震，道价自恢洪。

宝镜高提处，妖狐伎俩穷。

洞源水一派，不枉浚流东。

无象照禅师

嗣法于石溪月禅师，在无学元会下为首座。日本人。

大道无方所，随缘而应机。

石溪一滴水，两处成龙飞。

黄檗本师和尚三首

不拈主[①]杖，唯持贝叶。无法与人，平等利接。金毛狮子倒骑，惊转天关地轴。难测之机，英风焯焯。

得自在相，活活泼泼。越众超伦，霜天丽月。瞻依若星，如云捧足。干[②]木随身，游戏扶国。

这老汉，无本据，骨棱棱，骑狮子，向上提持，无法可与，示大人之相，遍满扶桑处。

黄檗和尚并师即法弟同轴

铁崖维那请

靠曲录木，跨象王身。圆机应化，刹刹尘尘。此乃万福圣寿，寻常之

① “主”一作“拄”。
② “干”一作“竿”。

慈仁。予讷且拙，不分疏亲。慢骑狮子，同乐天真。分付铁崖长展挂，一度抬眸一度新。

惟照禅人请

师坐如须弥，弟站双日月。照耀周沙界，人境俱不夺。彼此无碍岸，口门一样阔。若问西来意，始终非二说。

雪峰即法弟

者尊头陀，难摸足迹。道是雪峰后身，又是圣寿知识。分身两处看，觅之不可得。法海涌波澜，人天总罔测。

自赞

铁崖禅人请

这汉无义，驴拗到底。行脚十五年，住山六七祀。行门尚亏，见处未是。慈悲没些儿，恶毒难比拟。有问禅道，不打便唾。铁崖崖上人，莫学渠巴鼻。

自宣禅人请[①]

这汉无状，自卓自立。不爱喧哗，端然静寂。禅不参，佛不识。道德全无，肝肠笔直。以无明为慈悲，以是非当真实。如此为人，岂堪标格。

温陵开元寺徒能叟请

者秃憨师，洋然颟顸。湛寂神襟，恢皇气岸。贤愚等观，圣凡并简。过桥撤桥，遇案翻案。荣华不足稽，威权岂能慢。滥竽黄檗三十二世之正干，玷辱紫云五十六员之驴汉。拈起金刚脑后锤，纵横阃外从他判。

古溪禅人请

这汉漏湑，见义有勇。率直贞诚。问禅便掌欠寒温，情脱大人相。桃溪溪畔花开处，蓦触清机真供养。

古潭禅人请

身既非身，相岂是相。身相不干，清虚亦障。觌面提持，劈头拄杖。碧潭又喜玉蟾秋，影现寒光开万象。

铁心禅人请

苍松岳顶岁寒青，铁干擎天劫外生。月色和云无影象，披风气岸许

---

① 一作"宣禅人请"。

谁争。

监物居士请

秋山黯翠，秋水澹明。不解藏掩，被描丑形。一落尘寰里，大怪而小惊。

兰室禅德请

狮子为座，藤条拄天。是善知识，又懒参禅。问着本分，非棒便拳。信不及底，倒退三千。

铁机禅人请

以空为座，以铁为机。万年一念，任运清辉。心融物化，体宽道巍。迥超众表，了没是非。唯许忤逆子，纵横捋虎须。

马渊善士请

不重见闻，唯取实行。罔尚虚奇，只喜亲证。一味平常，千差收并。无法与人，以此自省。

清水性贞信士请

眉藏海岳，棒拄天地。唐山日国，逢场作戏。自描自赞，舜若莞尔。即或不然，如何即是。纸马过江，泥人澡洗。

碧崖禅人请

碧眼金睛，光吞日月之耀。铁啚黄牙，老嫌乾坤之小。东海南山，一棒揭三玄三要。北岳西江，未喝该四用四照。迥出寻常，何堪描貌。

半身[①]

不能全指与人看，只现半身示的端。面目分明惟这是，迟疑又隔万重山。

在恬侍者请[②]

恂恂穆穆，哆哆啝啝。说木查禅，无玄妙奥。不将实法与人，岂拈黄叶为宝。大千沙界一毛端，潇洒全机凡圣扫。

髻辉上座请

碧海珠，荆山玉。烜光辉，耀日月。无覆藏，常具足。所为直截，莫

① 题后注“一明禅侄请”。

② 题一作“喝禅侍者请”。

能委曲。不居佛祖玄关，岂踏古今途辙。唤作象山僧，却是吴大叔。

铁文侍者请

这汉子，不雕文。拈乌藤，没区分。问禅道，楔顶门。斩钉截铁，懒与校论。若能觑破端倪，许作临济儿孙。

昙瑞禅人请

实相无际，廓同太虚。不干彩色，岂涉描模。契心平等，了没亲疏。至鉴无私照，任从捋虎须。如世优昙，似水芙蕖。

禅人请

兀兀憨憨，痴痴岩岩。非凡非圣，是何指南。一条黑棒翻天地，终不为人说二三。大唐不居，来游日国。如水赴川，犹月出谷。水月交辉，了无定约。若知端倪，福慧并足。是法非法，是相非相。法相一如，十方通畅。了达端倪，是真供养。梅花带雪，澄潭映月。文彩不可得而加，色相焉能及以发。慈而又威，古而且拙。当机无多子，白棒蓦头楔。头耸华岳，面厚三尺。道无可道，德无可德。全身不露，只现半则。佛法一字也无，何堪天下标格。平常心一味，月印千江水。洞彻了无痕，灵虚湛寂尔。若认是木翁，依然还不是。

卷二　书问赞启

书问

延宝庚申春正月十三日请慧林法弟继黄檗席

寅卜是日恭迓法舆，玉陟本山，大雨法雨，以慰众企而光祖庭，庶千古奕叶振振，不亦壮哉！瑶即解制之晨，挝退鼓，入紫云。凡开山一切芳范，赖法弟一人维持。然丛林不可 日虚土，惟莫迟迟，临楮神注瞻望之至。

复仙台少将陆奥守肯山大居士

昨制祖赞，其理致笔法，甚不及古德之多矣。但长者之命，不敢不领，故草草写就奉陈，且弗责其粗率。返蒙锡以大椽百朋，转令赧色。然长者之赐，却之恐方，故对使受之。时正在风寒，未能奉答。今稍轻安，特修致谢。稽迟之罪，惟望恕宥。近闻宽慈，左右忻畏，所谓为上能宽，为下能敬，此君子之行也，喜慰喜慰。外进拙录一部，以长者家中百宝具足，只这一着子尚未圆充，倘得闲暇时常玩阅，忽廓豁本来面目，则知亘古洞今，不相违背，而尊贵中更尊贵也。既然，且如何是尊贵之位？若下一转语谛当，则为恭喜。千载之际，又得一知遇，其幸莫大焉。端复，余未悉。

又

曩者月耕西堂登山省覲谢法，其礼物腆厚，皆居士护法之大力而然矣。又以医士法桥谦安晓夕诊服，既渐清愈，即同西堂回国。当时虽粗健，未能操觚，但托其口传，今尚嫌嫌。复聆本月念八，台驾旋旆，一切如意，喜慰喜慰。兹辱厚惠五种，转增汗恧，重重受赠，奚以克当。然观居士再来，果位中人，方敢冒检耳。言谢曷罄，惟毋忘灵山亲嘱，时时增其精进，与维摩传大士共一风范，慈仁广施，国人如同赤子，度尽无余，则法门弘博，是老僧之报德也。致此特谢，余未悉宣。

复瑞圣铁牛首座

五月廿一，长松院来书并白：夏布乙疋，知吾子与月耕公一途平稳归寺，甚喜甚喜。然此回远烦省覲，而十载之别，今得一晤，可谓荣庆之无逾也。盖老僧这番万殒中复苏，想是吾子之福庇而然，岂不为幸哉！所谓瑞圣巨刹，王侯诚重。今法灯暂微，实是战兢为法，未曾退屈，弗敢图一身之安逸，力以撑持，死而后已。不肖之者，匪敢委任，此吾子真实心腹，不跨禹下。既有斯志，老僧东来，颇赖阔略，直以颙望而莫涯矣。不独法门之有幸，抑亦佛祖之赞护而罔及也。奥州太守所贶五种，世所难得。老僧无德，莫以报德，受之愧畏，惟为谢之。切祝切祝。余未悉宣。

又

六月二十二，接吾子来书，并黄叶三十枚，审知太守公宽厚清睿，慈惠及物，壼乎末世轮王之再出也。老僧自慊从心之余，兼此番大病，虽今暂痊，犹如长庚晓月，光影能有几何？叵耐吾子与太守公夙生缘深，信而不疑，则千里外如倾盖之故，而河润以渥。老僧素愧德劣道微，然筹度之弗敢检存，但恐以为不恭，故乃顶戴耳。昔雪峰和尚，闽王供以银校椅，僧问云："和尚受王之供，将何报德？"雪峰以两手脚四棱着地云："轻打我！"老僧虽无如此去就，亦有一转语。或问："太守公供养和尚，何以报德？"老僧云："端坐受供养，太守常安乐。惟吾子持此语以谢之，何如？"

复月耕西堂

新春，劳烦远来省覲老僧之恙，兼赍厚帛以表谢法，足见崇重无忽。量度过诚，可作后龟，喜幸喜幸。今又赍太守公三十黄叶，波及紫云，自愧道德浅微，何以克当。又谓太守公愈加正信，合国洎安。然则传不云乎，德惠慈仁，人皆怀而感之，国安民阜，宜其然也。昔吾佛世尊累生为国王，士民贤达，无少暴乱，五谷丰登，山川茂丽，家邦静谧，皆由正信深固，得运祚之若是也。邻邦妒之，使人乞头，世尊欢喜与之，其国愈胜，邻邦殄灭，皆由无正信而致也。此出《华严疏钞》[①]之语，非老僧妄谈矣。吾子须持此语告谢于太守公，莫可报德，乃引援以陈，使信根更坚固，以至入

① 当指唐澄观撰《华严经疏钞》八十卷。

佛菩提阃奥，是其愿也。余语在铁牛首座书中，不多述耳。此复。

示瑞圣铁牛长老

凡住持丛林，化导末学者，当以直心真实，诚信慈愍，乃是大人之德用。不有乎此，则非丛林主住持之轨躅也。盖以直心而刚卓，便无偏邪之党。以真实而端立，便无诈伪之众。加其诚信以待之，则贪佞利欲之徒，不使向正而自正矣。加其慈愍以爱之，则强暴贼害之辈，不使为善而自善矣。若是操履，若是行持，则达平等机，成严净智。有所言，令人必听而不悖。有所规，诫人必尊而不违。如此则四海望风，九洲仰德。丛林不兴而自兴，法幢不立而自立。所谓人能弘道，非道弘人。顾知住持有其真实慈愍，孰不从化而归之乎？此只就其典型上论量耳。如其古德向上钳锤，当机与夺，直使命根顿断，豁开法眼，脱体荷担，不坐在窠窟，迥超于格外，为宗门之爪牙，作人天之榜样者，在自宗通，非假言述。铁牛长老住瑞圣十载矣，兹来索法语，故书此以嘱之。

复即法弟

少林之旨，可祖已阐于千余年外，人人共知。不慧岂敢添个元字脚于其间哉？但檗席冒继，未有超师之作，不无兢兢在怀。然亦且随缘以尽我分内事耳。分袂过月，不识动静何如？正悬望间，忽梅岭禅人至，方知卓锡广寿。此乃行道瑞兆，密为快幸。承命上堂，则于廿七日对众举扬，林泉莫不增光，麟象悉皆知被。敬录草稿，顺便奉览。谨此致谢。余未既。

与佛日林法弟

窃以法弟久怀沧海之珠，夙韫荆山之璧。陡然放光于佛日峰中，人人莫不瞻仰。幸也何如？屡欲敦请举扬底事，但以乍继师席，寺应倥偬，是以稽迟耳。忽接大翰，转展弗宁。兹特遣监院代拈瓣香，就膜座下，大挝法鼓，大鸣法雷。庶四众豁开幻网，不慧增荣无量。伏冀勿吝感荷之至。

与稻叶美浓守居士

自崎至摄州，屈指十白，皆蒙国主诸檀光荫。及放蒲团于太和，形影相吊，固守本志，未曾通片言于台下者，以山野草微，无由进达。兹铁牛禅人赍厚贶，兼述居士为国为民，施仁卫道，不减昔无尽大年品操。以此益知非灵山授记，必也不能洞明般若造诣如是。此乃天下所共知，非褒扬虚赞也。若论般若实地，非供养诸佛，承事知识，深培善根，而不被功名富贵所夺，昧却多生，好事者未之有也。兹观居士处富贵之中，且能积仁洁行，弘为金汤，善根深固可知矣。更有向上一着，倘得缘会，则促膝倾谈。特此布谢，余绪不既。

复酒井修理大夫居士

素闻敏俊聪利，洁行高才，兼于法门，有大渥护。非夙植善根，岂能致是哉？但痛令尊翁空印老居士，切为法护，信心归向，世所不及。忽飘然而去，令人不胜感叹。兹居士善能缵述，不忘尊翁之志，可谓有其父必有其子，则见灵山嘱累犹在也。山野德薄，无继席提唱之资，何蒙特遣令从远赍厚贶，奚以克当？既诚意而来，即合十敬领。专此致谢。余未备。

复广寿即法弟

二十日，武江之行，盖顺此方风雅，然亦蒙上意甚厚，故可顺当顺之以尽佛法、世法两备之妙矣。弟兄相爱，以道照亮足矣。兹形谛礼受之宁无愧畏乎？前太虚回，领法语，书物置于案右，时时嚼味，大有益焉，但未能亲谢为慊。老人闻解制后，欲遣贵监寺，喜极之甚。新旧执事同此仰望，草草敬复。未悉。

复灵泉禅人

久不曾面，亦记不得。太虚回陈上座所与书物时，暗喜无量禅和子往来者多，如上座不忘道交者稀，是为喜也。今既在广寿门中典客，应如雪窦辈彻始彻终，则山僧喜之又喜也。

复岛田出云守居士

前板仓内膳正递居士复简已领，谢谢。兹蒙遣渤海高通事并大札，种种推慰，愧无似汉，何以当之。然高通事老成，兼佛法颇通，同往武江，必大妥妙。可见居士大作为之君子矣。本月二十日起程，蒙上意恩渥之至。夫马一如老和尚前年之惠，非念方外之道，必不能致如是之厚矣。敬此复江府，回日再谢，未既。

复水野监物居士

秋间登觐国主，接居士道话，有张九成之操略，但歉所对甚未如法，犹蒙厚渥，不责山野礼疏，非道雅相忘，何以臻此？兹捧来札，知旋贵府，瑞气重重，清泰绰绰，喜甚！喜甚！况令郎右卫门大夫种种爱护，禅理深入，亲切过人，固知父作子述，其无忧也。迩闻到武陵，水陆稳优，健羡！健羡！但未审居士奚昉登我荒山，促膝论心，如裴相国与运禅师藩堑法道，令千古之下以光林石，则快何涯！特布寸楮，端谢不既。

复铁牛上座

前秋造寺甚扰，非上座尽礼，则吾病未可保矣。及至武江，诸事如理，皆令檀并上座之爱护耳。今接来札，谓法幢、道化等已定，不如靖退高养，正惬病僧意。但不识上座有何方便，助我之退养乎？闻去腊结冬，三百指共相切操，甚成规矩。然欲承当个事，如此行持，亦不忝其履践也。颂古偈语，一一批点，其意不差。惟更加进功，以成大器，则吾门下大光于世，岂不绰绰有余裕哉！知幻回，附写题诸物，为分送之。余未既。

与水野右卫门大夫居士

江府上落，皆蒙厚惠，仍以禅理相叩。非夙植善根，愿力护法，岂能如是哉？闻迩来兴居清胜，喜慰！喜慰！既别后，谅必以本分事公干之余，留心是定，不更及也。大菩提珠一串，以表道意。珍重不宣。

与稻叶美浓守居士

客岁特觐国主，蒙提奖过当，并绍太、天泽二寺，缱绻益厚。但歉德浅，无以消受。既回黄檗，铭刻五内，未敢忘也。是知佛法付与王臣，岂徒然哉？新春万物咸新，谅起居胜健，为国为民，必与春色日新，荣祚绰绰不可量矣。更望公事之余，少留心个事，则见不坏世间相而出世间，庶张无尽辈当在禹下，岂不玄之又玄乎？山林遥远，未得亲晤，敬布寸楮，奉谢照鉴。不备。

与稻叶丹后守居士

绍泰寺两觐慈光，知沧海雅量，广纳众物，如山野鄙薄者，亦蒙爱渥，余可知矣。但歉特在恙中，未得与居士从容细论出世之道为恨耳。铁牛上座颇得个中事，若闲暇能与他谈论，必有少补焉。兹新春未能亲面，附小启奉慰，惟笑纳荣幸。

与黑川丹波守居士

新春，万品增光，百物咸荣，谅福祉有以胜者也。迩闻上意，升以高位，加太守之职。山林禅侣，雀跃不胜，但未得亲贺为慊耳。去秋觐国主，诸事如意，并蒙种种厚惠，难可言谢。但以居士护法，至亲至爱，则敢唐突，不惧见责而缕缕烦恼也。更望不忘灵山，亲嘱黄檗建法堂事，总在居士一人吹嘘。若得早成，则龙天仰赞，遗荫儿孙，禄爵悠久，岂可涯际哉？特附寸楮奉候，不宣。

与青木甲斐守居士

去秋别回檗山，一路诸事清泰，必居士为法至亲至爱，慈光加护之致也。在江户时，蒙惠过当，铭佩不已。尔后屡屡札物到山，殷勤益切，令人慊慊之怀，宜如之何？是知护法贵在亲切，不在多也。起寺事，惟吹嘘诸当道得速成，则一代观光无涯矣。敬附寸楮，奉谢未既。

与洞院禅德

去秋唐突贵寺，甚是劳扰，又蒙时时提点，不致临事费力，皆大德爱法重义之庇也。别后以小恙未甚清健，懒于纸笔，故不及书谢。兹新春万物荣忻，谅起居必与之俱忻也。敬此致谢不赘。

复泉法侄禅师

去年江府回，潦草结冬，化仪略济，想是老和尚、吾侄之光庇耳。但所虑欲接一个半人续慧命者，亦难矣。望吾侄竭力撑持，或有瞎驴撞着，以光黄檗门庭，则吾愿足矣。二月十一日，接来札，谓欲省覲。然此行甚当，虽孝行怀念亲切，而定动亦须三思，可行则行，乃见世外之人与常人有别，庶几其可也。余不宣。

与牧野吉峰居士

客秋得晤居士，幸之又幸。复蒙缱款意深，未能一一言谢。但以小恙在躬，不得亲造贵隐，以叙道话，以尽爱护之雅。至今回山，尚怀慊恨耳。今春领所贶，益增赧颜。谅护法情至，必不怪责。特此致谢。不宣。

与土屋但马守居士

客岁一晤台光，奈方外语言不同，故未能促膝论道。虽一言未露，而已知胸怀非凡，有安石公之枢略也。及回檗山，往还平稳，皆蒙台庇耳。兹闻贵爵高迁，令人喜幸莫际！但山野一芥之微，未敢造次伸候。既不复准世礼，即占一偈，特以奉赠；聊表山林微忱，伏惟海纳荣孔！

复即法弟

江山修阻，不时书问，盖以法爱相照，是不形于纸墨，然相照之心，纸墨形不能尽也。亦恐烦诲答，故简而省之矣。令监寺到山，承教珍贶，转令弗宁，谢谢。贵檀翁驾临本山，泉石增光，实爱渥之及，非偶然也。倘相见间为致意，荷荷。此复未既。

复化林禅人

人至山中，札茗珍惠，因知乡情犹在，谢谢。所谓此乃故乡滋味，欲与共尝耳。然此味虽久不曾尝，而亦未尝失也。谅老侄必已尝矣。试将尝过底味，离却咽喉齿舌，道一句来。苟相当，则千里外共尝已竟。呵呵。

复立花忠岩居士

天泽一见，所论皆切实至言，非今时浮浪者比，私幸吾道之未衰也。兹接来翰有云：“佛法王法，如车如轮，缺一不可，不妨被居士描着矣。”盖王者出兴，无非欲警诫民之迁恶就善；吾佛之出兴，亦欲人之背尘合觉。即王与佛，心善符一，诚如居士车轮之喻也。又谓曰：“看本来面目，凡情习气，种种起处，则一刀两段，无忧无喜，便为庆快。”安身立命，来问可否？山野不可不直告之也。虽能如此用心，只是抛冰浇汤，渐时少息，曷能一息永息乎？苟能永息之，直是坐在无事甲里，与本来面目犹隔重关矣。何故？盖未曾亲透关棙，外边打绕耶？欲得大歇大息，莫管他种种杂念，直要亲见本地风光，则凡情不息自息，挨趁不去，方可稳坐披衣，随分饮啄，乃可为出尘大士。不识以为何如？

复吉川监物居士

久不面晤，忽颁玉音，恍如对谈。喜千里外有倾盖君子，吾道未致寂寥也。老和尚退隐，老者本分，但歉山野所操无似，何以继其芳躅。既叨重任，弗敢弗力荷与方来提唱也。承辱远惠书，珍受之，宁无愧畏乎。然细详兴居，道体清光，不胜喜慰。惟更珍育，庶法门有赖，则快莫涯矣。敬此布谢，余不悉。

复细川丹后守省石居士

窃闻居士有端确之表，出尘之风。秉彝道冲，素卫法苑。虽未促膝，而已握谈其来旧矣。复承大教盛仪，宛对玉山。读至祝颂之怀，难以言谕处，转令弗宁。非夙世道交，安能致是乎？但不识何昉，造我荒山，共论西来大义，以尽不二之旨。则庆快多生，雅怀益见。裴相国之再遇，岂不愉愉哉！令尊堂不忘方外，诚莫克当。即日呵冻，草草奉复。特此布谢，未既。

与佛日林法弟

春风和畅，岁节隆新。正欲唤小空过贺，不意先降厚赐，何幸之至。谢谢。兹启者：本山二月初一，与大众授具足大戒，而合山仰望道德，为作羯磨阿阇黎。谅山容海纳，不吝慈悲，必公然许诺。故特遣知客，奉微物，以庆正王嘉猷。伏祈检存是荷。

复初山湛法弟

屡承书惠，未能琼复，宁无汗恧乎？旧腊一期，内外颇合表里，但炉锤不辣，未免无孤负方来之望也。母难劬劳，万酬未一，何当远贶，慊甚！慊甚！闻卓立径庭，人见毛竖，真吾家千里驹矣。解制后，拟江户[①]一行，顺途过访，以诸禅求戒，兼三年之论未定，未即行矣。苟商量妥当，则趋杖一谈。敬复，余容晤。

复提宗师

自到京师，潜迹檗山，以及三载，未曾遇一道契。特师千里面谈，屡辱厚贶，虽未接踵，而已吻合于威音之前矣。去冬承继寺事，不无深恧。盖所愧德浅，化道难行，兼以世末法秋，非正檀杰侣交为肘臂，互相振立，则难之难矣。幸者令徒铁牛上座不忘数年道，与竭力毗赞，略可观光，皆出于师之妙助也。敬此谢，余未备。

复活禅禅德

如椽之笔，擘空大书，周旋云兴，褒赞瓶泻，诚有余韵，令人弗宁矣。但恨山川阻隔，罔得于风清月白之际，共论经归藏，禅归海，独超物外之旨，以罄我平生所望为快焉。既未得如此，不无郁郁然也。令徒回寸楮致谢，余容晤。

复泉法侄

二月廿一接来书并仪。谢谢。询知吾侄檀郎归敬江户。见者皆喜。斯夙缘之非偶也。健羡！健羡！不慧冒任黄檗法席，日日兢兢，实未敢以为

① “江户”一作“武陵”。

自宁，何能张大门庭乎？况此上行法非人所测。你欲恁么，他不恁么，惟实头禅庶几可耳。谅必谕矣。余容面，不悉。

复洞院禅德

素蒙道爱，密护法门，屡屡惠贶，慊无德业，何以消受？七月半后，小与相访，又是一番劳扰。但以道情雅厚，故不顾唐突也。古云："惟义所在，千里亦往。趣不同者，邻居懒步。"信其然矣。兹铁牛、知藏回，敬此慰谢。余容晤，未悉。

复独立关主

来札谓欲往檗山，偶膺胸痛，是以不果。今与独健公同室，相为盘桓，甚羡！甚羡！然老成者与老成人共乐其道，诚不多得也。又云："皑皑白发，托足无门。"读至此，甚为太息！须知富贵穷困皆报缘耳，但付之数分，以道自忻，龙天必不负矣。老人九月初退隐，欲以黄檗担子委于不慧，但慊福薄，恐因缘不逭，辱大人之举，未免无虑焉。公苟不忘法爱之亲，杖履一会，助扬法道，不识何如？

又

久闻出关往岩国，大作药王三昧，济时急难，不慊菩萨之妙行矣。今春伫企，共论关中日用事。及接来札，谓辅佐广寿期满，即上候老人退隐法安，则见正人举止有表。然老人并唐弟兄闻之，莫不忻快。但所慊者，承嘱继席，薄德如何荷担。中元后往武东，区区跋涉，以法道未行，不免委曲耳。知者以为权，愚者以为华，正眼看来，二俱款启，须是同道人一言可以蔽之也。

与牧野佐渡守居士

往来禅人，皆传居诸休美。上意加重，推辅社稷，喜甚！喜甚！不独为国尽忠，而且尊佛益切。非菩萨现身，曷能深信若是乎？然祖道自达磨传至临济，济传至吾本师，以及山野四十三世。兹师资继来东国，望接一个以续慧命，十余年未有所遇，乃缘之未熟而然也。幸居士与诸阁老赞成外护，不惟佛祖光庇，抑亦天龙仰德。异日法幢大竖，则仁人知恩有地，岂不快哉。监院为常住进江府办事，敬此奉慰兴居，伏惟慈鉴，不备。

请即法弟上堂并贺寿诞

令檀盛德，延为福聚开山，遐迩闻风，莫不庆幸。兹遇圣制之期，兼逢大衍之晨，特令知客，恭请升座，大布慈云，大洒甘露，顿令万象法眼齐开，则快畅靡涯，四众幸甚。伏惟海纳荣孔。

与吉良若狭守居士

客岁山中一晤，交谈之际，真温让君子。既别之后，屡闻声誉，大作法护，足知意气非泛常人也。但十余年在于日国，柱[①]杖头未能拨着半个为恨耳。兹喜遇居士，诚夙世法缘也。监院进江府为常住办事，敬附寸楮致谢。不备。

与安部丰后守居士

曩者匍匐山川，以陈继席寺事，过蒙奖渥，往返无虞，铭刻五内，何幸如之！益知谦光可挹，利国利民，以德以惠，遐迩仰泽，未易以言颂也。昔王荆公、裴相国辅鼎国家，坐致太平，又有余力，极撑法门，援归士庶，深入般若园中。然二公之风度，阁下诚有之矣。虽山野未曾促膝论谈，早已不二之门八字打开了也。兹上意赐建万福宝殿，皆阁下不忘灵山，亲嘱而致是也。三百年法帜之既倒，一时焕然鼎新，他日登于史传，名重金石，其功岂胜量哉！但所慊道微德谫，难当檀泽之被，惟以禅寂默祝而已。使王祚亘百千万亿世，金枝荣茂，同天地悠久之无穷，乃山野之卑愿也。江城遥隔，未即奉候，特遣知事，专此布谢。伏祈高鉴笑纳，荣幸不备。

与江府诸位阁老居士

五月二十五日，蒙上赐鼎建梵宇之召，即日诣京师顶戴。但慊道疏德微，自到东国，十三秋春，承辱阁下不弃，宠渥殊深。虽孳孳弘法，不敢少怠，欲报檀泽之大，万未能一。怀报恩沾，铭刻何既？窃思阁下身居廊庙，日历千机，重宰山河，弗忘嘱付，兴崇大教，非夙善渊固，安得尚能优爱山野，而似沧海明珠倾盖之故者乎？传有云：唐宋历朝以来，聿新禅苑，赞成法化。故国祚绵长，王道运泰，良有以矣。兹幸遇阁下气岸阔略，忠良宏远，被荫昆虫，河润草木，真有唐宋风谊。虽杨大年、李遵勖当时杰出辈流，且须跨于禹下也。启者，江山遥阻，未能趋候，特遣知事，专

① “柱”疑为“拄”。

此布谢，并候兴居。伏祈德光鉴亮，荣孔。

与井上河内守、加加爪甲斐守二居士

忆乙巳秋，任黄檗寺事，造府奉谢，知台下推护法门，优爱缁衣，合国景仰，忻灵山嘱累之犹在也。兹者，上意赐[①]建万福宝殿，宠厚殊深，皆台下德光所被而然矣。不惟开来继往千百世之标表，抑亦日国希有之大观也。愧草芥无似，虽未能与昔东渡列祖并化，而兀兀弘法，图报国主，未之敢忘也。久不会晤，悚栗至极。临楮神驰，区区布谢。伏惟台光海纳。不备。

与小笠原山城守居士

窃闻居士雅量大度，盛世砥柱，作缁衣之纲领，为禅苑之藩篱，宛有姚太师之真风，令人钦服倍万，仰羡！仰羡！往来云水，皆称居士世代珍崇禅理，而留心此道，且勤且切，非灵山亲承付嘱，则缁流曷以蒙庇之厚也。兹辱上意，赐建梵宇，三百年来之驰范，特地焕新，实居士之鼎力耳，其功德可涯量乎？但江山修阻，未即趋候，特遣监院造府致谢，伏惟鉴亮，孔甚。

与黑川丹波守居士

窃自东来，空度数载，问道者甚多，亲切只是二三。然赞成化范，兴崇梵宇，非亲切护法，夙缘深结者，则达磨复降，未免置于闲寂之地也。所以古云："千人排门，不如一人拔关。"今黄檗鼎盛，可谓居士乃拔关之一人也。但山野德弱，愧未能酬其竭力光庇之毫毛耳。二十五日召命至山，即进京特承，且悚且栗，感荷无既。惟于圆通大士尊前顶戴，密祝国主宝祚，仝劫石之坚固，早胤麟储，绍缵化育之无穷。然檀泽波弘，虽勤恳祷祝，亦难图报，惶恐，惶恐。临风驰注，区区布谢，伏惟山容，幸幸。

复青木甲斐守居士

山野自到东国，十二三祀，孳孳以行法为念。虽念之切，其缘未遇，亦无之奈何。及其继席三四载，每冬结期，众盈三千指。审其知西来大意，亲切落处，未有一二。又以梵宇未建，法道难行，未免无怏怏然。兹蒙上意，赐建大雄宝殿，远近向风忻慕，则开山之道备矣，山野不无密幸。然此一段因缘，乃居士竭力吹嘘而成耳。顾知佛法非外护，尽心欲行所得之道，不亦

① "锡"疑为"赐"。

难乎？但家里人说家里话，不避外人笑怪。今居士既承个事，当亲亲切切，撑持法化，以报佛祖之恩为念。此莫大之愿，不可不兴也。祝祝。

与铁牛上座

五月二十五日，上意到京，合山忻忭，而泉石陡然焕新，远近莫不庆仰。山野自到长崎，以至住黄檗，虽内外称美，而中心犹未快然。何以？盖开山委任大担，未易撑持，故不无念虑耳。今既伽蓝兴崇，则开山功已成也。然又幸此担得托于上座，则向来所任者，不虚受老和尚之重委矣。有此二事，山野密以自庆。然而此事非上座深操高致，竭力毗赞，则三百年颓纲何以鼎盛于兹？上座既担此担，而今而后，务要谨密宽殊，以弘法化为先，余逆顺可致之勿论。至嘱！至嘱！

复稻叶美浓守居士

夫心谅正直，为进道盛德之本矣。心既谅，则确乎不被伪佞之所转移；正直，则卓乎力卫真宗而匪倦退。此乃居士素得之矣。但慊山野道凉，无谓虚沾德泽，惶恐！惶恐！铁牛来书，谓居士专任大护，至殷至重，虽裴相国当时崇信古黄檗，比今亦无少异，转令草野赧恧尤甚。但山川遥隔，未能促膝共论西来大义，益以为怅耳。或公事之余，但看昔日裴公指寺廊壁画问僧云："形仪可观，圣僧何在？"寺僧莫能答。乃问："此间有禅僧乎？"僧云："近有一人。"裴公令请至，即运禅师也。裴公问云："形仪可观，圣僧何在？"运禅师遂唤斐[①]休，休应诺。运云："圣僧何在？"休便领悟。若能于此透漏，则庆快平生；以此为国为民，则忠良惠爱，盛备大全；以此赏善惩恶，莫不合宜。兹以居士檀护双渥，不觉滔滔如此。余笔难悉，谢谢，不既。伏惟高鉴，荣幸。

复吉川监物居士

夏日蒸云，薰风拂盹。正在憨憨之中，忽接大觋来翰，谆谆慰问。然草野之踪，何以克当？固知千里面谈，不忘灵山付嘱，岂徒然哉！复想山野德谫，安敢虚受？乡蒙大福荫，插草建刹已竟，而钟楼，黑川、丹波守捐造。但伽蓝、祖师两殿，未有檀主。兹幸厚赐，谨将移建伽蓝之殿，以介康福，是所念也。然读来书，至旧疴叵愈处，令人豁然疏快。但谓药饵无效，

---

① "斐"应为"裴"。

非杨枝净水，何以洗涤？此誉过当，益使赧汗耳。既荷信心，山野虽未及佛图澄之神，亦不辞劳于大士之前，而为默祝。敬复奉谢。不宣。

与酒井雅乐头居士

素仰台光，博大胸襟，慈仁海量，方外野人，蒙渥良深，愧畏无当，何如！何如！兹者伏蒙赐建精蓝，于腊八工竣，即卜此日乃如来成道之晨，仰对人天，拈香举扬大法，表谢大树恩荫。但山川遥长，未得进谒，罪戾莫逃。惟居士春秋鼎盛，笑亮物外，包荒宽容。山野卑情感戴，无任之至。专此布谢，伏惟慈纳，幸孔。

与稻叶美浓守居士

客岁蒙建伽蓝，抵今腊八工竣。由是寅卜此日乃如来成道良晨，仰对人天，拈香表谢。然而未趋殿下者，盖山川修阻，兼以年杪之际，故趑趄而迟茧足，愧畏之极，罪无所逃。惟雅量不责无状，然其所怠慢者，以居士仁厚宽慈，万倍爱宥，故不时致候。兹特进拈香法语一篇，苟有颇可取处，则留在座右，山野幸甚。敬此布谢，伏惟笑纳。不备。

与诸阁老

久违，致书台下，殊失所昵。但恐有渎青眼，故不敢趋候也。兹者伏蒙上意，赐建伽蓝，实于腊月八日落成。由是即日先对人天众前，升座拈香，举扬宗乘，表谢莫大恩辉。庶国祚弥坚，山河广博，祥麟瑞凤，金枝奕叶，鸿业绵亘，诚山野之卑仰也。更有启者，山川遥隔，兼之岁杪，未能进谒，愧畏无量。惟泰山之怀，仁厚宽恕，山野感戴莫涯。敬驰尺一，特此专闻。伏惟台照海涵。不宣。

与加加爪甲斐守、小笠原山城守二居士

山野无状，素蒙台庇，曷承克赐之厚也。兹者伏蒙上意，聿建精蓝，乃于腊月八日落成。但山川修阻，未及进谢。由是即日先对人天众前拈香表白，莫大恩渥。敢冀台下不忘灵山，亲嘱鼎言诸位阁下宽容厚恕，感荷无量。专此闻达，伏惟慈亮，荣幸。

与黑川丹波守居士

前有启致谢，谅必投于台下矣。兹者伽蓝诸处皆竣工，即欲趋进，但以年杪路远，未及茧足。由是卜于腊八，先拈瓣香，表谢恩光，敢冀居士鼎

言诸位阁下沧海之量，宽容开春，山野感荷莫涯。兹附拈香法语一篇，为致美浓守居士青眄，或有可取，则留于座右，山野幸甚。更有钟楼落成志喜偈一章，敬遗居士，伏惟检存是爱。特此走闻，余未既。

附合山诸大德请启

伏以百华丛里，优昙旷劫难逢。众宿位中，皓月长天独朗。法王出现，万物沾恩。恭惟和尚，德迈诸方，道扬双国。行人天号令，展佛祖爪牙。高陟象峰，曾放辽天鼻孔。遥临狮窟，频驱震地雷声。师法亲承，应作绍芳之子。猊床端踞，诚为补处之尊。拈一藤开一方之眼，何如当日德山用四喝验四来之宾，正是今朝临济。大机大用，无党无偏。安等滥依法席，幸遇良缘。日隐月临，喜光明之互照。天高地厚，知化育之无穷。大转法轮，全凭匠手。临书战栗，不尽瞻依。谨启。

复合山诸大德[①]

伏以建立丛林，喜有同心同行；播扬密旨，慊无妙用妙机。深赧才疏，益忝众望。恭惟诸大德慧光凝远，道器浑圆。如凤如龙，拔起风规而条井；为纲为纪，帚除魔外以潜踪。个个柔和，似阳春而普畅高下；人人契顺，如臂指而自成屈伸。若是贤良，直能种草。愧某蚊负绵弱，何当任重之推；檗席模弘，未易视轻而接[②]。既叨宠命，敢不力荷。惟气合而相扶，必道同而共志。庶王臣向化，而法运追回。临启悚寒，注笔布谢。谨复。

复金指湛法弟

伏以金指峻高，如标月而知望；实相浑朴，似玄关而悉参。有其造必有钦崇，无若偏自无废德。幽邃玉韫，脍炙人同。伏惟法弟湛禅师，弃儒选佛，慕道瞻风。质粹纯柔，登雪峰而忍冻；英才秀发，陟檗岫而严操。正眼清明，灵光特耀。苦心嚼出波罗蜜，拔地亲承破沙盆。竿木随身，不妨到处为舟为楫；宝印在握，以此临机验圣验凡。丁斯际，德山犹输一筹；恁么时，丹霞当避三舍。慊某系匏寒态，守株钝根。无鸾凤弘威，飞腾霄汉之外；只驴驼小技，驰逐渤澳之间。冒僭太和风光，滥沾万福檀乳。胡敢并规遍吉，而以齐范慈尊。惠厚褒扬，益深惶恐。寸楮驰谢，余情不宣。

---

① 题一作“复合山诸大德启”。

② “接”一作“继”。

复南源师弟

伏以挈领提纲，惟真与实。贤人所作而尊法，达士行持以合公。合公则可龟，尊法堪为鉴。窃惟南公贤弟，童真入道，茂敏高才。一心远豁精明，诸子广通无滞。该罗迨遍，博厚渊深。兼之孝行周全，复以禅关透脱。老人得力，太和赖以扶持；一众咸欢，万福藉于统佚。不独丛林见义，抑惟宗社清平。既正其操，势夺龙虎之气；斯文已秉，名超凤凰之声。啸吟松隐堂，上下铭书带。某忝知己之分，冒渎良多；公盖忘年之交，相推益甚。自领开山之命，日愈兢兢；罔当法席之规，时尤栗栗。钳锤大奋，无超师之见，岂其能哉？机用弘施，有贤弟之材，方可出矣。但随家丰俭，姑尽我分内之衷；惟实地恬和，庶几人悠久之协。苟非重道，孰解推诚。寸楮倾肠，千端莫谢。敬复。

复刘耀哲信士

伏以慧性浑圆，善根永固。非百代千生所种，实一心万行而修。既识玄猷，愈崇正信。窃惟台下名传法苑，才备文林。人物清标，上下之交美悦；风云气势，往来之友相投。通两国之襟音，济万商[1]之利益。兼能敏悟，以作禅门之户墙；复密知微，为开镇主之雅量。大唐一脉，混化而无所偏；古日高怀，朗然而有真趣。老和尚虽退隐四方，犹望玄提而道更尊；山野不知分矮汉，担荷重担，其任非轻。愧没灵机，驱追俊骥。与从上古锥续焰，而挽回今日狂澜。惟赖弘檀齐力，同扶颓纪；庶几此际焕然，拔振真宗。临楮驰神，肃函致谢。

复开元冲如公耆宿

自慊凉薄，远托东陬，日与诸上善人同会一处，以银碗盛雪，香严上树，共作法喜。虽于此泊然虚闲，亦且每遇良宵之际，而犹不无吴吟之怀耳。及其阅来示，至寒暑变幻，霜发龙忙，荷招提之任，耻于古人茅隐之乐。此说虽美，诚未之为至也。何以？盖茅隐之趣，只独羡其身，曷若任招提而利其众，又以为尚乎？且古德云："目视云霄，不如平等。"饭众僧以报佛恩，则其德利之厚，未可以日劫而同言也。又谓温陵之所稀，乃扶桑之所有，将为供养不慧者。承辱鸿贶，非至爱至契，未必玄谈之若是也。

① "商"疑为"商"。

然而彼此皆老矣，所愿久住，为紫云之标表，庶每年得领大教，则方外野人忝藉风光而不寂寞矣。临楮神驰，区区布复，并候慈光照亮，荣幸。

复牟甫王相公

承辱示教，拳拳念及，非道爱之深，岂能如是哉？又谓方才耳顺，不觉又是古稀之年，光阴迅速，令人惊心。读至此，乃知弗忘圣贤大意。然而彼此皆古稀矣，各在一天，亦不能无惊心也。又谓精神尚健，耳目聪利，此诚不多得，喜慰！喜慰！又谓前岁入温陵，游诸胜，与诸道旧叙怀，而睹不慧墨迹，不觉涕泪。此一段真情，令人愧感，亦不自觉而气塞鼻酸。但业系海外，欲如昔之升平，复聚玄谈，不可得矣。前载往武东，隔腊方回，所有赐教，弗获承接。尔后拟托奉讯，未有通便，徒切悬企而已。来宁集，言言珠玉，领谢。余绪绳绳，笔不能尽。草草专复，并候兴居。不悉，不备。

复铁山西堂

多年绝音，不识居处。今接来札，知去崆峒别构一室，佳美之景，迥脱尘嚣，足可清隐，喜甚！喜甚！又谓气力未衰，欲来相顾，殊慰老衷。但鲸波万里，跋涉匪易，所以未敢许诺也，惟随缘可矣。明年或有小孙同玄朴一来，可谓尽道尽孝，则老僧数载之望怀足矣。

复铁崖西堂

来书并仪，谢谢。然所云自秋徂春未曾修问为慊，又谓荷负个事，虽愚敢不勉力。老僧云："能如是履践将去，则见衲僧本分，不外从上付嘱之意也。"又云："边鄙风俗所难教化，只随分随缘。"此论甚妥。且古人二三十年居山，终生岩晦，以道自处，待其时节，况于今之日乎？吾徒既谙底理，殊合列祖胸怀，老僧喜跃喜跃。

复良寂西堂

自古付嘱者多，而应缘出世者亦少。今吾徒既出世，当以本分本色接纳方来，时时不离一着子，履践妙密，弗被诸境所惑，是为正三昧也。兹当减劫人心靡古例，以虚妄心向外驰逐，声利中走，虽行如佛祖，终成蕉牙，于法门诚无所补。今时多坠此坑，往往自是自傲，岂非增上慢之俦哉？吾徒当力勉力行，胸襟开阔，志趣特达，则临济宗风清振末代，而有功宗社，抑亦令人钦服，讵不超迈哉！至嘱至嘱。余弗宣诸仪，腆盛敬领，谢谢。

复潮音海长老

手笔答海公长老来书，所谓承檀那之请，出而应之，不免傍哂。既知乎此，足见谦光炯炯，德化炳炳，素履有据，法门无辱。然古人应缘，非六种成就，难以提唱而振举也。今缘熟能赴来机，当自严重而整肃，使化风恢弘，绵绵以无穷，则莫大幸焉。此复。

复清斯法侄

正在开炉之日，忽接尺一之函，泉石转增光辉，龙象共知玄趣，人人悉谕继席，咸仰高风矣。愚于遐逖虽无能毗赞，而祖庭轨躅亦未之敢忘也。兹得法侄主之，远近归向，正所谓昔年于此打失，今日于此出气，故龙天不昧诚实，直以推出，岂偶然哉！緊步骤阔大，山容海纳，槌拂之下，垂手之际，来机鉴明，直截斩钉，打发一个，愈见黄檗前贤后圣水乳一揆，令人庆快莫可涯也。余绪备在南源、高泉二和尚书中，余不赘。

复广超法弟

前年接大教，知主檗席诸弟侄辈喜幸，无如此后数年杳绝音信，不能无悬望也。今来札谓退隐，逸老推出清侄，可谓无诸己而有诸己焉，足见老炼出人头地，赞莫能及。又谓三番四回备仪往奠先老人，但以水陆阻隔未果，至今怀念不休，真大孝义，令人叹美莫已。然隔天一涯，亦无可怪矣，万勿介意。瑫亦老矣，明年亦欲退隐，轮次住持，以体其先老人遗嘱也。敬此闻达，并候，余未既。

稻叶美浓守居士

春风气融，草木畅茂。窃以大檀翁日居月诸，仁惠河润，大地受泽，四海增澜。迩闻增俸，一切恩宽，益见素履行高，克明德俊。但林下人未得亲贺，以叙道怀，不无愧畏。特托颖君，聊陈怀忱，惟祈慈照，荣幸之至。

大久保加贺守居士

窃以阁下大护仁风远播，德泽恒垂，昆虫荷沾，草芥受润，虽林石人未曾奉其清光，抑久已知其剑气矣。迩聆加禄，不得进贺，诚深忝畏。特托寸楮，临风神驰，伏惟照亮，幸甚幸甚。

复立花好雪老居士

自达磨西来，宗风广被。大唐居士承当者众，而日国未之几见。然法眼圆常，虽人人本具，非大丈夫夙种深厚者，未敢荷担而能信得及矣。兹老居士信得及荷担底事，岂小少因缘哉。所谓向后加精勤诚笃，弗敢少怠，务以法门为重。若此行持，诚合祖意。老僧有赖从上道光，愈靡涯矣。蒙远远特讯，并以厚贶言谢，莫悉。此复，未备。

与石丸石见守居士

窃闻居士忠良厚德，仁政遥泽，有荆公之怀，日月之朗。非但法门仰赖，抑亦庶子被沾，诚不忘灵山之记莂。健羡！健羡！启者，舍利寺久没荒榛，因善信等檀入黄檗，以充末刹。蒙渎至公，细详察明，即日发下，异日成其丛席，使晨夕禅课，祝国佑民，龙天叶赞，其功德岂可涯量哉！如是则远庇世代昌隆，善果根深，直至未来际而绰绰有余裕矣。敬修顶谢，伏祈照亮，荣幸之至。不备。

复白翁嗣法徒子

来书谓源流等已拜受，即日示众，表明法系，足见吾徒诚重不苟。然付衣一事，非独今日有之，实从上所传授也。故老僧知吾徒毛羽养就，堪以摩霄而可负日，大覆宇宙，即以之而付托也。兹吾徒谓谨护持待弥勒出世，此论虽高，未免堕在偏执之窠也。不见孟子云："君子行法以俟命而已也。"又吾佛云："法无定法，若执定之法，是非法也。"故古德见今时才器滥觞，多欲固守不出，然亦观时节之何如耳。时节若至，亦应命而出，苟执而不出，则滥觞之徒孰其救欤？老僧于此时法尔不能忘，而望于汝矣，切宜勉旃。

复月耕法徒子

客春一别，以至于冬，总未得消息。今岁始获来札并仪物与老僧上寿，足见远方不忘道怀，喜甚！喜甚！所谓去秋疾作，兹已清健，仍受诸檀卜室幽隐，起坐荣胜，忻幸无涯。然且忧其群小口舌纷纭，此亦无怪也。盖道不同不相为谋，古今皆尔矣。但寂静以待之，则久自消殒，乃显我之大力量也。惟念念克操，坚固则不被所移耳。慎之！慎之！此嘱。不宣。

复法云寺慧极法徒子

吾徒法云多年结构，今既成丛席，其功力非浅浅。兹诸檀请开堂，乃时节之至，应之甚当，老僧喜跃无量。所言欲老僧为开山者，此吾徒之尊法孝行，感荷不胜。但老僧无功于山门，且愧德劣，安可虚受其位乎？凡诸法子之所开基处，欲老僧开山，概不敢受也。铁牛公之绍泰、弘福，湛然公之清水寺，皆欲老僧开山，亦不从命矣。其瑞圣舍利、万德慈眼、千年诸寺者，老僧亦有少力在其中，故而受其开山之位也。法云吾徒须自称开山，使后之子子孙孙相继奉祠，非惟法道之大，抑亦理之至当。幸听老僧之言，则妙而且美矣。切嘱！切嘱！

复月耕西堂

正月二十一接来书并仪，谢谢。然老僧每年母难，自愧道微，酬未万一，曷当华祝之厚乎？闻身恙已愈，令檀陆奥守居士发大乘心，援儒归佛，复锡其地，建完延住，时时以法相从。苟得顶门迸开，彻明正眼，则吾法门中又出一陆亘大夫，使千古籍名于禅史，而宗风久振，岂偶然哉？老僧千里外忻赞而无涯矣。惟委曲方便，如兜率悦接张无尽丞相，或得机缘契合，则畅快何可量欤？但愚夫善根浅薄，不知佛之慈恩，观大千众生犹如赤子，开八万妙门，其功德非可思议。或入一门者，则全体是大悲王，随类化生，具大解脱，生生常处善国，不堕恶道。此金口所宣，非凡愚所能拟议也。今以令檀倾心归向，故不觉信笔如此。敬复，余未悉备。

贺稻叶美浓太守

夫大丈夫生于世间，不可一日无权。权势名节既遂，不可不退让。今老檀翁权名皆遂，得退让无事，岂不为之大丈夫哉？复更能如杨大年、张无尽，就官宦之场，而转入于维摩法门，则大丈夫中又大丈夫也。山野素受檀护，以至老退，虽在休闲之处，亦未之敢忘也。但远隔，弗获躬瞻，肃此为喜。伏祈笑亮，荣幸之至。不备。

复关备前守梅岩居士

久不面晤，知以法为切，无事于心，虚怀闲淡，此世不多得也。去年承远贶之厚，谢谢不罄。又闻脚疾今已平愈，喜甚！喜甚！兹廓山上座来贺履端，敬肃鸣谢不尽。

贺水野右卫门大夫居士

履端春临，王风节畅。庆云绕五福之座，黄道启百瑞之文。注笔神驰，曲躬肃贺。伏惟笑鉴，荣幸。

贺酒井太和守居士

大块春风，万物荣秀。闻居士位登纲职，秉理僧林，此法门之洪幸也。惟以慈善为福田，视缁衣作德海，则世代昌亨之无涯，身光朗耀于遍界。但路途阻隔，未能奉晤。肃此鸣贺，伏惟笑鉴。不既。

复开元寺耆宿启

窃以紫云盖顶，甘露垂天。从兹广焕门庭，由是聿新法窟。既崇隆于往古，必流播以至今。苟非间出英豪，宁得繁兴大义。伏惟二尊宿桑莲再吐[①]，洁祖重来。倾圮廊坛，皆鼎建而整整；高闲素德，亦念及以区区。真苍松之老操，岂散木而能比。瑫虽别处遐逖，实未敢忘源。忝无缩地神通，殊失伸怀妙用。繄识我心而见谅，则荷长者以良深。特此布闻，聊陈覆谢。伏祈照亮，余绪罔宣。

复东阁刘居士

伏以二十余年，道交深厚。片念存臆，惠爱不忘。才并二苏，学贯诸子。怀我之老，专使而来。多贶珍果华函，一谦赞颂盛心。犹庞翁体物于泉师，若斐相金汤于运祖。是知道同而名益显，类合而行益彰。喜有知音，更无愧畏。敬登嘉锡，只肃谢言。

请初山和尚启

伏以初山堂头湛和尚，素行清洁，大用纵横。施陷虎机，等临济之作略；用险崖句，并仰山之显扬。黄檗风规可隆，太和轨躅堪振。愚虽老迈，幸得观光。仰惟法驾早降，以慰云众翘瞻。临楮神驰，敬此伫候。

杂赞

观音大士

散须赤脚，如欲度生。

赤脚迢迢下普陀，慈帆陆地强撑操。
随缘化被三千界，直使苍灵出溺涛。

① “尊”一作“老”。

罗汉

手携如意，童子烧香后随，遍游世上，人莫能测。

如意寻常空手握，青衣童子献香葩。
阎浮洒落横行处，几个知心叩作家。

又

独立一筇，山童献芝，甚是珍重。

卓立云间一短筇，飘然物外看斜阳。
芝花折献深珍重，共玩无人独自赏。

又

独坐欲睡貌，一童子剖瓜。

闲闲独坐眼瞒眠，瓜果香鲜满座前。
剖破还他能下手，尝来也要舌圆全。

又

两个对坐，一个托钵。

两个无言相对坐，钵盂托出柄休安。
早知口向天开也，纳海吞空亦不难。

观音

慈风浩浩不寻常，三十二身广化长。
危险称名得解脱，俨然如在露堂堂。
若能信受虔心供，果熟菩提万古昌。

达磨

大梁国里金毛吼，惊得昆仑颠倒走。
壁立少林山不动，因缘时熟春雷奏[①]。

布袋

肩担布袋手携扇，笑面春风同佛面。
妙义百千浑具足，包罗袋里无人见。

---

① 此句一作“虚空渍烂春雷奏”。

特芳禅杰禅师道影赞

尊者八十八，僧中凤与龙。为关山之裔，起雪江之风。七住禅窟，六处法王。提唱机瓶泻，化运泼天香。气岸潇洒绝，道骨英奇皇。如此大宗杰，笔尖难赞扬。

布袋

身挨布袋笑微微，清净六根兀似痴。
宽却肚皮藏海宇，人人仰见悉归依。①

蚬子

充饥捞虾蚬，夜宿纸钱堆。有问西来意，神前供酒台。

懒赞

惟拨煨粪芋，天使略不看。无工拭鼻涕，独露一身闲。

水仙

洁素水为名，仙风玉貌清。金口开向日，不怕雪霜凌。

达磨

一苇渡江去，九年面壁来。身心俱寂莫，大播五花开。

竹林七贤

屏踪养性自安闲，白日弹吟酌竹间。
此外从教沧海变，荣名宠利不相关。

草衣文殊大士

贝叶经文掌上提，撩拔百草作伽藜。
曾为七佛老师父，未免浑身带水泥。

布袋

天宫不肯住，下戏阎浮界。生涯无多子，只靠个布袋。

立花忠岩好雪居士道影赞

勋荣世代，节义一身。武征前勇，功业永新。及其既疾，退守抱仁。
游戏禅苑，以法为亲。大道明彻，荷担切真。如此淳实，能有几人。

---

① 后两句一作：“宽却肚皮天地上，众生如海尽归依”。

护国禅寺开山大彻禅师影像赞

永平六世峨山子，大彻投机舌不干。
奕叶荣昌行脚下，光扬祖道莫能阑。

关梅岩居士道影赞

俊哉此居士，一切皆如意。慈心人尽仰，德爱民咸喜。
法门颇留神，国政甚合义。菩萨戒为尊，托生宰官第。
纯静兼忠泽，禅苑作游戏。

灵石善士道影赞

忠心如佛心，戒禁净于浔。头戴千祖帽，身穿众贵襟。
七条弦上挂，胸次博古今。如此真三昧，令人难追寻。

大机小影

嗣法机子，平生实朴。数年茅居，操履孤卓。行持肃严，而无造作。
有人天眼，欠人天福。海月澄清，洞云寥廓。没迹没踪，任舒任缩。

明极俊禅师并楠正成居士同轴[①]

文经武纬智仁全，复又机投俊老禅。
千古扶桑为榜样，至今个个尽尊贤。

东轮开山即非和尚法像赞

黄檗枝头得果，扶桑国里吐香。
尝着底凡躯脱换，归投者圣眼回光。
末后通身舍利，现前遍坐道场。
如此大善知识，可供永劫流芳。

东林大眉法弟像赞

眉间挂剑铁心肠，素为丛林骨劲刚。
两国事师无二念，亲承大法气昂藏。

---

① 题后注“细川丹后守请”。

自赞

兰洲西堂请

兰有香，菊有秀。气韵清贞，丰姿挺茂。
道骨仙风，丛英卉后。分付兰禅，莫以株守。

证宗后堂请

无背无向，没毁没赞。体同虚空，迥绝涯岸。
穿个紫袍，气宇平旦。为人天师，翻佛祖案。
古今一致，圣凡齐简。分付宗禅，奉重莫懒。

智禅人请

穿紫衣，坐狻猊。无言说，未到家。一条棒，截千差。
以此法，接禅和。风光生阃外，任唤作师爷。

秀岩徒孙自画师像请赞

本无形相，体同太空。相既无相，相即不中。
你画如波映月，我赞似网张风。咄！分付秀岩子，莫认西为东。

石鼎上座请

者汉甚平旦，坚贞孰敢慢。竟日自虚闲，胸中没碍岸。
非心亦非佛，岂许人赞叹。紫衣撩乱穿，与世作公案。

梅谷上座请

无孔之锤，生铁铸就。一片之锦，千丝织绣。中矩中规，难辐难辏。

为临济孙，出黄檗后。函盖乾坤，弥露机彀。见得此老之胸襟，堪作法门之领袖。

惟心上座请

虚空为纸，僧由画难就。须弥作笔，郭象安能注。

横遍竖穷，十方吞吐。如月中天，千江普赴。忝受高胜开山，权任宗门武库。

白翁上座请

石火电光，星飞斗走。大用现前，贤圣难构。手眼通身，逢源左右。

紫袍等浮云，白棒是神咒，天魔觑不破，铁壁都冲透。

云岩上座请

脱凡圣情，握佛祖柄。开廓人天，全提正令。应机如神，作友不请。今古浑融，悲智双行。分付云岩子，以此为龟镜。

诸禅人请

须如猛虎，眼似铜铃。威光盖世，本自灵明。浑融真俗，妙体圆成。不假雕琢，独乐无生，供养之者，万古华荣。

晓岩禅人请

达万法空，离诸名相。身心超然，贤圣齐仰。眼盖乾坤，胸无背向。紫袍乱披，了没遮障。有诘禅道，蓦面一掌。晓岩觑破其机，任从高悬供养。

大机上座请

拄杖倒握，千机齐扬。竖穷三际，横遍十方。
大用成现，五眼顿彰。身腾紫气，胸次冰霜。
人天从仰慕，宇宙谩囊藏。

铁狮上座请

沙沙牙牙，崖崖柴柴。严辣莫当，鄙薄难偕。圣凡等目，圆融靡涯。开人天眼，越佛祖阶。拈条主杖，扫野干痃。摸着渠鼻孔，活泼绝安排。

瑞文徒孙请

无名无相，是真实相。此之真实，迥绝比量。临济喝退，德山棒赏。知其端倪，便明向上。瑞文不昧，许汝供养开眼。

释迦开眼①

自从打失一双眸，节节黄金作骨头。
紫聚通身含万德，至今狼藉莫能俦。

弥陀地藏观音三大士开眼

举笔云慈悲，真智不思议。天上人间无等比，刹刹尘尘广度生。光明寂照邪魔避，不是神通亦非法。尔且道这点光明，落在甚处，举笔便点。

---

① 题后注“万德山请”。

荣三比丘尼

荣三比丘尼发心捐金伍拾板造黄檗毗沙门天王一尊，高八尺余，于甲寅之秋告成开光，乃拈笔说偈云。

天王威力若金刚，护法心真莫可当。
一段风光魔党伏，山门长镇不寻常。
吾今点出宗正眼，千古令人仰瑞祥。

释迦如来开光

净法界身没比伦，周沙国土独为尊。千光瑞现人天际，莫不沾恩迥拔群。此乃如来金刚正眼，大光明轮。吾今点出，无少覆存。其或未委，请看笔尖头。遂点。

韦驮天开光[①]

戒月清洁心，珠净圆童真。妙相护法精，坚魔外归降。依正矩手中，宝杵捧胸前。如此神力迥出言诠，吾今一点，天眼洞然。

万德山伽蓝开光

卫护禅林威力大，邪殃恶障无能害。
精忠弘愿气超然，万古英风振法海。

达磨大师开光[②]

帆海而来震旦东，传心此土绍宗风。
光明浩大难藏覆，一落儿孙转焕隆。

虚空藏菩萨开光

虚空原不空，福德相威雄。慧剑降魔类，灵珠济众穷。慈仁风浩浩，智量气融融。供养受持者，超凡入圣宫。以何为证？看取笔尖中。

日照山圆福寺柏堂请为观音大士开眼

寂照圆明真法眼，廓周沙界不曾藏。溪山云月同悲体，广度苍灵亘放光。既然如是，不妨再与一点，莫谓锦上铺花又一重。

---

① 题后注“万德山”。
② 题后注“万德山”。

肥前州广福寺住持春龙禅德请为圣一国师开眼

者是圣一大国师，唐山历遍登双径。准翁室中眼打失，扶桑国里提祖令。

子子孙孙云捧月，交参宾主真殊胜。小侄不能赞片辞，琼花借献表躬敬。

师之法眼道德，无物可以比并。虽然一线聊通，也要诸人猛省。遂点。

元智信士请为弥陀佛点眼

拈笔云：光明无量寿无穷，百亿分身气宇雄。刹海持名诸万类，一齐摄上宝莲中。如此光明，不落于数量，不可以指注。既然如是，又作么生点？总不离笔尖头上。遂点。

如来成道日云松寺主请为世尊开眼

乃云：月落云寒霜满天，明星现处发狂言。众生若也齐成佛，何以世人尚妄颠？然则不可不辩。盖如来慧眼妙明，所以见大地皆成佛。众生浊念在妄，所以自迷着而受生。然则如何可以谛当去也？遂举笔云：一笔点开宗正眼，光明炜烨没遮拦。

辩才天开光元长善士请

遇贵即贱，遇贱即贵。化现天身，得大无畏。才辩悬河，与人智慧。广济慈施，所求皆遂。若此光明，了没待对。

长松院请为大士开光

慈观圣眼本灵明，智鉴无方满月莹。赴感群机靡不遍，弥纶今古没亏盈。

此乃大士之正眼，亦圆通之常光。苟能妙会，迥超谓情。其或未然，请看看：（举笔于顶门上一点。）

观音大士开光奥村氏信士请

大士慈光贯古今，明超日月独披襟。空圆寂照恒沙界，普被群生出溺沉。于兹通一窍，便趋般若林。老僧点破了，也其或未委，再与一点。（遂举笔向眼中便点。）

开山老和尚愍忌拈香

乃云：今朝十一月初四，正是开山之愍忌，此日烧香特举扬，身藏北斗不思议。所以，溪山云月、鸟语园林，皆是老和尚游戏之处。既然如是，且老和尚即今在甚么处？眼下、鼻孔、两窍出气。（便烧香。）

戊午夏大山门上梁拈香

乃云：大座当前，摩霄插汉。三门弘启，纳圣投贤。苟非奇木之英，那显巧匠之妙。栋梁既备，宝盖排空。紫气腾腾，芳图整整。可作千秋榜范，堪为万世规模。更冀上梁之后，皇邦尽忠良美雅之量，檀郎乃盛德光明之华。四海归仁，九洲乐化。正与么时，且荣庆迪吉一句作么生道，千花献瑞彩，万善积灵台。（遂烧香。）

径山老祖十九年忌拈香

乃云：祖恩山重，祖德海深。以山重而酬恩，若蜉蝣而撼树；以海深而报德，犹螳螂以量天。然则如之何其可耶？作女人拜云：将此深心奉尘刹，是则名为报祖恩。（便烧香。）

开山先老和尚七年讳辰拈香

妙高峰顶，万松冈头，异草奇花，清泉白石，总是先老人清净法身，原未生灭。若道今日是七年讳辰，吃棒无有已时；不道是七年讳辰，又是孤恩负义。且毕竟如何即得？应庵祖云：一年一度烧香日，千古令人怅转深。（便烧香。）

严有院殿赠正一位大相国公拈香（并引）

严有院殿，赠正一位大相国公大檀那逝世，特于室中上祭，七日讽诵，追资冥福。拈香云：

乾坤之量，覆育草木昆虫；日月之明，照临邦国侯庶。恩厚德重，泽普渥深，万古千秋，仰载如地。九洲四海，悉赖所天，一旦撇然，群灵失负。况复黄檗开山，历代承荣，非夙世之遭遇，岂今时而能行？窃荷帡幪，未由涓答，谨荐清茗，聊表微诚。伏惟檀荫之慈，俯鉴野衲之忱。哀哉！痛矣！飞泪如淋。（遂烧香。）

复法云法侄

素知道行可嘉，根器不凡，兼以聪敏俊达，操守绵密。尊和尚付嘱，宜其然也。但此个[①]法门，正如狮子儿，善解返掷，不落群后，方堪种草。

---

① 一无“个”字。

不然，尽属野干队矣[①]。贤契[②]能甄别之，履践悠久，异日风云际会，则天下人无奈你何，岂不绰绰有余裕哉！外偈一首，留之以为海印三昧[③]。

复铁牛长老通法嗣

自古出世通嗣者，盖表师资契合，宗源相承之有据也。兹吾徒[④]有英特而应缘，其才量廓绰，人人咸叹美，老僧不无喜跃。但定慧之力，惟[⑤]更加调摄，甘淡守法，与众同心，则符慈明、杨岐二老祖甲江左之盛，是吾望也。蒙远远遣徒孙赍帛诸品，腆厚良殊，薄德[⑥]何以当之？谢谢，不宣。

复福严铁文长老通法嗣

十一月初九，令檀送书及开堂拈香法语至，即启播知瑞圣两序，大众随喜一遍，莫不赞叹顶仰，顾[⑦]知荆山之璧不待举示，而人人识价。然法语拈香，甚有师式。山僧见此大因缘，亦赞喜不胜。又众至千五百指，一切远凑[⑧]，乃见平素之守操不苟，可报从上诸祖之恩也。故达磨大师云："悟易守难行更难。"[⑨]今吾徒行矣，向后务要紧密，以惠谦安众，则[⑩]无不钦服，是我[⑪]望也。斋仪检谢未既。

与西堂铁山

闻上座迹不下山，尘缘屏绝，随分笑卧白云，甘守淡泊，有此志趣，则去上古不远矣。所以达磨大师云："见道易，守道难；守道易，行道难。"夫能见能守，虽未行而行在其中矣。唯上座履践不退，一念万年，而搅河为酪，掇土成金，定有日也。付来法衣一顶，源流一幅，此乃从上诸祖授受至宝，今与上座，当自护持，使流传不绝，永永无穷，以报佛恩，则幸莫大焉。至嘱！至嘱！

---

① "尽属野干队矣"一作"尽属于今时矣"。

② "契"一作"侄"。

③ 此句另作"外附贺偈一首，幸留之"。

④ "吾徒"一作"上座"。

⑤ "惟"一作"惟当"。

⑥ "蒙远远遣徒孙赍帛诸品，腆厚良殊"一作"远遣徒孙，赍种种厚仪"。一无"薄德"。

⑦ 一无"顶仰"。"顾"一作"固"。

⑧ "凑"一作"辏"。

⑨ "悟易守难行更难"　作"悟易守难而行更难"。

⑩ "惠谦"一作"德惠"。"则无不钦服"一作"则众无不钦服"。

⑪ "我"一作"所"。

复平野守中善士

前所示莫妄想者，正恐不信有悟门，以文字诗赋为障道之由也。今来翰复引和歌为证，谓诗赋乃风月笑谈，非妄想边事。此益见妄中加妄，所供诣实，何云非妄乎？然而诗赋多落于情识，既涉情识，非妄想而何欤？凡古人作诗赋，顾其用何如耳？有以借其显发道光，启迪至妙，即斯觉而觉他，非属妄想也。是故得底人，于诗于赋，尽是西来大义。未得者，或吟或赋，总皆妄想。先圣云：“心如木石，可以入道。”真正办心者，何暇事诗赋乎？宜自审之，慎勿忽矣。

复明法善友

接来教，褒奖殊深，道爱特切，山野草莱，曷以当其过誉乎。复玩至始发愤处，令人不觉手舞足蹈，庆快不可胜量。盖人能发愤，大智弗成，亦成小智，不至于圣，必至于贤。况父兄已往，令祖母又耄，事佛多年，山野忝需供养，正望庇子孙，显荣门庭耳。既知发愤，当一年如一日，心志不移，日累月滋，大业自然可成。倘一日曝之，十日寒之，虽有易收之物，终见坏是的也。然而只身，兼以年幼，当体悉二堂，孝敬无倦，更尊三宝，加以善行，庶保永年，可福平生。故书云：“闻善言则喜，得一善则拳拳服膺。”又云：“择其善者而从之。”顾知善者人之本，圣人千章万论，无越乎此。能发愤而学之，则颜孟弗加于上也。素荷法厚，滔滔言及，惟宥，幸甚。

复性正居士

大翰珍惠，远远将来[①]，苟非法属，殊难克当。所谓客岁参老人于食邑，有示法语，而孜孜不忘，时时提撕，以道力难胜世缘，水牯牛不能纯和，欲山野垂示鞭索，庶不犯人苗稼。山野谓既知道弗胜缘，便是鞭索矣。果能知之，则日用工夫，无不增进之理。进则不怕水牯牛不纯和，唯恐无返知之念，随境风飘荡，非但水牯牛不纯和，终见陆沉在刹那间而不免也。夫真切为生死，但于尘缘起处，返观从何而生，从何而灭，推来推去，推到无可推，则生灭寂灭，寂灭现前，便能即尘缘是菩提。抑知原来贼乃自家人，不觉点首，自肯呵呵大笑，宝藏浑无少失，庆快不可胜量矣。如斯理论，然乎弗然乎，惟在高明勉之，切切。

---

① “将来”一作“颁下”。

与无上弟

老人法身清轻，法会风彩，并诸兄弟团圞和美，以佐东来大义，皆诸公旗鼓劲正，维略严密而然也。某在崎只隔数百里，不能一睹胜会，与唐山居住无异，诚无用物，歉也何如。兹逢新春，一翻嘉运，特此奉候，余未尽宣。

复龙溪禅德

老人自乙未秋登贵刹，已及三载，内外华观，四表钦服，非公正肃扶持，曷能顿消狐雾，真杨岐一等汉也。兹闻解制后，欲往江户，又是一番跋涉，则见全身荷负，诚然希有。无可表贶，途中保重为爱。不宣。

复还一耆宿[①]

曩辱呼杖归寺，即当领命。但黄檗老人在此，一时未得抛离，有负道爱之雅，怅甚！怅甚！承谕廊庑法堂倾圮，欲力行缘，劝以桑田之际，难能振举。盖此时正坏劫之浊，拟如升平以成之，则未之易也。某忝叨法末，历见山门寥落至甚，宁无片念于中乎？但缘法未逮，智力荒微，亦不免如师素心空悬，青鬓顿改而已。复想兴创有时，苟遇时至，必有大力量者出，以恢祖庭之门风，良有以也。但愿诸昆季清规严肃，梵行精洁，虽廊宇未修整，而插草建立已竟。伏惟照亮，幸甚。

复黄檗慧门法兄

乙未秋，省觐东山老人，倏忽春光五易，而须发且已半霜，每想狮子岩头共梅畔[②]，酌茶吟月于人间之外，不可得矣。然犹歉黄檗祖席当风鹤之际，吾兄保任无虞，规范大振，使方来得以面提，未能帮助万一，展转弗宁。所云屡欲倒退一瓢一衲、一丘一壑，把茅盖头，以遂素志，似乎迁于乔木，复入幽谷，无是理矣。若弟能薄则然，若兄德备[③]，虽已欲之[④]，而人肯已已哉？老人自丁酉岁频动归思，屡辞于檀越，而彼檀留之益切，缘法既在此中，亦不由自由，故今秋就允开山京洛[⑤]大都，难能再回本山。唯吾

---

① 题一作“复还冲二耆宿”。

② “共梅畔”一作“共坐梅畔”。

③ “若兄德备”一作“若兄之德备”。

④ “虽已欲之”一作“虽欲退之”。

⑤ 一无“京洛”。

兄神机猛壮，眼空湖海，旧种青松翠竹直为大荫，则山灵幸甚，龙象欣庆。专候兴居，草草匪恭，伏冀照亮，幸甚。

复林月樵文学

琼翰遥颁，宛得苏世之谈；玉函才启，恍逢天上之人。非大护之素知，则莫接其雅意矣。窃恨鲸水遐逖，烟城间关，罔审何昉，同老人旋回檗山，与老居士十二峰头唱阳春之曲，九带潭畔煮龙湫之泉。但私想大势难得构也，更痛令郎荃公以赴省大比遭不良所戕，令人叹息，不觉潸零。然且春华才识高远，兼之文行出一头地，有此其厄者，必劫前之冤业耳。繄我居士，抖擞神风，愈加护法，自有佛天鉴临，悠久全福。山衲无别伎俩，但愿正诚心坚，便可多寿多福多男子，真道真义真家珍。临楮神驰，不胜瞻慕，伏惟笑纳荣幸。

复林子楷文学

水边寂莫，道旧希逢，蓦降青简，犹披云而睹日矣。但阔别五霜，莫审道况何似，虽隔尘汉外，形骸忘情物，盖有不可忘者，亦不能忘耳。兹启函阅大教，益知同不可忘、不能忘之意，诚铁心护法为禅苑中功臣，健羡！健羡！然欲山衲亟图辅棹，旋回檗山，以满众檀护之弘愿，使一阵古锥再作辊一番，甚抓着山衲痒处，岂敢不领命乎？且山衲归思更急于诸檀，设能之，已早唱还乡曲子矣。然老人自丙申岁见诸檀催归书启，便忆故山，频动回策，屡辞于彼，而彼愈留，是以不获已，今秋允在京洛开山，为第一代禅者师。故山衲亦暂住福济，非是欣彼离此，不念道交，而忘故旧居士，素在法门，必达斯理也。更仰早步青云，独攀丹桂，如张无尽、杨大年辈，开正法眼，作佛国藩篱，是其本意耳。临风草草，奉候不恭，伏惟照亮，幸甚。

复温陵开元寺还冲二耆旧

鲸波万里，寂莫江边，忽承瑶札，恍对玉山而面谈快也。何幸紫云旧百二支院，妙恩合为一大刹，作禅者师自唐已来计八十员，可谓盛矣至矣。今一大刹半存半泯，禅者非惟几希，老诚抑亦殊少，望如古紫云盖地，凡草不生，犹当如何耳。某甲午春旋归，见法堂两廊倾圮殆尽，而实神襟夙夜弗宁。但歉缘福么微，故默之寸忱而已。兹喜二大德竭力荷任，募劝鼎新，诚桑莲重现，复古之观光，令人赞叹莫及也。前秋辱大教，呼杖归寺，并云法堂事情已特陈覆复，兼致薄表。斯言未接，转令赧怅，歉歉何如。某素未曾简慢，凡有与只字者，不敢不应。复恐递送错误，幸见亮之。指月堂偶尔成文，既位先人于中，不得不尽片心，非区区而然也。兹青毡旧还，乃先灵之福，亦赵毡之仁。感戴之至，不胜惶恐。伏惟笑鉴，幸幸。

复净伯

紫云鉴义，列分八轩。今仅得三轩，而三轩中独清居最清，几乎泯荡。幸得吾伯中兴，保全无虞，莫委后犹如何耳。某虽披缁清居，特厌尘繁，以究出世之法。奈岁月蹉跎，行年临于天命之日，须发渐班[①]，不能重光清居，振起祖风，赧恧良深，弗胜悲切。继如野鹤孤云，优游域外，曷知奚昉而再晤矣。法堂重新，皆出只手。但在殊方，弗惬素愿，只领所嘱之数而已。东壁青毡既旧归，先人香火得存，皆爱渥[②]以及，敢冀慈悲之亲。小孙无识，时为痛责，庶以返逸。不唯先灵冥福，而某感激无涯[③]。专此言谢，兼候起居。余不悉宣。

复悟弟

珍惠佳茗并语录二种，谨领，谢谢。忆曩岁寄庵住四月余，缱绻腆厚，深铭神襟矣。阔别十载，莫得一晤，盘桓法门大事，甚以为怀。兹接宝札，始知登石鼓坐枯木堂多年，谅漆桶打破，放出本有光明，而圆陀陀、活泼泼，稳当久矣，不待再勘也。然紫云古称佛国，自唐宋已来，禅宗大盛，尔后寂寥无闻，岂今人不及古人乎？但人不肯为耳。肯为则今古一揆，奚有优劣哉！兹得贤弟发足超方，凡草不生，桑莲重瑞，复见于斯，幸亦至矣。不慧道凉材谫，未能与从上古锥出气。祖庭复古，适随黄檗老人行道域外，有负流源，莫识何日回杖，与诸耆宿弟兄团圞共说无生话乎？草草敬复，余未备悉。

复西堂知弟

愧满五十，虚度陶阴，不有所得，深于见理，而可自利利人。虽谓百岁，终如骑竹马、打瓦鼓之小儿矣。然生逢沧桑之日，复游域外之天，旅迹六霜，飒然白首，只成个无似之汉。何当辱承珍惠，转令弗宁，但恐却

---

① "班"疑为"斑"。
② "渥"一作"屋"。
③ "而某感激无涯"一作"而感激抑无涯矣"。

之有方，故匪敢而璧焉。空缄致谢，余情未既。

复石帆弟

分袂五白，莫由会面，以商法略，心殊怅怅矣。迩承来札，谓法堂启工告竣之日，诸弟兄欲扳杖回寺，以演宗风。顾知不忘法眷道义之亲，感慰何如。然窃恧出身紫云，以能薄材謭，未有寸功于山门，何当诸弟兄爱念若是耶！玉尘朱履登入，谢谢。

复能叟徒

出家至要清净离欲，粗衣随分，于心无妄，虽未契悟，亦已坐解脱之场矣。若只泛泛茅塞，胸蕴着物着利，便成流俗阿师，有负父母师长教育之德，不惟生无出豁，死亦徒虚。苟能体悉，则将来受用之无穷也。山僧行法方外，因缘未遇，似难独振。今老且衰，岂能长荫于汝？宜自努力，随家丰俭，以正念为本，是吾所望。降此之外，则不啷嘈也。须自觉勉。至嘱！至嘱！

复古闲禅侄

素怀本欲深栖固守自了，不期业风吹到象林，与诸人鼻孔相拄，歉无驱耕牛之手，夺饥鹰之食，打扫人人碍膺之物，反蹈崎水以累云，身槛毵故态，十铁围城不能藏其丑矣。但不识何昉复与吾侄盘桓此道？然所谓山野前年举个新妇骑驴之公案，至今未曾理会，或阎罗老子来捉，无可抵当云云，诚哉言也。既有此底蕴，当放下诸念，空荡荡，绵密密，体究其中是何道理，忽然意识不行，打破漆桶。丁斯时也，管教阎罗老子拱手皈降，直得诸天献花，八表入贡，不为分外矣。但辨肯心自有灵验。至嘱！至嘱！

复林惠风文学

阔别多年，未聆謦欬，忽接大翰，益知檀护拳拳不忘。但山野才行荒疏，何幸致斯矣。然且叹遐方法道难振，拟回本山，莫得自由，有负檀护之情，深辜悬望之爱。赧孔！赧孔！老居士既居化南，得避风嚣，可谓壶公瓢中别有天地日月，幸莫大焉。当此之世，更能正诚以彰慎独而永天年，此是儒门释教之至要，瞽谈庸论不知以为何如？不备。

上普门老和尚

阔间六霜，无由瞻礼。恭审比来尊体佳胜，私欣莫涯。前蒙惠示，并题及批点鄙录，顾惟大慈恩大罔极，图酬无晷，愧深！愧深！然方外行道，语音不同，兼以屏绝往来，缅离左右，亦壹端之未便。虽道人天上天下，惟吾独尊，争如活泼泼任其优游，更为快矣。兹上弟长往，令人感叹莫已。虽以道眼返照，犹空花镜像，宁无恻隐存于其间乎？惟和尚悲念超导，幸无介怀。敬此，奉候起居万福。不宣。

上普门老和尚

三伏既临，蒸云遍野，伏审法体清莹，神聪泰宁，不被溽暑所移，某私幸靡涯，遥庆不胜，但甲斐庄护法，递尔逝世，令人感慨孔渊，盖真心为道者殊稀耳。恭惟悲愿默济，使超净域，则恩大难酬。兹有启者，前蒙批点，录稿掷下，仍诲不准，再呈葛藤，既蒙严命，岂敢不恭遵也。况年高道大，声望峻极，可弗自重，而累累烦勚，则获罪弥天，无容祷矣[①]。但以法系相关，故未免有干渎耳。偶因坐夏紫云亭，披阅和尚全录，至源流祖颂，则启发志趣，双眸顿豁，由是仿效亦颂三十六则，且恧鼠裘续貂，鸦臭当风，未敢外扬，先质大慈，无以咎责，幸赐笔削，则恩深河海，感佩难既，幸甚幸甚。

复西堂云法弟

敛石一晤，今已九霜，未卜道踪奚之？法化何似？兹蒙翰教，方委结茅附近檗山，日与诸侣盘桓，其快亦至矣。然道人不图门庭热闹，能得自适其适，便是逸翮高流，岂待夫拈槌竖拂才为至当也？某乙未秋为省觐谢法到崎，只与老人共住一月。又赴摄州之请，某乃暂居福济，不觉六白，欲再一晤未之能矣。所幸彼檀锡地与老人开山，颇可观光，俟明年冬老人七十华诞之后，即买舟回山，同诸兄握手三三潭畔、六六峰头，吟风笑月定可卜矣。特此布复，余未既。

复西堂林法弟

承惠诗文并大翰三次，足知眷爱孔极，鄙拙何当。颂褒过重，转增愧慰，谢谢不罄。老人年高，某又衰老，未由会瞻。忽听上弟长往，感叹难休。虽知本人未曾去来，争奈均伦义存之未了何。伏冀厚旋老人，勿令少恼，千万千万。

---

① “无容祷矣”一作“无容所祷矣”。

与即法弟

二十起程，初八到寺，得瞻礼老人，殊深庆快，可谓人天交接，两得相见也耶！其中景况与崎水各别，龙象稍整，规法颇肃，老人粗安，筋力益健，幸之至矣。明年省觐，会遇在迩，略陈如此，余不多述。

与谦弟

大凡之事，不可一向楷定，有奇缘必有奇遇。自唐到崎[①]，相聚几载，非缘遇必不能矣。然在其中得叱厚享，盘旋缱绻，至于喜怒哀乐，总融归萨婆若海，岂偶然哉？兹既入普门，欲如旦暮会谈于紫云亭。俯观岛外，扬帆南来，而询故国[②]之景况不可复得矣。谏早一别，虽沿途接舆幢幢，回首溪山渐远，转觉凄凉。同二三子碌碌心中，不能无闷，唯寂寂惺惺，会消夙缘而已。初八日到寺，礼觐老和尚，师资庆快，幸之至矣。然歉数载未能共相策励，有孤均伦之情，唯望修造略妥。毋忘当人一着，直使银山铁壁俱摧，大地平沉，则法门昆季同辙庆快无涯矣，特此布谢。不宣。

与肥前锅岛舟后守

久闻道雅，敏俊聪秀。政誉播于寰区，善泽推于海内。兼以博爱禅宗，归仁民庶。山野虽未一晤，而面谈已竟矣。兹有启者，敬遵上命，省觐本师。途经贵国，舆入胜地。承蒙沿路待接，发船相送。铭刻厚德，感荷高量。苟非受嘱灵山，法卫情深，则达磨再来，又须拆苇而渡。奚能籍[③]宝舟，破千浪，以登彼岸哉？是知夙昔缘厚而致此矣。聊陈寸楮，特以布谢。不宣。

复丰前小笠原右近大夫[④]

夫去圣时遥，人心不古。以名利为前轫，不履实地。又以人我相胜，故有记持。古人语句，专挺[⑤]无明。我见他过，他见我过，诚不出居士之所驳[⑥]也。此既已知，不必论及。只如居士所云，日用现量者，至自治以制之

---

① “自唐到崎”一作“自到此”。

② “故国”一作“故乡”。

③ “籍”疑为“藉”。

④ 题一作“复小笠原居士”。

⑤ “挺”一作“逞”。

⑥ “驳”一作“言”。

之处，此数语诚惬山僧之意。教亦云："制之一处，无事不办[1]。"居士果能如此，则大道坐立可待。只此一制字，与向上恶辣钳锤，无二无别。因居士述及，略答如此，不知以为何如？

与小笠原源忠真居士

山野草微，德轻道薄，何当令僧遥接而受珍供？仍拨舟相送，直抵下关，歉甚！歉甚！开善两觐台光，礼法言谈，着着淳朴，殊有太古之风。又所问来札，字字切实，非夙世善根，决弗能如是之播扬也。但山野学谫，未尽罄答，宁无赧颜矣哉。唯居士于制字一字，大须仔细，苟草草说了便休，亦不免坠于今时，至嘱！至嘱！谨此布谢，余未既。

与甲斐庄传八郎

久仰光仪，赋才敏明。率性雅美，未及面谈。西来大义，怅惘何如。比闻令尊翁递游无生国里，转使人民感叹良深矣。山野乙未秋至崎，恰抵六白，居起粗安，实蒙尊翁秉德仁厚，倾盖知遇之致及耳。且不倦寒暑，诘问切勤，诚末世中不多得之君子也。然犹怀念法道未行，而于饮食日尝没味，则见信心隆大，护法真诚。何期撒手而去，不能始终如一，岂惟山野缘薄，抑亦主盟莫托。呜呼！人欲之，天故夺之，奈何奈何！所幸道声远播，仁泽盈满，虽舍世相，而无位真人已坐莲台无疑矣。山衲道渺，无可追踪，谨占拙偈一首，以助冥勋余绪，罔既不宣。

与妻木彦右卫门居士

敬承拨船相送，得以省觐。十月二十起程，至十一月初八到普门寺。数百里波涛海路，幸喜平静，登岸无患，感德殊深不罄，谢谢。但以尊驾乍降崎水，一接便别，未能与居士极论个中事，不无令人怅恨，而且歉相知之晚矣。会遇有时，笔舌难悉，特此布达。余容晤，不宣。

与黑川与兵卫居士

数载长崎，起坐清安，实蒙居士爱护之力。且得盘桓宗门中事，而入不二枢要，岂偶然哉？但以省觐心切，故杖策飘飘，乃相别矣。复承拨船远送，直抵大坂。幸喜风浪平霁，畅适无虞。非檀德之光被，曷能致是矣。十月二十起程，至十一月初八到普门。遂瞻依老和尚，师资庆快，丰彩难

---

① "办"一作"辨"。

状。感荷之怀，当何如耳。兹行人回，特此布谢未既。

复黄檗慧法兄

伏承大教诗箑盛仪，不胜愧畏。然踪迹遐隔，未得时聆新益，或有片言只字相及，则其惠过于半偈以示之多矣。况谓别愈久，怀愈深，不能忘者惟道耳。固知风趣高雅，非爱渥之厚，何幸致是哉！太和山事备于老人书中，不复再启。佳什调高，不揣[①]荒唐，依韵奉和，但以取笑大手郢[②]耳。檗峰水石清奇，苟有得意之吟[③]，祈时[④]寄示，幸幸。

复良也法兄

乙未秋远渡，其意无他，实为省觐谢法而行也。及老人赴普门，去住未定，乃暂居福济。不觉岁月骤更，虚陶七祀，然亦随缘穿衣吃饭而已，求其如兄林泉寂静不可得矣。若曰济世利生，未有备佛祖爪牙，金毛威力虽强，应化仪而出，不亦玷辱祖宗之多乎？歉甚！歉甚！自旷清光之后，不识道踪何之，因此疏失音问。兹承大翰，始知回檗岫，喜慰！喜慰！每想到春夏之际，朝游四潭，暮吟小溪，莫委何昉可共泰和之事。谅备老人复书，不更赘陈。厚贶领入，聊布寸谢，区区，不宣。

复云法弟

伏蒙华笺，玄谈休美，复谓栽田博饭，自适其得，此虽古人亦不多见矣。羡羡！然列名诸师之后，为老人稀祝，益知尊本之大者也。某愧逋迹方外，惟私安而已，与夫先觉行法道，报祖宗，奚啻日劫相倍。如此，则栽田博饭，岂不为胜哉！去岁有偈礼寄奠南山和尚，不识有主事者受否？特此奉候。不宣。

复照法弟

自来福济，与老人不相晤者七。白客冬上普门省觐，如披云雾而睹青天，庆快莫涯。忽辱大翰，知潜狮岩胜健休美，亦若睹青天之无异也。开发人天，弘扬玄旨，当赖大匠明敏化导，使增辉檗岫，则幸莫大焉。临楮神驰，肃此奉谢。未既。

---

① “揣”一作“揆”。

② “大手郢”一作“大手郢匠”。

③ “苟有得意之吟”一作“苟多吟”。

④ 一无“时”字。

与盘法弟

睽违已久，缅想谛深。虽未聆妙谈，而神机不隔于毫端矣。前年辱贶大教并颂箧，捧诵之令人胸茅顿锄无余，难以言谢。当时日升居士回，特修小札并微仪[①]，莫委曾为投否[②]。尔后音问疏绝，罔知法范清盛何如，以此眷恋依依耳。兹便再陈微意[③]，聊表远情，祈检存为爱。不宣。

复林月樵文学

自旷轶材，不聆清论久矣。逋迹方外，器量荒唐，何当屡辱翰教？非爱渥之深，法藩之厚，曷致是乎？然谓故土风鹤，外护新进，皆昂昂昭质。寺中法纪，与诸方望别，又以老人古稀华临，叮咛力劝返棹，以尽孝职。此知老居士平生铁石之心，为法门功臣，非漫漶者比，宜从大命。但势与时员方不相入，亦无奈之何也。谅老人回日，太和创成，驾鸿凌紫烟，则是归期矣。惟冀老居士独游象外，了忘世纷，全九折之历，幸之至矣。赵州大箧二赐，领入高韵，步次祈为一锄。特托寸楮，区区布谢，并候兴居。余未既。

复林子楷文学

方外野人，适性无似，屡辱翰笺，曷胜当克。谓客岁贵府被青犊罹扰，不可悯言。然生逢斯时，非夙劫花报，必不能同受矣。睇想清才，洞了世纷，有以自得之也。山衲十月到普门，正以老汉古稀之际，不得不一行耳。若谓代老汉劳化，以承创成之业，似致樵[④]侥而举千钧之重，未必能矣。良节骤更，雅谈旷久，惟以道自适，万希善保，幸幸。

复林惠风文学

伏承玉笺诗箧，意爱之勤，岂可言谢，得以尽诚。固知檀护光被良多，兼复念老人未得旋山，无以亲炙为快，益见高谊之厚，愈增慊悚。谨此奉谢，伏冀慈照。未既。

复汝默居士

前年屈辱光降，未尽诚礼，负法眷之爱，故如是耳。及驾回年余，杳

---

① “仪”一作“意”。

② 一无“为”字。

③ 一无“便”字。

④ “樵”一作“僬”。

绝信息，不免无虑。兹接来札，乃知平稳，道体康宁，喜甚！喜甚！老人四月间泰和开山，谅此世欲再晤亦难矣。惟善适其得，深有庆焉。未相见间，万希琛育厚覞。领入，谢谢！不悉。

复铁机禅人[①]

林居士来，知六月至家，水陆平稳，喜慰[②]。今既归指月堂，务要珍重，以法为范，朝夕勤谨[③]，一念无为，使后昆敬畏，闲雅自畅，益有余裕矣。然此时诸山未宁，城寺寄足，似乎稳便。更能闭门自静，不预世纷，乃道人之至造。苟分外希望，非知几知微也。若体吾言，则见数年巾瓶有据。设或未然，吾亦无所复付。来偈赞二首，以表远慰。余不尽。

复魏尔潜居士

承翰教，并惠罗衣，言谢曷既。向在崎江，屡被爱渥。时光飘忽，骤别四春，未能对谈不二玄枢，宁无郁郁于中乎？然且喜宝舟平稳，高踪闲养，此又郁中顿开一大快也。前趋候老和尚，只以尽人情世谛，胡敢曰为宗门保障，进功修业，无乃称其过当乎？山水渺隔，惟冀以道相亲，优游永年，是山野之景望。特此布复，余未罄备。

答佛日林法弟

获捧大教，乃知汤山乍回，尊体倍胜，得清风下载之快，喜慰！喜慰！廿九早老人进东方丈，即令搬首座寮于西寝室，此老人之恩被不为不厚。继又远承珍惠，益加忝恧。盖素耻无似，有辱先宗，而受大人之荫，奚以克宁？凡事罔周，惟冀指教。敬复。余未备。

复有马左卫门佐居士

瑶笺颁降，清音过誉，所慊道业，尤鸿毛葭莩之眇，奚以辱承勤慰，转令弗宁？谢谢！曩忆檗山两觐台光，表里温朴，非深有蕴操于中，安得雅致若是乎？复能慕洪州廉使之遗风，秉忠气粹，不为荣名所系，淳淳斯道，可谓红尘中又见一莲矣。山野栖迟本国，凡见僧俗，必以佛祖巴鼻相为击发。兹观居士盛德慷慨，故亹亹谈及耳。勿谓拖带泥水，有玷大听。伏惟照亮，幸幸！

① 题一作“复铁机上座”。

② “喜慰”一作“喜甚！喜甚！”

③ “勤谨”一作“精勤”。

复开元还冲二耆德

紫云自唐迄宋，人物殿阁，两事并盛。唯我明洁庵，轨躅之后，法道浸微，寺宇倾圮，皆数运衰末致然矣。兹幸二师振起，及合山昆季同力，虽未如子奇妙恩之广辟，实斯时可一大观。健羡！健羡！若谓应某出世先声之兆，是以象负委于驴技，岂敢任哉？法堂山门既竣，回廊将成，戒坛重兴，转令夙夜总在其中。欲罄钵袋以尽一二，但江山遐逖，不能遂衷，未免怀念怏怏耳。然莫识奚昉与应梦罗汉看石炉生烟，洒甘露于御赐像前，以快彼此之夙愿乎？敬复，余未悉。

复净伯

来谕桑田变异，景态非古，正吾佛云有为之法，终归磨灭，岂欺人哉！紫云本轩赖道心力持，模范复新，此乃融有为而到无为，会磨灭而成坚牢，虽未得一日清坐，必也流芳千古而无疑矣。若某逍遥方外，惟独善其身而已，曷足谓乎？复承弥陀庵拟修葺，欲假拄杖子一卓，然弥陀庵乃某创建脱白之处，山川虽遥，未敢少忘，但此时狼虎塞途，有拄杖子亦卓不及，唯达观者笑破于分外之可也。敬复不备。

复帆弟

鲸波万里，鸟道空长。别愈久，怀愈深。非情爱之所切，实道义之所钟也。来札谓请霖和尚开戒说法于本寺，合郡向风，履满户外，宜其然矣。夫以所举不轻，而所化亦大。且道行高卓，才学余裕，不慧素所知之。惜乎二十余载之别，不得再晤为恨耳。戒坛重兴，功非浅浅。昔敦照律师改造合法，使千古宗而师之，岂偶然哉！吾弟既有志，不慧当协力。但水隔山遥，蠡测不足致象一口。宜发大心，操坚固铠，则龙天必不相负。喜甚！喜甚[①]！

复小笠原忠真居士

客岁宗洞上人赍居士惠教，尚未及复，且不责其简懒。今又再颁，益增赧色。兼前后师弟辈屡蒙款渥，何其幸之如此也。谢谢。然山林野衲，一介鼠技，得与麟角君子相为表里，非灵山夙会能至是哉！但所怅者，曩日经寓贵邑，荷香积厚供，并承问宗门中事，当时只草草奉答，未尽本分端

① “喜甚，喜甚”一作“敬复，不既”。

倪。意谓居士有冲天气宇，格外奇才，必不放过的来山中共理此事。谁料高爵所系，又过三秋，不能一晤，是所怀也。兹贵旆朝觐，敬此奉慰。不悉。

复西堂湛法弟

来札谓到金指山，途中平稳，一众清安。暂寓檀馆，四缘备足。复择楚山，秋中必移。然地既利，人亦和，则知因缘出现，定可卜矣。喜慰！喜慰！惟虚心待物，如鉴高悬，不论胡汉之来，以平等临之，自然无思不服。此乃吾弟家常余绪，非外人易得而知也。某受老人福荫，不能赞佐万一，乌足齿乎？惟望弘道之志，加以坚密，三玄印开，使利者钝者一印印破，作吾宗克家，则庆快莫量。敬复不备。

复普门诸弟兄贺五十初度启

自檗山至崎嶴，屡辱诸昆仲弗忘法属之均伦，辙念道情之契合，阻隔溪壑，承贶盛仪，受之歉渊，当何如矣！然则虽逢知非之景，抑亦忝负匡领之缘，惊惧鬓霜，毋振宗傥，唯望人龙人凤杰出楚翁之英风，法纪法纲扶起济祖之正统，庶智灯长焰，轨则恢皇。临启神驰，特此布谢。不宣。

复泉法侄启

窃以秉彝道义，须是敏明者能；弃致鸡筋，苟非勇决何肯。固知越格，岂比滮常复仰，足蕴黄金，眼瑿赤眚。轻身重法，忘万里鲸波之危；怀德趋风，抛九潭水石之秀。脱撄偏智，壮负周才。愧某素拙樗懦，无有驱耕手段。平生胆小，且欠陷虎机关。徒匿扶峰，虚陶岁月。兹欣高蹈登岸，益幸此方有缘。非惟扶起沙盆，而且堪扬法化。快哉难状，庆矣无涯。临笺注驰，区区布谢。

复虚白法弟

阔别二十余载，两地参商，未能音雁相问，久仰之怀，郁郁殊甚。忽二使至，翻然快也，何如？复闻进止严重，见者敬畏，谦以交友，勤以济众，有远大之德，无褊狭之怀。兼以事必果，断不疑，奸必除，伪必去，安上下，察贤愚，使清规森密，丛林焕新，令人聆风景，慕莫已，诚千古之美流也。但恨不得藉其煦妪，以发育枯老根柢，而裨助性地，成日新之益，怅甚！怅甚！老人虽年高，其气势愈雄壮，犹龙虎之狞猛，必到赵州百二岁矣。诸法昆仲各在一方化主，虽当时佛眼、高庵之道甲于江左，统理楷模，不相升降矣。恐劳远虑，不觉覼缕。

复乳峰三非法弟

自接敛石大翰之后，已十三四载，未能备详。行化攸地，不无怀想。幸二尊使至，得读法语，内有寄不慧书一篇，始知住杭川胜刹，四众旌崇，道风弘扇，令人胸次顿愠，若见台斗耸于云霄。复阅至谓不慧门庭峻峭，气海汪洋，以及还乡曲调，未闻玉浪江头处，转使愧畏缩项而汗背也。又所云深居洞壑，目视云汉蒹葭之句，续不辍口，此诚大亲切处。如此高论，真能清振一时，美流万世，孰谓不然乎？不慧虽与老人在彼群居类聚，日用所费，皆从外自来，安得圆满如意乎？但随分以道自乐，正演祖所谓下载清风者也。笔莫可尽，且收葛藤。

复王友人

九月重阳后，辱大翰并诗箑等珍，谢谢。然捧读诸咏，殊觉骚逸风雅，唯《观稼》一首，感慨良多。以托田为隐，甚有大有为之间气，大丈夫不可无此胸襟也。复以拳拳不忘初年道契之交，而又称奖过当，令人不觉汗背，于今各天白首矣。欲如昔日泛棹西湖，共乐山水于讲堂之中，弗可再得也。但望莫弃楞严十轴，时时玩阅，则见阿难之权，现为末世之标的，谅底事早已无滞于胸中矣，似不须予之重举也。惟知我之心，故述底蕴耳。倘不责不骂，则庆快幸甚。

复慈岳徒

吾子福济中住大清福大雅闲，日与诗书为伍，无人胜敌矣。但要知出家出世、出人出格一段大事，是真大人之趣向，不然，只为诗书之客春也。蒙远寄诗书等珍，与吾祝寿，益知十四五年之心，未甚相忘而然也。但山僧德薄无能，何以受其远贶乎？然以师资之美，故不觉滔滔若此，不知以为何如？

复昙瑞法侄

尊和尚以钵袋子付嘱于贤契，不负巾瓶之志、孝行之道，可谓婆心片片而无所拟矣。然贤契既承当个事，应深深海底行，高高山顶立，时节到来，如春沛雨，如海洄潮，孰能栏挡于其间哉？然后一香拈出，益显我门之千里驹也。外偈一首，以印底源存诸。

复柏岩法侄

接来书并仪物，始知承嗣之事，忻莫可量。正所谓不是一番寒彻骨，争得梅花扑鼻香，此理所当然也。然从上佛祖爪牙，皆大根大器者，颇以入作。余跛驴之技，曷足言乎？贤契担荷底事，则见尊和尚眼目有在，吾复奚说？外偈一首，以表法衷。

复梅岳铁文上座

来言已进梅岳檀越，崇重诸事如法云众辏，向一切规范依于本山，不忘山野法乳之沾，可谓水有源、山有宗，慎始而慎终，非比掠虚辈流，益知平昔操守之确实也。古云：悟易守难，守易行难。兹既领个院子，当晓夕忘疲，守之又守，至于能行，而后可称大乘根器。或远近望风，但以本分草料与之切磋，则见有衲僧巴鼻，用此以报上祖莫大恩渥，方不负多年历霜雪之辛勤也。草草略谕，余未悉宣。

卷三　序跋记谕

序跋

《木庵禅师语录》序　张潜夫

达磨西来，不立文字，遂开震旦禅学之祖，为教明心见性，直指本来，其与吾儒心性之说何异？独儒以心性为济世及物之根本，佛即以心性了人我死生之人事，体用间微分同异耳。然使人千世界尽众生明心见性、济世及物之功，孰大于此？诋訾者顾以禅学皆寂灭枯槁之谈，则过矣。木庵禅师初从黄檗隐和尚证入向上事，心超十地，学贯三车，马驹早蹋杀人。去冬为予衲侄雨化，延入桃源之慧明寺，徇请开堂，四众云集，实慧明得未曾有。予因得其《语录》读之，机法圆融，斩断藤葛，真字字引入胜地。所云学道人尤须骨力，又即吾儒弘毅重远之说也。心性无完亏，骨力必经百炼，以骨力肩心性，是可于寂灭枯槁中求哉？昔五宗独盛临济，彼大机大用，实自夐绝等夷。师阐化日遥，异时高标法幢，宗风大振，钝根下士即不能为师赞扬万一，于三门外乞充一头顽石，实所欣愿。师其许我乎否？明赐进士出身、内翰林秘书院纂修实录编修张潜夫确庵居士和南拜题。

《紫云止草》序　刘沂春

紫云之奇，桑莲现瑞，高士丛骤，支院始兴。履斯地，令人涤凡超举，而况寝处其间乎？木庵禅师薙发斯寺，律行孤皎，根源洞彻。观其诗，潇洒不群，混混雅致，盖胸中无一物，故笔下无点尘，岂以紫云奇乎？渊明结庐人境，而韵致幽绝，是故不关地也。木公久参金粟，而法受于黄檗元和尚，所谓一点水墨两处成龙，而离垢得师，胎骨又脱换矣，其善鸣也宜也。是可谓句得玄微，与常流迥别矣，余素所深慕焉。兹碧居禅丈为索诗序，只略其概耳。若欲知海之全味，则木公诗在焉。阅者当别开只眼，庶几无负此集。赐进士第、资政大夫、正治上卿、东阁大学士、太子少傅、吏部尚书、白云居士、鲁庵刘沂春和南拜题。

《紫云止草》序 性幽

今夫诗者，寺之言也。为其近于禅也，故诗也。是故非近于禅，不可以言诗；近于禅而未化于禅，亦不可以言诗。譬如画者，得其形似矣，而山川草木之精神不出，虽各具手眼，众必哗然笑之；即其精神出矣，而尚拘拘焉无得心应手之妙，人亦不以为尽善。古人谓画中有诗，诗中有画，两者诚难言也。幽不敏，留心风雅有年，徒管窥蠡测耳。及读紫云木老师诸作[①]，思入云渊，贞静之中有优游自在之乐，所谓近禅而能化者也。信乎其为寺之言矣！嗟乎！有言而返于无言，是谓寺之言。夫无言之教，儒释同归，宁独诗乎哉！温陵文章甲天下，幽社友颇多，和尚[②]其试以此说告之。三山独往子性幽拜书。

《紫云止草》自序

余云游之后，栖止茅庐，山景空闲，人踪阒寂。或樵蔬以排野兴，或吟咏而畅道宜。凡有词章，未尝记录。兹回温陵，室处紫云朝禅人索予稿，欲知我山中趣向，随静思走笔，计诗若干。禅人喜，为剖劂之，乃命名曰“止草”。禅人云：“止之义何所取也？”余曰：“取《宗镜》云：‘十方洞止，一切俱寂。是以寂外无止，止外无寂。’然而止无所寂，毗岚偃岳而常静；寂无所止，蒸云蔽月而恒明。恒明则卷舒自由，莫一法无非止体；常静则胡汉俱现，莫个物无非寂性。止寂不二，体性圆融。是以宴坐静室，无碍于播弄，所谓体露真常，不拘文字。由此观之，诗即文字，文字显真常。大哉！止之义也。”禅人于是唯唯稽首而退。故书之以为序。时龙飞甲午年如来降诞之辰温陵紫云释木庵瑫序。

《木庵禅师语录》序 黄景昉

少林五叶，惟济北为衍长；滹沱一灯，至密云而烜赫。福岩费老人，密云之真子；黄檗隐大师，福严之嫡传。器术[③]承，自来远矣。木庵禅师，吾郡紫云开士也。早历游方，既于福岩亲尝染指，究从黄檗打失眉毛。韬藏

---

① “木老师”一作“木和尚”。

② “和尚”一作“老师”。

③ 此处疑有脱文。

数载，使出世于永邑惠明寺。虽一期方便，而提唱迥出常情，盖深入祖父堂奥中事，时至理彰，法泉如然也。黄檗赴请扶桑，师不惮重溟，特伸省觐，而彼土缘熟，遂成法社。鼓两片皮，挥三尺蚖，将一切人熟瞒，与本师出一只手，几于中兮鲁国，其道可谓盛矣。

师前后《语录》具在，其机锋迅捷，如大将握阃外威权，杀活自由，莫可窥测。其阐扬宗旨，又如元老临朝，垂绅正笏，从容整暇，遂足坐致太平。至于近帙，机益圆，语益峻，波澜益阔。昔伯牙之操，栖海上而移情；子瞻之文，至儋厓而入妙。妄意吾师，无乃同之。然师以道眼观大千世界，一海中沤，远近中边，本无彼此同别，将无嗤我醯鸡海蠡不足与大方之观耶？唐宋时，如裴公美于黄檗运，杨大年于广慧琏，二老皆闽产，与裴杨生不同地，而促膝谈心，水乳相契，打鼓弄琵琶，激扬此事，至今令人企慕。

予与禅师幸同里闬，予壮岁荏苒京华，师亦涉历云水，逮沧桑以来，息心寂寞，欲从师洗钵焚香，过此余生，而摩天俊鹞已过新罗，觌面蹉过，未免负愧裴杨。然睹斯集，如聆涂毒丧却性命，如向火聚燎却面门，虽万里扶桑，灼然无处回避，敢道与师相见了也。赐进士出身、资政大夫、太子少保、户部尚书、荐文渊阁大学士黄景昉和南拜撰。

《梦游漫录》序

古云："诸法如梦，千圣同说。设有一法过于涅槃，亦如梦幻。"夫涅槃者，诸佛自觉圣智也。涅槃既同于梦，其余诸法不亦梦梦乎？吾法侄晓堂禅师，儒业世家，幼登檗山，早入慧门法兄之室。其智眼空洞，心源廓彻，直以智眼观一切法、一切国土、一切世界，莫一事无非是梦，莫一世无非是游[①]，以至佛也、祖也、人也、天也，真应出现，莫不皆然。故其诗文清灵卓活，驰驱诸子；其赞偈玲珑古宕，冥符五派。凡所著作，总名曰《梦游》。曰："若尔则皆梦耶？"[②]或曰"然则谁是醒者？"曰："醒亦梦矣。梦醒玄融，凝然乎一大梦场也。"[③]兹法苑泉禅师与晓为法门昆季，见其简篇，不忍湮没

---

① "莫一事无非是梦"一作"无一事而非是梦"；"莫一世无非是游"一作"无一世而非是游"。

② 一无"若尔则皆梦耶？"

③ 一无"梦醒玄融，凝然乎一大梦场也"。

于春雾砂碛蠹鱼之间[①]，故将以付诸[②]剞劂，永传于世，庶后之学者开梦眼，识梦法，而知同在梦中游耳。特令柏法侄请予序。然山野[③]所序，抑亦[④]如铁酸馅，惟入此梦境者，乃会五祖颂云："花发鸡冠媚早秋，谁人能染紫丝头。有时风动频相倚，似向阶前斗不休。"此乃梦中说梦法矣。其或有不信，即心惊狐疑，诚亦未梦见梦也。

《分紫山适兹草》序

夫诗之所作而鸣者，盖有以得志而鸣者，有以感叹而鸣者，有以豪狂怪奇而鸣者，有以述兴逸放而鸣者，有以山居适意而鸣者，有以履道洁行而鸣者，有以讽世清节而鸣者。然其所以鸣之者，一旦亦各言其志矣。故圣贤之有以鸣者，在乎乐天知命，自适其适，而枢机寥廓，不被荣辱之所夺也。蕴谦禅弟生于安平林氏家[⑤]，幼而颖秀，德性中雅[⑥]，学举子业，知其不可，即弃。去潮之草庵，投则公为弟[⑦]。未几，回温陵，与余友。因予转礼聪伯，乃居开元之弥陀庵，受永大师具戒，同余听修雅法师讲《莲经》并《弥陀疏钞》。期解之后[⑧]，予将出岭，以寺事委之，甚有德量。所许与者，皆诸士绅往复唱和。逮明改元，即应崎山之请。今重兴福济，大可壮观。余乙未秋省觐黄檗老人，而谦纠檀延住廾法，诚有岸谷之风于襟怀也。

余槌拂之暇，与商略个事，有颂世尊初生云"娘胎扑落独称尊，天上人间没等伦。纵是乾坤无与匹，谁知棒杀有云门"之句，余亦知其有得焉。凡有吟咏，啴缓舒绎，洋洋玉音[⑨]，韵出青霄，缉集既久，帙成两卷[⑩]，名曰《适兹》。盖以缘合分紫，锡卓兹地，适意相往酬唱之所作也。其山居有云："孤怀吞吐沧溟水，片舌卷舒碧嶂云。"又云："乍见荣华身似梦，才闻得失耳如聋。"可谓曲折不失节，有脱凡洒落之气宇。而品题为适兹者，其意诚

---

① 一无"于春雾砂碛蠹鱼之间"。

② 一无"故""以""诸"字。

③ "山野"一作"予"。

④ 一无"抑亦"。

⑤ "蕴谦禅弟"一作"予弟谦公"，一无"家"字。

⑥ "幼而颖秀，德性中雅"一作"幼而颖脱"。

⑦ "弟"一作"师"。

⑧ "期解之后"一作"厥后"。

⑨ 一无"啴缓舒绎，洋洋玉音"。

⑩ "缉集既久，帙成两卷"一作"久之集成两卷"。

未之[1]谬矣。但惜乎生平耳目清洞，胸次虚玄，特淹没于闺壳里[2]，而莫之知。故余居福济三四载[3]，每每[4]拈拄杖子，以抬以挑，相与锻炼，思欲异日可与佛祖为标准，与人天为梯航。然其因缘未就，而予赴之京师。今递忽而逝[5]，拟与鼻孔相拄，不可再矣。所幸末后一着，惺惺历历，弗涉廉纤，说偈辞世，坦坦荡荡，乃[6]知其畴昔照鉴之力也。束虚空作拄杖，也打他不得。合百千万聚，雷作一声，亦唤他不回。惟此集之存，庶几后世因指而得月也。其徒请序以冠卷首[7]，毋使武夫[8]混玉，凡人视之怢焉[9]。实余素知其所[10]操，可无片言而称奖乎？谅诸方见之，亦不以余之为虚褒也[11]。

祭径山费祖翁老和尚塔[12]

维年月日，黄檗万福寺住持法孙瑫，谨以溪苹山茗，致祭于古福严祖翁费老和尚大师之塔而言曰：

玄机丕演，济道中兴。统纪训以正名，操金鎞而刮目。惟祖之激发，庶世之钦崇。遂清振于弥天，而美流于满地。如香海之广阔，万派同归；若鸾凤之腾翔，百鸟咸悦。列刹纲领，骤尔而焕新；五家门庭，翻然以革故。无异圆悟再出，匪殊百丈重来。如瑫鄙朴之材，亦沾鹅王之乳。滥厕[13]小孙末裔，夙夜兢心；仰答舍利珠光，长时怀景。风鸣鸟语，恒闻说法之未休；翠柏丹崖[14]，常睹慈颜之若在。虔兹埽石，特此焚香。冀降灵仪，俯照微忱。伏惟尚飨。

---

① “未之”一作“不”。

② “但惜乎生平耳目清洞，胸次虚玄，特淹没于闺壳里”一作“但惜生平淹没于烟霞”。

③ “三四载”一作“时”。

④ “每每”一作“往往”。

⑤ “今递忽而逝”一作“公遽然而逝”。

⑥ 一无“坦坦荡荡”“乃”。

⑦ “卷首”一作“其首”。

⑧ “武夫”一作“珷玞”。

⑨ 一无“凡人视之怢焉”。

⑩ “实”一作“然”，一无“所”字。

⑪ “亦不以余之为虚褒也”一作“亦不以余言为谬也”。

⑫ 题一作“扫径山费祖翁老和尚之塔祭文”。

⑬ “滥厕”一作“叱滥”。

⑭ “翠柏丹崖”一作“崖丹柏翠”。

祭开山老人一百日[①]

惟师气宇，廓比苍穹。广涵众象，孰物与同。山开万仞，道垂诸东。儿孙迭出，如凤如龙。王臣仰止，海岳归宗。禅席成范，退居紫松[②]。委任于瑫，恩重华峰。兢兢战战，肃肃恭恭。不敢小怠，而弛化风。尚企恒荫，奚忽飞筇。使我失天，莫可覆容。虽谓灵湛，实无始终。争似长存，旦夕追从。兹既满旬，特申菲供。恪备[③]蓼沚，庸表微衷。惟慈鉴亮，潸泪尚飨。[④]

斋堂引

撩堂作舞，直指饭萝边，有吞天之底事。满钵擎来，曲成云水侣，休拨草之狂心。其如受食纷哗，孤恩非浅浅。设若当阳囫地，略自较些些。

又

庐陵米，天花乱坠，信手将来。云门饼，秋月澄圆，和盘托出。一任变生成熟，从教竖咬横吞。苟或嚼着滋味，永劫忘饥。端然衣锦还乡，平生庆快。皇恩毕报，檀德俱酬。

蕴谦禅弟行乐图小传

至道无表，真人匪形。然而无表不显真，无形不明道，自有佛祖已来，不外乎形表之本迹也。蕴谦禅弟托迹温陵鳌江林氏之族，幼学举业，知幻荣之非坚，而弃儒入释于禅、律、讲三宗，虽未入于室，则其堂奥之事亦了了胸中。奈故国沧桑，法门零星，是以放紫云之住持，而应此方之固请。余乙未过访，观其气岸非常。辟荒紫山，福济焕然一新，苟无平生淳朴，行业切真，则亦寥寥而置闲于海外，焉能风光之赫赫乎？由是知有不没乎形表，故于无形表中而表之，则真人至道两全于斯矣。更述一偈：不昧真风四十余，飘然一衲卓神濡。未曾大作金毛吼，已播嘉声遍域区。

《兴圣永平开山道元和尚语录》序[⑤]

夫圣真法藏，迥绝筌蹄而无垠；利生沤和，不妨宗乘以宣布。自非洞

① 题一作“祭开山先老和尚文”。
② “紫松”一作“万松”。
③ “恪备”一作“谨以”。
④ 一无“惟慈鉴亮，潸泪尚飨”。
⑤ 题后注“卍山大德请”。

明之智眼者，岂能弘阐其渊源哉？道元和尚，京兆亚相通忠源氏子。襁褓颖异，齠龀英奇。越扶海之明州，叩天童于净老。顿忘知见，脱略当机。识得眼横鼻直，遂乃空手还乡。虽悟处平常，实相符洞山"我今正是渠，渠今正是我"之谓也。然而和尚博学内外典，志趣厚重，素笃愿居深山。不期众慕风范，推为兴圣第一代之始祖，绍续洞上十八世之嫡孙。两坐道场，三会语录。显扬既圆活，提唱亦孤危。匪饰钩章，弗雕棘句。至于沛降甘雨，普震云雷，直得帝王臣族，市夫樵庶，人人沾足，个个饱饫。诚从智眼精明，渊源洞皎而发挥也。及其和尚晦影多年，所谓语录者，只流通三分之一，余者庋在库中。于是卍山大德来黄檗受大戒，知有戒可法，又知有法可尊，则将乃祖诸语，计有十卷，旧名"广录"，恐久而湮没，乃重新翻刻，欲传之无穷也。特丐老僧为序，使后之看是录者，顿得神入精妙，而见乃祖面目之犹存也。然和尚之语，虚堂、退耕、义远诸宿已赞跋，大行于世三百余年矣。若老僧为之，无乃由之瑟携于丘之门乎？但见卍之志意高尚，忿今时法弛尤甚，故乃罔揣测海之量，即操觚走管，述其略概。所冀斯录，神龙呵护，福庇上国，慧及万灵。与日月而长辉，并乾坤而永大。是为序。

《武州东睿山建藏经堂》序①

夫三教圣人出兴于世者，莫不以教人之发善心、行善行、作善事、证善果而后已也。了翁禅德，羽州铃木氏子，幼失怙恃，依本州龙泉寺出家。一日，游奥州，见堂之有金字藏经散落诸处，随发善心，遍觅回堂。乃于佛前祝愿，流行藏经。但钵资甚微，无可为也，即燃指供大士而祷佑。指腐，痛甚。一夕，梦僧授以锦囊异方，则依制服之，而指顿愈如故。遂将本药施诸人，四方就买而服之者无不神爽身宁，自后名布得利甚多。既资利之厚，却忆昔日之发愿，即罄其所贮，请大藏经并诸子文籍。于是思无所庋，特就日光法亲王丐紫荷池畔之地建藏经堂，仍别构精舍，以便好学之士于中披阅。于戏！斯则昔愿遂矣。故谚云："人有善愿，天必从之。"由是观之，岂非大士之慈佑而善心之所感哉！然吾教不许释子瞻相吉凶、问卜医药。虽然，顾其用心何如耳。若以之为利养则过也，以之为济世则善也。然了翁发善心，以药施人，有济于世，非行善行乎？以诸经典籍与僧翻阅，知佛之慈善根力，非作善事乎？然则慈善根力如阿伽陀药，能去毒害而灭恶恼，

① 题后注"了翁禅德请"。

如是则河沙性德、百千善行备矣，其谁不然乎？盖善者，仁人之纪纲，仁人之道本，仁人之华屋，仁人之宝藏。或于天人，或于国王，或于大臣，或于士庶，无为善行，无作善事，则纪纲道本丧焉。纲本既丧，而华屋宝藏俱已崩颓，至于竛竮无所攸归矣。是知善者为天地纪，王黎之道本也。了翁建斯堂，其善利非不广博也，若以正眼观来，正陆大夫谓南泉大师云肇法师也甚奇特，解道天地同根，万物一体。南泉大师指庭前一株花云："时人见此一株花，如梦相似。"了翁之善行，美则美矣，更能于南泉大师言下知其端倪，则美中之又美，而其善果成也。兹远来索序，老僧因喜其善，故书此以与焉。

《象山慧明寺志》序

象山古刹，当邑之西南，乃桃源一伟胜也。碧溪环绕，翠柏离披，樵牧闲歌其中，野鹤幽栖于下，虽不耸出群峰，亦势夺众壑，岂可令没于凉烟之间，而弗之传乎？夫山水奇观，胜迹华丽，苟无垂传，则何以辉今古，浚灵杰哉？兹山旧无志文，迨国朝以来，有桃陵先生勒石一记，只收田段兴废而已。其高哲逸士，文词伟人，未曾采录。今既罔纪，后必无闻，与沉埋沙迹芦草之里，无以异也。余一介樗衲，幼未入社，二酉眇知，百家失见，安敢妄作？但出其当时人所晓者，纂而载之，庶长才君子，有可稽以更定，非好事而为，亦非鼓弄令其登眺，令其游咏，以光梵宇也。尔之一志，特启后昆之意气，使知前辈良苦，不坠宗社之风标云尔。

《象山八景》序

夫山水之美者，每为寺宇岩洞秀丽之奇踪。既有寺宇岩洞，苟无至人点缀其中，亦不得为灵幽天巧也。惠明乃邑中名刹，山水绝胜，寺宇壮丽，考于传志，无至人胜迹登载，想代久年湮，而记者无所稽耳。岂诸山岩洞皆有胜迹，而此独无闻乎？去冬，余开法斯地，观其溪山叠叠，松石粼粼，虽黄檗峰有十二，雪峤景有廿四，即此亦无多让焉。因就左右，略点八景，禅晏之余，次第拈出。寺之后为象山，势如翠屏。寺东隅为大鹏，拱峙云际。闲庭古柏，森列殿前。象腋香泉，长流左涧。隔溪有城，更深常闻夜漏。去寺百武，径外不断溪声。寺之榜案，有万岁擎天；寺之阃外，有天马临门。此乃据实标名，非虚凿以相诳也。海上明公，野外杰士，得以游览而咏，信宿而赋。使见其诗而知其人，则山灵秀丽，与天地相参，古今不磨。或曰：

“衲子贵乎道德之所存，胜景佳咏，可入单传之旨耶？”余曰：“经不云乎：‘十方虚空，生汝心内。’由此观之，即景与咏，非心外物，岂背单传之旨乎？子若会诸，虽游咏山水间，而道德在焉。”是为序。

《禅海具瞻》序

单阏应钟之月，岭公法侄持其所集从上宗师出世之典范，自进山门入佛殿，以至于据室种种法事，而类聚之若干卷，名曰《禅海具瞻》，以示余，复请为序。因问其所以集之之意，岭曰：“禅门宝藏，汪灏莫涯，犹海之渊广不得罄其以具瞻，故某于禅暇之际，即捃摭诸家之录，以成其类，使后之英俊可以便览，其利亦大矣。”余笑曰：“据公之所为，无乃学养子而后嫁者也。”岭曰：“佛法下衰，人多罔古，凡所举止，但以聪明意说而致门风失度。是以某忆孔子云述而不作。如是，则何妨述古以兴后之天下，共趣而鉴瞻，庶不谬乎师承，以豁达于无穷。若武库之具备，器器堪用，岂非大现成之大光明轮哉！”余曰：“苟尔，则公之苦心倾胆，遍搜博求，探秘索隐，游戏笔墨，欲人人之与古圣道同而机合，可谓事理双行，自他兼利相，仍于百千秋而无间然者，诚良善良美矣。或有得而知之，则其《禅海具瞻》不虚谓也。”于是乎用此书之以为序。

祭文

祭大宗正统禅师龙溪法弟文

呜呼！死生有命，佛法无门。无门为法门，有命为正命。此乃儒释之大纪，亦人天之洪纲。惟至人昭昭然在于心目之间，故能任运去来，而得自由之妙。或谓：“既得其妙，则死生不该，而寂灭为乐，尚有哀悼耶？”曰：“从众以尽养生送死之道，又道在人弘。今日吾弟递尔逝世，则其道邈人弘矣，吾何为而不哀哀哉？”尚飨！

祭开山本师老和尚文

维宽文十三年岁在癸丑孟夏朔越三日未时，黄檗开山本师上隐下元琦老和尚示寂。兹值初九，届丁首七，嗣法当代不肖徒瑫泣血稽首百拜，备香斋，谨以言曰：

惟师之道，如象载行。导以直径，阔似砥平。我等易往，从师教诲。

始迷其方，终知攸届。侍执巾履，积年于兹。屡形怒骂，实则大慈。玉我于成，不有德色。顶踵衔恩，未报埃滴。奚为弃我，奄尔归休。使我诸子，中流失舟。气浩清严，老壮明历。敢不慎终，以竭吾力。幻世波靡，释天日昏。呜呼流涕，天丧斯文。尚飨。

祭福济寺谦师弟

于嗟弟乎，天伦相悦。自于紫云，以及东日。至诚尊敬，非一朝夕。请余开堂，流通正脉。知弟容肃，识弟心迹。弟之孝友，淳朴叵测。聪俊高大，蔺明端的。天宜昌之，报以令德。胡为而丧，使我郁结。福济创成，多年苦节。方可为津为梁，何乃离世入灭。所期望弟振兴，胡斯而更休歇。但其所有幸者，临时一段清洁，安然心无散乱，趋莲邦而告别。虽是人云弟死，吾知弟之尚活。然则手足之爱，故作如是之说。惟弟灵兮鉴照，蔬茶特以陈列。哀哉尚飨。

祭慧林法弟和尚文

维天和元年辛酉十月十一日未时，乃堂头和尚辞世。于今十六日，届丁二七。同门法兄谨以香茶斋果，拜奠座前，而言以文：

窃以慧翁堂头和尚，半世儒生，中年脱白。始参先师，首入记室。随到普门，任西堂职。由是声名，无可为匹。既受付嘱，开堂佛日。挑剔祖灯，切励严律。老而益壮，复继檗席。王臣敬重，清风辅腋。久卧床疾，更示众策。如斯慈悲，胜维摩诘。非再来人，那能忠逆。正望显扬，绵绵绎绎。以光法门，使人获益。何期不幸，顿令叹息。敬具溪苹，聊表微恪。痛哉！尚飨！

寺志、山志

永春县象山惠明禅寺

桃源越溪西南二里许，象山之麓，有寺焉。按县志，乃唐大中年间建立，名曰临水也。共田柒顷肆拾余亩，并寺背左右山若干亩。厥后代湮年久，寺坏僧去，而田及山尽属里人。至宋祥符丁丑中，有西蜀苦行僧惟粲者来，复兴之，改为惠明。迨元末，犹遭兵火，地变荒荆，业入豪右。至国朝弘治间，月台僧清铩斩荆重新之，颇有才辩。邑令见喜，檄护僧会所遗之业属之，为里中甲。嘉靖庚申，倭起被焚。僧广德，铄之四世孙，复建佛殿、法堂、佛像。万历丙申间，巡抚金公抽其六饷军，继有扼而夺之，由此僧穷且窜。赖邑之凤岳李先生目击其事，痛心垂泪，遂为金汤会。紫云僧毓虚卓锡乐山，有隐者风，延而住之。即播诸当道，力回柒顷四十余亩，复归本寺。业既回，僧舍有坏则新之，禅堂、斋堂、周围小屋及阶道、砌级、山门、墙径皆虚公所创，较之广德以上又壮丽十倍矣。崇祯甲戌冬，碧芝樵云公经此，虚公延之结制开戒，亦一时盛事。呜呼！知有戒则寺兴，或傲然自恣，妄意高远，动逾先矩，律惮精严，恋恋饕餮之骸，毵毵懒惰之品，虽栋宇华美，香粒丰隆，其可免泥犁之陷乎？有志之士决不如斯，夙夜挺特，直教生死涯头踏断，则可披衣稳坐，始不负前人克勤之意矣。余甲午冬开法于此，以毓虚公即本派之法属，故不揣蒙昧而为之记。

象山惠明寺方丈记

天王殿西侧有屋五间，回廊二所，背南面北，为寺之下臂，万历间毓虚公所建置也。拟作弥陀殿，里人力阻，乃改作书馆，为家子侄读书处。至崇祯戊子年国变，诸处风鹤，此屋竟为兵居，寺众逃窜。既无守固，则屋毁折殆尽，仅柱磉而已。兵火既退，众复归寺。内有拟者，丁兹世乱未定，恐兵再至，不能保全，欲将椽瓦折入山寨，几乎无存矣。释雨化同弟断崖即将应分房屋互相转换，遂捐钵资，于庚寅年重新修葺，为私室而住。其粉壁净窗，明堂通渠，井井可观。仍开双扉，外筑小池，堪引明月以印森罗。复辟荒圃，构低墙以护之。呜呼！地虽灵，非哲人肇兴，不湮没于荒草之间，定属于富豪之手矣。安有庭桂幽香，园果盛茂，而至今日哉！余甲午春，从黄檗回开元扫塔，以雨化乃余受业徒子。是秋，一杖一笠，同二三子历灵应而至象山，为相访计。雨化一见，手舞足蹈，如久暗得月，分外清凉。遂同之令叔确庵先生出书，请余开法，退所葺之室为方丈。斯时也，兵戈复作，剥戮人民，至于诸山岩洞，亦扫尽无余。余观大势，恐因缘不就，力辞再四。雨化深主其事，谓兴废皆有定数，可得趑趄而逃免耶？余乃笑而许之。今一期幸然无虞，固知法在人弘，非关世也。益信地之显，时也；人之杰，亦时也。使地无人与时则废矣，焉得俊俏远豁于宇宙之间哉？余恐久而莫传，故为之记。

松花壶记

夫真风独运，至道无私，拈来则物物元明，放去亦头头显露，故势欲隐而义弥彰矣。是以赵州见僧，便请吃茶；大梅晦迹，只饮松花。顾知古人得旨之后，凡举一物，操一机，悉不外西来直指之本据。兹有持松花壶，丐余为记。然观其大概，以松为隐，以茶为乐，苟非洞见大梅、赵州二老之高韵，焉能致是哉！按此壶乃古传，有人获之，献于细川玄指，指传之子三斋，斋复传之吏部尚书，经及三代矣。每年盛茶，至于梅雨后，则开封试之，有如松花品趣。试问花从壶出？从茶出？若从茶出，茶未盛壶之时，曷不见有松花之味？若从壶出，壶未盛茶之先，应有松花扑鼻，胡待盛茶而后有乎？倘能以此义而契悟者，是乃真宝无价，抑亦知欲隐弥彰之大法也。设或决断不得，请打破壶来，与汝点出。是为记。

象山建置志论

象山古刹，自唐迄今，虽有兴颓，未甚湮灭。栋宇隆稳，佛灯恒明，非山林之踪盛，而禅林何以立？须知一椽一瓦，为蔽风雨；一房一室，佐养道情。僧既有道，名愈显著；苟无其道，终非轨范。不惟不能起四方皈敬，人且鄙而薄之。道岂难明？在有志者事竟成耳。余所痛者，绀宫井井，从古以来，未闻超方特达者出。故书以志，庶后昆因余言而发愤，则汉官威仪可见。余之开法于此，不虚布鼓雷门矣。

象山山赋志论

峰峦奇丽，僧实占多。象山虽不嵬雄，且体势亦稳密。苍松可盖，碧涧堪瓢。梵刹既成，释子丛聚。惜乎逼近村落，左右俱属邻居，仅存中抽两颊而已。虽不纵横，颇足栖寄。故古云："一粒粟中藏世界，半升铛内煮乾坤。"若达斯意，便无汲汲之争。如是则法可隆，道可进。苟法道之所存，触目皆华藏刹海，尽是吾家掌握中物。余愿进道为急，此外乃空花镜影，宜其知之。

象山田赋志论

田之所出者，有福田焉，有道田焉。福田乃在家夙植，今得而享也；道田乃出家进道，育德而堪食之。上古国无争，官莫夺。及至道衰德僭，僧无操持，力亦绵弱。官径增饷过半，富者价托甚多。不想田乃信心所施，为植福育德之表。今不能施而更取之，其福与德安在哉？亦非彼之过，诚释子之咎耳。如百丈以前，个个穴居岩处，天人献供无路，檀那争送莫及。如此者，焉得有今日之争夺乎？兹惠明计田柒顷四十余亩，屡被富豪侵凌，而屡复回。近日支分五股，后来情状，又不知何如哉？

象山艺文志论

惠明唐兴以来，少开法高士。故其诗记，渺然无闻。至国朝万历间，僧广德请邑之桃陵公作寺记，记之始见。嗣后耆德虚公，颇谙音律，与伯起秦公，唱和四声诗，诗之始见。呜呼！山陬谷僻，寺名未著，而作者未尝及门。如是则知山不在高，有人则灵。虽诗文皆才情著述，不足为德性所重。然德无文不显，文无德不明。由此观之，德与文乃山灵人杰之华表。故余切言之，使人知为斯文而不坠者也。

《五灯严统》后跋

威音以前，无师自悟，皆属天然外道。威音以后，承师发明，则为正法眼藏。自饮光微笑，亲禀灵山。宗旨既定，师承有据。尔后祖祖相传，嫡嫡授受。无颇无偏，匪溷匪乱。乃称之曰法藏玄猷，源流正统。此亦宗系之大纪，可不严辩而正名乎？吾祖径山费老和尚，机智天纵，洞彻古今，观斯时之狡滥，悯末代之跷蹂，由将[①]传灯世谱，历代证悟，严而辩之，统而正之，以面禀为是，亲付为准，订详编续，用晓将来，诚有功于当代，真禅枢之大明宝藏，乃佛乃祖，宁不横点首于白毫光中也耶？

《本师和尚手卷》跋

君子不迁怒，不二[②]过。人能无怒，则不被情识所迁，自无好恶二种之过失，纯是妙明精性，可与天地参焉，万物一以贯之。然非大君子，孰能之矣？且好恶之心，人之尝[③]情，苟无至明至公大理，只惟情识用事。情识一发，则昧仁义道德，曷知纲纪法系之所在？不破法灭，规而不止，岂但好恶而已哉？彼情识好恶者，如海之沤，太虚之云，随其起灭，久自消殒。《书》云："君子居易以俟命，不见知而不愠。"世儒尚尔，况出世之道乎？惟秉至公至明之道，以弘法为准，好也恶也，非但爝火失照，终自投地，

---

① "由将"一作"由是将"。

② "二"，当作"贰"。

③ "尝"疑作"常"。

而纳款也必矣。

跋《十八罗汉游山手卷》

十八人共是一人，谓是一人，行装各别；不谓一人，鼻孔相同。虽然如是，不可不辩。至于擎拳舞足，携杖担笠，机用虽别，其妙致真理，浑然不二。由此观之，是一乎？是二乎？苟明其下落，许汝打作一伙。设或未然，错过天台山上客，花开花落万年春。

上径山费老和尚

乙酉之秋，以国改元[①]，则[②]拜辞归闽，掩关于泉之紫云，虽独安稳[③]，而心实愧慊。盖不能同患难圆成参学之志，径负鞭影而缅离，诚非[④]行脚之操履也。戊子春，灵机叔回丹霞，晤某紫云，细询老和尚起居，方知法道愈盛[⑤]于前[⑥]，闻之喜莫能遏。即欲腰包省觐，但关门乍闭[⑦]，兼祖母即世未朞月[⑧]，因此羁縻，罔得同趋[⑨]，只修书问候[⑩]。颂古三十则，菲敬一对[⑪]，托其上陈素怀[⑫]，奉慰法社。尔后音信[⑬]杳绝，不识[⑭]老和尚意况何如，故悬悬于此耳。今既禀承黄檗[⑮]，未免负惭[⑯]，[⑰]惟老和尚莫怪责，则圆全万美矣。兹逢耳顺[⑱]，分当瞻礼，奈途路荆塞[⑲]，难以前踪，谅于无相光中[⑳]，必不为咎也。伏望

---

① “以国改元”一作“以国难”。

② 一无“则”。

③ “虽独安稳”一作“虽身安闲”。

④ “诚非”一作“默而想之，非”。

⑤ “盛”一作“鼎盛”。

⑥ “前”一作“前时”。

⑦ “关门乍闭”一作“阙期才闭”。

⑧ “兼祖母即世未朞月”一作“家祖母正回首”。

⑨ “罔得同趋”一作“未得同往”。

⑩ “只修书问候”一作“只修问候书一通”。

⑪ “菲敬一对”一作“果仪一封”。

⑫ “托其上陈素怀”一作“专托为陈素情”。

⑬ “音信”一作“音书”。

⑭ “不识”一作“未知”。

⑮ “黄檗”一作“黄檗和尚”。

⑯ “未免负惭”一作“未免有负惭之色”。

⑰ 前一有“既不能为子，又焉能作其孙乎”句。

⑱ 前一有“华封”。

⑲ “途路荆塞”一作“钵囊尘洗”。

⑳ “谅于无相光中”一作“居山家风谅老和尚于无相光中，早已笑鉴”。

慈愍宥罪。不宣。

复黄檗本师和尚请首座

某何人也，敢当兹任乎？首座之位，乃麟凤标榜，要才能圆备，机略超卓，方称其职。不然，则辱师宗，失于众望，而受虚名，无益于理，诚法门中罪人耳。以此不得不推让也。今既下召，恐违严命，又不得不从唤，容来月十二日进山，以听体裁。专此言禀。不宣。

复宏机欧居士

前辱临敛石，以常住枯淡，缱绻失周，且弗责其礼貌疏野，犹特请法名以崇信，非夙禀缘深，曷能致是也。灵叟至，接华翰，并珍惠，益知其不忘初心，令表远锡信物，何可克当。此皆出居士之鼎力矣。谢谢。今既归，欲隐著书，不谈人间事，此论谛当甚谛当。然回观之，则著书一着[①]，实不出理学、治国兴家、正心诚意数种[②]。既不出数种[③]，岂非谈人间事乎？审之皆落抑扬是非之里，未透灵虚寥廓之外，于当人本命元辰，诚没交涉矣。大至道玄体，光吞万象，掌握二仪，犹是今时途辙，非超今越古之杰伦。况世间文字，种种伎俩，可以当平生事耶？昔周金刚亦是雄辩英豪者，担疏百卷，欲扫直指人心、见性成佛之说。至见龙潭禅师于吹灭纸烛处，悟当人本命元辰。则曰：穷诸玄辩，若一毫置于太虚。竭世枢机，似一滴投于巨海。唐昌黎、宋无尽，皆朝廷辅弼，辟佛无所不至。及履衲僧之门，总无启口处。后乃旋旋脱去谬端，方契证于大颠兜率机下。居士倘领斯旨，抛却胸中元字，理会一番，异日忽契合本命元辰，则吾门有赖，济道可得而振。独此乃真著书，余尽依草附木，诊缕管见如此，不知以为何如？

复浙江海盐县姚洪克居士

相别五载，梦寐之间，恍然与海山对谈无异。忽捧琼章，益知彼此俱在梦里。兹闻黄檗削发，幸也何如！苟非前劫道契，安得为今日法属？喜甚！喜甚！所云碌碌尘坌，未能湔涤者，乃时势使然。今既入空门，则一切法、一切心皆与之俱空，又何虑其不清楚哉？不见古德云："心生种种法生，心灭种种法灭。"展转反侧，只是这个面目。至于为忠孝，行道义，以

---

① "然回观之，则著书一看"一作"然著书一事"。

② "数种"一作"之数种耳"。

③ "数种"一作"此数种"。

及脱凡成圣，无非这个面目。《书》不云乎："君子慎独。"此等说话，亦是提醒吾人，知天尽心，不可须离一着，谅公必已知矣。若某更忉忉，乃自取其哂耳。倘有兴趣，杖笠南来，共嚼风月，以洗夙念，何如？

复雨化徒

接手札，并大衣等件，谢谢。然札中所谓滥厕僧数，以至于未发明大事处者，吾徒一一已自据款所供是实。既知此病，应须勉励，造于古人田地。不然，只担砾弃金，空词口舌，无益于理也。且人之形质，希有亘年，无片时系道，而区区驰逐，俟至腊月三十日到来，阎老子打算饭钱，手脚忙乱，难以抵塞，便尽形毕命，随业游历诸趣，良可悲矣！自尔一失，不知又几万劫乃得出头。当此之际，诚恐诚惧。古德云："一失人身未是苦，袈裟失却苦更多。"圣贤之语，岂欺人哉？山野既忝师资之分，设不忠言，则是自相混滥，乌得无罪？兹因汝之自责，乃援笔书此相警，汝其勖之。

复而绍弟

客岁领手教，谓阎老子肯宽至五年间，当棒头讨个分晓。不慧道："如贤弟有福之人，端坐寺中而清享者，莫谓阎老子宽至五年间。设阎老子要宽到五百年，亦未见棒在，况能得其分晓乎？苟于兹掏得碎，不待五年后讨分晓，而即时觑破一条棒如蒿枝相似，却许骂我饶舌也。近有僧来，甚赞贤弟深发道心，有意参究。可喜子奇之后，法道复见于斯矣。仰羡！仰羡！厚贶谨领，容谢未既。"

复明善道孙

来翰谓山野慈光福庇，合家平安。欲起法名，以植菩提种子。仍寄道袍及礼物，与山野祝寿。自非夙昔缘深，何能相信若是。然菩提种子，已彰于威音王佛之前，不待种而后有矣。但一念无明顿起，不自觉知，而菩提种子为之所蔽。由是百千万劫，受其沉沦耳。若能还照本地，即无明是菩提，就沉沦即涅槃。则种之一字，无处安着。如是信得及，则令祖母二十年供养我者，一时报毕，汝之孝行亦尽矣。承谕法名，着一为起。余不宣。

上黄檗老和尚

京师往来，咨询细详，尽谓壁立万仞，孤卓超迈，远近景仰，内外恬然，有少室家风。其法道行与未行，总委于缘，诚有旨矣。夫此贞实，则为法者必忘躯趋辕，以求大至，况道博德重，禅具众机，孰能掩其霁月光风耶？但年高语异，或有不逮，恐难措忍，而致神劳体软，是所虑矣。某虽未追随杖侧，苟安福济，而祖庭法轫，未敢少弛。不遵圣意，独此可悯。其有待则幸，幸两寺大众已回，虽孤立一方，而本法未尝间关。然点检将来，宁免无恻隐之怀？正所谓爱众被众累者是也。审之去亦佳矣。盖众少则枝叶少，通变达宜，自能鉴明，胡待琐琐乎？霜花遍野，寒气侵人，伏惟大慈保重法身，树荫天下。余不悉宣。

与末次居士

日移月迭，暑溽寒严。方相见不多久，而转眼又两月余，虽日月移迭，其谈笑犹未散。但福济寺隔江户有几千里，不能时知道，况亦觉疏旷，素所玄论也。山野愧德凉法荒，得与居士盘桓，弘护至渥，莫委何劫，共缘般若，一至于是。长崎日日相晤，佛祖之道，则其用心已知。恐别后故园人境多美，忘却聚谈时节，故山野赘赘言及。倘有洞达处，不妨通个消息，当为点首。兹便中草草问讯，不宣。

答黄檗老和尚

腊月九日，捧笔诲并续稿，即焚香拜启，知忧喜相半，念念为弘祖道，靡孤檀信之诚，真不请友之大慈父也。众既归去，乃尝分之所当然，曷足为怀。但读至风烛不定处，忽令人咽塞鼻提。盖愧力弱福鲜，疾病相连，于古辙渊源，未能洞廓。且此方人默有狐忌，而烟突者不可近傍，稍德匪逮，便见焦患。由此欲归山谷，以养其志，使莫辱师宗耳。然细鞫之，虽居普门，踪由如客，去住未定。若某再至，或有江户之行，亦只一二同往，如兴福寺例。当此之时，便是不堪。切冀此念谩举，伺明春结局何如？则某不令至而自至，幸毋以某为虑耶？兹所喜者，防州太守年值古稀，能倾心皈依，殷勤请法，挽回疑谤，扩充至道，可谓众角虽多，一麟足矣。又欲延某供养，顾某百不如人，安敢造次？窃谅必有主裁。复想此来虽一时震动乾维，而语言不相赴，则其正法难以匡扶，未免无歉焉。昔达磨西来，一枝传播中华，其机语无遗，始接雪庭，末后只履暗回葱岭，表其首丘弗忘之意。况机语两间，欲遇如雪庭汉子，似逼石女而生儿，终无是理矣。故某自打退鼓，不若早旋为快。伏惟慈亮，曷胜幸甚！

复大眉师

九月初，公等至普门寺，将有三月，虽未修书相问，而往往来者亦曾询及，皆谓起居万福，幸也何如！兹两接大翰委曲，安慰周密，细论有所不敢当者也。前见大众俱回，一时心孤，不觉而欲归去，后复想老人虽居普门，与客边无异，即从容以伺，景况端的何如？公等固守奉侍，难得履践。某荷担个事，未能起黄檗之家风，岂无愧于中哉？兹读大翰至孝字之言，虽铁心亦如绵软，但其间甚难分雪，看明春动静何似，再作议论。公等尽心奉侍老人，某自有进止之义，幸莫翘执，纷纷为爱。外附一偈，以疏道情：汝吾不负祖翁机，便是儿孙得力时。见有超师无不可，虎须倒捋岂伤慈。此复。

复铁梢禅德

来翰种种褒及，自顾凉德，无堪齿录，奚当不忘若是也，岂但公一人而已。兼贵府令昆季子侄，同兹况趣，感慰之怀，宜如之何？令徒落发，转礼雨化，公又代理寺务，并延西堂共住，固知无分楚越，事同一家，以世法转入佛法，真圆通大士，人所难并者也。喜慰喜慰！兹冬即欲返棹，但以黄檗老汉为碍，且暂迟耳。明秋定与鼻孔相拄，决不爽也。然更有一事，欲与公言，恐公骂我；不与公言，恐公罪我。未免热肠一回，骂我罪我，我无辞焉。何以？观公一生聪利，灵根非凡，素在法门留心，仍有余志。于儒于仙，只此两端，已知颖脱①，不敢与较论。唯宗门下一着子，虽得月中披松之影，未若和根拔倒，独见全月为妙。去岁象山一会，每相见时，不讳唇舌，正欲举公之矛，搀公之盾，但慊放手不着，只空徒而已。既别后，亦拳拳仰企，不识近况何如。倘与西堂针芥相孚，则周金刚复见于兹，庆快其可量哉！

与铁山西堂

从上诸宿，非以等闲而能脱略见闻，得大安稳矣，皆操霜历雪，炼成胜行。至于本分了彻，承当个事，亦睢睢盱盱，未敢逸志自满。直得出兴于世，犹损已利物，下心等慈，不以赞我而爱之，谤我而恶之，亲我而教之，疏我而绝之。然观末法世中多有此病，非佛祖之四弘愿也。唯生灭心，任情行事，致其纲宗衰替，无所发振。上座既承当个事，须体上祖志意，发达先宗，而成自利利他。知上座有此余蕴，不致余之所虑，故引及耳。兹夏接

① “颖脱”一作“脱颖”。

铁梢公笔，知与共聚惠。明日以佛事为事，尘嚣皆不及怀。如此则抟翅高翔，负霄汉必有期矣。抑亦不背宗旨，喜慰喜慰！今冬欲附舟回唐，但老和尚赴摄洲[①]之请，进退未定，故暂停福济，以俟情状何如。虽在旅泊，亦颇清康，易消白日，无烦远念，珍恕不宣。

与张确庵太史

象山百日期，虚籁唇嘴，瞒昧人家，弗胜其丑，非洪檀堑卫之力，则不济矣。一会小录，自顾无似，今已梓行，谤《般若》之尤，安得免乎？且又罔揣鄙拙，冒渎金兰，如椽之标，愈增赧色。断崖[②]回，未修书致谢，歉歉在怀。以门下为方外交，不见责乃敢耳。温陵不识迩来否泰何如？丁斯鼎革，人心纷纷，食寐靡宁。唯门下善入灭尽定三昧，弗忘记莂，游戏禅苑，可谓卓踪逸翮者也。某客岁为谢法东渡，谛表禀承，以尽师资所自，非为他故。兹秋接泉郡诸金汤霞牍，即欲附棹，但以遐逖间关，莫由自便。兼本师有旨宠诏，正在将行未行之际，由是暂停之，以俟行藏消息。苟明春电足空长，便是相见期也。令甥碧老大居士[③]未专简，冀为道达，特此恭候，伏惟鉴照，幸甚。

与甲斐庄喜右卫门居士

前秋到长崎，稍安福济，皆护法光被耳。然所悬望者，自别后未委清[④]况何如？虽道人忘形骸之外，岂能当世礼之宜？故惓惓而不能已矣。今夏有僧持黄檗和尚普门语录，内有与护法书一篇，读之方知尊太夫人逝迹而登玉关，不无令人恻然之慨。虽圣贤亦有出没顺化之踪，丁[⑤]此时孰可忍乎？谅护法德厚心融，必有透脱一路，孝感霄壤，助往无疑矣。山野草芥，靡可奉慰，辄述一偈，以为挽意，兼候起居，余不悉宣。

与黑川与兵卫居士

山野道学既昧，德业复微，屡蒙音问，谆谆为慰，令人汗赧，有所不敢当也。苟非护法信心，夙缘相孚，则古佛交肩，未能启发，况一介荷衲，

---

① “洲”一作“州”。
② “断崖”一作“崖侄”。
③ “老大居士”一作“老居士”。
④ “清”当作“情”。
⑤ “丁”疑为“于”。

而受渥之弗濡乎？闻江户莫大寰区，煨烬过半，惟贵衙毫发罔损，诚为可庆矣。窃聆上帝飞灾，乃警人心，非无因而成祸。然祸福之所生，皆出人之自心耳。夫心平则世界平，心怒则世界怒。是以祸出于怒，福出于平。譬如水平则长溢而不流，风怒则狂号而偃拔，势之当然，岂待辩乎？是故君子心平则无得失，心怒则多灾难。或见敬信三宝忠良无怒，戒杀加恤，而致灾失者。故《金刚经》云：是人先世罪业，应堕恶道，以今世人轻贱故，先世罪业即为消灭，当得阿耨多罗三藐三菩提。即此知其遭少厄，宥重业，理可明矣。众生不达斯义，稍遇微患，便谓佛法无灵。殊不知密祐之功，昭昭于心目之间，但人弗自省觉耳，非无冥勋也。狂瞽之论，莫识以为何如。

复径山老和尚

三月初一日，冯善友至，捧示诲，即焚香拜阅，如披云见日，甘露泽枯，感慰之怀，弗可胜量也。仍蒙提携接物，觌指施机，着着婆心，恢恢法系，特以铭绅，永为轨范而不敢忘矣。但所歉者，睽违多年，遇此沧桑世界，未由瞻依，纵有遥敬，亦竟泯没。前数次致书及微芹问安，并无回息，尔后遂止附托，由是疏失表里，怅甚怅甚！来示谓七月间有书与黄檗和尚并某，莫识付于何人，兹未曾见矣。然已将师翁慈旨达于和尚，倘得回山，亦莫大幸焉。某先年为谢法到此方，因和尚往摄洲，唯是客居，故某暂旅泊于崎，以俟和尚定动之踪，未即归本土。兹何居士回，略陈绪里，以慰遥垂。或秋初惟仁到此方，则与和尚商量，特差省觐，方为妥当。若寄托者，皆为空花而已。谨具香仪一封，《小录》二册，祈大慈笔抹，伏惟海纳，余不悉宣。

复慧云褒和尚

久知法叔大和尚阐化江浙，道声高压诸方。又苦心拈提从上古宿机语，拟入大藏，诚为末世光明幢也。如此弘举，有力量者不共扶协，则非志士矣。和尚有命，岂可推委。但此方佛法湮没已久，不比我土风俗，微有干渎，则众口毁毁，是以未敢领也。看后来光景，即报命。某前年为省觐之行，以本师往摄洲住止未定，故客居于崎，淹留此方，而法化不成。法化甚是无聊，不知者以为此方殊特。且此方人贵清不贵华，稍有利动于心，便不济事。既到此方，无时不兢兢。前因有僧不作法，致疑谤纷纭，非本师德备，则一场笑具耳。正歉金粟时尝炙教，未能少伸薄里，何当远锡鉴录并诗箑，谢谢。外奉果仪一封，小录二册，聊申鄙意，伏惟慈纳为幸。余不宣。

复铁山西堂

前载东来，春秋三易，以老和尚矢志行法，几欲假回，亦未之敢启，是以暂留福济，听其素缘。今夏来札，知离象山，复归崆峒，想必人境未相忘而自退隐。此乃道人知权达变之机，亦有以冥契祖意也。又谓同住往来，总不曾拈着底事，佛法难起，不宜速说。此论正惬老朽之怀。然观上祖已来，皆有时节，时节若至，其理自彰。古且如是，今宁弗然？或勉强为之，便落时习，何补于理乎？公既识其行藏可否，吾亦无虑耳。更望法系为重，严密履践，虽祖庭之道未行，对圣僧吃饭，亦无愧于心矣。故老朽知汝多年经历，即以拂子一枝，聊为表信。所以明教云：患道德之不充乎身，不患势位之不在乎己。深有旨焉，宜体之，至嘱至嘱。

复铁梢禅德

屡蒙淑顾，款款催回，兼承珍贶，令人弗宁。但事有所羁，故未得如命耳。所喻合锅家风再振，诚然如法不苟。僧范喜甚喜甚！《勖语》一册，首尾可羡。但恐法久成弊，不无套习仍故，倘能依约而行，则振兴超举，势亦非难矣。前与论“和根拔倒，得见全月”者，早知梢翁之言“更见甚么，不过如此”之两句了也。盖此两句话，正是傍崖之松，根深蒂固，坐在无事甲里，于百尺竿头不肯进步，乃生死根本耳。故以松喻影向之妄见，以月喻智镜之真光。若谓宗门不过如此而执定之，非但无见月之时，终见业风吹堕是的耶？试问日间浩浩时，夜间睡梦时，一个主人翁能惺惺历历否？正睡无梦时，还知主人翁落处么？如其未然，不可道只如此。所谓“如鱼饮水，冷暖自知。”妙哉是言，安不之审乎？罔揣微浅，披沥于前，莫识以为何如。

复徒孙玄朴

吾孙来札，谓世界沧桑，渴慕空门，以山野硕德而投派下。今既披剃，便是法侣。然当想出家不易，为僧亦难。知其所难，达其不易，庶几乎可以入道矣。何以故？出家为生死也，为正因也，非求温饱也，非求名利也。须知出家称为沙门之意。梵语沙门，此云勤息。勤修戒定慧，息破贪嗔痴。何谓戒也？断杀盗淫妄是。何谓定也？破烦恼攀缘是。何谓慧也？见性明心是。能断杀盗淫，则贪业尽而戒体洁；能破烦恼攀缘，则嗔火灭而定水澄；

能见性明心，则痴猿歇而慧眼通。既洁澄通明，则可为沙门，可称牟尼之子孙。是难乎？是易乎？苟无如是操持，如是履践，乃法中魔也，禾中蟊也。害法者，魔也，害禾者，蟊也。汝若视为泛常，不慎不谨，乃害法之魔，害禾之蟊。以此为僧，可乎？不可乎？所谓鸷翰而凤鸣也。碌碌之石非玉也，萧敷艾荣，非雪山忍草也。体吾心，遵吾法，便见桑莲重瑞。不然，佛海秽滓，今日汝之一筹也。

复张确庵太史

不觌仁台已更二秋，忽接琼笺诗箑，恍对桂轮清朗于碧天，忻感之怀，莫可涯量矣。但山野鄙拙，道业素昧，曷足以齿碍。更乃云门外汉，犹堪锥扎，益使小巫气尽，无所隐丑。然历观士大夫，多在佛头上谈不二法门，宁如老居士弗忘记萌卫护，匪同泛泛者比，诚千百世中有大良缘，幸也。何如小徒自幼失学，禀质顽鲁，频频得罪，且不责其无知，而又力持以教之，令报勋香烟，再续山野。某铭刻五内，且先人冥感之至。令侄与山野师资多年，禅理虽未全透脱，而气概足张吾军之帜。惜乎酣恋鸡筋，错过四十余载，兹出一诤斗之琐末，乃阿欺出家人力弱品懦而然也。仍累老居士出头露面，甚不应当事。但良医在堂，岂忍置于膏肓而莫之治？倘略得一二相应，便可退步，将见慈悲之道，非流俗心腹矣。十月初四，草草奉复，并候兴居，兼次扇头大韵，伏惟高鉴，幸甚。

复杨碧湖铨部

指月堂一会，俨若毗耶城中，对谈无二也。私谓法苑有赖，得以共相拍唱，岂期风吹别调，而航海于阃外。想因缘时偶，难以彼此而固必焉。既别三霜，未敢通问，以介性无似，识见微浅，自守其分耳。今夏过蒙诗箑，并呼杖归闽，何幸得此。苟非前劫中同坐选佛场，曷有倾盖之故。是知檀光无所不被，谢谢。兹冬即欲南棹，碍黄檗老人江户有旨推重，行法正在将赴未赴之际，因此而羁縻耳。倘明春风便，则航回趋聆大教。诗箑次韵，兼祈教正，伏惟垂照，幸甚。

摄心篇

夫心源隐伏，触境便生，一念差池，扰扰难挽。若无修摄之功，则不能洞达矣。或谓心源本净，非染非污，迥绝修证，越出格量，欲修摄以治之，岂非无窠臼处而生窠臼乎？余曰：“非也。子之言乃理耳，于事未当也。

请为子详之。此心杳杳冥冥，恍恍惚惚，达之即觉，昧之乃昏。且无量劫来，迷背日久，有所举措，皆属妄尘。苟非假修摄以相资，则本觉妙心，无由契悟。未悟此心，而事理匪融，乌得称言行之相应哉？故古德云：‘心源洞彻，解行相应，名之曰祖’。”又契《经》云：“修摄六根，净念相继。”又云：“制之一处，无事不办。”设根尘未脱，情识未销，而耕空言，事虚义，谓理即事，事即理，非轨则之所局，是自欺也。夫佛祖明训，任己意而故违，坐在无事甲里，拟与佛祖合辙者，如不读书，人要做状元，不但谬之又谬，且害己害人矣。固知欲明其心，必先修摄，使浮涉之气澄然脱落，则本有光明方能廓尔现前。所谓“静极光通达，明了即如来”，此之谓也。古人三十年尚有走作赵州除二时粥饭是杂用心处，况博地凡夫，业根深重，习气浓厚，可不战战兢兢，造于绝渗漏之地哉！山中闲寂，书此自警，若传之诸方，则某岂敢①？

真参篇

禅备众体，人人俱该，烟笼渚淡，历历玄提，未曾少间。奈夫情窦日凿，任性习常，遂使至道亢疏，律行违犯。是以知识愍之，诱谕多方，力救斯患。上根上器，一拨便转，不涉机境，自己十方坐断，了无羁碍。惟中下之士，信根浅劣，未能通略，故掇出个没义味话，使蕴②八识田中，休管三十二十年，五生六十劫，但行住坐卧，与么体究参详，参之不已，究之无路，不许于无路处重生枝节，不已处别作商量。直得银山铁壁，枯木寒灰，内外绝追寻，前后难瞻仰，通身是个铁橛块，遍界是一疑团儿。以至一百三十六骨节，节节皆本参；八万四千个毛窍，窍窍尽切实。所谓离心意识参。心意识既离，则六根清净，三业纯和，时时觌体现前，刻刻祥光弥露。于时更须切上加切，拶处愈拶，忽于愈拶愈切处，抬头扬目，遇景逢缘，打破漆桶，囝地一声，即心即佛，非心非佛，是甚碗跶丘、麻三斤青州衫，无异掷墙瓦。虽然如是，尚有余习未尽，悟迹未销，要经老尊宿红炉再煅，针拶一番，始得脱落珍御服，拔却珊瑚楔，不见有异相等法，纯是同体大悲，正可谓下载清风，脱体庆快。到恁么地，乃可随缘饮啄，长养圣胎，方保无事矣。

---

① “某岂敢”一作“某岂敢耶也”。

② “蕴”一作“蕴于”。

直指篇

“禅”之一字，乃当人之源本，亦诸佛之至道，入圣之径路，敌魔之法轫。达磨越重溟，西来直指，乃指此禅也。夫禅者，不假久远修炼，只贵直下知归。盖历劫圆满，亘古无亏，如秋月之在天，而千江含摄，处处洞明；尤盐水之在海，而万派混融，滴滴非淡。本自具足，不由造作，正前所谓“圆满无亏，不假修炼”者是也。良以众生迷背，受其升沉之苦，致累大圣出世，于无言中立言，无名处安名，必欲使之知本有之禅而后已。然虽如是，自非离情欲、泯见闻者，未可与言也。有般汉闻恁么道，不但不克己励志，而反谤之障之。斯人者，乃迷中倍人，真大阐提，吾亦未如之何耶？

卷四　法语机缘

示禅人

示真政律师

夫戒有二种，不可不知。何谓二种？一者无心为戒，无住为定，无念为慧，此乃一体三宝之戒定慧也。二者有别相三宝之戒定慧，谓断一切恶，修一切善，度一切众是也。然此二者，俱符契赵州一无字。何以为然？盖无字一字不出则个，而一体别相亦不出则个。别相乃修之而至于一体，一体乃融之而至于无字一字。言三即一，言一即三，皆不出则个。如能直下透得则个，便透得无字关棙。既透得无字关棙，便能和融一体别相清净宝戒。当恁么时，便与舍那握手，共游华藏世界。或东或西，或默或说，莫不合于无字一字。或静或动，或方或圆，总是无字一字。虽然，亦须孜孜屼屼[①]，亲证一回始得。若依此说将去，未亲证一回，则成大妄语。真政大德过谒山野，问无字公案，即书此段与之。

示铁牛知藏

衲僧操履，贵乎真实，明悟既真，言行亦实，自然与佛祖吻合，而物我浑成一片。或不觉举心，或见闻未融，或人境相逆，或动静拘着。苟遭此所转，未能一一摆去者，乃平日用处，道力弱微而然也。故古人云："大事未明，如丧考妣；大事既明，亦如丧考妣。"苟有一毫其间，更须猛省，直下坐断始得。其于应缘接机，但向自受用中流出，则活泼如如。若泥言滞句，便成困鱼止箔。闲暇之时，古人公案不妨拈颂以扩正见，不可无事生事，向外攀求，此大不济汉之所为也，宜严密慎而守之，是真实人也。铁

① "屼屼"，另作"兀兀"。

牛知藏数年在予炉锤之下，每每敲揕处，见其机语有出身之路，略有本据，但恐离予以去，坐在窠臼里作活，故书数行以勖之。

示无法居士[①]

夫达磨西来直指之宗，本无功勋工夫之说，正赵州谓“狗子无佛性”是也。以学人机钝，不能领略，故祖师乃极力主张人做工夫。今居士谓于“无”字上有些子省力，既知有省力处，正好着力，务要见其下落，方为究竟。切切勉旃！

示德岸善士

百千功德，无量胜义，只在心源，本自具足，只缘多生流浪，不返本归源，是以未达彼岸之乡。若知流浪之迹，则一念回光，便登胜德菩提之岸。如是信得及，自成出世丈夫。

示宗意善人

《华严经》云：“若人欲识佛境界，当净其意如虚空。远离妄想及诸取，令心所向皆无碍。”人之不识自心本来清净，本来无碍。因不觉故，而生妄想，染习诸取，则佛境界自尔沉迷，便遭沦溺。苟能远离诸取，直下乃妙净明心。如或未然，切切参诵前偈，自然成就慧身，迥脱恶趣。慎之慎之。

示一着禅人

这一着子，自威音王已前，圆足无欠，德性全周。只因失念，故有差殊，德性未曾少亏。而今欲知一着下落，但看个万法归一，忽得精进之力，极切之时，摸着鼻孔，则参学事毕。

示了质信士

学道之人，日常无事干怀，胸中干干净净，坦坦荡荡，而后看个古人公案。或庭前柏树子，或三脚驴儿弄蹄行，不要思量穿凿，但于二六时中，趁不去，挨不动，工夫纯熟，自然扑落。知其端的，到恁么地，随分放憨亦得，抱子弄孙亦得，无挂无碍，自由自在，即是了生死之本质也。宜切切勉旃。

示快圆律师

但自心不外缘，制之一处，亦不起念分别。若起念分别，则遭魔便。

① 题一作“示诸禅人”。

日用只孜孜切切，向一归何处讨个下落便休。更欲如何若何，则万里崖州矣。仍示偈一首：波罗提木叉珍敬，孤皎精严只律身。欲得顿超贤圣路，更须参透本来人。

示元智禅尼[①]

丹霞烧木佛，欲取舍利；元智裱画佛，试问有何所取？且道裱与烧是一义？是二义？能于此下得一转语，则与丹霞同个鼻孔。苟或未然，急急猛省，看是甚道理。

示素光禅人

提个无字公案，须念念在于无字上着力疑去，因甚赵州道个无？至于行住坐卧，心心不舍，则成一片，忽然触境逢缘，便廓尔了达，决不赚矣。

示古涧禅人

昼夜堂中，无事干怀，正好以须弥山迫拶将去，直至行不知行，饥不知饥，工夫纯熟，无第二念，三七日自然打破漆桶。此经验之方，故以传汝，慎莫忽也。

示道周善人

参禅无法，可与方便，特要自己脚跟下牢固看个幸字，脚罗沙石上种油麻，心心念念无间，忽于穿衣吃饭处廓然顿明。既明，应除悟迹，始能解脱。勉之！

示某禅人

觌体现前，不曾少欠。惟人自昧，所以不如。真切究明，则与觌体无间。如欲发明，应须若牧牛相似，勿令犯人苗稼，方有趋向处。嘱嘱。

示达宗禅人

一念不生，诸法皆空，此乃意识不行而然，非透脱向上关棙，得大自在也。盖念不生时，只是渐息诸缘而已，及境缘相触，依旧起灭不停。故学者须得个入头，则不被境缘所移，方可道一念不生，诸法皆空。

示素实禅者

确信志不移，真实心无伪，无伪则无偏。心既无偏，自然成直道。直

---

① 一无“元”字。

道而行，必到宝所。又要以不移之志，资之固守，非差则宝所近矣。不然，反为孟浪，学业无所造也。

示知幻禅人

夫参学者，须具大志，固立正信，起大勇猛，发大精进，心心挺特，念念真诚。大志既具，正信自立，加以勇猛精进，资以挺特真诚，而后提个无字公案，使不退惰。以此不退之心，则工夫日日增益，年久月深，无第二念打成一片，而无量劫来生死根本，一时顿断无余。至此便是到家消息，豁悟其去不远矣。若缘虑不停，散乱昏沉，其来无他，乃汝心念为生死未切，因以不切，即生疲倦，转计别念，而欲念佛持咒捧诵为事。才起此念，便有此等魔孽，乘汝转念，托为区宇，这边那边，扰扰都不自在。既不自在，临命终时，无以抵敌。须切切勉励。知幻亲予年久，见其淳朴，为人诚实。但参究一事，未少人头，书此以警之。[①]

示空侍者

凡学人欲折生死根株，破懒惰我执窠臼，应须晓夕忘疲，方能构去。若只事事不理，一味死獦狚地，驴年未望见在。今既欲归乡省亲，此段是孝行第一，不敢强留。惟信心不退，励志进道，乃是正人。若欲宁居逸体，非所企也。

示犬塚城真信士

阿那律陀被佛所诃，发大精进，双眼失明。佛教以观日轮，因想极心，开两目光辉，彻见大千如掌中。果是知人，能专精一念，则诸事可辨。果能信受，他日如律陀尊者，决不赚也。

示安边伊势守乃室

在家受富贵，能信佛法，敬重三宝，非宿有善种，则不尔也。兹夫人处富贵之家，好善尊法，岂非宿植善根乎？更愿加以信心，提持正意，念念欲见自性，出脱尘世，则富贵生生益无穷。慎之慎之。

示某信士

若论做工夫，先须决定信有道可悟，任之千魔万孽，念念不退，务要打透无字关棙，始是大丈夫之志坚固。不然，驴年未有出头日也，须勉励。

---

① 另本无“知幻亲予年久，见其淳朴，为人诚实。但参究一事，未少人头，书此以警之”句。

示等石善士

做工夫应念念精进，无少退惰。稍有起心动意，则被起动二魔引将去。若欲发明，无有是处。

示智端禅人

参禅做工夫，心不移动，提个古人公案，朝夕无怠，时时要见来历，把定精神，忽于境缘净尽，知忘见谢，悟寂常之性，则可为出尘丈夫。未到此境界，须勉旃。

示梅窗禅人

做工夫欲大顿悟，令心所向清净，无诸杂虑。至于回乡，因循世谛，连绵割不断，则不得有入头之处。宜加猛劓，始有小许相应。梅窗禅人堂中晓夕深切，今欲归乡，恐其忘却故步，乃书此以警之。

示长寿院道人

在家修行，自心清净，敬信三宝，斋僧放生，则获胜妙福寿。加以屏绝尘缘，独提本来面目，默默体究，诸虑不起，身心寂静。审之又审，我此面目，未生以前，在何处安身立命，忽于寂静之中，契悟来处，便是出世菩萨。嘱嘱。

示自契禅尼

自古女流出家证果者甚多，但用心处切与不切，故有分别耳。若切心用工，则三七日可以大悟；如不切用心，坐在平白地上，则契悟无由矣。日用但看个无字，时刻心不纷飞，定静无乱，日久自然省发，慎之慎之！

示智峰善士

欲明一心法门，只在日用之中，识得动转施为，了无纤隔，便是自家至珍。若向外求法求悟，则不相应，切自究竟。如何是心即佛？洞彻此心，与佛无二。

示道基善士

一心法门，直截无曲，亦无向背，只要当念知归。若毫发有异，则随流而去，万劫差殊。此一心法门之妙，不得而入也。切自慎重，更不多说。

示寿峰信士

一灵真性，清净本然。只为虚妄心生，所以未能得大自在。从幼至老，虽有富贵之享，亦是纷劳之态。苟不入此清净法门，则无由得其正受。兹既归诚，即此归诚一念，便是初觉菩萨。

示某信士

夫人生世间，以德以仁两备，始为善人。吾道以明以悟，方称道人。斯二皆世出世之法，若离此二，不名为在家修行，一心清净，无思无虑，恬寂不乱。或念佛，或看公案，于心生处勿随其生，灭处勿随其灭，一切平常，便得见性。既见性已，随意往生，无不称念，切切信取。[①]世人，道人也。然欲成道人，须远尘虑，去贪欲，则能成就道身。苟不然者，与道远矣。

示方外副寺

混源禅师《库司壁记》云："滴水粒米，尽属众僧，务悦人情，理难支破。当思披毛戴角，岁月久长，明因果人，幸宜知悉。"方外禅人为法勤实，因果正端，直心直行，尤切壁记，诚有补丛林之士也。故书此以为后人龟鉴。

示昌安院夫人

自性本来圆成，清净无染。只为不觉，心生妄兴诸业，遂至漂落人天三有。从劫至劫，跉跰辛苦，皆不知自性清净而然也。兹既生富贵家，乃前劫中敬信三宝，作诸善行而来，可谓自庆矣。今倘不省自性清净，则转息又不知何如。宜加善行，猛省可矣。

示元照信女

阿那律陀以性昏困故，被佛一呵叱，则精进太过而致失明。是以佛教其观日轮光明，发悟而见大千世界如庵摩罗果。汝能精进，依而行之，则与律陀无二。

---

① 从"不名为"至此，另一作："世人道人也。然欲成道人，须远尘虑，去贪欲，则能成就道身。苟不然者，与道远矣。在家修行，一心清净，无思无虑，恬寂不乱。或念佛，或看公案，于心生处勿随其生，灭处勿随其灭，一切平常，便得见性。既见性已，随意往生，无不称念，切切信取。"应是行板误置所致。

示栽花信士

能栽种种妙花，但是世间之花，终归幻灭，若能发明心花，不假雨露之滋，不涉水土之培，亘千百劫，无枯无谢，苟信此花，乃真栽花也。

示元净禅尼

真元本净，彻体空明。以其不知真本，转为无明。如能审细参详，看来看去，如何是本净真元？穷到极穷处，自见真本，始解稳坐，永脱颠倒。慎之！慎之！

示元桂信士

在家修行，敬信三宝，心直气正，众善力为，诸过莫犯，加之以好生，勿吝布檀，资其道福，自然受用无穷。或发大志，欲超世外，但看个万法归一,一归何处，忽悟一归何处，则成无上道人。

示梅岩禅人

古德云："参要日损，学要日益。益者益其实，损者损其华。"盖学不诚实，毋以去其华。若不去华而归实，非所为参学也。是故学人不患不言华，惟患无诚实。苟有诚实立地处，则其所学如推门落臼，自成日新之益。或只弄华巧以胜人者，则是虚头孟浪，奚补于如实之理乎？所以道不怕人不知，惟怕无诚实。诚有旨哉！宜加勉旃。

示诸善人

心清净，佛土净，心觉悟，便是圣。然则此心本无净垢，本无迷悟，本无圣凡，本无贵贱，是故心净即称无垢。如或不尔，大难大难。

我祖西来，直指人心是佛心。若识本心，则尊贵无比。何以？盖此心乃仁人安宅，仁人至宝，仁人出生要路，仁人解脱道场。若识此心，乃称为祖。

日用所为所作，要合于心。合本心者，则圣理存焉。圣理既存，天龙钦服，佛祖加护，立地成道无疑矣。

日用是处力行之，非则固止之。是处者，合圣心也。非处者，背圣义也。苟直下知义契心，大事了毕。

心诚意正，无思不服。若离正诚，则仁义失绪，身世莫立。是故正诚为天下祖、仁义之本，成道德之事业也，仁人不可不守。

文殊菩萨谓世尊曰："我初入不思议三昧，只系心一缘。"如能系心专一，则赵州关弹指可破。其或未然，乃心之未专一耳。应须着力精进，自然成就。祝祝。

真参实究，无言无说，直下觑破，得大解脱。不然，且看个如何是祖师西来意？州云庭前柏树子，日用之中不生第二念，久久自然发明。切切。

人人本有风光，照天照地，触处逢源，无覆无藏。但情不附物，自然潇洒快活。若弗如斯，大难大难。

示堀田信士

常恒净念，觌露天真，不守根株，潇然志道，达此便是超凡入圣，昧此则与道背矣。堀田信士素于此道孜究无辍，兼以能舍而好善，志道之心存焉可知也。

示道刚信士

经云："童子掬沙献佛，果证轮王。"况以珍宝而为布施乎？但要知以无住相而为布施者，其福德不可思议也。若能明此大意，即是解脱菩萨。

示德岩信士

古者有德之士，皆居岩谷，若芝兰之秀，人或一见，则贵而宝之。惟仁人识此物，乃将以为号宜之矣。

示细川丹后守居士

蹈规循矱，润德志忠，乃青衿之品格，亦英士之大度。况又兼操禅行，深践出世之道。岂与今之苟名假义者，可得而共论哉？若欲洞明向上一着，但看东山水上行。挨拶不退，必获超凡之径也。居士至山相访，故书此数语以遗之。

示大音主马信士

古云："若人识得心，大地无寸土。"能悟此意，方可谓即心即佛。其或未悟，不应借言，此乃自昧，非实得也。真正识心者，治生产业，与心不违背。如有不合本心，速速参取。

示桧皮院主人[1]

夫学出世法，远离尘劳，清净自处，不与俗同，童真入道，从古希有。

---

[1] 题一作"示桧皮院上人"。

能挺立孤操，行深绝染，究明本源，以弘大法，乃丈夫之世外行也。是故文佛云：“出家识心达本源，故号沙门。”良有以矣。谛审谛审！

示自休信士

向上一着，永无委曲。超然离识绝情，不落见闻知觉。当体圆常，是大解脱。若此踟蹰，朝打三千，暮打八百，至切至切。

示宗本侍者[①]

院无大小，住持则一。律行持之无犯，禅习守之无驰。如鱼之有水，鸟之有翼。能奉行遵承，则四方向正，此住院之不失宗绪也。本侍者朴实精修，众共爱之。以母氏年老，欲尽孝养，乃赴其院，故随之去住。恐后不知如何，则书此以警之。

示道坚善人

念是则福生，念非则道隐。心念本无是非，但以不觉，故有是非窠臼。欲出此窠臼，但去是非憎爱，识本来面目，自然逍遥快乐。

示本寂律师

佛制比丘身心清净，以律为先。盖因当时祇陀林有犯者，遂即而制之，非无因而为之也。苟不遵承，则定慧无以发明。凡禅门教海[②]，莫不尊之以为首。盖此乃入道要径，泛海宝筏，若舍筏能渡者，未之有也。本寂律师清净自律，孤皎卓立，可谓得筏矣。更能打透无字关棙，则入定慧堂奥，美之又美矣。

示梵瑞禅人

参禅无有别方便处，只要正诚，以大事未明贴在额头上，把一则公案推穷到底，忽然漆桶打破，来山僧手里吃棒，即见铁汉。切切！

示清渊禅人[③]

日用工夫，有进益则身心湛然，无得力则胸中扰扰。当于扰扰之时，务要加其至诚，以洞破来[④]据为念，方是参禅人也。

---

① “示宗本侍者”，另作“示本侍者”。

② “海”疑作“诲”。

③ “示清渊禅人”，另作“示渊禅人”。

④ “来”，另作“本”。

示坂河居士

心为万物之主，亦乾坤之宗会。此心不从人得，不从外证，直向己悟，行不越仁，合圣合贤，则与从上诸祖无二无别。或未然，时时看个藏身处，无踪迹，忽然知落处，便是世外人。至嘱！至嘱！

示大泽自能居士

参禅做工夫者，能系心专一，不取于相，如如不动，则赵州无字关，坐立可破。既破关后，优游自在，便是出世大丈夫也。切切！

示牧野佐渡守夫人

欲了生死去处，但于二六时中，谛审思惟，如何是我本来面目？直得心识情竭，挨趁不去，打成一片。到此时节，不得别起异念，只切切要明本来面目而已。日久月深，自然触着。既已触着，则是破生死关棙。关棙既破，则静寂稳坐，自由自在，便齐佛位。宜慎，切切，勉旃！

示元心信女

昔德山往南方，遇一婆子，欲买点心。婆云："担中是何物？"山云："《金刚钞》。"婆云："经中谓过去心不可得，乃至现在、未来俱不可得。上座欲点何心？"山无语。[①]婆云："此去有龙潭禅师可往见之。若能于此识破，许汝亲见，山僧亦与婆子无二无别。不然，切切看是何道理。"

示滨松主人

真净文禅师谓王荆公曰："日用是处力行之，非则固止之。不应以今日之难掉头弗顾，安知他日难于今日乎？"汝能以此语终身佩之罔失，则去道不远，切宜勉旃。

示了知善士

康僧谓孙权曰："孔、老二教，制用法天，不敢违天。佛之设教，诸天奉行，不敢违佛。"以是言之，优劣可知。而今之人，未曾读得儒家书通，便欲谤佛，譬如马渤要较沧溟，何其不知量也！汝能志诚，不背圣教，兼能留心，则去道不远矣。至嘱！至嘱！

---

① "山无语"一作"山无言"。

示湛然知藏

参禅人要[1]悟无修无证之正知见，乃有自由分，惟此正知见，同佛祖之正知见也。汝所说种种，皆是一时凝心住念，心识不行之境界，非实从胸中扑落，直见本来面目之正知见也。若作圣解，即受群邪，其余且止，只如古人云："明眼人落井"，谛当处道一句，看看。

示松平丰前守居士

本来具有如来智慧德性，只为妄想执着而不证得。若了妄想，即成德性。以此德性为国爱民，则普天之下，莫不被泽，乃合仁人之性。外此性者，则非仁人之性，而与圣道背矣。慎思之！慎思之！

示景岸院道人

参禅之人，要破生死关棙，彻见本来面目，了了明朗，如杲日当空，无一点痕滓，犹是真常流注。直须踢脱，亦无踢脱之怀，亦未为至。若有些些觉念，卜度穿凿，或认定所见为是，此乃知见立知，即无明本也。于生死岸头，岂能摆脱哉？若真真不自欺，直到绝后再苏，方可披衣稳坐。如或不然，悉被风力所转，非克家作者。切宜勉旃！

示某信士

良善中和谓之仁，此仁乃自天降生民以来，本自具足，本自圆成，与达磨大师觌体无别。若向此直下承当，则超然是解脱丈夫也。设或未然，但看个僧问古德云："如何是佛？"德云："锯解秤锤。"专注一念，自当开豁。慎之！慎之！

示净圆信女

人生富贵，自在荣华者，皆前劫所修善因，今世而受福果。故古德云："种豆不生麻，修福必享福也。"虽本来清净，无罪无福，但以不觉妄作则为罪，若有省觉则为福，因果历然，善恶分明，不可言无也。苟厌尘劳，欲求出世，当悟本命元辰，本自灵明，本自解脱，如是正信，便为出世菩萨也。勉旃！

---

① "要"一作"须"。

示岛津德源居士

夫大道真源，廓周沙界。为仁义之祖，作德性之宗。本自圆成，本自具足。以不达其源，故有憎爱。有憎则违仁而背义，有爱则失德而迷性。遂致百劫升沉辛苦。由是圣人出兴，以启迷源，爰归大道。俐机聪慧，一拨便得。其源既得，则如金出矿，永永无坏，则能转大法轮。在人则为人王，在天则为天王，在法则为法王。而威德自在，优游无碍也。兹闻居士，夙根敏明，义气慷慨，故为号德源。仍书此篇，以为范则。苟直下承当，山野当设罢参斋，以庆多生缘熟。

示金田远江守居士

云门因僧问云："如何是超佛越祖之谈？"门云："胡饼。"山僧云："云门信手拈来，不费毫力，直下塞却这僧口吻，不无威德自在也。"于此信受，便是出尘圣人。

示本多甚左卫门居士

古德因僧问云："如何是吹毛剑？"德云："珊瑚枝枝撑着月。"山僧云："显扬个事，端的无晦。若能下得脚手稳，则出群拔队去也。"

示天野半右卫门善士

赵州每见人，便谓："请吃茶去。"山僧云："此老平生实头为人，不尚虚头，可谓还丹不假驴驼也。若知茶中滋味，则出世事辨矣。"

示森美作守居士

达磨西来，直指人心，见性成佛。此心本自具足，本自圆满，清净无染，威德盛明，无一切妄杀凶害、伪恶凌险，便是清净佛心。出世丈夫，离此之外，别求其法，总属妄想。故鸟窠禅师云："众善奉行，诸恶莫作。"依此而行，则修身治国，忠孝之道至矣。

示阿部伊豫守居士

诸佛祖师至妙之法，离言说相，离心缘想，本来周遍，本自圆成，无一切妄伪杀害、傲慢欺隐，以仁善为用，以公正为体。以此修身治国，则尧、舜、伊尹；以此明心学道，则文、武、周公。离此别求，与圣人背矣。略书梗概，惟自勉旃！

示长松院

本源自性，清净圆湛，无所系着，非取非舍，但离妄情，及诸爱憎，不善不恶，心境一如。若能如是，直下顿了，不为三世境缘所拘，亦无分毫趣向，只是身心寂静，不取于相，即如如佛也。

示大泽兵部居士

大泽兵部[①]云："弟子不识文字，不知所修，惟和尚开示。"山野云："儒释之道，不出仁善二字。仁也者，自性圆融，万德该备，慈爱一切，泽被无方。善也者，不兴残害，愍念众庶，温良谦让，和光同尘。以此修身，则声价清远，而成千古师范也。若论向上一着，应知有万法归一、一归何处之关棙。透此关棙，便与达磨同一眼观。"惟自勉之。

示立花好雪忠岩老居士

若论做工夫，如人学射一般，心眼相注，一意精诚，久自中鹄。参禅亦复如是，以话头为的，以一意为箭，无第二念，只要知其大旨。既知大旨，则随缘放旷无所往，不自由也[②]。昨所受公案，切须留神，想居士根器弘博，为人忠良，必得大明此事，故区区而言耳。

示立花左近将监居士

夫一真性灵，圆亘今古。周遍法界，统摄十虚。无贵贱之分，离取舍之相。非荣非辱，无去无来。迥出常情，染污不得。炯炯长存，明明不昧。以此忠君，则风后力牧。以此治民，则禹汤文武。一道平等，千圣吻合。如是契心，乃真大丈夫也。观居士德量温淳，恭善谦仁。非夙植善根，曷能如是？故书此一段，以为日用之鉴。

示驹井次郎左卫门居士

在家参禅，无别所示，惟身心放下，系念莫起，直须省觉，勿随念动。能以如是，则禅定易就，自明本源真性。稍有执念，便为魔军所扰，驱使识神，不得自在。切宜知之，余不多说。

---

① 另无"兵部"二字。

② "不自由也"一作"而不自由也"。

示酒井大学居士

禅道不论在家出家，但辨片真实心。二六时中，清清澄澄，寂寂惺惺。提个僧问赵州云：“如何是祖师西来意？”州云：“庭前柏树子，于此专注一缘。日久月深，自然打成一片。”洞豁大旨，当此际无量妙义，百千功德，一切具足，便解应用，不假他人。如是信受，则山僧拄杖子，两手分付矣。嘱嘱！

示某夫人

学道不用别费心机向外驰求，但日用胸中放教净裸裸、洒落落，起心动念，莫随念动，直下坐断，无拘无束，看个如何是诸佛出身处，心身打作一团，忽于心缘不行，自然顿悟。到此之际，随分饮啄，快活无涯，如是信受，大事了毕。

示大野竹岩信士

参禅做工夫，只要心意诚实，无诸外缘，惟在切字用工，此外别无可示。但看南泉示众云：“不是心，不是佛，不是物，毕竟是个甚么？”于此念念不忘，念念深紧，心意想断，自然豁明，决不相赚。嘱嘱！

示看松院道人

本源自性，亘古亘今，明圆不缺，朗耀周遍。只为不觉一点识神，投入父母胎中，从胎出胎，身有轮回，枉受诸苦。但省妄念归真，则得解脱，自由自在，当自觉照，余无多说。

示松平萨摩守居士至山

身居富贵，位镇山河，一国至尊，万民归化，非灵根夙植，般若缘深，则被富贵所移，决不向此宗门而为种草也。昨见居士，内外渊玄，朴厚盛德，知其灵山中来，一会俨然，惟毋忘夙善，便是千佛一数。

示马场源七郎

我宗无语句，亦无一法与人。只要身心放下一切诸妄想缘[①]，洗涤多生杂虑情识，对世间声色，犹如青山绿水，无所系着，便是清净解脱人也。不然，则拘缚无有休时。宜自觉察。

---

① 另一无“一切诸妄想缘”。

示蓬峰善士

居一切时，行住坐卧，纯一直心，善恶不思，亦不希福利，憎爱不生，胜负不念，虚融自在，如如晏静，此乃一实三昧，大道之源也。设或未造此境，但更体究万法归一，一归何处？于心意识不行，自然契会。

示福岛勘左卫门

夫做工夫之说，从上佛祖皆不免之。如工夫不切，则被外缘所牵而去[①]，便不得力也。惟信此心是佛[②]，孜孜务要见此心下落，方是到家时节。既到家已，便知家中大小儿子[③]、一切宝物非从外来，亦知诸祖千百则公案之趣向。设有一则未透，亦须体究到妥妥帖贴，然后随缘放旷。未到此境界，宜自勉旃。

禅警语

日用之中，无净无垢，无心无念，无执无着，便是一行三昧。直下会取自性天真，亦不滞于天真之念，则与道相合。若有纤毫系着，依然打入尘劳，不能了脱。宜慎省察。

是心是佛，心外无别佛，佛外无别心。此心本来清净，本无生灭，妄念不生，即是正觉。觉即出世，不觉乃凡夫。欲知此心之地位，但不取于相，即如如佛也。

识取自心清净，本来是佛，无成无坏，但莫憎爱，执着人我，一切处，一切物，如同泡幻，不生染污，即入圣智圆觉解脱道场。或诸念烦杂，惟看本来无一物，日久月悠，自然顿悟，乃成出世大人。

本具真性，亘古亘今，非生非灭，以不守本真，情有取舍，故致轮溺。如能悟妙明真性，绝染着取舍之情，便是真心圆具，则临命终时，自然超越人天六趣，始为出世自由人也。

本来面目，乃一身之主，万行之源。若不妙悟，则爱憎自生；爱憎既生，则妄情谬乱；妄情谬乱，则背失本来面目，从此漂流五道，无有抵止。所以参禅须求妙悟，悟则契事契理，方得优游三界之外也。

---

① 另一无“而去”。

② “惟信此心是佛”一作“惟信此心是佛心”。

③ 一无“大小儿子”。

参禅须求妙悟，若无悟明，非真正知见也。或执着一切名相，以为修行者，乃是痴禅也。故经云：“凡所有相，皆是虚妄。”盖执相属于有为，有为之法，必归磨灭。最要紧处，不可贪染憎爱忻厌苦乐。此乃生死之根株，不可不知也。

参禅无别有法与人，但提个本来面目，身心一注，确志不移，直要以悟为是。若起心动念，作种种修行，别生知解，皆是妄想根尘，亦是邪见之人，总无由了悟也。慎之，慎之。

生在富贵之家，不被富贵所移，皆是多生植种而然也。能以敬信三宝，系念圣号，确实专一，忽于无所念虑处，便顿明自性，与古佛同体，到此方谓出尘至人，了无男女劳扰等相。如此见知，则富贵中大富贵也，亦万劫不坏之受用。应宜慎重。

日用之中，要合清净本心。既合本心，则无障遮，便能顿悟自性，证成圣果。始知人生如意事不如意事，总属幻华空果。于此了了无滞，得大自在，迴出凡情，超越三界，宜其慎之，不更多说。

凡为官贵，皆从夙善而来。若能不忘正定夙善，则六波罗蜜万行悉已具足。是知心善可为万法之源，众德之本。是故仁人须明性善之心。苟知心善所在，处于人天，及在法门，总是尊贵正主，应自觉察，余不多述。

心佛不二，物我一如。若达一如之理，便识不二之法。既识得不二之法，则物我心佛，浑然一致，自能破生死之窠，截断烦恼之根。如或不然，但向心佛不二处，仔细审详，久久不移，而自洞开正眼。切切！

修行参禅，原无一法可示，亦无一物可与。只要当人回光返照，二六时中，动转施为处，果是何物？于此见得分明，便入佛境界。如或未委，但看僧问赵州云：“闻和尚亲见南泉，是否？”州云：“镇州出大萝卜头。”专注一意，自然打彻。

人生世间，富贵功名，皆是梦幻。惟老年隐逸，不念杂染清净，专注出尘之道，乃为至要至玄，抑亦大英俊也。此真法范，难与愚俗者道矣。珍重！珍重！

人生世间，多因贪爱而来也。无贪爱执着之念，则慧眼清净，永不被业系而受身。既受其身，则弗免生老病死。若能正信三宝，见性明心，方脱四相之苦。所以经云：“诸苦所因，贪爱为本。”道人既知富贵贫贱，皆属业系，应切切孜孜，力究本来面目。忽然顿悟，便出三界，始免轮坠。切宜勉旃！

示仙台陆奥太守居士

尝闻国君之位，皆是初地、二地、三地菩萨之所寄也，故能发大信心，持正护法，精诚无妄，以至成佛而后已。今居士归依三宝，崇重佛门，大行慈泽，时常问道于铁牛、月耕二开士，又赐地赐粮建刹，与月耕西堂行法，使利国人之向善而庇其身，国家太平，岂非菩萨之再来乎？故经云：“修慈有十五种利，谓卧安、觉安、天护、人护、眠无恶梦、寤常欢喜、水不能漂、火不能烧、刀不能伤、毒不能害、常生善处、镇受快乐、正报梵世、残报人王、远果作佛，皆慈之果。”此十度之一耳。若十度俱修，其德利不可思议也。据教中略言如此。若约达磨向上一着，则谓太守杨衒之云，亦不睹恶而生嫌，亦不观善而勤措，亦不舍智而就愚，亦不抛迷而就悟。达大道兮过量，通佛心兮出度，不与圣凡同躔，超然名之曰祖。于此信得及，悠久不退，自超天人之上，得大解脱，岂不绰绰有余裕哉？兹因古内氏述居士之善正，故山僧喜跃无涯，弗觉信笔如此，惟其择之，切嘱切嘱。

示瑞文侍者

夫灵源湛寂，虚含万象，明鉴尘沙。无边妙义，一灵之所通；无量性德，一源之所印。总在灵心之中，非假于外求。达之与达磨共一鼻孔，昧之与凡小同一沦溺。须时时自觉，常恒不昧，可谓入圣之门也。瑞文侍者，童真出家，为人无伪，纯一履道，参究吃紧。亲老僧年久，老僧知其诚实，故书此段与之，以为日用工夫。

示秀岩侍者

秀岩侍者时常究心参临济佛法无多子，每每作颂来呈，虽少明其意，而大倒断处未十分通畅，应扫绝千差万别，如铁橛子相似，不起第二念，务要大发明一番，始为究竟也。夫灵心本来澄湛，未曾覆蔽，净裸裸，光烁烁，直下端的去，则无多子之名目得矣。秀岩发心久，年来参老僧，直心真实，人皆爱之，故老僧书此以为策进焉。

示沟口态之助居士

正心诚意，清净无妄，则忠仁孝德在其中矣。更加泽物不杀，圣人之道可得也。至嘱。

示寺西道统昌岩居士

心为一身之主，万法之王。心既仁正，则万法归于本源也。是故心王立法刚正，无思无邪，无贪无欲，中外洁白，动静忠诚，笃信宽雅，礼义昭著。若是行履，则身家安泰。此乃贤士端人之确论也。明其心，悟其法，自然超出尘网之等辈。切宜勉旃，不更多述。

示吉川监物居士

吉川监物老居士多年不晤，兹同乃郎内藏助过访山中，叙畴昔道，交甚温雅腆厚，临别谓："心未安稳，请师一语。"山僧云："眼横鼻直，最直截，最深切。于此领略，则一法不当情，任运放旷，洒洒落落，如是则觅心不可得，自然安稳，迥出天人之际。"余不多说。

示吉川内藏助居士

内心向正，无思无邪。所为所作，开阔宽广。不违至善，居洁其仁。如此行持，则神钦民服，不跨禹下也。然此但就处世而论耳。若欲超尘出凡，须明心见性，即与达磨同一鼻孔。且心作么生明，性作么生见。二六时中，只看穿衣吃饭的是何物。日久月深，忽然顿觉，便是出人头地底大丈夫也。

示祥云院元端慈眼夫人

达磨西来，直指人心，见性成佛。然自性灵明，如镜独照。具足智慧德相，包含恒沙妙义。本无痕垢，宁有迷悟。达之则为圣，昧之则为凡。日用之中，返妄归真。顺其正理，弗背圣智。便得慧眼，而慈光普现。信得及，作得主，便与文殊观音，把手同游华藏。此外别求，总属邪魔。须体会之，至嘱至嘱。

紫云示徒家训

吾徒雅谓老僧保重坚固，庶久住于世，为人天福。此为人徒之孝爱，分当如是也。然老僧自领众以至退居，今七十一，而六根清净，一无昏昧。步骤未少龙钟，起坐亦尚鲠壮，未有一日头痛风寒之患。晨夕定课，不辍粥饭，寻且如故。早刻看金刚普门，日里三时宴坐，以答水土之恩，未敢宁居。逸体四方来参问，尽其心力以待之。不多食，不贪眠。夜分开静，即礼佛上单。除应接外，则阒然危坐，不谈人间事。终日间淡澄清，所谓无心闲淡云归洞，有影澄清月在潭也。不剃度年少沙弥，非二十四五岁者不用。在身边示众，则以古人行履切实公案，使之契发心源。未有只字包物，献送豪势，托其干缘，但随分度时耳。凡身穿衣服及卧具，皆二三十年不破碎不换，所得之物，与众共之。有䞋仪侍者，收买放生，与人结缘，未曾私畜也。背后赞哩疑谤者，若弗闻见，亦不与之较。不轻未学，不重久修，有半斤还之八两。对老和尚尊长，则严肃愧畏。凡供养无不虔诚，有命不敢不行。或有不法者，虽怒骂之过了，如云度空，犹月在潭，不形于颜色也。至于上堂、法语、偈颂，计四十余本，人不见知，而不愠人之不知也。自来日域二十七载，建立道场五处，日用不欠不余。兹七十一岁二月初三寿诞，乃述自庆一篇，计字二百余，亦书以示众，皆老僧平素保重之力矣。吾徒能若老僧保重如此，则老僧之所以望汝者足欤。岁在辛酉仲春，示铁心徒子并院中诸徒孙辈。

示茂禅者[①]

茂禅者[②]于丙申岁归依山野，有出尘之志。或云："此公血气未定，世间之事皆能为之，恐未必然耳。"余曰："佛性人人本具，但辨肯心，虽愚不肖，犹可成丈夫之事，岂可限其人哉？"兹经五载，见其行事不越初念，凡处与端友正士，皆待以虚心，由是喜其不妄也。今春请开示，为策进之助，乃应之曰：夫欲入此广大法门，先须屏物欲，杜尘纷。苟有丝毫其间，则天阏不通，欲进广大之法门，未之可也。岂不见陆亘大夫问径山国一禅师云："弟子欲出家，还得么？"国云："出家乃大丈夫之事，非将相之所能为。"大夫于言下领悟，此乃欲出家之第一等之样子也。倘能依此样悟去，是即尘纷物欲，而顿成大丈夫之事，庶不孤山野数年之道契矣。嘱嘱。

示端山居士

我祖弘机与夺之际，皆据本分一着子以开发之，无不合源契旨。若离本分别生枝节，则非祖意，总落魔类也。是故临济远祖接人施机，皆以三玄三要为本领，着着圆活，畅快光大，所以代代不绝。既承此个门庭，不可不详察鉴，至嘱！至嘱！

示青木端山居士

端山居士为人端正，有朴古之风。至于应公事之余，则留心此道，年

---

① 题一作"示惠林禅士"。

② "茂禅者"一作"惠林居士"。

月悠久而无少怠。山野庚子冬到普门，居士乃相会。山野以为道亲切，即问云：“天地同根。万物一体作么生？”居士云：“弟子会处，只是应事之中，饮食穿衣之间，无非同体也。”山野云：“莫认贼为子。”居士乃唯唯礼拜。兹逢六十初度，无以为意，敬附偈一首，铁如意一枝，以表法诚。然此则佛法、世法俱在其中，惟居士定夺耳。偈曰：本来面目本圆成，一道灵光亘古明。德寿全彰无欠少，洞然悟了万机宏。

示立花好雪居士

立花好雪老居士乙巳之秋来天泽寺相见，山僧已知其不凡矣。尔后己酉春，山僧到海福，居士又来访觐，请于贵府，缱绻甚厚，仍请日用工夫并古人公案。山僧见其勤勤懇懇，至诚殊切，乃示以藏身处没踪迹、没踪迹处没藏身之话，居士拜谢而领。从此别后，屡屡致书问所参之事，山僧亦未之与语。及至辛亥春，山僧到瑞圣为国开堂，并谢紫衣。居士又到瑞圣，每每请益，山僧时不获已，乃云：“藏身处没踪迹，居士还会也未？”居士云：“身即心也，觅心无际并无际之念亦不可得矣。”当时山僧只云：“居士虽有少分相应，但是阴识开通耳，非大明悟也。须再用心，直到无依无倚虚空扑落一番，始为到家，方可稳坐也。”居士乃唯唯信受。及其客冬，山僧复到瑞圣结制，居士又屡屡而来相亲，山僧亦无语与他说，只教他直下自信苏活将来耳。今春别回黄檗，渠则为法之切，令乃郎左近将监居士登山问候，而述居士畴昔操履，用心精进，念念不休。山僧是以喜其深操切当纯实，即以如意一枝、平日所穿礼佛褊衣一领并偈一首以为表信。偈曰：囫囵法印塞乾坤，凛凛威光万德尊。赤手荷担真铁汉，何妨祖佛尽横吞。

示妙空庵主

妙空庵主多年梵行，清净自处，过午不食，甚有杜多轨躅。山僧见其如此操苦，乃诘其平素用心本分事。空云：“本无生灭，宁有去来？日用只如是也。”今夏来黄檗过夏，兹别回江户，乃书此并偈以遗之：妙体如如自湛然，空灵绝相离言诠。纵横任运全机露，洒落通身出格玄。

示超宗侍者回绍泰

语是谤，默是诳，语默向上有事在。既然如是，欲与汝语，恐汝骂我；欲已之而默，恐汝坐在无事甲中。然此事原不在语默里，又不许离于语默，其向上向下须自看取。超宗侍者亲山僧有年，劳勤甚不少，今欲回乡，故写此段以警之。

示禅人

夫参学之士，不可随人上下，要自立脚跟，方有学道之分。若只生情逐境，不知返照，便成骨董。野狐之徒辈，丧失出家本志，而流俗将去，无所补于道，诚虚度光阴耳。宜以万法归一，日日紧切，则可见圣人之道也。既见道也，乃称曰祖。慎之！慎之！

示洲禅人听教

古德云："出家须究空门理，莫漫劳心苦学儒。道眼一明三界外，文章还替死生无？"若知此言，则翻瓦砾为金玉；若违斯旨，则翻金玉为瓦砾。学道之人，岂以瓦砾当家珍乎？有志者时时玩味其言，自成大器。至嘱！至嘱！

示了无直岁

经云："孝顺为戒，无心是道。"若骄慢杜拗，妄自矜能，不顺正理，便是破戒无道之者，非为离俗也。今欲了知无心无得之宗，须看赵州因甚道个无，于此洞达，乃真了无也。慎之！慎之！

示养愚山主

若人识得心，大地无寸土。盖此心乃大地山河之主，出生无量妙义，情与非情，同归一致。是故佛祖识之，转山河大地为自己，而不坐在自己之地，所以谓之无寸土也。汝若洞达此理，方可称为养愚也。然愚者不纳诸法，不受诸尘，妄想法尘，皆融化为一真妙心。苟能如是，则在愚不愚，在贤不贤，卓卓历历，超然自如，亦可谓□□道人也。

示送□□

如来一领福田衣，祖祖相传弗差移。大庚岭头提不起，曹溪持去密藏之。道人信心特献供，老僧脱体得撩披。绽烂如花如锦，绵亘若云若丝。达磨眼睛突露，舍那顶相放光。弥覆三千大千界，菩提遗荫永昌昌。

示本多清源院祥岳居士

达磨大师来东土，只传上乘一心，直令人人见自心本来清净，与佛祖无二。但信此心不生不灭，一切法亦复如是，即是转凡成圣。若不如是，则非学般若菩萨。应看如何是佛，忽然顿悟，而历劫无明，当下消殒，即时解脱，一切如意。

示毛利道正居士[①]

此心无论贵贱，本来清净，本来是佛。未有天地世界，此心早自具足。但以无明习气盖覆，所以为凡夫矣。如能返妄归真，则触处随意优游，易短寿为长寿，易大苦为极乐。惟信此心是佛，便能超越人天之上，无可与等，至嘱至嘱。

示伊井伯耆守居士

笃信诚实，乃居仁洁行之大本，亦明心见性之固基。信此心是佛心，见此性是佛性，即心性与佛，三无差别，便乃迥超天人之上也。然而明心见性，非笃信诚实之念，时时诫警，拟大明悟者，不亦难乎？依此证取，则家齐国治，忠信节义，莫不圆备矣。

示户田和泉守母氏

来问数则，皆是妄想分别生死涯头事也。真修行人，休管他人是非邪正，但办一片信心，单单要明父母未生前本来面目，何暇及他也？古德云：“供养凡僧，自有真僧降福；供养泥龙，自有真龙降雨。”然此皆信心之感应耳，切宜知之。

示沟口居士

见善莫欢，见恶莫恶，一切平常，无起忻厌。但识自心本来清净，灵光独露，未曾覆藏，妄想虚伪，只是自心所为。书云：“却物为上，逐物意移，返妄即真，是如如道也。”

示黑田茂士

忠信节义，为正身辅国之本也。忠者，中心无妄，竭力奉上。信者，与朋友交，念念不忘，有益则力而为之。节者，内心刚直，不与不取，笃敬悠久。义者，勇为守仁，上所附托，罄其本怀，务要成功。依此四事而行，虽蛮貊之邦，莫不仰德，自然贤名远芳，嘉声大播，道可成矣。

示岛津居士

父母未生，本来面目清净具足，不假胞胎，迥脱根尘，本自圆成。只要信得及，直下承当，与从上祖师一体。其或未委，且向未生时提究，于

① 题后注“号瑞霖龙泽院”。

动中念念不忘，则静里自然符合，蓦地桶底脱，便是罢参日也，然后来山僧手里吃棒。至嘱！至嘱！

示立花源五郎茂士

心为万物主，亦为百夫长，只在日用四威仪之中，动静一致，无思无欲，无欠无亏，清净空寂，知此则与孝悌忠信仁义道德不相违背也。虽未至于圣，而贤达可得矣。如是知归，谓之明心见性也。

示户田和泉居士

质仁秉义，行道施德，足为天下之至乐，亦立身显荣之大本，不可不警慎。然此特在世之大贤耳，若欲居圣了凡，颖脱系累，而超人天之上者，须豁开正法眼，阔达无量义处三昧，方可谓真行道德仁义，而乐中之大乐也。祝祝！

达磨大师忌拈香

少室坐断，光辉海宁。五叶花开，了结无数。知恩报恩，翻成涂污。大众还见祖师么？遂拈香云：今朝十月初五。

行者落发

不存一毫发，都卢净裸裸，顶门发焰光，永离诸颠倒。既然猛省菩提心，便是如来之种草。

示金屋道贯善士[①]

夫参禅人，不生第二念，直下猛省本来面目，不怕不知落处，最怕是错用心，无决定志。何谓错用心耶？淫心不断，是错用心。贪念不了，是错用心。逞人逞我，理是理非，是错用心。夸闻夸见，立知立解，是错用心。若能屏绝此数句，可谓有决定志，是参禅人矣。或滞一丝未截去，则弥勒下生，了悟未得，在轮溺[②]岂能已哉？金屋善士，素留心此道，故书示之[③]。

示村井信士[④]

宗非语句亦无一法。盖本来净白，元始清莹，少动唇吻，早已点污了

① 题一作“示道贯禅者”。

② “轮溺”一作“沦溺”。

③ 一无“金屋善士，素留心此道，故书示之”句。

④ 题一作“示井信士”。

也。是故山青水绿，竹翠花红，乃本地风光，亦个有玄府，拟心领取，便不净白。若能知无法无语之一着，则圆同大虚[①]，明逾日月，活泼泼，赤洒洒，生死不能羁，凡圣难以匹。所以道：凡夫日用而不知。若知则同圣人，圣人若知，则同凡夫。然而凡夫知之，则返常合道，顿离无明我慢，种种恶知恶习，伤生害命，自不忍为。既不忍为，非圣人而何欤？

示在恬侍者参父母未生前本来面目[②]

莫管是非，休耽静闹。二六时中，念念不间，拶去拶来，忽于言语道断，心行处灭，逢缘触境，自然桶底脱落，则明明历历，本自现成，非假外觅，宜切加工，嘱嘱。

示昙瑞禅人[③]

寂静恬湛，乃契悟之本，入道之由矣。夫气静则内心安和，思虑俱泯；性湛则外境无扰，情识销镕。既心境非滥，而恬寂自致。故古德云："瞥尔情生，万劫羁锁；纤毫系念，三涂业因。"但自无心于事，无事于心，自然虚而灵，寂而妙。如斯则万法归一,三德齐彰，契神于威音之外，通灵于应用之间，成就无功行，得自在门，圆达真圣智，登大觉路。此乃一行三昧，一相三昧。信得及去，帝释雨花，大人捧足，未为奇特，宜自勉之。

示铁文禅人

夫学般若菩萨，须具大勇猛，不受一切境缘之所移动，洗涤无量劫来业识种子，提起金刚王宝剑，直下截断现前是非人我憍慢，方与般若少分相应，则成就禅那河沙妙义。如或不然，依旧打入骨董之尤物。苟弗愿作此等人品，当如狮子儿于千尺崖头扑落，翻身直上，不妨庆快平生，优游自在。至嘱至嘱！

示全廓禅人

春风暖，春日晴，春花艳，春鸟鸣。一一露本来之面目，着着显个[④]有之无生。回头转脑，竹笆篱外过流莺。

---

① "大虚"一作"太虚"。

② 题一作"示喝禅侍者参父母未生前本来面目话"。

③ 题一作"示瑞禅侄"。

④ "个"一作"固"。

佛诞日示众

四月八，浴佛示众："娘胎扑落太郎当，送语传言出华堂。虽具丈夫真气岸，顶门未免被浇汤。大众，释迦老子来也，还见么？"遂提起杓舀汤，蓦顶三沐。

示惟照禅者

祖师心印，状如铁牛之机。夫行脚参学牛不明斯旨，乃虚费草鞋钱而已。欲其有蹲坐，则白云万里矣。

示山冈善人

世间荣华富贵，一切财宝金银，纵然堆山积岳，无异空中花，海上沤，速有速无，岂可以真实而期之乎？盖尘劳看不破，而孜孜为念，殊不知能漂溺于罗刹鬼国，增人烦恼业河，以至断丧命根，悉因其此也。若能返观自己脚跟下一大宝藏，从古至今，未曾纤毫欠缺，穷虚空，尽法界，左之右之，总不相离。若祖若孙，代代应用无亏者，虽富未尝富，虽贫未尝贫，唯此乃真大宝，真大富。苟能直下知归，则七金山，八宝台，金轮圣王，万分曷足喻其一焉？设或弗然，转波转挈，诚非真宝矣。故书云："鸡鸣而起，孳孳为利，跖之徒也。鸡鸣而起，孳孳为善，舜之徒也。"既然如是，则知万般皆属造化，岂容人用心而汲汲者乎？山冈问道于山野有年，每见其老实忠良，故书此段以警之。

荐甲斐庄喜右卫门居士

以拂子敲香几，云："识得这个，西天此土，横行无碍，人间天上，去来自由。此乃居士在日，为国为民，布德施仁，护扬法化之末后句矣。早欲与说破，只恐惊群动众，今朝不获已，吐露以助冥勋。且道以何为证？茶倾三两盏，香烧只一炉。"

二十日起程法语

住无住相，去无去程。去住不二，大地坦平。此日神州信步，腾重重云，山花笑迎。便行。

示惠林居士

来札十一月三十日到崎，以数载道义相孚，念念不忘，期欲同往洛京，以了此生大事，益见心真行切，令人展转弗宁，怅甚怅甚！本欲俟晤一谈而后起身，但不觐老和尚慈颜已久，兼且逼年，是以不获已而行也。然欲山野再示，以警浮游始终不昧者，似乎无难矣。只要自己真真实实，放得下，作得主，拈得来，抛得去，然后向本命元辰处一拶拶定，自然久久纯熟。忽于不知不觉中，如金刚与泥人揩背，蓦尔一擦骨出，非惟通身庆快，抑亦千差透脱，则无有恐怖颠倒之相，到此方称了事凡夫。略举大概如斯，切自勉之。更赠一偈："学道之人铁铸成，红炉迸出便超情。等闲又胜金刚剑，截断千差宇宙惊。"

示近藤语石居士

庞居士云："但愿空诸所有，慎勿实诸所无。"此两句话，乃庞翁平生经验底灵方，故末后对于頔公言之。世人不悟自心本来无物，只执万般实我之有，而致眼前成碍，莫能超越。苟达空诸之义，则当下打入不二法门，便是了事丈夫矣。

示定悟禅人

凡欲参禅了生死，应先具正信坚固之心，不受人瞒昧，方可入此门。至于逆顺境缘，务要看破，同于幻梦，不知本来面目下落，决须罔移学道之志。设有得失是非念起[①]，则非正信也。

示铁樯禅人

但凡参禅，要端心正意，绝去百念思虑，然后向本参公案，一札札定，吞吐不下。唯是不明不放开，如饥鹰口里啖肉，夺之不得。忽于心行处灭，自有光明发现[②]。非是向禅床上坐，略觉轻安，思出许多偈语，以当了悟，此乃自欺耳。真正为生死，务要彻头彻尾，方堪与佛祖同一巴鼻，扶竖宗乘，乃可谓无事汉也。

示吉川监物居士

金风体露，叶落林疏。晓月霜清，云开嶂现。小艇江干泛泛，紫燕竹外飞飞。传维摩之妙机，提达磨之玄旨。知归者则顿消法病魔病，素昧焉则错乱空花眼花。文彩既全彰，英灵须自悟。

---

① "设有得失是非念起"一作"倘有得失是非之念存焉"。

② "自有光明发现"一作"本有光明自然发现"。

示申景禅德

向上一着，千圣不传。铁额铜头，无处打钻。聪明巧智，曷由契机？苟非染缘不随，诸境坐断，焉能领会？其或妄立知见，万法匪融，转坠毒海，此乃教家极则之谈[①]。若以宗门直截之论，岂有如何，更之若何[②]？说是说非，皆为谤也。

示省初禅者[③]

天地开，山河走。进道严身，梵行为首。折无明槌，饮般若酒。达道人之胸襟，出生死之户牖。情栏识厩既掀翻，文殊普贤共携手。若也朝四而暮三，还落颠倒之窠臼。直须大嚼过屠家，勿看野狐吞老鼠。

示道补善人

月色和云白，松声带露寒。不作景话会，不作禅话会，正恁么时，如何端的？若是伶俐，直下悟明，不出火宅内，坐大白牛车，庆快平生，优游解脱。

示范石甫信士[④]

机生巧妙，艺造精微。非心眼敏明，则精微之美，曷由得矣。石甫善士，安平范氏子，其年青茂。佛菩萨神人之像，皆能雕漆，工巧精微，不可言喻。凡瞻睹者，莫不悦服，岂但精巧而已哉？且犹笃信好善，持念专一，令人爱敬，不忍而舍。然此但持有漏之斋，雕有相之像耳。须知有无漏无相之像，不假雕凿布漆，不用一点灰泥、彩色，本具万德庄严，八十形好，威慈嵬嵬，妙相皇皇。苟或于兹下手雕得，则相与无相，浑然一揆，世出世间，无人与齐。是乃真斋戒，真作佛也。勉之勉之。

示慧玕禅人

参禅之人，日用工夫，坦坦荡荡，胸中不挂一物，是非长短，休与较量，止把个本分一着子，昼夜提撕，不悟总不放开。有此真实正念存于其间，自然一切病魔悉皆消殒。苟丝毫意虑，则病愈加病，纵用扁鹊之药，勤

① “此乃教家极则之谈”一作“此乃教家之末取也”。

② “更之若何”一作“更之若何哉”。

③ 题一作“偈示初禅者”。

④ 题后注“能雕佛像”。

而服之，益增疲倦，诚无补于理。倘能依而行之，庶几坐立可待矣。

示关长兵卫

千圣不传之妙，万机廓彻之关，非以语路通，非以表述判，唯人二六时中，向动静处看是何物，蓦地念虑不行，便知从朝至暮，即是闹里罗汉，与圣妙关枢无二。虽然，自非五蕴脱略，六识休弄，欲得构去，未之有也。宜孜孜体悉。

示荒尾但马守

南院云："赤肉团边有一无位真人。"壁立万仞，直饶恁么道，何异驿路上马蹄下破草鞋？苟或于此透彻，则不昧本来一着，而无位真人时时现前觉知，未曾丝忽移易。如是信得及，乃入自觉圣智，与天下善知识共一鼻孔出气。参。

示辉副寺

髻辉副寺，一日，过师作礼，师问云："保寿卖生姜，意旨如何？"辉云："辣煞[1]天下人。"师云："天下人不沾唇，争奈他何？"辉云："却较些子。"据此一转语，不惟有赴来机，而且知其不昧因果，出内有准，不滥为副寺之职。山僧恐其有时因人而差错者，故乃引混源禅师为库司《壁记》警策，以加其肃严耳。记云："滴水粒米，尽属众僧。务悦人情，理难支破。当思披毛戴角，岁月久长，明因果人，幸宜知悉。然此《壁记》甚有大利，不可不自省。苟能滴水滴冻，如是行持，保寿犹当让一筹耶？"

示冲小右卫门

参禅做工夫别无巧妙，只要去除无量劫来生死根本无明，一切憍情欲习之气，既得去除，更须切切究明大事。若不究明，则大道不能成矣。既不能成，或百般修证，惟是徒劳精神耳。慎之。

示善女人

昔灵照女云："也不难，也不易，明明百草头，明明祖师意。"此乃直指西来大义，父子唱酬之宗，要人仁领会，故滔滔饶舌耳。若能句下承当，便是出尘菩萨。设或未然，猛着精彩，昼夜忘疲参取，看是甚道理。蓦然豆爆，则当下转女成男，具大人相，坐大解脱场，方知不相赚也。

---

① "煞"一作"杀"。

示圆光院

心有憎爱，则堕众生界中；心能明悟，则入诸佛位里。原夫本来清净，生佛名绝，奈何违背自心，起憎爱之情，人我之执，故升沉烦恼海中，出入凡愚阛内。苟悟自心清净，则生佛浑同一体，乃知富贵贫贱，皆惟心所造。如或弗然，千圣到来，亦须口阁壁上。

清凉寺随喜释迦古像

竖拂云："释迦如来，觌面相逢，且道是释迦非释迦？若谓是释迦，空中花簇簇；若谓非释迦，平地浪滔滔。毕竟如何？若以色见我，以音声求我，是人行邪道，不能见如来。"复以拂子击几三下。

弥勒开光

壬寅自恣日，弥勒大士雕成开光，举笔云："剔开正眼，洞耀弥新，实相圆满，和光同尘。肚皮宽大藏沙界，布袋戏球没比伦。"既然如是，不妨再与一点。便点。

示贤岩禅德

贤岩禅人，癸卯夏过黄檗相访，当夜茶话处，师乃举《楞严经》云："见见之时，见非是见。见犹离见，见不能及。"令岩颂之。越晨，岩呈颂，师看过，大意不差，但句读未工。师乃颂示之。颂云："有眼非真眼，无知是正知。五溪清不尽，千古美难窥。"

铁牛禅人请偈荐慈

铁牛上座，龆年离俗，笃究本分，虽身在空门，而心未尝间越，古哲之孝义也。兹以母氏年忌，特刺血书法华等经，图报罔极。远来需语，以助资荐。然能舍身书经，又能请法追亲，其不敦本者，岂致于是哉？故不没高志，乃为说偈曰："是法不可示，言辞相寂灭。此乃世尊语，法华玄义揭。了然心地空，洞豁情波竭。直下便成佛，龙女机无别。顿超尘劳门，去来浑洒脱。更羡能书经，刺出十指血。图报乳哺恩，助母魂升越。我知孝义诚，大雄必援拔。全经既书完，十指无亏缺。苟非功行忘，止止不须说。"

示登禅人

佛祖爪牙，衲僧巴鼻。许拈不许犯，许知不许见。若见若犯，则头脑裂，触途成滞，非大手匠。其或迟疑，未免焦尾之患。既参临济禅，须明临济机。

苟或未然，宜竿头再进步可矣。嘱嘱。

示智丈禅人

有志衲子与常流迥别，遵道重义，浴德履仁，胸中稍滞，急欲究明，不敢少忘而废初念。以此用心，虽未大达，其道已备；以此进行，虽未扩充，其德已具。能兀兀孜孜，昼夜不舍，蓦尔凤雏壳打破，则八骏如风，疾追不及矣。智丈禅人自崎别四载余，兹远来相看，见其不忘道义之交，故书此示之。[①]

示宗恩禅者

玉露珠辉，草木萧疏，赤肉团边。无位真人，不曾少易。来时与之俱来，回去与之俱去。去来坦坦闲闲，故步如如。于此信入，是真宗恩也。

示野野山丹后守[②]

人生百年，犹如朝露；富贵千种，亦似沤花。智者知非，则转烦恼成圣果；愚凡迷昧，则背圣果趋沉沦。犹是吾佛直指见性，顿超诸有，迥脱尘昏，融生死于一致，了老病以空寂。若能体会无疑，倏然清虚快乐。

示铁崖禅人

参禅之士，不为别事，直是要明向上一机，更无他求。苟存毫忽思虑妄情，则生死岸头难以透漏，何能明向上一机乎？盖向上一机，乃佛祖之巴鼻，衲僧之爪牙，非苦志苦心埋没者甚多矣。所以悟之者迥脱罗笼，超越十虚，灵妙圆寂，世出世间自解作活；迷之者绵缠人境，昏蒙万绪，愚弊浊习，身羁名相，豁达无由。若是真正学般若菩萨，决不向此中着脚。定有着手心头，直下便判，务得佛祖巴鼻、衲僧爪牙，与自己神心，了了明明，活活泼泼，而后随缘饮啄，穿衣放旷，则可谓之坐断十方，一切无为。所以山僧几度入草，正按傍敲，欲其到大休大歇之地，故每举须弥山以征之。而铁崖亦屡屡呈其见解，虽有少分相应，诚未到大休大歇田地，恐其归乡，以为自是坐在百尺竿头，懒更鞭策，误于参禅之正志。由是援管书此篇，以警未逮。复说偈曰：荆棘林中转得身，撑天拄地自光新。苟逢铁额铜头汉，直下都教抹作尘。

---

① 一无“智丈禅人自崎别四载余，兹远来相看，见其不忘道义之交，故书此示之”句。

② 题一作“示野山居士”。

示拂云禅侄[1]

灵源湛寂，幽邃深远，瞪目不见底，饮之透玄微。且能奋大机，发大用，迸石火，闪电光，击碎骊龙颔下珠，敲出凤凰五色髓，佛祖爪牙尽掀脱，衲僧巴鼻俱打翻。或时恂恂穆穆，人天伫立下风；或时轰轰烈烈，魔外退避三舍；或时孤峻峭拔，竟不可构；或时含融混会，了无所睹。终不椿定一处，亦不系系两头。无是无不是，无非无不非，得亦无所得，失亦无所失。是以知有底人，于一切处，势如破竹，虽百节迎刃而解，岂容声于拟议哉？虽然如是，亦须出一身白汗，方可恁么提持。若作实法和会，又落今时。如鱼饮水，冷暖自知。略述一二，余不赘矣。

示素戒禅人

凡做工夫，别无可示，唯念念不舍话头，孜孜欲明来处，才起第二念，便是不得力。既不得力，不是散乱，便是昏沉。须知此乃妄想魔入心，应猛省剿去，庶可纯一。不则如猢孙跳树，不能安然。要其发明，曷可构乎？但二六时中，一个万法归一,一归何处？如生冤家相似，务要知下落，方是真切。嘱嘱！

示古剑禅人

尽大地是一柄古剑，周沙界是一个眼睛。眼睛明则千妖百怪、万缘诸想悉皆顿灭，而知本来圆成，元无障碍，便是汝参禅入头处也。设或未然，须昼夜提撕，看来看去，直得意识枯竭，眼睛自然发光。勉之！

示小滨民部少辅[2]

达磨西来，直指人心，见性成佛。心本具足，心本圆成，无染污，无得失，非智非愚，非法非道，有道可道非常道，有智可智非真智。以此非智非道，宽廓而包太虚，寂寥而含法界。人能了达心即是性，性即是佛，佛外无心无性，性外无佛无心，心性不二，无委无曲，故曰“直指人心，见性成佛”也。

示秀林善人

斋戒至诚，了心离念，是清净自性佛。不了贪心，不离欲念，是浊恶

---

① 题一作“示云禅侄”。

② 题一作“示小居士”。

众生。如能当下知非，破贪欲心，悟清净性，便是出世丈夫，处处安乐，尘尘解脱。志公云："知无常，解大理。敬三宝，存终始。好事行，恶事止。自取非，与他是。行平等，无彼此。莫损人，莫利己。除贪嗔，常欢喜。若觅佛，只者是。"此乃修行至要，时时觉察。

示大音主马首

烟轻云淡，柳绿花红，暖畅春光，和融景色，物物元明正眼，头头媚露真机。于此了达端倪，便踏圣人阃域，是可谓"觅火和烟得，担泉戴月归"矣。

示空侍者

参禅做工夫，有五种切要事，尽须剿绝屏去，方得少分相应。不然，翻成懡㦬汉也。第一莫因循，因循深处堕沉沦。第二莫忻厌，忻厌生时终颠倒。第三莫烦恼，烦恼一起却昏乱。第四莫寻言，寻言滞语系驴橛。第五莫退屈，退屈自卑志难立。若是真正衲僧，具丈夫气概，必无此等支吾。彻底打扫，干干净净，向一句狗子无佛性上单单提撕，极力疑去疑来，通身是一疑团儿，遍大地山河是一无字。月久岁深，忽然触破。囫！元来山河大地并自己却是个无字，与天下老和尚眼睛鼻孔一无两样，而后爪牙宁彰，因缘时熟，为物作则，不为分外。苟能于此自保自重，乃吾家克家子也。

垂语三则

和泥合水处，认取本来面目。作么生认取？

横吞巨海，倒卓须弥，甚么人分上事？

荆棘林内，坐大道场，具甚么眼到恁么地？

示铁心禅人[①]

学者心如枯木寒灰，可以入道，此虽古人方便，亦乃今时之至要也。盖今时用心异于古人者，专在见闻声色之中以立活计，不能直下担荷。苟非枯心泯念，则所见所闻无由摆脱。既未摆脱，欲廓开顶门只眼，不亦难乎？然而古今一揆，诚无难易之分，实在当人趣向超特，不被声色之所罗笼，直要无丝毫滞碍而后已矣。西山地藏院铁心禅人，茂年聪敏，诸子经书娴览洽遍，但于向上一着，未造古人田地，乃籯茅为屋，六时枯坐，一意孜参，

① 题一作"示心禅人"。

不到古人田地而弗已。特请山野书扁[①]曰“枯木堂”，盖仿古作也。仍需一语为警策，即直笔此段与之，更占一偈，以助猛锐。偈曰：寒灰枯木不留情，痛下针锥宗眼明。成鳖证龟能作活，超师之见得人惊。

关帝开光

神风猛烈，威力恢弘，迥没遮拦，嶷然独立，忠良用之而为义，正直秉之而为仁。了了常知，则破魔军而出三界；明明不昧，则驱邪党而归一真。此乃关圣帝君畴昔之常履矣。山僧今日一一为伊点出，使光明千古而愈辉煌也。遂举笔云：“看！看！”便点。

示洞达典座[②]

参禅人，心清净，捏聚乾坤孤迥迥。昼夜忘疲要见功，东西莫辨无他应。直教扑落太虚空，迸出从前真性命。木杓花开法眼藏，笑他大沩羹渣冷。

示徒

道人之行[③]，要得其本，勿着其末。要明乎德，勿趋乎利。苟有一毫利养[④]之心，则泯道德之本[⑤]。德本丧而妄情兴[⑥]，内失正诚，外流邪僻，无光风霁月气概，惟狡兔狐鼠行藏[⑦]，虽[⑧]获玉馔，未免背义违仁[⑨]。一朝业臻，堕于泥犁，苦楚万状，辛酸百刑，其害非他[⑩]，在利养致然也[⑪]。是故先圣惧陷兹[⑫]辙，不顾利养，克念德本，终身枯槁于岩穴之下，寂寞于涧壑之滨。君王宠诏而不赴，天人散花而匪[⑬]欢，昼夜乾乾，如木人对花鸟一般，尚恐有孤

① “扁”一作“篇”。
② 题一作“示禅人”。
③ “道人之行”，一作“天道人之行”。
④ “养”一作“欲”。
⑤ “则泯道德之本”一作“则泯丧道德之本”。
⑥ “德本丧而妄情兴”一作“德本既丧而妄情悖兴”。
⑦ “无光风霁月气概，惟狡兔狐鼠行藏”一作“无光风霁月之气概，惟狡兔狐鼠之行藏”。
⑧ “虽”一作“纵”。
⑨ 一无“背义”。
⑩ “他”一作“轻”。
⑪ 一作“屯利欲而致然也”。
⑫ “兹”一作“斯”。
⑬ “匪”一作“靡”。

至德，不惬大本。况利养[①]未忘，德本先[②]丧，懒于精勤[③]，偷于闲逸，其欲了生死，出泥犁，奚啻白云万里哉？

示机侍者

古德云："节俭放下，乃修身之基，入道之要。"自佛祖以来，无不由此。所谓节者，志之坚，行之笃，不苟声利，惟义是从也。所谓俭者，尊乎道，忘其驱，休念世荣，甘守枯淡，求诸己以明心也。所谓放下者，盖欲趣无上大法，必须放下，多生业习，历劫无明，如净琉璃中现真金像，则身不待修而基已固，玄要不须达而道全彰。凡学般若大士，设有背之，鲜能成器矣。赵州因僧问："一物不将来时如何？"州云："放下着。"僧云："既一物不将来，放下个甚么？"州云："放不下，担取去。"僧于言下大悟。这僧达一切法空，物色无我，自为奇特，而发此问。州知其来意，故教以放下。然这僧是个汉，随于言下领旨，与夫未委烦恼无明是生死根株而不放下者，得无愧这僧乎？机侍者，汝还知么？

示崖禅人

匡乃正也，定乃聚也。得其正聚，则与释迦老子同一面目矣。夫正聚者，空洞孤圆，毗岚难以摇动，刚刀不能破碎。惟许猛烈衲僧有正信确定之志，回光一照，直下便判。然此不离当人草鞋脚跟底。释迦佛得此正聚，便能横说竖说；德山老得此正聚，便能纵棒直棒；临济师得此正聚，便能胡喝乱喝。至于麻三斤、干屎橛之类，苟非得其正聚者，讵能酬对若是乎？断崖禅人自去年来黄檗受戒，到敛石同住五余月。一日拜求法名，因嘉其锐志有正信之本，故为起"定匡"之名。兹欲回桃邑，即援笔书此以晓之。他日倘洗面摸着鼻孔，则五叶之花再结一果矣。

示诸禅人

禅非坐卧，要知本分一着下落，方是彻手的人。坐时卧时，以至行住时，皆把本分一着子放在胸中，直须扑碎始得，莫只空坐空行为之参禅也。如僧问赵州和尚云："如何是祖师西来意？"州云："庭前柏树子。"或未明此意，须时时不离于四威仪中，常在其间身心发愤，究看是甚道理。不然，

① "养"一作"欲"。

② "先"一作"复"。

③ "精勤"一作"修持"。

只是荡过时光而已。若空坐则落轻寂，若空卧则落昏梦，若空行则落散倦，若空住则落无记。要明本分一着，无有是处。苟得扑落一番，始见虚空粉碎，大地平沉，而能自由自在，去来无羁，生死一如，所谓皮肤脱落尽，唯是一真实。正当提话头时，第一紧要，莫于话头上卜度商量。若有第二念，则成穿凿，到了翻为知解骨董之徒，非究竟法也。的的欲知去处，必到银山铁壁俱摧，方可披衣稳坐。大端参禅工夫，略概如此，宜其知之。山野来此土，鲸波无虞，自非有些因缘，岂能构得？但歉不谙语言，或施机落草之际，莫由相接，以此怀中怏怏耳。数时见你们有孜孜守规之风，不觉书此一段，以为助参。或上机者不在此限，如中下之人不由此而入，则无有是处。是以黄檗运和尚云："尘劳迥脱事非常，紧把绳头做一场。不是一番寒彻骨，怎得梅花扑鼻香？"至嘱！至嘱！

示顺禅人

目汝一篇之说，皆是强作主宰，未真正向根本智上扑落一回。若实向根本智上扑落一回，则自知去处，曷有求人证明乎？汝偈所云："抛掷身心，无我无人。"据此二句，乃抛掷身心外，别有无我无人底道理，亦是两橛断常所计，非省力处发挥将来也。又云"十方活路，处处皆真"者，未免落于儱侗真如之咎也。的的看破底人，才到此门，我便识得，汝不用费许多笔舌矣。乃示一偈："显示祖机绝语言，思惟一路亦非玄。直教扑落虚空碎，始是到家最后鞭。"依此参去，即是实头，若弄纸墨，非美器之士。知之慎之[①]。

示觉侍者

拨草瞻风，只图明心见性，非观山玩水之为也。然而有志于道，心性未明，无以敌其生死[②]，破其幻梦[③]，何暇及于山水之奇乎？是故古人孜孜切切，晓夕忘疲，惟恐心性不明，无常杀鬼一至，忽随他去，展转虚生浪死，无自由分。或一句语不明，蕴在胸中，乃至卖布单千里求决，弗敢自欺而打自大鼓也。既古人有此样子，凡后辈入黄面老子之门，稍刚骨硬正者，莫不依此样子，体悟大事，控豁宗眼也。慧觉侍者山野初到紫山，特特千里

① 一无"慎之"。
② 一无"其"。
③ 一无"其"。

外来，参询匪倦，窃观行履，颇可立进斯道，故书数行示之。

示监院然禅德

窃闻此土二百余年西来直指之事，已寥寥于云霄汉外，泯然无知久矣。逗到承应甲午秋，监院逸然公发心延请黄檗老人住兴福禅寺，冬夏结制，以居龙象，所费甚浩，备供匪亏。斯时也，六十六国若僧若俗，尽闻此段奇特因缘，个个离株脱筌，皆然公为法忘躯之力矣。虽表里得宜，而自己脚跟下一条泼天大路犹欠踏着。兹径山老和尚及列派善知识只毗赞其敦法真诚，未曾策进前路，惟此段最紧，故不惜两片皮耳。若达其最紧处，则有补请法之心，功莫大焉。遂述一偈云："纲宗已委久无闻，不是忘躯转溺沦。枯木重开花艳冶，芳葩果熟见仁春。"

示澄一禅人

夫学般若者，先须识自心源，外此别求，则同龟毛兔角，无成[①]般若之日矣。所以大觉世尊云："识心达本，故号沙门。"然而心源乃般若之体，般若乃心源之用。体用双明，万法洞寂，照破五蕴，迥出三界，生死匪涉，去来无羁。圆陀陀，活泼泼，如珠走盘，似风偃草，直下知归，是真实相。设或未然，但看南泉大师示众云："不是心，不是佛，不是物，毕竟是个甚么？"忽然触着，不妨再与汝说破。

示宗珉禅人

参禅做工夫，从上尊宿未曾有指示于人。黄檗运和尚以下，方示人做工夫之说。盖观后辈根利，以聪明知解为事，不能契合本分，所以拈个无滋味话头，要汝东嚼西哺，吞吐不下，直须死却意识卜度[②]，向于万仞崖巅一时扑下，断其命根，而后自能知稳密处。披衣闲坐，即谓之了生死，脱见缚，不为诸缘之所罗笼，始为洒洒落落丈夫耳。据汝所云，看父母未生前面目，多被境缘所牵，不能纯一。欲我开示日用工夫。然作工夫无多说，只要切切孜孜，以生死未明如救头然。倘能如是，不患不开明，不怕面目不圆全，稍有第二念，便坠魔窟。大约工夫如此，依而参之，不怕瓮中走鳖也。

---

① "成"一作"明"。

② "卜度"一作"偷心"。

示黑川居士

夫本来无一物者，乃诸佛之慧命，亦吾人之灵根，亦云自心，亦云自性。诸佛明之，而知头头匪实，物物皆空，非以耳耳，非以见见，推穷三际，原同龟毛兔角，故祖师唤之为本来无一物也。然此段机缘，乃六祖因神秀题偈云："身似菩提树，心如明镜台。时时勤拂拭，勿使惹尘埃。"六祖见之，知其未至，类三贤十地执相修行渐证之理，非达磨西来直指无证无修之义。是以六祖将他原案掀翻一上，觌示元无一物、真空玄虚之大道，即云："菩提本无树，明镜亦非台。本来无一物，何处惹尘埃？"此偈乃祖师提大斧当头劈破，以显人人顶𩕳无一物之一着子。盖此一着子，从本以来，非身非物，非染非污，若言时时勤拂拭，非二乘执相修证而何欤？所以《金刚经》云："若以色见我，以音声求我，是人行邪道，不能见如来。"六祖亲证此一着子，故云本来无一物。既本来无物，且非染污。既无染污，何拂拭之有哉？是知直下乃清净无依解脱之丈夫矣。所谓处处真，处处真、尘尘尽是本来人。只要信得及，把得住，作得主，动静去来，镕归一致，亦无一致之影迹。当此之际，欲觅有物之相，了不可得。欲觅无物之相，了不可得。《首楞严经》云："一人发真归源，十方虚空，悉皆消殒。"由此观之，是有物乎？是无物乎？苟能洞透，说有物亦得，说无物亦得。圆陀陀，活鱍鱍，拈一茎草作丈六金身，将丈六金身作一茎草，岂不庆快矣？夫黑川与兵卫大居士[①]，身膺宰官，任国家公事。公事之余，乃究本来无一物，而又自计有物。因此疑虑不决，以质山野。即将其犹豫[②]，述斯篇以示之。

示甲斐庄居士

昔陆亘大夫问南泉大师云："弟子家中有片石，亦曾坐，亦曾卧，而今欲镌作佛，莫得么？"泉云："得。"亘云："莫不得么？"泉云："不得。"此语虽淡，却有深旨。若非南泉古佛，则被扭捏一回。盖他南泉知陆亘是个中人，所以随其击上飏下。惜乎大夫欠末后语，以致二俱不了。今欲圆此公案，但看何处是不了底事，蓦然知归，则得与不得皆为剩语。

---

① 一作"夫川居士"。

② 一作"即将其犹豫处"。

示小滨民部少辅

见问三则，皆世间粗浮恶习[①]，事实切要[②]，理亦渊微，不可不述，概略以酬来意。问云："三毒发现，不知何缘而生，离即成佛，不离亦成佛乎？"答云："见有我故，则三毒现。缘执着故，而生恶业。知即离，离即觉，觉即成佛，不觉者堕三恶道。一定之理，了然无疑矣[③]。"又问："杀有罪无报乎，为养身杀有报乎？"答云："天地好生，圣贤劝诫，得罪便杀，岂有道乎[④]？或犯国法，以道喻之，不改前辙。杀其无怨，则无报也。养身杀生[⑤]，其恶非轻，报应甚速，可视泛常哉[⑥]。《书》云：'闻其声不忍食其肉。'人无恻隐之心，非仁也。凡有血气，彼此皆命驱而逐之，杀而食之，岂天理人心欤？如能勉戒，便成胜行。"后第三问善恶之报，意似重出，不必再辩[⑦]。若达上二则，义在其中。苟能坐进斯旨，弗作圣亦成贤。肤浅之谈，莫审以为何如。

示末次居士

心即是佛，智即是道。即是道是佛也，则圆明廓周沙界，当下无第二道，无第二佛。若能知归，便是洒落丈夫儿也。只为不知心即是佛，智即是道，所以流浪生死，出没苦海之中，直至而今，无有自由。是以达磨西来，直指此心此道，于此会去，一生事毕。

示高木居士[⑧]

佛与众生，本乎一心，以不觉而分迷悟。悟则觉，乃诸佛之义也；迷则凡，乃众生之义也。夫此心最初如太虚空，澄清绝点，未曾少异，皆因妄念生贪，而嗔痴随其发现。既现则业识茫茫，无本可据，流浪生死，处处受报。其根缘贪，故成众生耳。回心省觉，则戒自具，而定慧从其出生。既生则真体浩浩，任性逍遥，处处圆融，其根缘戒，故成诸佛也。是知心

① 一作"皆世间粗浮恶习之语"。
② 一作"然则事实切要"。
③ 一无"了然无疑矣"。
④ "乎"一作"哉"。
⑤ 一作"养身无故杀生"。
⑥ "哉"一作"乎"。
⑦ "辩"一作"辨"。
⑧ 题一作"示诵禅者"。

佛众生，三无差别。佛觉此心，翻贪嗔痴为戒定慧，尘尘刹刹，朗然独照，根尘迥脱，成万德慈尊，河沙胜义，庄严毕备。佛亲证亲觉，以此觉而觉斯民。倘能知非，当下与佛把手偕行，便是出尘罗汉。高木作右卫门居士问云[①]："明知贪非好事，亦生死之根，何故不能去除？"欲山野书一篇示之，故就来机[②]，引此段以塞焉。

示津田居士

佛身清净，佛德无为。既清净无为，则终日为而不碍。诸相发挥，虽万物搅搅而浑融一致。在天同天，在人同人，体相平等，荣辱匪及。了则佛德时时现前，烦恼尘尘解脱；昧则心火炎炎难息，菩提岁岁枯焦。固知佛身本净，以染缘相杂，凝成浊海。苟非智眼洞鉴，迷关无由启迪。是以诸佛降灵，横说竖说，只是拈叶作钱，止啼而已。倘能领略，即凡身是法身；其或迟疑，似待空花而结子，不亦难乎？

示内田居士

佛祖至道，最易最简，无得无失，未曾向背，只在目前。要且目前难睹，盖因舍近趋远，转求而转不相应。若直下透脱，则一切现成，本自具足，以至穿衣吃饭，皆是寻常，何等简易，何等直捷。然不明目前者，乃着物执见，妄生憎爱，致蔽玄鉴，无由解脱。故祖师云："至道无难，唯嫌拣择。但莫憎爱，洞然明白。"若无憎爱，则凡圣情尽；若无拣择，则取舍法空。情尽法空，便是般若实相。能如此把住，则至道玄要，坐立可待矣。

示西居士[③]

一句子，泼天泼地，无障无遮，非僧非俗，绝老绝少。尘中常浩浩，物外露堂堂。达之则与佛同根，昧之则入魔窠窟。然此一句子，《大藏经》收不得，西来传不及。苟非从自己胸中信得定，把得住，弗免尘坌之所盖覆，荆棘之所羁绊。欲脱此患，直须返观。念念是自己宝藏，步步是自己光明，离此别求，无有是处。若问如何是祖师西来意，但识取"腊月梅花开，枝枝香带雪。"

---

① "高木作右卫门居士问云"一作"诵于来问"。

② "机"一作"问"。

③ 题一作"示西屋居士"。

示伊藤居士[1]

宗门无锁钥，真际绝去来，八面玲珑，四维通彻，透顶透底，竖遍横穷，宽廓靡涯，神所难测，寂寥无际，鬼不能窥。古今洞莹，明暗相摄。佛以之为心，祖以之为用，天以之为眼，王以之为国，人以之为法，以至山河草木，溪源潭洞，情与无情，莫不承此恩力。然此门从古以来，无有高下，本自平等，只是把手牵他不肯入。何故？盖此门开廓浩荡，人所难信、难解、难知、难见、难闻，是以牵他不入。自非信根深固，诚为难也。所谓信为道源功德母，长养一切诸善根。顾知佛祖不具兹信，则此门不得其[2]入，而况博地凡夫也哉！历劫以来，纯用根本无明，顺则欢，逆则嗔，贫者取给衣食而失志气，富者奔逐名利而恃骄奢，岂但不信，抑且拍手而笑。倘有信之者，亦无久远决断之蕴操，正前所谓“牵他不肯入”之义也。今观居士意气清奇，决不如斯去就。三回两度到方丈，无有骄举之貌，谦顺可人，谆谆以求开示，故山野不没志诚，即书此篇与之。只引从上宗门广大难入之义，端在“信”字提持，余不多述。[3]

示西某居士[4]

若论此事，从本以来，未曾疏失，岂假修证。生本非生，死亦非死。非生则空，古今天上人间无二法；非死则全去来，佛界魔宫原一体。以其无明盖覆，烦恼羁縻，兼执着诸相，物我两立，念念不去，心心不放，故受生死以及颠倒。所谓了则业障本来空，未了还须酬夙债，正此义也。今欲了业归真，但一切是是非非，尽从放下，乃至非有非无，非非有非非无，俱莫计较。返看当人日用，是何面目，或看个古人葛藤。僧问赵州和尚云：“如何是祖师西来意？”州云：“庭前柏树子。”僧云：“和尚莫将境示人么？”州云：“我不将境示人。”僧再问：“如何是祖师西来意？”州云：“庭前柏树子。”二六时中恁么看，是何道理？至于年久月深，寐寤不失，自然撞着磕着，原来法法无差，头头一体，则知祖师未西来，自己面目与柏树子洞然匪间。若不尔者，释迦老子再来，无有是处。宜自勉旃，休觅多说，说多

---

① 题一作“示徒”。

② “其”一作“而”。

③ 一无“今观居士……余不多述”，另作“惟自勉旃”。

④ 题一作“示诸居士”。

去道远矣。

示陈善友

削旃檀片片是香，截琼枝段段是玉。玉中无香，香里无玉，明白最明白，问着意旨如何，十个五双不会。且道过在甚处？是明白里也明白外。若倜傥得来，便与达磨大师同风。不然，则被生死之所羁系，岂免阎罗大王铁棒。切宜回头，慎勿为戏。所谓“不怕念起，只怕觉迟”。

示西川居士[①]

大道本无言说，清净圆明，一落言诠，便成双橛。所以祖师云：“猎涉义理，障自悟门。”故不取也。夫义理有何过失？盖不知圆明之心为本，而专习义理为胜，则去本逐末，而悟门被之所塞，与道相远。固知先要得本，其末遂至，诚不诬矣。若得本者，文字语言皆归第一义，山河大地，草木丛林，无非圆明真体，尤何伤焉？如其逞恃聪明，不悟大本，以古人言语当家珍虽领纳满肚，实非究竟，临命终时，总用不着。平日所作，或善或恶，业境一一现前，情念一起，随业识而去。至于刀山剑树，镬汤炉炭，莫由摆脱，皆无本可据也。兹因居士以手卷求书开示，略写大端如此。[②]

示茶屋居士

佛法无多子，翻成有多子者，患在人不已知矣。以其不知本来无多子之面目，则千差万别，竟生而有种种名字、生死涅槃，般若真如众生诸佛，殊名异相。盖吾佛世尊大慈，心中欲开悟众生之知见，而方便权巧也。若能知归，则殊名异相皆妙明真智，囫囵一个，更无许多分剂头数。是以临济大师三度问黄檗和尚佛法的的大意，声未绝，黄檗便打，济心逼逼，只是不知。及到高安滩上，见大愚老人，一言点破，方知道原来黄檗佛法无多子。由此观之，则佛法遍一切处、一切物，无遮无掩，是吾人不知之患也。然此乃临济大师亲服底药，后来凡见僧入门便喝便棒，以至擎杈竖拂，皆无多子之药方。故临济以经其验，即以此传人。兹因出纸求示，书此段以塞来意。若将谓别有，直须拗折一条棒，即向汝道。

---

① 题一作“示众禅徒”。

② “兹因居士……大端如此”一作“开示之略，大端如此”。

示津坂居士[①]

本来是佛无纤毫隐覆，常在六根门头，放光现瑞，尘尘刹刹，横行游戏。窥天鉴地，而天地莫能覆载；明阴洞阳，而阴阳莫能该摄。正体堂皇，非生非灭。临济以之为正法眼藏，曹洞以之为君臣道合，云门以之为函盖乾坤，沩仰以之为体用全彰，法眼以之为法法无差。以至释迦老子，灵山会上拈一枝花，瞬视大众，迦叶微笑，亲传实相无相，涅槃妙心，皆承此段恩力。如能向六根门头消归本来是佛，则从上诸佛祖师横说竖说，引蔓牵藤，可泊然一笑，亦知山野所书底，乃梦中语耳。

示高居士[②]

佛法如水中月、镜中像，欲取，取不来，欲舍，舍不去。既难取舍，全身乃解脱之道场也。试问终日闻底、见底、行底、坐底，是镜中像、水中月？如向镜月中辨取，则头上安头。不向镜月中辨[③]取，又是舍头觅头。若两处俱非，无异法外求法。当此之时，设有转身吐气，未为到家时节，更须绝后再苏生机，一路方保无事。或只日日口油油、阿辘辘，只是零碎学得底，岂免谤般若说脱空之咎乎？所谓从门入者不是家珍，从地涌出[④]受用无穷，是以径山老和尚云："老僧不顺人情，摩捋更须舍却，从前识见山野亦如是，不知以为何如。"高居士向在法门，留心以答语请正径山老和尚，和尚谓皆当家语，但未得自知自决，兹又持老和尚语，欲山野续之，即书此以塞焉。

示一水居士

一水居士，闽中刘氏子也。其族世家夙有孳善，素履淳朴，教儿于义方之外，乃郎曜哲聪敏茂年，亦顺训无所违改矣。黄檗老人赴摄洲，且勇锐，巾瓶以作通辞，闻见皆称伟士。苟非深植般若，则未之委曲若是也。因居士操觚索法语开示，故叙其生平为人处，助增长菩提心耳。若叩生死事大者，犹须再鼓两片皮。然此事圆应无方，不落形言，虽离形言，非形言则莫

① 题一作"示诸禅者"。
② 题一作"示高道人"。
③ "辨"一作"办"。
④ "从地涌出"一作"从空放下"。

显，直截根源处会去，而本来成佛已旧[①]，了脱生死久矣。所以祖师云："万法是心光，诸缘唯性晓。本无迷悟人，只要今日了。"此二十字，便是直截根源底句子。如能领略，开示已竟，其或未然，切宜勉旃。

示高木信女

来书谓心地迷暗，不知归处，欲山野直下照破。今且问汝：迷从何起？暗从何来？是谁迷？是谁暗？若见端的，乃汝归家之处也。昔有凌行婆访浮杯禅师，问云："尽力道不得底句，分付阿谁？"杯云："浮杯无剩语。"婆云："未到浮杯，不妨疑着。"杯云："有甚长处，不妨拈出。"婆敛手哭云："苍天！苍天！"杯无语。婆云："语不识邪倒，为人即祸生。"此是女流中第一破迷暗之样子。浮杯虽出世宗师，亦被扭捏一上，欲明心地迷暗，但学此样子，只看他敛手哭苍天处理会一番，方始是了生死、破迷暗归处之觉路。或更觅言句，觅指示，欲如何若何，转见迷中之迷，暗中之暗，直到弥勒下生，秪成葛藤，曷由了期？虽然如是，不妨再为道破，汝知之乎？迷即自心，暗亦自心，非心外之迷暗，非人与之迷暗。但识自心，则如日升空，迷云暗蔽，洞然消悉，元来本净。所谓识心达本，与如来无二。立地构去，不妨付之丙丁。

示宗古道人

迷妄贪爱，乃生死之根，从此一味，所以不能见性成佛也。苟或破除情妄，了达贪爱，便是无事凡夫。祖师西来，直指人心，单提向上，欲个个返贪妄之情而出生死，然后已矣。盖贪爱如海渊深，转入转溺，没有出头之期。世人尽陷斯辙，往往皆然，真可怜悯。有志于道，当发极大信心，勇猛提取，直下便判，莫生退屈。如斯用力，管教坐立可待。倘其不然，非但错过目前，终见千百劫无由逍遥于大圆觉场，宜自勉焉。复引一段因缘，以助实参。昔有大日山尼玄机，参雪峰大师。峰问云："日出也未？"机云："日出则镕却雪峰。"峰又问云："玄机日织多少？"机云："寸丝不挂。"便出。峰云："袈裟角拖地。"机回顾，峰云："大好寸丝不挂。"若能知寸丝不挂之旨，则昔之玄机与今之宗古共一鼻孔，天下老和尚总谩汝不得也。

---

① "旧"，疑为"久"字。

示性坤道人

道眼本明，妙体圆净，如月临于止水，犹日处于太虚。但莫思虑，自然出尘。六根系缘，三途业起，一念归真，了无余累。于此信入决定，坐大莲车，迥然得无生法忍，不相诬也。

示熟也善士

中立正信，乃入道之基，修身之大本矣。夫心匪中，则邪僻荒逸，泯没己灵。无正信，则诡异横生，愚蔽性德，不至散家灭身而不已也。世间之道，非正信且弗能立身，况无上菩提，超方大法，烦恼障深，业识羁锁，种般若无芥子许，逞人我，胜须弥高，焉得离正信中立，而欲破烦恼，出生死，坏业识，摧人我，证菩提大道者，似说食令饱，决无是理矣。倘能正信于中，虽未破障明心，亦不谬圣贤斯文，佛祖轨范，纵不了悟，而生生匪失人身。若遇知识，一闻千悟，抑非诬矣。更引一段公案，以助正参。昔有居士问祖师云："弟子吃酒肉即是，不吃即是？"祖师云："吃是中丞禄，不吃是中丞福。"居士遂于言下大悟。应知吃是至人之坑堑，不吃是般若之宝藏，此乃正信中立之大本。设或休会，便是了事凡夫也。

机缘

福严寺铁文住持至，师云："如何是梅岳境？"文云："梅岳花开福严果，柳川水碧涨恩波。"师云："如何是境中人？"文云："胸次不留元字脚，饥来吃饭困来眠。"师云："只如生佛未生以[①]前，还有人境么？"文云："空劫以[②]前无界至，铁树花开大地春。"师云："汝既如是，我亦如是。"文随喝，师休去[③]。

若是禅人至，礼拜问云："三登檗峤路高峻，万里浮杯身世轻。为法远来投法[④]座，愿开圣眼鉴凡情。学人生死事大，敢问和尚：威音王已前且置，

① "以"一作"已"。

② "以"一作"已"。

③ "师体去"一作"师便休去"。

④ "法"一作"宝"。

未审即今生从何来？”师竖拳头云：“唤作拳头则触[①]，不唤作拳头则背。汝作么生会？”僧一喝，师云：“再喝看。”僧又喝，师云：“切莫随人脚跟转。”进云：“谢和尚证明。”师云：“切忌乱承当。”僧拜起云：“特来拜和尚，却逢小达磨。”师笑而不答。

慧极后堂告暇回山，师举拂子云：“昔日世尊拈[②]花，人天悉皆罔措，惟有迦叶破颜微笑。”世尊云：“吾有正法眼藏、涅槃妙心、实相无相、微妙法门[③]，付与摩诃迦叶。只如有人问阇黎：如何是正法眼藏？作么生祇对？”极云：“黄金打就玉鹦鹉，亘古亘今不变迁。”师云：“涅槃妙心又作么生？”极云：“孤迥迥，峭巍巍。”师云：“正法眼藏、涅槃妙心，是同是别？”[④]极便一喝，师云：“阇黎既知此事，应须保任以待其时。[⑤]此一枝拂子，从上佛祖相承至于山僧[⑥]，今付与汝表信[⑦]，慎勿速说。”乃示一偈：“英灵自有别机枢，捉得金轮髻上珠。无限光明归掌握，任从展拓播江湖。”

腊八夜，师进堂坐，香开小静毕，师[⑧]问悦山西堂云：“世尊睹明星悟道，作么生会？”堂云：“摩醯只眼顶门开。”师云：“左眼睹，右眼睹？”堂云：“辉天鉴地绝遮栏。”又问越传后堂云：“后堂作么生？”堂竖一拳。师云：“恁么见又争得？”堂云：“是！是！”师云：“一对黄金角，峥嵘挺碧霄。丈夫真气概，夺得锦江标。”二人[⑨]便礼拜。

桂山回，师问云：“脚踏泥龙恁么来？”山云：“即今与和尚相见。”师征云：“如何是相见底事？”山云：“日日是好日。”师云：“日日是好日，大家有分，与汝分上何交涉？”山一喝[⑩]，师云：“胡喝乱喝，如麻似[⑪]粟。”

壬子春二月三日，太虚上座入山祝寿。师问云：“汝住山有何物与山僧祝寿？”虚云：“山花开似锦，涧水湛如蓝。”师云：“带得来么？虚展开两

---

① “触”一作“错”。

② 此句一作“昔日灵山会上，世尊拈一枝花示众”。

③ 一此后有“不立文字，教外别传”。

④ 一作“师云：‘实相无相与正法眼藏、涅槃如心，是同是别？’”

⑤ 一此后有“而利后思”。

⑥ 一作“从上佛祖相承授受至于山僧”。

⑦ 一在此后有“密在汝边”。

⑧ “香开小静毕，师”一作“香毕”。

⑨ “人”一作“座”。

⑩ 一此后有“礼拜而去”。

⑪ 一无“似”。

手。”师云：“谢供养。”虚便作礼。师乃书一偈示之云：“山花开似锦，涧水湛如蓝。法眼浑清净，通身是指南。”仍以拂子一枝密嘱云：“再去住山，三年后开[①]，慎勿与外人知之。切切。”

后堂越传告暇回山，师云：“阇黎多年履践固守底事，其识见高深，山僧颇知。只如今日别山僧去住山，且道以何为住？”堂云：“八角磨盘空里走。”师云：“恁么则活鱍无碍，是真常住。”师又问：“如何是山中境？”堂云：“随机应用，信手拈来。”师又问：“如何是山中人？”堂云：“净裸裸，赤洒洒。”师云：“只此赤洒洒是诸佛之本源，善自护持。”随竖拂云：“这一枝拂子乃从上流传底，今与阇黎表信，应须慎重。”复示一偈：“本色住山没踪迹，条条赤赤绝罗笼。蓦然际会风云处，大振纲维显正宗。”

师拈拂问悦山西堂云：“今朝是九月初一。古云：‘若人识得一，万事毕。’只如有人问：‘如何是一？’阇黎作么生祇[②]对？”堂云：“灵龟海底深藏六。”师云：“一归何处又作么生？”堂一喝，师云：“只此一喝，可振吾宗。”师又云：“此一枝拂子与汝表信，应须护持，无令断绝。”堂接拂云：“今朝觌面亲承嘱，奉重恩深无尽时。”师云：“知即得。”堂云：“不敢孤负。”礼拜归位，师便休。复示偈云：“一归何处辨来风？喝似奔雷正脉通。者朵琼花今赠汝，任从遍界法兴隆。”

福严铁文上座至山，师云：“山僧待汝已久，兹来何迟？自是上座失约，非山僧钝置也。今既来矣，恰好胜遇，所谓有意气时添意气，不风光处也风光。祇如古人恁么道，上座还甘么？”文一喝，师云：“知子与么来，大作狮子吼。”文又连喝两喝，师云：“拍拍合令。”遂举拂子云：“此枝拂子与上座表信。”文接拂子掷地云：“好儿不受父业。”师云：“子但将去开发，后昆不妨庆快。”文取拂子拂一拂云：“尘尾春风遍九垓。”便礼拜，师复示偈云：“一喝两喝三喝后，宾主历然较不差。临济三玄开正印，从君擎展定龙蛇。”

铁堂问：“如来禅且置，如何是祖师禅？”师云：“眼眨眨地。”进云：“还可趣向也无？”师云：“无你趣向处。”进云：“恁么则不离当处常湛然。”师云：“昆仑骑象鹭鹚牵。”堂礼退。

---

① “再去住山，三年后开”一作“再住山，三年后开之”。

② “祇”疑为“抵”。

问："九旬禁足安居，如何是克期取证一句？"师云："雪后始知松柏操，事难方见丈夫心。"进云："或如出格见解者，出来又作么生？"师打，云："这里用不得。"进云："掬水月自入手来。"师云："山前水牯牛，身在栏边卧。"僧礼拜[①]。

上元解制[②]，知浴问："九旬结制，今已满选。佛门开[③]，各自东去西去。作么生是不来不去[④]底一句？"师云："鲸吞海水尽，露出珊瑚枝。"僧举坐具云："这个为甚么入某甲手里来[⑤]？"师云："你具什么眼？"僧一喝，师云："且缓缓。"进云："雨中见杲日。"师云："速退，速退。"僧礼退[⑥]。

甲寅三[⑦]月初五，后堂实传告暇回山，师问云："垂钩四海，只钓狞龙。格外玄谭，为求知己。"只如有人问阇黎："如何是黄檗佛法？阇黎作么生祇对？"堂云："大地载不起。"师云："只此一转语，临济一宗未寂寥。"遂举拂子云："此一枝拂子乃黄檗开山付嘱于山僧，今与阇黎表信，牢牢奉持去。"堂接拂云："一肩荷负不知重，指挥凡圣意无穷。"便礼出[⑧]。

堂主铁堂告暇回山，师问云："白鹭下田千点雪，黄鹂上树一枝花。明明不昧，觌体现前。"或有问："如何是觌体现前句？阇黎作么生祇对？"堂主一喝，师云："再道一句看。"主云："黑漆昆仑云外走。"师云："恁么则浑囵没巴鼻。"主云："都卢一团铁。"师云："若此去就可以三条[⑨]篾束腰住山去。"遂举拂云："此一枝拂子与上座表信，他日缘熟出来接个无孔锤，可以报佛祖之恩，慎勿错举于人。"堂主接拂云："佛祖[⑩]权柄归掌握，杀活临时接圣凡。"礼拜而去。

僧问："三世诸佛不知有，狸奴白牯却知有，未审意旨如何？"师云："杜鹃花发子规啼。"进云："和尚还知有么？"师云："我亦不知有。"进云：

① "拜"一作"退"。
② 一无"上元解制"。
③ "九旬结制……佛门开"一作"今日选佛门开"。
④ 一无"来"。
⑤ 一无"进云……僧礼退"。
⑥ "不来不去"一作"不去不来"。
⑦ "三"一作"二"。
⑧ "使礼出"一作"乃翻身便出"。
⑨ 一无"条"。
⑩ "佛祖"一作"祖佛"。

“诸佛不知有，和尚不知有，因甚么有今日？”师云：“汝脚跟下作么生？”僧打圆相，师打云：“这一棒是赏汝是罚汝？”进云：“不敢两边立。”师云：“早已立两边了也。”

僧进前三步，竖起指头云：“恁么去时如何？”师云：“放下着。”僧拂袖而去。师云：“又不放下。”

慈岳上座四月八日入室礼拜，师问云：“诸方丛林，列刹相望，皆以香汤沐如来金躯，表净法身。且道如何是净法身底意？”岳云：“独露不曾藏。”师征云：“再道一句看。”岳云：“青山常在白云中。”师云：“上座既知法身之意，向后不可坐在法身边作活计。所以古德云：‘大用现前，不存轨则是也。’”岳礼拜云：“谢和尚证明。”师乃书一偈并拂子一枝付之。岳接拂云：“只此一枝真正脉，为祥为瑞大风光。”师云：“切莫错举似人。”

印光问云[①]：“如何是南岳境？”师云：“重重山水万千层。”进云：“如何是境中人？”师云：“大似祥云捧晓日。”进云：“人境俱蒙指示，和尚即今降临南岳，佛法绍隆[②]一句作么生道？”师云：“千花献瑞彩，万善集灵台。”进云：“恁么则尽大地人普沾法雨去也。”师云：“阇黎脚跟下作么生？”进云：“黄金铸出铁昆仑。”师打云：“也须百杂碎。”进云：“彻骨彻髓。”师云：“谁信汝？”[③]

甲寅年九月初七，师到尾州慈眼寺，湛然上座来礼拜。师云：“湛然，汝数年住山，本分事作么生？”然云：“南山云起，北山雨下。”师云：“不道南北，觌体现前。道一句看。”然云：“九九元来八十一。”师云：“不负住山人。”然进云：“百尺竿头进一步，十方世界显全身。”师云：“如是，如是。”师举拂子云：“这一枝拂子与汝证明。”然接拂云：“古今以此示东南，大意幽微非隐显。”师云：“礼拜着。”然进云：“不礼拜不慕诸圣。”师云：“立地不是活汉。”然进云：“如何扶竖和尚正法眼？”师云：“拂子头上荐取。”然便礼拜。师复示以偈：“多年檗岫苦操霜，不露锋铓密隐藏。此日昙华高插髻，任从香布满扶桑。”

结制。师问大众云：“金不博金，意旨如何？”铁牛首座云：“彼此丈夫

---

① 一作“印光至，礼拜起，问云”。

② 一此后有“人天景仰”。

③ 一后有“光礼退”。

儿。”师云：“迥出彼此，道将一句来。”座云：“大地山河一口吞。”师颔之。

白翁泰上座来礼拜，师云：“白翁，汝送茶兼偈与山僧，山僧次韵，有西来祖意分明极，只在赵州一碗茶。汝会不会？”翁云：“和尚可知？”师云：“和尚知则且置，汝也要知些。”翁云：“十年以前知了也。”师云：“古德道：知之一字，众妙之门。”翁拜云：“谢和尚答话。”师云：“珍重，珍重。”师乃以拂子一枝、偈一首付之。

大机知藏呈偈，师云：“不用呈偈，觌体道将一句来。”机云：“脚跟下放大光明。”师云：“父母未生以前，脚跟在甚么处？”机便喝，师云：“一喝两喝后又作么生？”机云：“瞻之在前，忽焉在后。”师云：“不落前后，再道一句看。”机云：“从前汗马无人识，莫要重论盖代功。”师云：“与三十棒。”

天龙寺古潭禅人，亲师十五余年①，每每面提，皆有出身之机，师则默可而不露②。兹以师诞登山为祝，仍述偈以赠③，有万福堂中紫磨尊之句。师看过，乃问云④：“如何是万福堂中紫磨尊底意？”潭举手云：“一段真消息⑤，更无第二人。”⑥师云：“如是则金刚出匣铿明利。”潭云：“亿劫已前今日春。”便礼拜。师云：“不犯当头意自殊。”遂举拂云⑦：“此一枝拂子，从上佛祖受用不尽底，与汝证明。”潭接拂云：“龙腾云雨九天上，尘刹无边尽沐恩。”师云：“逢人莫错举似。”⑧复示偈云：“鼻祖西天来此土，流传正脉满乾坤。吾今与汝夙缘合，紫磨全身付子尊。”

师上堂后，录法语至灯笼蹦跳上须弥处，喝禅侍者在傍，师云：“灯笼蹦跳上须弥，汝作么生会？”禅云：“灯笼照耀法身，与和尚一般。”师云：“汝具甚么眼？”禅云：“某甲与和尚无同无别。”师云：“如是，如是。”禅云：“某甲亲近和尚二十余年，今日礼谢和尚证明。”便礼拜。丙辰二月。

铁眼知藏肥后回本山礼拜，自谓欲讲法华以报先严。师乃请茶，话毕

---

① 一无“亲师十五余年”。

② 一作“师已默可”。

③ 一作“兹因师诞日，登山呈偈”。

④ “师看过，乃问云”一作“师问云”。

⑤ 一无“一段真消息”。

⑥ 一作后有“便礼拜”。

⑦ “师云：不犯当失意自殊，遂举拂云”一作“师举拂云”。

⑧ “逢人莫错举似”一作“逢人切莫错举”。

起身，师竖拂子问云："上座欲讲《法华经》，经有四安乐，行不离这个，上座还识这个么？"眼云："识。"师云："作么生识？"眼云："行住坐卧不离这个。"师云："向上再道一句看。"眼便喝，师云："向后可称讲经僧。"师遂以拂子付云："这枝拂与上座表信。"眼便礼拜。

问："佛未出胎时作么生？"师云："却较些子。"进云："出胎后如何？"师云："春风满大地。"进云："不涉出不出时，佛法身在什么处？"师云："高着眼。"

良寂西堂一日于佛日归本山，老僧问云："西堂在佛日来，且道日头出也未？"堂云："夜半日正明。"老僧征云："即今佛在何处？"堂云："谁家无明月清风？"老僧云："恁么则随处作主那？"堂云："谢师证明。"便礼拜。老僧乃示一偈云："明月清风触处周，全身廓露迥悠悠。顶门只眼空湖海，掌握骊珠任展收。"堂答云："佛性恒圆遍界周，圣贤同辙共悠悠。慈言逼拶全开廓，明月清风一并收。老僧遂以拂子一枝嘱之，以为表信，但要三年后方许启封，露布慎勿速现，至切至切。"癸丑六月朔日。

问："舍利重光，一众围绕。向上一句，请和尚开示。"师云："蚯蚓蓦过东海，虾蟆跳上须弥。"进云："步步起清风。"师云："脚下须照管。"进云："人人有个消息。"师云："铁牛卧少室。"进云："眼横鼻直。"师云："也须自己证取。"

问："南岳门开临百祥，法王此日揭宗纲。人天骈集绕猊座，四海万年耀德光。这个且置，昙华易见，知识难遭，请师祝圣。"师云："有劳阇黎出来。"进云："但将一味无心法，恭祝尧天舜日明。"师云："不妨道着。"

问："昔日黄檗痛施三顿棒，临济家风从此起。和尚今日升座，拟将何法接何人？"师打云："老僧亦将此接。"进云："忽然捋虎须汉出来，又作么生接？"师云："顶门痛与一顿。"进云："恁么则宗风振而四海晏清，法令行而万邦吉庆。"师云："赞叹有分。"

问："梵堂杰构，宗门规范，振千秋福国利生一句则且置，如何是南岳境？"师云："杲日当空绝点尘。"进云："如何是境中人？"师云："二三万指绕须弥。"进云："人境已蒙师指示，忽有顶门具眼、肘后悬符底汉出来，和尚作么生接他？"师打，云："与他一棒。"进云："恁么则南岳宗风振万古，舍利光辉照大千。"师云："赞叹也不少。"僧礼退。

大机堂主至礼拜，师云："汝离我二年，日用事如何？"机云："不离当处常湛然。”师征云：“本来面目又作么生？”机一喝，师云：“太高生。”机云：“在我三昧，我亦不知。”师云：“礼拜有分。”

知浴廓山问：“以大圆觉为我伽蓝，身心安居平等性智，这个是前佛圈缋。今日大坂山本妙幸禅尼设斋，请和尚结制上堂，如何是为他开示一句？”师云：“龟毛拂子缚太虚。”进云：“恁么则妙幸禅尼娘生面目即今呈露了也。”师云：“却被阇黎道着。”进云：“直下承当无别法，大地都卢铁一团。”师云：“若无举鼎拔山力，千里乌骓不易骑。”

问：“昔日灵山结夏，展转而到黄檗。如何是黄檗结夏一句？”师云：“日出东方月出卯。”进云：“到这里又作么生？”师云：“黄金自有黄金价，终不和沙卖与人。”进云：“学人脚跟下事，人人有分在。如何是和尚圣胎长养一句？”师云：“莫把蒲团唤作天。”进云：“恁么则不离当处常湛然。”师云：“一棒与汝三山门外领取。”

问：“今日和尚于圆觉海中假立圣期，如何是直截为人一句？”师云：“顶门上载天。”进云：“直下承当去时如何？”师云：“想汝不是这汉。”僧一喝，师云：“却被汝一喝。”

问：“如何是明眼无私句？”师云：“觌体现前不覆藏。”进云：“如何是平实无生句？”师云：“糊饼。”进云：“如何是学人得力句？”师云：“糊饼里无滓。”进云：“前来三句，请师一句道破看。”师云：“云中生石笋，火里出青莲。”进云：“到此学人有转身句。”师云：“三十棒免汝不得。”进云：“早知和尚有此机用。”师云：“汝早知底意作么生？”进云：“佛殿跨，山门过，脚下去。”师云：“莫图两眼花。”僧一喝，师云：“强作主。”

僧问：“和尚上堂拔荐，即今转凡为圣一句如何举扬？”师云：“本来面目知端的，足蹈莲花七宝台。”进云：“经说：‘即心弥陀，唯心净土。’未审离娑婆有净土否？”师云：“两无差别。”进云：“一锤惊觉三生梦，梅蕊喷香遍界馨。”师云：“大地山河一片雪。”

知浴廓山问：“一期已满，布袋头开，正当今日事即不问，如何是超佛越祖之谈？”师云：“雪老冰枯寒彻骨，分明面目不曾藏。”进云：“昔日云门胡饼答僧，即今是同是别？”师云：“汝自定当。”进云：“恁么则学人临机有一句，人天众前许问否？”师云：“试道看。”进云：“大地雪漫漫，春来依旧寒。”师云：“东西南北。”进云：“犹是彻骨彻髓。”师云：“谁信汝道？”

僧问：“心宗无相，非空非假非中。圆戒一句，请师开示。”师云：“戒是洗疮疣底热水。”进云：“恁么则各各天真佛。”师云：“打破虚空界，光明照十方。”进云：“谨谢和尚慈悲。”师云：“且领话去。”僧礼退。

问：“大众和合，戒期圆成，正当升座。三聚净戒则不问，如何是一戒光明？”师云：“顾我也无三昧语，与君通信只乌藤。”进云：“如是则高沙弥、丹霞辈不登坛而各有长处也。”师云：“你有什么长处？不妨拈出。”进云：“云在岭头闲不彻，水流涧下太忙生。”便喝。师云：“念言语汉。”

知藏喝山问：“恁么来恁么去时作么生？”师云：“懡罗一场。”进云：“不恁么来不恁么去时如何？”师云：“担版汉。”进云：“不涉途程迥绝去来时如何？”师云：“不通信息。”进云：“上来三转语是什么破草鞋？”师打云：“截断汝草鞋跟。”进云：“破草鞋。”便拜，师云：“担取去。”

西堂即空告假[①]回瑞景寺，师云：“古人云：‘转山河国土归自己则易，转自己归山河国土则难。’老僧云：识得自己便休，要转作么？如何是上座自己？”堂云：“不动舌头已答了。”师云：“再下一语看。”堂云：“觌体无向背。”师云：“即此一语可续正法眼。”堂云：“弟子无德及人，如何荷担和尚大法？”师云：“不用拟议。”堂云：“恁么则随机受用。”师云：“分明记取。”乃举拂子云[②]：“此枝拂子与上座表信。”堂接拂便礼拜。

后堂，大机告假[③]。师云：“龙袖拂开全体现，象王行处绝狐踪。作么生是全体现底意旨？”机云：“气吞佛祖，眼盖乾坤。”师云：“如何是佛祖之眼？”[④]机云：“金刚正眼，照破四天下。”师云：“若然者[⑤]，牢牢把住，无令渗漏。”乃以拂子付之。机接拂，云：“佛祖大机归掌握，人天命脉尽流通。”师云：“慎勿错举[⑥]。”机礼拜。

月耕禅人至，礼拜。师问云：“恁么物恁么来？”耕云：“不来相而来。”师云：“恁么则无来无去也。”耕云：“只归和尚德化。”师云：“拄杖活如龙，你又作么生？”耕云：“直令四海沾法雨。”师云：“礼拜着。”耕便礼退。

龙堂礼拜，提起坐具云：“衲僧自有这个拄杖子，扶过断桥水，伴归明

---

① “假”一作“暇”。

② 一作“乃以拂子付云”。

③ “假”一作“暇”。

④ 一作“师云：佛祖之眼，再道一句看”。

⑤ “若然者”一作“此去”。

⑥ 一后者“似人”。

月村。”师云：“如何是汝拄杖子？”堂云：“根蟠旷劫，叶荣今时。”师云：“汝有拄杖子，与汝拄杖子又作么生？”堂云：“与夺自在。”师云：“脚跟下犹滞泥水。”堂云：“七纵八横，活鱍鱍地。”师云：“穿过汝鼻孔。”堂便喝，师云：“这一喝未有主在。”堂云：“石牛长吼真空外，木马嘶时月上山。”师云：“主人翁在什么处？”堂云：“竖穷三际，横亘十方。”师云：“死了烧了，向甚处安身？”堂云：“无去无来，廓尔而露。”师云：“好与老僧洗脚。”堂一喝，师云：“又不承当。”堂礼退。

铁崖上座至，礼拜起，师问云：“多年不相见，今日来有何新得？举似老僧看看。”崖云：“和尚好，弟子好。”师云：“彼此具好则且置，本分事作么生？”崖云：“动容扬古路，不堕悄然机。”师云：“不负远来。”崖云：“多虚不如少实。”师云：“有是哉？”崖便礼拜。

师问众云：“日面佛，月面佛，作么生？”铁崖西堂进语云：“面南看北斗。”师云：“再道一句看。”堂云：“山河及大地，全露法王身。”师云：“如何是全露法王身底意旨？”堂云：“得团圆处且团圆。”师云：“却较些子。”堂以坐具打圆相，师云：“且莫呈幪袋。”

铁崖西堂问：“如何是世尊不说说？”师云：“巍巍如是。”进云：“如何是迦叶不闻闻？”师云：“特地富贵。”进云：“如何是极则事？”师云：“芳草连天绿，莲花吐沼红。”进云：“恁么则和尚上堂毕归方丈。”师云：“道不着。”

喝禅侍者六月十九入室，师问云：“汝多年看父母未生前本来面目，汝今作么生会？试道一句看看。”禅云：“明明不覆藏。”师云：“还有成坏么？”禅云：“无成亦无坏。”师云：“只此无成无坏，是诸佛之本源。应须牢牢履践，以待时节。时节若至，其理自彰。”乃以拂子一枝、偈一首密嘱之。禅乃礼拜，偈云：“本分操持不混常，全机透彻便超方。而今赠汝金刚剑，闪电横挥振法场。”

西堂铁崖告假，师云：“佛真法身犹若虚空，应物现形如水中月。作么生是现形应物底道理？”堂云：“珊瑚枝枝撑着月。”师云：“不妨据本明宗，应须脚跟牢据以待时缘。”遂以拂子付之，堂接拂云：“横拈镆铘全正令，太平寰宇斩痴顽。”师云：“慎重慎重。”堂便礼拜，师复示以偈云：“多年独洁占深幽，筋斗打翻复此游。丹桂连根拔在手，不妨随分振宗猷。”

知藏月耕问：“如何是句中玄？”师云：“明明绝覆藏。”进云：“一句铁昆仑，虚空叫希有。”师云：“贴不上。”进云：“如何是体中玄？”师云：“拄杖七尺常在手。”进云：“通身无影象。”师云：“切莫向此躲根。”进云：“如何是玄中玄？”师云：“抹过虚空人不识。”进云：“针搒不入。”师云：“又须拈向一边。”进云：“苹叶风凉，桂花露香。”师云：“也是闲吟哦。”耕喝一喝，师云：“山僧被汝喝。”

后堂兰州至拜，师问云：“此几时在庵里？有何见处？”堂云：“无一法挂心头。”师云：“恁么则虚空里打筋斗。”堂云：“铁橛铁蒺莉。”师云：“自首免罪。”堂礼拜。

知浴天休问今日宗。荣请和尚结制上堂：“人天小果、有漏之因即不问，如何是无漏无为功德？”师云：“千花现瑞彩，万善集灵台。”进云：“恁么则不历，僧祇成法身。”师云：“阇黎道一半。”进云：“粉骨碎身未足酬。”师云：“妙用在当人。”进云：“这个且置，此日四海龙象望风集，向上宗乘中事如何开示？”师云：“千手大悲提不起。”进云：“学人亦恁么承当去。”师云：“看脚下。”僧一喝，师便打。进云：“狮子咬人，岂比韩驴？”师云：“不识丑。”休礼退。

知客雪门问：“无漏无为功德即不问，法鼓未鸣时如何？”师云：“海阔难藏月，山深分外寒。”进云：“鸣后如何？”师云：“阇黎在这里。”进云：“恁么则上堂已毕，请和尚下座。”师云：“汝得什么消息？”进云：“文殊白锤报众知，法王法令只如是。”师打云：“脑后助汝再一锤。”门礼退。

证宗副寺问：“要知真金火里看，今日开炉请和尚一锤。”师云：“试把出真金看看。”进云：“杲日正当空，大地尽铺金。”师云：“犹是药汞银。”进云：“霜风扑面，寒毛卓竖，和尚钳锤，是同是别？”师云：“通身赤崒嵂。”进云：“学人恁么承当时作么生？”师云：“不是阇黎境界。”宗便喝，师云：“再喝看。”宗连喝两喝，师云：“随人脚跟转。”问：“如何是说得行不得？”师云：“拐脚阿师。”进云：“如何是行得说不得？”师云：“担版行客。”进云：“如何是说得行得？”师云：“伶俐衲僧。”进云：“如何是说不得行不得？”师云：“合掌问长安。”进云：“亲蒙和尚开示，学人从此更无疑。”师云：“又较半日程。”僧礼退。

问：“如何是不坠凡圣一句？”师云：“看。”进云：“如何是不干古今一句？”师云：“照。”进云：“如何是不涉理事一句？”师云：“照照。”进云：“恁么则直下承当去。”师云：“看看。”进云：“学人今日小出大遇。”师云：“诈明头。”

喝山问：“从上佛祖举扬宗乘犹是半提，如何是全提正令一句？”师云：“纵横十二。”进云：“虽然得自在，又是与佛祖同一揆。”师云：“十二纵横。”进云：“如何是全提正令？”师打云：“向这里看。”

问：“欲知佛性义，当观时节因缘。即今是什么时节？”师云：“汝道是什么时节？”进云：“一枝别是太和春。”师云：“犹是着言语汉。”进云：“如何是不涉言语一句？”师云：“速退，速退。”进云：“不入桃花路，争知世外闲？”师云：“未是躲跟处。”

问：“千枝少室花方盛，一派曹源水更清。如何是黄檗门里好消息？”师云：“日出连山，月圆当户。”进云：“遍界曾无寻觅处，分明一点座中圆。”师云：“草里辊。”

问：“建法幢，立宗旨，布慈云，洒甘露则不问，如何是和尚百年后事？”师云：“石头大底大，小底小。”

问：“某甲乍入丛林，诸缘自寂，万法归一。谨问一归何处？”师云：“雨里花开红似火。”

问：“十五日以前事即不问，十五日以后途中受用一句是如何？”师云：“掬水月在手。”

知藏珍州问：“世界即非世界，现成圆觉伽蓝；众生即非众生，全彰平等性智。性智伽蓝即不问，安居禁制今日毕。如何是解制之事？”师云：“处处绿杨堪系马，家家有路透长安。”进云：“某甲一夏以来，在和尚脚下光明藏中经行及坐卧，今日解制，请师为我豁开向上一路。”师云：“眼横鼻直去。”进云：“谢和尚答话。”师云：“老僧亦不受。”

兰州西堂赴纪州梅室山请告假处，师问云：“阇黎在黄檗许多年，而今假别，或有人问阇黎：‘如何是黄檗得力句？’阇黎作么生抵对？”堂云：“蓦口打破去。”师云：“再道一句看。”堂云：“混囵无缝罅。”师云：“恁么则钳锤前千百炼之金，刀尺下一丝之绢。”堂便拜，师以拂子付之，堂接拂云：“用时则廓周法界，不用则卷藏于怀。”师云：“竿头丝线从君弄，不犯清波意自殊。”堂再拜而出。

灵岩问：“性莲老尼身归佛乘，笃心禅门，二十年来用力精勤，临终正念，专称释迦佛号，泊然而逝。今日正当四七之忌，承重小孙恭请和尚升座说法，未审灵魂向什么处去？请和尚超荐一句。”师云：“当念坦然，不堕诸数。”进云：“恁么则头戴午夜月，脚蹈黄金地。”师云：“但恁么道去。”进云：“出门逢释迦，入门逢弥勒。”师云：“露。”岩礼退。

问：“佛未出世时如何？”师云：“灯笼弄影走。”进云：“出世后时如何？”师云：“纵横十二。”进云：“已出世、未出世一句作么生？”师云：“圆陀陀，活泼泼。”进云：“谢师指示。”师云：“领话始得。”

问：“既是清净比丘，为甚不入涅槃？”师云：“澄潭清彻底。”云：“既是破戒比丘，为甚不堕地狱？”师云：“贼不打贫儿家。”

问：“某甲有一颗明珠，久被尘劳关锁，请和尚切磋琢磨？”师云：“将来看看。”进云：“抛向面前。”师云：“拈不出。”僧竖一指，云：“这个呢？”师打，云：“又是指鹿为马。”进云：“当时觅火和烟得，今日担泉戴月归。”师云：“远之远矣。”

问：“藕丝挂须弥，蚁子擎天柱，某甲有下语。”师云：“作么生下？”僧拂袖云：“袖里藏乾坤。”师云：“引不着。”进云：“眼中空宇宙。”师云：“速退，速退。”

问：“世尊云：‘唯有一乘法，无二亦无三。’如何是唯有一乘法？”师云：“秤锤搦出滓。”

问：“今日为忠义老居士请和尚升座说法，荐拔为人一句作么生道？”师云：“突出万人看。”进云：“忠义居士恁么会得去时又作么生？”师云：“汝自问取。”进云：“这个且置，某甲黄龙三关参得透，呈似和尚，人天众前请证明。”师云：“我手何似佛手？”进云：“掬水月在手，弄花香满衣。”师云：“无手时汝作么生弄？”僧一喝，师便打，云：“我脚何似驴脚？”进云：“行到水穷处，坐看云起时。”师云：“又是瞎跛驴。”僧又一喝，师又打，进云：“第二棒打人不痛。”师云：“大众知汝败阙。”进云：“人人有个生缘，有下语。”师云：“作么生下语？”进云：“宇宙无双日，乾坤只一人。”师云：“瞎。”进云：“谢和尚证明。”师云：“未许汝在。”

问：“当观第一义即不问，我宗有四喝。如何是一喝如金刚王宝剑？”师便打。进云：“如何是一喝如踞地狮子？”师云：“捉杀蹦跳。”进云：“如何是一喝如探竿影草？”师云：“左之右之。”进云：“如何是一喝不作一喝用？”师打，云：“汝自看取。”进云：“上来蒙师指示，向上还有事否？”师云：“有。”进云：“如何是向上事？”师举拂，云：“会么？”进云：“恁么则直下承当去。”师云：“不会我语。”僧提起坐具，云：“只此是。”师云：“掠虚汉。”

师问后堂：“天宁云：‘搅不浑兮扑不碎。’意旨如何？”堂云：“无孔铁锤当面掷。”师云：“如何是无孔铁锤？”堂云：“水泼不沾，火烧不燥。”师云：“只见一边。”

又问堂主云岩云：“搅不浑兮扑不碎，汝作么生？”岩云：“万里一条铁。”师云：“作么生是万里一条铁的意？”岩云：“大地载不起。”师云：“钉椿汉。”

又问知藏月艇云：“搅不浑兮扑不碎，汝作么生？”艇云：“铁牛通身无骨。”师云：“又是错安名。”艇云：“任他。”师云：“一棒饶不得。”艇云：“天盖不得，地载不得。”师云：“迟八刻。”

师问庆峰云：“一人有口道不得，姓字为谁？汝作么生会？”峰云：“无名无字可为安。”师打一棒云：“拾人涕唾汉。”峰便礼拜。[①]

师问西堂证宗云：“昨夜搅不浑兮扑不碎，一转语未恰，老僧意再道看。”堂进云：“锯解秤锤。”师云：“如何是锯解秤锤底道理？”堂进云：“掷向街头跌杀人。”师云：“为甚占人路头？”堂进云：“千今万古迥敻绝。”师云：“礼拜退去。”堂便拜。

知藏月艇进云：“搅不浑兮扑不碎，某甲下语：苦瓠连根苦，甜瓜彻蒂甜。”师云：“那里学得来？”进云：“脚跟下。”师云：“错认不少。”

知浴问：“今冬岩桂信士设浴供养和尚暨十方龙象、人天小果则不问，如何是真实功德？”师云：“追风天马载麒麟。”进云：“恁么则各各沾恩去也。”师云：“却许阇黎道一半。”进云：“这个且置，即今应供一句作么生？”师云：“眼中童子目前人。”进云：“某甲有一句。”师云：“汝作么生？”进云：“雨过野塘秋水深。”师云：“错认定盘星。”

僧问：“既是今日结制安居，匡徒领众，意旨如何？”师云：“踏破澄潭月，青天轰霹雳。”僧拟议，师云：“拟议不来，剑去久矣。”

问：“相见之事即不问，如何是临济家风？”师云：“雷鸣轰霹雳。”进云：“如何是曹洞家风？”师云：“一字两头垂。”进云：“如何是云门家风？”师云：“干屎橛。”进云：“如何是法眼家风？”师云：“万法归一致。”进云：“如何是沩仰家风？”师云：“淳风化日普。”进云：“和尚底又作么生？”师便打。

---

① 注云：“改号泰岳。”

进云："恁么则昔时德山，今日和尚。"师云："道一半。"

问："不落因果，为甚堕野狐身？"师云："与汝一般。"进云："不昧因果，为甚脱野狐身？"师云："翻二作一。"

西堂证宗问："曹溪一滴水，白浪滔天。只如万派千江一口吞底汉出来，和尚如何下手？"师云："试呈老僧看看。"堂云："鲸吞海水尽，露出珊瑚枝。"师云："端的意旨作么生？"堂云："万派千江一口吞。"师云："是汝见的道理么？"大潜庵铁柱禅人入室礼拜处，师问云："如何是大潜境？"进云："冲开碧落松千尺，截断红尘水一溪。"师云："如何是境中人？"进云："廓然独露白头翁。"师云："人境相去多少？"进云："依稀不开口，如实结其舌。"师以拂付云："此一枝拂子与汝表信。"进云："山人不用如此闲家具。"师云："汝但收去，以后坐断天下人舌头。"柱接拂礼拜而出。

知浴活宗问："岩桂居士为荐考妣，一期设浴，九旬已竟，资他冥福即不问，人人果满功圆一句作么生道？"师云："顶门眼正分诸数，天上人间不可陪。"进云："恁么则人人悟毗卢性海，个个入普贤玄门去也。"师云："汝脚跟下事作么生？"进云："浴出本来清净身。"师云："谁人信汝？"进云："这个且置，超佛越祖之谈又作么生？"师云："三碗粥，两碗饭。"进云："谢和尚答话。"

问："十五日已前事如何？"师云："拈过一边。"进云："正当十五日又如何？"师云："月团团，光漾漾。"进云："十五日以后又作么生？"师云："未来事不可得。"进云："从上谢师开示，浑钢打就、生铁铸成底汉出来时又作么生接？"师云："三十棒一棒饶不得。"

己未年四月十二日，一明上座诞日礼拜处，师问云："今日是汝生日，祖师西来意汝作么生会？"明云："山色翠秾春雨歇，柏庭香拥木栏开。"师云："木栏开意旨如何？"明云："天然气分，不假雕琢。"师云："那里得者个消息来？"明云："不劳再勘。"师云："底意今汝既得，可谓惬于心目而布四肢。向后须牢牢护持，勿令疏失。"明便礼拜。师复示一偈云："二十余年身畔立，有规有矩密行持。今朝水乳相投处，一任为霖布四维。"

四月望日铁心徒礼拜处，师问云："如何是正法眼？道一句看看。"心云："一字不着画，八字无两丿。"师云："如何是无两丿底道理？"心云："他家自有活泼用，当机岂涉语言窠？"师云："再道一句看。"心云："处处悉圆通。"遂礼拜，师乃颔之，即书两偈示之："市语闲言满世间，尽将豌豆作珠看。子今觑破无交涉，别展机锋截万端。从上祖来一着子，横拈竖用人人具。而今分付铁心胖，看验龙蛇定海宇。”

廓山问：“年年结夏，各各护生。今日随例请和尚为众升座，毕竟格外一句如何开示？”师云：“眼横鼻直。”进云：“圆觉境界还假修证也无？”师云：“一不作，二不休。”进云：“外空内空内外空。”师云：“如何是内外空底道理？”进云：“不与物拘，脱体现成。”师云：“谁信汝道？”

问：“直截根源佛所印，作么生是直截根源一句？”师云：“牙齿一具骨。”

问：“海底泥牛衔月走，意旨如何？”师云：“与阇黎一般。”进云：“如何是岩前石虎抱儿眠？”师云：“也是阇黎。”进云：“如何是铁蛇钻入金刚眼？”师云：“三十年后向汝道。”进云：“如何是昆仑骑象鹭鹚牵？”师云：“不是汝境界。”进云：“即今承当去。”师打，云：“与汝一棒。”

问：“今日结制九旬，受用底事即不问，德山入门便棒，临济入门便喝，和尚此间将何方便接人？”师云：“请汝一碗茶。”进云：“铜头铁额汉来时又作么生接他？”师打，云：“一棒一条痕。”进云：“与德山棒是同是别？”师云：“汝自看取。”进云：“甜瓜彻蒂甜，苦瓜连根苦。”师又打，云：“再与一棒。”进云：“棒头有眼明如日。”师云：“被汝看破。”

问：“山城州寿泰信尼为荐故妣贞真妙祐禅女设斋，请上堂。如何是荐拔一句？”师云：“九莲开合处，百宝自庄严。”

问：“色身是败坏，如何是坚固法身？”师云：“雨歇日头出。”问：“知见立见，即无明本。知见无见，斯即涅槃。”师云：“汝但恁么举。”进云：“不断无明，不求涅槃时如何？”师云：“识取话头。”

证宗西堂告假礼拜处，师拈起拂子云：“这枝拂子与上座证明，汝作么生奉持？”堂云：“以此发起佛祖不传妙，以此开示人天无生忍。”师云：“更有人问汝：‘如何是黄檗亲切一句？’汝又作么生抵对他？”堂云：“拈来拂子与人看。”师云：“珍重珍重，勿令疏失。”堂便礼拜。

喝云问：“安清院夫人寻常归依三宝，今日请师升座说法。且如何是归依底事？”师云：“万派悉归源。”进云：“然则与龙女同成佛去也。”师云：“前圣后圣，其揆一也。”进云：“恁么则证无垢佛也。”师云：“千差一并照。”进云：“灵山一会，不异今日。”师云：“却得阇黎共证明。”云礼拜退。

僧问：“如何是和尚家风？”师云：“未问已前百杂碎。”进云：“此外别更有否？”师云：“一锤顶门开。”

铁禅堂主礼拜处，师问云：“近日本分事作么生？”禅云：“头顶天，脚蹈地。”师云：“无天无地又如何？”禅以坐具打地云：“唤这个作甚么？”师云：“汝又来者里觅甚么碗？”禅云：“无过求和尚。”师云：“灵然独露。”禅礼拜云：“和尚万福。”师云：“得个马子便喜忻。”

师问副寺愚门云：“真人不洗面作么生？”门云：“无垢无为，清净法身。”师征云：“如何是清净法身？”门云：“耀天耀地。”师云：“那里得这个消息来？”门云：“从自己胸襟流出。”师云：“即今胸襟在甚么处？”门云：“明明历历。”师云：“只堪礼拜。”门便礼拜，师休去。

师于己未解制，问月耕西堂云：“尽大地是沙门一只眼，有人问阇黎，作么生答他？”堂云：“顶门竖亚摩醯眼，肘后斜悬夺命符。”师云：“摩醯眼正圆陀陀，再道一句看。”堂云：“粉骨碎身未足酬，一句了然超百亿。”师乃以拂子付之，堂接拂云：“将此深心奉尘刹。”师云：“珍重，珍重。”复示一偈云：“心法洞明不等闲，超今越古迥跻攀。只将一柄龟毛拂，聊表真操振祖关。”

老僧于己未中元解制时，乃以拂子偈一首密嘱天宁后堂：“今腊八佛成道。宁开拂来礼拜，起云：某甲去时密受鈯斧子住庵，今日拈来对众呈露，有一句子请和尚证明。”师云：“证明已久。”赵州云：“念佛一声，嗽口三日。上座如何抵对？”宁云：“丈夫自有擎天骨，不向如来行处行。”师云：“却较些子，向后不得错举似人。”宁云：“随家丰俭。”便礼拜。

福清寺梅谷上座，老僧七十诞辰来礼拜，老僧云：“上座亲近先老和尚多年，有得力处，试举似看。”谷云：“某甲不入这保社。”老僧云：“恁么则自卓自立耶？”谷云：“动容扬古路，不堕悄然机。”老僧云：“那里得者消息？”谷云：“常忆江南三月里，鹧鸪啼处百花香。”老僧云：“不妨有咬着舌根。”谷便礼拜，老僧遂举拂子云：“此一枝拂子，乃先老和尚流传底，今与上座表信。”谷接拂再拜云：“从今已后，坐断天下人舌头去。”老僧云：“可谓擎天拄地。”谷便礼退。

月庭上座礼拜起，问云：“孤迥迥，峭巍巍时如何？”师云：“脱体独露。”进云：“恁么则红炉炼出擎天骨。”师云：“峭巍巍作么生？”进云：“谢和尚证明。”师征云：“木落山骨露，明甚么边事？”进云：“面前露堂堂。”师云：“自知较些子。”进云：“恁么则头顶天，脚踏地。”师云：“认着依然又不是。”庭礼拜，师乃以拂子付之。

监院廓山腊八礼拜处，师问云：“佛法无多子，汝作么生会？”山云：“滴水滴冻。”师云：“再道一句看。”山云：“寒时普天普地寒。”师云：“汝向何处蹲身？”山云：“幸逢和尚吃粥。”师云：“有口即吃，无口作么生吃？”山云：“大地是一口。”师云：“又是错认定盘星。”

天休上座至，礼拜。师问云：“汝住庵，如何是庵中事？”休云：“日用事无别。”师云：“如何是无别底事？”休云：“饥来吃饭，渴时吃茶。”师云：“饭是何滋味？”休一喝。师云：“恁么则无别事也。”休云：“多年受和尚恩惠。”师云：“有烦远来。”休礼拜。

师录法语至“不假修持等太虚”处，泰岳侍者在傍，师问云：“不假修持等太虚，意旨如何？”岳云：“本自天然，不假雕琢。”师云：“如何是不假雕琢底意？”岳云：“人人具足，各各圆成。”师肯之，岳便礼拜。

师唤秀岩开门，岩开门了，师云：“开门见山，汝作么生会？”岩云：“觌体露堂堂。”师云：“甚么人见得？”岩云：“人人具足，各各圆成。”师云：“劫火洞然时，汝在甚么处安身立命？”岩云：“不离当处常湛然。”师云：“还吃饭么？”岩无语，师遂与一掌。

玉江居士初到黄檗，问云：“和尚万福否？”师云：“如是，如是。”士云：“恭惟和尚万福。”师云：“汝还具眼么？”士云：“武陵过来到紫云。”师云：“汝脚跟未稳地在。”士云：“脚跟稳地时亦作么生？”师竖拂云：“这里荐取。”士一喝即礼退，师不视。

玉江居士合家到山剃发，士问云：“同诸侣来落发，不共侣者是什么人？”师云：“汝看脚跟下。”士云：“放大光明时如何？”师云：“放光明底作么生？”士一喝，师云：“道得一半。”士礼退。

慧极关主至，拜起问云：“如何是和尚家风？”师竖拂子，极一喝，师云：“这一喝未有主在。”极又喝，师云：“再喝看。”极又喝，师云：“随人脚跟转。”进云：“和尚的如何？”师云：“伤鳖恕龟。”机礼拜，师云：“且放过。”

师问侍者铁文云：“本来个事是如何？”文进语云：“眉毛眼上横。”师云：“那个证明？”进云：“面目正分明。”师云：“分明底事作么生？”进云：“大抵还他肌骨好，不涂红粉也风流。”师云：“唤甚么作风流？”进云：“觌体独露。”师云：“觌体独露犹是第二义。”进云：“如何是第一义？”师良久云：

“向汝道了。”文无语，师打一拂，文便礼拜。

铁牛至，礼拜。师问云：“日用事作么生？”牛云：“日用事无别。”师云：“甚么物是无别底事？”进云：“何用更穿凿？”师云：“这个是寻常格外道一句看。”进云：“昆仑无缝罅。”师云：“良马不窥鞭，侧耳知人意。”

师问书记悦山云：“本来个事作么生？”山云：“鼻孔大头垂。”师云：“鼻孔大头垂，与你何干？”山一喝。师云：“好一喝，只是未分晓。”山云：“和尚压良为贱。”师云：“不压良为贱，又如何谛当？山珍重便行。”师云：“许汝些些伶俐。”

师问副寺独和云：“本来个事作么生？”和云：“斧头原是铁。”师云：“斧头原是铁，意旨如何？”和云：“和尚是唐山人。”师云：“不是这个道理。”和拟议，师云：“放汝三十棒。”

慧极礼拜，师问：“汝道月在青天水在瓶，明甚么边事？”极竖一指，师云：“只是一橛。”极礼拜。

古[①]心礼拜，师问云：“汝几年在外，本来面目作么生？”心云：“静夜长天一月孤。”师云：“甚么人见？”进云：“明明不覆藏。”师云：“意旨如何？”心一喝，师云：“那里学来？”心礼拜。

师问众云：“闻声悟道，见色明心。观世音菩萨将钱买胡饼，放下手却是馒头。作么生会？”碧湫进语云：“昨夜蜗牛耕破壁，出圆通又入圆通。”师云：“如何是圆通底意？”进云：“步步是道场。”师云：“切忌唤驴鞍桥作阿爷下颔。”湫摄目无语。师云：“小乞儿。”

立春日，师问众云：“但得雪消去，自然春到来。明甚么边事？”次晚，维那铁崖进语云：“不是一番寒彻骨，争得梅花扑鼻香？”师云：“如何是扑鼻香底消息？”进云：“四海香风匝地来。”师云：“从门入者非家珍。”进云：“那个枝头不带春？”师云：“只恐不是玉，是玉也太奇。”崖举坐具云：“这个不是玉。”师云：“那里得者个消息来？”崖一喝，师云：“这喝未有主。”崖礼拜而去。

师问知客绍清[②]云：“但得雪消去，自然春到来。明甚么边事？”清[③]进

---

① “古”一作“铁”。

② “绍清”一作“太虚”。

③ “清”一作“虚”。

语云："痕垢尽时光灿烂。"师云："如何是光灿烂[①]底意？"进云："本光瑞如此。"师云："还有成坏也无？"进云："两头俱截断。"师云："试截断看看。"清[②]礼拜。

松浦肥前守居士见师，问云："久不相见，平日道业精进否？"士云："与和尚一般。"师云："既与山僧一般，便知山僧下落。试向拂子头上道一句看。"士云："弟子吃茶。"师云："吃茶即不无，如何是茶中滋味？"士云："我只一喝。"师云："太吃力。"士拟议。

水野监物居士见，师云："前日到贵府，令郎问山僧云：'弟子日常参，本来无一物，未有入头处，乞师开示。'山僧向令郎云：'无入头处正好着力。'居士日用曾有留心处也无？"士云："弟子不知如何用心。"师云："不见庞居士向于頔公云：但愿空诸所有，慎勿实诸所无，居士请向者里用心。"士云："领教。"

黑田信浓守见师云："弟子尝看儒书，佛理未有通处，乞师开示。"师云："儒教所谈皆阐性理，吾佛亦阐性理，唯祖师别传之旨不说性不说理，只要人人直下承当。居士若会，最是省力。"居士小顷又云："省力处乞师方便。"师云："黄山谷参晦堂，尝问：'二三子以我为隐，吾无隐乎尔。'堂一日与谷山行，堂云：'汝闻木樨香否？'谷有省，居士不妨向此参取。"

松平大学来见，师云："贵庚多少？"学云："二十一。"师云："二十一年前在甚么处？"学云："不异与和尚相见。"师云："死了烧了向甚么处去？"学云："亦不异。"师云："本来个事道一句看。"学云："任和尚安名？"师云："三十棒。"学拟议。

道融善士问师云："佛亦重生畏死乎？"师云："渠无生死。"进云："偶然有乎？"师云："无偶然。"士无语，师云："洞然去。"士云："再求开示。"师云："开示毕矣。"

师问众云："终日吃饭，不曾吃一粒米，明甚么边事？"维那慧极出众云："好雪片片，不落别处。"师云："话堕了也。"进云："和尚作么生？"师云："何不领话？"极礼拜，师云："堕也，堕也。"

铁牛到，礼拜起。师问云："汝闻报钟声有悟处，作么生是汝悟底？"

---

① "灿烂"一作"烂烂"。

② "清"一作"虚"。

牛云："三世诸佛被我一口吞却。"师云："实头处再道一句看。"牛云："碓嘴忽开花，磨盘生八角。"师云："从门入者，不是家珍。从空放下，受用无穷。"牛一喝便礼拜。师云："吾宗到，子大行。"复示以偈："一喝当机疾，当机端的别。全提正法眼，通变临时活。"

铁牛别回绍太，师拈拂子云："这一枝自曹溪六祖流传至黄檗老和尚以及山野，山野今付上座，上座作么生奉持？"牛云："权柄在手，杀活临时。"师云："或有问汝：'如何是祖师西来意？'汝作么生抵对？"牛一喝，师云："据子见处，可谓惬于心体而布四支，善自护持，流布将来，无令断绝乃付与。"牛云："百炼精金铸铁牛，十分高价与人看。"师云："礼拜着。"牛礼退，仍付一偈以为表信："珊瑚击碎十洲春，万派千江一口吞。临济宗风堪正续，任从显发振家门。"

腊八夜，师入堂问众云："世尊见明星悟道意作么生？"堂众各下语不契，师顾问侍者铁文云："汝道见星悟道意作么生？"文云："午夜忽看星子出，当机打失一双眸。"师云："只如今夜还有人见么？"进云："清光何处无？"师云："放你[①]三十棒。"文便喝，师云："再喝看。"进云："合取口。"师云："恁么去也。"进云："今夜天寒，且请和尚归方丈。"师起身。

江州信士拜问："请和尚开示。"师云："庞居士道：'但愿空诸所有，慎勿实诸所无。'"士云："不假周由。"师云："所供是实。"士云："不离当处常湛然。"师云："领取前话。"士礼拜。

兴圣龙蟠大德问云："某虽住宝林，空手而坐，请和尚分万福。"余庆答云："蚊子解寻腥处走，苍蝇偏向臭边飞。"龙迟疑，师云："且坐吃茶。"龙礼拜云："绵里有刀。"答云："具甚么眼？"进云："和尚何不早鉴？"答云："我王库内无如是刀。"进云："始知和尚分万福。"余庆答云："自领得去，受用无穷。"

知藏铁眼讲《楞严经》回山礼拜处，师问："经云：'七处征心，八还辨见。'只如心作么生辨见？作么生征眼？"进云："即此见闻非见闻。"师云："又是两见两心。"进云："一点水墨，两处作龙。"师云："也是墨漫漫。"眼便礼拜，师云："再道看。"进云："风吹碧落浮云尽，月上青山玉一团。"师云："一翳在眼，空花乱坠。"眼一喝，师云："败也，败也。"

---

① "你"一作"汝"。

大春因闻老和尚讣音，特到山吊慰。问云："荫凉既倒，如何是和尚续翠覆荫热恼众生一句？"师云："大道平坦坦。"进云："与么则清风匝地有何极？"师云："一口吞尽山河大地。"进云："珍重。"师云："珍重，珍重。"春礼拜退。

实传上座到山拜起，师乃举起拂子云："云松寺还有这个么？"进云："觌面露堂堂。"师云："再举似山僧看看。"传提起坐具，师云："丑。"

后堂实传问："百炼精金再入炉时如何？"师云："精金转练转光辉。"进云："请师再下一锤。"师云："且归一边。"进云："有意气时添意气。"师云："有人道过了也。"

癸丑腊八，西峰请为释迦开眼次，问云："雪山睹星悟道，檗林点眼开光，未审是同是别？"师云："与雪山无二无别。"进云："恁么则毫头点出大光明，凡圣含灵同一眼。"师云："石人笑嘻嘻。"进云："谢和尚证明。"师云："须是承当始得。"峰一喝，师云："又不承当。峰礼拜。"

问："万法归一，一归何处？"师云："万派皆归海，千山必仰宗。"僧拟议，师打云："一归何处？"僧礼拜。

问："佛说一切法，为度一切心。如何是一切心？"师云："七纵八横。"进云："如何是一切法？"师云："突出难辨。"进云："是心是法已分明，如何是无心无法？"师云："纵横无碍。"进云："心无心，法无法，今日已漏泄了也。"师云："络索不少。"进云："超宗越格的一句作么生？"师打云："向这里荐取。"

师己亥新秋访圣寿即和尚。寿云："老兄万福否？"师云："托庇。"寿云："不敢。"师云："一夏甚热，无位真人热否？"寿云："老兄甚处曾与无位真人相见？"师云："侧眼见庐山。"寿云："真个热心人。"师云："不是同床睡，焉知被底穿。"寿云："谢盖覆。"

师同圣寿和尚于雪轩闲话，坐久乃云："行行去。"寿云："动不如静。"师云："脚头不曾抬。"寿云："动也，动也。"师云："甚么处是动处？"寿云："开口咬着舌。"师云："动也，动也。"

林中众鸟和鸣。寿云："鸦鸣鹊噪，是甚语言？"师云："妄想中说梦话。"寿唤侍者云："热茶端一瓯请和尚。"师云："又是说梦话。"寿云："且喜老兄惺惺。"师云："又是说梦话。"寿云："大不惺惺。"师云："又是梦话。"寿云："转见不堪。"师云："又是梦话。"寿云："老兄真是梦汉。"师云："知则较些些。”寿云：“此亦梦话。”师云：“随人脚跟转。”寿云：“话头也不识。”二师呵呵大笑而起。

师晚同圣寿和尚雪轩中坐。师云：“蝉声噪晚风，是甚么境界？”寿云：“大士来也。”师云：“请大士相见。”寿云：“老兄作礼着。”师云：“蚯蚓过东海。”寿云：“大似不肯礼拜。”师云：“一翳在眼，空花乱坠。”寿云：“大士去了。”师呵呵大笑。寿云：“蚯蚓声。”师云：“又蹦跳。”

七月廿九日，师因圣寿和尚问：“地藏菩萨是明日生否？”师云：“剪减松来月。寿云：“请享一瓯茶。”师云：“地藏菩萨蒙供养。”寿以手作砍额云：“猫。”师云：“大似不信心。”寿云：“看破了也。”师云：“礼拜着。”寿合掌云：“善哉，善哉！”

圣寿和尚问：“如何是棒？”师云：“临机不见师。”“如何是喝？”答云：“霹雳绝狐踪。”“如何是宾？”答云：“前途去问津。”“如何是主？”答云：“当堂不正坐。”“如何是权？”答云：“棒头开正眼。”“如何是宝？”答云：“秤锤原是铁。”“如何是照？”答云：“宝镜耀乾坤。”“如何是用？”答云：“纵横得自由。”“如何是师？”答云：“毛端狮子子。”“如何是道？”答云：“山桥接断云。”

师问众云：“常在途中，不离家舍，意旨如何？”雪[①]机进语云：“长忆江南三月里，鹧鸪啼处百花香。”师云：“如何是百花香底意？”机云：“某甲自领去。”师云：“脚跟下好与三十棒。”机迟疑。师云：“是赏汝，是罚汝？”机拜云：“谢和尚慈悲。”师休。

月舟禅人参，师举如意问云：“阿波有这个么？”舟云：“有。”师云：“带得来么？”舟云：“带得来。”师云：“举似山野看。”舟竖起坐具。师云：“错认定盘星。”舟云：“无云生岭上，有月落波心。”师云：“展转错认。”

僧问：“如何是诸佛出身处？”师云：“风催渔舟到岸，雨打樵子还家。”进云：“诸佛与众生还有别也无？”师云：“三脚虾蟆飞上天。”僧云：“闻时九鼎重，见后一毫轻。”师云：“胡捏不少。”进云：“有麝自然香。”师云：“诈明头。”僧拟议，师便打。

师入堂，问全廓云：“一条拄杖两人扶，作么生会？”廓云：“通身在里许。”师云：“两人扶作么生？”廓云：“不会。”师云：“饭袋子。”智丈礼三

① “雪”一作“鉄”。

拜便退。师云："懡㦬而去也。"素能云："一个死汉。"师云："怪得谁？"能云："死汉未活。"师云："素能真死汉。"良久，众无出。师云："饭袋子，江户肥前恁么来，拄杖子总不会。"乃示一颂云："一条拄杖两人扶，共气连枝合本初。黄面提头权表帅，饮光把尾振规模。登山躐水凭渠力，卓壤撑霄得自如。有意气时添意气，倾肠倒腹播江湖。"

师一日洗纸衣，自云："有人问我西来意，但曰'纸衣将水洗'。"祖灯云："纸衣破了作么生？"师云："露出骨。"灯云："恐和尚身上冷。"师云："通身赤条条，正是风流和尚。"灯云："那个是赤条条底？"师云："一丈六。"灯云："大堪仰望。"师云："不劳，不劳。"

铁牛参拜次，师问："如何是铁牛机？"进云："看不定。"师云："跄踉千里外，特地一场愁。"进云："依旧本来人。"师云："拖泥带水汉。"牛礼退。

古潭禅人呈微笑轩偈云："拈花岭下小茅堂，八面明明不覆藏。若以语言呈和尚，空中乱起花重重。"师看竟，问云："如何是明明不覆藏底意？"潭云："即今呈上。"师云："再道一句看。"潭云："明明不覆藏。"师云："坠在死句即不堪，更道看看！"潭云："一道神光贯天地。"师笑不答，潭便礼拜。

古潭禅人呈偈，有"几度听声求入处，谁知错过自真源"之句。师看毕，问云："如何是真源底道理？"潭云："亘古亘今。"师云："亘古亘今，又隔万重关。"潭云："眼眼相照，间不容发。"师云："山僧在汝脚下。"潭云："学人罪过。"师云："又不承当。"潭云："总不可得。"师云："三十棒且饶汝。"潭礼拜。

师问绍清[①]："径山费老和尚垂语云：'水既无根，因甚长流不断？'意旨如何？"清[②]三日后进语云："无手人合掌。"师云："既是无手，如何合掌？"清[③]乃合掌。师云："这个是有手底。"清[④]云："和尚自分别。"师云："不分别又作么生？"清[⑤]又合掌。师云："许汝道一半。"清[⑥]礼拜，复颂示之："海

① "绍清"一作"太虚"。
② "清"一作"虚"。
③ "清"一作"虚"。
④ "清"一作"虚"。
⑤ "清"一作"虚"。
⑥ "清"一作"虚"。

阔从鱼跃，天空任鸟飞。寥寥踪不露，直上九霄危。”

师问潮音云：“镇州出大萝卜头，意旨作么生？”音云：“和尚是唐山人。”师云：“唐山此土，是同是别？”音云：“不同不别。”师蓦头一掌云：“是赏汝？是罚汝？”音礼拜，师颂示之：“镇州出大萝卜头，枝蔓无余觌面酬。浑仑拈也浑仑弄，动地惊天得自由。”

小参

腊八小参[①]。梅花冻彻愈清香，道眼开时便若王。师子雷音轰霹雳，惊天动地不寻常。所谓道无方所，明之在人；法离见闻，断之在智。只如释迦老子六年于雪山忍饥耐冻，且道明得什么边事，见得什么道理。莫是明得一切众生具有如来智慧德相[②]么？莫是见得只为妄想执着而不证得么？于此直下明见智慧德相[③]，截断妄想根株，则与释迦老子同一眼观，同一耳闻，同一鼻嗅，同一舌尝，同一身触，同一意知。不出娑婆世界，顿入般若波罗蜜门，而着清净衣，证法身佛。抑亦会得。未离兜率，已降王宫。未出母胎，度人已毕。设或未然，急着精彩。朝打三千，暮敲八百。其或希求名闻，学些文字，无些笃信，贡高我慢，专弄虚头。内无实德，外无实行。心存好恶，情纵邪僻。上不畏师，下不畏友。虽有志气如佛祖，终是焦芽败种。他日阎罗打铁棒，时[④]莫谓山僧不道。

小参。今晚诸方应时纳节，或小参不答话，或烹宰露地牛，与诸禅人以为分岁。黄檗这里虽无恁么，也有个山偈与汝们同欢。拈起也，则浑金璞玉；抛开也，则合璧连珠。且道是何章句？试举似看。几点寒梅媚早春，霜风改作惠风淳。千岩木女簪花秀，万壑草童舞带新。呈露本来真法眼，掀翻岁暮旧闲神。大家好唱村田乐，共贺升平过量人。然而此数句子，在于曹洞门下，则为君臣道合；在于临济会中，则为宾主历然。苟能缁素分明，便会得觌体现前句；会得觌体现前句，便会得体明无尽句；会得体明无尽句，便会得藏身处无踪迹、无踪迹处没藏身。于此三段语了无疑滞，管教

① 一此后有“师乃云”。

② 一无“相”。

③ “相”一作“性”。

④ 一无“时”。

诸天献花。其或尚留观听，三十夜到来，阎老子打算饭钱且未免在。莫将无事谓有事[①]，往往事从无事生。切宜勉旃。

小参[②]。德山见僧入门便棒。玉轮影射珊瑚枝，一阵清风动天地。临济[③]见僧入门便喝，迅句追风须辨的。报云千圣不知名，若是英灵衲子，当下便明古人。一棒一喝，令不虚行。而廓开顶頞正眼，脱去从前筌罤。如汤浇[④]雪，了无凝滞，直得超宗异目。戴角擎头，机锋互换，照用同时，驱耕夫之牛，夺饥人之食。击石火，闪电光。眉毛触碎五须弥，鼻孔饮干四大海。直饶与么。犹是半提须知有[⑤]，全提底一着。且如何是全提一着？蓦竖拄杖云：德山临济来也。喝一喝。归方丈。

小参。千岩雪老，万壑冰枯。冻杀泥龙嘴歪，冰得石龟脑裂。惟有无位真人却较些子，通身赤骨律不被霜雪之所凌。且道得何殊胜而有此奇特也[⑥]？盖缘会得藏身处没踪迹，没踪迹处莫藏身，又受用得井底虾蟆吞却月一着子，故岁序不干而无寒暑之相。所以，山僧一冬以[⑦]来只举此两则公案，务要诸人得个入头处。若有得入头处，便解作活而平步青霄。今既腊残岁暮，事不获已，特出方丈与诸人据款结案去也。或有问："如何是藏身处没踪迹，没踪迹处莫藏身？"只对他道云："当堂不正坐，那赴两头机？"又或有问云："井底虾蟆吞却月又作么生？"只对他道云："千峰势到岳边止，万派声归海上消。"若能洞透此二转语，则千七百则公案、三藏十二部一时俱透[⑧]，此乃文殊、普贤大人境界[⑨]，智行妙密之深处也。若不委悉，腊月三十日到来，未免阎老子打算饭钱去在。切宜勉旃。

小参[⑩]。若论列刹结夏，别无参禅工夫，惟运土搬柴，刬除草砾而已。盖能参禅者，不离行住坐卧四威仪中[⑪]，岂是寂默闭目危坐为之参禅也？然

---

① "莫将无事谓有事"一作"莫谓无事将无事"。
② 一此后有"乃云"。
③ 一些后有"凡"字。
④ "浇"一作"消"。
⑤ 一作"犹是半提须知更有"。
⑥ "也"一作"耶"。
⑦ "以"一作"已"。
⑧ "俱透"一作"俱以透过"。
⑨ "此乃"前一有"然则"。
⑩ 此后一有"乃云"。
⑪ "四威仪中"一作"四威仪之中"。

虽如是，也有构得底，也有构不得底。构得底[1]，如虎插翅，便能惊群骇众；构不得底[2]，未免迷迹[3]滞迹。今朝黄檗幸无土木可运，逢斋则饭，遇旦则粥，一切如常，独不许人昏沉妄想，盖欲诸人[4]直下构去。竖起拂子，云："还有构得底么？其或未然，也须鹅护雪，更看蜡人冰。"

小参。师云："七日已过，还有透祖师关底么？出来通个消息看看。"众无出，师乃云："欲透祖师关，跳出尘劳网，须是具大正信之心、发大勇猛之志，绝凡圣路学、离心意识参，有如是真诚、有如是猛利，则祖师关、尘劳网坐立可透，不怕瓮中走鳖。所以黄檗运大师示众偈云：'尘劳迥脱事非常，紧把绳头做一场，不是一番寒彻骨，怎得梅花扑鼻香？'盖以此偈乃欲启人正信、发人勇猛，使透关出尘网之样子也。诸昆仲，皮下有血，应当奋大志、发大猛，极力参究一回，务要讨个分晓，然后披衣稳坐，庆快平生。若只坐在无事甲里，将心待悟，莫道七日如此过了，乃至七百年终无所补也。岂不见传有云乎？天之将降大任于是人，必先劳其筋骨、卧[5]其体肤，有尝胆之志，然后大事可济。况出家人、博地凡夫欲脱生死、荷担个事，不发大猛、不奋大志，欲透祖关、出尘网亦无有是处，那有天生弥勒、自然释迦？各宜勉旃慎毋唐丧。"下座。

小参。一冬已来，举个青州布衫重七斤，明眼人落井。今既腊月三十日已到，而一千七百余指竟未有人下得一转语。谛当阎老子打算饭钱时，不知将何以抵塞之？事不获已，故山僧今宵出来着一判断，为诸仁据款结案去也。万法归一，风送渔舟到岸；一归何处？雨催樵子还家。青州布衫重七斤，冬夜拈来着，通身暖不禁。复颂云：斤两无差出处详，婆心披露太郎当。凛凛吹毛虽不动，明明遍界是刀枪。如何是道？木人无眼耳，明眼人落井。又作么生？动容扬古路，不堕悄然机。又云：此位无宾主，谁人敢触讳？复更颂云：明眼宗师越样新，推人落井看翻身。当时若是英灵汉，平步青霄过孟津。苟能一一透脱，参学事毕；其或未然，鸳鸯绣出从君看，

① 一后有"青"。
② 一后有"者"。
③ "迹"一作"踪"。
④ "人"一作"仁"。
⑤ "卧"字疑为"饿"。

终[1]不金针把与人。卓拄杖，起身[2]。

小参。[3]黄檗一句子，乾坤难覆载。如甘露水，如大火聚。触其火也，则即凡身而证法身。饮其水也，则消五热而开五眼。声闻缘觉望岸[4]而退，十圣三贤无处凑泊。惟忘躯超格者，乃得趋向。若立机立境底，不堪种草。所以道，语不离窠臼，焉能出盖缠。片云横谷口，迷却几人源。知音禅客，共相证明。影响异流，切须子细。诸昆仲，要会黄檗一句子么。乃擲下拄杖云，铁蛇钻入金刚眼，昆仑骑象鹭鹚牵[5]。

结制七日，维那领众请小参。知藏铁牛问："炉鞴大开，煅佛炼祖。只如铜头铁额到来，又作么生通个消息？"师云："当炉不避火，正好煅炼。"进云："试下钳锤看。"师云："钝铁不须钳锤。"进云："黄金铸就铁牛子。"师云："自己承当去。"进云："将谓黄檗嫡子，正是临济正宗。"师云："莫涂污山僧好。"牛礼退。

师乃云[6]："藏身处没踪迹，赤梢锦鲤冲开地网；没踪迹处莫藏身，无毛俊鹘跳出天罗。透过两重关，腾身游碧汉，罗笼不住，呼唤不回，触处逢源，随流得妙。所以永嘉大师云：'了了见，无一物，亦无人，亦无佛，大千沙界海中沤，一切圣贤如电拂。'此乃衲僧寻常行履处，岂是分外而突出？你既弗然，更为君再说。记得山僧三十年前参个藏身处没踪迹底话，十三昼夜寝食不安，如在万仞崖头着扑一般，那时不知有身心世界、是非得失，忽于午夜见灯花爆落得个入头处，遂作一偈曰：'也奇哉，也奇哉，一朵灯花午夜开，觌露明明无背面，腾辉今古绝安排。从此全身放下，庆快莫涯。'及至金粟参费老和尚，被问个本分事作么生，直得无语可对、无理可伸，逼得头热面红，背汗如雨，脚跟浮逼迫，乃下一转语云：'石头内外干曝曝。'遂走出。老和尚云：'且喜没交涉。'信知此事非是泛常，苟不一回痛切、一番猛省，争能构去？兹结制已来将过七日，每夜相陪坐参，见诸兄弟意气亲切，参究颇纯，但为昏、散二魔所障，恐未必了手，故举山僧

① "终"一作"将"。

② "起身"一作"下座"。

③ 一此后有"乃云"。

④ "岸"一作"崖"。

⑤ 一此后有"下座"。

⑥ 一作"小参乃云"。

昔日败露处相为究竟，倘有个伶俐汉出来翻倒禅床、打个筋斗而去，也怪他不得。何故聻？彼既丈夫我亦尔，此之谓也。珍重。”

除夕，众请小参。师乃云[1]：“青霄瑞霭五云飞，市鼓烧松送腊归，百二靴童成戏剧，三千衲指弄珠玑，顿生草木春风秀，焰续祖灯岁日辉，正体不随时节改，浑融新旧荡巍巍。内有一句子直截根源，有一句子和盘托出，且道是那一句？试举看。”

记得德山大师云：“今晚小参不答话，问话者三十棒。”僧出礼拜，山便打，僧云：“某话也未问，为甚打某甲？”山云：“汝是何处人？”僧云：“新罗人。”山云：“未跨船舷，好与三十棒。”师云：“德山暗度陈仓，抬搦并行，不失宗师之钳锤；者僧搀旗夺鼓，见义有勇，还他衲僧之气概。后有尊宿拈之，谓德山龙头蛇尾，也是压良为贱。今晚小参，山僧即不然，如有问话者，但据问而答；不问者，依位而立。非唯丛林礼乐有典，亦且主盟交参偕乐，岂不绰有余裕哉？如斯提唱，还端的也无？设或未谕，请各各归堂吃茶去。”

立春日，众请小参。师乃云[2]：“白鸠之白谁与邻？霜衣雪襟诚可珍。首农政，鸣阳春，千岩挺秀丽，万壑斗风真。处处莺声滑，家家花色新。见色明心者，眼中瞳子笑相亲；闻声悟道者，耳里清机遍界陈。观世音菩萨将钱买胡饼，放下手却是馒头。打面还他州土麦，唱歌须是帝乡人。古人与么说话，大似抛绣球、弄狮子、嚼虾饭、喂婴孩。汝等诸仁还委悉么？春从天上至，恩向日边来。”

复举黄檗运禅师云：“自达磨大师到中国，唯说一性，唯传一法。以佛传佛，不说余佛。以法传法，不说余法。法即不可说之法，佛即不可取之佛。乃是本源清净心。”师云：“车不横推，理不曲断。为人彻困，太切婆心。不无运禅师未证据者，急着眼看看。”归方丈。

师过绍太寺，铁牛寺主请结七日禅期示众。铁牛问：“建法幢，立宗旨，自有时节因缘。一言定国，一句超宗底作么生道？”师云：“天上人间皆仰企。”进云：“无私一句，风行草偃。”师云：“人人庆快。”进云：“只如檀越浓刺史，身治天下事，心崇教外道，起寺供僧。今日请和尚升此座，还

---

① “除夕，众请小参。师乃云”一作“小参乃云”。

② “立春日，众请小参。师乃云”一作“立春小参乃云”。

有利益也无？”师云：“草木昆虫皆庆幸。”进云：“选佛场开煅圣凡。”[①]师云：“个个是圣贤。”进云：“人天悉是证心空。”师云：“庆快不胜。”问：“法筵龙象尽围绕，这是心空堂里，和尚教甚么人及第去？”师云：“昆仑海底嚼生铁。”进云：“从上来不是学人事，如何是生死事大？”师云：“进步何如退步高？”进云：“如何免进退二途？”师云：“脚跟下看取。”进云：“瞻之仰之。”师云：“山僧亦不受僧礼。”退。

师乃云：“夫上古之风规，代不相越。长期百二十日，中期四十日，短期一七日。然则期之不论长短，务要以悟为先。所以大慧禅师随所住处，或结长期，或结短期，尽力提击，以悟为则。是故天下衲僧经其炉锤者，获悟甚多。山僧不敢仿其作略，但只随缘赴机而已。兹者铁牛上座亲山僧年久，于本分事不无证入，与其檀越夙有大缘，慈仁好善，敏明正信，建此场屋，庄严毕备，以为安禅处所。虽身处富贵之家，而心不忘三宝，非畴昔深种善根，岂能如是哉？山僧虽借路经过，逢场作戏，岂敢不为举其堂奥之事乎？记得南泉大师云：‘我十八已上便解破家作活。’诸昆仲能向此堂顿明无余，则汝即南泉；不然，则有失善利。赵州和尚云：‘老僧除二时吃[②]饭是杂用心处。’诸昆仲能向此堂念念相应，则汝即赵州；不然，则错过胜行。长庆坐破七个蒲团，诸昆仲能向此堂桶底脱落，则汝即长庆；不然，则埋没己灵，孤负先圣。香严四十年打成一片，诸昆仲能向此堂了无异缘，则汝即香严；不然，则究竟无实，还成渗漏。如上诸大老，皆是悟彻为期。若不悟彻，非所谓为期也。更举一颂：硬竖脊梁莫放宽，一回入草拽来看。角头生处知端的，佛祖还须让一班。”下座。

腊八，众请小参[③]。知藏潮音问：“世尊六年端坐，见明星悟道。未见明星已前，未审向什么处安身立命？”师举拄杖。进云：“见明星后如何？”师又举拄杖。进云：“恁么则两彩一赛。”师云：“大作狮子吼，端是没量人。”进云：“一句了然超百亿，粉骨碎身未足酬。”师云：“鹘子过天没一毛。”问：“不是心，不是佛，不是物。”师云：“不是心，不是佛，不是物，是甚么？”僧举坐具，云：“大满大千。”师云：“迟八刻。”

---

① 一作：“进云：‘恁么则选佛场开转凡成圣云也。’”

② “吃”，一作“粥”。

③ “众请小参”一作“小参”。

师乃云："千岩雪作银，万壑冰生玉。腊八当午夜，老胡开眼目。大作狮子吼，人人成正觉。山河及大地，了无凡草木。既是人人已成正觉，为甚如今龙蛇混杂，遍在山崖海角？莫是妄想执着之未忘么？莫是凡圣情之未尽么？恁么说话，大似三家村里小教读。苟能通一机，则千机万机廓落。设或未然，更切勤看镇州出大萝卜。"

除夕众请小参。维那问："今岁今宵去，明年明日来，未审向甚么处去来？"师举拂子云："是去是来？"进云："昨夜金乌飞入海，晓天依旧一轮红。"师云："又是从头起。"问："不假龙门风雷势，忽然透过时如何？"师云："不是金鳞。"进云："攫雾拏云。"师云："曝腮了也。"进云："出头天外看，谁是我般人？"师云："不是这个人。"问："腊月三十日到来，向什么处回避无常杀鬼去？"师云："阎老子要汝讨饭钱。"进云："果然手忙脚乱。"师云："怪得阿谁？"进云："愿令得稳坐地。"师云："未放汝在。"问："天运循环竟未休，今宵新旧结交头，欧傩爆竹拨闲祟，樵唱渔歌傲戏游。这个且置，如何是衲僧家分岁一句？"师云："老鼠入牛角。"进云："与么则与北禅露地白牛是同是别？"师云："速速翻身。"进云："恁么则昔日北禅，今日和尚。"师云："莫眼花。"问："既是腊月三十日，今宵夜半分新旧，即今佛法还有新旧么？"师云："早间下雨晚间晴。"进云："恁么学得，可入虎穴捋虎须。"师云："具什么手？"进云："这个且置，作么生是一大事因缘？"师云："三十棒自领去。"进云："犹是学人疑处。"师云："疑个甚么？"进云："阿剌剌近傍无门。"师一喝。

师乃云："年华历遍复春来，个个重添福寿台。此夕罗纹结角处，阿谁踏着宝王阶？如有踏着宝王阶者，则诸天捧足献花，魔外潜踪无路，日用万两黄金不为分外，熙熙焉，陶陶焉，如享太牢之春。设不尔者，三十夜到来，阎老子打算饭钱，将何塞责？今冬常住清淡，未足为忧。其所忧者，前日所举青州布衫重七斤，郁郁黄花皆般若，少人理会，实为忧矣。今晚重开两片皮，更为颂出。或有人问：'青州布衫重七斤作么生？'即对云：'少卖弄。'复颂云：'万法归一一何归？七斤衫子脱梭机。毵毶破绽当风展，也胜时人衣锦衣。'更有人问云：'郁郁黄花皆般若又作么生？'对道云：'秋水共长天一色。'复为颂云：'一角祥麟足圣仪，通身瑞彩廓风规。黄金索脱闲闲地，造次凡流那得知？'所以达磨大师云：'诸佛无上妙道，旷劫精勤，难行能行，非忍而忍。岂以小德小智，轻心慢心，欲冀真乘，徒劳勤苦？’此数句乃神光二祖立雪求法之时，达磨见他忍冻忍苦以示之。如今学人才入禅门，便呈见解，不曾苦参苦究，欲如神光大师，正大慧所云：‘如捏拳头，隔靴抓痒。’今晚特举此段，与大众相为究竟，莫道山僧多嘴。”

解夏，监院领众请小参。师乃云：“一夏以来未曾与诸昆仲商略个事，盖为人人具有英特之气概，所以只自渊默而已。逗到今朝，诸方常例谓之自恣解制，事弗获已，出来应个时节，然亦无有可说，且举个古人公案以赴来机。昔日云门大师拈拂子云：‘于此得个入头处，捏怪去也。’日本国里谈禅三十三天，忽有人出来唤云：‘吽吽，特库儿担枷告状。’云门大师倾仓倒廪，抛撒无限珍珠，争奈时人不识。山僧即不然。遂拈起拂子云：‘于此得个入头处，则通身庆快，特地富贵，免致紧峭草鞋向他家傍门倚户。’现前有人出来道个可知礼也，也许他具一只眼。”以拂子击香几一下。

腊八，众请小参。维那问：“释迦如来成佛多时，为甚么今日始叫成道？”师云：“只为人人鼻孔失一边。”进云：“千年古镜忽生光。”师云：“有恩成怨恨。”进云：“方知人人具足，个个圆成。”师云：“迟八刻。”问：“古人道：‘不见一色，犹是半提。’正要知有全提时节。”师云：“露柱话分明。”进云：“世尊睹明星悟道，端的在那里？”师云：“莫谤他好。”进云：“某甲不会。”师云：“会取好。”进云：“更有末后句，昼见日，夜见星。”师云：“莫眼花。”问：“古德云：‘吾宗无语句，亦无一法与人。’和尚今日说甚么法？”师竖拂，云：“会么？”僧无语，师一喝。进云：“始知天生无两耳。”师云：“不易念将来。”进云：“这个且置，我有末后句，两镜相对，中无影像。”师云：“不是这个事。”

师乃云[①]：“海底泥牛衔月走，万古长如白练飞，岩前石虎抱儿眠，一条界破青山色，铁蛇钻入金刚眼，犀因玩月纹生角，象被雷惊花入牙，昆仑骑象鹭鹚牵，落霞与孤鹜齐飞，秋水共长天一色，末后一句始到牢关，落梅溅石青丸碎，卧柳临波翠带残，从上露布一时抛向诸仁面前了也，还瞥地么？只如世尊云：奇哉！一切众生具有如来智慧德相，只为妄想执着而不证得。据世尊恁么道，还是末后句也？是透关句也？有人于此缁素明白，山僧拂子当堂分付，设或未然，谩握金鞭问归客，夜深谁共御街行？”

除夕，众请小参。师乃云：“节序今宵尽破除，陈年历日是闲书。诸方

① 此句前一有“腊八小参”。

分岁繁炊黍，惟此放生只钓鱼。胡饼轻拈超佛祖，赵茶烂煮待贤愚。莫言黄檗家风别，一味清高控万夫。若也会去，千古丛林全礼乐，声光无限播江湖。”复云：“前日举一则话以问大众云：‘腊月三十日到来，闲底自闲，忙底自忙。且如何是不涉闲忙底意？’诸人各答一篇，皆是千年书架上摘来，虽未坐断情尘意想，却有些姜醋酸辣底味，故据其所答一一点出，以壮丛林风雅。如今或有人问山僧云：‘如何是不涉闲忙底意？’即对他道云：‘十字街头石敢当。’”又云：“山上石，河边沙。若能定当，非惟日消万两黄金，抑且诸天献供无路。珍重。”

结夏日，众请小参。师乃云：“诸方今日结夏，黄檗今日饶舌。但得内肃外宁，自然狂心顿歇。狂心既顿歇，清平甚快活。一口吸干沧海水，露出珊瑚枝上月。不论蜡人冰，岂谈鹅护雪？渴来茶两杯，饥时饭一钵。日用事现成，动静无优劣。可以助王化，可以为规法。还委悉么？薰风自南来，微凉生殿阁。”

解夏，众请小参。师乃云：“九夏期初满，秋风各去程，芒鞋湿露重，楖标度云轻。好恶应须识，是非莫与竞，如金鳞透网，活泼得人惊。拈拄杖云：还有透网底么？如有，向此转得一语谛当，山僧拄杖当堂分付，直向孤峰顶上盘结草庵一线衲裰，笑傲烟霞，闲敲风月，庆快平生，免使出一丛林、入一保社，东家征盐、西家索酱，穷厮炒、饿厮煎，处处随搂飕，有甚了期？如或不然，飒飒凉飙生洞壑，野鹤无羁任去留。”

小参。维那问：“昔日百丈禅师云：‘你等为我开田，我与汝说大义。’即今黄檗正是初兴之际，个个禅和子三条椽下、七尺单前，和尚教他参禅即是？与他说佛法即是？”师云：“我只教他莫作梦。”进云：“与么则和尚不与他说佛法也。”师云：“我但恁么说。”进云：“某甲则不然。”师云：“汝又作么生？”进云：“相逢不下马，各自奔前程。”师一笑。又问：“即心即佛且置，如何是非心非佛？”师云：“如何是即心即佛？”僧拟议，师一啐，僧便喝，师云：“好喝。”僧无语，师一棒，进云：“寸心常怀一丈恩。”师云：“好与三十棒。”又问：“如何是和尚西来意？”师竖拂子，僧拟议，师打云：“会么？”进云：“会不会都来是错。”师云：“不知痛痒。”僧无语，师下禅床搊住云：“道道。”僧拟议，师与一掌，便托开云：“原来是个尿床鬼子。”

师乃云：“玄机独唱，青山为座。流水作琴，觌体现前。鲁祖面壁，常啼鬻髓。和盘托出，付与知音。”

复举临济大师示众云："山僧当初在黄檗会中吃三顿棒，如蒿枝拂相似。今日再思一顿，谁人为我下手？时有僧出云：'某甲下手。'临济遂度与棒，僧拟接，济便打。临济大似汉王临朝，反思昔日田舍基业。这僧贪观天上月，失却手中桡。若是个汉，待举到谁人下手处，便与劈面一掌，不惟扶竖临济正宗，抑亦流芳千古。还委悉么？不然，再听一颂：偏怜满座好儿郎，三顿蒿枝为举扬。旧炙疮瘢重着艾，令人脱体放毫光。"

除夕小参。师乃云："夫雷霆必发而潜底震动，抱鼓铿锵而介士奋竦，故物不震不发，士不激不勇，参禅人以之不忘于心，而固事坐立可待也。到恁么地，饥餐渴饮，闲坐困眠，从教岁序推移，不干我事，溪山占断，八面玲珑，岂不快哉？兹值年抄，莫可为分岁，用此以备礼仪，珍重。"

结夏，众请小参。师乃云："黄檗今朝结夏，欲说些细大佛法与诸昆仲，盖缘数时牙痛，无甚佛法可说，今且举则古话以作寒温去也。遂举庞翁云：安居须是杀，杀尽始安居，会得个中意，铁船水上浮。庞翁建立门庭则不无，若是入理深谈，犹较半日程。山僧亦有个颂子：安居须是活，活活始安居，铁蛇钻入眼，虾蟆上碧虚。会得个中意，奴呼普贤，婢唤文殊；设或未然，饱吃云门大胡饼，看取杨岐三脚驴。"

解夏，众请小参。僧问："正值自恣时，亦逢欢喜节。安居今已圆，有问请师答。"师云："进前来。"僧进前，云："万象之中独露身，惟人自肯乃方亲。此乃长沙道底，如何是和尚道底？"师云："我听不清。"进云："昔年谬向途中觅，今日看来火里冰。也是他道底，如何是和尚道底？"师云："脚跟下呢？"进云："某甲有句，愿赐证明。"师云："甚么句？"进云："昔年谬向途中觅，今日方回大地春。"师云："只恐不是玉，是玉也太奇。"进云："谢证明。"遂礼拜，师云："大众怪笑。"问："扇子蹦跳上三十三天，意旨如何？"师云："日用之中常不离。"僧喝，师一棒，进云："棒头在后。"师云："不知痛痒汉。"僧云："老老大大作这个话在。"师云："还嫌少。"僧喝，师云："再喝看。"僧又喝，师云："莫蹦跳。"僧问："临济入门便喝，德山入门便棒。"某甲入门，和尚作么生接？师云："金刚与泥人揩背，一擦骨出。"进云："忽出门去又作么生？"师云："一棒送将去。"进云："相逢不下马，各自守封疆。"师云："太劳生。"问："洞山麻三斤，意旨如何？"师云："识取钩头意，莫认定盘星。"进云："自领出去。"师云："自领去也好。"僧将坐具打桌一下，师蓦头一棒，进云："再犯不容。"师云："卒识话头。"

师乃云[①]："九夏安居，个个高悬钵袋；一期既毕，人人紧峭[②]草鞋。纸马渡江，金刚揩背。有漏篱篱，无漏木杓。逢人一任举似，切莫道在黄檗过夏。何以如此？路逢剑客须呈剑，不是诗人莫献诗。"

复举仰山夏末上，沩山作礼。沩云："子一夏在下，作得个甚么？"仰云："某在下开得一片田，种得一萝粟。"沩云："子可谓不空过一夏。"仰却问沩云："和尚在上一夏，作得个甚么？"沩云："老僧日中一食，夜后一宿。"仰云："和尚亦不空过一夏。道了却吐舌。"沩云："子何得自伤己命？"山僧拈云："父不为子隐，子不为父藏。此乃沩仰家尝茶饭。既然如是，为甚仰山道了却吐舌？不见道：大人境界，忍俊不禁也。然则山僧与诸昆仲，亦不空过一夏。汝诸人还知么？如或未知，举拟去也。挑得几转土，盖得一佛殿。且道与沩仰是同是别？若道得同别句子，许汝即今好恶知端的，撇却从前满面埃。其或未然，听举一颂：自恣此日渐微凉，且喜蜡人冻愈光。分付水云参学者，谩将到处错商量。"

小参。僧问："眉毛与虚空结时，学人性在甚么处？"师云："两脚八字立。"进云："此外更有长处么？"师云："但向此着力。"进云："竹影扫阶尘不动，月穿潭底水无痕。"师云："将谓好商量。"僧礼拜，师打一棒，云："这一棒又作么生？"进云："屈棒元来有人吃。"师云："屈，屈！"问："十方同聚会，个个学无为。如何是无为一句？"师云："大家堂上立。"进云："此是'选佛伤心，空及第归'。如何是及第一句？"师云："打破漆桶。"僧迟疑，师一棒。

师[③]乃竖起拄[④]杖云："太杀聱头，极是伶猛。唤作鳖鼻蛇，又是错安名。唤作无多子，又是虚注脚。见之则㩳瞎眼睛，闻之则塞却耳聪，嗅之则敲脱鼻孔，味之则截断舌根，触之则丧身失命，忆之则扑灭意识。其横也，㩳着三世诸佛顶𩕳；其竖也，㩳着三世诸佛顶𩕳[⑤]。汝等诸仁还觉顶𩕳痛么？既是㩳着三世诸佛顶𩕳，为甚诸仁觉痛？如或觉痛，诸仁顶𩕳，即是诸佛顶𩕳。诸佛顶𩕳，即是诸仁顶𩕳。其或未然，依旧只是七尺单前瞌睡底驴汉，

① "师乃云"一作"小参"。
② "峭"一作"捎"。
③ "师"一作"小参"。
④ "柱"一作"拄"。
⑤ "顶𩕳"一作"脑门"。

禅板[①]边抖擞底胡狲。快着精采[②]，莫虚度时光。此生不向今时度，更待何时度此生？更欲如何若何？鹞子飞过新罗。”乃喝一喝，便起身。

冬至小参。僧问：“‘梅子枝头初放媚，灰飞律管气渐温。河山诸国同倾仰，共祝皇王亿万春’。如何是和尚祝圣一句？”师云：“梅花开处大地春。”进云：“恁么则林峦增翠色，万卉尽沾恩去也。”师云：“不劳赞叹。”僧礼拜云：“谢和尚答话。”

师[③]乃云：“水结琉璃，梅吹雪月。阳气既复，阴气自消。是故寒不彻不足以成岁，热不酷不足以生实。此乃节序推移之数，天地运动之机也。如人参禅，疑之不极，则无以开悟；信之弗切，则无以启发。无启发处，则志意下劣，无开悟处则道业难成。顾知世出世间之事，若以泛泛而能成器，其可得乎？此又是功勋边事，未是出格之论。”遂举拄杖云：“唯有这条拄杖，不涉阴阳寒暑，自有擎天拄地之势。诸仁还知么？若知之，便可火炉头披衣稳坐，随分乐余生。其或不然，有寒暑兮促君寿，有鬼神兮妒君福。”

荐严请小参[④]。乃云：“孤光独露，万古辉煌。觌体提持则超情离见，全机展演，则越类截流。是以圆应无方，活泼非偶，迥绝捞摸，了没把捉。忽焉在于前后之际，彷尔现于左右之间。犹如洪钟，随击扣以无亏，触波澜而不散，既拘系之靡涯，岂去来而可局？直得天上人间，山川城郭，三千刹海、百亿须弥，无非是放身命之处，优游之所。以至娑婆世界、极乐国土，不离于当念。若能转念回光，则性相平等，生佛不二，而生死涅槃皆为剩语。山僧所说底亦是剩语，一大藏教亦是剩语，千七百则陈烂葛藤亦是剩语，以至诸子百家悉皆剩语。然虽如是，毕竟如何得谛当去？但能一念无憎爱，步步莲花衬足生。”遂以拂子击禅榻云：“山僧荐拔已竟，诸人助荐又且如何？”知客云：“生灭两途俱透脱，天涯海国是莲邦。”师云：“东家人死，西家助哀，争奈错过主人翁。”复以拂子击一击。[⑤]

师己亥腊月病起[⑥]，除夕小参。乃云：“业系受身苦莫言，死生老病竞相

---

① “板”一作“版”。

② “采”一作“彩”。

③ 一无“师”。

④ 一无“荐严请”。

⑤ 一无“遂以拂子……击一击”，而另作“下座”。

⑥ 一无“师己亥腊月病起”。

牵，苟无一具超方骨，那得安闲乐永年？大众还知么？只如山僧前日腹疾，大痛大病一场，还是业系而得耶？非业系而得耶？若道业系而得，四大本空，五蕴非有，又作么生而系？若道非业系而得，又痛从何来？病从何起？于此着得只眼，则知众生病乃诸佛病，诸佛病即众生病，便能着清净衣，入清净国，与毗卢遮那佛、文殊、普贤把手游戏华藏世界。设或未然，腊月三十日到来，阎罗老子打算饭钱，未免手脚忙乱。然虽如是，还有不痛不病底么？火烧山，腊月灼焯涌红莲。”

除夕秉拂小参。僧问：“如何是三十日到来受用一句？”师云：“大王面前小鬼惊。”进云：“此外还有方便也无？”师打一棒，云：“一棒当头廓太虚。”僧礼拜云：“谢师一棒。”师云：“我亦不受。”问：“象骨岩高人不到，到者须是弄牙手。请师一挨一拶。”师云：“乌龟弄足上天台。”进云：“象王行处绝狐踪。”师云：“须是龙门客。”僧迟疑，师打一棒，云：“迟疑较八刻。”进云：“触处即光辉。”师云：“未信汝在。”

师乃云：“卒性疏慵口懒开，今朝又拶普门来。苟问吾侬宗正眼，灯笼沿壁上天台。所以古德云：‘吾宗无语句，实无一法与人。’恁么说话，早费多少盐酱了也。倘能于此洞豁，自然双眸光彩，管教腊月三十日到来，安安闲闲，潇潇洒洒，拍手高歌，以度岁华，岂不美哉！纵有临济机用畅快，沩仰勘辨森严，洞山门庭绵密，云门接人高古，法眼指示简明，总是破凡夫澡洗底足水，行脚僧抛丢底草鞋，有甚用处？”遂一喝，云：“漏逗不少。虽然如是，不妨再占一颂：‘个个火炉古镜阔，松烧向暖面门红。须知有物先天地，不涉推移晷运中。’有劳久立，伏惟珍重！”

除夕秉拂小参。乃顾左右云：“今夕腊月念九，到来时光将敛。还有不错过时光者么？不妨出来共相提唱。”僧问：“如何是向上一路？”师竖拂云：“是向上？是向下？”进云：“两头俱不着。”师云：“知汝在中间坐。”僧拍掌二下。师云：“弄精鬼汉。”进云：“到得归来无别事，庐山烟雨浙江潮。”师云：“念言语汉。”僧绕一匝，归众。师云：“无气息。”问：“如何是年穷岁尽一句？”师云：“目前无异怪，不用挂钟馗。”进云：“即今拜和尚去。”师云：“礼拜即得。”问：“如何是本来面目？”师云：“头顶天，脚踏地。”进云：“踏着实地。”师云：“汝无气息汉。”进云：“步步踏着绿水青山。”师云：“不会我语。”

师乃云：“方丈老人，婆心太切，年梢岁暮，逼石女生儿。殊不知现前昆仲尽是英特，人人怀沧海之珠，个个抱荆山之璧，何必如何若何而后谓之分岁乎？但不获已，应个时节，权把虚空描写，当作烹露地白牛为供养去也。乾之真，四时行；坤之真，万物生；人之真，自性灵。唯性之灵，融乎乾坤，化乎时物。时物不化，则触途成滞；乾坤不融，则见处偏枯。是知真实之性，为乾坤之祖，作时物之宗。不明祖宗，则坠于浊海。腊月三十日到来，未免手脚仓忙，皆由无真实明彻斯宗而自屈也。若是真实参究之士，务要打透此宗，直得扇子蹦跳上三十三天，搊着帝释鼻孔而后已，决不肯疲疲洋洋，坐在无事甲里，妄自为是，虚度陶阴。然而此之一宗，千圣不传，直下了知，当处超越，于斯证入，自然首正尾正。且如何说首尾俱正底道理？”以拂子打圆相云：“直把少林无孔笛，纵横吹起万年欢。”

复举：昔日北禅贤禅师除夕小参云：“年穷岁尽，无可与诸人分岁，且烹个露地白牛，炊黍米饭，煮野菜羹，向榾柮火唱村田乐。何故？免见倚他门户傍他墙，刚被时人唤作郎。”不坐，归方丈。少顷，倚遇上座入方丈云：“门外有公人来。”禅云：“作甚么？”遇云：“勾和尚宰牛，不纳皮角。”禅拈头帽掷在地云：“者个不是。”遇就地拾得便行。禅下禅床捉住云：“捉贼！捉贼！”遇将帽子里向禅头上云：“天寒，且还和尚帽子。”禅顾侍者云：“者个公案作么生？”者云：“潭州纸贵，一状领过。”拈云：“北禅随家丰俭，等闲拈出，百味具足。遇上座醉后添杯，逢场作戏，不妨伶俐。如此酬唱，非惟禅林礼乐昌盛，抑亦法苑规绳条井。虽然如是，也是张公吃酒李公醉。”复更颂出：“聊唱村田烹白牛，和羹野菜甚绸缪。傍观也有知音者，合拍当机振祖猷。珍重！”

请荐亲秉拂小参。乃云：“请伸荐拔若为言，一念知恩孝行全。欲识双亲真面目，虾蟆井底吞婵娟。其或未委，不妨再弹一曲。”乃以拄杖向空敲一敲，云：“一棒棒碎虚空骨。”复以拂子拂一拂云：“一拂拂开佛祖眼。佛祖之眼既开，则照耀乾坤无隐晦；虚空之骨既碎，则浑融法界非内外。正体圆湛，大用纵横，坦坦荡荡，炜炜煌煌。直得百草头边现丈六之金身，把丈六金身现于百草头，泊然显焕，迥出罗笼。犹日丽天，昼夜旋行而不动；若水归海，波涛竞注而不流。管甚地狱天堂，说甚娑婆极乐。任性逍遥，随意自在。如是了证，如是觉知，不独此生父母当处超越，乃至曩劫祖翁霎时解脱。”遂竖起拄杖云：“拄杖子与你荐拔已竟，且觌面提持一句又作么生？铁蛇钻入金刚眼，昆仑骑象鹭鹚牵。”

复举祖师云："'父母非我亲，谁是最亲者？诸佛非我道，谁是最道者？'直是有恁么机略，方堪报德酬恩。设或未然，试为注脚看。父母非我亲切，谁是最亲者？面目分明。诸佛非我道切，谁是最道者？鼻孔昂藏。且道与祖师相去多少？伏惟珍重！"

日用之中，无净无垢，无心无念，无执无着，便是一行三昧。直下会取自性天真，亦不滞于天真之念，则与道相合。若有纤毫系着，依然打入尘劳，不能了脱。宜慎省察。

是心是佛，心外无别佛，佛外无别心。此心本来清净，本无生灭，妄念不生，即是正觉。觉即出世，不觉乃凡夫。欲知此心之地位，但不取于相，即如如佛也。

识取自心清净，本来是佛，无成无坏，但莫憎爱，执着人我，一切处，一切物，如同泡幻，不生染污，即入圣智圆觉解脱道场。或诸念烦杂，惟看本来无一物，日久月悠，自然顿悟，乃成出世大人。

本具真性，亘古亘今，非生非灭，以不守本真，情有取舍，故致轮溺。如能悟妙明真性，绝染着取舍之情，便是真心圆具，则临命终时，自然超越人天六趣，始为出世自由人也。

本来面目，乃一身之主万行之源。若不妙悟，则爱憎自生；爱憎既生，则妄情谬乱；妄情谬乱，则背失本来面目，从此漂流五道，无有抵止。所以参禅须求妙悟，悟则契事契理，方得优游三界之外也。

参禅须求妙悟，若无悟明，非真正知见也。或执着一切名相，以为修行者，乃是痴禅也。故经云：凡所有相，皆是虚妄。盖执相属于有为，有为之法，必归磨灭。最要紧处，不可贪染憎爱，忻厌苦乐。此乃生死之根株，不可不知也。

参禅无别有法与人，但提个本来面目，身心一注雅志不移，直要以悟为是。若起心动念，作种种修行，别生知解，皆是妄想根尘，亦是邪见之人，总无由了悟也。慎之慎之。

生在富贵之家，不被富贵所移，皆是多生植种而然也，能以敬信三宝系念圣号确实专一。忽于无所念虑处便顿明，自性与古佛同体，到此方谓出尘。至人了无男女劳扰等相，如此见知则富贵中大富贵也，亦万劫不坏之受用，应宜慎重。

日用之中要合清净本心，既合本心则无障遮，便能顿悟自性证成圣果。

始知人生如意事、不如意事，总属幻华空果。于此了了无滞，得大自在，迥出凡情、超越三界。宜其慎之，不更多说。

凡为官贵皆从夙善而来，若能不忘正定夙善，则六波罗蜜万行悉已具足，是知心善可为万法之源，众德之本。是故仁人须明性善之心，苟知心善所在处，于人天及在法门，总是尊贵。正主应自觉察，余不多述。

心佛不二，物我一如。若达一如之理，便识不二之法。既识得不二之法，则物我心佛浑然一致，自能破生死之窠，截断烦恼之根。如或不然，但向心佛不二处子细审详，久久不移而自洞开正眼。切切。

修行参禅原无一法可示，亦无一物可与，只要当人回光返照，二六时中动转施为处，果是何物？于此见得分明，便入佛境界。如或未委，但看僧问赵州云：闻和尚亲见南泉是否？州云：镇州出大萝卜头。专注一意，自然打彻。

人生世间，富贵功名皆是梦幻，惟老年隐逸不念杂染，清净专注出尘之道，乃为至要至玄，抑亦大英俊也。此真法沧，难与愚俗者道矣。珍重珍重。

人生世间多因贪爱而来也，无贪爱执着之念，则慧眼清净，永不被业系而受身，既受其身，则弗免生老病死，若能正信三宝，见性明心，方脱四相之苦。所以经云：诸苦所因贪爱为本道，人既知富贵贫贱皆属业系，应切切孜孜力究本来面目。忽然顿悟，便出三界，始免轮坠。切宜勉旃。

夫学道者，先须要学贫，贫来与道自相亲。贫莫贫于无骨力，骨力若无，则志气不大，道念匪坚，触境情生，逢缘意涉，至竟不能成立，终久打入流俗阿师队里，皆因无骨力而致然也。且天无骨力，无以运日月，发施雨露；地无骨力，无以擎山河，化育万物；王无骨力，无以治家国，沛仁泽；人无骨力，无以修其身，成德业。大象不游兔径，猛虎不食伏肉，而况衲僧家气宇如王，欲脱生了死，匡道扶宗，安得无骨力而能堪任其大事者乎？所谓八十翁翁入场屋，贞诚不是小儿戏。苟非操心于天地之外，立行于人王之先，拟了生脱死，圆明智眼，则同龟毛兔角。观古人澡心浴德，住山二三十年，蒲团坐破，不计其数，动静一如，身心无余，而后向冷灰里豆爆，则惊天动地，耀古腾今，发一事，事事圆融，表一言，言言见谛。所以达磨大师云："外绝诸缘，内心无喘，心如墙壁，可以入道。"此语岂赚我哉？有志祖庭者，宜自勉之。

除夕小参。象山南，象山北，花簇簇，水湾湾。山童爆竹，惊走闲神野祟；驱傩作舞，笑杀市女村翁。一一显发本来机，着着透漏真如性。会得底，闲闲稳坐；不会底，忙忙在途。盖缘素无实头工夫，动被业识牵去，以至腊月三十日到来，不能摆脱。如斯之人，黄面老子再世亦无奈他何。禅和子须知有活脱一路出身之门，若止毶毶毰毰，莽莽卤卤，直饶参到弥勒下生，如水浸石卵，终无用处。乃咄一咄，云：此段葛藤且收归后架。更有一件抱不平底事，不容缄口无言。前日室中举个新妇骑驴阿家牵底公案，今已年终岁穷，无人理会。苦哉，达磨耶阎罗大王怒目撑眉出来，道云：参禅学道，要了生死。似这些话尚理会不得，敢吃人家饭，要还我饭钱来。不然，须吃铁棒。被山僧一喝，直得向拄杖子里躲身去了也。而今世界平明，正好唱个村歌乐岁。汝这队牛头阿房[①]，尚在这里觅甚么椀？以拄杖一时赶散大众[②]。

万佛忏圆满，谢监院两序头首小参。西堂问：“临济家风旧，机要日日新。如何是日新底机要？”师竖起拂子云：“拂子头上放光明。”进云：“迥出常流一句作么生？”师云：“须是通风者。”进云：“恁么则独步大方去也。”师云：“更须吃棒。”维那问：“忽忆去年旧痛处，于今犹恨棒头轻。末后一着请师道。”师云：“汝是个汉。”进云：“恁么则直下承当去也。”师云：“切莫乱承当。”乃云：“监院雨化一期，辛勤谦恭克己，重法忘身，苟非夙世慧根，决不能匍匐至是。美则美矣，至则未至，更须明向上一事始得。”竖起拂云：“向此直下承当，便不周由者也。其或不然，未免牙上生牙，角上生角去也。单提正印，蹈驻隆高，独阐玄风，步骤阔远。震雷轰之令，望影尤难；走电掣之威，追踪莫及。全照全用，全杀全活。把住则青霄倒缩，放开则碧海腾波。彰万佛于百草颠头，满一期于孤云世外，迥出规矩，顿忘功勋，一任人人优游自在，从教个个横行撇脱，同彼同此，无拘无束。而今恁么也得，不恁么也得，恁么不恁么也得，不恁么却恁么也得，岂不绰绰有余裕哉！然虽如是，犹涉途程，未是本分之谭。且如何是本分之谭？当阳不立阶梯，觌面全彰正体。兹者万佛已毕，一期圆满。实乎不期然而然，不之幸而幸。自非龙神呵护，诸昆仲善操，焉能晏然如此？是以有所密喜，

① “房”，一本作“旁”。

② 一无“大众”。

故不觉而滔滔。有劳谛听，伏惟珍重。”

谢本山护法并耆德[1]小参。去年到此菊初黄，不觉春风草又香。喜得绸缪遵法侣，不孤寂莫在山房。大众会么？此者正是本山护法、诸耆德绸缪之余韵也。审之，佛法不在绸缪之间，而实不相离矣。何以为然？如赵州吃茶，天皇送饼，甘贽设粥，东坡解带，如此之类，莫不是绸缪处么？咄！漏逗不少。若作佛法商量，则埋没己灵；若作世谛流布，则孤负先圣。于此透脱精明，不妨得坐披衣，端然受供养。今则一期圆满，或出或处，或东鲁或西秦，须把一件事为事，不可放在无事甲里。不然，只知事逐眼前过，不觉老从头上来。便起身。

小参。顶门透脱，通身洒落无羁；脚底超方，万物融归一致。非彼非此，没高没低。风月满乾坤，乾坤收不得；棒喝验宾主，宾主莫能该。圆陀陀，活泼泼，纳须弥于芥子之中，掷大千于阃域之外。巍巍乎，荡荡乎，临济闻风而皱眉，德山望崖以退步，岂三贤十地可得而登瀛也？大丈夫有如是气概，有如是骨格，尚未踏着向上一窍在，况日日蒲团上，夜夜禅板[2]边，眼睁不开，梦撼不醒，昏昏沉沉，一似醉汉，可称丈夫儿哉。兹结制将两月，未见有响动者，故不觉漏逗至此。若欲踏着向上一窍，须是火焰光中解转身，荆棘林间活卓卓。

复举云门大师闻钟声云：世界许广阔，为甚钟声披七条？云门老汉会万物为自己，把自己作万物，将常住果子当人情，东抛西掷，狼藉殊甚。虽然如是，会得则毒药是醍醐，不会则伊兰即蒺藜。今日若有问山僧：世界许广阔，为甚钟声披七条？但云：露柱与古佛同参。还委悉么？如或未然，一一再为注破。世界许广阔，乃云：洞见天地心。为甚钟声披七条，乃云：天地心洞见。或有倜傥分明，不妨来方丈吃棒。便起身[3]。

良素禅人同居士为师庆寿，请小参。真人无背向，在处是华居。出入面门中，通身浑赤露。有时十二街头掣颠放憨，有时孤峰顶上敲风打月。智者见之谓之智，仁者见之谓之仁。熙熙陶陶，浩浩荡荡，骑声盖色，蓐地罗天。不是心，不是佛，非道亦非物，山野自栖林麓，未尝露个元字脚。今

---

① “谢本山护法并耆德”，一本无。

② “板”一作“版”。

③ “便起身”一作“下座”。

日向此嘴滔滔，大似扬家之丑。乃竖拂，云："诸仁者，还会么？如或会得，庆祝已竟；倘其未然，听取一偈：'遍界韶光花草香，黄莺树上广称扬。声声唱出无生曲，喜有知音展笑容。'"便起身①。

为诸禅德父母立报劬祠，对灵小参。师竖拄杖云：迥绝罗笼，了无遮盖。非天地之化育，岂父母而能生？千般施巧智，难追其影迹。一念乍返本，廓尔露真风。以此度亲，功超佛祖。以此报恩，孝逾舜尧。上根之士闻而钦服，下愚之人见且抑斥。此无怪其然，惟义所在，虽上帝亦毗赞而相参。既然如是，又乌得特地而事形骸？不见吾佛世尊昔曾为母说法，五祖大师亦曾为母设堂。此万古龟鉴，今犹传之。吾人虽未如世尊、五祖之孝，抑且有条攀条，有例随例，岂为分外乎？兹因蕴谦禅弟②每每叮嘱，欲设度亲，孝念益切，是以山野不没其诚，即鸠诸同志为之建立，使年年春秋二祭，以报劬劳，伸其孝敬。正当恁么时，且如何是报恩底事？一念真诚清净慧，援登父母九莲台。便转身。

黄檗首座寮，秉拂小参。僧才出礼拜，师云："不用如何若何，汝本分事道将一句来。"僧云："且放过一着。"师打云："也放汝不过。"进云："已迟八刻。"师云："羞！羞！"问："凤儿栖桐树，狮子出林来。如何是返踯嚬呻句？"师竖起拂云："向这里荐取。"进云："恁么则群魔皆低首，诸天尽散花。"师云："不是直钩客，徒劳到海壖。"僧以手打圆相云："也少泉沙弥，这个不得。"师云："一任蹦跳。"乃云："前日两番扬丑，至今惭色未消。今朝再扬，诚不如法。何故？盖缘平日寡学，才拙无文，要生牙生角，又无牙角可生。虽佛法不在文字，而实不离文字。既然如是，不免向龟背上拔毛，随分说几句，以慰诸昆仲之雅命去也。"竖起拂子云："白泽高悬，狐妖俱隐。太阿在握，杀活临时。八面威风不可御，双全韬略绝遮拦。拈起也乾坤岌嶪，放下也河海晏清。知有底人，一言才出口，地上绣纲开。未知有底，抬足碍荆棘铁围在目前。所谓悬崖撒手，自肯承当。绝后再苏，欺君不得。有如是操略，便能融万法为一心，转一心归万法。罗笼不住，呼唤不回。直得③临济德山站立一边，文殊观音合掌赞叹。虽然如是，诚非容易。

① "便起身"一作"下座"。

② "蕴谦禅弟"一作"谦禅弟"。

③ "直得"一作"直使"。

犹如鱼化龙，桃花三汲浪。跳得过者，便解兴云吐雾，倾湫倒岳，只在顷刻之间。跳不过者，则遭点额焦尾，魂飞魄散，终生而不能返复[①]。良有以也。久参大士，不在斯限。后学初机，切须猛省。辄成山偈，一并举似。曲岸梅花映晚晖，寒香暗度泄真机。分明古佛家风在，拟向梅花觅又迟。”复举镜清禅师问玄沙和尚云：“某甲乍入丛林，乞师指示个入路。”沙云：“汝还闻偃溪声么？”清云：“闻。”沙云：“从这里入。”师云：“镜清负冲天之志，便乃操戈入室。玄沙大人之量，打开宝藏，任其取足。可谓大智有大用也。”今日或有问云：“某甲乍入丛林，乞师指示个入路。便与伊当胸一踏。何故譬？俊俏之机，庆快难辞。且道与玄沙相去多少？”劳听久立，珍重！

秉拂小参。僧问：“大地无寸土，诸方俱太平。分上事如何？”师云：“海阔难藏月，山深分外寒。”进云：“日不向东出，水不在溪流。作么生？”师打，云：“闲言语。”僧礼拜，云：“看破了也。”师云：“知即得。”乃云：“当阳一喝，宾主难分；觌机一棒，玄要纵横。辩得玄要语，便明宾主句。宾主明则与夺自在；玄要辩，则提唱坦然。捏住时，人境俱泯，放开处照用无偏。是以一棒一喝，顿超金锁玄关；一锥一扎，迥脱罗笼窠臼。十地三贤闻风而退席，二乘四果望崖以失踪。只贵过量人具，择出格眼，全身荷负，赤手提持，方许入作，堪为济下儿孙。虽然如是，以拂子划 ⋀ 此相，云：更须透过这个始得。其如情存见闻，意耽名相，半青半黄，不死不活，皆非鼻祖之本怀。英灵汉闻恁么道，便掀倒禅床，拦槌一顿，亦怪他不得。何故？大丈夫捋虎须，不为分外。兹者一期将满，年华欲残，辄承诸兄弟之爱，不觉漏逗至此。或有所不到者，伏惟莫吝慈悲。珍重！”[②]

黄檗西堂寮立春日秉拂小参。乾元启泰，宇宙回春，梅花频笑，柳眼争开，蚯蚓虾蟆齐蹦跳，泥牛水牯尽翻身。百舌嘲巧，全提古佛心宗；细莺掷锦，揭露西来大义。良以灵机独运，活卓卓兮而不涉化工；至体无私，圆陀陀兮而匪加言象。天以之发施雨露，地以之清华人物，国王以之大展皇风，良臣以之辅弼圣道，庶民以之齐家产业，群灵以之了生脱死，衲僧以之显大机，发大用，敲狞龙，击狻麑，坐断报化佛，打破圣凡窠。虽然如是，犹是建立边事。若向上提持去，德山棒拈向一边，临济喝置之一处。

① “返复”一作“返”。

② “珍重”后一有“归方丈”。

孤迥迥，峭巍巍，刀斫不入，水泄不通。赤肉团上无位真人是燎焦胡饼；四照用，四宾主，乃热碗鸣声。瑫上座与么举扬，未审还惬诸昆仲也无？如惬，则把手唱巴歌，彼此庆快庆快且止，只如应时纳节一句作么生道？春色满园关不住，一枝红杏出墙来。

复举昔有古德悟道偈云："诸法从本来，常自寂灭相。春到百花开，黄莺啼柳上。"古德也是白日青天为魅所着。然虽如是，不得春风花不开，及至花开方始休。伏惟众慈有玉久立。

除夕小参。二三千处卧云峰，雪老梅香；四五百条通马市，松青火焰。年年送旧迎新，家家应时及节。擂鼓底擂鼓，弄狮底弄狮，唱歌底唱歌，拍笑底拍笑。甚分明，最历落。一点谩诸人不得，诸人一点谩山野不得。及乎问其个中意旨如何，便唧嘴皱眉，东扯西补。似恁么去就，直到乌龟成鳖，未有能证之者。且道过在于何？唯是应二时粥饭了，终日怕寒，长连床上衲被蒙头坐，不妄想便打盹，于本分事上未曾亲切一番，以致然也。只今欲亲切一番，但辨取德山小参不答话，赵州小参却答话。为甚么佛法有两样？若无两样，为甚么德山不答话，赵州却答话？与么亲切，一回蓦地冲着露柱，识其端倪，亦未可量也。今晚大唐国里[①]诸方丛林，或排满筵蜜果子，或烹露地白牛，与大众分岁。山野者里蜜果子亦无，露地白牛也不烹，只是奉些家常茶饭，与汝们说些淡话，何乃越例如此？一免需皮纳角，二免黏齿带牙。或谓："向上还有事么？"但云："不离当处常湛然，觅则知君不可见。"便起身[②]。

法本法无法，心本心无心。无心无法，则无生老病死，亦无爱憎离苦，乃至无有颠倒梦想，远离恐怖烦恼。是故三世诸佛，依无心无法，而坐菩提树下，成等正觉；历代祖师依无心无法，据宝华王座，阐扬宗乘。优哉游哉，有弘辅于正治；礼矣乐矣，实密佐于皇化。粮不蓄，富有四海；名不荣，道满大千。启慈忍门，建选佛场，投入此门者，无不获益。一弹指顷，转凡成圣，片念回光，捐恶归善，功覆天地，明逾日月。在于《华严经》，则融十重法界，而得事事无碍；在于《楞严经》，则达七处征心，而入大定；在于《法华经》，则御三车而出火宅；在于《般若经》，则空四相而证金刚体。

① 一无"大唐国里"。

② "便起身"一作"下座"。

了此义者，处处能作主，不为万物之所笼罩；未了此义者，却被诸境之所移惑。若是皮下有血底，闻恁么说，便如狮子儿，万仞崖头直下奋迅翻踯，管教敌胜惊群。汝等冬瓜茄子还知么？如或未知，急向脚跟下摸索看看！久立，珍重！转身归方丈[①]。

逸然禅德请荐令先师耆宿默公小参。灵明真体，阔绰圆融，密运玄机，离闻绝见。欲以相相之，不可得而相；欲以名名之，不可得而名。充满太虚，遍周法界，乾转坤旋，凝然不变，劫烧石烂，寂尔匪亏。所谓“有物先天地，无形本寂寥，能为万象主，不逐四时凋”。于此识其端倪，则知生以不生生为生义，死以不死死为死义，以至上刀山，入火镬，皆是家常茶饭，投驴胎，出马腹，无非游戏道场。更能于游戏场中作大佛事，转山河大地归自己，转自己归山河大地，而无所留碍也。兹者乃逸然禅德请山野举扬个事，拔荐乃师耆宿默公。然而耆宿六十一年来，世出世间之事俱已闻见，山野开两片皮，大似与钵盂安柄。虽然如是，不妨多处添些，少处减些。遂以拂子击香几云：“山野荐拔已竟，未审诸人助荐义且如何？”维那云：“觑破古今生死路，大千沙界任纵横。”师云：“更须听取一颂：拂子头边开只眼，牢关照破万千重。青霄平步无羁系，便是到家解脱场。珍重！”

答问

高峰妙禅师垂语

大彻底人本脱生死，因甚命根不断？

答：“月在青天水在瓶。”

佛祖公案只是一个道理，因甚明与不明？

答：“承言者丧，滞语者迷。”

大修行人当遵佛行，因甚不守毗尼？

答：“大用现前不存轨则。”

杲日当空，无所不照，因甚被片云遮却？

答：“贼入不慎家。”

人人有影子，寸步不移，因甚踏不着？

---

① 一无“转身归方丈”。

答："骑牛不识牛。"
尽大地是个火坑，得何三昧不被烧却？
答："焦砖连底冻。"

兜率悦禅师室中垂语

拨草瞻风，只图见性，即今上人性在甚么处？
答："龙袖拂开全体现。"
识得自性，方脱生死。眼光落地时作么生脱？
答："象王行处绝狐踪。"
脱得生死，便知去处。四大分离，向甚么处去？
答："马腹驴胎匹似闲。"

径山费老和尚垂语

水既无筋，因甚长流不断？
答："一气不言含有象。"
佛祖公案犹空中纸鹞，向甚处收取线索？
答："只在当人掌握中。"
鹏抟峰与宴坐峰相交，且道说个甚么？
答："无宾主句炽然谈。"
风扇大野毕竟作何形色？
答："寒威凛凛绝遮藏。"
望江亭上垂机，谁是知音？
答："石人笑点头。"

永觉贤禅师垂语

戒必师师相授，请问威音王从何人受戒？
答："秤锤原是铁。"
戒光从口出，非青黄赤白，毕竟作何色？
答："只许老胡知，不许老胡会。"
破戒比丘，不堕地狱。既是破戒，因甚不堕？
答："贫家贼不打。"

五虎攒羊，如何救得此羊出去？

答："瞥然空挂角，何处觅踪由？"又云："老僧从来眼不花。"

离却语默动静，别通个消息来？

答："今日牙痛。"又云："早已话堕了也。"

苕溪一滴水，味异众流，未审是甚么味？

答："不盐不淡。"

门前烟波浩渺，不假舟楫，如何得渡？

答："领取源头着。"

眼空宇宙，脚踏毗卢的人，因甚犹在半途？

答："百尺竿头须进步。"

倒挂须弥，逆旋日月，因甚遭痛棒？

答："弄鬼睛汉有甚么限？"

僧问："明明白卓头，明明祖师意。作么生会？"

答："日移花影到关前。"

僧问："黄檗山头起云，敛石崖畔落雨。父子投机即不问，曹溪一滴事如何？"师云："山僧在这里折笋。"僧云："折笋后如何？"师云："且领会着。"僧云："不上不下是如何？"师云："死汉。"僧云："不死不生时如何？"师云："安南未收，又忧塞北。"僧礼拜，师打云："放汝不过。"

师夜问维那铁山云："古人道：'见山不是山，见水不是水'。既不是山，不是水，是个甚么？"山云："蜡烛双辉。"师征云："只如见山依旧是山，见水依旧是水，又作么生？"山云："不可不唤作蜡烛双辉。"师云："不作两样看。"山默然。师云："大家吃酒，维那还钱。"山云："莫谤某甲好。"师云："汝还甘么？"山云："和尚还要涂污人在。"便出去。

给谏任公庄居士入寺念《金刚经》。谏云："《金刚经》亦无甚么大道理。"师云："居士具甚么眼，便恁么道？"谏云："不过孔子这些字耳。"师云："其余且止。只如经云：'如来者即诸法如义。'居士作么生会？"谏无语。师云："不可草草也。"谏云："如何是法？"师云："寺前瓦砾堆。"谏云："如何是义？"师云："大底大，小底小。"谏乃服[①]。

---

① 一无"谏乃服"。

僧问："从上祖师还悟也无？"师云："无。"僧云："为甚么无？"师云："壁上挂灯盏。"

师问维那铁山云："汝道'朝闻道，夕死可矣'。只如道无形无声，汝作么生闻？"山云："待露柱开口时，即向和尚道。"师云："露柱几时开口？"山良久云："向和尚道了也。"师云："迟了八刻。"山云："霜风严寒，请和尚珍重。"师颔之。

法周座主问：坐毗卢关提摩竭令，摩竭令即不问，如何是毗卢关？师云："壁落植青桐。"主云："摩竭令聻？"师良久云："会么？"主无语，师随与一喝。

师问僧："狗子无佛性，阇黎作么生理会？"僧云："无。"师云："意旨如何？"僧云："无。"师打云："钉椿摇橹汉。"

雪机①侍者问："石霜禅师榜法堂前，意旨如何？"师云："弄泥团汉。"者不语。师云："渠卖弄你作么生？"者云："识破了也。"师云："如何是你识破底意？"者云："一串串却。"师云："老僧在里许，汝在甚么处？"者云："某亦在里许。"师云："跳不出他圈匮。"者云："三世诸佛也跳不出。"师云："须是别有生机始得。"

师一日与诸禅侣饭处，乃拈一粒饭云："百千万亿粒，从这一粒而生，未审这一粒从甚处生？"诸侣下语不恰，师答并颂，答云："囫囵古到今。"颂云："一粒明明绝覆藏，从教地老与天荒。大悲千手难提掇，历古摩今任运彰。"

问："真法性本净，因何妄念起？"师云："无绳自缚。"

师问西堂铁山云："世尊初生，一手指天，一手指地，天上天下，惟吾独尊。作么生话会？"山云："苦瓜连根苦，甜瓜彻蒂甜。"师云："只如云门一棒打杀与狗子吃，又作么生？"山云："尽大地是个自己，他向甚处下手？"师云："打亦打了，只是汝不知。"山无语。师云："汝还未会云门意在。"山进语云："只是砍却月中桂，清光应更多。"师云："贼过后张弓。"

僧从鼓山来参，师问："汝在鼓山作么？"僧云："参生从何来？死从何去？"师云："即今是生是死？"僧无语。师云："未知生，焉知死？"僧云："是生耶？是死耶？"师云："不曾生。"僧云："某会了也。"师云："作么生

① "雪机"一作"铁机"。

会？”僧云：“不生不死。”师云：“还吃饭么？”僧云：“不吃饭。”师云：“不吃饭，怎得活？”僧云：“渠本来活。”师云：“因甚不会祖师西来意？”僧无语。师便打云：“妄语汉！”

湖州石廪居士问：“二六时中安身立命，在关内耶？在关外耶？”师云：“桐影扫阶尘不动。”又问：“曾见佛身否？”师云：“虚空无背面。”又云：“请试说其实相。”师云：“眉横八字。”师云：“汝浙中来，还有人同行，或是独往？”廪云：“更有谁？”师云：“坐断主人翁，向甚处出气？”廪一喝。师云：“不涉唇吻，还喝得么？”廪云：“到此全身受用。”师云：“草贼大败。”廪拟议，师便打。

师问雪机[①]云：“好月。”机云：“好月。”师云：“今宵月与昨宵月，是同是别？”机云：“和尚莫分别好。”师云：“不分别，汝作么生？”机云：“好月，好月。”师一掌，云：“略虚汉。”

师问西堂铁山云：“藏身处没踪迹，作么生会？”山云：“大地山河一口吞。”师云：“又有迹在。”山云：“某甲只如此，和尚作么生？”师云：“瞻之在前，忽然在后。”山云：“又有前后在。”师云：“汝向前后处着脚那？”

问：“拨草瞻风，只图见性。学人性在甚处？”师云：“脚下草蔓蔓。”进云：“看不见，暗昏昏。”师云：“是阿谁？”进云：“请和尚再方便。”师便打。进云：“棒头响如涂毒鼓，三步虽活，五步必死。”师复打。

问：“摩诃大法王，无短亦无长。本来非青白，随处也清风。”师云：“汝念不清。”

僧问：“如何是先照后用？”师云：“问处不知脑后锥。”进云：“如何是先用后照？”师云：“雷轰未歇电光垂。”进云：“如何是照用同时？”师云：“无须锁子两头摇。”进云：“如何是照用不同时？”师云：“和光同尘清宇宙。”

师问惟玄：“雨下因甚远山看不见？”玄云：“烟罩。”师打云：“眼花不少。”玄云：“眼花何致来？”师云：“昧却本来人。”

僧问：“如何是有时一喝如金刚王宝剑？”师云：“霜威凛凛逼人寒。”进云：“如何是一喝如踞地狮子？”师云：“威寒百怪尽潜踪。”进云：“如何是一喝作探竿影草？”师云：“千圣到来穷出骨。”进云：“如何是一喝不作一喝用？”师云：“放去收来掌握中。”

---

① “雪机”一作“铁机”。

湛宗禅德参次，师问："来这里作么？"宗云："看石峰。"师云："路来，船来？"宗云："路亦有，船亦有。"师云："两路不涉，作么生来？"宗云："应无所住。"师云："座主汉！"师又问桂岩禅德："汝作么生？"岩云："要拜和尚来。"师云："恁么物恁么来？"岩云："要行即行，要坐即坐。"师云："争得到这里？"岩拟议，师云："放汝三十棒。"

附录1：黄檗二代赐紫木庵和尚年谱

卷上

大明神宗皇帝万历三十九年辛亥

师泉州晋江吴氏，父名卿，母黄氏，俱有贤善，生师于是春二月初三日亥时，上唇即有二齿，举族咸惊异，曰达磨子。童年常敬神礼佛，不与群儿戏，端坐好善，不害生命。少失怙恃，依祖母抚养。或见乡长，则鞠躬低揖。或有问事，理正则欢然而颔，理曲则强御不畏。其为人坦率不文，皆以宽直自立也。

四十年壬子

四十一年癸丑

四十二年甲寅

师四岁。母黄氏卒，恸哭不食。

四十三年乙卯

师五岁。丧父，依祖母苏氏抚养。

四十四年丙辰

四十五年丁巳

师七岁。入乡校受读，至《孟子》上卷，因家资清淡乃止。

四十六年戊午

四十七年己未 光宗皇帝泰昌元年庚申

师十岁。按皇明通纪，是年七月，神宗登遐。八月初一，光宗即位。故以万历四十八年为泰昌元年。师是年见人称观音名号，乃茹蔬效之。

熹宗皇帝天启元年辛酉

二年壬戌

三年癸亥

师十三岁。入开元寺，礼佛拜塔，见其清净世界，即有出尘之志。

四年甲子

师十四岁。吴斋公至其家，尝说成佛事，师遂请益。公云："持斋清净，得生天福。若要成佛，须出家明心见性。"师云："性如何见？"公无语，自此愈起信心。

五年乙丑

师十五岁。每自念云："居尘为俗，曷若出家成佛？"乃求祖母，母未之许，辄忧愁不乐，无处俗意。

六年丙寅

师十六岁。祖母知师有出尘志，乃送入本郡开元寺，礼印明为师。

七年丁卯

师十七岁。见同学念四十二章经，白云："此经乞为某讲一遍，何如？"同学从之。讲毕，乃叹曰："佛言如此，为僧曷不依而行之？"于是昼夜礼观音愿文，过午不食。

毅宗皇帝崇祯元年戊辰

师十八岁。自庆入此名蓝。然审所习非法，乃往北山狮头岩独坐，日食柿饼三枚。至第三夜，于月色中，见一伟人，披铠执杵，告云："我天神也，见汝茂年，不知修行良途，故来指教。且回寺中，薙染受戒，依善知识启发，是正学道。"言讫不见。翼[①]晨返寺，求师剃度。

二年己巳

师十九岁。佛成道日剃度，合寺耆宿来庆贺，曰："此子他日成光明幢，未可量也。"

三年庚午

师二十岁。从碧芝岩樵云大师授十戒，并阅藏经。偶入市，见大龟长四尺许，赎放江中，其龟数回顾，师云："归依三宝，永不沉沦。"言讫，龟则踊跃而逝，观者感叹。

四年辛未

师二十一岁。听修雅法师讲《弥陀疏钞》《法华》《梵网》《金刚》等经，赠若水关主，有"一棒打杀弥陀佛，且是无人敢作声"之句。雅见之，乃述实证一篇以示，师云："如何是实证底道理？"雅默然。

五年壬申

师二十二岁。受业师圆寂，回本房任事。合三房为一锅，丰俭同乐。赎田二十三亩，为祖母养老。创屋一座，作先祖祠堂。

六年癸酉

师二十三岁。赎本房旧屋，创为弥陀庵。又赎书房七所，改作斋堂。给谏幼心傅公为檀护。庵竣，则礼诵《法华》。一夕，见金莲馥郁溢庵中，身心庆快，白汗如雨。即回念云："此非胜境。"才兴此念，其花即灭，乃知惟心所生也。

---

① 此处"翼"疑作"翌"。

七年甲戌

师二十四岁。延净侣十员，修大悲忏，坛设精严，见者赞仰。圭峰互关，主为唱首。相国二水张公给谏幼心傅公为檀护，各有赠诗，师皆步韵答之。

八年乙亥

师二十五岁。本寺请鼓山永觉和尚开堂，众推师作监院，师辞让。若水关主即进禅堂。是年登坛受具，知有宗门中事，乃决志参禅。因问永和尚："如何是一？"永云："我听不清。"师高声再问，永云："却是汝听不清。"从此胸中疑碍，坐卧弗安。

九年丙子

师二十六岁。秋出岭参方，路值兵戈，将退步。窃思古之慈明，潜兵队中行脚，疏山卖布单参方，我何人斯，敢自退屈？遂诣杭州接待寺，见雪关禅师，入门便问："以何方便，得脱生死？"雪云："汝看何话头？"师云："藏身处没踪迹，没踪迹处莫藏身。"雪云："但看'藏身处没踪迹'一句便了。"师致疑未决，当时虽有志参禅，但教理未通，乃往龙居依古德法师听讲，又到龙树听雪松法师讲《楞严》。一日，以生死未明，满怀郁闷，乃谓友曰："教又不明，禅又不会，奈何？"友云："禅虽不悟，一生干干净净参去，亦是一个好禅和。"师乃豁然，直往天童参密云老和尚，问诸法从本来，常自寂灭相。密一棒云："是什么相？"当时打得血淋淋地，罔识意旨，更加疑虑。未几，会永觉和尚来真寂吊丧，复往参之，途经育王礼佛舍利而去。

十年丁丑

师二十七岁。在真寂圆菩萨大戒，结制进堂，将前所参"藏身处没踪迹"话头请益永和尚如何用工。永云："话头莫令须臾离，如大饥渴思饮食相似，直使浮气消镕，本有光明自然顿现。"即依教力提十三昼夜，寝食俱忘。初二日，昏昏屯屯。至第三日，猛上加猛，忽觉四肢五脏轻澄，话头身心辊作一团，放舍不去，只见迫逼将来。及第十三夜，随众经行，灯花迸焰，照见自身在光影里行，廓然触着旧物。团！元来是个枯杌，认作鬼作贼。斯时如放下千斤铁枷，庆快难状。乃作偈云："奇哉奇哉甚奇哉，一朵灯花午夜开。觌露明明无向背，腾今耀古绝安排。"翌晨入方丈通所见，永云："此事不可草草。"遂应以偈云："一段灵通，无管无带。鸟飞空而绝迹，水涵空以难盖。"便出。从此洒洒落落，不疑佛，不疑祖。次日，永上堂，乃出问："叶落归根时如何？"永云："脚踏泥龙。"师云："还有后荫也无？"永云："手擎日月。"师云："恁么则照天照地去也。"又一日礼拜次，永云："狗子无佛性，汝再去参参，看是何道理？"师答颂云："狗子佛性无，生佛共同途。不独赵州老，眉毛挂太虚。"永一笑而休。

十一年戊寅

师二十八岁。偶患寒病，二十昼夜汤药饮食不进，只念念作主，余不相关。及其寒退，觉四肢和适，如在空行。乃同用庵兄到西湖，寓福建庵。又到石屋烟霞十八涧，谒箬庵和尚，问云："无名亦无相，常在天地间。天地收不得，如何辨倪端？"箬云："汝且退身。"师云："狮子游行无伴侣。"箬以数珠蓦头打云："不识好恶。"师一喝便出。寻抵龙门，见三宜和尚，问云："久向龙门山，山在这里，龙在甚处？"宜云："注雨倾湫人不识，却归沧海作波涛。"师云："恁么则四海五湖王化里，无非腥气满山川。"宜云："这样活头[①]。"师震威一喝。嗣至保寿，见石雨和尚，值晚请茶毕，师问："洞山掇退果桌，意旨如何？"雨便闭却关门。师云："不可恁么杜绝去也。"便出。会费隐和尚赴金粟，乃往礼拜。费云："来这里觅甚么碗？"师云："和尚莫探头好。"费才拈棒，师拂袖便行。因挂搭领悦众。一日，颂世尊初生，呈上，费览毕，问："唯吾独尊，意旨如何？"师蓦竖拳头。费云："只如云门云一棒打杀，又作么生？"师云："若作本分商量，好与三十棒。"费云："如何是本分事？"师拟议，费云："且去明本分事了来。"师礼退。

十二年己卯

师二十九岁。春，转副寺，慎因果，所用灯油皆自置，众称为小应庵。又呈"藏身处没踪迹"颂云："藏身没迹不通风，没迹莫藏露遍空。江北江南啼夜月，谁知血染满山红。"费和尚看了，问云："本分事作么生？"师云："遍界不曾藏。"费云："我不问汝遍界不曾藏，如何是本分事？"师云："头顶天，脚踏地。"费云："我不问汝头顶天，脚踏地，如何是本分事？"当时被拶得气逼逼地，头面俱发热汗。忽明得头头物物各住本位，各显本机，觌体洞然，而不相滥，乃进语云："石头干曝曝。"费休去。

十三年庚辰

师三十岁。随众晚参次，费问云："副寺带得生姜来么？"师云："带则不带，用则便用。"费云："试用看。"师竖拳，费云："是甚意旨？"师云："瓣瓣皆辣。"费云："道听途说。"师云："勿压良为贱。"费乃笑。寻命进侍者寮，师以祖母腊高，乞假归省，费叹善。至惠安县枫亭，众居士请随喜大慧云门庵旧趾[②]，欲为兴复，以留卓锡。师云："山衲此番欲省祖母，非急于求安也。"乃辞去。

十四年辛巳

师三十一岁。应温陵周、傅二檀越请，住朋山青阳室。和《中峰山居诗》十首。

十五年壬午

师三十二岁。入开元本房，作《六殊胜八吉祥诗》。闻亘和尚出世于漳州南院，乃往拜谒，寻到岱山，过夏秋，归青阳，命工塑观音、善财、龙女三像。

---

① 底本原词。

② "趾"疑为"址"。

十六年癸未

师三十三岁。别祖母，再过江浙，宿钓台，怀严子陵先生，有“七里陇中渔父隐，一竿台上海天宽”之句。及进金粟，费和尚问云：“汝离我数年，还有新得么？”师云：“无新亦无旧，中间亦不立。”费云：“本分事作么生？”师云：“不劳再勘。”费云：“放汝三十棒。”师于费背上打一拳，便走出。次日，命为知宾。

十七年甲申

师三十四岁。夏，转维那。时本师隐元琦和尚为座。元秉拂，师聆其语要，窃加叹伏，因得时从请益。

弘光皇帝元年乙酉

师三十五岁。是年世界纷纭，同无热、祖殿二兄过绍兴，寓临山卫。窃念明鼎革迁，感伤不已，欲绝食待尽。一友慰云：“衲僧惟修行办道，忠在其中。此国运天数，为之奈何？”乃述偈志感。于是登天台，拜智者大师像。过温州，礼永嘉大师塔。回寓北山庵，诸善信欲结茅请住，师不从。

隆武皇帝二年丙戌　大清世祖皇帝顺治三年

师三十六岁。春，自北山庵上太姥，宿石龙庵，赠庵主偈，有“卓立迥超寰海外，等闲惊起石龙眠”之句。至鼓山，再谒永和尚，答垂语十则，和双漈避兵诗，答洞生、身子二道兄偈。夏，仍南旋。

四年丁亥

师三十七岁。在开元珠林室掩关作偈，自适湖州石廪居士，问云：“二六时中安身立命，在关内耶？在关外耶？”师云：“桐影扫阶尘不动。”士云：“曾见佛身否？”师云：“虚空无背向。”士云：“请说其实相。”师云：“眉横八字。”士俯首。师云：“汝浙中来，还有人同行否？”士云：“更有阿谁？”师云：“坐断主人翁，向甚处出气？”士一喝。师云：“不涉唇吻，还喝得么？”士云：“到此全身受用。”师云：“草贼大败。”士拟议，师便打。九月，祖母苏氏即世，师哀慕不已。

五年戊子

师三十八岁。闻费和尚住天童，法化甚盛，乃出关欲再参，值途路荆塞乃止。即登黄檗谒隐和尚充堂司，因问：“一槌打就即不问，火焰横身事若何？”隐便棒，师云：“设使超佛越祖底来又作么生？”隐云：“大家出只手。”师云：“恁么则十二峰峦齐点头。”隐云：“汝行荒草里，我又入深村。”师礼退。

六年己丑

师三十九岁。春，作拈颂二十余则，送中柱兄住圣泉偈。五月，谦师弟应日本福济请，乃修书遣徒以贶。是冬，隐和尚命为西堂结制。上堂，师问：“红炉煅出擎天骨即不问，祖印须还过量人事若何？”隐云：“杀活纵横无挂碍。”师云：“恁么则纵横乾坤，杀活临时去也。”隐打云：“是照是用？”师便喝。隐云：“再喝看。”师云：“惊群须是英灵汉，敌胜还他狮子儿。”隐云：“贼过后张弓。”师礼退。立春日，命秉拂小参，一众赞誉。

七年庚寅

师四十岁。解制后，将赴敛石太平寺请。隐和尚唤入方丈，举拂子云：“此是从上诸佛祖受用不尽底，汝作么生行持？”师云：“脱壳乌龟头带角，只将一滴润乾坤。”隐云：“逢人切莫错举。”师云：“终不敢孤负。”隐乃付师拜受。及进寺，观其群峦飞翠，林木滴青，不觉忻然，述偈志喜。

八年辛卯

师四十一岁。禅暇则栽田负畚，种蔬采樵，人所难堪，师恒自适。僧问云：“如何是黄檗付嘱事？”师云：“山僧在此剥笋。”僧云：“剥笋后是如何？”师蓦与一掌。是夏，同门也懒禅师应日本长崎崇福寺请，特来告别，师赠以偈。未几闻讣，师伤感久之。答欧居士见访韵，作《山居诗》五首。是冬，隐和尚六十大诞，众将万指，分两堂结制，延居第一座。寻付源流大衣，特为立僧。上堂，略云：“从胸中流出，盖天盖地，可作人天眼目，堪起佛祖纲宗。所谓见与师齐，减师半德。智过于师，方堪传受。见与师齐且置，智过于师一句作么生道？老僧舌短不能说，问取堂中首座瑫。”师即秉拂提纲，一众叹伏。

九年壬辰

师四十二岁。春回敛石，而温陵法眷欲请归紫云。师记费老和尚云：“凡正经衲僧住院，要三年满，而后到处无不称怀。”故未之许。三月，接福济谦师弟书。六月，命徒僧灵叟出使长崎，作源流颂。

十年癸巳

师四十三岁。住敛石，三载已满，修盖佛殿，寮舍完备，将有温陵之行，乃请法弟即非和尚主之。八月十五日，往狮子岩贺慧门法兄寿。未几，闻老和尚染恙，复入黄檗省候。留结冬，仍居第一座。会日本兴福住持逸然公奉上命，差僧赍书帛聘请老和尚东渡开化。既而徒僧灵叟亦从长崎回，备述日国敬信佛法云云。

十一年甲午

师四十四岁。老和尚将有东应之举，师乃先回温陵，抵莆城，寓良素庵。两旬满，镇台标下等官请法延斋，殆无虚日，随喜龟山诸刹。二月，至紫云，寓凌霄馆，扫梦观禅师并落发师塔。朝清侍者请问数年所著之稿，乃录《紫云止草》，与之剞劂。东阁大学士鲁庵刘公为序，三山独往子跋。五月十九日，师领众到洛阳桥之南，借其巨室。次日，营办午斋，俟候老和尚驾至，随侍左右五十余人。斋毕，迎入泉州开元寺。留五日，应接礼法，毫无苟简，躬送至厦门而别。寻命雪机侍者护送之日本，其重法如此。九月初七日，同良悟、古闲、慧生、智俊诸子宿东关大士庵，述偈云："山庵虽斗小，却有大千宽。户纳百川水，窗开万壑峦。溪声幽客梦，露气淑花寒。此乃化城境，毋将宝所看。"次日，至永春县象山惠明寺，值雨，有"庭黄花吐锦，涧白雨添澜"之句。太平岩慈云耆宿见访，师述偈云："禅房凭几处，每忆贵山幽。未往探奇迹，何当降宝辂。谦光辉海宇，盛德润林丘。对坐叙今昔，浑同老赵州。"是冬，惠明寺耆宿元明、玄凭、雨化、德水等，同翰林张公潜夫、铨部杨公玄锡、周家诸位文学，请师住象山。衲子云臻，争集轮下。咸谓此山昔年毓虚公曾延碧芝岩樵云大师为四众授戒，未见有善知识阐扬法化也。十二月初一日，开堂拈香，以酬法乳。立铁山定为西堂。四方善信多来设供，诸山硕德虔请上堂。是时兵戈纷扰，人家朝不保暮，而丛社奠安，皆师道力所致耳。修《寺志》一卷、《象山八景》四声诗。

卷下

十二年乙未

师四十五岁。春付铁山定，遂回紫云。偶有诵《金刚经》者，给谏任公庄居士入寺相访。居士云："《金刚经》亦无甚道理？"师云："居士具甚么眼，便恁么道？"居士云："不过孔子这些字耳。"师云："其余且置，只如经云'如来者，即诸法如义'，居士作么生会？"士无语。师云："切莫谤佛，不可草草也。"士云："如何是法？"师云："寺前瓦砾堆。"士云："如何是义？"师云："大底大，小底小。"士乃信服。刻《象山语录》一卷，确庵张公为序。赎东璧书馆两座，改为指月堂，祀先父母等木主。又赎田二十六亩，以充祭扫之需，嘱灵叟徒住之。师之孝念多如此。三月，老和尚修书，遣雪机侍者召师助化。师谓众曰："万里师命，不可不遵。"六月二十六日，启行东应，是晚至安平，吴善友备舟护送。七月初九抵长崎，次早登岸，老和尚命眉弟并诸执事抵船相接，喜出望外。而蕴谦师弟同颖[①]川藤左卫门檀护迎到福济。十一日，过东明山兴福寺，省觐老和尚。海外重晤，忻庆靡涯。越三日谢法，兴福、崇福两处营斋，礼物盛陈，众叹希有。八月初九日，老和尚应普门请，师送至谏早而别。中秋月朗彻夜，乃述偈云："银蟾出海耀中天，素魄孤光一镜悬。万壑千岩全体露，昭昭祖意向谁传？"诸译士请上堂，二镇主光临听法。是日，缁素万有余指，咸谓老和尚入国，崎人多发正信，今既远应，而师在此，则同一体也。

明历二年丙申

师四十六岁。正月十二日立春说偈，有"桃唇柳眼开春象，溢目文章赋不穷"

---

① "颖"字疑为"颍"。

之句。普门老和尚示师法语云："燥辣衲僧，超出尘劳之表，截断生死根源。寻常孤迥迥，峭巍巍，圆陀陀，活泼泼，人天窥觑无门，魔外岂能近傍？凡来圣来，浑为一体；贤到愚到，辊作一团。而后秉杀活剑，拟议不来，斩为百段，抛栗棘蓬，吞吐不下，再加一锥，敢保恶知恶觉立地消殒，自然透顶透底，恩大难酬矣。试看临济正传一派，轰轰烈烈，哮吼一声，百兽魂飞，唯金毛种草便能返掷，以起中兴之道，永永无穷矣。木庵瑫公亲吾有年，已曾万福堂中平分半座，后开法于象山，兹来乞法语为征，聊书梗概与之。若夫擒虎兕，按狞龙，在乎当机手眼，杀活权变，公自能之，岂曰学养子而后嫁者也？是嘱。"四月佛诞后，无上禅弟赍唐诸外护书至，师大喜。秋，镇主问师行脚因缘，欲复上命。师即书其大略报闻，仍请题《老和尚像赞》《师寿像赞》，兼示法语。是冬，寺主同檀越具疏，请开堂结制。铁崖上座领知浴。

三年丁酉

师四十七岁。解制后，即封钟版，专待老和尚回山，修书寄候径山费老和尚，兼呈《象山福济语录》。二月既望，法弟即非和尚承命到崎，寻主圣寿。师喜有同门之庆，构紫云亭于寺后，跋十八罗汉海会图。后五月，崎主送舟同即和尚女池放生，各有纪言。自时厥后，凡得赎仪，赎放飞潜，用资恩有。送谦弟省候老和尚偈。七月望前，若一禅人赍径山老和尚书至，兼示法语云："木庵上座，老僧昔年住金粟法席，时上座亦在会有数年，而沭老僧法水亦甚不少。因鼎革之后，乃归故里住静，不知几许岁月，而入黄檗保社，而有机契，得付钵袋，遂应惠明之请开法，炉鞴始开，人知景信，不数载而受。今福济建法幢，立宗旨，遐迩莫不趋风，老僧虽在远陬，闻亦欢喜，数年来常寄隆贶，亦为受供不浅矣。然此在人情化仪上论量耳。若在接物利生，锻炼衲子，须知从上古尊宿之风范，必也临机之际，擒纵出奇，死活收放而有端的，使衲子偷心死尽，本分风光流露将来，与佛祖正脉相契合，始不负乃师乃祖授受之渊源，才为当家种子。故曰若无如是超方作，难称临济正经儿。虽然如此说，难得多人选机按行可也云云。"《重阳紫云亭漫咏》云："云外华开千嶂锦，天然图画一江山。登临何必最高处，百草头边总祖关。"示若一、昙瑞二禅侄偈。道贯、道川、高田诸人求法语。复径山老和尚、黄檗慧法兄书。

万治元年戊戌

师四十八岁。过稻早山江月居度夏，崎主德峰居士送僧粮。圣寿即法弟每渡舟聚话，有诗唱酬。六月，温陵相国黄公景昉、翰林张公潜夫、铨部林公胤昌、铨部杨公玄锡、提督黄公润中、宪台林公徽初、宪台黄公锡衮、给谏庄公葵合启请师回紫云，略云："温陵古称佛国，莲寺久载名蓝，辈出高人，虽不偏其托迹，爰稽昔志，亦必先于所亲。老师台胎教有原，总角便知向上；毗尼夙习，壮年即励磨砖。既水到而渠成，自风行而草偃，梓里方欣三昧，东向复隔一天。彼土何仁？此方何戾？孤凤择木，阖国莫追。伏冀白足悯托现之邦，重加抚字；生等承灵山之嘱，永矢弗谖。一苇帆之，提妙曲于闽海；只眼舒也，振奕叶于来兹。临楮神驰，曷任惶悚？”本寺诸耆宿道本、戒煌、戒焜、道昭、定莹、宗淑等具启请师回紫云，略云：“逢场作戏，允千载之奇观；掉臂即行，亦至人之高蹈。虽桑梓之必恭必敬，况昆季之时仰时瞻？幸转法幢，裁成胜事。恭惟师台清标出自妙龄，振喝传于临济；惠明提唱，付宝杖于伊人；温陵小参，惜玉尘之空挂。一众奋励，矢志依归。胡飞锡而东游，俾穷子以悬慕。舆情咸伫，法旆应旋，凝眸东风，曷胜遥注？”师以老和尚开创未定，弗果所愿，一一裁答。为灵叟徒题觉非师祖像、师寿像。九月，大将军延老和尚至江府，师悬念其德腊崇高，跋涉千里溪山之劳，每差僧询崎主，听知老和尚信息，师之孝敬足以感人。冬，贺即和尚开法偈。

二年己亥

师四十九岁。永邑周家诸文学，同铁山定及元明、雨化诸耆德，致书延师归象山。其略云：“一自宝筏东游，顿似痴呱失乳。遥望三山之岛，何啻九秋之思。念雷音久振于龙宫，愿菡萏复敷于梓舍。敬因便苇，肃致飞葵。莫道车轴雨须，端落大海；须忆岩头片石，久积苍苔。携归骊颔之珠，亟返青牛之驾。真丹不夜，桃邑长春云云。”铨部周芮公居士寄诗篁代简催归，师次韵奉谢，有“浮杯竟未得，抑亦负檀心”之句。阅《紫云开士传》，自唐至明，记八十员宗匠，见其透彻法源，有超拔之机，行业精纯，而启豁志意，是以有感，作偈自箴。中元后，访圣寿即和尚。坐次，寿问云：“老兄万福否？”师云：“托庇。”寿云：“不敢。”师云：“一夏甚热，无位真人热否？”寿云：“老兄甚处曾与无位真人相见？”师云：“侧眼见庐山。”寿云：“真个热心人。”师云：“不是同床睡，焉知被底穿。”寿云：“谢盖覆时。”师与即和尚唱道崎中，人呼为二甘露门云。碧居禅德请题龙峰岩十二景，次鲁庵刘阁部韵，寄挽南山法叔亘和尚、龙华无得法兄偈，和郑虎溪、林惠风二居士诗。九月，良衍弟至，意切回唐，师以善言劝诱，遂留过岁。腊八，送独立禅德幻寄闭关偈，题南极老人成岁德神、偓佺仙、赤松子、太公、孔明、吕岩、钟馗诸赞。

三年庚子

师五十岁。春，过一粟园，复到圣寿，访即和尚、眉弟。至崎，调养病躯，寓兴福寺。师常造候，尽其欢心。送良衍弟回普门。五月，无上弟讣至，师嗟叹久之，挽以偈。秋，铁牛上座赍老和尚手札，并赐紫龙溪大德书，请上普门。即告别崎主，辞众上堂。十月初六，启行。是夜，宿谏早，善信送者络绎载道。至丰前州小仓，丰主小笠原源忠真太守延入开善寺问道。留三日，赠丰主，兼示宗洞、月窗二禅士偈。设伊蒲供，尽敬而别。二十三日，到普门。老和尚大喜，命首众秉拂。内外学子参谒者，户屦常满。

宽文元年辛丑

师五十一岁。手书《佛遗教经》《四十二章经》《题大慧中峰祖师赞》《跋十八应真图》。二月，同老和尚到太和看新黄檗地基，述偈有“金汤正信不寻常，赐地为开选佛场”之句。五月，访慧林法弟于佛日寺。八月二十九日，从老和尚进山，有“道风浩浩让吾师，大用繁兴格外奇”之句。仲冬，老和尚七旬大诞，师领众营斋申祝，有“三千界馥优昙现，百万花开古檗枝”之句。唐黄檗慧门法兄命高泉、弢玄二法侄来志喜偈二章。时福严费老和尚讣至，师恻然，有哭偈祭文。

二年壬寅

师五十二岁。春，铁牛上座来省觐，有机缘相契，仍进远江州方广古寺册一本，共三百余个。末寺欲请为法席，因有不法者在，故未之许诺。古溪、古潭二禅德请随喜天龙寺，合山请法名者半。旋经千光、高雄、槙尾、华严、爱宕、直指、西芳诸刹，各有诗纪胜。夏末，温陵太史为龙张公书来，其略云：“暌违法席多年，盈丈心茅，跂需芟刈，顾懒散未能修问，而法贶频施，备觇存沾，得无谓门外汉犹堪锥扎耶？遥计老和尚威音远震，四众归依，信心已熟，知松枝东向有日也云云。”吏部碧湖杨公寄怀诗云：“碧云日暮思重重，遥忆乘杯渡远淙。杖底经行开鹿鹫，波间听梵杂鱼龙。珠明法海归僧宝，月隐机缘施佛供。旧日门徒长好在，看来东指数枝松。”师各裁答。七月，空印阁下捐馆，挽以偈。

三年癸卯

师五十三岁。老和尚进东方丈，师移居西方丈。夏游东山泉涌寺，谒太庙，过戒光寺，礼栴檀瑞像，历东福建仁妙心大德。既而登天台，探御井，陟石山，观醍醐，各有纪游。泉南贯居士请游高野山，题万灯堂，有“脚下儿孙千万个，灯灯续焰满山光”之句。途经大坂天王寺，瞻圣德太子遗像，答铁山西堂催归书。八月二十三日，即和尚至，述偈志喜。是冬结制，众近五千指，师与居两堂首座之位。十一月，仝众昆仲营老和尚寿藏于万松冈，造法像，高六尺许。诞日，请上堂申庆。腊月朔日，老和尚为四众授戒，作此方开戒之祖。师为羯磨阿阇黎手书《金刚经》《普门品》各一卷。

四年甲辰

师五十四岁。灯节次韵云：“文明启祚祖灯新，合国欢呼乐泰仁。美景时临天不夜，韶光气霭地咸春。金枝秀茂开宫苑，玉烛腾辉彻海滨。世出世间希有事，须还过量圣中人。”十九日，赠龙溪法弟应正明寺请偈。到御室山礼观音，有“径外溪声提妙旨，庭前鸟语说圆通”之句。诸缁素请题佛、菩萨、罗汉、祖师像赞五十余幅。夏，送独湛法弟应初山偈。八月，牧野吉峰居士至，赠以偈。九月初四，老和尚退居松堂，命师补席。辞众上堂，末云：“唯有堂中木头陀，人天眼目出头高。掀翻吾道长悠久，能起宗风满太和。汝等虚心堪受法，团圞微笑乐高歌。”便下座。

是日，师继席，众请开堂祝圣圣寿。即和尚白槌法席规令，又见一新。寻送即和尚回长崎，有“戏彩堂前振祖猷，人情佛法两绸缪”之句。十月，送高泉法侄应请偈。长门州慧极关主参见，问答机缘一则。结制，为知浴室中尝设垂语三则，问众：“和泥合水处，认取本来面目。作么生认取？横吞巨海，倒卓须弥，甚么人分上事？荆棘林中坐大道场，具什么眼到恁么地？”众下语，少契其机者。

五年乙巳

师五十五岁。领众妙密，规绳严整，兢兢战战，莫敢少怠。早课才毕，则登堂礼佛。晚参甫集，则随机问话，缁白服膺，宗风丕振。老和尚欢喜称赞，禀于公朝，推任独住。先是，檗席有轮流三年之议，到此，轮流之议已释然也。春，铁牛、慧极、铁崖、别山诸上座求开三坛戒期，受者五千余指。构甘露堂于丈室后，盖禅堂瓦，筑石阶道，创二库藏，修诸寮舍。五月，福济蕴谦琬公师弟来省候，述偈志喜。七月廿日，上赐夫马，乃往江府致礼。途经滨松，初山法弟到寓相候。至江府日，侨居天泽寺，士民参谒，无地以容。及其登城，辄成一偈送阁老稻叶美浓守正则。公有“轮王尊贵坐重城，诸国趋朝无白丁”之句。赠洞院大德并诸宰官偈。示桂昌院太夫人法语。访海福独本禅弟。九月廿八，再登城告别，上赐山林田地朱印劄子，兼赐衣金，奉收归寺。了元善士请随喜。相州镰仓礼东渡诸祖塔，寻抵绍泰。铁牛上座新创心空堂落成，请挂钟版，结七日期，小参。至远江州，访湛法弟于初山。至近江州，土山正明龙法弟假馆相接。十七日，到寺，老和尚作偈为喜，乃恭次尊韵，有“不是师恩天广大，那能法道日增光”之句。冬，结制，碧门禅人领妙宇老尼白镪一千贰佰两，以任四载知浴，其信心至矣。铁机然上座写师像来求赞，师念其参随有年，并书一偈与之。示高野真政律师法语。付端山居士如意一枝。

六年丙午

师五十六岁。春，作《观音大士序》《为铁牛上座作木根大士记》《跋雪庵喜禅师佛祖罗汉二图》《挽晓堂法侄偈》《赠源忠真太守造谒偈》、逸然公请题《十六尊者赞》，造大悲像于禅悦堂。六月廿九日，太上法皇以佛舍利五颗贮以宝塔赐老和尚，又法器三种赐师，各述偈进谢，皇情大悦。八月，慧门和尚讣至，会高泉法侄东回，寓竹林精舍，请挂真，复请上堂。《题栴檀琥珀蚌壳大士赞》《未央宫铜雀台瓦砚铭》《示细川丹后守居士造谒偈》。老和尚诞日，有“柏庭千古翠，海屋万年春”之句。

七年丁未

师五十七岁。跋宗手书《佛报恩经》，并性海大夫人手书《法华经》，题《遗教经》后。为铁牛、铁崖上座作绍泰、大安两寺钟铭。四月，付铁牛机会长门太守祈嗣，请上堂。五月二十五日，蒙大将军赐白金贰万两并西域大木等，为本山建天人师殿，委青木甲斐守居士监督。居士创不二庵于山中以居，庶事尽力。复稻叶阁老并黑川独广诸护法。书示寿生善士造八旛菩萨祠宇偈。作莲华寺、小松寺钟铭。

八年戊甲

师五十八岁。是年，本山经始佛殿六楹，广十三间，深十一间。三月廿五日，上梁拈香，法语一则，请开山老和尚题联。既而天王殿、斋堂、钟楼皆次第奏功，而钟楼则黑川独广居士所建也。跋惟一侄血书《涅槃经》、赠南源弟建华藏院偈。逸然融公告寂，命众作佛事，立位竖塔，用表请法之功云。寿无住耆旧公八十偈。腊月八日，兴造告竣，建佛会。七日，上堂祝国，谢诸阁老。书赠端山居士铁牛长老偈，有落成志喜诗。尝谓众云："山僧住持五载，兴造略备，皆开山老人福庇及诸檀护鼎力耳。否则，能如是乎？"除夕示众，有"谁觉密移新白发，那知难挽旧乌头"之句。

九年己酉

师五十九岁。开正三日，老和尚登殿拈香，有偈为赠。师恭次大韵，有"济济恭迎登圣殿，仰瞻万德一真身"之句。三月，再进江府，谢建刹。是夜，江岩禅德请宿大津青龙寺。途经叁河州，冈崎水野监物居士接入城问道。既至江府，寓海福寺，缁白参礼者无虚日。登城赋诗云："两入重城宫阙深，俨如天竺古祇林。金堂正坐诸侯俯，玉阃高开万户临。令德威风寒凛凛，淳仁气海浩森森。王公夙受灵山记，彻底无违护法心。"稻叶阁下作州太守、筑州刺史、甲州明府，各延斋府第。酒井修理大夫延至长安寺，为空印阁下拈香。五月，回山。洛京道瑞善人制法被，岩桂信士造法座，各请上堂。松平萨摩守、立花飞弹守、大村因旛守，相继造谒，各示以偈。为关梅岩居士题《舍利赞》。建伽蓝、祖师二堂，盖吉川、净水二檀信之力也。示铁眼上座刻《大藏经》。送铁文上座应梅岳请信。浓州良寂静主以惠明寺奉为开山长门太守，祈嗣有应，专使陈谢。刻《黄檗语录》，大学士黄东崖为序。冬十月，《钦和太上法皇御制佛舍利颂》《复黄檗新命虚白和尚书》《乳峰三非法弟寄怀诗》。移旧钟楼于甘露堂之东，改为妙高亭。《题西湖图》《富士图》《泷川双剑》《武夷来迎诸盆石铭》《赠虚棂禅德见访偈》。

十年庚戌

师六十岁。正月，造弥勒须弥座，方一丈二尺余，高四尺五寸许。诞日，道俗祝者将二千人。因重开戒期，登坛者倍胜于前。五月望前，蒙国主赐紫衣，捧敕黄祝圣上堂，仍述偈进谢。是年，端山太守建瑞圣寺于江府，奉师为开山。复开元诸耆宿等祝寿书赠。作州太守造谒偈。八月，龙溪禅师倾世，师嗟叹不已，设位致祭。挽清源山净一师伯，赠龙峰活禅大德、松岛洞水大德偈。朝仓卓石信士画涅槃图奉供山中，示以偈。作广济寺、禅林寺、瑞圣寺、护国寺钟铭，玛瑙石砚、青田古砚铭。

十一年辛亥

师六十一岁。正月解制后，诸门弟子，以师腊高，为营寿藏于万松冈。坐癸向丁，辅开山塔之右，付慧极明。四月，江府瑞圣寺工竣，兼谢赐紫之行。诸护法等，于五月初九日，请师进寺。法语五则，述偈有"一切无非夙世缘，法幢建立岂徒然"之句。

士民参礼，日以万计。应酒井雅乐头阁下暨诸宰官斋。六月望日起期，立铁牛机为首座，潮音海为西堂。会圣寿即非和尚讣至，师设位致祭。复法云诸法侄书，付潮音海。孟冬回山，值老和尚八十大诞。师特上堂申祝，示道节。居士喜，舍佛殿额。

十二年壬子

师六十二岁。春，命工造释迦佛一尊，并座五尺余。赠赐紫天圭大德偈。付太虚清越传，忩题《善导寺佛牙赞》、慈恩法师像。赠一乘青莲二殿下偈。九月初一，付宗示快圆律师、岩桂信士、赠端山居士、致政别峰居士见访偈。雪后过汉松院，有“笔走三千珠玉界，诗腾百万海山情”之句。次无准范和尚陈园即事韵。为细川丹后守题明极俊禅师与楠正成河州公同轴像赞。好雪居士题径山费老和尚卷后、石帆禅师墨迹、示本寂律师法语。潮音海以上野州万德山广济寺奉为开山，赠蕴谦弟隐逸桑莲居，示慈岳徒接住福济寺偈。

延宝元年癸丑

师六十三岁。暮春，佐野云峰居士至山，赠以偈。四月初三日，开山老和尚示寂，师有进龛、封龛、挂真、举哀法语。就地寝者百日，昼夜伴龛坐禅，二时讽诵上供，逢七放生，以酬慈荫。百日已周，送龛上塔亭，然后归寝室，以受衲子之礼。凡松堂所存之物，一一登簿明白，以付轮流看守。师自甲辰季秋继席，至癸丑孟夏，十年尽孝敬，未敢以方丈自居，时新必先进而后尝。友爱诸弟，弥谦弥笃，内外咸称颂焉。付铁文、智良、寂明挽桑莲谦弟、柏岩法侄偈。先是四月朔日，开山老和尚念行化此方，蒙大将军赐地开山，檀恩不浅，特书谢偈并王振鹏所画墨水罗汉一卷进上，表其遗意，大将军喜而受之。至九月，命小笠原山城守居士将罗汉赐黄檗永镇山门，师即焚香顶戴，说偈进谢。访慧林法弟于佛日，并端山、兴石二居士。过庆瑞、宝积、水月诸刹，各赠以偈。冬期结制，内外二千余指，分三堂安禅。挽东林大眉法弟、赠京尹永井伊贺守至山偈。造佛殿石座，长十八肘，深十肘余。盖斋堂瓦起知客寮。腊月美作，州主森内记。居士同铁堂融上座以千年寺奉师开山，请题像赞。撰《蕴谦师弟分紫适兹草序》《晓堂法侄梦游漫录序》《梅岭法侄法海具观序》。

二年甲寅

师六十四岁。春，付实传钧、铁堂融、慈岳琛，为缁白题天童径山开山像赞五十余幅。骏河州横田道补善士等捐金造天人师像并座，高一丈六尺。而迦叶、阿难二尊者并四天王像，则势州福岛信士、镰仓荣三信尼等喜助也。是年，建紫云院为退休之所。八月，受舍利寺地基，某施主建方丈一座，为汉松法弟、崇福法侄、西意禅侄各题十八罗汉。九月，再往江府，抵尾张州，越传忩迎入慈眼寺。信宿，付湛然寂及至瑞圣，有“凤鹤争鸣欣旧遇，竹松竞秀挺新筹”之句。登城述偈，赠稻叶阁下，承上命留结制。过岁，赠阿部丰后守、曾我伊豫守隐居偈。是冬，铁牛机首座等议禀官府，奉命就紫云山开戒，以黄檗、紫云二处永为日国三坛戒场。受大戒者三千余指，受法名者五千余指，莫非玉叶金枝，贵戚豪族，而正法兴隆，皆师道德所致也。又定黄檗品色衣服，禀奉公帖，为法门式。师自乙巳以来，前后十年，四到江府，每蒙大将军赐其夫马衣金，而衣金为作胜事，用绵国祚。示春光院、法云院、长松院、清珠院、祥云院、柳光院、慈光院、松林院、清源院、汉松院诸夫人法语，其余宰官居士、清信士女咨询法要者，指不胜屈。除夕，有“吾道东行绵远焕，团圞法布若云兴”之句。

三年乙卯

师六十五岁。解制后应海福、弘福、洞云诸寺斋，付白翁泰，又如意一枝付好雪居士。将回黄檗，以瑞圣嘱铁牛机继席。三月望后回山。四月建开山堂于本山上梁。初三日进塔，各有法语，为千呆法侄题列祖赞，示瑞霖居士造谒偈。七月初九建万寿塔院于开山堂之右，其像则宗与喝禅命工所造也。十三日开山堂落成，有偈志喜。八月初四进舍利寺，法语四则。养莲院西玉道生居士施黄金贰佰颗，倡首建佛殿，资母冥福。师感孝，嘱宗继席，题释迦、弥陀、弥勒、丰干、文殊、普贤、观音、势至诸赞，复唐黄檗广超法弟、龙华清斯法侄书。建檀越祠四楹，盖光礼道富禅人所舍也。

四年丙辰

师六十六岁。春，付古潭泓铁眼光，赠峨山独照法弟、含玉月潭法侄偈。即空西堂请游南都，首诣东大寺礼大像，以至兴福春日，二月堂法华寺及西大招提、药师、法隆诸刹，各有纪咏。示南都丰前守并令郎法语，作舍利寺钟铭。赠智积院泊如僧正偈。九月下旬，宗暨檀信等请师莅南岳，作重兴祖。于十月初三日祝国开堂。

五年丁巳

师六十七岁。春，付即空立大机范。二月朔日，宗特登山谢法，铁文智来省觐，擢居为两堂座元。初八日，复开三坛戒期，内外一万二千余指，付喝禅和铁崖空。是秋，移松隐堂方丈，四畔筑墙，以护开山之堂，并护开山之塔。又筑天王殿石阶，两边石壁数丈。江府三谷道印善士，铸铜莲叶水盂于天王殿前，四方一丈有余，凿地引水，以便诸人盥濯。示之以偈，为喝禅和题《十八罗汉赞》。吉川监物居士，同令郎过访，各示法语。

六年戊午

师六十八岁。会太皇后东福门院，陟方作挽词。骏河州横田道补信士。复舍白金壹万余两，建大三门，共十二楹，纵二十一肘，横三十三肘，高三十九肘。五月初三日上梁，有拈香法语，至九月落成。作佛事者七日。贺佛日，慧林法弟七十诞偈。岛津主膳居士造谒，问云：“一归何处？”师云：“前是三门，中间佛殿，后是法堂。”膳不会，师示以偈。稻叶阁下奉命来京，及回，送以偈。为播摩州松平太守祈嗣。上堂，谢国主赐瑞圣寺地状，并五阁老书。赠铁牛首座偈云：“圣地由来圣者居，放光现瑞气凌虚。浑金璞玉都归就，优渥千秋意自殊。”题开山堂联筑后路之门，付兰洲秀。

七年己未

师六十九岁。春，至舍利寺，往有马山沭温汤。端山居士剃发，建方广寺，请师开山。结七日期，小参，遂以衣拂付之，为第二代主人。别传法侄接入式庐，赠以偈。撰方广、白泉二钟铭，赠高泉法侄住佛国寺偈，兼书天王山额，付铁柱刚、一明源、铁心胖、证宗革、月耕稔、天宁安、云岩巍、惟心悟，建万寿院之门，造紫云院浴室。是秋，近卫基熙大居士、暨本多弹正居士相继至山，俱赠以偈。创鼓楼四楹，与钟楼对，乃洛中信梦善士所舍也。冬期结制，分两堂安禅，题老和尚像，作自赞十余幅。

八年庚申

师七十岁。开正三日，合山营斋预祝，请上堂，举寿生二字以示。十五解制后，乃挝鼓辞众，退紫云，延法弟慧林和尚补席。二月诞晨，诸法属暨嗣法门人、四方硕德、温陵弘文院大学士鸿业富公等诗文为祝，师作稀龄述意以答。为道印善士题《十八罗汉赞》，付铁禅广。喝山南石鼎逸、铁狮子，愚门东梅谷用、廓山昭、铁岩廓、千丈岩、月庭辉。梅岩居士多年护法，履践一如，师以道袍如意付之。五月，大将军严有院薨，师设位致祭，拈香法语。八月，后水尾院圆净政仁法皇崩，师设位致祭，拈香法语。腊月，播摩州松平太守祷胤有感，差使陈谢，师贺以偈。造登云桥于紫云院之北溪，是乃潮音公之力也。

天和元年辛酉

师七十一岁。为了翁禅人作《武州东睿山建藏经堂序》、卍山大德求《兴圣开山道元和尚语录序》、送京尹户田越前守朝觐偈、示坂仓伊豫守见访法语，付天休维那。又如意一枝，付灵石居士。仲秋，端山公再请，至方广宗领徒问候。接入南岳，访天德南源法弟。过瑞龙寺信宿，各有偈。十一月，慧林和尚示寂，为秉炬并祭以文。贺假宿居士致仕偈、示铁心胖家训一篇、题《西天四七东土二三列祖图赞》、诸法子请题自赞十五幅，嘱妙空比丘尼。

二年壬戌

师七十二岁。《元旦偶成》有“衲僧门下无文字，富士山头有鲤鱼”之句。独湛和尚住黄檗，洎如僧正隐居稻叶丹后守任京尹，片仓政长善士祈祷，各赠以偈。为奥州太守题《列祖赞》，并示法语，谢唐黄檗清斯法侄寄寿图，书挽别峰居士修理大夫偈。近江州桷堂禅人以广慈山圆通寺请师开山，纪伊州慈严禅人以南阳山龙兴寺请师开山，师以方广寺嘱兰洲秀继席。九月，端山公顺世，师嗟叹久之，复造方广为进塔。贺佛国高泉法侄五十，福济慈岳法子出关偈示三谷善士。建宁谧亭，题十六尊者镇紫云院。师自诞生至于今岁，历四百四十五甲子，正二万六千六百有六旬。虽曰隐居，未尝自逸，有参扣者，皆以本分接之。而日间定课，夜间坐香，或时忙冗，亦不疏失，盖老而益壮，气力未衰之余裕耳。为缁素题维摩人士、善慧大士、僧伽大士、志公大士、李老君、孔夫子、苏东坡、黄山谷诸赞。京上服部岩桂善士，买附近园二亩，以充紫云莳蔬。腊月，师与众坐禅，忽患风寒，廿三日病革。近远诸法子等先后来省觐，师喜甚，留同过岁。凡僧俗归依者，皆为祈祷。师曰："生死皆命，亦报缘之定分，无烦诸仁可也。"

三年癸亥

师七十三岁。正月十一日，病渐愈。是夜，会诸子茶话，寻嘱回山。上元后，铁牛机、月耕稔接踵而至，师款接甚欢。四月初旬，潮音海、铁文智、慈岳琛、铁心胖又至，见师有起色，喜跃万状，各设供，无虚日。奥州肯山居士差使致礼慰问，毛利瑞霖居士遣使奉送衣药，师各修书谢之。为月耕稔题天童、径山、黄檗三老和尚像赞。为肯山居士书大空因缘二匾。古内郡丞题庞居士、斐相国、杨大年、李驸马、张无尽五赞。贺稻叶大柱国致政偈。为铁牛机题《佛祖赞》并法语一则。梅谷用廓山昭题自赞。八月上旬，宗以师病愈，特进山设供，作偈庆喜。师嘉其诚，即依韵以答。赠酒井韧负居士、白云道朴居士、古内造酒善士偈。题龙溪和尚、蕴谦师弟、端山居士、好雪居士、梅岩居士、灵石居士道影。护国寺主人请题大彻禅师像。锅岛纪伊守请题星岩居士像。贺汉松吼法弟六十诞，次堂头湛和尚见赠韵。冬至日志喜有"随缘放旷余生乐，任运逍遥岁月新"之句，付铁航慈碧峰仟泰岳高千岳止广州林。又以如意付玉江、义潭二居士。为潮信轩泰应居士题《慈悲心鸟》："是乃延宝初居士奉命日光山监督祭事日，有异鸟常鸣慈悲心之声，因令法印探幽画之，以垂于世。盖居士三十年来秉其国政，忠义事主，慈悲爱民，感得灵禽，有此嘉音。老僧闻之，喜为之题。"惟心悟以伊豆州天王山高胜寺奉为开山，石鼎逸以摄津州法雄山常休寺奉为开山，本多弹正居土同碧峰仟以参河州大好山永福寺奉为开山。

贞享元年甲子

师七十四岁。元旦说偈祝圣，亦为宗题于手书《华严经》兼贺请藏经偈，赐复书，嘱以法门为任。初三日，答天德南源和尚书，付宝州聪。初十日，命侍者候京尹稻叶居士，谢其多年护法。十三日，旧疾复发，饮食少进，众窃忧之，延医诊候，师曰："老僧此回之疾，非药所能疗也。"十八日，师知病势转危，预嘱左右曰："老僧去世，汝等毋得披麻戴白，以违佛制，惟各留念法门，撑持祖道，是老僧之至望也。"又命左右飞书南岳，召宗同预后事。十九日，堂头湛和尚来候，与叙法门大略。下午宗至，师云："烦子远来，以尽孝义，诚末后一晤也。"至夜，顾谓众曰："老僧行期已逼，汝等不得远离。"宗哭留曰："愿师少住世。"师云："释迦不现长年，况老僧乎？"宗请末后句，师云："一切空寂，万法无相，此即老僧末后句也。"宗曰："大众谢和尚慈示。"师良久顾左右，怡然而逝。实贞享元年甲子正月二十日丑时也。

越三日午刻，将锁龛，颜色不变，如入那伽，肌肤柔软，顶有暖气。缁素悲哀，如失慈父。呜呼！师自开法三十余载，主席黄檗十七春秋，东兴祖道，丕振宗风，名闻两国，泽润三根，宛似汾阳之再世，大觉之重来。至于繁兴黄檗，宝殿门楼，焕然一新。承赐紫服，天恩宠渥，大有光于祖庭，实不愧为二代矣。况师道貌威严，机锋峻烈。事之是，必欢喜从之；事之非，必当机斥之。接物利生，随机化导，如月印千江，春行大地，随其大小根器而普摄圆融者也。嗣法门人铁山定等，剃度弟子灵叟龘等若干人，语录若干卷，随大藏流行，塔全身于本山万寿院。阅世七十有四，法腊五十有七。兹化仪既戢，宗不揣非才，勉为编次，庶天下后世有所备考云。

黄檗二代木庵和尚年谱卷下，福济寺嗣法孙宗泽东澜奉赀敬刻《黄檗二代木老和尚年谱壹册》，伏愿祖灯续焰令万古以辉煌，法脉长流使三根而普润。者时元禄八年岁在乙亥，南吕月吉旦谨识，洛阳寂栖冈元春敬书。

附录2：木庵和尚行实

师字木庵，讳瑫[①]，闽泉州晋江吴氏子。母黄氏，明万历辛亥年二月初三亥时生。才出母胎，上唇即有二牙，乡人惊异曰："达磨"，多称达磨子。幼失怙恃，祖母苏氏成育。年十岁，闻观音名号，喜跃不胜，便乃持素。年十七，礼本郡开元寺印明为落发师。二十，受樵云关主戒，就于本寺阅藏，听《法华》《金刚》《梵网》等经。只是一味信心，不知趋向，或教持咒即持咒，或教拜经即拜经，或教念佛便念佛，随人上下，竟无定准。越三年，本寺请鼓山永觉和尚开堂，方知有宗门下事，始决志参禅。崇祯丙子秋，方出岭，一路兵戈混乱，几乎退步。翻忆古之慈明，潜兵队中行脚，疏山卖布单参访，吾何人斯，敢自退屈？但念生死事大，不避险阻，直到浙江，见雪关和尚，入门便问云："以何方便，得脱生死？"雪云："汝但看个'藏身处没踪迹'一句，便脱得生死。"当时虽领个话头，只犹豫不决，以生死未明要参禅，以文字不通要听教。又到古德法师处听《弥陀疏钞》，再到龙树听《楞严》。偶入城消遣，以生死未明，心中郁闷，与道友议论云："教又不识，禅又不会，如何得好？"道友云："一生干干净净，参不悟，亦是一好禅和。"是时心身豁然，乃登天童，谒密云老祖。未几，复到苕溪永觉和尚处完大戒，将前所参藏身处没踪迹话头请益工夫。觉云："话头莫令须臾离，如大饥渴相似，浮气消镕，本有光明自然顿现。"即依教归堂，尽力提本。参十三昼夜，寝食俱忘。初二日昏昏混混，及至第三日，猛上加猛，便觉四肢五脏轻澄，话头与身心辊作一团，放舍不去。第十三夜随众经行，灯花迸焰，照见己身在光影里行，廓然触着旧物。团！元来是个枯杌，误认作鬼作贼。斯时如放下千斤铁枷，庆快难状。乃作一偈云："奇哉奇哉甚奇哉，一朵灯花午夜开。觌露明明无向背，腾今耀古绝安排。"翌晨上方丈，说其悟由。觉云："此事不可草草。"遂应以偈云："一段灵通，无管无带。鸟飞空而绝迹，水涵月以难盖。"便出。从此不疑佛，不疑祖。一日值觉上堂，出众问云："叶落归根时如何？"觉云："脚踏泥龙。"进云："还存后阴也无？"觉云："手擎日月。"进云："恁么则照天照地去也。"又一日，觉云："狗子无佛性，且道是何道理？"师答偈云：

---

① "讳瑫"一作"讳性瑫"。

“狗子佛性无，生佛共同途。不独赵州老，眉毛挂太虚。”觉笑而休。是年二十七岁也。越春到西湖过夏，偶咏云：“湖山叠叠吴城，湖水悠悠彻镜清。偶到其中权作主，奇花异鸟话无生。”复到十八涧，参箬庵和尚，问云：“无名亦无相，常在天地间。天地藏不得，如何辩[①]倪端？”箬云：“汝且退身。”师云：“狮子游行无伴侣。”箬云：“不识好恶。”[②]师一喝而[③]出。又到龙门山见三宜和尚。时值宜与二三学人讲四书，师问云：“久闻龙门山。山在这里，龙在甚处？”宜云：“注雨倾湫人不识，却归沧海作波沱。”师云：“恁么则四海五湖王化里，无非腥气满山川。”宜云：“者样活头。”师一喝。又到保寿石雨和尚处，雨请吃茶，将毕，师问云：“洞山掇退果桌，意旨如何？”雨便闭却关门。师云：“不可恁么杜绝去也。”便出。戊寅秋，参金粟费老和尚，粟云：“世尊初生，一手指天，一手指地，天上天下，惟吾独尊。意旨如何？”师竖拳。和尚云：“只如云门一棒打杀，又作么生？”师云：“若作本分商量，好与三十棒。”和尚云：“如何是本分事？”师一时答不得。和尚云：“且去明本分了来，谩将三十棒。”又一日，呈《藏身处没踪迹颂》云：“藏身没迹不通风，没迹莫藏露遍空。江北江南啼夜月，谁知血染满山红。”和尚看了，问云：“本分事作么生？”师云：“遍界不曾藏。”和尚云：“我不问汝遍界不曾藏，如何是本分事？”师云：“头顶天，脚踏地。”和尚云：“我不问汝头顶天，脚踏地，如何是本分事？”当时被拶得气逼逼，头面俱发热汗。忽明头头物物各住本位，各显本机，独体洞然而不相滥，乃进语云“石头干曝曝”便走出。和尚云：“且喜没交涉。”一日，随众礼拜次，和尚云：“副寺带得生姜来么？”师云：“带则不带，用则便用。”和尚云：“试用看。”师竖起拳头，和尚云：“意旨如何？”师云：“片片皆辣。”和尚云：“道听途说。”师云：“勿压良为贱。”和尚笑笑。乙酉改元，归温陵，掩关于紫云寺，作偈自适云：“禁足紫云东，长年若哑聋。虽然此性拙，颇似古人风。面壁共肝胆，毗耶一化工。沙弥不济事，问我属何宗？”戊子秋，闻老和尚住径山，师欲再参，为路途荆塞，乃入黄檗。值本师上堂，遂出众问云：“一锤打就即不问，火焰横身事若何？”本师便打。师进云：“设使超佛越祖的来底又作么生？”本师云：“大家出只手。”师云：“若然者，则十二峰峦齐点头。”本师云：“汝行荒草里，我又入深村。”己丑冬，领西堂职。本师上堂，乃出众问云：“红炉炼出擎天骨即不问，祖印还须过量人事若何？”本师云：“杀活纵横无挂碍。”师云：“恁么则纵横乾坤，照用临时去也。”本师打云：“是照是用？”师便喝。本师云：“再喝看！”师云：“惊群须是英灵汉，敌胜还他狮

---

① “辩”　作“辨”。

② 本句一作“箬以数珠蓦头打，云：‘不识好恶’”。

③ “而”一作“便”。

子儿。”本师云：“贼过后张弓。”庚寅春，将赴敛石太平寺，本师竖拂子云：“此是从上诸佛祖师用不尽底，汝作么生？”师云：“脱壳乌龟头戴角，只将一滴润乾坤。”本师云：“逢人切莫错举。”师云：“不敢孤负。”本师乃以拂子付与。辛卯冬，本师六十，命分座秉拂。甲午春，回温陵，扫落发师塔。是秋，桃邑诸士坤及诸耆德请就象山惠明寺开堂。乙未夏，至长崎省觐本师。崎主四众，尊信三宝，即留于福济寺结制。有偈志喜云：“寺逼廛居不惹尘，胸开万境自天真。水光淡碧生烟雨，山色青蓝亘晓春。有相身中无相佛，绝闻社里胜闻人。此心本是恒沙主，受用须还独迈伦。”时丙申孟冬望后也。德峰居士兹欲朝觐，恐上意有问山野来历，故特使五通造丈室请行脚因由，乃直笔书此与之。

附录3：黄檗第二代紫云老和尚末后事实

师于岁旦说偈祝圣，礼佛如常。又挂天童、径山及当寺开山三位老和尚法像，谓侍者曰："日来崎阳人送果品，宜尽取出，供养三位老和尚手自奉之，殷勤致献。"初三日，复天德和尚书，略曰："乾元启祚，物象一新。"又谓："老年为法，不吝婆心，但宜珍法体，幸勿过劳。"此语胜于百朋之惠也。又复道宗书，嘱以法门为任。初七日，示宝洲聪，有"老僧付与龟毛拂，任运施为祖道光"之句。初十日，命喝禅侍者候京尹稻叶丹后守居士，谢其多年护法。十三日，痰嗽复起，饮食少进，众窃忧之。下午，梅谷用、廓山昭等延京医诊候服药，师勉随众意，谓喝侍者曰："老僧此回之疾，恐非药能疗也，可修书与慈岳、铁心二子知之。"又曰："一明当家，病在万寿，须善调养，勿为吾虑。"十四日，师谓泰岳侍者云："释迦老子末后现种种神变，老僧只平常。"岳云："平常即是道。"师颔之。十五日，汉松和尚来候，师云："观法弟道容，有如雪后苍松，愚兄此番之疾，殆不可起矣。"汉松和尚云："愿享赵龄。"少顷，碧峰上座来礼拜，师问云："如何是《解制》一句？"峰云："脚跟下七纵八横。"师云："太活泼生。"峰云："随处作主，立处皆真。"师休去。是夜，众请观灯，师云："今岁元宵如是，明年元宵不如是也。"众为骇然。十八日，师知病势转危，预嘱左右曰："老僧主持黄檗，蒙大将军赐金建刹，檀恩渊深，当为殷勤感念。"又曰："老僧去世，礼所不免。一者进龛请天德和尚，二者锁龛直指和尚，三者挂真汉松和尚，停龛五十日为准，四者起龛请佛国和尚，五者进塔堂头和尚。"又嘱法子孙等，毋得披麻戴白，以违佛制，各各留念法门，撑持法道，是老僧之至望也。其洛京、江户、大坂、长崎护法居士等，暨唐山、黄檗、开元诸檀信法眷，均为言谢。又命左右飞书召宗来山，同预后事。而铁牛诸子远隔一方，想不及再面矣。十九日，堂头湛和尚来候，与叙法门大略。既别，复谓曰："者回必当永诀。"湛和尚曰："法兄保重，永久为众。"又语梅谷、廓山、碧峰、泰岳、千岳曰："汝等孝心劳力，老僧未尝少忘。"谷曰："愿和尚法寿延长，某等获益良多。"下午，宗至，师云："烦子远来，以尽孝义，诚末后一晤也。"又谓："日来请藏镇刹，甚惬老僧之意。愿子永住此山，以光法门。"宗曰："谨承尊命。"至夜，顾谓众曰："老僧行期已逼，汝等不得远离。"宗哭留曰："愿师少住世。"师云："释迦不现长年，况老僧乎？”宗请末后句，师云：“一切空寂，万法无相，此即老僧末后句也。”宗云：“大众谢和尚慈示。”师顾左右，怡然而逝。实天和四年岁在甲子正月二十日丑时也。宗等扶真身趺坐正位，令人瞻礼。堂头和尚领众吊慰，莫不如法。越三日午刻，将锁龛，见师颜色不变，如入那伽，肌肤柔软，顶有暖气。缁素悲哀，如失慈父焉。呜呼！师自开法三十余载，主席黄檗一十七春。东兴祖道，丕振宗风。名闻两国，泽润三根。宛似汾阳之再世，大觉之重来。至于承上钧旨，繁兴黄檗。宝殿门楼，焕然一新。赐紫钦崇，天恩宠渥。大有功于祖庭，实不愧于二代矣。况师道貌威严，机锋峻烈。事之是，必欢喜从之。事之非，必当机斥之。接物利生，随机化导。如月印千江，如春行大地。随其大小根器，而普摄圆融者也。四登东阙，七处开山。退居紫云，将阅五白。嗣法弟子智定等五十三人，得戒弟子慧邵等五千余人，剃度弟子定龎等若干人。塔全身于本山万寿院。世寿七十有四，僧腊五十有七。兹化仪既戢，略叙大概如此。其余事实，备在纪年录中。时

天和四年岁在甲子正月二十五日，南岳嗣法不肖徒道宗泣血稽颡百拜。谨述。

后 记

本书是2023年福建省哲学社会科学基金项目“黄檗禅僧即非如一文献编纂与研究（项目编号FJ2023B008）”、福建技术师范学院黄檗文化研究中心2021年度科研开放基金重点项目“黄檗东渡高僧木庵性瑫文献整理与研究（项目编号HBZD202101）”、福建技术师范学院黄檗文化研究中心2024年度科研开放基金一般项目“黄檗高僧木庵性瑫禅师散文研究（项目编号HBYB2024010）”“木庵法门三杰与黄檗宗的日本化（项目编号HBYB2024004）”的研究成果，并获福建技术师范学院黄檗文化与海上丝绸之路研究院出版资助。

本书出版过程曲折，幸获诸多博雅君子襄助。福建技术师范学院党委书记赖海榕教授、校长廖深基教授确立的黄檗文化发展战略是本书最重要的推动力。福建技术师范学院人事处处长姚忠亮教授、传媒与艺术学院院长陈致烽教授、文化与法律学院谢西娇副院长、黄檗文化与海上丝绸之路研究院陈飞教授、黄檗文化与海上丝绸之路研究院研究员黄艺娜博士，均为本书顺利出版做出了令人难忘的工作，在此一并奉上诚挚的感谢！

感谢福建师范大学文学院院长李小荣教授对我们持续多年的关心和支持！感谢南京大学历史学院景梦如博士在东京大学访学期间帮助我们查找资料。河南大学文学院博士研究生周贤斌勤奋且好学，颖悟有耐心，感谢他为本书提出了极好的修改建议。感谢天津科技大学文法学院陈强、中国社会科学院哲学研究所博士后王茂林、福建师范大学文学院硕士生朱雯玉、李绍丽、王可在本书编校中所做的基础工作。感谢宗教文化出版社编辑孟金霞老师为本书出版付出的辛劳！

交友投分，切磨箴规。自2003年相识在三千世界，我们从榕到永，从长到津，从京到粤，从鄂到赣，从台北到纽约，历经风和日丽、急流险滩，建立了深厚的友谊。祝愿天下友谊似兰斯馨，如松之盛。谨以此书纪念我们相识二十年。

吴章燕 王晚霞
2023年10月26日